«Una autora de talento incandescente».

ANNIE PROULX, autora de *Brokeback Mountain*

«Una combinación de inteligencia, ingenio y exuberancia coloquial que se aproxima a lo irresistible».

JENNIFER EGAN, autora y premio Pulitzer

«Gilbert consigue la envidiable proeza de narrar las historias de sus personajes con sus propias palabras, desde su punto de vista, sin caer en la pompa ni la altanería».

New York Times Book Review

«Una combinación de Annie Proulx y John Irving».

The Times

«Gilbert, con un supremo dominio de su estilo, evoca sin esfuerzo el espíritu innovador del siglo XIX, cuando los exploradores aficionados, los naturalistas y los entusiastas aportaban enormes contribuciones al progreso. Bellamente escrita e impregnada de amor a la ciencia y al aprendizaje, *La firma de todas las cosas* es un libro de lectura obligada».

Booklist

LA FIRMA
de
TODAS LAS COSAS

ELIZABETH GILBERT

LA FIRMA

de

TODAS LAS COSAS

Título original: *The Signature of All Things*

© 2013, Elizabeth Gilbert

Reservados todos los derechos

© De la traducción: Máximo Sáez

© De esta edición: 2013, Santillana USA Publishing Company

2023 N.W. 84th Ave.

Doral, FL, 33122

Teléfono: (305) 591-9522

Fax: (305) 591-7473

www.sumadeletras.com

Diseño de cubierta: OpalWorks

Primera edición: noviembre de 2013

ISBN: 978-1-62263-121-6

PRISA EDICIONES

*Para mi abuela Maude Edna Morcomb
Olson, en honor a su cien cumpleaños*

Qué es la vida, no sabemos.
Qué hace la vida, lo sabemos bien.
LORD PERCEVAL

Índice

Prólogo

Alma Whittaker, nacida con el siglo, llegó a nuestro mundo el 5 de enero de 1800.

Enseguida, casi de inmediato, circularon opiniones en torno a ella.

La madre de Alma, al contemplar al bebé por primera vez, se sintió bastante satisfecha con el resultado. Hasta ese momento, Beatrix Whittaker había tenido mala suerte a la hora de engendrar un heredero. Sus tres primeras tentativas de concebir se desvanecieron en tristes arroyuelos antes incluso de sentir el más ligero movimiento del feto. Su tentativa más reciente (un hijo de constitución perfecta) se había aproximado al borde mismo de la vida, pero cambió de opinión la mañana en que debía nacer, y se fue antes de haber llegado. Tras semejantes pérdidas, cualquier hijo que sobrevive es un hijo satisfactorio.

Con ese bebé robusto entre las manos, Beatrix murmuró una oración en su neerlandés natal. Rezó para que su hija creciese sana, sensata e inteligente, y para que nunca se relacionase con muchachas que se maquillan en exceso o se ríen de chistes vulgares, o se sientan a las mesas de juego junto a hombres indecorosos, o leen novelas francesas, o se comportan de manera poco recatada incluso para una india salvaje, o se convierten en el peor descrédito para una buena familia; es decir, una niña que fuese *een onnozelaar*, una bobalicona. Así concluyó su bendición, o lo que cabría considerar una bendición para una mujer tan austera como Beatrix Whittaker.

La partera, una vecina del lugar nacida en Alemania, opinó que había sido un nacimiento decente en una casa decente, y por lo tanto Alma Whittaker era un bebé decente. No había hecho frío en el dormitorio, se había servido sopa y cerveza con generosidad, y la madre se había mostrado inquebrantable, tal como cabría esperar de una holandesa. Además, la partera sabía que iban a pagarle, y que le pagarían muy bien. Cualquier bebé que trae dinero es un bebé aceptable. Por lo tanto, la partera también ofreció una bendición a Alma, aunque sin excesivo entusiasmo.

Hanneke de Groot, el ama de llaves, quedó menos impresionada. El bebé no era ni varón ni guapo. Tenía una cara que parecía un plato de gachas y era paliducha como suelo recién pintado. Al igual que todos los niños, daría trabajo. Al igual que todos los trabajos, probablemente recaería sobre sus hombros. Pero bendijo a la niña de todos modos, pues bendecir a un recién nacido es un deber, y Hanneke de Groot siempre cumplía con sus deberes. Hanneke pagó a la partera y cambió las sábanas. Recibió la ayuda, si bien no demasiado diestra, de una joven doncella (una muchacha de pueblo muy habladora, reciente incorporación a la casa) más inclinada a contemplar al bebé que a poner orden en la habitación. No es necesario que quede aquí constancia del nombre de la doncella, pues Hanneke de Groot despediría a la muchacha por inútil al día siguiente, y la echó sin referencias. No obstante, solo por esa noche, la doncella inútil y condenada mimó a la recién nacida, y anheló tener un bebé, y ofreció una bendición cariñosa y sincera a la joven Alma.

Dick Yancey —un hombre de Yorkshire, alto y amedrentador, que trabajaba para el señor de la casa encargándose con mano de hierro de los cometidos del comercio internacional y que residía en la finca ese enero, a la espera del deshielo de los puertos de Filadelfia a fin de proseguir su viaje a las Indias Orientales Holandesas— tuvo poco que decir sobre el bebé. Para ser justos, no era muy dado a las conversaciones desmedidas. Cuando le informaron de que la señora Whittaker había dado a luz a una niña sana, el señor Yancey se limitó a fruncir el ceño y decir, con su característica economía de expresión: «Arduo comercio el vivir». ¿Se trataba de una bendición? Es difícil saberlo. Concedámosle el beneficio de la duda y aceptémosla como tal. Con certeza, una maldición no pretendía ser.

En cuanto al padre de Alma (Henry Whittaker, el señor de la casa), se sintió complacido con su hija. De lo más complacido. No le importó que el bebé no fuese varón y que no fuese guapo. No bendijo a Alma, pero solo porque no bendecía nunca. («Los asuntos de Dios no son mis asuntos», decía a menudo). Sin reservas, no obstante, Henry admiró a su hija. Él había hecho esa niña, y Henry Whittaker tenía la tendencia de admirar sin reservas todo lo que hacía.

Para celebrar la ocasión, Henry cogió una piña de su mayor invernadero y la repartió a partes iguales entre todos los presentes. Fuera nevaba, como es habitual durante el invierno en Pensilvania, pero este hombre poseía varios invernaderos a carbón diseñados por él mismo (lo cual le convertía no solo en la envidia de todos los cultivadores y botánicos del continente, sino también en un hombre de riquezas desmesuradas) y, si se le antojaba una piña en enero, por todos los cielos que tendría una piña en enero. Y cerezas en marzo también.

A continuación, se retiró a su estudio y abrió el libro de contabilidad, donde, como cada noche, anotó las transacciones de toda índole, tanto oficiales como privadas. Comenzó: «Una pasagera nueba e hintresante se a hunido a nosotros», y continuó con los detalles, la cronología y los gastos relacionados con el nacimiento de Alma Whittaker. Su caligrafía era de una torpeza vergonzosa. Las frases eran aldeas abarrotadas de letras mayúsculas y minúsculas, que convivían en una pobreza angosta, trepando unas sobre otras como si trataran de escapar de la página. Su ortografía desafiaba la arbitrariedad y su puntuación causaba suspiros infelices a la razón.

Pero Henry escribió su narración, a pesar de todo. Era importante para él mantener un registro de las cosas. Si bien era consciente de que estas páginas horrorizarían a un hombre culto, también sabía que nadie, salvo su esposa, vería su manuscrito. Cuando recuperase las fuerzas, Beatrix transcribiría las notas a sus propios cuadernos, como siempre hacía, y su traducción elegante de los garabatos de Henry se convertiría en el registro oficial del hogar. La socia del día a día, Beatrix..., y a un buen precio, además. Ella realizaría esa tarea por él, y otros cientos de trabajos.

Dios mediante, en breve se pondría manos a la obra.

El papeleo comenzaba a amontonarse.

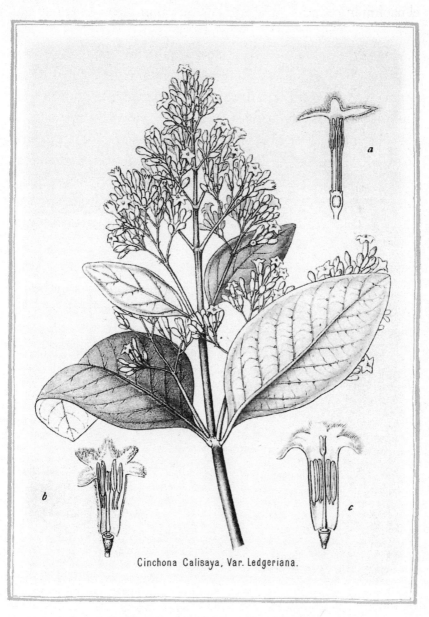

Cinchona Calisaya, Var. Ledgeriana.

Cinchona calisaya, var. ledgeriana

PRIMERA PARTE

EL ÁRBOL DE LA FIEBRE

Capítulo uno

Durante sus primeros cinco años de vida, Alma Whittaker fue sin duda una mera pasajera en el mundo (al igual que todo el mundo a esa edad temprana), por lo cual su historia no era aún noble ni especialmente interesante, salvo el hecho de que esta niña poco agraciada pasara sus días sin enfermedad ni incidentes, rodeada de una riqueza casi impensable en los Estados Unidos de la época, ni siquiera en la elegante Filadelfia. Cómo su padre llegó a poseer semejantes riquezas es una historia digna de contarse aquí, mientras aguardamos a que la niña crezca y despierte nuestro interés de nuevo. Al fin y al cabo, en 1800 no era más común que en otras épocas que un hombre nacido en la pobreza y casi analfabeto llegase a ser el más rico habitante de su ciudad, de modo que los medios por los cuales Henry Whittaker prosperó son en verdad interesantes, aunque carezcan, tal vez, de nobleza, como él mismo habría sido el primero en confesar.

Henry Whittaker nació en 1760 en la aldea de Richmond, un poco más allá del río Támesis de Londres. Fue el hijo más joven de unos padres pobres que ya tenían demasiados hijos. Creció en dos pequeñas habitaciones de suelo de tierra pisoteada, de techo casi aceptable, de comida en el fogón casi todos los días, de madre que no bebía y de padre que no maltrataba a su familia; en otras palabras, en comparación con muchas familias de entonces, la suya era una existencia casi refinada. Su madre disponía incluso de un rincón de tierra detrás de la casa donde cultivaba espuelas de caballero y altramuces, para decorar el entorno, como una dama. Pero Henry no se dejaba engañar por espuelas de caballero ni altramuces. Creció durmiendo separado de los cerdos apenas por una pared, y no hubo un solo momento de su vida en que la pobreza no lo humillase.

Quizá a Henry le habría ofendido menos su destino de no haberse visto rodeado de una riqueza con la cual comparar sus precarias circunstancias..., pero el muchacho creció rodeado no solo de fortunas, sino de realeza. Había un palacio en Richmond y había un parque recreativo llamado Kew, cultivado con destreza por la princesa Augusta, quien había traído consigo desde Alemania un séquito de jardineros dispuestos a crear un paisaje falso y majestuoso en esos humildes pastos ingleses. Su hijo, el futuro rey Jorge III, pasó ahí los veranos de su infancia. Cuando llegó al trono, Jorge III aspiró a convertir Kew en un jardín botánico digno de sus rivales del continente. Los ingleses, aislados en su isla fría y húmeda, se encontraban muy a la zaga del resto de Europa en cuanto a la botánica y Jorge III deseaba ponerse al día.

El padre de Henry era hortelano en Kew: un hombre humilde respetado por sus señores, tanto como era posible respetar a un humilde hortelano. El señor Whittaker tenía un don con los árboles frutales, y los tenía en alta estima. («Compensan a la tierra por las molestias —solía decir—, no como los otros»). Una vez salvó el manzano favorito del rey trasplantando un esqueje del alicaído ejemplar en un patrón más robusto, que selló con arcilla. El árbol dio fruto ese mismo año, y no tardó en producir fanegas. Por este milagro, el mismísimo rey apodó al señor Whittaker «el Mago del Manzano».

El Mago del Manzano, a pesar de todo su talento, era un hombre sencillo, con una esposa tímida, pero tuvieron seis hijos rudos y violentos (entre ellos, el Terror de Richmond y otros dos que acabarían muertos en trifulcas tabernarias). Henry, el más joven, era, en cierto modo, el más rudo de todos ellos, y quizás lo fuera por necesidad, para sobrevivir frente a sus hermanos. Era obstinado y resistente como un pequeño galgo, un pilluelo delgaducho y explosivo que recibía estoicamente y sin falta las palizas de sus hermanos; su temeridad a menudo era puesta a prueba por los demás, que gustaban de desafiarlo. Incluso lejos de sus hermanos, Henry era un experimentador peligroso, un provocador clandestino de incendios, un hostigador de amas de casa que correteaba por los tejados, una amenaza para los niños pequeños, un muchacho que no habría sorprendido a nadie si se hubiese caído de un campanario o se hubiese ahogado en el Támesis, aunque por pura casualidad nada de eso llegó a ocurrir.

Sin embargo, a diferencia de sus hermanos, Henry contaba con una cualidad redentora. Dos, para ser exactos: era inteligente y le interesaban los árboles. Habría sido una exageración afirmar que Henry veneraba los árboles, como le ocurría a su padre, pero le interesaban porque era de lo poco que podía aprender con facilidad en ese mundo precario, y la experiencia ya había mostrado a Henry que aprender cosas otorgaba ciertas ventajas sobre otras personas. Si uno quería seguir viviendo (y Henry quería) y quería prosperar (y Henry quería), entonces debía aprender todo lo que pudiese aprender. Latín, caligrafía, tiro con arco, montar a caballo, bailar..., todo ello estaba fuera de su alcance. Pero tenía árboles y tenía a su padre, el Mago del Manzano, que pacientemente se tomó la molestia de instruirlo.

Así que Henry lo aprendió todo acerca de las herramientas del horticultor para trabajar con la tierra y la cera, de los instrumentos de cortar, además de los trucos de los injertos, los hierbajos, la siembra y la poda con buena mano. Aprendió a trasplantar árboles en primavera, si el suelo estaba húmedo y apelmazado, o en otoño, si el suelo estaba suelto y seco. Aprendió a sujetar los albaricoques con una estaca y a cubrirlos para protegerlos del viento, a cultivar cítricos en el invernadero, a ahumar el moho de las grosellas, a amputar las ramas enfermas de las higueras y a identificar cuándo no valía la pena. Aprendió a arrancar la corteza maltrecha de un árbol viejo y a derribarlo, sin sentimentalismos ni remordimientos, con el propósito de reclamarle revivir durante una docena más de estaciones.

Henry aprendió mucho de su padre, aunque le avergonzaba como hombre, pues pensaba que era débil. Si el señor Whittaker realmente era el Mago del Manzano, razonaba Henry, entonces, ¿por qué la admiración del rey no se había transformado en riqueza? Había ricos más estúpidos..., y abundaban. ¿Por qué los Whittaker vivían aún junto a los cerdos cuando ahí al lado se extendían los jardines verdes del palacio y las agradables casas de las damas de honor, donde dormían las sirvientas de la reina bajo sábanas de lino? Henry, tras encaramarse a lo alto de un sofisticado muro, divisó a una dama, ataviada con un vestido color marfil, que adiestraba un inmaculado caballo blanco mientras un sirviente tocaba el violín para regocijo de su señora. Esas personas vivían así ahí mismo, en Richmond, mientras los Whittaker ni siquiera tenían suelo.

Pero el padre de Henry nunca luchó por las cosas buenas de la vida. A lo largo de treinta años había ganado el mismo salario miserable y ni una vez lo había discutido, y nunca se quejó de trabajar al aire libre en ese clima horrendo, durante tanto tiempo que su salud se echó a perder. El padre de Henry había sido siempre muy comedido, en especial al tratar a sus superiores, y para él todos los demás eran sus superiores. El señor Whittaker se esforzaba en no ofender nunca y en no aprovecharse de nada, incluso cuando las ventajas pendían maduras, al alcance de la mano. Le dijo a su hijo: «Henry, no seas osado. Solo puedes degollar a la oveja una vez. Pero, si tienes cuidado, puedes esquilarla todos los años».

Con un padre tan pusilánime y complacido, ¿qué podría esperar Henry de la vida, salvo lo que pudiese arrebatar con sus propias manos? «Un hombre debe lucrarse —empezó a decirse Henry a sí mismo cuando apenas tenía trece años—. Un hombre debe degollar una oveja al día».

Pero ¿dónde encontrar la oveja?

Fue entonces cuando Henry Whittaker comenzó a robar.

***

A mediados de la década de 1770, los jardines Kew se habían convertido en un arca de Noé botánica, con miles de especímenes ya en la colección y nuevos ejemplares que llegaban cada semana: hortensias del Lejano Oriente, magnolias de China, helechos de las Indias Occidentales. Más aún, Kew tenía un nuevo y ambicioso superintendente: sir Joseph Banks, recién llegado de su triunfal viaje alrededor del mundo como botánico jefe en el *Endeavour* del capitán Cook. Banks, que trabajaba sin recibir sueldo alguno (solo le interesaba la gloria del Imperio británico, decía, a pesar de que hubo quien sugirió que tal vez le interesaba un poquito la gloria de sir Joseph Banks), recolectaba plantas con una pasión furiosa, en su compromiso de crear un espectacular jardín nacional.

¡Oh, sir Joseph Banks! ¡Ese hermoso, putañero, ambicioso y competitivo aventurero! Era todo lo que el padre de Henry no sería nunca. A los veintitrés años, una herencia torrencial de seis mil libras al año había convertido a Banks en uno de los hombres más ricos de Inglaterra. Posiblemente, era también el más apuesto. Banks podría haber dedicado su vida al lujo y al ocio, pero en su lugar aspiró a convertirse en el más audaz de los exploradores botánicos, vocación que asumió sin sacrificar ni un ápice de elegancia o glamur. Banks pagó de su bolsillo una buena parte de la primera expedición del capitán Cook, lo cual le brindó el derecho a llevar en ese pequeño barco dos sirvientes negros, dos sirvientes blancos, un botánico de repuesto, un secretario científico, dos artistas, un dibujante y un par de galgos italianos. Durante esta aventura de dos años, Banks sedujo a reinas tahitianas, bailó desnudo en las playas junto a salvajes y contempló a jóvenes paganas cuyas nalgas eran tatuadas a la luz de la luna. Trajo consigo a Inglaterra a un tahitiano llamado Omai, que habría de ser su mascota, y también trajo cerca de cuatro mil especímenes de plantas, casi la mitad de las cuales eran desconocidas para la ciencia. Sir Joseph Banks era el hombre más famoso y gallardo de Inglaterra, y Henry lo admiraba sin reservas.

Pero, de todos modos, le robó.

Simplemente, la oportunidad se presentó, y era una oportunidad demasiado evidente. En los círculos científicos Banks era conocido no solo como un gran coleccionista botánico, sino también como un gran acaparador. Los caballeros dedicados a la botánica, en aquellos días tan educados, solían compartir sus descubrimientos con generosidad, pero Banks no compartía nada. Profesores, dignatarios y coleccionistas acudían a Kew procedentes de todo el mundo, con la razonable esperanza de obtener semillas y esquejes, así como muestras del rico herbario de Banks, pero este se negaba en redondo.

El joven Henry admiraba al Banks acaparador (él tampoco habría compartido sus tesoros, de poseerlos), pero no tardó en ver una oportunidad en los rostros enojados de esos visitantes frustrados. Los esperaba en las afueras de Kew y los abordaba cuando salían de los jardines, maldiciendo a veces a sir Joseph Banks en francés, alemán, holandés o italiano. Henry se acercaba, les preguntaba qué muestras deseaban y prometía adquirirlas antes de que la semana acabase. Siempre llevaba una tablilla y un lápiz de carpintero; si los hombres no hablaban inglés,

Henry les pedía que dibujasen lo que necesitaban. Todos ellos eran excelentes artistas botánicos, de modo que sus necesidades quedaban muy claras. Por la noche, ya tarde, Henry entraba a hurtadillas en los invernaderos, pasaba como una flecha entre los trabajadores que mantenían encendidas las estufas gigantes durante esas noches gélidas y robaba plantas para lucrarse.

Era el muchacho indicado para esa tarea. Se le daba bien identificar las plantas, era un experto en mantener con vida los esquejes, su cara era tan familiar en los jardines que no despertaba sospechas y cubría sus huellas con destreza. Lo mejor de todo: daba la impresión de que no necesitaba dormir. Trabajaba todo el día con su padre en las huertas, tras lo cual robaba durante toda la noche: plantas raras, plantas preciosas, zapatillas de dama, orquídeas tropicales, maravillas carnívoras del Nuevo Mundo. Además, guardaba todos los dibujos de plantas de esos distinguidos señores y los estudiaba hasta memorizar todos los estambres y pétalos de las plantas que el mundo deseaba.

Como todos los buenos ladrones, Henry era escrupuloso respecto a su propia seguridad. No confió a nadie su secreto y enterraba sus ganancias en varios escondites en los jardines Kew. No gastó ni un penique. Dejó que la plata reposase bajo la tierra, como una raíz vigorosa. Quería que la plata se acumulase, hasta brotar con una acometida, para otorgarle el derecho a convertirse en un hombre rico.

Al cabo de un año Henry contaba con varios clientes habituales. Uno de ellos, un anciano cultivador de orquídeas del Jardín Botánico de París, ofreció al muchacho quizás el primer cumplido agradable de su vida: «Eres un pilluelo muy útil, ¿no es así?». Al cabo de dos años, Henry administraba un próspero comercio vendiendo plantas no solo a botánicos serios, sino a un círculo de ricos nobles londinenses que deseaban ejemplares exóticos para sus colecciones. Al cabo de tres años, enviaba clandestinamente muestras de plantas a Francia e Italia, embalando con destreza los esquejes en musgo y cera para que sobreviviesen el viaje.

Al final del tercer año, Henry Whittaker fue descubierto... por su propio padre.

El señor Whittaker, que solía dormir profundamente, notó que su hijo salía de casa pasada la medianoche y, abatido por las sospechas instintivas de un padre, siguió al muchacho al invernadero y vio cómo seleccionaba, cómo robaba, cómo embalaba con mano experta. Reconoció de inmediato la prudencia característica con la que actúa un ladrón.

El padre de Henry no había pegado nunca a sus hijos, ni siquiera cuando lo merecían (y lo merecían con frecuencia), y no pegó a Henry esa noche. Tampoco se encaró con él. Henry ni siquiera supo que había sido descubierto. No, el señor Whittaker hizo algo mucho peor. A primera hora de la mañana siguiente, solicitó una audiencia personal con sir Joseph Banks. No era un hecho frecuente que un pobre diablo como Whittaker rogase hablar con un caballero como Banks, pero el padre de Henry se había ganado cierto respeto en Kew a lo largo de treinta años de trabajo incansable para justificar semejante intromisión, solo por esta vez. Era un hombre pobre y viejo, sin duda, pero también era el Mago del Manzano, el salvador del árbol favorito del rey, y ese título le otorgó el derecho a ser recibido.

El señor Whittaker se acercó a Banks casi de rodillas, la cabeza gacha, penitente como un santo. Confesó la historia humillante de su hijo, aderezada con la sospecha de que Henry probablemente había robado durante años. Presentó la dimisión de su puesto en Kew como castigo, con tal de que no detuviesen ni hiciesen daño al muchacho. El Mago del Manzano prometió llevar a su familia lejos de Richmond, de modo que el apellido Whittaker no volviese a mancillar ni a Kew ni a Banks nunca más.

Banks, impresionado por el exacerbado sentido del honor del hortelano, rechazó la dimisión y requirió al joven Henry en persona. Una vez más, se trataba de un hecho inusual. Si era extraño que sir Joseph Banks recibiese a un cultivador analfabeto en su despacho, era aún muchísimo más extraño que recibiese a un ladronzuelo de dieciséis años hijo de un cultivador analfabeto. Probablemente, debería haber ordenado que detuviesen al niño, sin más. Pero el robo era un delito castigado con la horca, niños mucho más jóvenes que Henry habían acabado en el patíbulo..., y por infracciones mucho menos graves. Si bien el ataque a su colección era irritante, Banks sentía la suficiente simpatía por el padre como para investigar el problema en persona antes de llamar al alguacil.

El problema, cuando se presentó en el estudio de sir Joseph Banks, resultó ser un joven larguirucho, pelirrojo, de escasas palabras, de mirada borrosa, de hombros anchos, de pecho hundido, con la piel pálida y ya curtida por estar expuesta con demasiada frecuencia al viento, la lluvia y el sol. El muchacho, malnutrido pero alto, tenía unas manos enormes; Banks pensó que se convertiría en un hombre corpulento algún día, si conseguía comer bien.

Henry no sabía exactamente por qué lo habían llamado al estudio de Banks, pero era lo bastante avispado como para sospechar lo peor y se sentía muy inquieto. Solo por pura obstinación fue capaz de entrar en el despacho de Banks sin temblar de modo evidente.

Por Dios, a pesar de todo, ¡qué estudio tan hermoso! Y qué espléndidamente vestía Joseph Banks, con su peluca reluciente y el traje de terciopelo negro, las hebillas de los zapatos lustradas y las medias blancas. En cuanto pasó por la puerta, Henry calculó el precio del delicado escritorio de caoba, contempló codicioso la excelente colección de cajas apiladas en cada estante y admiró el apuesto retrato del capitán Cook que colgaba en la pared. Madre de perros muertos, ¡solo el marco de ese retrato costaría noventa libras!

A diferencia de su padre, Henry no se inclinó en presencia de Banks, sino que se irguió ante el gran hombre y lo miró a los ojos. Banks, sentado, consintió que Henry permaneciese en silencio, tal vez a la espera de una confesión o una súplica. Pero Henry no confesó ni suplicó, ni agachó la cabeza avergonzado, y si sir Joseph Banks pensaba que Henry Whittaker iba a ser tan necio como para hablar el primero en semejantes circunstancias, es que no lo conocía.

Por lo tanto, al cabo de un largo silencio, Banks comenzó:

—Dime, entonces... ¿por qué no debería enviarte a la horca de Tyburn?

«Entonces es eso —pensó Henry—. Se acabo».

No obstante, el muchacho se esforzó en diseñar un plan. Tenía que encontrar una táctica, y tenía que encontrarla en un momento fugaz y exiguo. No había pasado la vida recibiendo una paliza tras otra de sus hermanos sin haber aprendido nada acerca de luchar. Cuando un oponente más grande y más fuerte ha asestado el primer puñetazo, solo queda una oportunidad de devolver el golpe antes de caer aporreado en el suelo, y lo mejor era un ataque inesperado.

—Porque soy un pilluelo muy útil —dijo Henry.

Banks, quien disfrutaba con los incidentes inusuales, bramó con una carcajada inesperada.

—Confieso que no te veo utilidad alguna, joven. Todo lo que has hecho por mí es robarme mi tesoro, conseguido con tanto esfuerzo.

No era una pregunta, pero Henry contestó de todos modos.

—Tal vez lo he podado un poco —dijo.

—¿No lo niegas?

—Ni todos los rebuznos del mundo cambiarían eso, ¿verdad?

Una vez más, Banks se rio. Tal vez pensó que el muchacho exhibía un falso coraje, pero la valentía de Henry era real. Como lo era también su miedo. Como lo era su falta de remordimiento. Durante toda su vida, Henry pensó que el remordimiento era una debilidad.

Banks cambió de táctica:

—Debo decir, joven, que eres una desgracia para tu padre.

—Y él para mí, señor —repuso Henry.

Una vez más, la carcajada sorprendida de Banks.

—Vaya, ¿de verdad? ¿Qué mal te ha hecho ese buen hombre?

—Me hizo pobre, señor —dijo Henry. En ese momento, comprendiendo todo de repente, Henry añadió—: Fue él, ¿verdad? ¿Fue él quien me delató?

—Sin duda alguna. Es un alma honorable, tu padre.

—Menos conmigo, ¿eh? —Henry se encogió de hombros.

Banks escuchó y asintió, concediéndole generosamente la razón. A continuación, preguntó:

—¿A quién has estado vendiendo mis plantas?

Henry contó los nombres con los dedos:

—Mancini, Flood, Willink, LeFavour, Miles, Sather, Evashevski, Feuerle, lord Lessig, lord Garner...

Banks lo interrumpió con un gesto de la mano. Miró al joven con un asombro indisimulado. Por extraño que parezca, si hubiese sido una lista más modesta, el enojo de Banks habría sido mayor. Pero esos eran los nombres de los botánicos más célebres del momento. A algunos de ellos Banks los consideraba amigos. ¿Cómo habría dado con ellos este niño? Algunos de esos hombres no habían ido a Inglaterra desde hacía años. El niño debía estar *exportando*. ¿Qué tipo de campaña había organizado esta criatura delante de sus mismísimas narices?

—¿Cómo es que sabes cuidar las plantas? —preguntó Banks.

—Siempre he sabido de plantas, señor, toda la vida. Es como si las conociese desde antes de nacer.

—¿Y esos hombres te pagan?

—O no reciben las plantas, claro —dijo Henry.

—Debes de estar ganando un buen dinero. De hecho, habrás acumulado un montón de dinero en los últimos años.

Henry era demasiado astuto para responder.

—¿Qué has hecho con el dinero que has ganado, joven? —insistió Banks—. Ya veo que no lo has invertido en ropa. Sin duda, tus ganancias pertenecen a Kew. Así que ¿dónde están?

—Han desaparecido, señor.

—¿Desaparecido? ¿Cómo?

—Los dados, señor. Tengo debilidad por el juego, ¿sabe?

Eso podría ser o no ser cierto, pensó Banks. Pero el muchacho tenía más valor que cualquier bestia bípeda que hubiese visto antes. Banks se sentía intrigado. Era un hombre que, al fin y al cabo, tenía a un pagano como mascota y que, para ser sinceros, disfrutaba de la reputación de ser medio pagano él mismo. Su condición social le exigía que al menos pretendiese admirar el refinamiento, pero en el fondo prefería un poco de salvajismo. Y ¡qué pequeño gallo salvaje era Henry Whittaker! Banks cada vez se sentía menos inclinado a entregar este curioso ejemplar humano a los alguaciles.

Henry, que lo veía todo, supo que algo ocurría en el rostro de Banks: una atenuación del semblante, una curiosidad naciente, un resquicio para la oportunidad de salvar la vida. Ebrio con el instinto de supervivencia, el muchacho se abalanzó sobre ese resquicio de la esperanza, por última vez.

—No me envíe a la horca, señor —dijo Henry—. Se arrepentirá si lo hace.

—¿Qué propones que haga contigo, en vez de eso?

—Cójame a su servicio.

—¿Por qué? —preguntó Banks.

—Porque soy mejor que nadie.

Capítulo dos

Así pues, Henry no acabó en la horca de Tyburn, ni su padre perdió el puesto en Kew. Los Whittaker fueron milagrosamente indultados y Henry solo acabó en el exilio, enviado al mar, por orden de sir Joseph Banks, a descubrir en qué le convertiría el mundo.

Era 1776 y el capitán Cook estaba a punto de embarcarse en su tercer viaje alrededor del mundo. Banks no iba a formar parte de esta expedición. Sencillamente, no había sido invitado. Tampoco había sido invitado al segundo viaje, lo cual le había humillado. Las extravagancias y la necesidad de atención de Banks habían disgustado al capitán Cook y, qué vergüenza, lo había sustituido. Cook iba a viajar con un botánico más humilde, alguien más fácil de controlar: el señor David Nelson, un jardinero tímido y competente de Kew. Pero Banks deseaba entremeterse como fuese en ese viaje y deseaba aún más mantenerse informado acerca de la colección botánica de Nelson. No le agradaba la idea de una importante labor científica realizada a sus espaldas. Por lo tanto, maniobró para enviar a Henry en la expedición como ayudante de Nelson, con instrucciones de observar todo, aprender todo, recordar todo y, al cabo, informar a Banks de todo. ¿Qué mejor uso de Henry Whittaker que colocarlo como informador?

Por otra parte, exiliar a Henry en la mar era una buena estrategia para mantener al muchacho lejos de los jardines Kew durante unos años, a una distancia prudente, a fin de determinar exactamente en qué tipo de persona se convertiría. Tres años en un barco serían más que suficientes para que brotase el verdadero carácter del muchacho. Si acababan ahorcando a Henry del penol por ladrón, asesino o amotinado..., bueno, eso sería problema de Cook, no de Banks, ¿a que sí? Por otra parte, el muchacho quizás demostrase su valía, en cuyo caso Banks contaría con él para el futuro, una vez que la expedición lo hubiese amansado.

Banks presentó a Henry al señor Nelson así:

—Nelson, quisiera que conozca usted a su nueva mano derecha, el señor Henry Whittaker, de los Whittaker de Richmond. Es un pilluelo muy útil y confío en que usted descubra que, cuando se trata de plantas, ya lo sabía todo desde antes de nacer.

Más tarde, en privado, Banks impartió algunos consejos finales a Henry antes de enviarlo al mar:

—Cada día que estés a bordo, hijo, defiende tu salud con ejercicio vigoroso. Escucha al señor Nelson: es aburrido, pero sabe más de plantas de lo que aprenderás tú en toda la vida. Estarás a merced de viejos marinos, pero nunca te quejes de ellos o las cosas te irán muy mal. Mantente alejado de las putas, a menos que desees contraer el mal francés. Va a haber dos barcos, pero irás a bordo del *Resolution*, con Cook en persona. Nunca te cruces en su camino. Nunca le dirijas la palabra. Y, si hablas con él, lo cual no debes hacer nunca, en ningún caso le hables del modo que me has hablado a mí a veces. No le resultará tan entretenido como a mí. No nos parecemos en nada, Cook y yo. Ese hombre es un perfecto dragón del protocolo. Hazte invisible para él, y así serás más feliz. Por último, debo decirte que, a bordo del *Resolution*, al igual que en todas las embarcaciones de su majestad, te encontrarás en medio de un extraño conciliábulo de granujas y caballeros. Sé inteligente, Henry: sigue el ejemplo de los caballeros.

El semblante intencionadamente inexpresivo de Henry era indescifrable para todo el mundo, así que Banks no percibió el sorprendente efecto de esta última frase. A oídos de Henry, Banks acababa de sugerir algo extraordinario: la posibilidad de que Henry, algún día, se convirtiese en un caballero. Más que como una posibilidad, incluso, casi había sonado como una orden, y una orden muy bienvenida: «Aventúrate en el mundo, Henry, y aprende a ser un caballero». Y, durante esos años duros y solitarios que Henry iba a pasar en el mar, quizás esta despreocupada declaración de Banks no hizo sino crecer en su mente. Quizás no hizo sino pensar en ella. Quizás, con el tiempo, Henry Whittaker, ese muchacho ambicioso y esforzado, dominado por el instinto de triunfar, llegó a recordar esas palabras como si se tratasen de una promesa.

***

Henry zarpó de Inglaterra en agosto de 1776. Los objetivos declarados de la tercera expedición de Cook eran dos. El primero era navegar a Tahití, para devolver la mascota de sir Joseph Banks (el hombre llamado Omai) a su patria. Omai se había cansado de la vida cortesana y anhelaba regresar a casa. Se había vuelto huraño, gordo y difícil, de modo que Banks se cansó de su mascota. La segunda tarea consistía en navegar hacia el norte, hasta la costa del Pacífico del continente americano, en busca del paso del Noroeste.

Las dificultades de Henry comenzaron al instante. Se alojaba bajo cubierta, junto al gallinero y los barriles. Las aves de corral y las cabras alborotaban a su alrededor, pero él no se quejó. Fue acosado, despreciado, golpeado por adultos de manos curtidas por la sal y muñecas como yunques. Los viejos marinos se burlaban de él por ser una anguila de agua dulce que no sabía nada de los escollos de viajar por mar. En todas las expediciones había hombres que morían, aseguraban, y Henry sería el primero en morir.

Lo subestimaron.

Henry era el más joven, pero no, como se demostró pronto, el más débil. No era una vida mucho más incómoda que la única que había conocido. Aprendió todo lo que necesitaba aprender. Aprendió a secar y preparar las plantas del señor Nelson para el historial científico, a pintar ejemplares al aire libre (ahuyentando a las moscas que se posaban en los pigmentos incluso mientras los mezclaba), pero también aprendió a ser útil en el barco. Tuvo que frotar cada grieta del *Resolution* con vinagre y se vio obligado a quitar los bichos de la cama de los viejos marinos. Ayudó al carnicero del barco a salar y embarrilar cerdos, y aprendió a manejar la máquina de destilar agua. Aprendió a tragarse el vómito, en lugar de revelar sus mareos para regocijo de todos. Soportó las tempestades sin mostrar miedo a los cielos o a ningún hombre. Comió tiburones y también los peces medio descompuestos que había en el vientre de estos. Vio a un hombre mayor, un marino experimentado, caer por la borda y ahogarse, y otros hombres murieron de infecciones, pero no Henry.

Atracó en Madeira, en Tenerife, en la bahía de la Mesa. Ahí, en Ciudad del Cabo, se encontró por primera vez con representantes de la Compañía Neerlandesa de las Indias Orientales, quienes le impresionaron por su sobriedad, competencia y riquezas. Vio a los marinos perder todas sus ganancias en las mesas de juego. Vio a la gente pedir préstamos a los holandeses, quienes daban la impresión de no apostar nunca. Henry no apostó tampoco. Vio cómo a un compañero marino, un aspirante a falsificador, lo descubrían haciendo trampas y lo azotaban como castigo hasta perder el conocimiento..., por orden del capitán Cook. Él no mereció castigo alguno. Al cruzar el cabo de Buena Esperanza en medio del hielo y la ventisca, Henry tiritó por la noche bajo una fina manta, con las mandíbulas entrechocando con tal fuerza que se rompió un diente, pero no se quejó. Celebró la Navidad en una isla de un frío atroz entre lobos marinos y pingüinos.

Desembarcó en Tasmania y vio nativos desnudos... o, como los llamaban los británicos (al igual que a todas las personas de cutis cobrizo), «indios». Vio al capitán Cook dar medallas a los indios como recuerdo, con grabados de Jorge III y la fecha de la expedición, para celebrar este encuentro histórico. Vio a los indios clavar de inmediato las medallas en los anzuelos y las puntas de las lanzas. Perdió otro diente. Vio que los marinos ingleses no creían que la vida de los indios salvajes tuviese importancia alguna, mientras Cook trataba en vano de enseñarles lo contrario. Vio a los marinos forzar a las mujeres que no lograban persuadir, persuadir a las mujeres que no podían pagarse y comprar hijas a sus padres, si los marinos disponían de hierro para cambiar por carne. Evitó a todas las mujeres.

Pasó largos días a bordo del barco, ayudando al señor Nelson a dibujar, describir y clasificar sus colecciones botánicas. No albergaba afecto por el señor Nelson, pero deseaba aprender todo lo que este sabía.

Desembarcó en Nueva Zelanda, que le pareció una copia exacta de Inglaterra, salvo por las jóvenes tatuadas que se podían comprar por un puñado de monedas. No compró ninguna joven. Vio que sus compañeros marinos, en Nueva Zelanda, compraban dos hermanos entusiastas y enérgicos (de diez y quince años) a su padre. Los niños se incorporaron a la expedición como ayudantes. Querían venir, aseguraban. Pero Henry sabía que los niños no tenían ni idea de lo que significaba dejar a su gente. Se llamaban Tibura y Gowah. Trataron de entablar amistad con Henry, pues era el más cercano a su edad, pero él no les hizo caso. Eran esclavos y estaban condenados. No deseaba relacionarse con los condenados. Vio a los niños neozelandeses comer perros crudos y añorar su hogar. Sabía que acabarían muriendo.

Partió a las verdes, turgentes, perfumadas tierras de Tahití. Vio que cuando el capitán Cook volvió a Tahití le dieron la bienvenida como si fuera un gran rey, un gran amigo. El *Resolution* fue recibido por un enjambre de indios, que nadaron hacia el barco y llamaron a gritos a Cook. Henry vio que Omai (el nativo que llegó a conocer al rey Jorge III) fue acogido primero como un héroe y luego, poco a poco, como un forastero de quien recelaban. Vio que ahora Omai no pertenecía a ninguna parte. Vio a los tahitianos bailar al compás de cuernos y gaitas ingleses, mientras que el señor Nelson, su rancio maestro botánico, se emborrachó una noche y se desnudó hasta la cintura y bailó con los tambores tahitianos. Henry no bailó. Vio al capitán Cook ordenar al barbero del barco que amputase las dos orejas a un nativo por haber robado dos veces hierro de la forja del *Resolution*. Vio a uno de los jefes tahitianos tratar de robar un gato a los ingleses y recibir un latigazo en la cara.

Vio al capitán Cook prender fuegos artificiales en la bahía de Matavai para impresionar a los nativos, pero solo los asustó. En una noche más tranquila, vio el millón de luces del cielo sobre Tahití. Bebió de cocos. Comió perros y ratas. Vio templos de piedra, cubiertos de cráneos humanos. Subió las traicioneras avenidas de los acantilados, junto a las cascadas, para recolectar muestras de helechos para el señor Nelson, incapaz de escalar. Vio al capitán Cook luchar para mantener el orden y la disciplina de sus subordinados, si bien el libertinaje reinaba. Todos los marineros y oficiales se habían enamorado de tahitianas y de cada una de ellas se decía que conocía un acto amoroso secreto y especial. Los hombres no querían irse de la isla. Henry se mantuvo alejado de las mujeres. Eran hermosas, sus pechos eran hermosos, su cabello era hermoso, su aroma era extraordinario y habitaban sus sueños..., pero casi todas padecían el mal francés. Resistió cientos de fragantes tentaciones. Lo ridiculizaron por ello. Las resistió, no obstante. Planeaba algo grandioso para sí mismo. Se concentró en la botánica. Recolectó gardenias, orquídeas, jazmines, árboles del pan.

Continuaron navegando. Vio que a un nativo en las islas Amigables le cortaban el brazo por el codo, por orden del capitán Cook, por haber robado un hacha del *Resolution*. Recogía ejemplares con el señor Nelson en esas islas cuando los nativos les tendieron una emboscada; los despojaron de la ropa y (mucho peor) de las muestras botánicas y los cuadernos. Quemados por el sol, desnudos y sobrecogidos, regresaron al barco, pero ni siquiera entonces Henry se quejó.

Con atención, observó a los caballeros a bordo, para fijarse en su comportamiento. Imitó su forma de hablar. Practicó su dicción. Mejoró sus modales. Una vez oyó a un oficial decir a otro: «A pesar de lo artificial que ha sido siempre la aristocracia, aún constituye la mejor defensa contra la muchedumbre analfabeta e irreflexiva». Vio que los oficiales impartían honores una y otra vez a cualquier nativo que se asemejase a un noble (o, al menos, que se asemejase un poco a la idea de nobleza de un inglés). En todas las islas que visitaron, los oficiales del *Resolution* destacaban a un hombre cualquiera de piel morena que lucía ornamentos más elegantes, o que llevaba más tatuajes, o que portaba una lanza más grande, o que tenía más esposas, o que era llevado en una litera por otros hombres, o que (ante la falta de esos lujos) era, simplemente, más alto que los demás. Los ingleses trataban a esa persona con respeto. Este sería el hombre con quien negociarían, y a quien cubrirían de regalos, y a quien, a veces, proclamarían «el rey». Concluyó que, fuesen donde fuesen, los caballeros ingleses siempre iban en busca de un rey.

Henry cazó tortugas y comió delfines. Fue comido por hormigas negras. Continuó navegando. Vio indios diminutos con conchas enormes en los oídos. Vio una tormenta en los trópicos que tiñó el cielo de un verde enfermizo, lo único que asustó visiblemente a los viejos marinos. Vio montañas ardientes llamadas volcanes. Navegaron hacia el norte. Volvió a hacer frío de nuevo. Comió ratas de nuevo. Desembarcaron en la costa occidental de América del Norte. Comió venado y renos. Vio a personas vestidas con pieles que comerciaban con cuero de castor. Vio cómo la cadena del ancla se enganchaba a la pierna de un marino de modo que fue arrastrado al mar y murió.

Navegaron más lejos, aún hacia el norte. Vio casas hechas con costillas de ballena. Compró la piel de un lobo. Recolectó prímulas, violetas, grosellas y enebro con el señor Nelson. Vio indios que vivían en agujeros en el suelo y que escondían a sus mujeres de los ingleses. Comió cerdo en salazón relleno de gusanos. Perdió otro diente. Llegó al estrecho de Bering y oyó bestias aullando en la noche del Ártico. Todas sus posesiones secas se empaparon y, poco después, se helaron. Vio cómo le crecía la barba. A pesar de ser tan rala, colgaban carámbanos de ella. La cena se congeló en el plato antes de poder comerla. No se quejó. No quería que le dijesen a sir Joseph Banks que en algún momento se había quejado. Cambió su piel de lobo por un par de raquetas para la nieve. Vio morir al señor Anderson, el cirujano del barco, sepultado en el mar ante el panorama más desolado que un hombre pudiera imaginar: un mundo helado de noches perpetuas. Vio a los marinos lanzar cañonazos a los leones de mar de la costa, por diversión, hasta que no quedó ni un animal vivo en la playa.

Vio la tierra que los rusos llamaban Elaskah. Ayudó a hacer cerveza de abeto, que los marinos odiaban, pero no tenían nada más que beber. Vio indios que habitaban en antros tan incómodos como las madrigueras de los animales que cazaban y comían, y conoció rusos, encallados en una estación ballenera. Escuchó al capitán Cook comentar, acerca del oficial ruso al mando (un hombre rubio, alto y apuesto): «Evidentemente, es un caballero de buena familia». En todas partes, al parecer, incluso en esta tundra inhóspita, era importante ser un caballero de buena familia. En agosto, el capitán Cook se dio por vencido. Era incapaz de encontrar el paso del Noroeste, y el *Resolution* estaba bloqueado por catedrales de hielo. Cambiaron de rumbo y se dirigieron al sur.

Apenas se detuvieron hasta llegar a Hawai. No deberían haber ido a Hawai. Habrían estado más seguros muriendo de hambre en el hielo. Los reyes de Hawai estaban enojados y los aborígenes eran ladrones y se mostraban agresivos. Los hawaianos no eran tahitianos (no eran amigos amables) y, además, eran millares. Pero el capitán Cook necesitaba agua fresca, y tuvo que permanecer en el puerto hasta abastecer las bodegas de nuevo. Hubo muchos robos por parte de los indios y muchos castigos por parte de los ingleses. Hubo disparos, hubo indios heridos, hubo jefes consternados, hubo intercambios de amenazas. Algunos hombres afirmaron que el capitán Cook estaba perdiendo los estribos, que se volvía cada vez más brutal, dominado por rabietas más teatrales y una furia más rabiosa tras cada robo. Aun así, los indios siguieron robando. No podían permitirlo. Sacaban los clavos del mismo barco. Robaron barcas, y armas también. Hubo más disparos y hubo más indios muertos. Henry no durmió durante días, avizor. Nadie dormía.

El capitán Cook bajó a tierra, en busca de una audiencia con los jefes, para apaciguarlos, pero lo recibieron cientos de hawaianos furiosos. En apenas un momento, el gentío se convirtió en una turba. Henry vio cómo mataban al capitán Cook, cuyo pecho perforó la lanza de un nativo, cuya cabeza fue aporreada y cuya sangre se mezcló con las olas. En un instante, el gran navegante dejó de existir. Su cuerpo fue arrastrado por los nativos. Esa misma noche, más tarde, como afrenta final, un indio en canoa arrojó un trozo del muslo del capitán Cook a bordo del *Resolution*.

Henry vio a los marinos ingleses quemar el poblado entero como castigo. A duras penas contuvieron a los marinos ingleses para que no mataran a todos los hombres, mujeres y niños indios de la isla. Las cabezas de dos indios fueron cortadas y clavadas en estacas…, y habría más, prometieron los marinos, hasta que devolvieran el cadáver del capitán Cook para darle una sepultura decente. Al día siguiente, el resto del cadáver de Cook llegó al *Resolution,* sin vértebras y sin pies, que no se recuperaron nunca. Henry vio cómo los restos de su comandante recibían sepultura en el mar. El capitán Cook nunca dirigió la palabra a Henry, y este, que acató el consejo de Banks, se apartó del camino de Cook. Pero ahora Henry Whittaker estaba vivo, y el capitán Cook no.

Pensó que tal vez volverían a Inglaterra tras este desastre, pero no fue así. Un tal señor Clark tomó el mando. Su misión no había cambiado: volver a intentar hallar el paso del Noroeste. Cuando volvió el verano, navegaron hacia el norte una vez más, hacia ese frío espantoso. Henry recibió andanadas de ceniza y piedra pómez procedentes de un volcán. Hacía tiempo que se habían comido todas las verduras frescas y bebían agua salobre. Los tiburones seguían al barco, para comerse los baldes de las letrinas. Henry y el señor Nelson registraron once nuevas especies de pato polar, de las cuales comieron nueve. Vio a un oso blanco gigantesco pasar nadando junto al barco, con aire amenazante y perezoso. Vio a los indios atarse a sí mismos a pequeñas canoas cubiertas de pieles y navegar por las aguas como si ellos y sus embarcaciones fueran un solo animal. Vio a indios correr por el hielo, arrastrados por perros. Vio al sustituto del capitán Cook (el capitán Clark) morir a los treinta y ocho años y recibir sepultura en el mar.

Ahora Henry había sobrevivido a dos capitanes ingleses.

Una vez más, renunciaron al paso del Noroeste. Navegaron hacia Macao. Vio flotas de juncos chinos, y de nuevo se encontró con representantes de la Compañía Neerlandesa de las Indias Orientales, que parecían estar en todas partes, con esas prendas sencillas de color negro y esos zuecos humildes. Tuvo la impresión de que, en cualquier parte del mundo, alguien le debía dinero a un holandés. En China, Henry se enteró de una guerra con Francia y de una revolución en Estados Unidos. Fue la primera vez que oyó hablar de ello. En Manila, vio un galeón español que, según se decía, estaba cargado con un tesoro de plata de dos millones de libras. Cambió sus raquetas de nieve por una chaqueta naval española. Cayó enfermo por la gripe (como todos ellos), pero sobrevivió. Llegó a Sumatra, y luego a Java, donde, una vez más, vio a los holandeses ganar dinero. Tomó nota de ello.

Rodearon el cabo por última vez y se dirigieron de vuelta a Inglaterra. El 6 de octubre de 1780 se encontraban a salvo en Deptford. Henry había pasado cuatro años, tres meses y dos días en el mar. Ya era un joven de veinte años. Durante todo el viaje, había tenido una conducta caballerosa. Esperaba y deseaba que se mencionase. Asimismo, había sido un ferviente observador y coleccionista de plantas, tal como se le había pedido, y estaba preparado para presentar su informe a sir Joseph Banks.

El barco partió, recibió su salario, buscó pasaje a Londres. La ciudad era un horror nauseabundo. El año 1780 había sido horrible para Gran Bretaña —turbamultas, violencia, fanatismo antipapista, la mansión del señor Manfield quemada, las mangas del arzobispo de York arrancadas y arrojadas a su cara en plena calle, las cárceles abiertas, la ley marcial—, pero Henry no sabía nada de todo ello, y tampoco le importaba. Caminó al número 32 de Soho Square, directamente al domicilio particular de Banks. Henry llamó a la puerta, anunció su nombre y aguardó, dispuesto a recibir su recompensa.

***

Banks lo envió a Perú.

Esa sería la recompensa de Henry.

Banks se quedó estupefacto cuando vio a Henry Whittaker ante su puerta. A lo largo de los últimos años, casi se había olvidado del muchacho, si bien era demasiado inteligente y educado como para manifestarlo. Banks atesoraba una asombrosa cantidad de información, así como una enorme responsabilidad. No solo coordinaba la expansión de los jardines Kew, sino que también supervisaba y financiaba innumerables expediciones botánicas por todo el mundo. Durante la década de 1780 difícilmente atracaba un buque en Londres que no llevara una planta, una semilla, un bulbo o un esqueje para sir Joseph Banks. Además, ocupaba un lugar en la sociedad ilustrada y metía mano en todos los nuevos avances científicos en Europa, desde la química hasta la astronomía, pasando por la cría de ovejas. En pocas palabras, sir Joseph Banks era un caballero ocupadísimo que no había pensado en Henry Whittaker durante los últimos cuatro años tanto como este había pensado en él.

No obstante, al recordar al hijo del hortelano, consintió que Henry entrara en su estudio y le ofreció una copa de oporto, que Henry rechazó. Pidió al muchacho que le contase todo sobre el viaje. Por supuesto, Banks sabía que el *Resolution* había llegado sano y salvo a Inglaterra, y había recibido las cartas del señor Nelson, pero Henry era la primera persona que Banks veía procedente del barco, y por lo tanto le dio la bienvenida (tras recordar de quién se trataba) con una curiosidad penetrante. Henry habló durante casi dos horas, desgranando detalles tanto botánicos como personales. Habló con más libertad que delicadeza, cabría decir, por lo cual su crónica fue un tesoro. Al final de la narración, Banks se encontró informado de la forma más deliciosa. No había nada que Banks disfrutase más que saber cosas que otras personas ignoraban que sabía, y de esta forma —mucho antes de disponer de los registros oficiales y políticamente embellecidos del *Resolution*— ya sabía todo lo que había ocurrido en la tercera expedición de Cook.

Mientras Henry hablaba, Banks se sintió cada vez más impresionado. Banks percibió que Henry había dedicado los últimos años no tanto a estudiar botánica como a conquistarla, y que tenía el potencial de convertirse en un cultivador de primera magnitud. Banks comprendió que tenía que hacerse con este muchacho antes de que alguien se lo afanara. El propio Banks era un afanador compulsivo. A menudo recurría a su dinero y su encanto para embaucar a jóvenes prometedores de otras instituciones y expediciones, y ponerlos al servicio de Kew. Naturalmente, había perdido a algunos jóvenes a lo largo de los años, tentados por puestos seguros y lucrativos al frente de jardines de fincas ricas. Banks no iba a perder a este, decidió.

Henry tal vez fuese un maleducado, pero a Banks no le molestaban los maleducados con tal de que fuesen competentes. Gran Bretaña producía más naturalistas que linaza, pero la mayoría eran brutos y diletantes. Mientras tanto, Banks ansiaba nuevas plantas. Con mucho gusto habría embarcado él mismo en una expedición, pero ya tenía casi cincuenta años y padecía gota. Estaba hinchado y dolorido, atrapado la mayor parte del día en el sillón del escritorio. Por lo cual necesitaba enviar coleccionistas en su lugar. Encontrarlos no era una tarea tan sencilla como podría parecer. No había tantos jóvenes sanos como sería deseable; jóvenes dispuestos a ganar una miseria para morir de fiebres en Madagascar, naufragar frente a las Azores, ser asaltados por bandidos en la India o hechos prisioneros en Granada, o simplemente para desaparecer para siempre en Ceilán.

El truco consistía en que Henry sintiese que ya estaba destinado a trabajar para Banks, y no conceder al muchacho tiempo para reflexionar, para que alguien le advirtiese, para enamorarse de alguna joven descarada o para hacer sus propios planes de futuro. Banks necesitaba convencer a Henry de que el futuro estaba escrito, y que su futuro ya pertenecía a Kew. Henry era un joven seguro de sí mismo, pero Banks sabía que su riqueza, poder y fama le otorgaban una ventaja; de hecho, a veces le hacían parecer la mano de la providencia divina. El truco consistía en emplear esa mano impasible y rápidamente.

—Buen trabajo —dijo Banks cuando Henry terminó de contar sus historias—. Has obrado bien. La semana que viene te voy a enviar a los Andes.

Henry tuvo que pensar un momento. ¿Qué eran los Andes? ¿Islas? ¿Montañas? ¿Un país? ¿Como Holanda?

Pero Banks seguía hablando, como si todo estuviera decidido.

—Voy a financiar una expedición botánica al Perú, y sale el miércoles próximo. El señor Ross Niven estará al mando. Es un viejo y duro escocés; tal vez demasiado viejo, si me permites la franqueza, pero nunca conocerás a alguien más resistente. Conoce los árboles como la palma de su mano, y me atrevo a decir que conoce América del Sur de la misma forma. Prefiero un escocés a un inglés para este tipo de trabajo, ¿sabes? Son más fríos y constantes, más dispuestos a perseguir su objetivo con ardor incansable, que es lo que uno desea al frente de una expedición. Tu salario, Henry, es de cuarenta libras al año, y si bien no es un salario con el que un joven pueda engordar, es un puesto honorable, que conlleva la gratitud del Imperio británico. Como todavía estás soltero, estoy seguro de que te las arreglarás. Cuanto más austero seas ahora, Henry, más rico serás algún día. —Henry parecía a punto de formular una pregunta, así que Banks se apresuró—: Imagino que no hablas español, ¿verdad? —preguntó en tono contrariado. Henry negó con la cabeza. Banks suspiró, con una decepción exagerada—. Bueno, ya aprenderás, supongo. Aun así, te permito ir en la expedición. Niven ya habla ese idioma, aunque con unas erres muy cómicas. De

46

algún modo te arreglarás con el gobierno español de allí. Son muy protectores con Perú, ya sabes, y son un fastidio..., pero es de ellos, supongo. Aunque Dios sabe cuánto me gustaría saquear todas esas selvas, si se presentase la oportunidad. Detesto a los españoles, Henry. Odio la mano muerta de la burocracia española que obstaculiza y corrompe todo lo que encuentra. Y su iglesia es espantosa. ¿Te lo puedes imaginar? Los jesuitas aún creen que los cuatro ríos de los Andes son los mismos cuatro ríos del paraíso que menciona el Génesis. ¡Piénsalo, Henry! ¡Confundir el Orinoco con el Tigris!

Henry no tenía ni idea de qué hablaba aquel hombre, pero guardó silencio. En los últimos cuatro años había aprendido a hablar solo cuando sabía de qué hablaba. Por otra parte, había comprendido que el silencio a veces ayuda al oyente a sentirse inteligente. Por último, se distrajo, pues aún oía el eco de estas palabras: «Más rico serás algún día».

Banks tocó una campanilla y un sirviente pálido e inexpresivo entró en la habitación, se sentó y sacó papel para escribir. Banks, sin dirigir otra palabra al muchacho, dictó:

—Sir Joseph Banks, habiendo tenido el placer de recomendarles a los señores comisarios del jardín botánico de su majestad en Kew, etcétera, etcétera. Me ha sido encomendado por su señoría que le informe de que ha tenido el placer de nombrar a Henry Whittaker como recolector de plantas para los jardines de su majestad, etcétera, etcétera. Como recompensa, remuneración y subsistencia, salario y gastos consiguientes, se le concede un sueldo de cuarenta libras al año, etcétera, etcétera, etcétera.

Más tarde, Henry pensaría que eran demasiados *etcéteras* para cuarenta libras al año, pero ¿qué otro futuro tenía? Hubo un florido rasgueo de plumas, tras lo cual Banks ondeó la carta en el aire perezosamente, para que se secara, y dijo:

—Tu objetivo, Henry, es el quino. Tal vez hayas oído llamarlo «el árbol de la fiebre». De él se obtiene la corteza de los jesuitas. Aprende todo lo que puedas sobre él. Es un árbol fascinante y me gustaría estudiarlo en profundidad. No hagas enemigos, Henry. Protégete de los ladrones, los idiotas y los malhechores. Toma muchísimas notas y no te olvides de informarme de en qué tipo de suelo encuentras tus muestras (arenoso, arcilloso, cenagoso) para tratar de cultivarlas aquí, en Kew. Sé prudente con el dinero. ¡Piensa como un escocés, muchacho! Cuanto menos derroches ahora, más podrás derrochar en el futuro, cuando hayas acumulado una fortuna. No te dejes tentar por la embriaguez, la ociosidad, las mujeres y la melancolía; ya podrás disfrutar de todos esos placeres más adelante, cuando seas un anciano inútil como yo. Presta atención. Es mejor que nadie sepa que eres botánico. Protege tus plantas de cabras, perros, gatos, palomas, aves de corral, insectos, hongos, marineros, agua salada...

Henry escuchaba con media oreja.

Iba a ir a Perú.

El próximo miércoles.

Era un botánico, en una misión del rey de Inglaterra.

Capítulo tres

H enry llegó a Lima tras casi cuatro meses en el mar. Se encontró en una ciudad de cincuenta mil almas: un puesto colonial en apuros, donde las familias españolas de categoría a menudo tenían menos que comer que las mulas que tiraban de sus carrozas.

Llegó allí solo. Ross Niven, el jefe de la expedición (una expedición, por cierto, formada únicamente por Henry Whittaker y Ross Niven), había muerto en el viaje, junto a la costa de Cuba. Al viejo escocés ni siquiera deberían haberle permitido salir de Inglaterra. Estaba tísico y pálido y escupía sangre cada vez que tosía, pero era obstinado y ocultó a Banks su enfermedad. Niven no había durado ni un mes en el mar. En Cuba, Henry escribió una carta casi ilegible a Banks, con la noticia de la muerte de Niven; en ella expresaba su determinación de proseguir con la misión él solo. No esperó la respuesta. No deseaba que le ordenasen volver a casa.

Antes de morir, no obstante, Niven se había preocupado de enseñar a Henry algunas cosas sobre el quino. En 1630, según Niven, unos misioneros jesuitas en los Andes peruanos fueron los primeros en darse cuenta de que los quechuas bebían una infusión caliente de corteza en polvo, para curar las fiebres y los temblores causados por el frío extremo de las alturas. Un monje observador se preguntó si este amargo polvo de corteza también podría combatir la fiebre y los temblores asociados con la malaria, enfermedad que ni siquiera existía en el Perú, pero que en Europa había matado a papas y pobres por igual. El monje envió unas muestras de corteza de quino a Roma (ese repulsivo pantano infecto de malaria) junto con instrucciones para probar el polvo. Milagrosamente, resultó que la corteza interrumpía el proceso de los estragos de la malaria, por razones que nadie comprendía. Fuere por lo que fuere, la corteza parecía curar la malaria por completo, sin efectos secundarios, salvo por una persistente sordera; un precio módico a cambio de seguir con vida.

A comienzos del siglo XVIII, la quina, o la corteza de los jesuitas, era la exportación más valiosa del Nuevo Mundo. Un gramo de corteza de los jesuitas pura equivalía a un gramo de plata. Era un tratamiento para hombres ricos, pero había muchos de estos en Europa y ninguno de ellos quería morir de malaria. Entonces, Luis XIV se curó con la corteza de los jesuitas, lo cual subió aún más los precios. Mientras Venecia se enriquecía con la pimienta y China con el té, los jesuitas se enriquecieron con la corteza de un árbol peruano.

Solo los británicos tardaron en apreciar el valor de la quina: en su mayor parte, debido a sus prejuicios contra los españoles y contra el papa, pero también a causa de una persistente preferencia por sangrar a los pacientes en lugar de tratarlos con polvos extraños. Además, la extracción de la medicina de la quina era una ciencia compleja. Había cerca de setenta variedades del árbol, y nadie sabía con certeza qué cortezas eran las más potentes. Había que confiar en el honor del recolector de la corteza, que solía ser un indio a unos diez mil kilómetros de distancia. A menudo los polvos que se vendían como corteza de los jesuitas en las farmacias de Londres, llegados de contrabando por canales secretos belgas, eran ineficaces y fraudulentos. No obstante, la corteza al fin había llamado la atención de sir Joseph Banks, quien quería aprender más sobre ella. Y ahora (con la sutil sugerencia de una eventual riqueza), también Henry, convertido en el jefe de su propia expedición.

Henry no tardó en recorrer Perú como si estuviera amenazado por la punta de una bayoneta, y esa bayoneta era su propia ambición desmedida. Ross Niven, antes de morir, dio a Henry tres consejos sensatos acerca de los viajes por América del Sur, y el joven los respetó todos sabiamente. Uno: nunca uses botas. Endurece los pies hasta que parezcan los de un indio. Renuncia para siempre a la protectora podredumbre del pellejo animal. Dos: abandona la ropa pesada. Viste con ligereza, y aprende a pasar frío, como los indios. Así estarás más sano. Y tres: báñate en un río cada día, como los indios.

Esos consejos constituían todo lo que Henry sabía, aparte del hecho de que la quina era lucrativa y que solo se encontraba en los Andes, en una zona remota del Perú llamada Loja. No disponía de hombres, mapas o libros que le facilitasen más información, así que lo resolvió por sí mismo. Para llegar a Loja, tuvo que atravesar ríos y soportar espinas, serpientes, enfermedades, calor, frío, lluvia, a las autoridades españolas y, lo más peligroso de todo, su propia pareja de mulas y unos esclavos negros y amargados cuyos idiomas, resentimientos y designios secretos era incapaz de imaginar.

Descalzo y hambriento, siguió adelante. Masticó hojas de coca, como un indio, para conservar la fuerza. Aprendió español, lo cual equivale a afirmar que decidió, tercamente, que ya sabía hablar español y que la gente ya podía comprenderlo. Si no le entendían, él gritaba cada vez más fuerte, hasta que les quedaba claro. Finalmente, llegó a la región llamada Loja. Encontró y sobornó a los *cascarilleros,* quienes cortaban la corteza; indios de la zona que sabían dónde encontrar los mejores árboles. Siguió buscando y encontró bosques de quino aún más remotos.

Como hijo de horticultor, Henry rápidamente se dio cuenta de que la mayoría de los árboles de la quina se encontraban en mal estado, enfermos y sobreexplotados. Había unos pocos árboles con troncos tan gruesos como su torso, pero ninguno era más ancho. Comenzó a envolver los árboles con moho donde había sido retirada la corteza, para que pudieran sanar. Adiestró a los cascarilleros para que cortaran la corteza en tiras verticales, en lugar de matar al árbol seccionándolo horizontalmente. Taló los árboles más enfermos, para dar lugar a brotes nuevos. Cuando enfermó, siguió trabajando. Cuando no pudo caminar por la enfermedad o la infección, pidió a los indios que le ataran a la mula, como a un preso, y así visitaba sus árboles cada día. Comió conejillos de Indias. Disparó a un jaguar.

Permaneció en Loja cuatro miserables años, descalzo y frío, durmiendo en una cabaña rodeado de indios descalzos y fríos, quienes quemaban excrementos para calentarse. Continuó cuidando la arboleda, que legalmente pertenecía al Real Colegio de Farmacéuticos, pero que Henry, en silencio, había declarado suya. Estaba tan perdido en las montañas que ningún español se entrometió en sus asuntos, y al cabo de un tiempo los indios se acostumbraron a él. Dedujo que los árboles de corteza más oscura producían una medicina más potente que las otras variedades, y que los brotes nuevos producían la corteza más potente. Las podas, por lo tanto, eran aconsejables. Identificó siete nuevas especies de quino, pero consideró casi todas inútiles. Centró su atención en la que llamó «quino rojo», la variedad más rica. La injertó en las variedades más robustas y resistentes a las enfermedades del quino, con el fin de aumentar el rendimiento.

Además, pensó mucho. Un joven solo en un bosque remoto en las alturas tiene mucho tiempo para pensar, y Henry formuló teorías grandiosas. Gracias al difunto Ross Niven, sabía que el comercio de la corteza de los jesuitas aportaba diez millones de reales al año a España. ¿Por qué sir Joseph Banks quería simplemente que Henry lo estudiase cuando podía dedicarse a venderlo? ¿Y por qué la producción de la corteza de los jesuitas tenía que limitarse a este inaccesible rincón del mundo? Henry recordó a su padre, quien le había enseñado que todas las plantas valiosas a lo largo de la historia de la humanidad habían sido cazadas antes que cultivadas, y que cazar un árbol (como escalar los Andes para encontrar este maldito árbol) era mucho menos eficiente que cultivarlo (aprender a cuidarlo en otro lugar, en un entorno controlado). Sabía que los franceses habían intentado trasplantar el quino a Europa en 1730 y que habían fracasado, y creía saber por qué: porque no entendían las alturas. No se podía plantar este árbol en el valle del Loira. El quino necesitaba altitud, aire escaso y un bosque húmedo y Francia no tenía un lugar semejante. Ni Inglaterra. Ni España, para el caso. Lo cual era una pena. No es posible exportar el clima.

Durante esos cuatro años de reflexiones, esto es lo que se le ocurrió a Henry: India. Henry habría apostado a que el quino prosperaría en las estribaciones frías y húmedas del Himalaya, un lugar donde Henry nunca había estado, pero del cual había oído hablar a los oficiales británicos cuando viajaba por Macao. Por otra parte, ¿por qué no cultivar este utilísimo árbol medicinal más cerca de los lugares asolados por la malaria, más cerca de donde era necesario? En la India existía una demanda desesperada de la corteza del jesuita, para combatir las fiebres debilitantes de las tropas británicas y los trabajadores nativos. Por ahora, la medicina era demasiado costosa para los soldados rasos y los trabajadores, pero no tenía por qué seguir siendo así. En la década de 1780, la corteza de los jesuitas se encarecía un doscientos por ciento en el trayecto entre su origen en el Perú y los mercados europeos, pero la mayoría de ese aumento se debía a los costes de envío. Era hora de dejar de cazar este árbol y empezar a cultivarlo, más cerca de donde era necesario para obtener ganancias. Henry Whittaker, a sus veinticuatro años, pensaba que él era el hombre indicado.

Salió de Perú a comienzos de 1785, no solo con notas, un extenso herbario y muestras de corteza envasadas en lino, sino además con esquejes de raíz y unas diez mil semillas de quino rojo. También llevó a casa variedades de pimentón, así como algunas buganvilias y algunas aljabas poco comunes. Pero el verdadero tesoro eran las semillas. Henry esperó dos años para que aquellas semillas germinasen, aguardando a que sus mejores árboles diesen frutos que no estropeasen las heladas. Secó las semillas al sol durante un mes, dándoles la vuelta cada dos horas para que no creciese moho y envolviéndolas en lino por la noche para protegerlas del rocío. Sabía que las semillas rara vez sobrevivían a los viajes oceánicos (incluso Banks había fracasado al llevar semillas a casa en sus viajes con el capitán Cook), así que Henry decidió experimentar con tres técnicas diferentes de conservación. Envasó algunas de las semillas con arena, otras con cera y algunas iban sueltas con musgo seco. Todas iban dentro de vejigas de buey para mantenerlas secas y envueltas en lana de alpaca para ocultarlas.

Los españoles aún mantenían el monopolio de la quina, así que Henry se había convertido oficialmente en contrabandista. Por eso, evitó la ajetreada costa del Pacífico oriental y cruzó por tierra América del Sur, con un pasaporte que lo identificaba como comerciante textil francés. Él, sus mulas, sus exesclavos y sus desdichados indios tomaron la ruta de los ladrones: de Loja al río Zamora, al Amazonas, a la costa atlántica. Desde ahí partió a La Habana, luego a Cádiz, luego a casa, a Inglaterra. El regreso duró un año y medio en total. No se encontró con piratas ni tormentas reseñables, ni enfermedades agotadoras. No perdió las muestras. No fue tan difícil.

Sir Joseph Banks, pensó, estaría satisfecho.

***

Pero sir Joseph Banks no estaba satisfecho cuando Henry lo vio de nuevo en el confortable edificio del número 32 de Soho Square. Banks estaba simplemente más viejo, más enfermo y más distraído que nunca. La gota lo atormentaba terriblemente, y se esforzaba en formular preguntas científicas que consideraba importantes para el futuro del Imperio británico.

Banks trataba de encontrar la manera de poner fin a la dependencia inglesa del algodón extranjero, por lo cual había enviado cultivadores a las Indias occidentales británicas, quienes procuraban, sin éxito por el momento, cultivar algodón ahí. Además trataba, también sin éxito, de romper el monopolio holandés del comercio de especias cultivando nuez moscada y clavo en Kew. Presentó una propuesta al rey para convertir Australia en una colonia penal (un simple pasatiempo suyo), pero aún nadie escuchaba. Trabajaba en construir un telescopio de cuarenta metros de altura para el astrónomo William Herschel, quien deseaba descubrir nuevos cometas y planetas. Pero, sobre todo, Banks quería globos. Los franceses tenían globos. Los franceses habían experimentado con gases más ligeros que el aire y realizaban vuelos tripulados en París. ¡Los ingleses se estaban quedando atrás! En aras de la ciencia y de la seguridad nacional, por el amor de Dios, *el Imperio británico necesitaba globos.*

Así que Banks, ese día, no estaba de humor para escuchar a Henry Whittaker asegurar que lo que el Imperio británico necesitaba era plantar el árbol de la quina a media altura en el Himalaya..., una idea que no ayudaba en modo alguno a las causas del algodón, las especias, el descubrimiento de cometas o los globos. La mente de Banks estaba repleta, le dolía el pie terriblemente y le irritaba tanto la agresiva presencia de Henry que hizo caso omiso de la conversación. Aquí, sir Joseph Banks cometió un extraño error táctico..., un error que a la sazón costaría caro a Inglaterra.

Pero es preciso mencionar que también Henry cometió errores tácticos ese día. En realidad, varios seguidos, uno tras otro. Presentarse sin previo aviso fue el primer error. Sí, lo había hecho antes, pero Henry ya no era un muchacho descarado a quien tal lapso en el decoro pudiera ser excusado. Ya era un hombre adulto (y grande, por cierto), cuyo insistente aporreo en la puerta principal sugería tanto insolencia como amenaza física.

Además, Henry llegó al domicilio de Banks con las manos vacías, algo que nunca debe hacer un coleccionista botánico. La colección peruana de Henry aún estaba a bordo de un barco gaditano, a salvo en el puerto. Era una colección impresionante, pero ¿cómo iba a saberlo Banks cuando todos los especímenes estaban fuera de la vista, escondidos en un lejano buque mercante, ocultos en vejigas de buey, sacos de arpillera y cajas de Ward? Henry debería haber traído algo que depositar personalmente en las manos de Banks: si no un esqueje de quino rojo, sí, al menos, una bonita fucsia en flor. Cualquier cosa con tal de llamar la atención del anciano, de ablandarlo para que creyese que las cuarenta libras al año que había gastado en la estancia de Henry Whittaker en el Perú no habían sido en vano.

Pero Henry no era un seductor. En vez de eso, se arrojó verbalmente contra Banks con esta rotunda acusación: «Se equivoca, señor, al contentarse con estudiar la quina cuando debería estar vendiéndola». Esta declaración, de una torpeza asombrosa, acusaba a Banks de ser un necio, al mismo tiempo que ensuciaba el 32 de Soho Square con el desagradable *tufo a comercio*..., como si sir Joseph Banks, el caballero más rico de Gran Bretaña, necesitase recurrir personalmente al comercio.

Para ser justos con Henry, no tenía la cabeza del todo lúcida. Había estado solo durante muchos años en un bosque remoto, y en el bosque un joven puede convertirse en un libre-pensador peligroso. En su imaginación, Henry ya había habla-do acerca de este tema con Banks muchísimas veces, así que la conversación lo impacientó. En las fantasías de Henry, todo es-taba ya arreglado y funcionaba con éxito. En la mente de Henry, solo cabía un resultado posible: Banks celebraría esa idea bri-llante, presentaría a Henry a los administradores indicados en la Oficina de las Indias, obtendría todos los permisos perti-nentes, aseguraría los fondos y procedería (idealmente, al día siguiente por la tarde) con este ambicioso proyecto. En los sue-ños de Henry, la plantación ya crecía en el Himalaya, ya se ha-bía convertido en el hombre de deslumbrantes riquezas que Joseph Banks le había prometido que sería y la alta sociedad lon-dinense ya lo había acogido como gran caballero. Sobre todo, Henry se había permitido creer que él y Joseph Banks ya eran queridos amigos íntimos.

Ahora bien, era muy posible que Henry Whittaker y sir Joseph Banks se hubiesen convertido en queridos amigos ínti-mos, salvo por un pequeño problema: sir Joseph Banks nunca consideró a Henry Whittaker como algo más que un trabajador malcriado y un ladrón en potencia, cuya vida tenía como único objeto el ser estrujado hasta la última gota de sudor al servicio de sus superiores.

—Además —dijo Henry, mientras Banks se recuperaba de esa agresión contra sus sentidos, su honor y su sala de es-tar—, creo que deberíamos hablar de mi candidatura a la Royal Society.

—Discúlpame —dijo Banks—. ¿Quién diablos te ha pro-puesto para la Royal Society?

—Confío en que usted lo hará —dijo Henry—. Como recompensa por mi trabajo y mi ingenio.

Banks se quedó sin habla durante un momento muy lar-go. Sus cejas, por iniciativa propia, huyeron a la parte superior de la frente. Respiró hondo. Y, a continuación, para desgracia del futuro del Imperio, se rio. Soltó tal carcajada que tuvo que limpiarse los ojos con un pañuelo de encaje belga, que muy bien podría haber sido más caro que la casa donde se crio Henry Whittaker. Era bueno reírse, tras un día tan agotador, y se entregó a esa hilaridad con todas sus ganas. Se rio tanto que su lacayo, de pie frente a la puerta, asomó la cabeza, curioso ante esta repentina explosión de alegría. Rio tanto que no podía hablar. Lo cual, con toda probabilidad, fue lo mejor, pues, incluso sin las carcajadas, Banks habría tenido dificultades para encontrar las palabras con que expresar lo absurdo de esta idea. Henry Whittaker, quien debería haber acabado en la horca de Tyburn House hacía nueve años, quien tenía la cara de hurón de un ladronzuelo nato, cuyas cartas de espantosa caligrafía habían sido todo un entretenimiento para Banks a lo largo de los años, cuyo padre (¡pobre hombre!) había vivido en compañía de cerdos... ¡Y este joven estafador esperaba ser invitado al consorcio científico más valorado y reservado a caballeros de toda Gran Bretaña! ¡Qué excelsa comedia!

Por supuesto, sir Joseph Banks era el muy amado presidente de la Royal Society (como Henry sabía muy bien) y, de haber propuesto Banks el ingreso de un tejón lisiado en la sociedad, esta lo habría acogido con satisfacción y, además, lo habría condecorado con una medalla de honor. Pero ¿admitir a Henry Whittaker? ¿Consentir a este insolente pícaro, este mozalbete, este duendecillo pagado de sí mismo, agregar las iniciales de la Royal Society a su indescifrable firma?

No.

Cuando Banks comenzó a reír, el estómago de Henry se retorció y se endureció como una piedra. La garganta se contrajo como si al fin lo estuvieran ahorcando. Cerró los ojos y vio un asesinato. Era capaz de asesinar. Imaginó el asesinato y examinó con suma atención las consecuencias de tal acto. Dispuso de un tiempo considerable para meditar el asesinato, mientras Banks reía y reía.

No, decidió Henry. Un asesinato no.

Cuando abrió los ojos, Banks aún reía y Henry era un hombre transformado. Si aún persistía algo de juventud en él esa mañana, en ese instante quedó expulsada, muerta. Desde ese momento, en su vida lo importante no sería en quién se convertiría, sino qué adquiriría. Nunca sería un caballero. Que así fuera. A la mierda los caballeros. A la mierda todos ellos. Henry sería más rico que cualquier caballero sobre la faz de la tierra, y algún día sería el dueño de todos ellos, de pies a cabeza. Henry aguardó a que Banks dejara de reír, tras lo cual salió de la habitación sin decir una palabra.

De inmediato se adentró en las calles y buscó una prostituta. La sostuvo contra el muro de un callejón y purgó su virginidad a embestidas, hiriendo tanto a la muchacha como a sí mismo, hasta que ella lo maldijo por bruto. Encontró una taberna, bebió dos jarras de ron, golpeó a un desconocido en la barriga, lo arrojaron a la calle y le patearon los riñones. Al final lo había hecho. Todo de lo que se había abstenido durante los últimos ocho años, a fin de convertirse en un respetable caballero, quedó hecho. ¿A que era fácil? Sin placer, claro que sí, pero estaba hecho.

Contrató a un barquero para cruzar el río hasta Richmond. Ya era de noche. Caminó junto a la espantosa casa de sus padres sin detenerse. No volvería a ver a sus padres, ni lo deseaba. Entró a hurtadillas en Kew, buscó una pala y excavó todo el dinero que había enterrado allí a los dieciséis años. Bajo tierra lo esperaba una considerable cantidad de plata, mucho más de lo que recordaba.

—Buen muchacho —dijo al ladroncete y acaparador joven de entonces.

Durmió junto al río, con un saco húmedo de monedas como almohada. Al día siguiente, regresó a Londres y se compró un buen conjunto de ropa de suficiente calidad. También supervisó el traslado de toda la colección botánica peruana —semillas, vejigas y muestras de corteza incluidas— del barco procedente de Cádiz a un barco con rumbo a Ámsterdam. Desde el punto de vista legal, la colección entera pertenecía a Kew. Al diablo Kew. Al diablo Kew hasta que sangrase. Que Kew saliese a buscarlo.

Tres días más tarde, partió hacia Holanda, donde vendió la colección, sus ideas y sus servicios a la Compañía Neerlandesa de las Indias Orientales, cuyos administradores, graves y astutos, lo recibieron, conviene decirlo, sin atisbo de risas.

Capítulo cuatro

Seis años más tarde, Henry Whittaker era un hombre rico a punto de ser más rico todavía. Su plantación de quinos prosperaba en el asentamiento colonial holandés de Java, donde crecían como setas en una finca montañosa fresca y húmeda llamada Pengalengan: un entorno casi idéntico, como Henry sabía de antemano, tanto a los Andes peruanos como a las estribaciones del Himalaya. Henry vivía en la plantación y se mantenía ojo avizor en este tesoro botánico. En Ámsterdam sus socios eran ahora quienes decidían los precios de la corteza de los jesuitas, y ganaban sesenta florines por cada cien libras de quina procesada. No podían procesarla lo suficientemente rápido. Había una fortuna por conseguir, y esta dependía de detalles. Henry había seguido perfeccionando su plantación, protegida ahora de la polinización cruzada con ejemplares de menos calidad, y producía una corteza más potente y más consistente que las procedentes del mismísimo Perú. Por otra parte, se transportaba bien y, sin la interferencia corruptora de los españoles y las manos indias, ganó el prestigio de ser un producto fiable.

Los holandeses de las colonias eran ya los principales productores y consumidores de corteza de los jesuitas, que utilizaban para mantener a sus soldados, administradores y trabajadores a salvo de las fiebres palúdicas en las Indias Orientales. La ventaja que les concedía respecto a sus rivales —en especial, los ingleses— era, literalmente, incalculable. Con un obstinado ánimo de venganza, Henry intentó mantener su producto fuera de los mercados británicos o, al menos, aumentar el precio de la corteza de los jesuitas cada vez que llegaba a Inglaterra o a sus colonias.

De vuelta a Kew, ya muy rezagado, sir Joseph Banks a la sazón trató de cultivar quinos en el Himalaya, pero sin los conocimientos de Henry el proyecto se estancó. Los británicos desperdiciaban riquezas, energía y desvelos al cultivar el tipo erróneo de quino a una altura inapropiada, y Henry, con fría satisfacción, lo sabía. En el decenio de 1790, innumerables ciudadanos y súbditos británicos morían cada semana de malaria en la India, pues no tenían acceso a la corteza de los jesuitas, mientras los holandeses se expandían con salud insultante.

Henry admiraba a los holandeses y trabajaba bien con ellos. Comprendía a estas personas sin esfuerzo alguno: calvinistas laboriosos, incansables, cavadores de zanjas, bebedores de cerveza sin pelos en la lengua, contadores de monedas, habían prosperado gracias al comercio desde el siglo XVI, y dormían plácidamente todas las noches, sabedores de que Dios deseaba que fuesen ricos. País de banqueros, comerciantes y jardineros, a los holandeses les gustaban las promesas del mismo modo que a Henry (es decir, cargadas de beneficios), y de esta manera el mundo entero era cautivo de sus desorbitadas tasas de interés. No lo juzgaban por sus groseros modales ni su actitud agresiva. Muy pronto Henry Whittaker y los holandeses se hicieron mutuamente ricos. En Holanda, había gente que llamaba a Henry el «Príncipe del Perú».

En 1791, Henry era un hombre rico de treinta y un años, y había llegado el momento de organizar el resto de su vida. Para empezar, se le presentaba la oportunidad de iniciar sus propios negocios, con independencia de sus socios holandeses, y ponderó sus opciones con esmero. No le fascinaban los minerales ni las piedras preciosas, ya que no era experto en esa materia. Al igual que le sucedía con la construcción naval, la edición y los textiles. Sería la botánica, entonces. Pero ¿qué tipo de botánica? Henry no deseaba entrar en el comercio de especias, aunque era sabido que deparaba grandes beneficios. Demasiadas naciones estaban involucradas en las especias, y los costes de defenderse de los piratas y las armadas rivales superaban los beneficios, por lo que Henry sabía. Tampoco le inspiraba ningún respeto el comercio del azúcar o el algodón, que le parecían dañinos y costosos, así como intrínsecamente vinculados a la esclavitud. Henry no quería tener relación alguna con la esclavitud, no porque le resultase moralmente abominable, sino porque la consideraba económicamente ineficiente, enmarañada y cara, y controlada por algunos de los más desagradables intermediarios del mundo. Lo que de verdad le interesaban eran las plantas medicinales, un mercado que nadie había logrado dominar.

Por lo tanto, se dedicaría a las plantas medicinales y la farmacia.

A continuación, tuvo que decidir dónde debía vivir. Poseía una imponente finca en Java con cien sirvientes, pero el clima lo había hostigado a lo largo de los años, castigándolo con enfermedades tropicales que lo mortificarían de cuando en cuando el resto de su vida. Necesitaba un hogar en un clima más templado. Se cortaría el brazo antes de volver a vivir en Inglaterra. El continente no le tentaba: Francia estaba llena de gente irritante; España era corrupta e inestable; Rusia, imposible; Italia, absurda; Alemania, rígida; Portugal, en decadencia. Holanda, a pesar de ser bien considerado allí, aburrida.

Los Estados Unidos de América, decidió, eran una posibilidad. Henry nunca había estado ahí, pero había oído relatos prometedores. Había escuchado palabras especialmente alentadoras acerca de Filadelfia, la alegre capital de esa joven nación. Se decía que era una ciudad con un puerto bastante bueno, en el centro de la costa oriental del país, abarrotada de pragmáticos cuáqueros, farmacéuticos y granjeros laboriosos. Se rumoreaba que era un lugar sin aristócratas altaneros (a diferencia de Boston), sin puritanos temerosos del placer (a diferencia de Connecticut) y sin sedicentes príncipes feudales conflictivos (a diferencia de Virginia). La ciudad había sido fundada, con los sólidos principios de la tolerancia religiosa, la libertad de prensa y el buen paisajismo, por William Penn, un hombre que cultivaba arbolitos en bañeras y que imaginaba su metrópoli como un gran vivero de plantas y de ideas. Todo el mundo era bienvenido en Filadelfia, todo el mundo sin excepción..., salvo, por supuesto, los judíos. Al oír todo esto, Henry sospechó que Filadelfia era un vasto paisaje de beneficios no realizados, y se propuso transformar el lugar en su provecho.

Antes de asentarse, sin embargo, quería encontrar una esposa, y, dado que no era un necio, quería una esposa holandesa. Quería una mujer inteligente y decente sin un atisbo de frivolidad, y Holanda era el lugar indicado para encontrarla. A lo largo de los años, Henry había ido con prostitutas e incluso había mantenido a una joven javanesa en su finca de Pengalengan, pero ahora era el momento de hallar una buena esposa, y recordó el consejo de un sabio marino portugués que le había dicho, años antes: «Prosperar y ser feliz, Henry, es sencillo. Escoge una mujer, escoge bien, y ríndete».

Así pues, navegó de regreso a Holanda para escoger. Seleccionó, de modo calculador y repentino, a una esposa que arrebató a una respetable y vieja familia apellidada Van Devender, custodios del jardín botánico Hortus en Ámsterdam durante muchas generaciones. El Hortus era uno de los más destacados jardines de investigación de toda Europa, uno de los vínculos más antiguos de la historia entre botánica, estudios y comercio, y los Van Devender siempre lo habían dirigido con honor. No eran aristócratas en absoluto y ciertamente no eran ricos, pero Henry no necesitaba una mujer rica. Los Van Devender eran, no obstante, una familia de sabios y científicos..., algo que él admiraba.

Por desgracia, la admiración no era mutua. Jacob van Devender, el patriarca en ese momento de la familia y del Hortus (y un maestro en el cultivo de áloes ornamentales), conocía a Henry Whittaker y no lo apreciaba. Sabía que este joven tenía un historial de robos, y también que había traicionado a su propio país por dinero. No era el tipo de conducta que Jacob van Devender veía con buenos ojos. Jacob era holandés, sí, y le gustaba el dinero, pero no era un banquero ni un especulador. No medía el valor de las personas por sus montones de oro.

Sin embargo, Jacob van Devender tenía una hija que era un excelente partido... o eso pensaba Henry. Se llamaba Beatrix y no era ni guapa ni fea, lo cual resultaba adecuado para una esposa. Era recia y sin pecho, una mujer con forma de barril, y ya era casi una solterona cuando Henry la conoció. Para casi todos los pretendientes, Beatrix van Devender habría sido aterradoramente culta. Versada en cinco lenguas vivas y dos muertas, sus conocimientos de botánica igualaban a los de cualquier hombre. Sin duda alguna, esta mujer no era coqueta. No era un adorno de salón. Se vestía con la gama completa de colores que asociamos con los gorriones comunes. Albergaba una arraigada desconfianza de la pasión, de las exageraciones o la belleza, y confiaba tan solo en lo que era sólido y creíble, partidaria siempre de la sabiduría adquirida frente a los impulsos del instinto. Henry la vio como una roca firme a la que anclarse, que era precisamente lo que deseaba.

¿Y qué vio Beatrix en Henry? En este punto, nos encontramos con un pequeño misterio. Henry no era guapo. Desde luego, no era refinado. En verdad, había algo de herrero de pueblo en su cara rubicunda, sus manos enormes y sus rudos modales. A ojos de casi todos, no era ni sólido ni creíble. Henry Whittaker era un hombre apasionado, impulsivo, vociferante y belicoso, con enemigos por todo el mundo. También se había convertido, en los últimos años, en un bebedor. ¿Qué respetable joven elegiría voluntariamente a semejante personaje por esposo?

—Ese hombre no tiene principios —objetó Jacob van Devender a su hija.

—Oh, padre, está muy equivocado —lo corrigió Beatrix con sequedad—. El señor Whittaker tiene muchos principios. Pero no del tipo más edificante.

Cierto: Henry era rico, y por ello algunos observadores conjeturaron que quizás Beatrix apreciaba esa riqueza más de lo que dejaba entrever. Además, Henry se proponía llevar a su nueva novia a América, y tal vez (cuchicheaban los lugareños más bromistas) ella tenía un vergonzoso secreto por el cual quería salir de Holanda para siempre.

La verdad, sin embargo, era más sencilla: Beatrix van Devender se casó con Henry Whittaker porque le gustó lo que vio en él. Le gustó su fortaleza, su astucia, su carisma, lo que prometía. Era rudo, cierto, pero ella no era una florecilla desvalida. Beatrix respetaba esa brusquedad, al igual que él respetaba la de ella. Comprendió lo que quería de ella y no le cupo duda de que podría trabajar con él... y quizás incluso cambiarlo un poco. Así, Henry y Beatrix, rápida y sencillamente, sellaron su alianza. La única palabra que describía con precisión esa unión era una palabra neerlandesa, una palabra del mundo de los negocios: *partenrederij:* una asociación basada en un comercio honesto y en tratos claros, donde los beneficios del mañana son consecuencia de los acuerdos de hoy y donde la cooperación de ambas partes contribuye por igual a la prosperidad.

Los padres de Beatrix la desheredaron. O tal vez sea más preciso decir que Beatrix los desheredó a ellos. Eran una familia rígida, todos ellos. No se pusieron de acuerdo sobre su alianza, y los desacuerdos entre los Van Devender tendían a ser eternos. Después de elegir a Henry e irse a Estados Unidos, Beatrix no volvió a comunicarse con Ámsterdam. Al último que vio de su familia fue a su hermano pequeño, Dees, de diez años, que lloraba por su marcha, le tiraba de las faldas y decía: «¡Se la están llevando lejos de mí! ¡Se la están llevando lejos de mí!». Apartó los dedos de su hermano del dobladillo, le dijo que nunca más se humillara llorando en público y se fue.

Beatrix llevó consigo a Estados Unidos a su sirvienta personal: una joven enormemente competente llamada Hanneke de Groot. También cogió en la biblioteca de su padre una edición de 1665 de la *Micrographia* de Robert Hooke y un valiosísimo compendio de las ilustraciones botánicas de Leonhard Fuchs. Cosió docenas de bolsillos en el vestido de viaje y los llenó con los bulbos de tulipán más excepcionales del Hortus, todos envueltos cuidadosamente en musgo. Trajo consigo, asimismo, varias docenas de libros de contabilidad en blanco.

Ya estaba planeando su biblioteca, su jardín y (al parecer) su fortuna.

***

Beatrix y Henry Whittaker llegaron a Filadelfia a principios de 1792. La ciudad, sin muros u otras fortificaciones que la protegiesen, constaba en ese momento de un puerto muy activo, unos pocos edificios con fines comerciales y políticos, un conglomerado de caseríos agrícolas y algunas fincas nuevas. Era un lugar de posibilidades expansivas, germinantes: un verdadero cantero aluvial de crecimiento en potencia. Apenas un año antes había abierto allí sus puertas el primer banco de los Estados Unidos. Todo el estado de Pensilvania había declarado la guerra a sus bosques, y sus habitantes, armados con hachas, bueyes y ambición, estaban ganando. Henry compró 350 hectáreas de pastos y bosques vírgenes a lo largo de la ribera occidental del río Schuylkill, con la intención de añadir más terreno en cuanto pudiera adquirirlo.

Henry había planeado ser rico a los cuarenta, pero había cabalgado con sus caballos a tal velocidad, como solía decirse, que había llegado a su destino antes de tiempo. Tan solo contaba treinta y dos años y ya tenía ahorros en libras, florines, guineas e incluso kopeks rusos. Se propuso ser más rico todavía. Pero, por ahora, tras su llegada a Filadelfia, era el momento de montar un espectáculo.

Henry Whittaker llamo a su propiedad White Acre, un juego de palabras con su nombre, y de inmediato se puso manos a la obra para construir una mansión palaciega de dimensiones señoriales, mucho más bonita que cualquier edificio privado de la ciudad. La casa sería de piedra, inmensa y bien equilibrada: agraciada con pabellones elegantes al este y al oeste, un pórtico con columnas al sur y una amplia terraza al norte. Asimismo, construyó una cochera imponente, una gran forja y un fantasioso puesto de guardia, así como varias estructuras botánicas (incluidos los primeros invernaderos independientes, que a la sazón serían numerosísimos, como uno para cítricos inspirado en el famoso edificio de Kew y los cimientos de otro de dimensiones asombrosas). A lo largo de la ribera enlodada del Schuylkill (donde tan solo cincuenta años antes los indios recolectaban cebollas silvestres) construyó su propio embarcadero, como los de las viejas fincas junto al río Támesis.

La ciudad de Filadelfia, en su mayor parte, vivía aún con austeridad por aquel entonces, pero Henry diseñó White Acre como una afrenta descarada a la noción misma del ahorro. Quería que destacara por su extravagancia. No le daba miedo ser envidiado. De hecho, descubrió que ser envidiado era un excelente pasatiempo, además de un buen negocio, pues la envidia atraía a las personas. Su casa fue diseñada no solo para alzarse grandiosa en la distancia (se veía con facilidad desde el río, noble y alta en su promontorio, observando con frialdad la ciudad al otro lado), sino también para exhibir su riqueza en cada detalle. Todos los pomos eran de latón, y todo el latón resplandecía. Los muebles procedían directamente de la casa Seddon's de Londres, las paredes estaban cubiertas de papel belga, los platos eran de porcelana cantonesa, la bodega rebosaba de ron de Jamaica y burdeos francés, las lámparas fueron hechas a mano en Venecia y las lilas que rodeaban la propiedad habían florecido en el Imperio otomano.

Permitió que los rumores sobre su riqueza corriesen desbocados. Por rico que fuese, no hacía mal alguno que lo imaginasen aún más rico. Cuando los vecinos comenzaron a susurrar que los caballos de Henry Whittaker llevaban herraduras de plata, les dejó que lo creyeran. En realidad, las herraduras no eran de plata; eran de hierro, como las de todos los caballos, y no solo eso: Henry los había herrado él mismo (una habilidad que había aprendido en el Perú, con mulas de pobre y herramientas de pobre). Pero ¿por qué tenían que enterarse, si el rumor era mucho más agradable e imponente?

Henry comprendía no solo la atracción del dinero, sino también la atracción del poder, más misteriosa. Sabía que su finca no solo debía deslumbrar, sino también intimidar. Luis XIV no solía llevar a los visitantes a pasear por sus jardines para entretenerlos, sino para demostrar su fuerza: esos árboles exóticos en flor, esas fuentes chispeantes y todas esas valiosas estatuas griegas no eran más que una forma de transmitir al mundo un mensaje unívoco (a saber: «Te aconsejo que no me declares la guerra»), y Henry quería que White Acre expresase exactamente ese mismo aviso.

Henry también construyó un gran almacén y una fábrica junto al puerto de Filadelfia, para recibir plantas medicinales de todo el mundo: ipecacuana, simaropa, ruibarbo, corteza de guaiacum, raíz china y zarzaparrilla. Se asoció con un farmacéutico cuáquero llamado James Garrick, y ambos hombres comenzaron a procesar de inmediato pastillas, polvos, ungüentos y jarabes.

Comenzó su negocio con Garrick en el momento preciso. En el verano de 1793, una epidemia de fiebre amarilla azotó Filadelfia. Las calles estaban abarrotadas de cadáveres y los huérfanos se aferraban a sus madres muertas en las cunetas. Las personas morían en parejas, en familias, en grupos de docenas, vomitando ríos repugnantes de lodo negro de las gargantas y las entrañas en su camino a la muerte. Los médicos del lugar opinaban que la única cura posible era la violencia de purgar aún más a sus pacientes mediante vómitos y diarreas, y el mejor purgante del mundo era una planta llamada jalapa, que Henry ya importaba en fardos de México.

Henry sospechaba que la cura de la jalapa era posiblemente inadecuada y no permitió a nadie de su familia tomarla. Sabía que los médicos criollos del Caribe (mucho más familiarizados con la fiebre amarilla que sus colegas del norte) trataban a sus pacientes con una fórmula menos salvaje de bebidas reconstituyentes y descanso. No obstante, no era posible ganar dinero con las bebidas reconstituyentes y el descanso, mientras que la jalapa proporcionaba cuantiosas ganancias. Así fue como, a finales de 1793, un tercio de la población de Filadelfia había muerto de fiebre amarilla, y Henry Whittaker había duplicado su fortuna.

Henry cogió sus ganancias y construyó otros dos invernaderos. Por sugerencia de su esposa, comenzó a cultivar flores, árboles y arbustos nativos para exportarlos a Europa. Fue una idea excelente; los prados y bosques de América estaban llenos de ejemplares botánicos de aspecto exótico para un europeo, y se vendían bien al otro lado del mar. Henry estaba cansado de enviar sus barcos desde el puerto de Filadelfia con las bodegas vacías; ahora podía hacer dinero en ambos trayectos. Aún ganaba una fortuna en Java procesando la corteza de los jesuitas con sus socios holandeses, pero también había una fortuna que amasar allí mismo. En 1796, Henry enviaba trabajadores a las montañas de Pensilvania para recolectar raíces de ginseng que exportaba a China. Durante muchos años, de hecho, fue el único hombre de Estados Unidos que encontró la manera de vender algo a los chinos.

A finales de 1798, Henry llenaba sus invernaderos americanos con exóticas plantas tropicales importadas, que luego vendía a los aristócratas estadounidenses. La economía de los Estados Unidos crecía de modo pronunciado y abrupto. Tanto George Washington como Thomas Jefferson poseían opulentas casas de campo, así que todo el mundo quería una opulenta casa de campo. De repente, la joven nación ponía a prueba los límites del despilfarro. Algunos ciudadanos se volvían ricos; otros caían en la indigencia. La trayectoria de Henry, vertiginosa, no dejó de ir al alza. La base de todos los cálculos de Henry Whittaker era: «Voy a ganar», y ganaba invariablemente: en las importaciones, en las exportaciones, en la producción, aprovechando cualquier tipo de ocasión. El dinero parecía amar a Henry. El dinero lo seguía como un perrito entusiasta. En 1800, era el hombre más rico de Filadelfia y uno de los tres hombres más ricos del hemisferio occidental.

Así, cuando Alma, la hija de Henry, nació ese año (apenas tres semanas después de la muerte de George Washington), fue como si se tratara de la descendiente de un nuevo tipo de personaje, nunca visto antes en el mundo: un poderoso sultán americano.

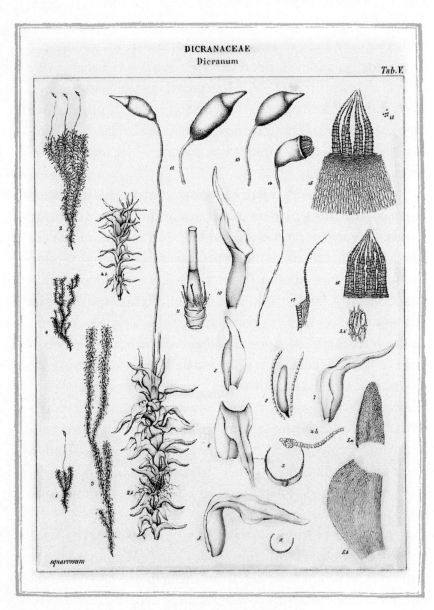

squarrosum

Dicranaceae / Dicranum

SEGUNDA PARTE

LA CIRUELA DE WHITE ACRE

Capítulo cinco

Era hija de su padre. Así la describieron desde el principio.
Para empezar, Alma Whittaker era igualita a Henry: de cabello rojizo, de cutis rubicundo, de boca pequeña, de cejas amplias, de nariz generosa. Lo cual era una circunstancia un tanto desafortunada para Alma, si bien tardaría años en darse cuenta de ello. La cara de Henry convenía mucho más a un hombre adulto que a una niña pequeña. No es que Henry pusiese reparos; Henry Whittaker disfrutaba al ver su imagen allí donde se encontrase (en un espejo, en un retrato, en la cara de una niña), de modo que siempre le complació el aspecto de Alma.

—¡No hay duda de quién la engendró! —alardeaba.

Más aún, Alma era inteligente como él. Resistente, también. Un pequeño dromedario, eso era: incansable y estoica. Nunca enfermaba. Terca. Desde el momento en que aprendió a hablar, la niña fue incapaz de no agotar una discusión. Si su madre, una piedra de moler, no hubiese triturado sin cesar su descaro, podría haber resultado francamente grosera. Con su influencia, se quedó en contundente. Quería comprender el mundo y adquirió el hábito de buscar la información necesaria hasta en su más remoto escondite, como si el destino de las naciones dependiera de su empeño. Exigía saber por qué un poni no era un bebé de caballo. Exigía saber por qué surgían chispas cuando pasaba la mano por las sábanas en una calurosa noche de verano. No solo exigía saber si los hongos eran plantas o animales, sino también, cuando se le ofrecía la respuesta, exigía saber por qué era así.

Alma había nacido con los padres adecuados para este tipo de inquietudes; en tanto que se expresasen de forma respetuosa, sus preguntas recibirían respuesta. Tanto Henry como Beatrix Whittaker, intolerantes por igual de la estupidez, alentaron el espíritu de investigación en su hija. Incluso la pregunta de Alma acerca de los hongos mereció una respuesta meditada (de Beatrix en este caso, quien citó al sueco Carl Linneo, un estimado taxonomista botánico, para distinguir los minerales de las plantas y las plantas de los animales: «Las piedras crecen. Las plantas crecen y viven. Los animales crecen, viven y sienten»). Beatrix no creía que una niña de cuatro años fuese demasiado joven para hablar de Linneo. De hecho, Beatrix comenzó la educación formal de Alma casi en cuanto pudo mantenerse en pie. Si los hijos de otras personas podían aprender a cecear oraciones y los catecismos en cuanto empezaban a hablar, entonces (creía Beatrix) su hija sin duda podría aprender cualquier cosa.

Como resultado, Alma sabía contar antes de cumplir cuatro años... en inglés, holandés, francés y latín. Se hizo especial hincapié en el estudio del latín, pues Beatrix creía que nadie que desconociese esta lengua podía escribir una frase correcta en inglés ni en francés. Hubo una temprana aproximación al griego también, aunque no con tanta premura. (Ni siquiera Beatrix creía que una niña debía dedicarse al griego antes de los cinco años). Beatrix tuteló a su inteligente hija en persona, y con satisfacción. «Es inexcusable que un padre no dedique el tiempo necesario a enseñar a pensar a su hijo», sostenía. Además, Beatrix creía que las facultades intelectuales de la humanidad habían sufrido un deterioro constante desde el segundo siglo *anno Domini*, por lo que disfrutaba de la sensación de dirigir un liceo ateniense privado en Filadelfia solo para provecho de su hija.

Hanneke de Groot, el ama de llaves, opinó que el joven cerebro de Alma tal vez estaba sufriendo una sobrecarga de tanto estudiar, pero Beatrix hizo caso omiso, dado que así fue como ella misma había sido educada, al igual que todos los niños (y niñas) Van Devender desde tiempos inmemoriales. «No seas tonta, Hanneke —la regañó Beatrix—. En ningún momento de la historia, una chica joven y brillante, con comida más que suficiente y una buena constitución, ha perecido por *aprender demasiado*».

Beatrix admiraba lo útil antes que lo insulso, lo edificante antes que lo entretenido. Sospechaba de todo lo que constituyese «una inocente diversión» y detestaba todo lo que fuera tonto o vil. Cosas tontas y viles incluían: las tabernas; mujeres maquilladas; días de elecciones (siempre había muchedumbres); comer helados; visitar las heladerías; los anglicanos (quienes le parecían católicos camuflados cuya religión, sostenía, iba en contra de la moral y el sentido común); el té (las buenas holandesas solo bebían café); las personas que conducían los trineos en invierno sin campanillas en los caballos (¡era imposible oírlos acercarse!); sirvientes domésticos baratos (una ganga inquietante); personas que pagaban a los sirvientes con ron en lugar de con dinero (lo cual contribuía a la embriaguez pública); personas que se acercaban a contar sus problemas pero se negaban a escuchar consejos sensatos; celebraciones de año nuevo (el año nuevo llegará de todos modos, independientemente de todo ese alboroto de campanas); la aristocracia (la nobleza debe basarse en la conducta, no en la herencia); y niños elogiados en exceso (el buen comportamiento debe esperarse, no recompensarse).

Siguió el lema *Labor ipse voluptas*: «El trabajo es su propia recompensa». Creía que existía una dignidad inherente manteniéndose impasible ante las emociones; de hecho, creía que la impasibilidad ante las emociones era la definición misma de la dignidad. Más que nada, Beatrix Whittaker creía en la respetabilidad y la moralidad…, pero si se hubiese visto obligada a escoger entre ambas, probablemente habría escogido la respetabilidad.

Todo esto se esforzó en enseñar a su hija.

***

En cuanto a Henry Whittaker, obviamente no podía ayudar con la enseñanza de los clásicos, pero apreciaba los esfuerzos educativos de Beatrix. Como hombre de botánica inteligente e inculto, siempre había considerado que el griego y el latín equivalían a dos grandes puntales de hierro que le bloqueaban el umbral del conocimiento; no iba a consentir que su hija se viese excluida del mismo modo. De hecho, no iba a consentir que su hija quedase excluida de nada.

¿Y sobre lo que Henry enseñó a Alma? Bueno, no le enseñó nada. Es decir, no le enseñó nada directamente. Carecía de la paciencia necesaria para proveer una instrucción formal, y no le gustaba estar rodeado de niños. Pero lo que Alma aprendió de su padre *indirectamente* constituyó una larga lista. En primer lugar, aprendió a no irritarlo. En cuanto irritaba a su padre, Alma acababa exiliada de la habitación, así que aprendió desde que tuvo conciencia a no exasperar nunca ni provocar a Henry. Fue un desafío para Alma, ya que iba radicalmente en contra de sus instintos naturales (los cuales eran, precisamente, exasperar y provocar). Aprendió, sin embargo, que a su padre no le indisponía del todo una pregunta seria, interesante o bien expresada de su hija…, siempre y cuando no interrumpiese un discurso o (y esto era más complicado preverlo) sus pensamientos. En ocasiones sus preguntas incluso lo divertían, si bien Alma no siempre entendía el motivo, como la vez que preguntó por qué el cerdo tardaba tanto cuando se encaramaba a la espalda de la cerda, mientras que el toro era siempre tan rápido con las vacas. Esa pregunta hizo reír a Henry. A Alma no le gustaba que se riesen de ella. Aprendió a no formular dos veces la misma pregunta.

Alma aprendió que su padre era exigente con sus trabajadores, con sus huéspedes, con su esposa, con ella e incluso con sus caballos..., pero con las plantas jamás perdía la cabeza. Siempre fue cariñoso y paciente con las plantas. Alma a veces deseaba ser una planta. No obstante, nunca mencionó este anhelo, pues habría parecido una necia y había aprendido de Henry que uno nunca debe parecer necio. «El mundo es un necio que desea ser engañado», decía a menudo, y había inculcado a su hija que había una enorme brecha entre los idiotas y los inteligentes, y que ella debía alinearse al lado de la inteligencia. Expresar un deseo por algo inalcanzable, por ejemplo, no era una postura inteligente.

Alma aprendió de Henry que existían lugares remotos en el mundo, donde algunos hombres se adentraban para no volver, pero su padre había ido a esos lugares y había vuelto. (A ella le gustaba imaginar que había regresado a casa por ella, para ser su padre, aunque nunca hubiese insinuado nada parecido). Aprendió que Henry se había sobrepuesto al mundo porque era valiente. Aprendió que su padre deseaba que ella fuese valiente, incluso en los casos más alarmantes: al oír truenos, al ser perseguida por gansos, ante una inundación en el río Schuylkill, al ver ese mono con la cadena al cuello que viajaba en el vagón con un gitano. Henry no permitió a Alma que se asustase en esas situaciones. Antes incluso de que Alma comprendiera qué era la muerte, Henry también le prohibió tenerle miedo.

—Hay gente que muere todos los días —le dijo—. Pero hay millones de posibilidades en contra de que seas tú.

Aprendió que había semanas (en especial, las semanas lluviosas) en las cuales el cuerpo de su padre le aquejaba más de lo que ningún cristiano debía estar obligado a soportar. Lo acosaba una agonía permanente en una pierna debido a un hueso roto mal curado, y sufría fiebres recurrentes de las que había enfermado en aquellos remotos y peligrosos lugares al otro lado del mundo. En ocasiones Henry no podía salir de la cama durante medio mes. En tales circunstancias nunca debía ser molestado. Incluso cuando se le llevaba el correo era necesario no hacer ruido. Estas dolencias eran la razón por la que Henry ya no podía viajar y, a cambio, convocaba a todo el mundo ante su presencia. Por ello había siempre tantos visitantes en White Acre, y por eso se llevaban a cabo tantos negocios en el salón y en la mesa del comedor. También era la razón por la que Henry recibía las visitas de ese hombre llamado Dick Yancey: un inglés de Yorkshire, aterrador, silencioso y calvo, de mirada gélida, que viajaba en nombre de Henry y se dedicaba a imponer su disciplina en nombre de The Whittaker Company. Alma aprendió a no hablar jamás con Dick Yancey.

Alma aprendió que su padre no respetaba el *sabbath,* si bien mantenía, a su nombre, el mejor banco privado de la iglesia luterana sueca donde Alma y su madre pasaban los domingos. A la madre de Alma no le gustaban demasiado los suecos, pero, dado que no había una iglesia protestante holandesa en las cercanías, los suecos eran mejor que nada. Los suecos, al menos, comprendían y compartían las creencias centrales de la doctrina calvinista, a saber: eres responsable de tu situación en la vida, es muy probable que estés condenado y el futuro es espantosamente lúgubre. Todo ello resultaba consoladoramente familiar a Beatrix. Mejor que las otras religiones, con sus tranquilizadoras y falsas promesas.

Alma deseaba no tener que ir a la iglesia y poder quedarse en casa los domingos al igual que su padre, para trabajar con sus plantas. La iglesia era aburrida, incómoda y olía a agua de tabaco.

En verano, a veces entraban por la puerta abierta pavos y perros, en busca de una sombra que los protegiese del calor insoportable. En invierno, el viejo edificio de piedra se sumía en un frío inaguantable. Siempre que un rayo de luz se colaba por una de las ventanas altas de vidrio ondulado, Alma alzaba el rostro para mirarlo, como si fuera una de las plantas tropicales del invernadero de su padre, arrebatada por el deseo de trepar y escaparse.

Al padre de Alma no le gustaban las iglesias ni las religiones, pero con frecuencia rogaba a Dios que castigara a sus enemigos. En cuanto a lo demás que no era del gusto de Henry, la lista era larga y Alma llegó a conocerla bien. Sabía que su padre detestaba a los hombres corpulentos que tenían perros pequeños. Además, detestaba a la gente que compraba caballos veloces sin saber cabalgar. Asimismo, detestaba los veleros recreativos; a los agrimensores; los zapatos baratos; lo francés (el idioma, la comida, la gente); la poesía (¡pero no las canciones!); las espaldas encorvadas de los cobardes; a los ladrones hijos de puta; a los dependientes nerviosos; las lenguas mentirosas; el sonido del violín; el ejército (cualquier ejército); los tulipanes («¡cebollas con aires de grandeza!»); los arrendajos azules; beber café («¡una repugnante costumbre holandesa!»); y, aunque Alma no comprendía aún qué significaban esas palabras, tanto la esclavitud como a los abolicionistas.

Henry podía ser incendiario. Podía insultar y humillar a Alma con la misma rapidez con que se abotonaba el chaleco («¡a nadie le gusta una cerdita egoísta y estúpida!»), pero también había momentos en que parecía quererla de forma indudable e incluso estar orgulloso de ella. Un día un desconocido vino a White Acre a vender a Henry un poni, para que Alma aprendiese a montar. El poni se llamaba Soames, era del color del azúcar glaseado y Alma lo adoró de inmediato. Se negoció un precio. Los dos hombres acordaron tres dólares. Alma, que solo tenía seis años, preguntó: «Discúlpeme, señor, pero ¿incluye ese precio la brida y la montura que lleva el poni?».

El desconocido eludió la pregunta, pero Henry soltó una carcajada. «¡Te ha pillado!», bramó y durante el resto del día pasaba la mano por el pelo de Alma cada vez que la niña se acercaba, diciendo: «¡Qué buena negociadora tengo por hija!».

Alma aprendió que su padre bebía botellas por la noche y que esas botellas a veces contenían peligros (voces que se alzaban, castigos), pero también podían contener milagros, como el permiso de sentarse en el regazo paterno, donde escuchaba relatos fantásticos, y a veces la llamaba por su apodo más querido: Ciruela. En esas noches, Henry le decía cosas como: «Ciruela, lleva siempre bastante oro encima para comprar tu rescate si te secuestran. Cóselo en los dobladillos, si no te queda más remedio, pero ¡nunca te quedes sin dinero!». Henry le contó que los beduinos del desierto a veces se cosían piedras preciosas bajo la piel, por si surgía una emergencia. Le contó que él mismo tenía una esmeralda de América del Sur cosida bajo la piel de la tripa y que a ojos de quien no lo supiera parecía la cicatriz de una herida de bala, y que nunca jamás se la mostraría a ella..., pero la esmeralda estaba ahí.

—Siempre debes tener un último soborno bajo la manga, Ciruela —dijo.

En el regazo de su padre, Alma aprendió que Henry había navegado por todo el mundo con un gran hombre llamado capitán Cook. Estos eran los mejores relatos de todos. Un día una ballena gigante subió a la superficie del océano con la boca abierta y el capitán Cook dirigió el barco justo dentro de la ballena, echó un vistazo al estómago del animal y volvió a salir... ¡navegando hacia atrás! Una vez Henry oyó un grito lastimero en el mar y vio una sirena flotando en la superficie del océano. La sirena había sido herida por un tiburón. Henry la sacó del agua con una soga y la sirena murió en sus brazos..., pero no antes, por Dios, de bendecir a Henry Whittaker, a quien dijo que algún día sería un hombre rico. Y así fue como se hizo con esta enorme casa..., ¡gracias a la bendición de la sirena!

—¿Qué idioma hablaba la sirena? —quiso saber Alma, imaginando que sería por lo menos griego.

—¡Inglés! —dijo Henry—. Por Dios, Ciruela, ¿por qué iba a rescatar yo a una condenada sirena extranjera?

Alma se sentía abrumada y en ocasiones intimidada por su madre, pero adoraba a su padre. Lo quería más que a nada en el mundo. Lo quería más que al poni Soames. Su padre era un coloso y ella se asomaba al mundo entre sus piernas de mamut. Comparado con Henry, el Dios de la Biblia era aburrido y distante. Como el Dios de la Biblia, Henry a veces ponía a prueba el amor de Alma, en especial cuando abría las botellas. «Ciruela —decía—, ¿por qué no corres tan rápido como puedas con esas piernecillas flacuchas que tienes y vas hasta el embarcadero a ver si ha llegado algún barco de China para tu papá?».

El embarcadero se encontraba a once kilómetros de distancia al otro lado de un río. Tal vez eran las nueve de la noche de un domingo durante una tormenta aciaga de marzo, y Alma se levantaba de un salto del regazo de su padre y comenzaba a correr. Una criada tenía que atraparla en la puerta y llevarla de vuelta al salón, porque de lo contrario —a los seis años, sin capa ni gorro, sin un penique en el bolsillo ni un trozo diminuto de oro cosido en el dobladillo—, por el amor de Dios, lo habría hecho.

***

¡Qué infancia la de esta niña!

No solo tenía estos poderosos e inteligentes padres, sino que Alma también disponía de toda la finca de White Acre para explorarla a voluntad. Era una verdadera Arcadia. Cuántas cosas que observar. La casa en sí misma era una maravilla incesante. Había una jirafa de peluche en el pabellón oriental, con una cara alarmada y cómica. Había tres enormes costillas de mastodonte en el patio interior delantero, encontradas en una excavación realizada en las cercanías; para obtenerlas, Henry le había entregado a un granjero un rifle nuevo. Había una sala de baile, resplandeciente y vacía, donde una vez (en el frío de finales de otoño) Alma encontró un colibrí atrapado, que salió disparado junto a su oreja a una velocidad impresionante (un misil precioso, diríase, disparado por una cañón diminuto). Había un pájaro enjaulado en el estudio de su padre, procedente de China, y hablaba con una elocuencia apasionada (o eso aseguraba Henry), pero solo en su lengua nativa. Había unas extrañas pieles de serpiente, preservadas con un relleno de heno y serrín. Había estantes abarrotados de coral de los Mares del Sur, ídolos javaneses, antiguas joyas egipcias de lapislázuli y polvorientos almanaques turcos.

¡Y había tantos lugares donde comer! El comedor, el salón, la cocina, el recibidor, el estudio, el jardín de invierno y los patios, con sus cenadores en sombra. Había almuerzos de té y galletitas de jengibre, castañas y melocotones. (Y qué melocotones: rosados por un lado, dorados por el otro). En invierno, se podía tomar sopa en el vivero de arriba, con vistas al río, que brillaba bajo el cielo árido como un espejo pulido.

Pero fuera las delicias eran incluso más abundantes y plenas de misterio. Había nobles invernaderos, llenos de cícadas, palmeras y helechos, todos envueltos en corteza de curtir, gruesa, negra, apestosa, para mantener el calor. Había un ruidoso y aterrador motor hidráulico, que humedecía los invernaderos. Había misteriosas estancias con estufa, donde siempre hacía un calor mareante y las delicadas plantas importadas sanaban después de un largo viaje por mar, y donde se apremiaba a las orquídeas para que floreciesen. Había limoneros en el invernáculo, a los que se sacaba cada verano como pacientes tísicos para disfrutar del sol natural. Había un pequeño templo griego, escondido al final de una avenida de robles, donde era fácil imaginar el Olimpo.

Había una lechería y, junto a ella, una quesería, con su fascinante tufillo a alquimia, superstición y brujería. Las lecheras alemanas dibujaban conjuros con tiza en la puerta de la quesería y murmuraban hechizos antes de entrar. El queso no cuajaría, dijeron a Alma, si lo maldecía el diablo. Cuando Alma preguntó al respecto, su madre la regañó por ser una inocente crédula y le soltó un larga charla acerca de cómo cuaja el queso en realidad, mediante una transmutación química, perfectamente racional, de la leche fresca tratada con cuajo, que se deja reposar recubriéndola con cera a una temperatura controlada. Completada la lección, Beatrix borró los conjuros de la puerta de la quesería, mientras reprendía a las queseras por ser unas tontas supersticiosas. Al día siguiente, según notó Alma, los conjuros de tiza habían regresado. Por una u otra razón, el queso siguió cuajando bien.

También había interminables hectáreas de bosques, dejados sin cultivar deliberadamente, llenos de conejos, zorros y ciervos que comían de la mano. Los padres de Alma le permitían recorrer esos bosques (no, ¡la animaban!) cuando quisiese, para que aprendiera sobre el mundo natural. Recogía escarabajos, arañas y polillas. Un día vio una gran serpiente a rayas que era devorada por una serpiente negra mucho más grande; un proceso que tardó varias horas y fue horrible y espectacular. Vio arañas tigre excavando canales profundos en el mantillo y petirrojos recogiendo musgo y barro a orillas del río para sus nidos. Adoptó una pequeña y preciosa oruga (preciosa en comparación con otras orugas), y la envolvió en una hoja para llevarla a casa para ser amigas, si bien más tarde la mató sin querer al sentarse encima de ella. Fue un duro golpe, pero había que seguir adelante. Es lo que decía su madre: «Deja de llorar y sigue adelante». Algunos animales mueren, le explicaron. Algunos animales, como las ovejas y las vacas, no nacen con otro propósito que el de morir. No podemos llorar cada muerte. A la edad de ocho años, Alma ya había diseccionado, con ayuda de Beatrix, la cabeza de un cordero.

Alma siempre iba a los bosques ataviada con la vestimenta más práctica, armada con su propio equipo de recolección: viales de vidrio, pequeñas cajas de almacenamiento, algodón y tablillas para escribir. Salía hiciese el tiempo que hiciese, pues era posible hallar tesoros con cualquier climatología. Un año, una tormenta de nieve a finales de abril concentró el extraño sonido de pájaros cantores y cascabeles, y solo por esto mereció la pena haber salido de casa. Aprendió que caminar con cuidado por el barro para proteger las botas o el dobladillo de la falda nunca recompensaba el esfuerzo. Nunca la regañaron por regresar a casa con las botas embarradas, siempre que trajese buenos ejemplares para su herbario privado.

El poni Soames era el compañero constante de Alma en estas incursiones; a veces la llevaba por el bosque, otras la seguía, como un perro enorme bien adiestrado. En verano, llevaba espléndidas borlas de seda en las orejas para que no entraran las moscas. En invierno, llevaba pieles bajo la montura. Solo en raras ocasiones se comía las muestras. Soames era el mejor compañero de recolección que podía imaginar y Alma hablaba con él durante todo el día. El poni habría hecho cualquier cosa por la niña, salvo moverse con rapidez.

En su noveno verano, sin ayuda de nadie, Alma aprendió a saber qué hora era por el abrir y cerrar de las flores. A las cinco de la mañana, notó, los pétalos de las barbas de chivo siempre estaban desplegados. A las seis de la mañana se abrían las margaritas y las calderonas. Cuando el reloj daba las siete, los dientes de león florecían. A las ocho, era el turno de la pimpinela escarlata. A las nueve: la pamplina. A las diez: el narciso de otoño. Antes de las once, el proceso comenzaba a invertirse. Al mediodía, las barbas de chivo se cerraban. A la una, la pamplina se cerraba. Antes de las tres, los dientes de león se habían replegado. Si no estaba de vuelta en casa con las manos lavadas antes de las cinco, cuando se cerraba la calderona y comenzaba a abrirse la prímula, Alma tendría problemas.

Lo que Alma quería aprender más que nada era las reglas que regían el mundo. ¿Quién era el maestro relojero responsable de todo ello? Descomponía las flores y estudiaba su morfología más oculta. Hizo lo mismo con los insectos y con cualquier cadáver que encontrase. Una mañana de finales de septiembre, a Alma le fascinó la aparición súbita del azafrán de primavera, una flor que según creía florecía solo en primavera. ¡Qué descubrimiento! Nadie le ofreció una respuesta satisfactoria sobre qué diablos estaba ocurriendo con estas flores que estaban apareciendo en los fríos comienzos del otoño, sin hojas y desprotegidas, justo cuando todo lo demás fallecía. «Son azafranes de otoño», dijo Beatrix. Sí, lo eran, clara y evidentemente..., pero ¿con qué fin? ¿Por qué florecer ahora? ¿Eran flores estúpidas? ¿Habían perdido la noción del tiempo? ¿Qué importante cometido necesitaba cumplir este azafrán para estar dispuesto a soportar las primeras escarchas de las noches amargas? Nadie podía aclararlo. «Simplemente, así se comporta esta especie», dijo Beatrix, lo cual fue una respuesta inusualmente insatisfactoria tratándose de ella. Cuando Alma insistió, Beatrix respondió: «No todo tiene una respuesta».

Para Alma esa contestación resultó tan asombrosa que se quedó muda durante varias horas. No pudo sino sentarse y ponderar esta idea en una especie de atónito estupor. Cuando se repuso, dibujó el misterioso azafrán de otoño en la tablilla y fechó la entrada, junto con sus preguntas y objeciones. En este sentido, era muy diligente. Había que mantener un registro de las cosas..., incluso de las incomprensibles. Beatrix le había enseñado a registrar siempre sus hallazgos mediante dibujos tan precisos como fuese posible, clasificados, siempre que lo supiera, con la taxonomía correcta.

Alma disfrutaba trazando bocetos, pero sus dibujos finales a menudo la decepcionaban. Era incapaz de dibujar rostros y animales (incluso sus mariposas eran truculentas), si bien a la sazón descubrió que dibujar plantas no se le daba mal. Sus primeros éxitos fueron algunos bocetos bastante buenos de umbelas, esas plantas de tallo hueco y flores planas de la familia de las zanahorias. Sus umbelas eran exactas, aunque ella deseaba que fuesen más que exactas: quería que fuesen bellas. Así se lo dijo a su madre, quien la corrigió: «La belleza no es necesaria. La belleza es la distracción de la exactitud».

A veces, en sus incursiones por los bosques, Alma se encontraba con otros niños. Era algo que siempre la alarmaba. Sabía quiénes eran esos intrusos, si bien nunca habló con ellos. Eran los hijos de los empleados de sus padres. La finca de White Acre era como una fiera gigantesca y viva, la mitad de cuyo enorme cuerpo necesitaba sirvientes: los jardineros de origen alemán y escocés que su padre prefería contratar antes que a los estadounidenses, más perezosos, y las criadas holandesas, en quienes su madre confiaba. Los sirvientes de la casa vivían en el ático y los trabajadores al aire libre y sus familias vivían en casas y cabañas diseminadas por toda la propiedad. Eran buenas casas; no porque Henry se preocupase por la comodidad de sus empleados, sino porque no soportaba vivir cerca de la miseria.

Siempre que Alma se encontraba con los hijos de los trabajadores en el bosque, el temor y el horror la dominaban. No obstante, tenía un método para sobrevivir a estos encuentros: fingía que ni siquiera ocurrían. Cabalgaba al lado y *por encima* de los niños en su incondicional poni (que se movía, como siempre, con el ritmo lento y despreocupado de una tortuga pesada).

Alma contenía el aliento al pasar junto a los niños y no miraba ni a la izquierda ni a la derecha hasta haber dejado atrás a los intrusos sin percance alguno. Si no los miraba, no tenía que admitir su presencia.

Los hijos de los trabajadores nunca se inmiscuían en los asuntos de Alma. Lo más probable es que les hubiesen ordenado que la dejaran en paz. Todos temían a Henry Whittaker, de modo que su hija también era temida automáticamente. A veces, sin embargo, Alma espiaba a los niños desde una distancia segura. Sus juegos eran bruscos e incomprensibles. Su ropa era diferente a la de Alma. Ninguno de estos niños llevaba un equipo botánico de recolección colgado del hombro, y ninguno de ellos cabalgaba en un poni con borlas de alegres colores en las orejas. Se empujaban y se gritaban unos a otros, con un lenguaje soez. Alma temía más a estos niños que a cualquier otra cosa en el mundo. A menudo sufría pesadillas con ellos.

Pero he aquí lo que hacía ante una pesadilla: iba a buscar a Hanneke de Groot, abajo, en el sótano de la casa. Esto era eficaz y relajante. Hanneke de Groot, el ama de llaves, irradiaba autoridad sobre todo el cosmos de la finca White Acre, y su autoridad le confería una relajante seriedad. Hanneke dormía en su propio aposento, junto a la cocina del sótano, allí donde los fogones nunca se apagaban. Se encontraba dentro de una corriente cálida de aire de bodega, perfumado por los jamones salados que colgaban de cada viga. Hanneke vivía en una jaula (o eso le parecía a Alma), ya que sus habitaciones personales tenían barras en las ventanas y las puertas, dado que Hanneke era la única en la casa que controlaba el acceso a la plata y la vajilla, y quien administraba las nóminas de todo el personal.

—No vivo en una jaula —corrigió Hanneke a Alma una vez—. Vivo en una caja fuerte.

Cuando las pesadillas no la dejaban dormir, a veces Alma afrontaba el terrorífico viaje a través de varios tramos de escaleras a oscuras para llegar al rincón más bajo del sótano, donde se aferraba a las barras que cerraban los aposentos de Hanneke y pedía a gritos que la dejase entrar. Estas expediciones eran siempre un riesgo. Hanneke a veces se levantaba, somnolienta y quejumbrosa, abría la puerta carcelaria y permitía a Alma que se metiese con ella en la cama. Otras veces, sin embargo, no se levantaba. A veces regañaba a Alma por comportarse como un bebé y le preguntaba por qué hostigaba a una agotada anciana holandesa, y enviaba a Alma de vuelta a su habitación por esas angustiosas escaleras.

Sin embargo, esos extraños casos en que obtenía permiso para entrar en la cama de Hanneke compensaban con creces las muchas más veces en que era rechazada, pues Hanneke le contaba historias, y ¡cuántas cosas sabía Hanneke! Ella conocía a la madre de Alma desde siempre, desde la más tierna infancia. Hanneke contaba historias de Ámsterdam, lo que Beatrix nunca hacía. Hanneke siempre hablaba en neerlandés a Alma, y el neerlandés, a los oídos de Alma, sería siempre el idioma del consuelo y las cajas fuertes, del jamón salado y la seguridad.

A Alma jamás se le habría ocurrido acudir a su madre, cuya habitación estaba al lado de la suya, en busca de consuelos nocturnos. La madre de Alma era una mujer de muchas virtudes, pero la de consolar no era una de ellas. Como Beatrix Whittaker decía a menudo, un niño que ya sabe caminar, hablar y razonar debería ser capaz, sin ayuda alguna, de consolarse a sí mismo.

***

Y luego estaban los huéspedes: un desfile ininterrumpido de visitantes que llegaban a White Acre casi a diario, en carruajes, a caballo, en barco o a pie. El padre de Alma vivía aterrorizado por la posibilidad de aburrirse, así que le gustaba tener invitados durante la cena, para que lo entretuviesen, le trajesen noticias del mundo o le diesen ideas para nuevas empresas. Siempre que Henry Whittaker convocaba a alguien, este venía... y venía agradecido.

—Cuanto más dinero tienes —explicó Henry a Alma—, mejores son los modales de la gente. Es un hecho notable.

A estas alturas, Henry ya había amasado una sólida fortuna. En mayo de 1803, había obtenido un contrato con un hombre llamado Israel Whelan, un funcionario del gobierno que proveía de material médico a la expedición de Lewis y Clark al oeste de América. Para esa expedición Henry ya había acumulado un gran suministro de mercurio, láudano, ruibarbo, opio, raíz de colombo, calomel, ipecacuana, plomo, zinc, sulfato..., algunos de los cuales no ofrecían beneficio médico alguno, si bien todos eran muy lucrativos. En 1804, la morfina fue sintetizada por primera vez a partir de amapolas por los farmacéuticos alemanes, y Henry fue uno de los primeros inversores en la fabricación de ese útil producto. Al año siguiente, le concedieron el contrato para suministrar productos médicos al ejército de Estados Unidos. Así obtuvo un cierto poder político, además de cierto prestigio, de modo que sí, la gente acudía a sus cenas.

No eran cenas de sociedad, en absoluto. Los Whittaker nunca fueron exactamente bienvenidos en el pequeño y enrarecido círculo de la alta sociedad de Filadelfia. Tras su llegada a la ciudad, los Whittaker fueron invitados una sola vez a cenar con Anne y William Bingham, entre las calles Third y Spruce, pero no resultó bien. Durante los postres, la señora Bingham, quien se comportaba como si estuviera en la corte de St. James, preguntó a Henry:

—¿Qué tipo de apellido es Whittaker? Qué poco frecuente me parece.

—Del centro de Inglaterra —respondió Henry—. Proviene de la palabra *Warwickshire.*

—¿Es Warwickshire el solar de su familia?

—Sí, y otros lugares, además. Nosotros, los Whittaker, tendemos a encontrar solaz dondequiera que podamos.

—Pero ¿su padre todavía posee tierras en Warwickshire, señor?

—Mi padre, señora, si es que aún vive, posee dos cerdos y un orinal bajo la cama. Dudo mucho que posea la cama.

Los Whittaker no volvieron a recibir una invitación de los Bingham. Los Whittaker afirmaron que no les importaba. En cualquier caso, Beatrix desaprobaba la conversación y el atuendo de las señoras a la moda, y a Henry le desagradaban los tediosos modales de Rittenhouse Square. En su lugar, Henry creó su propia sociedad, al otro lado del río frente a la ciudad, en lo alto de la colina. En White Acre las cenas no eran una excusa para chismorrear, sino ejercicios de estimulación intelectual y comercial. Si, en algún rincón del mundo, un joven osado realizaba proezas interesantes, Henry quería a ese joven sentado a su mesa. Si un venerable filósofo pasaba por Filadelfia, o un respetado científico, o un inventor joven y prometedor, esos hombres también recibirían una invitación. En ocasiones, también las mujeres acudían a las cenas, si eran esposas de pensadores respetados o traductoras de libros importantes, o si una actriz interesante estaba de gira por Estados Unidos.

La mesa de Henry era algo excesiva para ciertas personas. Las comidas eran opulentas: ostras, bistec, faisán, pero cenar en White Acre no era del todo relajante. Era de esperar que los invitados fuesen interrogados, desafiados, provocados. A los adversarios se les sentaba uno al lado del otro. Las creencias más preciadas eran aplastadas en conversaciones más atléticas que educadas. Algunas personas célebres salían de White Acre con la sensación de haber soportado un trato indignante. Otros invitados (más inteligentes, tal vez, o menos susceptibles, o más desesperados por recibir ayuda económica) salían de White Acre con lucrativos acuerdos o una carta de recomendación para un hombre importante en Brasil. El comedor de White Acre era un peligroso campo de batalla, pero una victoria ahí podía encauzar la carrera de cualquiera.

Alma fue bienvenida a esta combativa mesa desde que tenía cuatro años de edad, y a menudo se sentaba junto a su padre. Tenía permiso para hacer preguntas, siempre que estas no fuesen idiotas. Algunos invitados incluso quedaban encantados con la niña. Un experto en simetría química llegó a proclamar: «Vaya, eres tan inteligente como un librillo hablador», elogio que Alma nunca olvidó. Otros ilustres hombres de ciencia demostraron no estar acostumbrados a que los interrogase una niña pequeña. Pero algunos ilustres hombres de ciencia, como señaló Henry, eran incapaces de defender sus teorías ante una niña pequeña, así que merecían ser denunciados como embaucadores.

Henry creía, y Beatrix estaba plenamente de acuerdo, que ningún tema era demasiado sombrío, espinoso o perturbador para ser tratado delante de su hija. Si Alma no comprendía lo que se decía, razonaba Beatrix, solo la motivaría a perfeccionar su intelecto, para no quedar rezagada la próxima vez. Si Alma no tenía nada inteligente que aportar a la conversación, Beatrix le había enseñado a sonreír a quien acababa de hablar y murmurar con educación: «Por favor, continúe». Si Alma se aburría en la mesa, en fin, ciertamente no preocupaba a nadie. Las cenas en White Acre no giraban en torno al entretenimiento de una niña (de hecho, Beatrix sostenía que muy pocas cosas en la vida debían girar en torno al entretenimiento de una niña) y cuanto antes aprendiese Alma a quedarse quieta en una silla de respaldo duro durante horas y horas, escuchando con atención ideas que era incapaz de comprender, mejor para ella.

Por lo tanto, Alma pasó los tiernos años de su niñez escuchando las más extraordinarias conversaciones: con hombres que estudiaban la descomposición de los restos humanos; con hombres que tenían ideas para importar las nuevas mangueras belgas a Estados Unidos; con hombres que dibujaban imágenes médicas de deformidades monstruosas; con hombres que sostenían que cualquier medicina que pudiera ser ingerida era igual de efectiva al frotarla sobre la piel y absorberla el cuerpo; con hombres que examinaban la materia orgánica de los manantiales sulfúricos; y con un hombre experto en la función pulmonar de las aves acuáticas (según él, tema desbordante de interés, más que cualquier otro en el mundo natural..., si bien, debido a la monotonía de su discurso durante la cena, esta declaración no resultó ser cierta).

Algunas de esas noches eran entretenidas para Alma. Lo que más le gustaba era cuando venían actores y exploradores y contaban esos relatos emocionantes. Otras noches eran tensas, dominadas por discusiones. Otras noches eran eternidades de un tedio torturador. A veces se quedaba dormida en la mesa con los ojos abiertos, erguida en la silla nada más que por el terror imponente a los reproches de su madre y el rígido corsé de su vestido formal. Pero la noche que Alma habría de recordar para siempre, la noche que más adelante le parecería la cumbre de su infancia, fue la de la visita del astrónomo italiano.

***

Corría el verano de 1808, que tocaba a su fin, y Henry Whittaker había adquirido un nuevo telescopio. Se había dedicado a admirar el cielo nocturno con esas magníficas lentes alemanas, pero comenzaba a sentirse como un analfabeto celestial. Su conocimiento de las estrellas era el propio de un marino, lo cual no es poca cosa, pero no estaba al tanto de los últimos descubrimientos. Era una época de impresionantes avances en el campo de la astronomía, y Henry se daba cuenta cada vez más de que el cielo nocturno se iba convirtiendo en otra biblioteca cuyos libros apenas podía leer. Así, cuando Pontesilli, el genial astrónomo italiano, llegó a Filadelfia para dar un discurso en la Sociedad Filosófica, Henry lo atrajo a White Acre celebrando un baile en su honor. Pontesilli, según había oído, era un apasionado del baile, y Henry sospechaba que no rechazaría una invitación a una fiesta.

Esta sería la celebración más esmerada que los Whittaker intentarían nunca. Los mejores restauradores de Filadelfia (negros con impecables uniformes blancos) llegaron a primera hora de la tarde y prepararon los elegantes merengues y mezclaron los refrescos coloridos. Las flores tropicales que nunca antes habían salido de los calurosos invernáculos fueron dispuestas en retablos por toda la mansión. De repente, una orquesta de desconocidos taciturnos pululaba por el salón de baile, afinando los instrumentos y quejándose del calor entre susurros. Alma quedó atrapada y encorsetada en blancos miriñaques, y su indisciplinada mata de pelo rojizo prendida por un lazo de satén casi tan grande como la cabeza. Luego llegaron los invitados, entre oleadas de seda y polvos de talco.

Hacía calor. Había hecho calor todo el mes, pero este fue el día más caluroso. Anticipándose a las incomodidades de la alta temperatura, los Whittaker no dieron comienzo al baile hasta las nueve de la noche, mucho después de la puesta del sol, pero el calor aplastante del día persistía aún. El salón de baile no tardó en convertirse en otro invernadero, vaporoso y húmedo, al gusto de las plantas tropicales pero no de las damas. Los músicos sufrían y sudaban. Los invitados, que huían por las puertas en busca de alivio, descansaban en las terrazas y se apoyaban en las estatuas de mármol, tratando en vano de encontrar frescura en la piedra.

En su esfuerzo por saciar la sed, la gente bebió mucho más ponche de lo que quizás habían pensado beber. Como resultado natural, las inhibiciones se desvanecieron y un ambiente de vértigo embriagador se apoderó de todos. La orquesta abandonó la formalidad de los bailes de salón y ofreció una animada actuación al aire libre, en el enorme jardín. Se llevaron fuera las lámparas y las antorchas, que sumieron a todos los invitados en unas sombras turbulentas y salvajes. El encantador astrónomo italiano trató de enseñar a los caballeros de Filadelfia unos impetuosos pasos de baile napolitanos, y además hizo turnos con cada dama, todas las cuales lo hallaron cómico, audaz, emocionante. Incluso trató de danzar con los sirvientes negros, para regocijo de todos.

Esa noche se esperaba que Pontesilli pronunciase una conferencia, con ilustraciones y cálculos elaborados, para explicar las órbitas elípticas y la velocidad de los planetas. En algún momento del transcurso de la noche, sin embargo, esta idea quedó descartada. ¿Quién, en tal ambiente díscolo, escucharía en perfecto silencio una seria conferencia científica?

Alma nunca llegaría a saber de quién fue la idea, si de Pontesilli o de su padre, pero poco después de la medianoche se decidió que el famoso maestro italiano recreara el universo en el gran jardín de White Acre, usando a los mismos invitados como cuerpos celestiales. No sería un modelo a escala exacta, declamó el italiano ebrio, pero al menos las damas recibirían una vaga impresión de la vida de los planetas y las relaciones que establecían.

Con una maravillosa muestra tanto de autoridad como de sentido de la comedia, Pontesilli situó a Henry Whittaker, el Sol, en el centro del jardín. A continuación, reunió a unos cuantos caballeros para que hicieran de planetas, los cuales darían vueltas alrededor de su anfitrión. Para regocijo de todos los presentes, Pontesilli trató de elegir a los hombres que más se asemejasen a los planetas que habían de representar. Así, el diminuto Mercurio fue retratado por un menudo pero digno comerciante de grano de Germantown. Dado que Venus y la Tierra eran más grandes que Mercurio, pero casi compartían el mismo tamaño, Pontesilli eligió para esos planetas a unos hermanos de Delaware: dos hombres de altura, corpulencia y tez casi idénticas. Marte debía ser más grande que el comerciante de grano pero no tanto como los hermanos de Delaware; un eminente banquero de esbelta figura cumplió los requisitos. Para Júpiter, Pontesilli reclutó a un capitán de barco retirado, un hombre de una obesidad verdaderamente cómica, cuyo corpulento aspecto en el sistema solar despertó carcajadas histéricas. En cuanto a Saturno, le correspondió a un periodista un poco menos gordo pero de una corpulencia no menos jocosa.

Y así continuó, hasta que todos los planetas se situaron en el jardín a la distancia correcta tanto del Sol como de los otros planetas. A continuación, Pontesilli los puso en órbita en torno a Henry, tratando, con gestos desesperados, de mantener a esos ebrios caballeros en su trayectoria celeste. No tardaron las damas en querer formar parte de la diversión, así que Pontesilli las situó alrededor de los hombres, para que fuesen las lunas, todas ellas en órbitas estrechas. (La madre de Alma representó el papel de la luna terrestre con fría y lunar perfección). En ese momento el maestro creó constelaciones estelares en los extremos del jardín, con grupos de las más llamativas beldades.

La orquesta tocó de nuevo, y ese paisaje de cuerpos celestiales adquirió la apariencia del vals más extraño y hermoso jamás visto por las buenas gentes de Filadelfia. Henry, el rey Sol, irradiaba en el centro, con el pelo del color de las llamas, mientras hombres corpulentos y menudos giraban en torno a él, y las mujeres rodeaban a los hombres. Los grupos de jóvenes solteras brillaban en los rincones más remotos del universo, distantes como galaxias desconocidas. Pontesilli se subió a lo alto de un muro del jardín, donde se meció precariamente, para dirigir el retablo, gritando a través de la noche: «¡Sigan al mismo ritmo, caballeros! ¡No abandonen su trayectoria, señoras!».

Alma deseaba participar. Nunca había visto algo tan emocionante. Nunca había estado despierta hasta tan tarde (sin contar las pesadillas), pero, por el motivo que fuera, había quedado olvidada en medio de todo el jolgorio. Era la única niña presente, al igual que había sido la única niña presente toda su vida. Fue corriendo hasta el muro del jardín y gritó al peligrosamente inestable maestro Pontesilli: «¡Póngame, señor!». El italiano miró hacia abajo desde su pedestal, tomándose la molestia de intentar enfocar la mirada: ¿quién era esa niña? Tal vez habría hecho caso omiso, pero en ese momento Henry vociferó desde el centro del sistema solar: «¡Dé a la niña un lugar!».

Pontesilli se encogió de hombros. «¡Eres un cometa!», dijo a Alma, sin dejar de fingir que dirigía el universo con el movimiento de un brazo.

—¿Qué hace un cometa, señor?

—¡Volar en todas direcciones! —bramó el italiano.

Y así lo hizo. Se lanzó en medio de los planetas, esquivando y girando entre las órbitas de todo el mundo, dando vueltas y vueltas, suelta ya la cinta del pelo. Cada vez que se acercaba a él, su padre exclamaba: «¡No te acerques tanto a mí, Ciruela, o no quedarán de ti ni las cenizas!» y de un empellón la apartaba de su ser combustible y ardiente, impulsándola a correr en otra dirección.

Sorprendentemente, en cierto momento halló entre sus manos una antorcha chisporroteante. Alma no recordaba quién se la había dado. Nunca le habían dejado manejar fuego. La antorcha escupía chispas y enviaba llamas de alquitrán que giraban en el aire detrás de ella mientras se lanzaba a través del cosmos: el único cuerpo celestial al que no refrenaba una elíptica estricta.

Nadie la detuvo.

Alma era un cometa.

Ni siquiera supo que no estaba volando.

Capítulo seis

La infancia de Alma (o, más bien, la parte más sencilla e inocente de su infancia) tocó a su fin, de modo abrupto, en noviembre de 1809, a altas horas de la noche, un martes cualquiera.

Alma despertó de un sueño profundo debido a unas voces y el sonido de las ruedas del carruaje sobre la grava. En los lugares de la casa donde debería reinar el silencio a tales horas (el pasillo que daba a su dormitorio, por ejemplo, y los aposentos de los sirvientes, arriba), había un barullo de pasos en todas direcciones. Se incorporó en el aire frío, encendió una vela, buscó las botas de cuero y cogió un chal. Su instinto le decía que había llegado un problema a White Acre y que tal vez su presencia fuese necesaria. Años más tarde recordaría lo absurdo de esa idea (¿cómo llegó a creer que podría ser de ayuda?), pero en ese momento era una joven dama de casi diez años y todavía albergaba cierta confianza en su propia importancia.

Cuando Alma llegó a lo alto de las amplias escaleras vio, ahí abajo, en la majestuosa entrada de la mansión, un grupo de hombres con faroles. Su padre, ataviado con un abrigo por encima de la ropa de dormir, se encontraba en el centro de todos ellos, con el rostro tenso por la irritación. Hanneke de Groot también estaba ahí, con el pelo recogido en una gorra. La madre de Alma estaba presente, también. Debía de ser grave, entonces; Alma nunca había visto a su madre despierta a esas horas.

Pero había algo más, y ahí se dirigieron de inmediato los ojos de Alma: una niña, un poco más pequeña que Alma, con una larga trenza que le caía por la espalda de cabello entre blanco y rubio, estaba de pie entre Beatrix y Hanneke. Ambas mujeres tenían una mano en cada uno de los esbeltos hombros de la chica. Alma pensó que la niña le resultaba vagamente familiar. ¿La hija de uno de los trabajadores, tal vez? Alma no estaba segura. La niña, fuese quien fuese, tenía un rostro bellísimo, si bien ese rostro tenía un aspecto conmocionado y temeroso a la luz del farol.

Lo que desasosegó a Alma, sin embargo, no fue el miedo de la muchacha, sino la posesiva firmeza con que Beatrix y Hanneke agarraban a la niña del hombro. Cuando un hombre se acercó a la niña, como si fuese a tocarla, las dos mujeres cerraron filas y agarraron a la niña con más fuerza. El hombre se retiró... y fue un acto sabio, pensó Alma, pues acababa de ver la expresión en la cara de su madre: una ferocidad implacable. Vio la misma expresión en la cara de Hanneke. Fue esa expresión de ferocidad compartida en los rostros de las dos mujeres más importantes en la vida de Alma lo que la abrumó con un temor inexplicable. Algo alarmante estaba ocurriendo.

En ese momento, Beatrix y Hanneke giraron la cabeza al mismo tiempo para mirar a lo alto de la escalera, donde se encontraba Alma, que observaba atónita, con una vela en la mano y las botas en la otra. Se volvieron hacia ella como si Alma las hubiera llamado, como si las irritase esa interrupción.

—¡Ve a la cama! —exclamaron ambas: Beatrix en inglés, Hanneke en neerlandés.

Alma podría haber protestado, pero se sintió indefensa ante el poder de esa fuerza unida. Esos rostros tensos y curtidos la asustaron. Nunca había visto nada semejante. Aquí ni la necesitaban ni la querían, era evidente.

Alma dirigió otra mirada más, ansiosa, a la hermosa niña que seguía en el centro del vestíbulo abarrotado de extraños, tras lo cual huyó a su habitación. Durante una hora larga, se sentó al borde de la cama, escuchando hasta que le dolieron las orejas, con la esperanza de que alguien viniese a ofrecerle explicaciones o consuelo. Pero las voces se acallaron, oyó el sonido de caballos que se alejaban al galope, y nadie vino. Al fin Alma cayó dormida encima de la colcha, envuelta en el chal, con las botas puestas. Por la mañana, cuando se despertó, descubrió que toda esa multitud de desconocidos había desaparecido de White Acre.

Pero la niña aún estaba ahí.

***

Se llamaba Prudence.

O, más bien, Polly.

O, para ser más precisos, se llamaba Polly-Convertida-en-Prudence.

La suya era una fea historia. Se hizo un esfuerzo en White Acre para enterrarla, pero esas historias no se dejan enterrar y, al cabo de unos pocos días, Alma se enteró. La chica era la hija de un horticultor jefe de White Acre, un alemán tranquilo que había revolucionado el diseño del cultivo de melones, con lucrativas consecuencias. La esposa del horticultor era una mujer de Filadelfia de baja cuna y célebre belleza, una conocida ramera. Su marido, el horticultor, la adoraba, pero nunca fue capaz de controlarla. Esto, también, era un hecho sobradamente conocido. La mujer lo había engañado, sin cesar, durante años, sin apenas esforzarse en ocultar su indiscreciones. Él había aguantado en silencio, ya sea porque no se daba cuenta o porque fingía no darse cuenta, hasta que, sin previo aviso, dejó de aguantar.

Ese martes por la noche de noviembre de 1809, el horticultor despertó a su esposa, quien dormía plácidamente a su lado, la sacó a rastras por el pelo y le rebanó el cuello de oreja a oreja. Inmediatamente después, se ahorcó colgándose de un olmo cercano. La conmoción despertó a los otros trabajadores de White Acre, que salieron a toda prisa a investigar. Olvidada tras la estela de esas muertes súbitas, había una niña llamada Polly.

Polly era de la misma edad que Alma, pero más delicada y de una belleza asombrosa. Parecía una perfecta estatuilla tallada en jabón francés, en la que alguien había insertado un par de relucientes ojos azules de pavo real. Pero era la diminuta almohada rosa que era su boca lo que convertía a la niña en algo más que guapa; le hacía parecer una voluptuosa tan pequeña como inquietante, una Betsabé forjada en miniatura.

Cuando Polly fue llevada a la mansión de White Acre esa trágica noche, rodeada de alguaciles y corpulentos trabajadores, todos con las manos encima de ella, de inmediato Beatrix y Hanneke intuyeron el peligro que corría la niña. Algunos hombres sugerían que la niña fuese a un asilo, pero otros ya declaraban que se harían cargo de la huérfana con mucho gusto. La mitad de los presentes había copulado con la madre de la niña en un momento u otro (y Beatrix y Hanneke lo sabían muy bien) y las mujeres no querían ni imaginar qué aguardaba a esta preciosidad, a este retoño de la puta.

Las dos mujeres actuaron al unísono: apartaron a Polly del gentío y la mantuvieron alejada de la muchedumbre. No fue una decisión meditada. Tampoco fue un gesto de caridad, aderezado por la calidez de la bondad materna. No, fue un acto de intuición, surgido del conocimiento femenino, profundo y tácito, sobre cómo funciona el mundo. No se deja sola a una criatura tan pequeña y hermosa con diez hombres en celo en medio de la noche.

Pero, una vez que Beatrix y Hanneke habían protegido a Polly (una vez que los hombres se habían ido), ¿qué hacer con la niña? En ese momento, tomaron una decisión meditada. O, más bien, fue Beatrix quien tomó la decisión, pues solo ella tenía la autoridad de decidir. Tomó, de hecho, una decisión inaudita. Decidió cuidar a Polly para siempre, adoptarla de inmediato como otra Whittaker.

Alma supo más tarde que su padre protestó ante esa idea (a Henry no le agradó que lo despertaran en mitad de la noche, mucho menos la aparición de esa hija repentina), pero Beatrix cortó de raíz esas quejas con una única mirada despiadada, y Henry tuvo la sensatez de no protestar dos veces. Que así fuera. De todos modos, su familia era demasiado pequeña, y Beatrix no podía aumentarla. ¿No habían nacido otros dos bebés después de Alma? ¿Acaso esos bebés habían llegado a respirar? ¿Y no estaban esos bebés enterrados en el cementerio luterano, donde no hacían bien a nadie? Beatrix siempre había querido otro hijo y ahora, por obra de la providencia, una hija se había presentado. Con la adición de Polly, la prole de los Whittaker podía duplicarse de un modo eficaz. Todo tenía un sentido innegable. La decisión de Beatrix fue rápida, sin titubeos. Sin otra palabra de protesta, Henry claudicó. Por otra parte, no tenía otra opción.

Además, la chica era guapa y no parecía una redomada imbécil. De hecho, una vez que las cosas se tranquilizaron, Polly demostró actuar con decoro, casi con una serenidad aristocrática, tan notable en una niña que acababa de presenciar la muerte de ambos padres.

Beatrix vio un claro potencial en Polly, así como ningún otro futuro respetable para la niña. En el hogar adecuado, creía Beatrix, y con la influencia moral pertinente, esta niña podría ser encaminada lejos de esa constante búsqueda del placer y esa perversión por la cual su madre había pagado el precio más alto. Lo primero era limpiarla. La pobre tenía los zapatos y las manos cubiertos de sangre. Lo segundo era cambiarle el nombre. Polly era un nombre para pajarillos domésticos o fulanas. A partir de ahora, la niña se llamaría Prudence, nombre que serviría para indicar, esperaba y deseaba Beatrix, una dirección más virtuosa.

Así todo quedó decidido... y sucedió en menos de una hora. Y así fue como, a la mañana siguiente, Alma Whittaker se despertó estupefacta al descubrir que ahora tenía una hermana, y que su hermana se llamaba Prudence.

***

La llegada de Prudence lo cambió todo en White Acre. Años más tarde, Alma, ya una mujer de ciencia, comprendería mejor cómo la aparición de un nuevo elemento en un entorno controlado puede alterar ese entorno de maneras impredecibles y diversas, pero entonces, siendo una niña, no sintió más que una invasión hostil y una premonición aciaga. Alma no dio la bienvenida a la intrusa con los brazos abiertos. Por otra parte, ¿por qué debería haberlo hecho? ¿Quién entre nosotros alguna vez ha dado la bienvenida a un intruso con los brazos abiertos?

Al principio, Alma no comprendía ni remotamente por qué esa chica estaba ahí. Lo que a la sazón acabaría descubriendo acerca de la historia de Prudence (fisgoneando entre las criadas, ¡y en alemán, ni más ni menos!) esclarecía muchas cosas..., pero ese primer día tras la llegada de Prudence nadie explicó nada. Incluso Hanneke de Groot, que solía tener más información que nadie respecto a cualquier misterio, se limitó a decir: «Es la voluntad de Dios, niña, y así es mejor». Cuando Alma insistió, Hanneke susurró de mal talante: «Ten piedad y deja de hacerme preguntas».

La presentación formal tuvo lugar durante el desayuno. No se hizo mención alguna al encuentro de la noche previa. Alma no lograba apartar los ojos de Prudence y esta no lograba apartar los ojos del plato. Beatrix hablaba a las niñas como si nada extraño ocurriese. Explicó que una tal señora Spanner vendría de Filadelfia esa tarde a cortar nuevos vestidos para Prudence, de un material más adecuado que la ropa que llevaba. Además, también había un nuevo poni en camino, y Prudence necesitaría aprender a montar... cuanto antes mejor. Asimismo, en lo sucesivo habría un tutor en White Acre. Beatrix había llegado a la conclusión de que sería agotador enseñar a dos niñas al mismo tiempo y, dado que Prudence no había recibido educación formal en la vida, un joven tutor representaría una bienvenida ayuda en el hogar. La guardería pasaría a convertirse en una escuela. Huelga decir que Alma debería ayudar a enseñar caligrafía, cuentas y figuras geométricas a su hermana. La formación intelectual de Alma estaba ya muy avanzada, por supuesto, pero si Prudence se afanaba con tesón (y si su hermana ayudaba), debería ser capaz de sobresalir. El intelecto de un niño, solía decir Beatrix, es un objeto de elasticidad impresionante y Prudence era aún lo bastante joven para rehacerse. La mente humana, si recibía una formación estricta, debería ser capaz de hacer lo que le exigiéramos. Era una simple cuestión de trabajar con ahínco.

Mientras Beatrix hablaba, Alma no apartaba la vista de Prudence. ¿Cómo era posible que existiese algo tan bello y perturbador como su rostro? Si era cierto que la belleza era la distracción de la exactitud, como siempre aseguraba su madre, ¿qué era en ese caso Prudence? ¡Muy posiblemente, el objeto menos exacto y la mayor distracción del mundo conocido! El desasosiego de Alma aumentaba a cada instante. Comenzaba a comprender algo espantoso acerca de sí misma, algo sobre lo que nunca antes había tenido motivos para meditar: *ella no era nada guapa.* Solo gracias a esa horrible comparación lo supo, de súbito. Si Prudence era esbelta, Alma era enorme. Si Prudence tenía un cabello hilado de seda blanca y dorada, el pelo de Alma tenía el color y la textura del metal oxidado, y crecía, para su desgracia, en todas las direcciones salvo hacia abajo. La nariz de Prudence era una delicada florecilla; la de Alma era una patata creciente. Y así proseguía, de la cabeza a los pies: un ejercicio tristísimo.

Una vez terminado el desayuno, Beatrix dijo: «Ahora, niñas, abrazaos como hermanas». Alma, obediente, abrazó a Prudence, pero sin cariño. Una al lado de la otra, el contraste era incluso más notable. Más que nada, pensó Alma, las dos asemejaban un perfecto huevo de petirrojo y una piña enorme y fea, que de repente, inexplicablemente, compartían el mismo nido.

Al darse cuenta de todo ello, Alma quiso llorar, o rebelarse. Sintió que se le contraía la cara en un mohín lúgubre. Su madre debió de notarlo, ya que dijo: «Prudence, por favor, discúlpanos mientras hablo un momento con tu hermana». Beatrix agarró a Alma del brazo, la pellizcó con tal fuerza que le escoció y la llevó al vestíbulo. Alma notó que las lágrimas se asomaban a los ojos, pero las contuvo, y las contuvo de nuevo, y las volvió a contener.

Beatrix contempló a la única hija nacida de su vientre y habló con la frialdad del granito.

—No tengo intención de volver a encontrar en el rostro de mi hija un gesto como el que acabo de ver. ¿Está claro?

Alma solo atinó a decir una palabra balbuceante («Pero...») antes de que Beatrix la interrumpiera.

—Los arrebatos de celos o maldad nunca han sido gratos a los ojos de Dios —continuó Beatrix—, ni serán gratos jamás a los ojos de tu familia. Si albergas sentimientos que son mezquinos o ingratos, deja que caigan muertos al suelo. Sé la dueña de ti misma, Alma Whittaker. ¿Ha quedado claro?

Esta vez, Alma se limitó a pensar la palabra («Pero...»); sin embargo, debió de pensarla con una intensidad excesiva, pues su madre pareció oírla. Para Beatrix fue la gota que colmó el vaso.

—Siento, Alma Whittaker, que seas tan egoísta en tu trato con los demás —dijo Beatrix, la cara encrespada por un gesto de auténtica furia. Las últimas palabras salieron escupidas como afilados témpanos de hielo—: Sé mejor persona.

***

No obstante, Prudence también necesitaba mejorar, y en no poca medida, además.

Para empezar, estaba muy retrasada respecto a Alma en materias escolares. Para ser justos, no obstante, ¿qué niña no iría rezagada respecto a Alma? A sus nueve años, Alma podía leer sin titubeos los *Comentarios* de César en la versión original y a Cornelio Nepote. Ya podía defender a Teofrasto frente a Plinio. (Uno era el verdadero estudioso de la ciencia natural, argüía, en tanto que el otro era un mero copista). Su griego, idioma que adoraba y reconocía como una forma delirante de las matemáticas, mejoraba día a día.

Prudence, por su parte, sabía sus letras y sus números. Tenía una voz dulce y musical, pero su forma de hablar (la ardiente marca de su desafortunado pasado) necesitaba serias correcciones. Durante el comienzo de la estancia de Prudence en White Acre, Beatrix censuraba sin cesar el lenguaje de la muchacha, como si pinchase con la punta de una aguja de tejer los términos que sonaban ordinarios o vulgares. Alma era animada a aportar, también, sus correcciones. Beatrix enseñó a Prudence a no decir jamás «de allí», pues «de allende» era mucho más refinado. En cualquier contexto, la palabra *capricho* sonaba ordinaria, al igual que la palabra *terruño*. Cuando se escribía una carta en White Acre, la llevaba «el servicio postal», no «el correo». Una persona no caía enferma: se indisponía. Una no saldría a la iglesia «pronto», saldría «de inmediato». Una no estaba «poco más o menos» ahí; una estaba «casi» ahí. Una no iba «a toda prisa»; una «se apresuraba». Y en esta familia no se «hablaba»; se «conversaba».

Tal vez una niña más débil habría renunciado a hablar por completo. Tal vez una niña más rebelde habría exigido saber por qué Henry Whittaker podía hablar como un maldito estibador, por qué se podía sentar a la mesa y llamar a otro hombre «burro comedor de ortigas» a la cara, sin que ni una sola vez Beatrix lo corrigiese, mientras el resto de la familia debía *conversar* como abogados. Pero Prudence no era ni débil ni rebelde. En vez de ello, demostró ser una criatura que prestaba una atención firme e incesante, que se perfeccionaba a diario como si afilase el alma, teniendo cuidado de no cometer el mismo error dos veces. Al cabo de cinco meses en White Acre, la forma de hablar de Prudence no volvió a precisar de más refinamiento. Ni siquiera Alma podía encontrar errores, a pesar de que nunca dejó de buscarlos. Otros aspectos de la educación de Prudence (sus posturas, sus modales, su aseo diario) se afinaron con la misma celeridad.

Prudence aceptó todas las correcciones sin queja alguna. De hecho, en realidad buscaba esas correcciones, ¡en especial las de Beatrix! Siempre que Prudence descuidaba una tarea, se permitía un pensamiento poco generoso o realizaba un comentario irreflexivo, ella misma informaba a Beatrix, admitía sus errores y se sometía voluntariamente a recibir un sermón. De esta manera, Prudence no solo convirtió a Beatrix en su madre, sino también en su confesora. Alma, que ocultaba sus defectos y mentía acerca de sus deficiencias desde la más tierna infancia, pensó que este comportamiento era monstruosamente incomprensible.

Como resultado, Alma contemplaba a Prudence con una desconfianza creciente. Prudence poseía la dureza de un diamante, lo cual, según creía Alma, enmascaraba algo perverso e incluso malvado. La muchacha le parecía recelosa y astuta. Prudence tenía una manera sigilosa de salir de las habitaciones, como si nunca le diese la espalda a nadie, sin hacer ruido al cerrar una puerta detrás de ella. Asimismo, Prudence se mostraba en exceso atenta con los demás: jamás olvidaba una fecha importante, siempre felicitaba a las criadas en su cumpleaños o les deseaba un feliz *Sabbath* en el momento oportuno, y todo ese tipo de cosas. Esta esmerada búsqueda de la bondad le resultaba demasiado incesante a Alma, así como su estoicismo.

De lo que no le cabía duda alguna a Alma era de que no le resultaba demasiado halagüeña la comparación con una persona tan perfectamente pulida como Prudence. Henry incluso llamaba a Prudence «Nuestra Pequeña Exquisitez», ante lo cual el viejo apodo de Alma, «Ciruela», parecía humilde y vulgar. Todo en Prudence hacía sentirse a Alma humilde y vulgar.

Pero había ciertos consuelos. En el aula, al menos, Alma siempre mantuvo su primacía. Ahí Prudence nunca fue capaz de ponerse a la altura de su hermana. No se debió a una falta de esfuerzo, ya que la niña era sin duda una trabajadora incansable. La pobrecilla se afanaba sobre los libros como un picapedrero vasco. Para Prudence los libros eran como una losa de granito que debía arrastrar cuesta arriba bajo un sol de justicia entre jadeos de cansancio. Era casi doloroso verlo, pero Prudence insistió en perseverar y jamás derramó una lágrima. Como resultado, logró avanzar... y de una forma impresionante, hemos de admitir, considerando sus antecedentes. Las matemáticas siempre serían un escollo para ella, pero estrujó en su cerebro los fundamentos básicos del latín y, al cabo de un tiempo, hablaba un francés bastante pasable, con buen acento. En cuanto a la caligrafía, Prudence no cesó de practicar hasta alcanzar la elegancia de una duquesa.

Aun así, toda la disciplina del mundo no basta para salvar semejante distancia en el ámbito escolar, y Alma disponía de un don intelectual que siempre sería inalcanzable para Prudence. Alma tenía una memoria excelsa para las palabras y un talento innato para las cuentas. Le encantaban los ejercicios, las pruebas, las fórmulas, los teoremas. Para Alma, leer algo una vez era retenerlo para siempre. Era capaz de desmenuzar un razonamiento igual que un buen soldado puede desmontar su rifle: medio dormida en la oscuridad, y aun así las piezas salían de maravilla. El cálculo le causaba arrebatos de éxtasis. La gramática era una vieja amiga, quizás por haber crecido hablando tantos idiomas al mismo tiempo. También adoraba su microscopio, una extensión mágica de su ojo derecho que le permitía escudriñar incluso en la garganta del mismísimo Creador.

Por todas estas razones, cabría pensar que el tutor a quien Beatrix contrató para las muchachas habría preferido a Alma en vez de a Prudence, pero, en realidad, no fue así. De hecho, se esmeró en no mostrar preferencia alguna entre ambas niñas, a quienes parecía considerar un deber monótono por igual. El tutor era un joven bastante aburrido, británico de nacimiento, con la tez picada y cérea y gesto siempre preocupado. Suspiraba a menudo. Se llamaba Arthur Dixon y se acababa de graduar en la Universidad de Edimburgo. Beatrix lo había escogido tras un riguroso proceso que abarcó docenas de candidatos, todos los cuales fueron rechazados por (entre otros defectos) ser demasiado estúpidos, demasiado habladores, demasiado religiosos, demasiado poco religiosos, demasiado radicales, demasiado guapos, demasiado gordos y demasiado tartamudos.

Durante el primer año de Arthur Dixon, Beatrix a menudo se sentaba en el aula, mientras tejía en un rincón, para comprobar que Arthur no cometía errores de bulto y que no trataba a las niñas de manera impropia. A la sazón, quedó satisfecha: el joven Dixon era un genio académico perfectamente aburrido, que no aparentaba poseer ni un atisbo de inmadurez ni de sentido del humor. Podía confiar plenamente en él, por lo tanto, para enseñar a las jóvenes Whittaker, cuatro días a la semana, un curso de filosofía natural, latín, francés, griego, química, astronomía, mineralogía, botánica e historia. Alma también hacía deberes especiales de óptica, álgebra y geometría esférica, de los cuales, gracias a un raro gesto de misericordia de Beatrix, Prudence estaba exenta.

Los viernes había un cambio en el horario, pues venían un maestro de dibujo, un maestro de baile y un maestro de música para pulir el programa educativo de las niñas. Por las mañanas, las niñas debían trabajar junto a su madre en su jardín griego privado: un triunfo de las matemáticas y de la belleza que Beatrix intentaba, mediante senderos y esculturas vegetales, organizar según los estrictos principios de la simetría euclidiana (todas las bolas, conos y complejos triángulos, recortados, enhiestos y exactos). Las niñas también debían dedicar varias horas a la semana a mejorar sus labores de costura. Por la noche, Alma y Prudence eran sentadas en la mesa de las cenas formales y debían conversar inteligentemente con invitados procedentes de todo el mundo. Si no había invitados en White Acre, Alma y Prudence pasaban las noches en el recibidor, despiertas hasta tarde, ayudando a su padre y a su madre con la correspondencia oficial de White Acre. Los domingos eran para la iglesia. A la hora de acostarse había una larga serie de oraciones nocturnas.

Aparte de eso, podían hacer con su tiempo lo que les viniese en gana.

***

A pesar de todo, no era un horario fatigoso..., al menos no para Alma. Era una joven enérgica y curiosa, que apenas necesitaba descanso. Disfrutaba de las labores intelectuales, disfrutaba de las del trabajo en el jardín y disfrutaba de las conversaciones durante la cena. Siempre estaba dispuesta a pasar tiempo ayudando a su padre con la correspondencia a últimas horas de la noche (ya que a veces era su única oportunidad de hablar con él). De alguna manera, incluso encontraba horas para sí misma, y en esas horas creaba proyectos botánicos, pequeños e imaginativos. Jugueteaba con esquejes de sauces, preguntándose por qué a veces echaban raíces por los brotes y otras por las hojas. Disecaba y memorizaba, conservaba y clasificaba todas las plantas a su alcance. Elaboró un hermoso *hortus siccus:* un espléndido herbario seco.

Alma adoraba la botánica, más cada día que pasaba. No era tanto la belleza de las plantas lo que la atraía, sino su orden mágico. Alma era una muchacha poseída por un entusiasmo creciente por sistemas, secuencias, catálogos e índices; la botánica ofrecía muchas oportunidades para disfrutar de todos esos placeres. Agradecía que, una vez situada en el orden taxonómico correcto, la planta permanecía ordenada. Además, había serias reglas matemáticas inherentes a la simetría de las plantas y Alma encontraba serenidad y veneración en estas reglas. En todas las especies, por ejemplo, hay una relación fija entre los sépalos del cáliz y los pétalos de la corola, y esa relación nunca cambia. Uno podría ajustar el reloj así. Es una ley constante, reconfortante, inquebrantable.

En todo caso, Alma deseaba disponer incluso de más tiempo para dedicarlo al estudio de las plantas. Tenía extrañas fantasías. Deseaba vivir en el cuartel de un ejército de ciencias naturales, donde la despertaría al amanecer el toque de corneta y marcharía en formación con otros jóvenes naturalistas, uniformados, a trabajar todo el día en el bosque, los arroyos y los laboratorios. Deseaba vivir en un monasterio botánico o una especie de convento botánico, rodeada de otros entregados taxónomos, donde nadie interferiría con los estudios de los demás, pero todos compartirían sus hallazgos más emocionantes. ¡Incluso una cárcel botánica sería agradable! (No se le ocurrió a Alma que tales lugares de asilo intelectual y de aislamiento amurallado ya existían, hasta cierto punto, y se llamaban universidades. Pero en 1810 las niñas no soñaban con las universidades. Ni siquiera las hijas de Beatrix Whittaker).

Así pues, a Alma no le importaba trabajar con ahínco. Pero no le gustaban nada los viernes. Clases de arte, clases de baile, clases de música..., todos esos esfuerzos la irritaban y la apartaban de sus verdaderos intereses. Alma no era grácil. No era capaz de diferenciar un cuadro célebre de otro, ni aprendió a dibujar rostros sin que pareciesen atemorizados o difuntos. Tampoco la música estaba entre sus dones y, cuando Alma cumplió los once años, su padre le pidió oficialmente que dejara de torturar el pianoforte. En todas estas actividades, Prudence sobresalía. Prudence también tejía con mucho gusto, llevaba el juego de té con magistral delicadeza, y contaba con muchos otros pequeños y mortificantes talentos. Los viernes Alma tendía a sufrir los pensamientos más lúgubres y envidiosos acerca de su hermana. En esas ocasiones pensaba de verdad que, por ejemplo, cambiaría con gusto uno de sus idiomas (¡cualquiera, salvo el griego!) por el sencillo don de doblar *una sola vez* un sobre con el donaire de Prudence.

A pesar de todo, o tal vez precisamente por ello, Alma disfrutaba de verdad en los ámbitos donde superaba a su hermana, y el lugar donde esa superioridad era más notable era la famosa mesa del comedor de los Whittaker, en especial cuando el salón rebosaba de ideas estimulantes. A medida que Alma crecía, su conversación se volvía más audaz, más segura, más profunda. Prudence no llegó jamás a adquirir esa confianza en la mesa. Solía sentarse en silencio, preciosa, una especie de adorno inútil en cada reunión que se limitaba a ocupar una silla entre los invitados sin contribuir en nada que no fuese su belleza. En cierto sentido, así Prudence era útil. Podían sentar a Prudence junto a quien fuese y no se quejaría. Muchas noches, deliberadamente situaban a la pobre muchacha al lado de los más tediosos y sordos profesores (hombres convertidos en perfectos mausoleos), que se hurgaban entre los dientes con los tenedores o se quedaban dormidos sobre los platos, roncando plácidamente mientras los encarnizados debates hacían estragos a su alrededor. Prudence nunca puso objeciones, ni pidió compañeros de cena más ocurrentes. En realidad, no parecía importar quién se sentaba junto a Prudence: su postura y su semblante, siempre esmerados, no se alteraban.

Mientras tanto, Alma se arrojaba sobre todos los temas posibles, desde la gestión del suelo hasta las moléculas de los gases, pasando por la fisiología de las lágrimas. Una noche, por ejemplo, vino un invitado a White Acre que acababa de regresar de Persia, donde había descubierto, al lado de la antigua ciudad de Isfahán, muestras de una planta que, a su juicio, producía gomorresina, un viejo y lucrativo ingrediente medicinal cuyo origen había sido hasta entonces un misterio para los occidentales, ya que su comercio lo controlaban bandidos. El joven había trabajado para la corona británica, pero se había desilusionado con sus superiores y quería hablar con Henry Whittaker sobre la financiación de un proyecto de investigación. Henry y Alma (trabajando y pensando al unísono, como hacían a menudo a la mesa) cercaron al hombre con preguntas por ambos lados, como dos perros pastores que acorralan un carnero.

—¿Cómo es el clima en esa parte de Persia? —preguntó Henry.

—¿Y la altitud? —quiso saber Alma.

—Bueno, señor, la planta crece en las planicies —respondió el visitante—. Y la resina es tan abundante, de verdad lo digo, que se extraen grandes volúmenes de...

—Sí, sí, sí —interrumpió Henry—. O eso dice una y otra vez, y no nos queda otro remedio que creer en su palabra, supongo, ya que, según veo, no ha traído nada salvo un poquito de resina como prueba. Dígame, no obstante, cuánto hay que pagar a los funcionarios de Persia. En tributos, quiero decir, por el privilegio de recorrer su país recolectando muestras de resina.

—Bueno, exigen tributo, señor, pero me parece un precio pequeño el que hay que pagar...

—The Whittaker Company nunca paga tributos —dijo Henry—. No me gusta cómo suena esto. ¿Por qué incluso ha explicado a la gente de la zona lo que está haciendo?

—Bueno, señor, ¡no podemos hacernos contrabandistas!

—¿De verdad? —Henry alzó una ceja—. ¿No podemos?

—Pero ¿sería posible cultivar la planta en otros lugares? —intervino Alma—. Señor, de poco nos valdría tener que enviarle a Isfahán cada año en costosas expediciones.

—Todavía no he tenido la oportunidad de probar...

—¿Podría cultivarse en Kathiawar? —preguntó Henry—. ¿Tiene socios en Kathiawar?

—Bueno, no lo sé, señor, yo solo...

—¿Y se podría cultivar en el sur de Estados Unidos? —añadió Alma—. ¿Cuánta agua necesita?

—No me interesa ningún negocio que implique cultivar en el sur, Alma, lo sabes muy bien —dijo Henry.

—Pero, padre, la gente dice que el territorio de Misuri...

—De verdad, Alma, ¿tú ves a este pálido renacuajo inglés en el territorio de Misuri?

El pálido renacuajo inglés en cuestión parpadeó y dio la impresión de haber perdido la capacidad de hablar. Pero Alma insistió, preguntando al comensal con entusiasmo creciente:

—Señor, ¿cree usted que la planta de la que habla puede ser la misma que menciona Dioscórides, en su *De materia medica*? Sería emocionante, ¿no? Tenemos un espléndido volumen de Dioscórides en nuestra biblioteca. Si lo desea, se lo podría enseñar después de la cena.

En ese momento, Beatrix al fin intervino para reprender a su hija de catorce años:

—Me pregunto, Alma, si es absolutamente necesario compartir con el mundo entero todas tus ideas. ¿Por qué no permitir a tu pobre invitado que responda una pregunta antes de que lo asaltes con otra? Por favor, joven, inténtelo de nuevo. ¿Qué trataba de decir?

Pero Henry tomó de nuevo la palabra.

—Ni siquiera me ha traído esquejes, ¿verdad? —preguntó al abrumado joven, quien, a estas alturas, no sabía a qué Whittaker debía responder en primer lugar, y por lo tanto cometió el grave error de no responder a nadie.

En el largo silencio que se hizo, todos clavaron su mirada en el joven. Aun así, no atinó a pronunciar una sola palabra.

Decepcionado, Henry rompió el silencio, mirando a Alma:

—Ah, olvídalo, Alma. No me interesa este. No ha pensado bien las cosas. ¡Y míralo! A pesar de todo, ahí está, sentado a mi mesa, comiendo mi comida, bebiendo mi clarete y ¡esperando obtener mi dinero!

Así pues, Alma, sin dudarlo, lo echó al olvido y no formuló más preguntas acerca de la gomorresina, de Dioscórides o las costumbres tribales de Persia. En su lugar, se volvió de buen humor hacia otro caballero (sin percibir que este joven se quedaba pálido) y preguntó:

—Por lo que veo, gracias a su maravilloso ensayo, ¡ha encontrado usted unos fósiles extraordinarios! ¿Ha podido comparar ya los huesos con muestras modernas? ¿De verdad cree que son dientes de hiena? ¿Y todavía cree que hubo una inundación en la cueva? ¿Ha leído usted el reciente artículo del señor Winston sobre las inundaciones del Diluvio universal?

Mientras tanto, Prudence (sin que nadie lo notara) se volvió impasible hacia el afligido inglés, sentado junto a ella, que acababa de ser tan descaradamente desdeñado, y murmuró:

—Por favor, continúe.

***

Esa noche, antes de ir a la cama y una vez acabadas la contabilidad y las oraciones nocturnas, Beatrix corrigió a las niñas, como era su costumbre.

—Alma —comenzó—, las conversaciones doctas no han de ser una carrera hasta la meta. Es posible que te resulte beneficioso y al mismo tiempo refinado permitir a tu víctima, en raras ocasiones, finalizar un pensamiento. Tu valía como anfitriona consiste en sacar a relucir el talento de los invitados, no en presumir del tuyo.

Alma comenzó a protestar: «Pero...». Beatrix la interrumpió:

—Además, no es necesario reírse tanto de las bromas, una vez que han cumplido con su deber y nos han entretenido. Me parece que últimamente te dejas llevar por las carcajadas demasiado tiempo. Nunca he conocido a una mujer de verdad honorable que graznase como una gansa.

A continuación, Beatrix se volvió hacia Prudence.

–En cuanto a ti, Prudence, si bien admiro que no participes en parloteos vanos e irritantes, es algo muy diferente abstenerse de conversar por completo. Las visitas van a pensar que eres tonta, lo cual no es cierto. Sería un lamentable descrédito para esta familia si la gente creyese que solo una de mis hijas es capaz de hablar. La timidez, como te he dicho muchas veces, es simplemente otra forma de vanidad. Destiérrala.

—Mis disculpas, madre —dijo Prudence—. Me sentía indispuesta esta noche.

—Me creo que piensas que te sentías indispuesta esta noche. Pero yo te vi con un libro de versos ligeros en las manos antes de la cena, y estabas muy distraída y contenta. Si alguien está leyendo un libro de versos ligeros justo antes de cenar, no puede estar tan indispuesto solo una hora más tarde.

—Mis disculpas, madre —repitió Prudence.

—También deseo hablar contigo, Prudence, acerca de la conducta del señor Edward Porter durante la cena. No deberías haber consentido a ese hombre que te mirase fijamente tanto tiempo. Esos arrobamientos son humillantes para todos. Debes aprender a interrumpir ese tipo de conductas en los hombres hablando con inteligencia y firmeza sobre temas serios. Tal vez el señor Porter hubiera despertado antes de ese acaramelado estupor si le hubieses hablado de la campaña rusa, por ejemplo. No es suficiente ser solo buena, Prudence; también debes ser inteligente. Como mujer, por supuesto, siempre tendrás una conciencia moral superior a la de los hombres, pero, si no agudizas tu ingenio para defenderte a ti misma, tu moralidad te servirá de bien poco.

—Comprendo, madre —dijo Prudence.

—Nada es tan esencial como la dignidad, niñas. El tiempo revelará quién la tiene y quién no.

***

La vida podría haber sido más agradable para las niñas Whittaker si (como los ciegos y los cojos) hubiesen aprendido a ayudarse, a compensar sus debilidades. En vez de ello, cojeaban una al lado de la otra en silencio, ambas avanzando a tientas entre sus defectos y sus problemas.

Dicho sea en su honor, y en el de la madre, que las obligó a ser cordiales, las niñas nunca fueron desagradables la una con la otra. Ni una sola vez intercambiaron palabras hirientes. Compartían respetuosas un paraguas cada vez que caminaban del brazo bajo la lluvia. Se cedían el paso ante las puertas, dispuestas a dejar pasar a la otra primero. Se ofrecían la última porción de la tarta o el mejor asiento, el más cercano al calor de la estufa. Se daban modestos y corteses regalos en Nochebuena. Un año, Alma compró a Prudence, a quien le gustaba dibujar flores (bellas, pero no fieles al modelo), un hermoso libro de ilustraciones botánicas llamado *Un maestro de dibujo para las damas. Nuevo tratado sobre la pintura de flores.* Ese mismo año, Prudence hizo para Alma un exquisito alfiletero de satén, en el color favorito de Alma: berenjena. Así pues, ambas trataban de ser consideradas.

«Gracias por el alfiletero —escribió Alma a Prudence, en una nota breve de perfecta cortesía—. Sin duda, lo usaré siempre que necesite un alfiler».

Año tras año, las niñas Whittaker se trataban con la más exigente corrección, aunque quizás por motivos diferentes. Para Prudence, esa estricta corrección era una expresión de su estado natural. Para Alma, esa corrección representaba un esfuerzo supremo: un sometimiento constante y casi corporal de sus instintos más mezquinos, aplastados por su disciplina moral y el temor a la desaprobación de su madre. Así, por lo tanto, se mantenían los modales y todo parecía tranquilo en White Acre. Pero, en verdad, un poderoso dique se alzaba entre Alma y Prudence, y no cedió con el tiempo. Es más, nadie les ayudó a derribarlo.

Un día de invierno, cuando las niñas tenían unos quince años, un viejo amigo de Henry, del Jardín Botánico de Calcuta, visitó White Acre después de muchos años en el extranjero. De pie en la entrada, aún sacudiéndose la nieve de la capa, el invitado gritó:

—¡Henry Whittaker, vieja comadreja! ¡Enséñame esa famosa hija tuya de la que tanto he oído hablar!

Las niñas estaban cerca, transcribiendo notas botánicas en el salón. Le habían oído perfectamente.

Henry, con su tremendo vozarrón, exclamó:

—¡Alma! ¡Ven enseguida! ¡Alguien quiere verte!

Alma se apresuró hacia el zaguán, animada por la expectación. El desconocido la miró un momento y se echó a reír. Dijo:

—No, tontorrón... ¡No me refería a ella! ¡Quiero ver a la guapa!

Sin el menor atisbo de reproche, Henry respondió:

—Ah, ¿te interesa Nuestra Pequeña Exquisitez, entonces? ¡Prudence, ven aquí! ¡Alguien quiere verte!

Prudence se deslizó por la entrada y se situó junto a Alma, cuyos pies se hundían en el suelo, como en un pantano terrible.

—¡Eso es! —dijo el invitado, que miró a Prudence como si calculara su precio—. Oh, es espléndida, ¿a que sí? Me picaba la curiosidad. Sospechaba que todo el mundo exageraba.

Henry hizo un gesto desdeñoso con la mano.

—Ah, os fijáis demasiado en Prudence —dijo—. Para mí, la fea vale diez veces más que la guapa.

Así, como se puede ver, es muy posible que ambas muchachas sufriesen por igual.

Capítulo siete

Más tarde, 1816 sería recordado como el año sin verano, y no solo en White Acre, sino en gran parte del mundo. Las explosiones volcánicas en Indonesia cubrieron la atmósfera terrestre de ceniza y tinieblas, lo cual provocó una sequía en América del Norte y una hambruna en casi toda Europa y Asia. Las cosechas de maíz se echaron a perder en Nueva Inglaterra, las cosechas de arroz se secaron en China, las cosechas de avena y trigo se malograron por todo el norte de Europa. Más de cien mil irlandeses murieron de hambre. Los caballos y el ganado, que sufrían sin grano, fueron sacrificados en masa. Hubo disturbios por la escasez de comida en Francia, Inglaterra y Suiza. En la ciudad de Quebec, había capas de nieve de treinta centímetros en pleno junio. En Italia, cayó nieve marrón y roja, aterrorizando al pueblo, que se temía el apocalipsis.

En Pensilvania, a lo largo de los meses de junio, julio y agosto de 1816, el campo quedó envuelto en una niebla insondable, gélida, oscura. Poca cosa creció. El invierno que siguió fue aún peor. Miles de familias lo perdieron todo. Para Henry Whittaker, sin embargo, no fue un mal año. Las estufas de los invernaderos lograron mantener con vida la mayoría de sus especies tropicales exóticas incluso en esa semioscuridad y, de todos modos, Henry nunca se había ganado la vida con los riesgos del cultivo al aire libre. La mayor parte de sus plantas medicinales eran importadas de América del Sur, donde el tiempo no se vio alterado. Es más, este clima enfermaba, y los enfermos compraban más productos farmacéuticos. Así pues, tanto botánica como financieramente, Henry casi no se vio afectado.

No, ese año, Henry aumentó su fortuna mediante la especulación inmobiliaria y su afición a los libros raros. Los agricultores huían de Pensilvania en tropel, hacia el oeste, con la esperanza de encontrar un sol más brillante, un suelo más fértil y un ambiente más acogedor. Henry compró buena parte de las propiedades que estas personas destrozadas abandonaron, de modo que se hizo con excelentes molinos, bosques y pastos. En Filadelfia no pocas familias de rango cayeron en la ruina ese año, derribadas por el declive económico causado por el mal tiempo. Para Henry fue una noticia estupenda. Siempre que una familia acomodada se arruinaba, Henry estaba en disposición de comprar sus tierras, muebles, caballos, excelentes monturas francesas y textiles persas con un buen descuento, así como (qué gran satisfacción) sus bibliotecas.

A lo largo de los años, la adquisición de libros magníficos casi se había convertido en una obsesión para Henry. Era una obsesión peculiar, dado que él apenas sabía leer en inglés, y con certeza era incapaz de leer, por ejemplo, a Catulo. Pero Henry no quería leer esos libros; solo quería poseerlos, como trofeos, en su creciente biblioteca de White Acre. Lo que más deseaba eran tomos médicos, filosóficos o botánicos, exquisitamente ilustrados. Era muy consciente de que estos volúmenes deslumbraban a los visitantes tanto como los tesoros tropicales de sus invernaderos. Incluso había creado una tradición previa a la cena: elegir (o, más bien, pedir a Beatrix que eligiera) un libro valioso para mostrárselo a los presentes. Disfrutaba especialmente de este ritual cuando recibía a célebres académicos, viendo cómo se quedaban sin aliento y los consumía el deseo; casi ningún hombre de letras aspira a tener entre las manos un Erasmo de comienzos del siglo XVI, con la versión griega impresa a un lado y la latina al otro.

Henry adquiría libros voluptuosamente..., no tomo a tomo, sino baúl a baúl. Obviamente, era necesario ordenar todos estos libros, y no era menos obvio que Henry no era el hombre indicado para ello. Durante años esta labor, física e intelectualmente agotadora, recayó en Beatrix, quien purgaba la maleza para guardar las joyas y descargar el resto en la biblioteca pública de Filadelfia. Pero Beatrix, a finales del otoño de 1816, se había rezagado en la tarea. Los libros llegaban a tal ritmo que Beatrix no tenía tiempo de ordenarlos. Las habitaciones libres de la cochera contenían muchos baúles aún sin abrir, todos repletos de libros. Con las nuevas bibliotecas privadas que llegaban a White Acre cada semana (a medida que una familia acomodada tras otra se arruinaba), la colección estaba a punto de convertirse en una molestia inmanejable.

Así pues, Beatrix eligió a Alma para ayudar a catalogar los libros. Alma era la elección evidente para ese trabajo. Prudence no era de mucha ayuda en esos asuntos, ya que no sabía nada de griego, casi nada de latín y nunca logró entender cómo dividir con precisión los volúmenes botánicos entre las ediciones anteriores y posteriores a 1753 (es decir, antes y después de la taxonomía de Linneo). Pero Alma, que ya tenía dieciséis años, demostró ser tan eficaz como entusiasta en la tarea de poner orden en la biblioteca de White Acre. Poseía una firme comprensión histórica de lo que tenía entre manos y era una creadora de índices febril y diligente. Alma también era bastante fuerte para mover esas pesadas cajas. Además, hacía tan mal tiempo en 1816 que era muy poco placentero salir al aire libre, y apenas servía de nada trabajar en el jardín. Felizmente, Alma llegó a considerar su labor en la biblioteca como una especie de jardinería interior, con las mismas satisfacciones del trabajo muscular y los hallazgos hermosos.

Alma incluso descubrió su talento para reparar libros. Su experiencia con los especímenes de plantas la ayudó a manejar los materiales del cuarto de encuadernar, una pequeña habitación oscura con la puerta oculta situada justo al lado de la biblioteca, donde Beatrix almacenaba el papel, la tela, el cuero, la cera y la cola necesarios para mantener las frágiles ediciones antiguas. Al cabo de unos meses, Alma era tan ducha en todas estas labores que Beatrix dejó a su hija a cargo de la biblioteca de White Acre, tanto de la colección ya catalogada como de la que estaba por catalogar. Beatrix se había vuelto demasiado corpulenta y se cansaba demasiado subiendo las escaleras de la biblioteca, y estaba harta de aquel trabajo.

Ahora bien, algunas personas habrían cuestionado si una muchacha de dieciséis años, respetable y soltera, debería encontrarse, sin supervisión alguna, en medio de un diluvio de libros censurados, si se debería confiarle esa inmensa oleada de ideas libres. Solo podemos imaginar que tal vez Beatrix pensaba que ya había terminado su obra con Alma, cuyo resultado era una joven de aspecto pragmático y decente, y que con certeza sabría cómo resistir la influencia de ideas corruptoras. O tal vez Beatrix no pensase bien qué tipos de libros podría encontrar Alma en esos baúles nunca abiertos. O tal vez Beatrix creía que la fealdad y la torpeza de Alma salvaguardaban a la joven ante los peligros de la, cielos santos, *sensualidad*. O tal vez Beatrix (que se aproximaba a los cincuenta y sufría mareos y olvidos) simplemente se había vuelto descuidada.

De un modo u otro, Alma Whittaker se quedó sola, y así fue como encontró el libro.

***

Nunca sabría de qué biblioteca procedía. Alma lo encontró en un baúl sin nombre, junto a una colección de volúmenes de escaso interés, la mayoría de carácter médico: algunos Galenos comunes, algunas traducciones recientes de Hipócrates..., nada nuevo, nada emocionante. Sin embargo, en medio de todo había un libro grueso, resistente, encuadernado en cuero y titulado *Cum grano salis,* de autor anónimo. Qué título más curioso: *Con un grano de sal.* Al principio, Alma pensó que era un tratado culinario, algo así como la reimpresión veneciana del siglo xv de la obra del siglo iv *De re coquinaria,* que ya figuraba en la biblioteca de White Acre. Pero una rápida hojeada reveló que este libro estaba escrito en inglés, y no contenía ilustraciones ni recetas de cocina. Alma lo abrió por la primera página, y lo que leyó estremeció su mente con violencia.

«Me intriga —escribía el autor anónimo en su introducción— que al nacer todos estemos dotados de los orificios corporales más maravillosos, los cuales, como saben los niños, son objetos de puro placer, pero hemos de fingir, en nombre de la civilización, que son abominaciones, ¡y jamás han de ser tocados!, ¡jamás han de ser compartidos!, ¡jamás han de ser disfrutados! Sin embargo, ¿por qué no habríamos de explorar estos dones del cuerpo, tanto en nosotros como en nuestros semejantes? Solo nuestras mentes nos impiden tales encantos, solo nuestro artificial sentido de "civilización" nos prohíbe esos simples goces. Hace años que mi mente, antaño atrapada en la prisión de la civilidad despiadada, se ha abierto a las caricias de los más exquisitos placeres físicos. De hecho, he descubierto que la expresión carnal puede ser una forma de arte, si se practica con la misma dedicación que la música, la pintura o la literatura.

»En estas páginas encontrarás, estimado lector, una crónica sincera de una vida de aventuras eróticas, la cual habrá quien llame perversa, pero a la que me he entregado con felicidad (y sin hacer daño a nadie) desde mi juventud. Si yo fuera un hombre religioso, sometido a la esclavitud de la vergüenza, quizás llamaría a este libro «confesión». Pero no comparto la vergüenza sensual y mis investigaciones han demostrado que *muchos grupos humanos en todo el mundo tampoco se avergüenzan de los actos sensuales*. He acabado por creer que la carencia de esa vergüenza es, en efecto, nuestro estado natural como especie; un estado que nuestra civilización ha deformado lamentablemente. Por esta razón, no confieso mi historia inusual, sino que, sencillamente, la revelo. Espero y confío en que mis revelaciones sean una guía y un entretenimiento, no solo para los señores sino también para las mujeres aventureras e ilustradas».

Alma cerró el libro. Conocía esa voz. No conocía al autor personalmente, por supuesto, pero reconoció el tipo de persona: un hombre de letras, como los que frecuentaban las cenas de White Acre. Era el tipo de hombre que podría escribir cuatrocientas páginas sobre la filosofía natural del saltamontes, pero que, en este caso, había decidido escribir cuatrocientas páginas sobre sus aventuras sensuales. Esta sensación de reconocimiento y familiaridad la confundió al tiempo que la fascinaba. Si dicho tratado había sido escrito por un respetable caballero de voz respetable, ¿lo convertía esto en respetable?

¿Qué diría Beatrix? Alma lo supo de inmediato. Beatrix diría que el libro era ilícito, peligroso y abominable..., un nido de maldad. Beatrix querría destruir ese libro. ¿Qué habría hecho Prudence, de haber encontrado un libro semejante? Bueno, Prudence no lo tocaría ni con guantes. O bien, si Prudence acabase con este libro entre las manos, se lo llevaría obedientemente a Beatrix para que lo quemase, y probablemente recibiría un riguroso castigo por haber osado tocar semejante objeto. Pero Alma no era Prudence.

Entonces, ¿qué iba a hacer Alma?

Alma decidió que quemaría el libro, y no hablaría de ello con nadie. De hecho, iba a quemarlo inmediatamente. Esa misma tarde. Sin leer ni una palabra más.

Abrió el libro de nuevo, al azar. Una vez más, se encontró con esa voz familiar y respetable que hablaba de los temas más increíbles.

«Quería descubrir —escribía el autor— a qué edad una mujer pierde la capacidad de recibir placer sensual. Mi amigo dueño de un burdel, quien me había ayudado ya en tantos experimentos, me habló de una cierta cortesana que había gozado de su ocupación desde los catorce años hasta los sesenta y cuatro, y que ahora, a la edad de setenta años, vivía en una ciudad no lejos de la mía. Escribí a la mujer en cuestión, y me respondió con una carta de encantadora franqueza y afecto. En el espacio de un mes, fui a visitarla a su casa, donde me permitió estudiar sus genitales, los cuales no eran tan diferentes de los de una mujer mucho más joven. Demostró que aún era capaz de sentir placer, sin duda. Con los dedos, tras aplicar una ligera capa de aceite de nuez sobre el manto de la pasión, se acarició hasta llegar al éxtasis...».

Alma cerró el libro. Era un libro que no debía quedarse. Lo quemaría en el fuego de la cocina. No esa tarde, cuando alguien pudiese verla, sino por la noche, más tarde.

Lo abrió de nuevo, una vez más al azar.

«He llegado a la conclusión —proseguía el sosegado narrador— de que a ciertas personas les son de provecho, tanto corporal como mentalmente, los azotes habituales en el trasero desnudo. No pocas veces he visto que esta práctica levantaba el ánimo de hombres y mujeres, y sospecho que sería el tratamiento más saludable para la melancolía y otras enfermedades de la mente. Durante dos años cultivé la compañía de la doncella más encantadora, hija de un sombrerero, cuyos inocentes y hasta angélicos ojos se volvían firmes y fuertes tras repetidas flagelaciones, y cuyos pesares se desvanecían invariablemente ante el látigo. Como ya he descrito en estas páginas, antaño tenía en mis oficinas un sofisticado sofá, hecho por un gran tapicero de Londres, especialmente equipado con tornos y cuerdas. A esta doncella nada le gustaba más que ser atada sobre el sofá, donde sostenía mi miembro en la boca chupando como una niña que goza de una golosina, mientras un compañero...».

Alma cerró el libro de nuevo. Cualquier persona cuya mente no estuviera sumida en el fango dejaría de leer en el acto. Pero ¿y esa sanguijuela rebosante de curiosidad que se retorcía en el vientre de Alma? ¿Y su deseo de alimentarse a diario de lo novedoso, lo extraordinario, lo *verdadero*?

Alma abrió el libro una vez más y leyó durante una hora, abrumada por los estímulos, la duda y el caos. Su conciencia le tiraba de los dobladillos de la falda, suplicando que se detuviera, pero fue incapaz. Lo que descubría en esas páginas le hacía sentirse desconcertada, banal, sin aliento. Cuando pensó que podría llegar a desmayarse debido a la enmarañada vegetación de fantasías que poblaba su mente, Alma cerró el libro al fin y lo confinó en el insulso baúl de donde había salido.

A toda prisa, salió de la cochera, alisándose el delantal con las manos húmedas. Hacía frío fuera y estaba nublado, al igual que el resto del año, con una insatisfactoria llovizna de niebla. Era tan denso el aire que casi se podía diseccionar con un bisturí. Había importantes tareas que realizar ese día. Alma había prometido a Hanneke de Groot que ayudaría a supervisar la bajada de los barriles de sidra a la bodega para el invierno. Alguien había esparcido papeles bajo las lilas, junto a la cerca sur; tendría que limpiarlo. Detrás del jardín griego de su madre, la hiedra había invadido los arbustos, y debían enviar a un muchacho para que se encargase de ello. Cumpliría con estas responsabilidades de inmediato, con su habitual eficiencia.

Orificios corporales.

No podía dejar de pensar en los orificios corporales.

***

Cayó la noche. Las luces del comedor se encendieron y se colocó la porcelana. Los invitados llegarían enseguida. Alma se acababa de vestir para la cena con un caro vestido de muselina.

Debía esperar a los invitados en el recibidor, pero se excusó por un momento y fue a la biblioteca. Se encerró en el cuarto de encuadernar, tras la puerta oculta, al lado de la entrada de la biblioteca. Era la puerta más cercana, y tenía un sólido cerrojo. No llevaba el libro consigo. No necesitaba el libro; sus imágenes la habían acechado toda la tarde, salvajes, obstinadas, inquisidoras.

Los pensamientos la desbordaban, y esos pensamientos clamaban a su cuerpo. Le dolía la vulva, que se sentía abandonada. Este dolor se había ido acumulando toda la tarde. Esa penosa sensación de desamparo entre las piernas era una especie de brujería, una posesión diabólica. La vulva quería ser frotada de la forma más furibunda. Las faldas eran un estorbo. Los picores del vestido le hacían desfallecer. Se levantó las faldas. Ahí sentada, en el diminuto taburete de ese cuarto de encuadernar angosto, oscuro y cerrado, con su olor a cola y a cuero, Alma abrió las piernas y empezó a acariciarse, entrando en sí misma, moviendo los dedos dentro y alrededor de sí, en una frenética exploración de sus pétalos húmedos, tratando de encontrar el diablo ahí oculto, dispuesta a borrarlo con la mano.

Lo encontró. Lo frotó, más y más fuerte. Sintió que se deshacía. El dolor de su vulva se convirtió en otra cosa: un fuego vertical, un vórtice de placer, un caluroso efecto chimenea. Siguió el placer adondequiera que la llevase. No tenía peso, ni nombre, ni pensamientos, ni historia. Entonces vino una ráfaga de fosforescencia, como si hubiese fuegos artificiales detrás de sus ojos, y todo terminó. Se sintió sosegada y cálida. Por primera vez en su vida consciente, su mente quedó libre del asombro, libre de las preocupaciones, libre del trabajo o la perplejidad. Entonces, en el centro de esa maravillosa quietud, un pensamiento tomó forma, tomó fuerza, la tomó a ella:

«Tengo que volver a hacerlo».

***

En menos de media hora, Alma se encontraba en el zaguán de White Acre, azorada y avergonzada, recibiendo a los invitados. Esa noche, entre los visitantes se encontraban el joven George Hawkes, un editor de Filadelfia de bellas ilustraciones botánicas, libros, revistas y diarios; y un distinguido anciano llamado James K. Peck, quien impartía clases en Princeton y acababa de publicar un libro sobre la fisiología de los negros. Arthur Dixon, el pálido tutor de las niñas, cenaba con la familia como de costumbre, si bien rara vez aportaba algo a la conversación, y solía pasar las horas mirándose preocupado las uñas.

George Hawkes, el editor botánico, había sido invitado a White Acre muchas veces y Alma le había tomado cariño. Era tímido pero amable, y muy inteligente, con la apariencia de un oso enorme, torpón, de andar pesado. Vestía trajes demasiado grandes, el sombrero lo llevaba ladeado y nunca parecía saber dónde situarse. Engatusar a George Hawkes para que hablase era todo un reto, pero, una vez que empezaba, era una delicia escucharlo. Nadie en Filadelfia sabía tanto acerca de litografía botánica, y sus publicaciones eran exquisitas. Hablaba con amor de plantas, artistas y del arte de la encuadernación, y Alma disfrutaba muchísimo de su compañía.

En cuanto al otro invitado, el profesor Peck, era una nueva incorporación a las cenas, y a Alma le cayó mal en el acto. Tenía toda la pinta de ser un pelmazo, y un pelmazo obstinado, además. Nada más llegar, dedicó veinte minutos en el zaguán de White Acre a narrar con detalle homérico los percances de su viaje en carruaje de Princeton a Filadelfia. Una vez agotado ese tema fascinante, expresó su sorpresa ante la presencia de Alma, Prudence y Beatrix entre los caballeros, dado que la conversación sería, sin duda, incomprensible para ellas.

—Oh, no —corrigió Henry a su invitado—. Creo que pronto descubrirá que mi esposa y mis hijas son capaces de conversar aceptablemente.

—¿De verdad? —preguntó Peck, que a todas luces no parecía muy convencido—. ¿Sobre qué temas?

—Bueno —dijo Henry, que se frotó la barbilla pensativo—, Beatrix lo sabe todo, Prudence tiene conocimientos de arte y de música y Alma (la grandota) es una fiera de la botánica.

—Botánica —repitió el profesor Peck, con una condescendencia ensayada—. Una actividad recreativa muy edificante para las niñas. La única ciencia indicada para el sexo débil, siempre lo he pensado, debido a la falta de crueldad o rigor matemático. Mi hija dibuja muy bien las flores silvestres.

—Qué encantadora —murmuró Beatrix.

—Sí, sin duda —dijo el profesor Peck, que se volvió hacia Alma—. Los dedos de una dama son más flexibles, como ya sabe. Más suaves que los de un hombre. Más apropiados que las manos de un hombre, según dicen algunos, para la delicada tarea de recoger plantas.

Alma, que no solía sonrojarse, se sonrojó hasta los huesos. ¿Por qué hablaba este hombre de sus dedos, de su flexibilidad, de la delicadeza, de la suavidad? Todo el mundo miró las manos de Alma, las cuales, hacía solo unos momentos, estaban enterradas dentro de su vulva. Fue horrible. Por el rabillo del ojo, vio a su viejo amigo George Hawkes sonreírle con nerviosa compasión. George se sonrojaba todo el tiempo. Se sonrojaba cuando alguien lo miraba y cada vez que se veía obligado a tomar la palabra. Tal vez se compadecía de su desasosiego. Con la mirada de George clavada en ella, Alma sintió que se sonrojaba aún más. Por primera vez en su vida, se quedó sin palabras, y deseó que todo el mundo dejara de mirarla. Habría hecho cualquier cosa para escaparse de la cena esa noche.

Afortunadamente para Alma, el profesor Peck no parecía demasiado interesado en nadie salvo en sí mismo y, en cuanto sirvieron la cena, se lanzó a una extensa y detallada disquisición, como si hubiese confundido White Acre con un aula y a los anfitriones con alumnos suyos.

—Hay quienes —comenzó, tras doblar la servilleta con pomposidad— han declarado recientemente que la negritud es una mera enfermedad cutánea, que tal vez se podría, mediante las correctas combinaciones químicas, lavar, por así decirlo, transformando al negro en un saludable hombre blanco. Esto es incorrecto. Tal como mi investigación ha probado, un negro no es un hombre blanco enfermo, sino una especie diferente, como les voy a demostrar...

A Alma le costaba prestar atención. Sus pensamientos revoloteaban en torno a *Cum grano salis* y el cuarto de encuadernar. Ahora bien, este día no era la primera vez que Alma había oído hablar de órganos genitales, ni siquiera de la función sexual. A diferencia de otras niñas, a quienes sus familias aseguraban que los indios traían los bebés o que la fecundación se debía a la inserción de semillas en unos pequeños cortes en el costado del cuerpo de la mujer, Alma conocía los rudimentos de la anatomía humana, tanto masculina como femenina. Había demasiados tratados de medicina y obras científicas por todo White Acre para que Alma no supiese nada de ese tema, y el lenguaje mismo de la botánica, con el que Alma estaba íntimamente familiarizada, era muy sexual. (El propio Linneo se había referido a la polinización como «matrimonio», había llamado a los pétalos de las flores «nobles ropajes del lecho» y una vez, en una muestra de osadía, había descrito una flor que contenía nueve estambres y un pistilo como «nueve hombres en la misma cámara nupcial con una mujer»).

Es más, Beatrix no habría consentido que sus hijas se criasen en una inocencia peligrosa, en especial dada la desafortunada historia de la madre de Prudence, así que fue Beatrix en persona quien (con muchos balbuceos y sofocos, mientras se abanicaba sin cesar el cuello) había explicado a Alma y Prudence el procedimiento esencial de la propagación humana. Nadie disfrutó de esa conversación y las tres mujeres colaboraron para ponerle fin tan pronto como fue posible..., pero la información fue transmitida. Beatrix incluso advirtió a Alma en una ocasión que ciertas partes del cuerpo no debían tocarse salvo por razones de higiene, y que no debía entretenerse en el excusado, por ejemplo, debido a los peligros de las pasiones solitarias e impuras. Alma no había prestado atención a la advertencia porque no tenía sentido entonces: ¿quién querría entretenerse en el excusado?

Pero, tras el descubrimiento de *Cum grano salis,* Alma había comprendido de repente que, a lo largo y ancho del mundo, tenían lugar los actos sensuales más inimaginables. Los hombres y las mujeres se hacían las cosas más asombrosas, y no se dejaban llevar por la procreación sino por la recreación, del mismo modo que hombres y hombres, mujeres y mujeres, niños y criadas, granjeros y transeúntes, marinos y costureras, ¡y a veces hasta los maridos y las esposas! Incluso era posible hacerse las cosas más asombrosas a una misma, tal y como Alma acababa de descubrir en el cuarto de encuadernar. Con o sin una ligera capa de aceite de nuez.

¿Lo hacían también los demás? No solo los gimnásticos actos de la penetración, sino estos frotamientos íntimos. El autor anónimo había escrito que mucha gente lo hacía..., incluso señoras de alta cuna, según sabía por experiencia propia. ¿Y Prudence? ¿Lo hacía ella? ¿Había experimentado esos pétalos húmedos, ese vórtice de fuego vertical, esa ráfaga de fosforescencia? Era imposible imaginarlo; Prudence ni siquiera transpiraba. Ya era bastante difícil interpretar las expresiones faciales de Prudence, no digamos averiguar qué ocultaba bajo la ropa o enterraba en la mente.

¿Y Arthur Dixon, su tutor? ¿Había algo oculto en su mente además del tedio académico? ¿Había algo enterrado en su cuerpo, aparte de sus tics y esa perpetua tos seca? Miró a Arthur, en busca de alguna indicación de vida sensual, pero ni su silueta ni su rostro revelaron nada. No podía imaginarlo en un estremecimiento de éxtasis como el que había vivido en el cuarto de encuadernar. Apenas podía imaginarlo recostado, y sin duda no podía imaginarlo desnudo. Mostraba todos los indicios de ser un hombre que había nacido sentado, con un chaleco ajustado y bombachos de lana, con un intrincado libro en las manos y un triste suspiro en los labios. Si tenía necesidades, ¿dónde y cuándo las satisfacía?

Alma sintió una fría mano en el brazo. Era la de su madre.

—¿Cuál es tu opinión, Alma, del tratado del profesor Peck?

Beatrix sabía que Alma no estaba escuchando. *¿Cómo lo sabía? ¿Qué más sabía?* Alma recuperó la compostura enseguida, recordó los comienzos de la cena, trató de repasar las pocas ideas que había escuchado. Insólitamente, no se le ocurrió nada. Se aclaró la garganta y dijo:

—Preferiría leer entero el libro del profesor Peck antes de emitir mi opinión.

Beatrix lanzó a su hija una mirada penetrante: sorprendida, crítica y decepcionada.

El profesor Peck, sin embargo, tomó el comentario de Alma como una invitación a hablar más; de hecho, recitó una buena parte del primer capítulo de su libro de memoria, en beneficio de las damas presentes. Por lo general, Henry Whittaker no habría permitido semejante acto de perfecto tedio en su comedor, pero Alma vio en el gesto de su padre que estaba cansado y consumido, probablemente al borde de otro ataque. Una enfermedad inminente era lo único que silenciaba a su padre de este modo. Si Alma conocía a Henry, y claro que lo conocía, al día siguiente guardaría cama todo el día, y tal vez el resto de la semana. De momento, sin embargo, Henry aguantó el monótono recitado del profesor Peck sirviéndose una generosa copa de clarete tras otra y cerrando los ojos durante largos intervalos.

Mientras tanto, Alma estudió a George Hawkes, el editor botánico. ¿Lo hacía él? ¿Se frotaba hasta llegar a una crisis de placer? El autor anónimo escribía que los hombres practicaban el onanismo incluso con mayor frecuencia que las mujeres. Según se decía, un joven de salud vigorosa se hostigaba a sí mismo hasta eyacular varias veces al día. Nadie diría que George Hawkes era exactamente vigoroso, pero era un joven de cuerpo enorme, pesado, sudoroso..., un cuerpo que parecía lleno de *algo*. ¿Había realizado George ese acto recientemente, quizás ese mismo día? ¿Qué hacía el miembro de George Hawkes ahora mismo? ¿Desfallecía lánguido? ¿O se alzaba hacia su deseo?

De repente, sucedió el evento más asombroso que uno podía imaginarse.

Prudence Whittaker *habló*.

—Perdón, señor —dijo Prudence, dirigiendo sus palabras y su plácida mirada precisamente al profesor Peck—, si le he entendido bien, parece que ha identificado las diferentes texturas de pelo humano como evidencia de que los negros, indios, orientales y blancos pertenecen a diferentes especies. Pero no puedo evitar sorprenderme ante esa suposición. En esta misma finca, señor, criamos diferentes variedades de ovejas. Tal vez se haya fijado en ellas al recorrer el camino esta tarde. Algunas ovejas nuestras tienen un pelaje sedoso, otras áspero y otras tienen tupidos rizos de lana. Ciertamente, señor, no dudará que, a pesar de esas diferencias de pelaje, todas ellas son ovejas. Y, si me disculpa, creo que todas estas variedades de ovejas pueden cruzarse entre sí sin problemas. ¿Acaso no ocurre lo mismo con el hombre? En ese caso, ¿no podríamos razonar que negros, indios, orientales y blancos son también una sola especie?

Todas las miradas se volvieron hacia Prudence. Alma se sintió como si la hubieran despertado con un cubo de agua helada. Los ojos de Henry se abrieron. Dejó el vaso y se irguió en la silla, la atención plenamente despierta. Solo una sutil mirada lo habría percibido, pero también Beatrix se irguió un poco más en la silla, como si se pusiese en estado de alerta. Arthur Dixon, el tutor, miró a Prudence sobresaltado, tras lo cual miró a su alrededor, nervioso, como si temiera que lo culparan del arrebato. Había muchos motivos para asombrarse, en efecto. Este fue el discurso más largo que Prudence había pronunciado a la mesa... o en cualquier lugar.

Por desgracia, Alma no había prestado atención hasta ese momento, así que no estaba segura de si la afirmación de Prudence era exacta o relevante, pero, por Dios, ¡la niña había hablado! Todos se quedaron maravillados, salvo la misma Prudence, que contemplaba al profesor Peck con su fría belleza de siempre, imperturbable, los ojos azules amplios y claros, a la espera de una respuesta. Daba la impresión de que todos los días se dedicaba a desafiar a eminentes profesores universitarios.

—No podemos comparar seres humanos con ovejas, jovencita —corrigió el profesor Peck—. El mero hecho de que dos criaturas puedan tener descendencia..., bueno, si su padre me disculpa por mencionar este asunto delante de las damas. —Henry, muy atento ahora, dio una soberana muestra de aprobación—. El mero hecho de que dos criaturas puedan tener descendencia no implica que sean miembros de la misma especie. Los caballos pueden tener descendencia con los burros, como sabrá sin duda. Asimismo, los canarios con los pinzones, los gallos con las perdices y el macho cabrío con la oveja. Y no por ello son biológicamente equivalentes. Es más, es bien sabido que los negros atraen diferentes tipos de piojos y parásitos intestinales que los blancos, prueba indiscutible, por lo tanto, de la diferenciación de las especies.

Prudence, educada, asintió con la cabeza al invitado.

—Error mío, señor —dijo—. Continúe, se lo ruego.

Alma seguía sin encontrar palabras, desconcertada. ¿Por qué se hablaba tanto de la reproducción? ¿Precisamente esta noche?

—Si bien las diferencias entre razas es evidente hasta para un niño —continuó el profesor Peck—, la superioridad del hombre blanco debería ser evidente para cualquiera que tuviese unas nociones básicas de la historia y los orígenes de la humanidad. Como teutones y cristianos, honramos la virtud, la buena salud, la austeridad y la moral. Controlamos nuestras pasiones. Por ello, prevalecemos. Las otras razas, tan alejadas de la civilización, nunca podrían haber inventado la moneda, el alfabeto o la industria. Pero ninguna es tan improductiva como la raza negra. El negro presenta un desarrollo excesivo de los sentidos emocionales, lo que explica su infame y escasísimo dominio de sí mismo. Este desarrollo excesivo de la sensualidad queda patente en su estructura facial. Los ojos, labios, nariz y orejas son demasiado grandes, es decir, el negro no puede evitar sentirse estimulado en demasía por sus sentidos. Por lo tanto, es capaz del más cálido afecto, pero también de la violencia más lúgubre. Es más, el negro no se ruboriza y, por lo tanto, es incapaz de sentir vergüenza.

Ante la mera mención del rubor y la vergüenza, Alma se sonrojó avergonzada. Esta noche no tenía control alguno sobre sus propios sentidos. George Hawkes sonrió, una vez más con afectuosa compasión, lo que solo sirvió para sonrojarla aún más. Beatrix lanzó a Alma tal mirada de desdén abrasador que esta temió por un momento recibir una bofetada. Casi deseó esa bofetada, aunque solo fuera para aclararle los pensamientos.

Prudence (asombrosamente) habló de nuevo.

—Me pregunto —planteó, con voz templada— si el negro más sabio supera en inteligencia al blanco más insensato. Pregunto, profesor Peck, solo porque el año pasado nuestro tutor, el señor Dixon, nos habló de un carnaval al que había asistido, donde se encontró con un antiguo esclavo, un tal señor Fuller, de Maryland, famoso por la rapidez de sus cálculos. Según el señor Dixon, si le dijera a ese negro la fecha y la hora en que nació, al instante calcularía cuántos segundos ha vivido, incluso tomando en cuenta los años bisiestos. Era a todas luces una demostración impresionante.

Arthur Dixon parecía estar a punto de desmayarse.

El profesor, molesto sin ocultarlo, respondió:

—Señorita, he visto en el carnaval mulas que saben contar.

—Igual que yo —respondió Prudence, una vez más con ese tono tenue, imperturbable—. Pero todavía no he visto una mula de carnaval, señor, que supiese calcular los años bisiestos.

—Muy bien —dijo el profesor a Prudence, con una ligera inclinación de cabeza—. Para responder a su pregunta, hay idiotas e incluso sabios en todas las especies. No es la norma, sin embargo, en ambos casos. He coleccionado y medido cráneos de hombres blancos y negros durante años, y mi investigación concluye de forma terminante que el cráneo del hombre blanco, cuando está lleno de agua, contiene como media cuatro onzas más que el cráneo del negro..., lo que demuestra una capacidad intelectual mayor.

—Me pregunto —dijo Prudence con gentileza— qué habría ocurrido si hubiera intentado verter conocimiento en el cráneo de un negro vivo en lugar de agua en el cráneo de un negro muerto.

Se hizo un incómodo silencio entre los presentes. George Hawkes aún no había hablado esa noche y era evidente que no iba a comenzar ahora. Arthur Dixon realizaba una excelente imitación de un cadáver. La cara del profesor Peck había adquirido una tonalidad claramente violácea. Prudence, quien, como siempre, parecía de porcelana e impecable, esperaba una respuesta. Henry miró a su hija adoptiva al borde del pasmo, pero, por alguna razón, prefirió no hablar, tal vez demasiado débil para intervenir o tal vez simplemente curioso por ver cómo continuaría esta conversación tan inesperada. Alma, del mismo modo, no aportó nada. Francamente, Alma no tenía nada que aportar. Nunca había tenido tan poco que decir, y nunca Prudence había sido tan locuaz. Por lo tanto, recayó en Beatrix el deber de poner palabras sobre la mesa, y lo hizo con su habitual e inquebrantable sentido de la responsabilidad.

—Me fascinaría, profesor Peck —dijo Beatrix—, ver la investigación que ha mencionado antes sobre la diferencia entre las variedades de piojos y parásitos intestinales del negro y las del hombre blanco. ¿Es posible que haya traído la documentación? Sería un placer verla. La biología de los parásitos me resulta cautivadora.

—No llevo la documentación conmigo, señora —dijo el profesor, que se irguió en un esfuerzo de recuperar la dignidad—. Pero no la necesito. En este caso, la documentación no es necesaria. La diferencia entre los piojos y los parásitos intestinales de los negros y los del hombre blanco es un hecho bien conocido.

Era casi imposible de creer, pero Prudence habló de nuevo.

—Qué lástima —murmuró, con la frialdad del mármol—. Discúlpenos, señor, pero en esta casa no se nos permite suponer que un hecho es tan bien conocido que no es necesaria una documentación precisa.

Henry (enfermo y cansado como estaba) estalló en una carcajada.

—¡Y eso, señor —bramó al profesor—, es un hecho bien conocido!

Beatrix, como si nada de esto estuviese ocurriendo, volvió su atención al mayordomo y dijo:

—Creo que ya estamos listos para el postre.

***

Los invitados iban a pasar la noche en White Acre, pero el profesor Peck, tan desconcertado como irritado, decidió volver a la ciudad, pues, según anunció, prefería quedarse en un hotel del centro e iniciar su difícil viaje de regreso a Princeton al amanecer del día siguiente. Nadie lamentó su marcha. George Hawkes preguntó si podía compartir el carruaje al centro de Filadelfia con el profesor Peck, y el erudito accedió a regañadientes. Pero, antes de irse, George pidió estar a solas un momento con Alma y Prudence. Apenas había pronunciado palabra esa noche, pero ahora quería decir algo... y, al parecer, quería decírselo a ambas muchachas. Así pues, los tres (Alma, Prudence y George) se dirigieron al recibidor juntos, mientras los otros recogían abrigos y paquetes en el zaguán.

George dirigió sus comentarios a Alma tras recibir una señal casi imperceptible de Prudence.

—Señorita Whittaker —dijo—, su hermana me ha contado que usted ha escrito, para satisfacer su propia curiosidad, un muy interesante ensayo sobre las plantas *Monotropa*. Si no está demasiado cansada, me pregunto si podría compartir conmigo sus principales hallazgos.

Alma estaba perpleja. Qué extraña solicitud, y en qué extraño momento.

—Sin duda, debe de estar demasiado cansado para hablar de mis aficiones botánicas a esta hora tardía —comentó Alma.

—De ningún modo, señorita Whittaker —dijo George—. Sería un placer. Si acaso, me ayudaría a relajarme.

Ante estas palabras, Alma descubrió que ella también se relajaba. ¡Al fin, un tema sencillo! ¡Al fin, la botánica!

—Bueno, señor Hawkes —dijo Alma—, como sin duda alguna sabe, la *Monotropa hypopitys* crece solamente en la sombra, y es de un enfermizo color blanco..., casi fantasmal. Los naturalistas anteriores siempre habían supuesto que la *Monotropa* carece de pigmentación debido a la falta de luz solar en su entorno, pero esta teoría no tiene demasiado sentido para mí, ya que algunos de los tonos de verde más vívidos también se hallan en la sombra, en plantas como helechos y musgos. Mis investigaciones prueban que la *Monotropa* se inclina hacia el sol tan a menudo como se aleja, lo que me llevó a preguntarme si no reciben alimento de otra fuente distinta del sol. Ahora creo que la *Monotropa* se nutre de las plantas en las que crece. En otras palabras, creo que es un parásito.

—Lo que nos trae de vuelta a un tema del que se ha hablado esta noche —dijo George, con una leve sonrisa.

¡Cielo santo, George Hawkes había hecho una broma! Alma no sabía que George era capaz de bromear, pero, al darse cuenta de la broma, rio, deleitada. Prudence no se rio; se quedó ahí, sentada, bella y distante como un cuadro.

—¡Sí, claro! —dijo Alma, cada vez más animada—. Pero, a diferencia del profesor Peck y sus piojos, yo sí puedo mostrar la documentación. He observado por el microscopio que el tallo de la *Monotropa* carece de esos poros cuticulares a través de los cuales pasan por lo general el aire y el agua en otras plantas, y tampoco parece tener un mecanismo para absorber la humedad del suelo. Creo que la *Monotropa* se alimenta de sus padres adoptivos. Creo que su cualidad incolora, similar a la de un cadáver, procede del hecho de que se alimenta con comida que ya ha sido digerida, por así decirlo, por el receptor.

—Una conjetura de lo más extraordinaria —dijo George Hawkes.

—Bueno, no es más que una mera conjetura en estos momentos. Tal vez algún día la química demuestre lo que mi microscopio, por ahora, solo sugiere.

—Si no le importara compartir el ensayo conmigo esta semana —dijo George—, me gustaría considerar su publicación.

Alma estaba tan encantada con esta inesperada invitación (y aturullada por los insólitos acontecimientos del día, y muy aturdida por hablar con un hombre adulto con quien acababa de tener pensamientos sensuales) que ni se detuvo a sopesar el elemento más extraño de este intercambio: es decir, el papel de su hermana Prudence. ¿Acaso tenía algún motivo para estar presente en esta conversación? ¿Por qué Prudence había asentido a George Hawkes antes de comenzar a hablar? ¿Y cuándo, en qué momento desconocido, tuvo Prudence ocasión de hablar con George Hawkes acerca de los proyectos privados de investigación botánica de Alma? ¿Cuándo se enteró Prudence de esos proyectos privados de Alma?

Cualquier otra noche, estas preguntas habrían habitado la mente de Alma y habrían despertado su curiosidad, pero en esta ocasión las desdeñó. Esta noche, tras el que había sido el día más extraño y distraído de su vida, la mente de Alma giraba entre tantos pensamientos que se olvidó de todo ello. Desconcertada, cansada y un poco mareada, se despidió de George Hawkes y se sentó sola en el recibidor, con su hermana, a la espera de que Beatrix viniese a lidiar con ellas.

Al pensar en Beatrix, la euforia de Alma disminuyó. El repaso nocturno de las deficiencias de sus hijas no fue nunca de su agrado, pero esta noche Alma temía ese discurso más de lo habitual. Su comportamiento de ese día (el descubrimiento del libro, los pensamientos arrebatadores, la pasión solitaria en el cuarto de encuadernar) hacía sentir a Alma que la culpa era una emanación visible. Temía que Beatrix fuese capaz de percibirla. Además, la conversación de la cena había sido catastrófica: Alma había parecido una redomada estúpida, mientras que la inaudita actitud de Prudence había rayado en la grosería. Beatrix no se sentiría complacida con ninguna de las dos.

Alma y Prudence esperaron en el recibidor a su madre, calladas como monjas. Las dos chicas siempre guardaban silencio cuando estaban a solas. Nunca habían encontrado un tema de conversación que les resultase cómodo. Jamás habían parloteado. Jamás lo harían. Prudence estaba sentada mano sobre mano, inmóvil, mientras Alma jugueteaba con el dobladillo del pañuelo. Alma echó un vistazo a Prudence, en busca de algo que no sabría precisar. Complicidad, tal vez. Cariño. Algún tipo de afinidad. Quizás una referencia a los sucesos de la noche. Pero Prudence, tan resplandeciente como nunca con esa belleza intensa fuera de lo común, no invitaba a la intimidad. A pesar de todo, Alma decidió intentarlo.

—Esas ideas que has expresado esta noche, Prudence —dijo Alma—, ¿de dónde proceden?

—Del señor Dixon, en gran medida. La situación y las dificultades de la raza negra es uno de los temas preferidos de nuestro buen tutor.

—¿De verdad? Nunca le he oído hablar de ese tema.

—Aun así, es muy apasionado al respecto —dijo Prudence, sin cambiar de expresión.

—¿De verdad? ¿Es un abolicionista, entonces?

—Sí.

—Cielos —dijo Alma, encantada ante la idea de que Arthur Dixon fuese apasionado respecto a algo—. ¡Es mejor que madre y padre no lo sepan!

—Madre lo sabe —respondió Prudence.

—¿De verdad? ¿Y padre?

Prudence no respondió. Alma tenía más preguntas (muchísimas, en realidad), pero Prudence no parecía dispuesta a seguir charlando. Una vez más, la habitación se sumió en el silencio. Entonces, de repente, Alma se escapó de ese silencio, permitiendo que una pregunta salvaje y descontrolada saliese de entre sus labios.

—Prudence ¿qué piensas del señor George Hawkes? —preguntó.

—Creo que es un caballero decente.

—¡Y yo creo que estoy desesperadamente enamorada de él! —exclamó Alma, que se asombró incluso a sí misma con esta absurda e inesperada confesión.

Antes de que Prudence pudiese responder (si es que iba a responder), Beatrix entró en el recibidor y miró a su dos hijas, sentadas en el diván. Durante un largo momento, Beatrix no dijo nada. Escudriñó a sus hijas con una mirada severa e inquebrantable, primero a una, después a la otra. Esto fue más aterrador para Alma que un sermón, pues el silencio contenía posibilidades infinitas, omniscientes, terribles. Beatrix era consciente de todo, nada se le escapaba. Alma tiró de una esquina del pañuelo, que se deshilachó. El semblante y la postura de Prudence no cambiaron.

—Estoy cansada esta noche —dijo Beatrix, que al fin rompió ese espantoso silencio. Miró a Alma y dijo—: Esta noche no tengo fuerzas, Alma, para hablar de tus deficiencias. Solo serviría para agriar mi humor. Basta con decir que, si vuelvo a verte tan absorta y boquiabierta a la mesa, te voy a pedir que cenes en otro lugar.

—Pero, madre... —comenzó Alma.

—No te justifiques, hija. Es una debilidad.

Beatrix se dio la vuelta, como si fuera a salir de la habitación, pero se giró de nuevo y dirigió la mirada a Prudence, como si acabara de recordar algo.

—Prudence —dijo—, bien hecho esta noche.

Esto se salía por completo de lo habitual. Beatrix nunca ofrecía elogios. Pero ¿había algo en este día que no se saliera de lo habitual? Alma, asombrada, se volvió hacia Prudence una vez más, de nuevo en busca de algo. ¿Aceptación? ¿Lástima? ¿Un sentimiento compartido de perplejidad? Pero Prudence no reveló nada y no devolvió a Alma la mirada, así que esta se dio por vencida. Se levantó del diván y se dirigió hacia las escaleras, a la cama. Al pie de las escaleras, sin embargo, se volvió hacia Prudence y se sorprendió a sí misma una vez más.

—Buenas noches, hermana —dijo Alma. Nunca antes había utilizado esa palabra.

—Igualmente —fue todo lo que recibió por respuesta.

Capítulo ocho

Entre el invierno de 1816 y el otoño de 1820, Alma Whittaker escribió más de tres docenas de ensayos para George Hawkes, quien los publicó todos en la revista mensual *Botánica Americana*. No eran ensayos pioneros, pero contenían ideas brillantes, ilustraciones sin errores y una erudición rigurosa y sensata. Si la obra de Alma no despertó precisamente pasiones en el mundo, sin duda apasionó a Alma, y sus tentativas eran de calidad suficiente para las páginas de *Botánica Americana*.

Alma escribió con detalle sobre laureles, mimosas y verbenas. Escribió sobre uvas y camelias, sobre el mirto naranja, sobre el mimo de los higos. Publicaba bajo el nombre «A. Whittaker». Ni Alma ni George Hawkes creían que le conviniera revelarse como mujer. En el mundo científico de aquel entonces, aún existía una división estricta entre la «botánica» (el estudio de las plantas por hombres) y la «botánica cortés» (el estudio de las plantas por mujeres). Lo cierto es que a menudo era imposible distinguir la botánica cortés de la botánica (salvo que una disciplina era respetada y la otra no), pero, aun así, Alma no deseaba verse infravalorada como una mera botánica cortés.

Por supuesto, el apellido Whittaker ya era famoso en el mundo de las plantas y de la ciencia, así que un buen número de botánicos sabían muy bien quién era A. Whittaker. No todos, sin embargo. En respuesta a sus artículos, Alma a veces recibía cartas de botánicos de todo el mundo, enviadas al taller de impresión de George Hawkes. Algunas de esas cartas comenzaban: «Mi estimado señor». Otras cartas se dirigían al «señor A. Whittaker». Una memorable misiva incluso la llamó «Dr. A. Whittaker». (Alma guardó esa carta mucho tiempo, halagada por el inesperado título).

A medida que George y Alma compartían los resultados de las investigaciones y publicaban juntos, George se convirtió en un visitante asiduo de White Acre. Afortunadamente, su timidez disminuyó con el tiempo. Hablaba con frecuencia durante las cenas, y a veces incluso intentaba ser ingenioso.

En cuanto a Prudence, no habló de nuevo durante una cena. Su arrebato sobre los negros durante la visita del profesor Peck debió de ser una fiebre pasajera, pues nunca repitió esa actuación, ni volvió a desafiar a un invitado. Henry había bromeado sobre las opiniones de Prudence sin descanso desde esa noche, llamándola «nuestra guerrera amante de lo oscuro», pero ella se negó a hablar del tema. En su lugar, se retiró a esa actitud misteriosa tan suya, fría y distante, que trataba a todo el mundo con la misma cortesía indiferente y siempre indescifrable.

Las niñas crecieron. Cuando cumplieron dieciocho años, Beatrix suspendió la tutoría al fin, y anunció que ya habían completado su educación, tras lo cual despidió al pobre y aburrido Arthur Dixon, quien ocupó un puesto de tutor de lenguas clásicas en la Universidad de Pensilvania. Así pues, parecía que las hermanas ya no eran consideradas niñas. Cualquier madre que no fuese Beatrix Whittaker habría considerado este periodo el adecuado para buscar marido. Cualquier otra madre habría presentado a Alma y Prudence en sociedad con grandes ambiciones, y las habría animado a coquetear, a bailar y a cortejar. Tal vez habría sido un buen momento para solicitar nuevos vestidos, adoptar nuevos peinados, encargar nuevos retratos. Estas actividades, sin embargo, ni siquiera se le pasaron por la cabeza a Beatrix.

En verdad, Beatrix no había hecho favor alguno a Prudence o Alma para convertirlas en un buen partido. En Filadelfia había quienes murmuraban que los Whittaker habían logrado que las muchachas fuesen del todo incasables, con toda esa educación y ese aislamiento de las mejores familias. Ni Alma ni Prudence tenían amigos. Tan solo cenaban con hombres de ciencia y de comercio, así que sus mentes no estaban formadas. No tenían ni la más mínima formación sobre cómo hablar a un joven pretendiente. Alma era de esas muchachas que, cuando un joven visitante admirara los nenúfares en uno de los preciosos estanques de White Acre, diría: «No, señor, se equivoca usted. No son nenúfares. Son flores del loto. Los nenúfares flotan en la superficie del agua, ¿sabe?, y las flores del loto sobresalen por encima. Una vez que aprenda la diferencia, no volverá a cometer el mismo error».

Alma ya era alta como un hombre, de hombros anchos. Parecía que podía blandir un hacha. (De hecho, podía blandir un hacha, y a menudo tenía que hacerlo, en sus excursiones botánicas). Este hecho no le impedía contraer matrimonio. A algunos hombres les gustaban las mujeres grandes, que prometían una salud más robusta, y Alma, cabía decir, tenía un hermoso perfil..., al menos desde el lado izquierdo. Sin duda, tenía un carácter amable. Sin embargo, carecía de un ingrediente esencial e invisible y así, a pesar del erotismo oculto en su cuerpo, su presencia en una sala no despertaba ideas ardientes en ningún hombre.

No ayudaba que la propia Alma se considerara fea. Lo creía solo porque se lo habían dicho muchas veces, y de formas muy diferentes. La última vez, el comentario sobre su fealdad procedió ni más ni menos que de su padre, quien (una noche, tras beber un poco de más) le había dicho, sin venir a cuento:

—¡No le des ninguna importancia, hija mía!

—¿A qué, padre? —preguntó Alma, que alzó la vista de la carta que escribía para él.

—No te desanimes por ello, Alma. No lo es todo tener una cara bonita. Muchas mujeres son amadas sin ser bellezas. Piensa en tu madre. Ni un solo día de su vida ha sido guapa, pero encontró un marido, ¿no es así? ¡Piensa en la señora Cavendesh, cerca del puente! Esa mujer es fea como un susto, pero su marido le ha hecho siete hijos. Así que también habrá alguien para ti, Ciruela, y yo creo que será un hombre afortunado por haberte encontrado.

¡Y pensar que todo esto lo dijo a modo de consuelo!

En cuanto a Prudence, era una reconocida belleza, tal vez la mayor belleza en Filadelfia..., pero toda la ciudad estaba de acuerdo en que era fría e inseducible. Prudence despertaba envidia en las mujeres, pero no estaba claro si despertaba pasión en los hombres. Prudence hacía sentir a los hombres que no debían perder el tiempo con ella y, por lo tanto, sabiamente, no lo hacían. Se quedaban mirando, pues era imposible no mirar a Prudence Whittaker, pero no se acercaban.

Cabría esperar que las jóvenes Whittaker atrajesen a cazadores de fortunas. Cierto, muchos jóvenes codiciaban el dinero de la familia, pero ser el yerno de Henry Whittaker parecía más una amenaza que una bendición y, de todos modos, nadie creía que Henry se separaría nunca de su fortuna. De una forma o de otra, ni siquiera la posibilidad de riquezas llevó pretendientes a White Acre.

Por supuesto, siempre había hombres por la finca..., pero venían en busca de Henry, no de sus hijas. A cualquier hora del día, era posible encontrar hombres en el zaguán de White Acre, con la esperanza de ser recibidos por Henry Whittaker. Eran hombres de toda índole: hombres desesperados, hombres soñadores, hombres enojados y hombres mentirosos. Había hombres que llegaban a la finca con vitrinas, invenciones, dibujos, planos o demandas. Venían a ofrecer acciones, o solicitudes de préstamos, o el prototipo de una nueva bomba neumática, o la certeza de una cura para la ictericia, si Henry invertía en sus investigaciones. Pero no venían a White Acre a disfrutar los goces del cortejo.

George Hawkes, sin embargo, era diferente. Nunca deseó nada material de Henry, sino que iba a White Acre simplemente a conversar con él y a disfrutar del tesoro de los invernaderos. Henry disfrutaba de la compañía de George, dado que este publicaba los más recientes hallazgos científicos en sus revistas y estaba al corriente de todo lo que sucedía en el ámbito botánico. George, sin duda, no se comportaba como un pretendiente (no actuaba ni con coquetería ni con picardía), pero era consciente de la presencia de las jóvenes Whittaker y era amable con ellas. Siempre se mostraba atento con Prudence. En cuanto a Alma, la trataba como si fuese un respetado colega botánico. Alma agradecía la amable opinión de George, pero deseaba más. Las conversaciones académicas, pensaba, no eran las que escogería un joven para hablar con la mujer que ama. Era una lástima, pues Alma amaba a George Hawkes con todo su corazón.

George era una extraña elección como amado. Nadie lo habría acusado de ser un hombre apuesto, pero, a ojos de Alma, era ejemplar. Alma creía que hacían buena pareja, tal vez incluso una pareja obvia. No cabía duda alguna de que George era demasiado alto, pálido y torpón..., pero también lo era Alma. George era un desastre al escoger su vestimenta, pero Alma tampoco seguía la moda. A George los chalecos siempre le quedaban demasiado ajustados y los pantalones demasiado anchos, pero, de haber sido hombre, es probable que Alma se hubiese vestido igual, ya que nunca acertaba a escoger la ropa adecuada.

George tenía una frente demasiado amplia y una barbilla demasiado pequeña, pero poseía una mata de pelo oscuro, húmedo y poblado, y Alma se moría de ganas de acariciarla.

Alma no sabía cómo coquetear. No tenía ni la más remota idea de cómo seducir a George, salvo escribirle un ensayo tras otro acerca de los más crípticos temas botánicos. Solo había habido un momento entre George y Alma que cabría calificar, razonablemente, como tierno. En abril de 1818, Alma había ofrecido a George Hawkes contemplar por el microscopio una hermosa vista de *Carchesium polypinum* (perfectamente iluminado y vivo, bailando feliz en una pequeña muestra de agua de estanque, con su cáliz rotatorio, los cilios que ondeaban, las ramas florecidas). George le agarró la mano izquierda, la apretó en un gesto espontáneo entre las suyas, que estaban húmedas, y dijo: «Cielo santo, señorita Whittaker. ¡Qué excelente microscopista ha llegado a ser!».

Ese roce, esas manos que apretaban, ese elogio habían desbocado el corazón de Alma. También la enviaron corriendo al cuarto de encuadernar, a saciarse una vez más con sus propias manos.

Oh, sí: ¡al cuarto de encuadernar otra vez!

El cuarto de encuadernar se había convertido, desde ese otoño de 1816, en un lugar que Alma visitaba a diario; de hecho, en ocasiones varias veces al día, con pausas solo durante la menstruación. Podríamos preguntarnos cuándo encontraba tiempo para esa actividad entre tantos estudios y responsabilidades, pero, en pocas palabras, no hacerlo no era una opción. El cuerpo de Alma (alto y masculino, pétreo y pecoso, de huesos amplios, de nudillos marcados, de cadera recta, de senos duros) con los años se había vuelto un inesperado órgano de deseo sexual, y una incesante necesidad la desbordaba.

Había leído *Cum grano salis* tantas veces que lo tenía grabado en la memoria, y había proseguido con otras lecturas audaces. Cada vez que su padre compraba la biblioteca de alguien, Alma prestaba suma atención mientras clasificaba los libros, siempre en busca de algo peligroso, algo con una cubierta doble, algo ilícito oculto en los volúmenes más inocuos. Así encontró a Safo y a Diderot, además de unas inquietantes traducciones de manuales hedonistas japoneses. Encontró un libro francés de doce aventuras sexuales, una por cada mes, titulado *L'année galante,* que hablaba de perversas concubinas y sacerdotes lascivos, de niñas bailarinas caídas en desgracia e institutrices seducidas. (¡Oh, el sufrimiento de esas institutrices seducidas! ¡Sometidas y echadas a perder por veintenas! ¡En cuántos libros licenciosos salían! ¿Por qué querría alguien ser institutriz, se preguntaba Alma, si era una ruta segura a la violación y la esclavitud?). Alma incluso llegó a leer el manual del secreto Club de las Damas del Látigo, ubicado en Londres, así como innumerables relatos de orgías romanas y obscenas iniciaciones religiosas hindús. Todos estos libros los separó del resto y los escondió en baúles en el viejo pajar de la cochera.

Pero ¡había más! También leyó revistas médicas, donde en ocasiones hallaba los más extraños y extravagantes informes sobre el cuerpo humano. Leyó teorías, expuestas con sobriedad, acerca del posible hermafroditismo de Adán y Eva. Leyó artículos científicos sobre un vello genital que crecía con tal monstruosa abundancia que podía cosecharse y venderse para hacer pelucas. Leyó estadísticas sobre la salud de las prostitutas en el área de Boston. Leyó informes de marinos que aseguraban haber copulado con focas. Leyó comparaciones del tamaño del pene de las diferentes razas y culturas, y de diferentes variedades de mamíferos.

Sabía que no debía leer nada de este material, pero era incapaz de contenerse. Quería saber todo lo que pudiera aprender. Todas estas lecturas colmaron su mente de un verdadero desfile circense de cuerpos: desnudos y azotados, degradados y envilecidos, deseosos y desacoplados (solo para acoplarlos de nuevo y volver a envilecerlos). También había caído en la obsesión de ponerse cosas en la boca, cosas, para ser más específicos, que una dama nunca debería desear ponerse en la boca. Partes de los cuerpos de otras personas, y similares. Sobre todo, el miembro masculino. Deseaba tener el miembro masculino en la boca incluso más que en la vulva, pues quería la relación más cercana posible. Le gustaba estudiar las cosas íntimamente, incluso microscópicamente, así que tenía sentido que desease ver e incluso saborear el aspecto más oculto de un hombre: su nido más secreto. Pensar en todo ello, junto con una mayor conciencia de sus labios y lengua, se convirtió en una problemática obsesión, que crecería dentro de ella hasta abrumarla. Solo podía resolver este problema con la mano, y solo podía resolverlo en el cuarto de encuadernar, en esa oscuridad solitaria y protectora, con sus familiares olores a cuero y pegamento y ese cerrojo, viejo y seguro. Solo podía resolverlo con una mano entre las piernas y la otra en la boca.

Alma sabía que abusar de sí misma era el colmo de la perversión y que incluso podía perjudicar su salud. Una vez más, incapaz de dejar de descubrir cosas, Alma investigó el asunto y lo que aprendió no fue alentador. En una revista médica británica, leyó que los niños criados con alimentos sanos y aire fresco no sentirían ni la más ligera impresión sexual, ni buscarían información erótica. Los simples placeres de la vida rural, afirmaba el autor, deberían entretener a los jóvenes lo suficiente para no verse dominados por el deseo de explorar sus genitales. En otra revista médica, leyó que la precocidad sexual podía deberse a la enuresis, a los maltratos en la infancia, a la irritación de la zona rectal debido a gusanos o (y aquí a Alma se le cortó la respiración) a un «desarrollo intelectual prematuro». Seguro que eso era lo que le había sucedido, pensó. Al fin y al cabo, una mente estimulada en demasía a una edad temprana era causa inevitable de perversiones, y la víctima procuraría complacerse como sustituto del apareamiento. Principalmente, era un problema en el crecimiento de los niños, leyó, pero en algunos casos excepcionales se manifestaba en niñas. Los jóvenes que se complacían corporalmente algún día atormentarían a sus cónyuges por la necesidad de copular todas las noches de la semana, hasta que la familia fuese víctima de la enfermedad, la decadencia o la bancarrota. Complacerse también destruía la salud del cuerpo, causando espaldas jorobadas y cojeras.

El hábito, en otras palabras, no presagiaba nada bueno. Pero Alma no había previsto en un principio que el placer solitario se convertiría en un hábito. Hizo los votos más sinceros y sentidos para detenerse. O al menos al principio. Se prometió a sí misma que dejaría de leer obras lascivas. Se prometió a sí misma que dejaría de abandonarse a ensueños eróticos con George Hawkes y su mata de cabello oscuro y húmedo. No volvería a imaginarse metiéndose su miembro secreto en la boca. Juró no volver a visitar el cuarto de encuadernar, ¡ni siquiera si necesitaba reparar un libro!

Como era inevitable, su determinación se atrofió. Se prometió a sí misma que visitaría el cuarto de encuadernar solo una vez más. Solo una vez más, se permitiría colmar su mente de pensamientos emocionantes y abominables. Solo una vez más, recorrería con los dedos la vulva y los labios, sintiendo un temblor en las piernas y el rostro acalorado, y su cuerpo se disolvería una vez más en un caos nervioso, estupendo, terrible y sin límites. Solo una vez más.

Y luego, quizás, otra vez más.

Muy pronto resultó evidente que era imposible derrotar este impulso, y con el tiempo Alma no tuvo más remedio que aceptar en silencio su conducta y continuar así. ¿De qué otro modo podría haber mitigado el deseo que se acumulaba dentro de ella, a todas horas? Por otra parte, los efectos en la salud y el espíritu de esta profanación de sí misma eran tan diferentes de las advertencias de las revistas que por un tiempo se preguntó si lo estaría haciendo mal, y por eso resultaba benéfico en vez de dañino. ¿Cómo explicar si no que esa actividad secreta no conllevase ninguno de esos terribles efectos acerca de los cuales las revistas médicas advertían? El acto sosegaba a Alma, en vez de enfermarla. Daba a sus mejillas un color saludable, en vez de consumir la vitalidad del semblante. Sí, esa compulsión le causaba una sensación de vergüenza, pero siempre (una vez terminado el acto) seguía un estado de claridad mental vívido y preciso. Desde el cuarto de encuadernar volvía de inmediato a su investigación, en la cual trabajaría con un renovado ímpetu, impelida a estudiar por una lucidez enérgica, por un impulso corporal vivaz, útil, emocionante. Después del acto siempre se encontraba más brillante, más despierta que nunca. Después del acto su obra siempre prosperaba.

Es más, ahora Alma tenía un lugar donde trabajar. Tenía un estudio para ella sola... o por lo menos tenía algo que llamaba su estudio. Después de limpiar la cochera de todos los libros superfluos de su padre, se había quedado con uno de los cobertizos de los arreos que ya nadie usaba y lo había convertido en un refugio para el estudio académico. Era una ubicación preciosa. La cochera de White Acre era un bello inmueble de ladrillo, majestuoso y sereno, con altos techos abovedados y ventanas amplias y generosas. El estudio de Alma era el mejor espacio en ese edificio, bendecido con la plácida luz del norte, un suelo de baldosas limpio y una vista del inmaculado jardín griego de su madre. La habitación olía a heno, a polvo y a caballos, y estaba llena de un agradable desorden de libros, cribas, platos, ollas, muestras, cartas, jarras y viejos botes de golosinas. Cuando Alma cumplió diecinueve años, su madre le regaló una cámara lúcida, que le permitió ampliar y trazar las muestras botánicas para dibujarlas con mayor precisión. Poseía unos excelentes prismas italianos, gracias a los cuales se sentía un poco como Newton. Tenía un escritorio sólido y de calidad y una sencilla mesa de laboratorio para sus experimentos. Se sentaba en viejos barriles en lugar de sillas, ya que le resultaba más fácil con las faldas. Tenía un par de maravillosos microscopios alemanes, que había aprendido a manejar (¡y George Hawkes lo había notado!) con el diestro tacto de un maestro bordador. Al principio los inviernos en el estudio habían sido desagradables (tan fríos que la tinta no fluía), pero Alma no tardó en hacerse con una pequeña estufa Franklin, y ella misma tapó las grietas de las paredes con musgo seco, de tal manera que el estudio se volvió un refugio acogedor y encantador, durante todo el año.

Ahí, en la cochera, Alma montó un herbario, perfeccionó su comprensión de la taxonomía y se embarcó en experimentos más detallados. Leyó su vieja copia del *Diccionario del jardinero* de Phillip Miller tantas veces que el libro adquirió el aspecto de la hojarasca seca. Estudió los últimos ensayos médicos sobre los efectos beneficiosos de las digitalis en los pacientes que sufren de hidropesía y sobre el uso del copaiba para el tratamiento de las enfermedades venéreas. Trabajó en mejorar sus dibujos botánicos, que nunca llegaron a ser exactamente hermosos, pero siempre fueron hermosamente exactos. Trabajaba con infatigable diligencia, los dedos apresurándose felices por las tablillas y los labios moviéndose como si orase.

Mientras que el resto de White Acre continuaba con la actividad y las refriegas de siempre, sus ambiciosas empresas comerciales, sus competiciones y batallas, estos dos lugares (el cuarto de encuadernar y el estudio de la cochera) se convirtieron para Alma en mundos gemelos de intimidad y revelación. Una habitación era para el cuerpo; la otra para la mente. Una era pequeña y carecía de ventanas; la otra era amplia y luminosa. Una olía a pegamento viejo; la otra a heno fresco. Una inspiraba pensamientos secretos; la otra ideas que podían ser publicadas y compartidas. Las dos habitaciones existían en edificios separados, divididas por céspedes y jardines, bisecadas por un amplio camino de grava. Nadie habría visto la correlación entre ambas.

Pero ambas habitaciones pertenecían solo a Alma Whittaker y en esas dos habitaciones su ser alcanzó la plenitud.

Capítulo nueve

U n día de otoño de 1819 Alma se encontraba sentada ante su escritorio en la cochera, enfrascada en la lectura del cuarto volumen de la historia natural de los invertebrados de Jean-Baptiste Lamarck, cuando vio una sombra que cruzaba el jardín griego de su madre.

Alma estaba acostumbrada a que los trabajadores de White Acre pasaran durante sus quehaceres y, por lo general, también había alguna perdiz o un pavo real picoteando el césped, pero esta criatura no era ni un trabajador ni un ave. Era una muchacha menuda, esbelta, morena, de unos dieciocho años, ataviada con un vestido rosa muy favorecedor. Mientras paseaba por el jardín, la joven giraba distraídamente una sombrilla con ribetes verdes y borlas. Era difícil tener la certeza, pero la muchacha parecía hablar consigo misma. Alma dejó al señor Lamarck y observó. La forastera no tenía ninguna prisa; de hecho, a la sazón encontró un banco donde sentarse y, a continuación, más sorprendentemente todavía, se recostó, cuan larga era, sobre la espalda. Alma miró, esperando que la joven se moviera, pero daba la impresión de que se había quedado dormida.

Todo esto era muy extraño. Había visitantes en White Acre esa semana (un experto en plantas carnívoras de la Universidad de Yale y un tedioso erudito que había escrito un importante tratado sobre la ventilación de los invernaderos), pero ninguno de ellos había traído a sus hijas. Claramente, esta chica tampoco era familiar de un trabajador de la finca. Ningún jardinero podría permitirse el lujo de comprar a su hija semejante sombrilla, y la hija de un trabajador jamás caminaría con tal familiaridad por el preciado jardín griego de Beatrix Whittaker.

Intrigada, Alma abandonó el trabajo y salió fuera. Se acercó a la muchacha sin hacer ruido, ya que no quería despertarla, pero al mirarla más de cerca vio que la joven no dormitaba en absoluto: se limitaba a mirar el cielo, con la cabeza apoyada en un montón de brillantes rizos negros.

—Hola —dijo Alma, mirando hacia abajo.

—¡Ah, hola! —respondió la muchacha, a quien no asustó en absoluto la aparición de Alma—. ¡Solo daba gracias al cielo por este banco!

La chica se incorporó, sonrió alegremente y dio unas palmaditas a su lado, invitando a Alma a sentarse junto a ella. Alma, obediente, se sentó, mientras estudiaba a su compañera de asiento. La muchacha, sin duda, tenía un aspecto extraño. De lejos parecía más guapa. Es cierto que tenía una preciosa silueta, un magnífico cabello y unos atractivos hoyuelos, pero de cerca se notaba que el rostro era un poco plano y redondo (como un plato), y sus ojos verdes eran demasiado grandes y efusivos. Parpadeaba sin cesar. Todo esto le hacía parecer demasiado joven, no demasiado inteligente y un poquito delirante.

La muchacha volvió su rostro alocado hacia Alma y preguntó:

—Dime, ¿oíste campanas anoche?

Alma sopesó la pregunta. De hecho, sí había oído campanas la noche anterior. Se había declarado un incendio en Fairmont Hill y las campanas repicaron en señal de alarma por toda la ciudad.

—Sí, las oí —dijo Alma.

La muchacha asintió con satisfacción, aplaudió y dijo:

—¡Lo sabía!

—¿Sabías que yo había oído campanas anoche?

—¡Sabía que las campanas eran reales!

—No estoy segura de que nos hayan presentado —dijo Alma con cautela.

—¡Oh, claro que no! Me llamo Retta Snow. ¡He venido caminando!

—¿De verdad? ¿Podría preguntar desde dónde?

Casi habríamos esperado que la muchacha dijese: «¡De las páginas de un cuento de hadas!», pero, en lugar de eso, respondió: «De por ahí», y señaló el sur. Alma, en un abrir y cerrar de ojos, lo comprendió todo. Había una nueva finca a tan solo tres kilómetros de White Acre, bajando el río. El propietario era un acaudalado comerciante textil de Maryland. Esta muchacha debía de ser la hija de ese comerciante.

—Confiaba en que viviera por aquí una muchacha de mi edad —dijo Retta—. ¿Cuántos años tienes, si me permites la pregunta?

—Diecinueve —dijo Alma, aunque se sintió mucho más vieja, en especial cerca de aquella chiquilla.

—¡Excepcional! —Retta aplaudió otra vez—. Yo tengo dieciocho, lo cual no es una diferencia muy grande, ¿verdad? Ahora has de decirme algo, y te ruego que seas sincera. ¿Qué opinas de mi vestido?

—Bueno... —Alma no sabía nada de vestidos.

—¡Estoy de acuerdo! —dijo Retta—. No es mi mejor vestido, claro que no, ¿verdad? Si hubieses visto los otros, no podrías estar más de acuerdo, ya que tengo algunos vestidos colosales. Pero tampoco lo detestas, ¿a que no?

—Bueno... —Alma no atinó a encontrar una respuesta.

Retta no esperó a que se le ocurriera.

—¡Eres demasiado amable conmigo! ¡No quieres herir mis sentimientos! ¡Ya te considero mi amiga! Además, qué barbilla tan bonita y tranquilizadora tienes. Solo con verla dan ganas de confiar en ti.

Retta deslizó un brazo alrededor de la cintura de Alma e inclinó la cabeza contra su hombro, en un gesto de afecto. No había razón alguna para que Alma acogiese con gusto ese gesto. Quienquiera que fuese Retta Snow, era obvio que se trataba de una persona absurda, un recipiente perfecto de estupidez y distracción. Alma tenía trabajo que hacer, y la muchacha representaba una interrupción.

Pero nadie había llamado antes amiga a Alma.

Nadie le había preguntado qué pensaba de un vestido.

Nadie había admirado su barbilla.

Se quedaron sentadas en el banco un rato, en este cariñoso y sorprendente abrazo. A continuación, Retta se apartó, alzó la vista para mirar a Alma y sonrió, infantil, crédula, encantadora.

—¿Qué hacemos ahora? —preguntó—. ¿Y cómo te llamas?

Alma se rio, se presentó y confesó que no sabía muy bien qué hacer.

—¿Hay otras chicas? —preguntó Retta.

—Está mi hermana.

—¡Tienes una hermana! ¡Qué afortunada! Vamos a buscarla.

Y así fueron, juntas, paseando por los jardines hasta encontrar a Prudence, que trabajaba ante un caballete en un rosal.

—¡Tú debes de ser la hermana! —exclamó Retta, que se acercó a Prudence a toda prisa, como si hubiese ganado un premio y ese premio fuese Prudence.

Prudence, con el aplomo y la corrección de siempre, dejó el caballete y tendió, educada, la mano a Retta. Tras sacudir el brazo de Prudence con un entusiasmo más bien excesivo, Retta la observó sin disimulo un momento, la cabeza inclinada a un lado. Alma se puso tensa, pues temía que Retta hiciera un comentario acerca de la belleza de Prudence o exigiera saber cómo era humanamente posible que Alma y Prudence fueran hermanas. Sin duda, era lo que todo el mundo preguntaba al ver a Alma y Prudence juntas por primera vez. ¿Cómo podía ser una hermana tan pálida y la otra tan rubicunda? ¿Cómo podía ser una hermana tan delicada y la otra tan robusta? Prudence se puso tensa también, pues temía esas mismas preguntas desagradables. Pero Retta no parecía cautivada ni intimidada por la belleza de Prudence, ni mostró extrañeza ante la información de que las hermanas eran, en realidad, hermanas. Simplemente, se tomó su tiempo para estudiar a Prudence, de los pies a la cabeza, tras lo cual aplaudió con regocijo.

—Entonces, ¡ya somos tres! —dijo—. ¡Qué suerte! Si fuésemos chicos, ¿sabéis qué tendríamos que hacer ahora? Tendríamos que enzarzarnos en una tremenda pelea, tirarnos al suelo y acabar con la nariz sangrando. Luego, al final de la batalla, tras sufrir heridas increíbles, nos haríamos amigos. ¡Es verdad! ¡Lo he visto! Por un lado, eso parece divertidísimo, pero me daría pena estropear mi vestido nuevo (aunque no sea mi mejor vestido, como ha señalado Alma), así que doy gracias al cielo por que no seamos chicos. Y como no somos chicos, eso significa que podemos ser amigas enseguida, sin más, sin pelear ni nada. ¿No os parece? —Nadie tuvo tiempo de mostrar su acuerdo, ya que Retta prosiguió—: Entonces, ¡está decidido! Somos las Tres Amigas Instantáneas. Alguien debería escribir una canción acerca de nosotras. ¿Sabéis escribir canciones?

Prudence y Alma se miraron, estupefactas.

—Entonces lo hago yo, si no queda más remedio. —Retta se lanzó a ello—. Dadme un momento.

Retta cerró los ojos, movió los labios y se dio golpecitos con los dedos en la cintura, como si contara sílabas.

Prudence lanzó a Alma una mirada inquisitiva y Alma se encogió de hombros.

Al cabo de un silencio tan largo que habría sido incómodo para cualquier persona del mundo excepto para Retta Snow, esta abrió los ojos.

—Creo que ya lo tengo —anunció—. Otra persona tendrá que poner la música, puesto que componer música se me da fatal, pero he escrito la primera estrofa. Creo que refleja a la perfección nuestra amistad. ¿Qué os parece?

Se aclaró la garganta y recitó:

> *Somos violín, tenedor y cuchara,*
> *somos bailarinas bajo la luna.*
> *Si quieres robarnos un beso,*
> *¡mejor no esperes a ninguna!*

Antes de que Alma tuviese ocasión de descifrar esa singular estrofilla (decidir quién era el violín, quién el tenedor y quién la cuchara), Prudence se echó a reír. Fue un hecho insólito, ya que Prudence nunca reía. Su risa era magnífica, descarada y fuerte, no lo que habríamos esperado de un ser tan similar a una muñeca.

—¿Quién eres? —preguntó Prudence cuando dejó de reír.

—Soy Retta Snow, señora, y soy tu nueva y más fiel amiga.

—Bueno, Retta Snow —dijo Prudence—, sospecho que estás verdaderamente loca.

—¡Eso dicen todos! —respondió Retta, e hizo una teatral reverencia—. De todos modos..., ¡aquí estoy!

***

Sin duda, ahí estaba.

Retta Snow pronto se convirtió en parte del paisaje de White Acre. De niña, Alma había tenido un gatito que se paseaba por la finca y conquistó el lugar de un modo muy similar. Un día soleado ese gato (una pequeña preciosidad, con sus rayas amarillas) se presentó sin previo aviso en la cocina de White Acre, se frotó contra las piernas de todo el mundo y se sentó junto al fuego, con el rabo enrollado alrededor del cuerpo, ronroneando, los ojos entrecerrados de felicidad. El gato estaba tan cómodo y parecía tan confiado que nadie osó decirle que esa no era su casa..., y así, muy pronto, lo fue.

La táctica de Retta fue similar. Apareció en White Acre ese día, se puso cómoda y, de repente, dio la impresión de que siempre había estado ahí. Nadie invitaba a Retta, no exactamente, pero ella no parecía el tipo de joven que necesita ser invitada. Llegaba cuando quería llegar, se quedaba tanto como le placía, se hacía con cualquier cosa que desease y se marchaba cuando estaba lista.

Retta Snow vivía la vida más asombrosa (incluso envidiable), sin regla alguna. Su madre era una asidua a la alta sociedad que por la mañana dedicaba largas horas al tocador, por la tarde visitaba a otras asiduas a la alta sociedad y por las noches estaba ocupadísima en diversas fiestas. Su padre, un hombre tan indulgente como ausente, a la sazón compró a su hija un caballo y un carruaje de dos ruedas, en el cual la chica iba dando tumbos por Filadelfia según los dictados de su capricho. Pasaba los días recorriendo el mundo a toda velocidad en su carruaje como una abeja feliz y jaranera. Si se le antojaba ir al teatro, iba al teatro. Si se le antojaba ver un desfile, encontraba un desfile. Y si se le antojaba pasar el día entero en White Acre, lo hacía a su ritmo.

A lo largo del año siguiente, Alma encontraría a Retta en los lugares más sorprendentes de White Acre: de pie junto a una cuba de la quesería, donde hacía reír a las criadas interpretando una escena de *La escuela del escándalo;* o en el embarcadero, con los pies colgando en las aguas aceitosas del río Schuylkill, donde fingía que pescaba con los dedos del pie; o mientras cortaba uno de sus preciosos chales por la mitad para compartirlo con una criada que acababa de decir que era muy bonito. («¡Mira, ahora las dos tenemos un trozo del chal, así que ya somos gemelas!»). Nadie sabía qué hacer con ella, pero nadie la echó nunca. No porque Retta encantase a la gente; era más bien porque librarse de ella era simplemente imposible. No quedaba más remedio que darse por vencido.

Retta incluso logró ganarse a Beatrix Whittaker, todo un logro. Según todas las previsiones razonables, Beatrix debería haber detestado a Retta, pues encarnaba sus más profundos temores acerca de las jóvenes. Retta era todo lo que Beatrix intentaba que Alma y Prudence no fuesen: una cabeza hueca y acicalada, una exquisitez vana, que echaba a perder zapatillas caras de ballet en el barro, que tan pronto lloraba como reía, que señalaba cosas en público con grosería, que jamás se acercaba a un libro y que ni siquiera tenía la sensatez de cubrirse la cabeza bajo la lluvia. ¿Cómo podía Beatrix acoger a semejante criatura?

Como preveía ese problema, Alma incluso había tratado de ocultar a Retta Snow al comienzo de su amistad, por temor a que ocurriese lo peor si las dos mujeres se conocían. Pero Retta no era fácil de ocultar y Beatrix no era fácil de engañar. De hecho, en menos de una semana Beatrix preguntó una mañana en el desayuno:

—¿Quién es esa joven, la de la sombrilla, que siempre está correteando por mis tierras últimamente? ¿Y por qué siempre la veo contigo?

A regañadientes, Alma se vio obligada a presentar a Retta a su madre.

—Encantada, señora Whittaker —comenzó Retta, con modales nada desdeñables, e incluso recordó hacer una reverencia, si bien tal vez teatral en exceso.

—¿Como se encuentra, joven? —dijo Beatrix.

Beatrix no esperaba una respuesta sincera a esta pregunta, pero Retta se tomó la cuestión en serio y meditó un poco antes de responder.

—Bueno, se lo diré, señora Whittaker. No me siento nada bien. Ha ocurrido una terrible tragedia en mi hogar esta mañana.

Alma la miró alarmada, incapaz de intervenir. No podía imaginarse adónde se dirigía Retta con esta conversación. Retta llevaba todo el día en White Acre tan alegre como siempre, y esta era la primera vez que Alma oía mencionar esa terrible tragedia en el hogar de los Snow. Rezó para que Retta dejara de hablar, pero la muchacha prosiguió, como si Beatrix le hubiera pedido explicaciones.

—Esta misma mañana, señora Whittaker, he sufrido el más aturullado ataque de nervios. Una de nuestras criadas (mi doncellita inglesa, para ser precisos) se ha deshecho en lágrimas durante el desayuno, así que la he seguido a sus aposentos para investigar los orígenes de su pesar. ¡Jamás adivinaría qué descubrí! Al parecer su abuela murió, exactamente hace tres años, ¡el mismo día! Al tener conocimiento de esta tragedia, yo misma me descompuse en un ataque de llanto, como sin duda puede imaginar muy bien. Debí llorar durante una hora en la cama de esa pobre muchacha. Gracias a los cielos que estaba ella ahí para consolarme. ¿No le entran ganas de llorar también al oírlo, señora Whittaker? ¿Al pensar en perder una abuela hace tan solo tres años?

Con el mero recuerdo de este incidente, los enormes ojos verdes de Retta se llenaron de lágrimas, que no tardaron en derramarse.

—Qué cúmulo de sinsentidos —censuró Beatrix, que hizo hincapié en cada palabra, mientras Alma se estremecía a cada sílaba—. A mi edad, ¿puede acaso comenzar a imaginar cuántas abuelas he visto morir? ¿Y si llorase por cada una de ellas? La muerte de una abuela no constituye una tragedia, joven, y la muerte de la abuela de otra persona hace tres años en ningún caso debería causar un ataque de llanto. Las abuelas se mueren, joven. Así tienen que ser las cosas. Casi se podría afirmar que el papel de la abuela es morir, después de haber impartido, es de esperar, algunas lecciones sobre la decencia y el sentido común a una generación más joven. Por otra parte, sospecho que fue de poco consuelo para su doncella, para quien habría sido mejor que le hubiera ofrecido un ejemplo de estoicismo y discreción, en lugar de echarse a lloriquear en su cama.

Retta absorbió esta reprimenda con los ojos abiertos, mientras Alma se encogía angustiada. «Bueno, he aquí el fin de Retta Snow», pensó Alma. Pero entonces, inesperadamente, Retta se rio.

—¡Qué admirable corrección, señora Whittaker! Qué forma tan sana de ver las cosas. ¡Está completamente en lo cierto! ¡Nunca más voy a volver a pensar que la muerte de una abuela es una tragedia!

Casi se vieron las lágrimas de Retta arrastrarse por las mejillas, de vuelta a su origen, y desaparecer por completo.

—Y ahora tengo que despedirme —dijo Retta, lozana como el amanecer—. Tengo intención de ir a dar un paseo esta tarde, así que debo ir a casa y escoger el mejor de mis gorritos de paseo. Me encanta caminar, señora Whittaker, pero no con un gorrito inapropiado, como seguramente comprenderá. —Retta tendió la mano a Beatrix, que fue incapaz de negarse a estrecharla—. Señora Whittaker, ¡qué encuentro tan edificante! No sé cómo agradecerle su sabiduría. Es usted un Salomón entre las mujeres, y no es de extrañar que sus hijas la admiren tanto. Imagine si usted fuera mi madre, señora Whittaker... ¡Sin duda yo no sería estúpida! Mi madre, seguro que lamenta oírlo, no ha tenido un pensamiento razonable en toda su vida. Peor aún, se embadurna el rostro con tanta cera, cremas y polvos que parece el maniquí de una modista. Imagine mi desgracia: ser criada por el maniquí sin estudios de una modista y no por alguien como usted. Bueno, ¡ya me voy!

Y se fue, dejando a Beatrix boquiabierta.

—Qué persona más ridícula —murmuró Beatrix una vez que Retta se hubo ido y la casa volvió al silencio.

En una osada defensa de su única amiga, Alma respondió:

—Sin duda es ridícula, madre. Pero creo que tiene un corazón bondadoso.

—Su corazón será o no bondadoso, Alma. Nadie salvo Dios puede juzgarlo. Pero su cara, sin duda, es absurda. Parece que puede expresar cualquier cosa, excepto algo inteligente.

Retta volvió a White Acre al día siguiente, saludó a Beatrix Whittaker con buena voluntad, risueña, como si la reprimenda no hubiera tenido lugar. Incluso trajo a Beatrix un pequeño ramillete de flores arrancadas de un jardín de White Acre, lo cual era toda una osadía. Milagrosamente, Beatrix aceptó el ramillete sin rechistar. A partir de ese día, Retta Snow tuvo permiso para ser una presencia constante en la finca.

Desde el punto de vista de Alma, aplacar a Beatrix Whittaker fue el logro más asombroso de Retta. Casi daba la impresión de ser hechicería. Y que ocurriese tan rápido era aún más notable. Inexplicablemente, en un único y breve encuentro, Retta había logrado engatusar a la matriarca (al menos un poco) de tal manera que ahora tenía el beneplácito para venir cuando quisiera. ¿Cómo lo había hecho? Alma no estaba segura, pero tenía sus teorías. Para empezar, Retta era difícil de apaciguar. Además, Beatrix era cada vez más vieja y frágil, y estos días se sentía menos inclinada a defender a muerte sus objeciones. Tal vez la madre de Alma ya no era rival para las jóvenes como Retta Snow. Pero, sobre todo, lo siguiente: a la madre de Alma le disgustaba la estupidez y era sin duda difícil de halagar, pero Retta Snow acertó de pleno cuando llamó a Beatrix Whittaker «un Salomón entre las mujeres».

Tal vez la muchacha no era tan tonta como parecía.

Por lo tanto, Retta se quedó. De hecho, a medida que el otoño de 1819 avanzaba, con frecuencia Alma llegaba al estudio por las mañanas, dispuesta a trabajar en un proyecto botánico, y se encontraba con que Retta ya estaba ahí, acurrucada en el viejo diván de la esquina, mirando las ilustraciones de moda del más reciente *Joy's Lady's Book*.

—¡Ah, hola, querida! —decía Retta de buen humor, alzando la vista, como si tuvieran una cita.

Con el paso del tiempo, a Alma ya no le sobresaltaban estos encuentros. Retta no se convertía en una molestia. No tocaba los instrumentos científicos (salvo los prismas, a los que era incapaz de resistirse) y, cuando Alma le decía: «Por todos los santos, cariño, cállate un rato y déjame calcular», Retta se callaba y dejaba a Alma calcular. En todo caso, llegó a ser muy agradable para Alma esta compañía amable y tonta. Era como tener un bonito pájaro en una jaula en un rincón que de vez en cuando arrullaba mientras Alma trabajaba.

Había ocasiones en que George Hawkes se pasaba por el estudio de Alma para hablar de las correcciones finales de algún ensayo científico, y siempre parecía desconcertado al ver a Retta. George no sabía muy bien cómo comportarse con Retta Snow. George era un hombre inteligente y serio y la frivolidad de Retta lo enervaba.

—¿Y de qué hablan hoy Alma y el señor George Hawkes? —preguntó Retta un día de noviembre, aburrida de sus revistas de fotografías.

—Antoceros —respondió Alma.

—Oh, suena horrible. ¿Son animales, Alma?

—No, no son animales, cariño —respondió Alma—. Son plantas.

—¿Se pueden comer?

—No, a menos que seas un ciervo —dijo Alma, riendo—. Y un ciervo con mucha hambre.

—Qué bonito ser un ciervo —caviló Retta—. A menos que fuese un ciervo bajo la lluvia, lo que sería una desgracia y una incomodidad. Hábleme de esos antoceros, señor George Hawkes. Pero hábleme de tal manera que incluso una persona con la cabeza hueca como yo pueda comprenderlo.

Esto era injusto, ya que George Hawkes solo tenía una manera de hablar, académica y erudita, no muy indicada para personas con la cabeza hueca.

—Bueno, señorita Snow —comenzó, titubeante—. Se encuentran entre las plantas menos sofisticadas...

—Pero ¡no es muy amable decir algo así, señor!

—... Y son autótrofas.

—¡Qué orgullosos estarán sus padres de ellas!

—Bueno..., eh... —balbuceó George. Ya se había quedado sin palabras.

Alma se apiadó de George e intervino:

—Autótrofas, Retta, significa que pueden crearse su propia comida.

—Entonces, yo no podría ser un antocero —dijo Retta, con un triste suspiro.

—Probablemente, no —dijo Alma—. Pero quizás te gustaran los antoceros, si los conocieses mejor. Son muy bonitos al microscopio.

Retta hizo un gesto desdeñoso con la mano.

—Oh, nunca sé dónde mirar en el microscopio.

—¿Dónde mirar? —Alma se rio, incrédula—. Retta..., ¡mira por el ocular!

—Pero el ocular restringe demasiado y ver cosas tan pequeñas es pavoroso. Una se marea. ¿Alguna vez se marea, señor George Hawkes, al mirar por el microscopio?

Abrumado por la pregunta, George miró al suelo.

—Calla, Retta —dijo Alma—. El señor Hawkes y yo necesitamos concentrarnos.

—Si continúas mandándome callar, Alma, voy a tener que ir a molestar a Prudence mientras pinta flores en las tazas e intenta convencerme de ser una persona más noble.

—Entonces, ¡vete! —dijo Alma de buen humor.

—De verdad, vaya par... —dijo Retta—. No entiendo por qué trabajáis tanto. Pero, si así no os dais al juego ni a la bebida, supongo que no es tan malo...

—¡Vete! —dijo Alma, que dio a Retta un empujoncito cariñoso. Retta se fue, con ese atolondrado trotar tan suyo, y dejó a Alma sonriendo y a George Hawkes estupefacto.

—He de confesar que no entiendo una sola palabra de lo que dice —reconoció George, una vez que Retta hubo desaparecido.

—Consuélese, señor Hawkes: ella tampoco le entiende a usted.

—Pero ¿por qué siempre merodea alrededor de usted? —caviló George—. ¿Trata de mejorar gracias a su compañía?

La cara de Alma se animó por el cumplido, feliz de que George creyese que su compañía pudiese ayudar a mejorar a alguien, pero se limitó a decir:

—Nunca podemos estar seguros del todo de los motivos de la señorita Snow, señor Hawkes. ¿Quién sabe? Tal vez está intentando mejorarme a mí.

***

Antes de Navidad, Retta Snow había logrado ser tan buena amiga de Alma y Prudence que invitaba a las jóvenes Whittaker a comer en la finca familiar..., es decir, alejaba a Alma de sus investigaciones botánicas y a Prudence de lo que quiera que esta hiciese con su tiempo libre.

Los almuerzos en casa de Retta eran eventos ridículos, como correspondía a la naturaleza ridícula de Retta. Había un baturrillo de helados y golosinas y tostadas, supervisado (si es que se podía llamar «supervisar») por la adorable pero incompetente doncella inglesa de Retta. Ni una sola vez se había oído en esa casa una conversación de provecho o sustancia, pero Retta siempre estaba dispuesta a cualquier cosa que fuese tonta, divertida o juguetona. Incluso se las arregló para que Alma y Prudence jugaran a esos disparatados juegos de salón, juegos diseñados para niños pequeños, como oficina de correos, mira por la cerradura o, el mejor de todos, el orador mudo. Era todo muy tonto, pero también muy divertido. El hecho es que Alma y Prudence nunca habían jugado antes: ni entre sí, ni solas, ni con otros niños. Hasta entonces, Alma ni siquiera había entendido de verdad qué era jugar.

Pero jugar era lo único que hacía Retta Snow. Su pasatiempo favorito era leer en voz alta las noticias de accidentes de los periódicos locales para entretener a Alma y a Prudence. Era indefendible, pero gracioso. Retta se ponía bufandas, sombreros, imitaba acentos extranjeros y representaba las escenas más espantosas de esos accidentes: bebés que caían a la chimenea, trabajadores decapitados por la rama de un árbol, madres de cinco niños arrojadas del carruaje en acequias llenas de agua (ahogándose bocabajo, con las botas al aire, mientras los niños miraban impotentes y gritaban horrorizados).

—¡Esto no debería ser divertido! —protestaba Prudence, pero Retta no paraba hasta que se les cortaba el aliento de tanto reír. En ocasiones Retta estallaba en unas risas tan irreprimibles que era incapaz de parar. Perdía por completo el control de su estado de ánimo, poseída por un estridente jolgorio desenfrenado. A veces, de manera inquietante, incluso se ponía a dar vueltas por el suelo. En esos momentos Retta parecía controlada, o poseída, por algún ser demoníaco. Reía hasta respirar con jadeos entrecortados y ruidosos y se le oscurecía la cara con algo muy similar al miedo. Justo cuando Alma y Prudence empezaban a preocuparse por ella, Retta recuperaba el control de sus sentidos. Se levantaba de un salto, se limpiaba la frente húmeda y exclamaba: «¡Gracias a los cielos que existe la tierra! Si no, ¿dónde nos sentaríamos?».

Retta Snow era la señorita más estrafalaria de Filadelfia, pero desempeñaba un papel especial en la vida de Alma y, al parecer, también en la de Prudence. Cuando las tres estaban juntas, Alma casi se sentía como una muchacha normal, algo que nunca le había ocurrido. Riendo junto a su amiga y su hermana, Alma podía fingir que era una chica común de Filadelfia, en vez de Alma Whittaker de la finca White Acre; no una joven acaudalada, preocupada, alta y fea, rebosante de idiomas y erudición, con varias docenas de publicaciones académicas a su nombre y una orgía romana de escandalosas imágenes eróticas pululando por su mente. Todo ello se desvanecía en presencia de Retta y Alma era una muchacha más, una muchacha convencional que comía tarta helada y se reía con una canción burlesca.

Por otra parte, Retta era la única persona en el mundo capaz de hacer reír a Prudence, y eso era una maravilla sobrenatural, sin duda. La transformación que esta risa desencadenaba en Prudence era extraordinaria: pasaba de ser una joya helada a una dulce colegiala. En esos momentos, Alma casi pensaba que Prudence podía ser una chica normal, y abrazaba a su hermana, en un gesto espontáneo, deleitada por su compañía.

Por desgracia, sin embargo, esa intimidad entre Alma y Prudence solo existía cuando Retta estaba presente. En cuanto salían de la finca de los Snow y caminaban hacia White Acre, Alma y Prudence regresaban al silencio de siempre. Alma siempre deseó que las dos aprendiesen a mantener esa afectuosa relación cuando Retta no estaba, pero fue inútil. Cualquier referencia, en el largo camino de regreso a casa, a uno de los chistes o procacidades de la tarde solo causaba inexpresividad, incomodidad, vergüenza.

En febrero de 1820, durante uno de esos paseos de vuelta a casa, Alma, alentada por las bromas del día, corrió un riesgo. Osó mencionar su afecto por George Hawkes una vez más. En concreto, Alma reveló a Prudence que George había dicho que era una brillante microscopista, lo cual le había complacido muchísimo. Alma confesó:

—Algún día me gustaría tener un marido como George Hawkes: un hombre bueno que alienta mis esfuerzos y al que admiro.

Prudence no dijo nada. Al cabo de un largo silencio, Alma insistió:

—Pienso en él todo el tiempo, Prudence. A veces incluso imagino... que lo abrazo.

Era una afirmación audaz, pero ¿no hablaban así las hermanas normales? Por toda Filadelfia, ¿no hablaban las muchachas normales con sus hermanas acerca de los pretendientes que deseaban? ¿No revelaban sus esperanzas más íntimas? ¿No dibujaban sueños con su futuro esposo?

Pero el intento de intimidad de Alma no dio frutos.

Prudence se limitó a responder: «Ya veo», y no agregó nada más. Continuaron el resto del camino a White Acre en el silencio de costumbre. Alma volvió a su estudio para terminar el trabajo que Retta había interrumpido por la mañana, y Prudence simplemente desapareció, como solía, para hacer tareas desconocidas.

Alma nunca volvió a intentar hacer una confesión semejante a su hermana. Esa misteriosa apertura entre Alma y Prudence que Retta dejaba al descubierto se cerraba herméticamente (como siempre) tan pronto como las hermanas se quedaban solas una vez más. Era inútil tratar de remediarlo. A veces, sin embargo, Alma no podía evitar imaginar cómo sería la vida si Retta fuese su hermana: la más pequeña, la tercera, mimada y alocada, capaz de cautivar a quien fuese y de enajenar a todos en un estado de calidez y afecto. ¡Ay, si Retta fuese una Whittaker, pensaba Alma, en lugar de una Snow! Tal vez todo habría sido diferente. Tal vez Alma y Prudence, en ese caso, habrían aprendido a escucharse, a ser confidentes, amigas íntimas..., ¡hermanas!

Era un pensamiento que colmaba a Alma de una tristeza cruel, pero no había nada que pudiera hacer al respecto. Las cosas solo podían ser lo que eran, como su madre le había explicado muchas veces.

En cuanto a las cosas que no podían cambiarse, había que soportarlas estoicamente.

Capítulo diez

Ya era finales de julio de 1820.

Los Estados Unidos de América se encontraban en una recesión económica, el primer periodo de decadencia en su breve historia, y Henry Whittaker, por una vez, ese año no disfrutaba de un impresionante balance en sus negocios. No es que corriesen tiempos difíciles para él (no, de ningún modo), pero sentía una presión desacostumbrada. En Filadelfia el mercado de plantas tropicales exóticas estaba saturado, y los europeos se habían cansado de las exportaciones estadounidenses. Peor aún, parecía que todos los cuáqueros de la ciudad estaban dispuestos a abrir un dispensario y fabricar píldoras, pomadas y ungüentos. Ningún rival había superado la popularidad de los productos Garrick & Whittaker, pero quizás lo lograsen pronto.

Henry deseaba recibir el consejo de su esposa al respecto, pero Beatrix se había sentido mal todo el año. Sufría mareos y, en ese verano tan caluroso y molesto, su estado empeoró. Su capacidad para trabajar se había visto mermada y se quedaba sin aliento enseguida. Nunca se quejaba y trataba de mantenerse al día con el trabajo, pero la salud la traicionaba y Beatrix se negaba a acudir a un médico. No creía en médicos, ni en farmacéuticos, ni en medicinas; toda una ironía, dado el negocio familiar.

Tampoco la salud de Henry era de hierro. Tenía sesenta años. Los ataques de esa vieja dolencia tropical eran más duraderos últimamente. Las cenas eran ahora difíciles de planear, ya que era imposible saber si Henry y Beatrix estarían en condiciones de recibir invitados. Este hecho enojaba y cansaba a Henry, y cuando él se enfadaba todo se complicaba en White Acre. Sus temperamentales estallidos de furia eran cada vez más virulentos. «¡Alguien pagará por esto! ¡Ese bastardo está acabado! ¡Lo voy a destruir!». Las doncellas se escondían tras las esquinas cada vez que lo veían venir.

Las malas noticias también llegaban de Europa. El emisario y agente internacional de Henry, Dick Yancey (ese inglés alto de Yorkshire que tanto asustaba a Alma de niña), había llegado recientemente a White Acre con información inquietante: un par de químicos de París habían logrado aislar una sustancia llamada quinina, hallada en la corteza del quino. Aseguraban que este compuesto era el misterioso ingrediente de la corteza de los jesuitas tan eficaz en el tratamiento de la malaria. Gracias a ese conocimiento, los químicos franceses podrían fabricar un producto mejor con la corteza: un polvo más ligero, más potente, más eficaz. En ese caso, socavarían el dominio de Henry en el negocio de la fiebre.

Henry se flagelaba (y atacaba un poco a Dick Yancey también) por no haberlo visto venir.

—¡Tendríamos que haberlo descubierto nosotros! —dijo Henry. Pero la química no era su punto fuerte. Era un inigualable arboricultor, un despiadado comerciante y un brillante innovador, pero, por mucho que lo intentase, no podía estar al tanto de todos los avances científicos del mundo. El conocimiento progresaba demasiado rápido para él. Recientemente otro francés había patentado una máquina para efectuar cálculos matemáticos llamada aritmómetro, que realizaba extensas divisiones. Un físico danés acababa de anunciar que existía una relación entre la electricidad y el magnetismo, y Henry ni siquiera entendía a qué se refería.

En pocas palabras, había demasiadas invenciones últimamente, y demasiadas ideas nuevas, complejísimas y dispersas. Ya no se podía ser un experto en generalidades, amasando un hermoso pastel de beneficios en todo tipo de ámbitos. Eso bastaba para que Henry Whittaker se sintiese viejo.

Pero las cosas tampoco iban tan mal. Dick Yancey dio a Henry una magnífica noticia durante esta visita: sir Joseph Banks había muerto.

Ese personaje sobrecogedor, antaño el hombre más apuesto de Europa, favorito de reyes, viajero alrededor del mundo, amante de reinas paganas en playas a mar abierto, introductor de miles de especies botánicas en Inglaterra, quien había enviado al joven Henry al ancho mundo a convertirse en Henry Whittaker..., ese hombre estaba muerto.

Muerto y pudriéndose en una cripta en algún lugar de Heston.

Alma, sentada en el estudio de su padre, donde estaba copiando cartas cuando Dick Yancey llegó y dio la noticia, se quedó sin aliento y dijo:

—Que Dios se apiade de él.

—Que Dios lo maldiga —corrigió Henry—. Trató de arruinarme, pero lo vencí.

Sin lugar a dudas, Henry parecía haber vencido a sir Joseph Banks. Cuando menos, había llegado a su altura. A pesar de las hirientes humillaciones de Banks de hacía tantos años, Henry había prosperado más de lo que cabía imaginar. No solo resultó victorioso en el comercio de la quina, sino que tenía intereses comerciales por todos los rincones del mundo. Se había convertido en un nombre importante. Casi todos sus vecinos le debían dinero. Los senadores, los propietarios de buques y los comerciantes solicitaban su bendición y anhelaban su mecenazgo.

Durante las últimas tres décadas, Henry había construido invernaderos en el oeste de Filadelfia que rivalizaban con los de Kew. Había logrado que florecieran en White Acre variedades de orquídeas que siempre se le resistieron a Banks junto al Támesis. En cuanto supo que Banks había adquirido una tortuga de ciento ochenta kilos para la colección de Kew, Henry compró dos para White Acre, obtenidas en las Galápagos y entregadas en persona por el incansable Dick Yancey. Henry había logrado incluso llevar los majestuosos nenúfares del Amazonas a White Acre (tan grandes y resistentes que podían soportar el peso de un niño), en tanto que Banks, cuando le llegó la hora de morir, ni siquiera había visto esos nenúfares.

Es más, Henry vivía la vida con la misma opulencia que Banks. Se había hecho una finca más grande e imponente en Estados Unidos que las de Banks en Inglaterra. Su mansión resplandecía en lo alto de la colina como si fuera una colosal hoguera, que arrojaba una luz impresionante por toda la ciudad de Filadelfia.

Henry incluso llevaba muchos años vistiéndose como sir Joseph Banks. Jamás olvidó cómo lo deslumbraron esos atuendos de niño, y se propuso, durante toda su existencia como hombre rico, imitar y superar el vestuario de Banks. Como resultado, en 1820 Henry aún lucía un estilo de ropa impropio para la época. Cuando en los Estados Unidos hacía ya mucho tiempo que los hombres preferían pantalones sencillos, Henry aún llevaba medias y calzones de seda, complejas pelucas blancas de imponente melena, relucientes hebillas de plata, chaquetas de puños enormes, blusas de amplios volantes y chalecos con brocados de intenso color lavanda o esmeralda.

Vestido de esa manera señorial y anticuada, Henry era un pintoresco personaje cuando paseaba por Filadelfia con sus coloridas galas georgianas. Lo acusaron de parecer una figura de cera de Peale's Arcade, pero no le molestó. Ese era el aspecto que quería tener: el de sir Joseph Banks cuando lo vio por primera vez en su despacho de Kew, en 1776, cuando Henry el ladronzuelo (flaco, hambriento y ambicioso) fue llamado ante Banks el explorador (apuesto, elegante y distinguido).

Pero ahora sir Joseph Banks estaba muerto. Era un barón muerto, sin duda, pero estaba muerto. Mientras que Henry Whittaker (ese emperador de baja cuna y atuendo opulento de la botánica estadounidense) estaba vivo y prosperaba. Sí, le dolía la pierna, y su esposa estaba enferma, y los franceses acechaban el negocio de la malaria, y los bancos estadounidenses quebraban todos a su alrededor, y tenía un armario lleno de pelucas avejentadas, y no había tenido un hijo..., pero, por Dios, Henry Whittaker había derrotado a sir Joseph Banks.

Dio instrucciones a Alma para que fuese a la bodega en busca de la mejor botella de ron, para celebrarlo.

—Que sean dos botellas —dijo, pensándolo mejor.

—Tal vez no deberías beber demasiado esta noche —advirtió Alma, con cautela. Hacía poco que Henry se había recuperado de una fiebre y a Alma no le gustaba el aspecto de su rostro. Tenía una mirada que reflejaba una espantosa alteración emocional.

—Esta noche vamos a beber todo lo que queramos, viejo amigo —dijo Henry a Dick Yancey, como si Alma no hubiera hablado.

—Más de lo que queramos —dijo Yancey, que lanzó una mirada de advertencia a Alma que le heló los huesos. Dios, ese hombre no era de su agrado, por mucho que lo admirase su padre. Dick Yancey, según le dijo una vez su padre con tono orgulloso, era un tipo que venía bien tener a mano para zanjar una disputa, pues no las zanjaba con palabras, sino con navajas. Los dos hombres se conocieron en los muelles de Sulawesi en 1788, cuando Henry vio a Yancey subyugar a un par de oficiales de la marina británica sin decir una sola palabra. Henry lo contrató de inmediato como agente y guardián, y ambos habían saqueado el mundo juntos desde entonces.

Alma siempre se había sentido aterrorizada por Dick Yancey. Todo el mundo lo estaba. Incluso Henry llamaba a Dick «cocodrilo amaestrado» y una vez dijo: «Es difícil saber qué es más peligroso: un cocodrilo amaestrado o uno salvaje. En cualquier caso, no dejaría mucho tiempo la mano apoyada en su boca, que Dios lo bendiga».

Incluso de niña, Alma comprendía de modo innato que hay dos tipos de hombres silenciosos: un tipo era manso y deferente; el otro tipo era Dick Yancey. Sus ojos eran un par de tiburones que trazaban círculos lentamente y, al mirar a Alma, esos ojos dijeron con claridad meridiana: «Trae el ron».

Así que Alma bajó a la bodega y trajo, obediente, el ron: dos botellas bien llenas, una para cada hombre. A continuación, salió a la cochera, para desaparecer en el trabajo y huir de la embriaguez que se avecinaba. Mucho después de la medianoche, se quedó dormida en el diván, a pesar de lo incómodo que era, en lugar de regresar a casa. Se despertó al amanecer y cruzó el jardín griego para desayunar en la gran casa. Al acercarse, sin embargo, oyó que su padre y Dick Yancey aún estaban despiertos. Cantaban canciones de marinos a voz en grito. Henry no había estado en el mar desde hacía tres décadas, pero aún recordaba todas las canciones.

Alma se detuvo en la entrada, se apoyó en la puerta y escuchó. La voz de su padre, que retumbaba a través de la mansión en la luz grisácea de la mañana, sonaba triste, espeluznante y agotada. Sonaba como el eco inquietante de un océano lejano.

***

Antes de que pasaran dos semanas, en la mañana del 10 de agosto de 1820, Beatrix Whittaker se cayó por la escalera principal de White Acre.

Se despertó temprano esa mañana, y debía de sentirse bastante bien, ya que pensó que podría trabajar un poco en los jardines. Se puso las viejas zapatillas de cuero, se recogió el pelo tras un rígido gorro holandés y bajó las escaleras para ir a trabajar. Pero habían encerado los escalones el día anterior y las suelas de las zapatillas de cuero de Beatrix eran demasiado lisas. Perdió el equilibrio.

Alma ya estaba en el estudio de la cochera, concentrada en un artículo para *Botánica Americana* acerca de las fosas carnívoras de la utricularia, cuando vio a Hanneke de Groot, que atravesaba a todo correr el jardín griego. La primera reacción de Alma fue pensar lo cómico que era ver a la anciana ama de llaves corriendo: las faldas ondeaban y los brazos se sacudían, mientras la cara, roja, se retorcía por el esfuerzo. Era como ver un barril gigante de cerveza, ataviado con un vestido, dar saltos y vueltas por el patio. Casi estalló en una carcajada. Bastó un momento, sin embargo, para que Alma se intranquilizase. Era evidente que Hanneke se sentía angustiada, y no era una mujer dada a dejarse llevar por la angustia. Algo espantoso tenía que haber ocurrido.

Alma pensó: «Mi padre ha muerto».

Se llevó una mano al corazón. «Por favor, no. Por favor, mi padre no».

Hanneke estaba ante la puerta, los ojos abiertos de par en par mientras trataba de recuperar el aliento. El ama de llaves, que se ahogaba, tragó saliva y espetó: *Je moeder is dood.*

«Tu madre ha muerto».

***

Los criados llevaron a Beatrix de vuelta a su habitación y la tendieron en la cama. Alma casi temía entrar; solo en raras ocasiones había recibido permiso para acceder a la habitación de su madre. Vio que el rostro de su madre se había tornado grisáceo. Una contusión se elevaba en la frente y los labios estaban entreabiertos y ensangrentados. Tenía la piel fría. Los criados rodeaban el lecho. Una de las doncellas sostenía un espejo bajo la nariz de Beatrix, en busca de alguna señal de vida.

—¿Dónde está mi padre? —preguntó Alma.

—Aún duerme —respondió una doncella.

—No lo despertéis —ordenó Alma—. Hanneke, afloja el corsé.

Beatrix siempre había llevado la ropa muy ajustada sobre el corpiño: respetable, firme y sofocantemente ajustada. Ladearon el cuerpo sobre un costado y Hanneke deshizo los lazos. Aun así, Beatrix no respiró.

Alma se volvió hacia uno de los criados más jóvenes, un muchacho que daba la impresión de ser un corredor veloz.

—Tráeme *sal volatile* —dijo Alma.

El muchacho la miró, perplejo.

Alma reparó en que, con las prisas y los nervios, acababa de dirigirse a él en latín. Se corrigió a sí misma:

—Tráeme carbonato de amonio —dijo.

Una vez más, esa mirada perpleja. Alma se dio la vuelta y observó a todos los presentes. No vio más que rostros confusos. Nadie sabía de qué hablaba. No estaba usando las palabras adecuadas. Rastreó entre sus recuerdos. Lo intentó de nuevo:

—Tráeme virutas de cuerno de venado.

Pero no, tampoco ese era el término familiar... o al menos no para ellos. Era un nombre arcaico que solo un erudito conocería. Cerró los ojos con todas sus fuerzas y trató de evocar el nombre más reconocible de lo que deseaba. ¿Cómo lo llamaba la gente común? Plinio el Viejo lo llamó *hammoniacus sal.* Los alquimistas del siglo XIII lo usaban todo el tiempo. Pero de poco servirían las referencias a Plinio en estos momentos, ni la alquimia del siglo XIII iba a ayudar a nadie en esta habitación.

Alma maldijo su mente, un cubo de basura lleno de idiomas muertos y saberes inútiles. Estaba perdiendo un tiempo precioso.

Al fin, lo recordó. Abrió los ojos y bramó una orden cuyo efecto no se hizo esperar.

—¡Sales aromáticas! —gritó—. ¡Venga! ¡Ve a buscarlas! ¡Tráemelas!

Enseguida, las sales aparecieron. Casi se perdió menos tiempo en encontrarlas que Alma en nombrarlas.

Alma frotó las sales bajo la nariz de su madre. Con un jadeo húmedo y roto, Beatrix inspiró. El círculo de doncellas y criados emitió varios gemidos y gritos ahogados y una mujer exclamó: «¡Loado sea el Señor!».

Por tanto, Beatrix no estaba muerta, pero permaneció inconsciente toda la semana. Alma y Prudence se turnaron para velar junto a su madre, durante el día y durante esas noches larguísimas. La primera noche, Beatrix vomitó dormida y Alma la limpió. También limpió la orina y los desechos.

Alma no había visto antes el cuerpo de su madre (salvo la cara, el cuello, las manos), pero cuando bañó la figura exánime sobre la cama vio que unos bultos duros deformaban los senos. Tumores. Tumores grandes. Uno supuraba a través de la piel un líquido oscuro. Al verlo Alma temió perder el equilibrio. La palabra que se le ocurrió venía del griego: *karkinos*. El cangrejo. Cáncer. Beatrix debía de estar padeciendo la enfermedad desde hacía mucho tiempo. Debía de haber vivido un tormento los últimos meses, si no años. No se había quejado una sola vez. Se limitaba a excusarse de la mesa en esos días en que el sufrimiento se volvía insoportable, y le quitaba importancia, como si fuera un simple vértigo.

Hanneke de Groot apenas durmió esa semana; traía compresas y caldos a todas horas. Hanneke envolvía la cabeza de Beatrix con sábanas limpias y húmedas, curaba el seno ulcerado, traía pan con mantequilla para las muchachas, intentaba pasar líquido por los labios de Beatrix. Para vergüenza suya, Alma a veces se sentía inquieta al lado de su madre, pero Hanneke se encargaba pacientemente de todos los deberes de una cuidadora. Beatrix y Hanneke habían pasado juntas toda la vida. Habían crecido en los jardines botánicos de Ámsterdam. Habían venido en el mismo barco desde Holanda. Ambas dejaron a sus familias al embarcarse hacia Filadelfia, para no volver a ver a sus padres ni hermanos. A veces, Hanneke lloraba sobre su señora y rezaba en neerlandés. Alma no lloró ni rezó. Tampoco Prudence... o, al menos, nadie la vio.

Henry irrumpía en la habitación a todas horas, abatido e inquieto. No era de ninguna ayuda. Todo era más fácil cuando se iba. Se sentaba junto a su esposa durante unos breves momentos solo para gritar: «¡Oh, no lo soporto más!», y salir en medio de una ristra de maldiciones. Se volvió desaliñado, pero Alma apenas tenía tiempo para él. Observaba cómo su madre se marchitaba bajo la elegante ropa de cama flamenca. Ya no era la formidable Beatrix van Devender Whittaker; era un cuerpo tristísimo e inerte, de un hedor penetrante y un declive desolado. Al cabo de cinco días, Beatrix sufrió una retención completa de la orina. Su abdomen se hinchó, duro y caliente. Ya no podía vivir mucho tiempo.

Llegó un médico, enviado por el farmacéutico James Garrick, pero Alma le dijo que se fuera. A su madre no le haría ningún bien que la sangraran ahora. En su lugar, Alma envió un mensaje al señor Garrick en el cual pedía que le preparara una tintura de opio líquido para echar gotas en la boca de su madre cada hora.

En la séptima noche, Alma dormía en su cama cuando Prudence (que estaba sentada junta a Beatrix) vino a despertarla con un toque en el hombro.

—Está hablando —dijo Prudence.

Alma sacudió la cabeza, tratando de recordar dónde estaba. Pestañeó ante la vela de Prudence. ¿Quién estaba hablando?

Había soñado con cascos de caballos y animales alados. Sacudió la cabeza de nuevo, se ubicó, recordó.

—¿Qué dice? —preguntó Alma.

—Me ha pedido que saliera de la habitación —dijo Prudence sin mostrar ninguna emoción—. Te llamaba a ti.

Alma se echó un chal por los hombros.

—Ve a dormir —dijo a Prudence y llevó la vela a la habitación de su madre.

Los ojos de Beatrix estaban abiertos. Uno estaba inyectado en sangre. Ese ojo no se movía. El otro recorrió la cara de Alma, inquisitivo, sin perder detalle.

—Madre —dijo Alma, y miró a su alrededor en busca de una bebida para Beatrix. Había una taza de té frío en la mesilla, un resto de la reciente vigilia de Prudence. Beatrix no querría ese maldito té inglés, ni siquiera en su lecho de muerte. Aun así, no había nada más que beber. Alma llevó la taza a los labios resecos de su madre. Beatrix dio un sorbo y, a continuación, cómo no, frunció el ceño.

—Ahora te traigo café —se disculpó Alma.

Beatrix negó con la cabeza, muy levemente.

—¿Qué quieres que te traiga? —preguntó Alma.

No hubo respuesta.

—¿Quieres que venga Hanneke?

Beatrix pareció no escuchar, así que Alma repitió la pregunta, esta vez en neerlandés.

—*Zal ik Hanneke roepen?*

Beatrix cerró los ojos.

—*Zal ik Henry roepen?*

No hubo respuesta.

Alma tomó la mano de su madre, fría y pequeña. Nunca antes se habían dado la mano. Esperó. Beatrix no abrió los ojos. Alma estaba casi dormida cuando su madre habló, en inglés:

—Alma.

—Sí, madre.

—No te vayas.

—No te voy a dejar sola.

Pero Beatrix negó con la cabeza. Eso no era lo que quería decir. Una vez más, cerró los ojos. De nuevo Alma esperó, abrumada por el cansancio en aquella estancia lúgubre y llena de muerte. Pasó mucho tiempo hasta que Beatrix encontró la fuerza para completar su frase.

—No te vayas nunca de al lado de tu padre.

¿Qué podía decir Alma? ¿Qué prometemos a una mujer en su lecho de muerte? Sobre todo si esa mujer es nuestra madre. Prometemos lo que sea.

—Nunca me iré de su lado —dijo Alma.

De nuevo Beatrix rastreó la cara de Alma con su ojo bueno, como si sopesase la sinceridad de esa promesa. A todas luces satisfecha, cerró los ojos una vez más.

Alma dio a su madre otra gota de opio. La respiración de Beatrix era poco profunda y su piel estaba fría. Alma tenía la certeza de que su madre había dicho ya sus últimas palabras, pero casi dos horas más tarde, cuando Alma ya se había quedado dormida en la silla, oyó una tos cavernosa y se despertó sobresaltada. Pensó que Beatrix se ahogaba, pero solo intentaba hablar de nuevo. Una vez más, Alma mojó los labios de Beatrix con el odiado té.

—Me da vueltas la cabeza —dijo Beatrix.

—Voy a buscar a Hanneke —dijo Alma.

Sorprendentemente, Beatrix sonrió.

—No —dijo—. *Is het prettig.*

«Es agradable».

En ese momento Beatrix Whittaker cerró los ojos y (como si lo hubiese decidido ella misma) murió.

***

A la mañana siguiente, Alma, Prudence y Hanneke trabajaron juntas para limpiar y vestir el cadáver, envolverlo en la mortaja y prepararlo para el entierro. Fue un trabajo silencioso y triste.

No tendieron el cuerpo en el salón para el velatorio, pese a las costumbres del lugar. Beatrix no hubiera querido que la viesen y Henry no quería ver el cadáver de su esposa. No lo soportaría, dijo. Por otra parte, dado el calor que hacía, un entierro rápido era la opción más sensata e higiénica. El cuerpo de Beatrix había comenzado a descomponerse incluso antes de morir y todos temían una putrefacción insufrible. Hanneke ordenó a uno de los carpinteros de White Acre construir un ataúd rápido y simple. Las tres mujeres metieron bolsitas de lavanda por toda la mortaja a fin de retrasar el olor y, en cuanto el ataúd estuvo listo, un vagón llevó el cadáver de Beatrix a la iglesia, donde permaneció en un sótano frío hasta el entierro. Alma, Prudence y Hanneke se ataron crespones de luto en los brazos. Los llevarían durante los próximos seis meses. Con esa tela tan rígida alrededor del brazo, Alma se sentía como un árbol anillado.

En la tarde del funeral, caminaron detrás del carro, siguiendo al ataúd hasta el cementerio luterano sueco. El entierro fue breve, sencillo, eficiente y respetable. Acudieron menos de una docena de personas. James Garrick, el farmacéutico, estaba ahí. Tosió muchísimo durante toda la ceremonia. Alma sabía que tenía los pulmones destrozados, tras años de trabajar con la jalapa en polvo que le hizo rico. Dick Yancey estaba ahí, la coronilla reluciente resplandeciendo bajo el sol como un arma. George Hawkes estaba ahí, y Alma deseó dejarse rodear por esos brazos. Para sorpresa de Alma, su antiguo tutor, Arthur Dixon, también estaba ahí. No podía imaginar cómo se habría enterado el señor Dixon de la muerte de Beatrix, ni sabía si se había encariñado con su antigua patrona, pero le conmovió su presencia, y se lo dijo. Retta Snow también acudió. Retta se situó entre

Alma y Prudence, sosteniendo una mano a cada una, y guardó un sorprendente silencio. De hecho, ese día Retta fue casi tan estoica como una Whittaker, lo que tenía su mérito.

No hubo lágrimas, ni Beatrix las hubiera querido. Desde el nacimiento hasta la muerte, Beatrix siempre enseñó que se debe emanar credibilidad, paciencia y moderación. Habría sido una pena, tras una vida de respetabilidad, haberse puesto sentimentales en el último momento. Después del funeral, tampoco habría una reunión en White Acre para beber limonada y compartir recuerdos y consuelos. Beatrix no habría aprobado nada de eso. Alma sabía que su madre siempre había admirado las instrucciones que Linneo, el padre de la taxonomía botánica, dejó a su familia acerca de su funeral: «No recibáis a nadie y no aceptéis condolencias».

Bajaron el ataúd a la tumba de arcilla fresca. El pastor luterano habló. La liturgia, la letanía, el credo de los apóstoles; todo acabó enseguida. No hubo panegírico, a la usanza luterana, pero hubo sermón, familiar y lúgubre. Alma trató de escuchar, pero el tono monótono del pastor le causó estupor y a sus oídos no llegaron más que fragmentos sueltos. El pecado es innato, escuchó. La gracia es un misterio concedido por Dios. La gracia ni se gana ni se pierde, ni aumenta ni disminuye. La gracia es poco común. No hemos de saber quién la tiene. Somos bautizados hasta la muerte. Te alabamos.

El cálido sol de verano ardía cruelmente en la cara de Alma. Todos los presentes entrecerraron los ojos, incómodos. Henry Whittaker estaba entumecido y desconcertado. Su única petición fue esta: una vez que el ataúd estuviese en el agujero, pidió que cubrieran la tapa con paja. Quería tener la certeza de que, cuando las primeras paladas de tierra golpearan el ataúd de su esposa, ese horrible sonido quedaría amortiguado.

Capítulo once

Alma Whittaker, a sus veinte años de edad, era ya la señora de White Acre.

Se deslizó en el viejo papel de su madre como si se hubiese formado para ello toda la vida, lo cual, en cierto sentido, era cierto.

El día siguiente al funeral de Beatrix, Alma entró en el despacho de su padre y comenzó a consultar las pilas de papeles y cartas acumulados, decidida a atender de inmediato todas las tareas que recaían en Beatrix. Con creciente malestar, Alma fue comprendiendo que en White Acre muchos trabajos importantes (contabilidad, facturación, correspondencia) habían quedado desatendidos en los últimos meses, desde que la salud de Beatrix empeorara. Alma se maldijo a sí misma por no haberlo notado antes. El escritorio de Henry siempre había sido un baturrillo de documentos cruciales en medio de un revoltijo de papeles inútiles, pero Alma no captó la gravedad del desorden hasta que escudriñó el despacho.

He aquí lo que encontró: durante los últimos meses, del escritorio de Henry se caían montones de documentos importantes que se acumulaban en el suelo como una especie de estrato geológico. Para su horror, había más cajas de documentos sin clasificar ocultas en los armarios del despacho. Durante las primeras excavaciones, Alma halló facturas impagadas desde mayo, nóminas no reconocidas y cartas (qué arenas movedizas de cartas) de constructores a la espera de órdenes, de socios con preguntas urgentes, de coleccionistas extranjeros, de abogados, de la oficina de patentes, de jardines botánicos de todo el mundo y de varios directores de museo. De haber sabido antes cuánta correspondencia aguardaba respuesta, Alma se habría encargado de ello meses atrás. Ahora casi había alcanzado el nivel de una crisis. En ese preciso instante, un barco cargado de especímenes botánicos de Whittaker se encontraba en el puerto de Filadelfia, donde debía pagar abultadas tasas; el capitán se había aferrado al cargamento porque no había recibido su pago.

Peor aún, en medio de todo ese trabajo urgente, había pequeños detalles absurdos, pérdidas de tiempo, solemnes disparates. Había una nota casi ilegible de una mujer del oeste de Filadelfia que decía que su bebé se acababa de tragar un alfiler y la madre temía que el niño muriese: ¿alguien en White Acre podría darle un consejo? La viuda de un naturalista que había trabajado para Henry hacía quince años en Antigua aseguraba estar en la miseria y solicitaba una pensión. Había una vieja nota del paisajista de White Acre acerca de un jardinero a quien debían despedir de inmediato por haber recibido a varias jóvenes en su habitación a altas horas de la noche en una fiesta de sandía y ron.

¿De este tipo de cosas se ocupaba su madre, aparte de todo lo demás? ¿Alfileres tragados? ¿Viudas desconsoladas? ¿Sandía y ron?

Alma no vio otra opción que limpiar esos establos de Augías, documento a documento. Engatusó a su padre para sentarse junto a ella y ayudarla a comprender el significado de varios puntos, o si debían tomar en serio este u otro pleito o por qué había subido tanto el precio de la zarzaparrilla el año pasado. Ninguno de los dos sabía traducir ese sistema de contabilidad triple, codificado y vagamente italiano, ideado por Beatrix, pero Alma era la mejor matemática, así que se ocupó de los libros lo mejor que pudo al mismo tiempo que creaba un método más sencillo para el futuro. Alma encargó a Prudence redactar una página tras otra de correspondencia cortés, mientras Henry, en medio de ruidosas quejas, dictaba la esencia de la información más vital.

¿Lloró Alma la muerte de su madre? Era difícil saberlo. No tenía exactamente tiempo para ello. Se encontraba sepultada en un pantano de trabajo y frustración y esa sensación no era del todo diferente a la tristeza. Estaba cansada y abrumada. En ocasiones levantaba la vista de sus tareas para hacer una pregunta a su madre, mirando a la silla donde Beatrix se sentaba siempre, y le sorprendía la nada que encontraba ahí. Era como mirar a un punto de la pared donde había estado colgado un reloj durante años y ver solo el espacio vacío. No lograba aprender que no debía mirar; el vacío la sorprendía cada vez.

Pero Alma también estaba enfadada con su madre. Al examinar esos confusos documentos que abarcaban varios meses, Alma se preguntó por qué Beatrix, al saberse tan enferma, no había solicitado la cooperación de alguien hacía un año. ¿Por qué había guardado los documentos en cajas y las cajas en armarios, en lugar de buscar ayuda? ¿Por qué Beatrix no había enseñado a nadie su complicado sistema de contabilidad o no había dicho, al menos, dónde encontrar la documentación de años anteriores?

Recordó que su madre le había advertido, años atrás: «No dejes de trabajar mientras brille el sol, Alma, con la esperanza de encontrar más horas de trabajo mañana..., pues nunca tendrás más tiempo mañana del que has tenido hoy y, una vez que te has retrasado en tus responsabilidades, no vas a ponerte al día».

Entonces, ¿por qué Beatrix había permitido que todo se retrasara tanto?

Tal vez no creyese que se estaba muriendo.

Tal vez el dolor confundiese su mente y hubiese perdido la noción del tiempo.

O tal vez (pensó Alma, lúgubre) Beatrix quiso castigar a los vivos con todo este trabajo después de su muerte.

En cuanto a Hanneke de Groot, Alma enseguida comprendió que esa mujer era una santa. Alma no se había percatado del mucho trabajo que Hanneke hacía en la finca. Hanneke reclutaba, formaba, mantenía y reprendía a docenas de sirvientes. Se encargaba de las bodegas y cosechaba las hortalizas de la finca como si comandara una carga de caballería a través de campos y huertas. Capitaneaba las tropas al pulir la plata, remover la salsa, sacudir las alfombras, encalar las paredes, sazonar el cerdo, cubrir de grava la calzada, derretir la manteca y cocinar el pudín. Con su temperamento ecuánime y su mano firme, Hanneke lidiaba con los celos, la pereza y la estupidez de muchísima gente, y ella era la única razón por la cual la finca no se había venido abajo tras la enfermedad de Beatrix.

Una mañana, poco después de la muerte de su madre, Alma sorprendió a Hanneke disciplinando a tres fregonas, a quienes tenía acorraladas contra la pared como si tuviese intención de ejecutarlas.

—Una buena trabajadora podría reemplazaros a las tres —bramó Hanneke—, y creedme: cuando encuentre una buena trabajadora, ¡os voy a echar a las tres! Mientras tanto, volved a vuestras tareas y dejad de manchar vuestro nombre con semejantes descuidos.

—No sé cómo agradecerte tus servicios —dijo Alma a Hanneke, una vez que las muchachas se hubieron ido—. Espero que algún día pueda ayudarte más con la gestión de la casa, pero por ahora necesito que te encargues de todo, mientras intento poner orden en los negocios de mi padre.

—Siempre lo he hecho todo —respondió Hanneke, sin lamentarse.

—Ciertamente, eso parece, Hanneke. Parece que haces el trabajo de diez hombres.

—Tu madre hacía el trabajo de veinte hombres, Alma..., y tenía que cuidar de tu padre, además.

Cuando Hanneke se dio la vuelta para irse, Alma la cogió del brazo.

—Hanneke —dijo, agotada, con el gesto torcido—, ¿qué hay que hacer cuando un bebé se traga un alfiler?

Sin dudarlo, y sin preguntar a qué se debía esa repentina cuestión, Hanneke respondió:

—Recetar clara cruda al niño y paciencia a la madre. Asegura a la madre que es probable que el alfiler salga por la cloaca del niño dentro de unos días, sin efectos nocivos. Si se trata de un niño mayor, que salte a la comba, para acelerar el proceso.

—¿Es posible que el bebé muera? —preguntó Alma.

Hanneke se encogió de hombros.

—A veces. Pero si prescribes estos pasos y hablas con tono seguro, la madre no se sentirá tan impotente.

—Gracias —dijo Alma.

***

En cuanto a Retta Snow, vino a White Acre varias veces durante las primeras semanas tras la muerte de Beatrix, pero Alma y Prudence, abrumadas por las tareas del negocio familiar, no tenían tiempo para ella.

—¡Puedo ayudar! —dijo Retta, pero todo el mundo sabía que no era cierto.

—Entonces, te voy a esperar todos los días en tu estudio de la cochera —prometió al fin Retta a Alma, tras ser rechazada demasiadas veces seguidas—. Cuando termines con tus trabajos, ven a verme. Voy a hablar contigo mientras estudias cosas imposibles. Te voy a contar relatos extraordinarios, y tú te vas a reír, asombrada. ¡Porque tengo las noticias más increíbles!

Alma ni se imaginaba cuándo llegaría la hora de reírse o asombrarse junto a Retta, menos aún la de continuar sus proyectos. Durante bastante tiempo después de la muerte de su madre, se olvidó de haber tenido su propio trabajo. No era más que una amanuense, una escribana, una esclava del escritorio de su padre y la administradora de un hogar de tamaño desalentador, que chapoteaba en una jungla de tareas abandonadas. Durante dos meses, apenas salió del despacho de su padre. En la medida de sus posibilidades, también se negó a que su padre saliese.

—Necesito tu ayuda con todos estos asuntos —alegaba Alma— o nunca nos vamos a poner al día.

Entonces, una tarde de octubre, en medio de ese ordenar, calcular y resolver, Henry simplemente se levantó y salió del despacho, dejando a Alma y a Prudence con las manos llenas de papelotes.

—¿Dónde vas? —preguntó Alma.

—A emborracharme —dijo Henry, en un tono feroz y lúgubre—. Y, por Dios, cómo me aterroriza.

—¡Padre! —se quejó Alma.

—Acaba tú misma —ordenó Henry.

Y así lo hizo.

Con la ayuda de Prudence, con la ayuda de Hanneke, pero sobre todo por sí misma, Alma dejó el despacho como una planta recién podada. Puso los asuntos de su padre en orden (resolviendo un oneroso problema tras otro) hasta atender todos los mandatos, disposiciones, ordenanzas y dictámenes, hasta responder la última carta, pagar el último recibo, tranquilizar al último inversor, engatusar al último vendedor y resolver la última vendetta.

No terminó hasta mediados de enero, pero entonces ya comprendía las labores de The Whittaker Company de arriba abajo. Había estado de luto durante cinco meses. Se había perdido el otoño por completo: ni lo vio venir ni lo vio marcharse. Se levantó del escritorio de su padre y se desató el brazalete negro. Lo dejó en el último cubo de basuras y desechos, para que lo quemasen junto al resto. Ya era suficiente.

Alma se dirigió al cuarto de encuadernar, al lado de la biblioteca, se encerró y se complació a sí misma con premura. No se había tocado la vulva durante meses y, al sentir la bienvenida liberación de esta vieja sacudida, le entraron ganas de llorar. No había llorado durante meses, tampoco. No, eso era incorrecto: no había llorado durante años. También se percató de que la semana anterior había cumplido veintiún años sin que nadie reparase en ello, ni siquiera Prudence, quien siempre, atenta, le hacía un regalito.

Bueno, ¿qué esperaba? Se había hecho mayor. Era la señora de la mayor finca de Filadelfia y la administradora en jefe, al parecer, de una de las mayores importadoras de productos botánicos del planeta. Ya no había tiempo para detalles infantiles.

Cuando salió del cuarto de encuadernar, Alma se desnudó y tomó un baño (aunque no era sábado) y se acostó a las cinco de la tarde. Durmió trece horas. Cuando despertó, la casa estaba en silencio. Por primera vez en varios meses, la casa no necesitaba nada de ella. El silencio sonaba a música. Se vistió despacio y disfrutó del té con tostadas. Luego caminó a través del viejo jardín griego de su madre, cubierto de escarcha por las heladas recientes, hasta llegar a la cochera. Ya era hora de regresar, aunque solo fuese por unas horas, a su trabajo, que había dejado a media frase el día en que su madre cayó por las escaleras.

Para su sorpresa, Alma vio al acercarse un fino hilillo de humo que salía por la chimenea de la cochera. Cuando llegó al estudio, ahí estaba (tal como había prometido) Retta Snow, acurrucada en el diván, bajo una gruesa manta de lana, durmiendo mientras la esperaba.

***

—Retta. —Alma tocó el brazo de su amiga—. ¿Qué diablos haces aquí?

Los enormes ojos de Retta se abrieron. Era evidente que la muchacha, nada más despertarse, no tenía ni idea de dónde estaba y no parecía reconocer a Alma. Algo horrible se extendió por la cara de Retta en ese instante. Pareció salvaje, incluso peligrosa, y Alma se retiró asustada, como si se apartase de un perro acorralado. Entonces Retta sonrió y el efecto se desvaneció. Una vez más era toda dulzura, y una vez más se pareció a sí misma.

—Mi fiel amiga —dijo Retta, con voz soñolienta, mientras tomaba la mano de Alma—. ¿Quién te quiere más? ¿Quién te quiere de verdad? ¿Quién piensa en ti cuando descansan los demás?

Alma echó un vistazo a su despacho y vio un pequeño bote de galletas y un montón de ropa apilada en el suelo de cualquier manera.

—¿Por qué duermes en mi oficina, Retta?

—Porque todo se ha vuelto increíblemente aburrido en mi casa. Todo es bastante aburrido aquí también, por supuesto, pero por lo menos a veces se ve una cara de buen humor, si una es paciente. ¿Sabes que hay ratones en el herbario? ¿Por qué no dejaste aquí una gatita, para que se encargase de ellos? ¿Has visto alguna vez una bruja? Lo confieso, creo que había una bruja en la cochera la semana pasada. La oí reírse. ¿Crees que se lo deberíamos decir a tu padre? No creo que sea muy seguro tener una bruja por aquí. O tal vez solo piense que estoy loca. Aunque parece que ya lo piensa, de todos modos. ¿Tienes un poco más de té? ¿No son insoportablemente crueles estas mañanas tan frías? ¿No echas muchísimo de menos el verano? ¿Qué ha pasado con tu brazalete negro?

Alma se sentó y se llevó la mano de su amiga a los labios. Qué placer era escuchar de nuevo sus disparates, después de la seriedad de los últimos meses.

—Nunca sé qué pregunta responder primero, Retta.

—Empieza por la mitad —sugirió Retta— y luego sigue en ambas direcciones.

—¿Cómo era la bruja? —preguntó Alma.

—¡Ja! Ahora eres tú la que haces demasiadas preguntas. —Retta se levantó de un salto del diván y se sacudió para despertarse—. ¿Vamos a trabajar hoy?

Alma sonrió.

—Sí, creo que vamos a trabajar hoy... por fin.

—¿Y qué estamos estudiando, mi queridísima Alma?

—Estudiamos la *Utricularia clandestina*, mi queridísima Retta.

—¿Una planta?

—Sin duda.

—Oh, suena maravillosa.

—Te aseguro que no lo es —dijo Alma—. Pero es interesante. ¿Y qué estudia Retta hoy? —Alma cogió la revista para señoritas caída en el suelo, junto al diván, y hojeó esas páginas incomprensibles.

—Estudio el tipo de vestido que debería llevar una joven a la moda el día de su boda —dijo Retta a la ligera.

—¿Y estás escogiendo uno de esos vestidos? —respondió Alma, con la misma ligereza.

—¡Claro que sí!

—¿Y qué vas a hacer con uno de esos vestidos, pajarillo mío?

—Oh, tengo el plan de llevarlo el día de mi boda.

—¡Un plan muy ingenioso! —dijo Alma, que se volvió hacia la mesa del laboratorio para ver si podía organizar las notas de hacía seis meses.

—Pero las mangas son demasiado cortas en todos estos dibujos, mira —continuó Retta—, y temo pasar frío. Podría ponerme un chal, como sugiere mi doncella, pero entonces nadie vería ese collar que mi madre me ha prestado. Además, deseo un ramo de flores, aunque no sea la temporada y hay quien dice que es poco elegante llevar ramos de flores.

Alma se dio la vuelta para mirar a su amiga una vez más.

—Retta —dijo Alma, esta vez en un tono más serio—, ¡no pensarás casarte de verdad!

—¡Eso espero! —se rio Retta—. Me han dicho que una solo debe casarse si se casa de verdad.

—¿Y con quién piensas casarte?

—Con el señor George Hawkes —dijo Retta—. Ese hombre tan raro y tan serio. Cómo me alegra, Alma, que mi marido sea alguien a quien adoras, lo cual quiere decir que todos vamos a ser amigos. Él te admira muchísimo y tú lo admiras a él, así que debe de ser un buen hombre. Es tu afecto por George, de verdad, lo que me lleva a confiar en él. Me pidió la mano poco después de la muerte de tu madre, pero no quise mencionarlo antes, ya que tú estabas sufriendo mucho, pobrecita. No tenía ni idea de que yo le gustase, pero mi madre dice que gusto a todo el mundo, gracias a Dios, porque no pueden evitarlo.

Alma se sentó en el suelo. No le quedaba más remedio que sentarse.

Retta se acercó a su amiga y se sentó junto a ella.

—¡Mírate! ¡Te embarga la felicidad por mí! ¡Cuánto me quieres! —Retta pasó el brazo alrededor de la cintura de Alma, tal y como hizo el día en que se conocieron, y la abrazó con fuerza—. Debo confesar que yo aún estoy un poco abrumada. ¿Qué vería un hombre tan inteligente en una cabeza hueca como la mía? ¡Mi padre no podía creérselo! Dijo: «Loretta Marie Snow, siempre pensé que serías de esas chicas que se casan con un tipo guapo y tonto que viste botas altas y caza zorros por diversión». Pero mírame: me voy a casar con un erudito. Imagina si al final me vuelvo inteligente, Alma, por casarme con un hombre de mente privilegiada. Aunque he de decir que George no es ni mucho menos tan paciente como tú al responder mis preguntas. Dice que la edición botánica es demasiado compleja para explicarla, y es cierto que no sé diferenciar entre una litografía y un grabado. ¿Se dice así, litografía? ¡Tal vez acabe siendo tan estúpida como siempre! Aun así, vamos a vivir al otro lado del río, en Filadelfia, ¡y será muy divertido! Mi padre ha prometido construirnos una casa encantadora, justo al lado del taller de impresión de George. ¡Tienes que venir a verme todos los días! ¡Y los tres juntos iremos a ver obras de teatro a Old Drury!

Alma, aún sentada en el suelo, había perdido la capacidad de hablar. Agradecía que Retta tuviera la cabeza apoyada en su pecho mientras parloteaba, de modo que no podía verle la cara.

¿George Hawkes se iba a casar con Retta Snow?

Pero George debía ser el esposo de Alma. Lo había visto, vívidamente, en su mente, durante casi cinco años. Lo acababa de imaginar (¡su cuerpo!) en el cuarto de encuadernar. Pero también atesoraba recuerdos de él más castos. Se había imaginado trabajando junto a él, en un estudio estrecho. Siempre se imaginaba que dejaría White Acre al casarse con George. Juntos, vivirían en una pequeña habitación sobre su taller de impresión, con sus cálidos olores a tinta y papel. Se vio junto a él viajando a Boston o quizás incluso más lejos..., tan lejos como los Alpes, donde escalarían rocas en busca de flores del viento y jazmines alpinos. Él diría: «¿Qué piensas de este espécimen?», y ella respondería: «Es interesante y poco común».

George siempre había sido muy amable con ella. Una vez tomó su mano entre las de él. Cuántas veces habían mirado por el mismo ocular del microscopio (uno tras otro, y vuelta a comenzar), compartiendo esas maravillas.

¿Qué vería George Hawkes en Retta Snow? Según recordaba Alma, George apenas era capaz de mirar a Retta Snow sin sentir vergüenza ajena. Alma rememoró cómo George la miraba confundido cada vez que Retta hablaba, como si buscase ayuda, consuelo o una interpretación. En cualquier caso, estas breves miradas entre George y Alma acerca de Retta fueron unas de sus más dulces intimidades..., o al menos eso había soñado Alma.

Pero, al parecer, Alma había soñado demasiadas cosas.

Una parte de ella aún albergaba la esperanza de que todo esto no fuese más que uno de esos extraños juegos de Retta o quizás una fantasiosa visión de las suyas. Solo un poco antes, al fin y al cabo, Retta había asegurado que había brujas en la cochera, así que todo era posible. Pero no. Alma conocía a Retta demasiado bien. Retta no estaba jugando. Retta hablaba en serio. Retta parloteaba sobre el problema de las mangas y los chales de una boda en febrero. Retta se preocupaba muy en serio acerca del collar que su madre planeaba prestarle, el cual era muy caro pero no del todo del gusto de Retta: ¿y si la cadena es demasiado larga? ¿Y si se enreda en el corpiño?

Alma se levantó de repente y alzó a Retta del suelo. No lo soportaba más. No podía seguir sentada ni escuchar otra palabra. Sin un plan de acción, abrazó a Retta. Era mucho más sencillo abrazarla que mirarla. Así, además, Retta dejó de hablar. Agarró a Retta con tal fuerza que oyó cómo se le cortaba la respiración, con un gritito de sorpresa. Cuando pensó que Retta iba a hablar de nuevo, Alma ordenó: «Calla», y apretó aún más.

Los brazos de Alma eran muy fuertes (tenía los brazos de un herrero, al igual que su padre) y Retta era menuda, con la caja torácica de un conejito. Algunas serpientes mataban así, con un abrazo que se vuelve más y más fuerte hasta detener por completo la respiración. Alma estrujó con mayor ahínco. Retta hizo otro ruidito destemplado. Alma apretó con más fuerza, tanta que levantó a Retta del suelo.

Recordó el día en que las tres se conocieron: Alma, Prudence y Retta. *Violín, tenedor y cuchara.* Retta había dicho: «Si fuésemos chicos, tendríamos que enzarzarnos en una tremenda pelea». Bueno, Retta no era una luchadora. Habría perdido esa pelea. La habría perdido de mala manera. Alma comprimió los brazos aún más alrededor de esta persona menuda, inútil, preciosa. Cerró los ojos con todas sus fuerzas, pero las lágrimas se escaparon por la comisura de los párpados, de todos modos. Notó que Retta se quedaba inmóvil entre sus brazos. Qué fácil sería impedirle respirar. Estúpida Retta. Querida Retta, quien (¡incluso ahora!) resistía con éxito todos los intentos para no quererla.

Alma dejó a su amiga en el suelo.

Retta aterrizó con un grito ahogado y se tambaleó.

Alma se obligó a hablar.

—Te felicito por la dichosa noticia —dijo.

Retta gimió una vez y se aferró a su corpiño con manos temblorosas. Sonrió, tan insensata y confiada como siempre.

—¡Qué buena eres, Alma! —dijo Retta—. ¡Y cuánto me quieres!

En un extraño detalle de formalidad casi masculina, Alma tendió la mano a Retta y atinó a completar una frase más:

—Es lo que mereces.

***

—¿Lo sabías? —interrogó Alma a Prudence una hora más tarde, cuando la encontró tejiendo en el recibidor.

Prudence dejó las agujas en el regazo, cruzó las manos y no dijo nada. Prudence tenía la costumbre de no enzarzarse en una conversación antes de conocer bien las circunstancias. De todos modos, Alma esperó, pues deseaba obligarla a hablar, deseaba desenmascararla por algo. Pero ¿por qué? La cara de Prudence no reveló nada y, si Alma creía que Prudence era tan tonta como para hablar primero en esas circunstancias, es que no conocía a Prudence Whittaker.

En el silencio que siguió, Alma sintió que su ira ya no era una furia ardiente, sino algo más trágico e incontrolable, algo podrido y triste.

—¿Sabías —al fin Alma se vio obligada a preguntar— que Retta Snow se va a casar con George Hawkes?

La expresión de Prudence no cambió, pero Alma vio una fina línea blanca aparecer por un momento alrededor de los labios de su hermana, como si la boca se hubiera fruncido de la forma más sutil. La línea desapareció con la misma rapidez con que había surgido. Quizás fueran solo imaginaciones de Alma.

—No —respondió Prudence.

—¿Cómo ha podido ocurrir algo así? —preguntó Alma. Prudence no dijo nada, así que Alma siguió hablando—. Retta me ha dicho que están comprometidos desde la semana de la muerte de nuestra madre.

—Ya veo —dijo Prudence, tras una larga pausa.

—¿Sabía Retta que yo...? —Alma dudó y casi se echó a llorar—. ¿Sabía Retta que yo albergaba sentimientos por él?

—¿Cómo voy a saberlo yo? —respondió Prudence.

—¿Lo supo de tus labios? —La voz de Alma era insistente y entrecortada—. ¿Se lo dijiste? Eres la única persona que pudo decirle que yo estaba enamorada de George.

Volvió a aparecer la línea blanca alrededor de los labios de su hermana, durante un instante no tan breve. No había lugar a dudas. Era cólera.

—Esperaba, Alma —dijo Prudence—, que me conocieras mejor después de tantos años. Si alguien acudiese a mí en busca de chismorreos, ¿volvería a casa satisfecho?

—¿Alguna vez Retta acudió a ti en busca de chismorreos?

—Poco importa si lo hizo o no, Alma. ¿Alguna vez me has visto desvelar un secreto?

—¡Deja de contestarme con acertijos! —gritó Alma. Bajó la voz—: ¿Dijiste o no dijiste a Retta Snow que estoy enamorada de George Hawkes?

Alma vio una sombra cruzar la puerta, vacilar y desaparecer. No vio sino el atisbo de un delantal. Alguien (una doncella) iba a entrar en el recibidor, pero cambió de opinión y se escabulló. ¿Por qué no había nunca intimidad en esta casa? Prudence vio la sombra también, y no le gustó. Se levantó y se situó frente a Alma, cara a cara, con un aire casi amenazador. Debido a la diferencia de altura, las hermanas no podían mirarse frente a frente, pero Prudence logró mirar a Alma desde lo alto, a pesar de ser treinta centímetros más baja.

—No —dijo Prudence—. No le he dicho nada a nadie, y no lo haré nunca. Es más: tus insinuaciones me ofenden y son injustas tanto para Retta Snow como para el señor Hawkes, cuyos asuntos (eso espero) solo les atañe a ellos. Lo peor de todo es que tus indagaciones te degradan. Lamento tu decepción, pero debemos nuestros mejores deseos por su buena fortuna a nuestros amigos.

Alma comenzó a hablar de nuevo, pero Prudence la interrumpió.

—Recupera la compostura antes de hablar de nuevo, Alma —advirtió—, o te vas a arrepentir de lo que digas.

Bueno, eso era indiscutible. Alma ya se arrepentía de lo que había dicho. Deseó no haber comenzado esta conversación. Pero ya era demasiado tarde. Lo mejor habría sido ponerle fin en ese momento. Era una oportunidad estupenda para que Alma cerrase la boca. Por desgracia, sin embargo, era incapaz de controlarse a sí misma.

—Solo quería saber si Retta me había traicionado —espetó Alma.

—¿De verdad? —dijo Prudence, sin alterarse—. Por lo tanto, ¿es tu teoría que nuestra amiga, la señorita Retta Snow, la criatura más cándida que he conocido en mi vida, te robó a George Hawkes a sabiendas? ¿Con qué propósito, Alma? ¿Por el mero placer de ganar? Y, ya que hablamos de ello, ¿también crees que yo te traicioné? ¿Crees que le conté tu secreto a Retta para burlarme de ti? ¿Crees que animé a Retta a perseguir al señor Hawkes, como en un juego perverso? ¿Crees que deseo verte sufrir?

Santo cielo, Prudence podía ser implacable. Hablaba casi como una abogada. Alma no se había sentido tan mal ni tan mezquina antes. Se sentó en la silla más cercana y se quedó mirando el suelo. Pero Prudence siguió a Alma a la silla, se paró junto a ella y continuó hablando.

—Mientras tanto, Alma, yo también tengo noticias que compartir, y lo voy a hacer ahora, dado que se trata de un tema similar. Tenía intención de esperar hasta que nuestra familia dejara el luto, pero veo que tú ya has decidido que se ha acabado el luto familiar. —Prudence tocó el brazo de Alma, donde no estaba el brazalete negro, y Alma se estremeció—. Yo también voy a casarme —anunció Prudence, sin rastro de dicha ni satisfacción—. El señor Arthur Dixon ha pedido mi mano, y he aceptado.

La cabeza de Alma, por un momento, se vació. En el nombre de Dios, ¿quién era Arthur Dixon? Por fortuna, no formuló la pregunta en voz alta, ya que enseguida, por supuesto, recordó quién era, y se sintió absurda ante su olvido. Arthur Dixon: su tutor. Ese hombre encorvado e infeliz, quien logró meter el francés en la cabeza de Prudence y quien ayudó a Alma sin placer alguno a perfeccionar su griego. Esa triste criatura de suspiros húmedos y toses pesarosas. Esa figurilla tediosa, cuya cara Alma no había recordado desde la última vez que la vio, que fue... ¿cuándo? ¿Hacía cuatro años? ¿Cuando al fin se fue de White Acre para convertirse en profesor de idiomas clásicos en la Universidad de Pensilvania? No, comprendió Alma con un respingo, no era así. Había visto a Arthur Dixon hacía poco, en el funeral de su madre. Incluso habló con él. Arthur Dixon le ofreció el pésame, amable, y Alma se preguntó qué hacía allí ese hombre.

Bueno, ya lo sabía. Estaba ahí para cortejar a su antigua alumna, al parecer, quien daba la casualidad de que era la joven más hermosa de Filadelfia y, era digno de mención, una de las más ricas, al menos en potencia.

—¿Cuándo tuvo lugar el compromiso? —preguntó Alma.

—Justo antes de la muerte de nuestra madre.

—¿Cómo?

—De la forma habitual —respondió Prudence con frialdad.

—¿Y todo esto ocurrió a la vez? —preguntó Alma. La idea le provocaba náuseas—. ¿Te prometiste al señor Dixon al mismo tiempo que Retta Snow se prometía a George Hawkes?

—No estoy al tanto de los asuntos de otras personas —dijo Prudence. Pero suavizó el tono, solo un poco, y concedió—: Pero eso parece... o casi. Mi petición de mano parece haber ocurrido unos días antes. Aunque no tiene ninguna importancia.

—¿Lo sabe padre?

—Lo va a saber pronto. Arthur esperaba al fin de nuestro luto para pedir mi mano.

—Pero ¿qué diablos va a decir Arthur Dixon a padre, Prudence? A ese hombre lo aterroriza padre. No puedo ni imaginarlo. ¿Cómo va a salir Arthur de esa conversación sin desmayarse? ¿Y qué vas a hacer durante el resto de tu vida... casada con un académico?

Prudence se irguió cuan alta era y se alisó las faldas.

—Me pregunto si sabes, Alma, que la respuesta más tradicional al anuncio de un compromiso es desear a la novia muchos años de salud y felicidad..., en especial si la novia es tu hermana.

—Oh, Prudence, lo siento —comenzó Alma, avergonzada de sí misma una vez más ese día.

—No pasa nada —dijo Prudence y se volvió hacia la puerta—. No esperaba otra cosa.

***

En las vidas de todos nosotros hay días que desearíamos borrar del libro de nuestra existencia. Tal vez deseamos borrar un día en concreto porque nos trajo un dolor tan lacerante que a duras penas somos capaces de pensar en ello. O tal vez deseemos tachar un episodio para siempre por lo mal que nos portamos ese día: fuimos despreciablemente egoístas o insensatos en grado sumo. O tal vez hicimos daño a otra persona y deseemos desmemoriar la culpa. Por desgracia, algunos días reúnen esas tres cosas a la vez: cuando, tristísimos e insensatos, hacemos un daño imperdonable a alguien, todo al mismo tiempo. Para Alma, ese día fue el 10 de enero de 1821. Habría hecho cualquier cosa para arrancar todo ese día de la historia de su vida.

No se perdonaría jamás que su respuesta inicial a las dichosas nuevas de su querida amiga y su pobre hermana hubiese sido una triste demostración de celos, insensibilidad y (en el caso de Retta, al menos) violencia física. ¿Qué les había enseñado Beatrix? «Nada es tan fundamental como la dignidad, niñas, y el tiempo acabará demostrando quién la tiene». En lo que a Alma atañe, ese 10 de enero de 1821 había demostrado ser una joven sin dignidad.

Esto la mortificaría durante muchos años. Alma se torturaba imaginando (una y otra vez) las diferentes maneras en que podría haberse comportado ese día, de haber controlado sus bajas pasiones. En sus revisadas conversaciones con Retta, Alma abrazaba a su amiga con una ternura ejemplar ante la mera mención del nombre de George Hawkes y decía con tono firme: «Qué afortunado es de tenerte». En sus revisadas conversaciones con Prudence, Alma no acusaba a su hermana de haberla traicionado, y menos aún acusaba a Retta de haberle robado a George Hawkes, y, cuando Prudence anunciaba su compromiso con Arthur Dixon, Alma sonreía con cariño, la tomaba de las manos y decía: «¡No puedo imaginar un caballero más apropiado para ti!».

Sin embargo, por desgracia no recibimos segundas oportunidades tras un episodio fallido.

Para ser justos, el 11 de enero de 1821 (¡tan solo un día más tarde!) Alma ya era mucho mejor persona. Recuperó la compostura tan pronto como pudo. Se comprometió con firmeza a contemplar ambos compromisos con gentileza. Se obligó a interpretar el papel de joven serena, encantada de ver felices a los demás. Y, cuando llegaron las bodas al mes siguiente, apenas separadas por una semana, Alma logró ser una invitada agradable y alegre en ambos eventos. Fue servicial con las novias y educada con los novios. Nadie vio una fisura en ella.

Dicho todo esto, Alma sufría.

Había perdido a George Hawkes. La habían abandonado su hermana y su única amiga. Tanto Prudence como Retta, justo después de las bodas, se mudaron al otro lado del río, al centro de Filadelfia. Violín, tenedor y cuchara habían llegado al fin de su historia. En White Acre solo permanecería Alma (quien había decidido hacía mucho tiempo que ella era el tenedor).

Alma halló cierto consuelo en el hecho de que nadie, salvo Prudence, sabía de su antiguo amor por George Hawkes. Nada podía hacer para anular las apasionadas confesiones que tan imprudentemente había compartido con Prudence a lo largo de los años (y, cielos santos, cómo lo lamentaba), pero al menos Prudence era una tumba de la que nunca saldría un secreto. El mismo George no parecía sospechar lo que Alma había sentido por él, ni ella tenía razones para sospechar que esos sentimientos hubieran sido compartidos. Tras su matrimonio, George trataba a

Alma exactamente igual que antes. Había sido amable y profesional en el pasado, y seguía siendo amable y profesional ahora. Para Alma, esto era consolador y desolador al mismo tiempo. Era consolador porque nada turbaría su relación, nada suscitaría una humillación pública. Era desolador porque al parecer nunca hubo nada entre ellos..., salvo lo que Alma se permitió soñar.

Todo la avergonzaba terriblemente, cuando pensaba en ello. Por desgracia, a veces es imposible no mirar atrás.

Por otra parte, ahora daba la impresión de que Alma iba a quedarse en White Acre para siempre. Su padre la necesitaba. Era más evidente cada día. Henry había dejado marchar a Prudence sin rechistar (de hecho, bendijo a su hija adoptada con una generosa dote y no fue rudo con Arthur Dixon, a pesar de que era aburridísimo y presbiteriano), pero Henry no permitiría marcharse a Alma. Prudence no tenía valor para Henry, pero Alma era esencial, sobre todo ahora que Beatrix no estaba.

Así que Alma reemplazó a su madre. Se vio obligada a asumir ese papel, ya que nadie más podía controlar a Henry. Alma escribía las cartas de su padre, saldaba sus cuentas, escuchaba sus quejas, limitaba su consumo de ron, comentaba sus planes y aliviaba sus indignaciones. Convocada a su despacho a cualquier hora del día o de la noche, Alma nunca sabía qué podría necesitar su padre ni cuánto tiempo requeriría el encargo. A veces lo encontraba sentado al escritorio, rayando un montón de monedas de oro con una aguja de coser para tratar de averiguar si el oro era falso, y deseaba la opinión de Alma. O a veces se aburría y deseaba que Alma le trajese una taza de té o jugase a los naipes con él, o le recordase la letra de una vieja canción. Cuando le dolía el cuerpo, o si le acababan de sacar una muela o si le habían aplicado un apósito en el pecho, Henry convocaba a Alma al despacho solo para contarle cuánto sufría. O, sin razón aparente, deseaba simplemente hacer inventario de sus quejas. («¿Por qué el cordero ha de saber a carnero en esta casa?», exigía saber.

«¿Por qué las doncellas están siempre moviendo las alfombras? Uno ya no sabe ni dónde poner el pie. ¿Cuántas veces quieren que me tropiece?»).

En sus días más ajetreados, más sanos, Henry encargaba a Alma trabajos de verdad. A veces necesitaba que Alma escribiese una carta amenazante a un prestatario que se atrasaba en los pagos. («Dile que comience a pagarme en una quincena o me encargaré de que sus hijos pasen el resto de sus vidas en un asilo de pobres», dictaba Henry, mientras Alma escribía: «Estimado señor: Con el mayor de los respetos, le ruego que se digne a honrar esta deuda que...»). O Henry recibía una colección de especímenes botánicos secos del extranjero, que Alma debía reconstituir en agua y clasificar antes de que se pudriesen. O necesitaba que escribiese una carta a un subordinado que se mataba a trabajar en Tasmania, en los rincones más remotos del planeta, en busca de plantas exóticas para The Whittaker Company.

—Dile a ese flacucho holgazán —decía Henry, lanzando una tablilla a su hija, al otro lado del escritorio— que no me sirve de nada que me informe de haber encontrado tal y cual ejemplar en las riberas de un arroyo cuyo nombre probablemente se ha inventado, o eso parece, porque no sale en ningún mapa. Dile que necesito detalles útiles. Dile que me importan un rábano las noticias acerca de sus problemas de salud. Yo también tengo problemas de salud, pero ¿acaso le cuento mis penas? Dile que le concedo diez dólares de cada cien por todos los especímenes, pero que necesito que sea preciso y que los especímenes sean identificables. Dile que deje de pegar muestras secas en el papel, porque así las destruye, lo que ya debería saber a estas alturas, maldita sea. Dile que use dos termómetros en las cajas de Ward, uno pegado al cristal y otro metido en la tierra. Dile que, antes de enviar más especímenes, convenza a los marinos de que saquen las cajas de las cubiertas si se esperan heladas, porque no pienso pagar ni un centavo por otro envío de moho ennegrecido que se hace pasar por una planta. Y dile que no, que no pienso enviarle otro adelanto. Dile que tiene suerte de seguir empleado, teniendo en cuenta que está haciendo lo posible para dejarme en la ruina. Dile que le pagaré de nuevo cuando se lo merezca.

«Estimado señor —comenzaba a escribir Alma—: Desde The Whittaker Company le ofrecemos nuestra más sincera gratitud por sus recientes esfuerzos y le rogamos que nos disculpe por cualquier inconveniente que haya sufrido...».

Nadie más podía hacer este trabajo. Tenía que ser Alma. Era lo que Beatrix había dicho en su lecho de muerte: Alma no podía dejar a su padre.

¿Sospechaba Beatrix que Alma nunca se casaría? Probablemente, pensó Alma. ¿Quién la querría como esposa? ¿Quién querría a esta gigantesca criatura que superaba el metro ochenta, que almacenaba un exceso de saberes y cuyo pelo tenía la forma de una cresta de gallo? George Hawkes había sido el mejor candidato (el único, en realidad), y se había ido. Alma sabía que sería imposible encontrar un buen marido y así se lo dijo un día a Hanneke de Groot, mientras ambas mujeres cortaban madera en el viejo jardín griego de su madre.

—Mi turno no va a llegar nunca, Hanneke —dijo Alma, sin venir a cuento. No lo dijo con lástima, sino con absoluta franqueza. Cuando hablaba en neerlandés (y solo hablaba en neerlandés con Hanneke), Alma siempre sentía el impulso de ser franca.

—Dale tiempo al tiempo —dijo Hanneke, que sabía muy bien de qué hablaba Alma—. Tal vez aún aparezca un marido para ti.

—Mi fiel Hanneke —dijo Alma con cariño—, seamos sinceras con nosotras mismas. ¿Quién iba a poner una alianza en estas manos de pescadora que tengo? ¿Quién besaría esta enciclopedia que llevo por cabeza?

—Yo la beso —dijo Hanneke, que se acercó a Alma para besarla en la frente—. Así, ya está. Deja de quejarte. Siempre te comportas como si lo supieras todo, pero no lo sabes todo. Tu madre tenía ese mismo defecto. He visto más de la vida que tú, con diferencia, y te digo que no eres demasiado vieja para casarte... y quizás críes una familia algún día. No hay prisa. Mira a la señora Kingston, en Locust Street. Cincuenta años tendrá, ¡y acaba de regalarle unos mellizos a su marido! Toda una mujer de Abraham, eso es lo que es. Alguien debería estudiar su vientre.

—Confieso, Hanneke, que no creo que la señora Kingston tenga cincuenta años. Tampoco creo que desee que estudiemos su vientre.

—Solo digo que no conoces el futuro, niña, tan bien como crees. Y hay algo más que debo decirte. —Hanneke dejó de trabajar y su voz se volvió muy seria—: Todo el mundo sufre decepciones, niña.

A Alma le encantaba el sonido de la palabra «niña» en neerlandés. *Kindje*. Era el apodo que Hanneke le había dado desde que era joven y temerosa y se subía a la cama del ama de llaves en mitad de la noche. *Kindje*. Ese sonido era una forma de calidez.

—Sé que todo el mundo sufre decepciones, Hanneke.

—No estoy tan segura. Aún eres joven, así que solo piensas en ti misma. No percibes las tribulaciones que acechan a tu alrededor a los demás. No protestes; es la verdad. No te critico. Yo era igual de egoísta cuando tenía tu edad. Es costumbre de los jóvenes ser egoístas. Ahora soy más sabia. Es una pena que no podamos poner una cabeza vieja sobre unos hombros jóvenes, para que así fueses sabia también. Pero algún día comprenderás que nadie pasa por este mundo sin sufrir, no importa lo que pienses de ellos o de su supuesta buena suerte.

—¿Qué hacemos, entonces, con nuestros sufrimientos? —preguntó Alma.

No habría formulado esa pregunta a un pastor, a un filósofo o a un poeta, pero le acuciaba la curiosidad (la desesperación, incluso) por oír la respuesta de Hanneke de Groot.

—Bueno, niña, puedes hacer lo que quieras con tu sufrimiento —dijo Hanneke con suavidad—. Te pertenece. Pero te voy a decir lo que hago yo con el mío. Lo agarro del pelo, lo tiro al suelo y lo aplasto con las suelas de mis botas. Te sugiero que aprendas a hacer lo mismo.

***

Y Alma lo hizo. Aprendió a aplastar sus decepciones bajo las suelas de las botas. Además, poseía unas botas muy robustas, así que estaba bien equipada para la tarea. Se esforzó en reducir sus sinsabores a un polvo arenoso que pudiese arrojar a una zanja. Lo hizo todos los días, a veces incluso varias veces al día, y así siguió adelante.

Pasaron los meses. Alma ayudaba a su padre, ayudaba a Hanneke, trabajaba en los invernaderos y a veces organizaba cenas formales en White Acre para diversión de Henry. Muy pocas veces veía a su vieja amiga Retta. Menos aún a Prudence, pero la veía en ocasiones. Solo por la fuerza de la costumbre, Alma acudía a misa los domingos, si bien a menudo, qué vergüenza, a esas visitas a la iglesia seguían visitas al cuarto de encuadernar, con el fin de vaciar la mente tocando el cuerpo. Ya no era alegre ese hábito en el cuarto de encuadernar, pero de algún modo la liberaba.

Se mantenía ocupada, pero no tenía ocupaciones suficientes. Al cabo de un año, sintió un letargo invasor que la asustó mucho. Anhelaba un empleo o una iniciativa que despertase sus considerables energías intelectuales. En un principio, los asuntos comerciales de su padre sirvieron de ayuda en ese sentido, pues el trabajo colmaba sus días con preocupaciones acuciantes, pero pronto la eficacia de Alma se convirtió en su enemiga. Llevaba a cabo las tareas de The Whittaker Company demasiado bien y demasiado rápido. Pronto, una vez que hubo aprendido todo lo que necesitaba saber acerca de las importaciones y exportaciones botánicas, Alma era capaz de completar el trabajo de Henry en cuatro o cinco horas al día. Sencillamente, no eran suficientes horas. Así quedaban demasiadas horas libres, y las horas libres eran peligrosas. Las horas libres le ofrecían demasiadas oportunidades para analizar esas decepciones que debería estar aplastando bajo la suela de la bota.

Asimismo, por esta época (el año que siguió a las bodas) Alma hizo un descubrimiento significativo e incluso sobrecogedor: en contra de lo que creía en su infancia, Alma comprendió que White Acre no era, en realidad, un lugar muy grande. Por el contrario, era un lugar diminuto. Sí, la finca se extendía más de quinientas hectáreas, con casi dos kilómetros de río, con un bosque virgen de considerable tamaño, con una casa inmensa, con una biblioteca espectacular, con una vasta red de establos, invernaderos, estanques y arroyos..., pero, si estos eran los límites del mundo, como le ocurría a Alma, entonces era un mundo muy pequeño. Cualquier lugar del que no se puede salir es pequeño..., ¡más aún para una naturalista!

El problema es que Alma se había pasado la vida estudiando la naturaleza de White Acre, y conocía el lugar demasiado bien. Conocía todos los árboles, rocas, pájaros y florecillas. Conocía todas las arañas, todos los escarabajos, todas las hormigas. No había nada nuevo que explorar. Sí, podría estudiar las nuevas plantas tropicales que llegaban a los impresionantes invernaderos de su padre cada semana, pero ¡eso no era descubrir! ¡Alguien ya había descubierto esas plantas! Y la tarea de un naturalista, o así lo creía Alma, era descubrir. Pero no existía tal posibilidad para ella, dado que ya se había topado con los límites de su mundo. Al comprenderlo, se asustó y fue incapaz de dormir por la noche, lo cual, a su vez, la asustó aún más. Temía la inquietud que comenzaba a apoderarse de ella. Casi oía a su mente dando vueltas dentro del cráneo, enjaulada y molesta, y sintió el peso de los años que le quedaban por vivir, que se extendían ante ella como una amenaza intimidante.

Taxonomista nata con nada nuevo que clasificar, Alma apaciguó su desasosiego poniendo otras cosas en orden. Ordenó y alfabetizó el despacho de su padre. Arregló la biblioteca y se deshizo de los libros que no tenían valor. Organizó la colección de jarras de sus estantes según la altura y creó sistemas cada vez más perfeccionados de ordenación, lo cual explica que, a primeras horas de una mañana de junio de 1822, Alma Whittaker, a solas en la cochera, revisase todos los artículos que había escrito para George Hawkes. Trataba de decidir si organizar estos viejos números de *Botánica Americana* por tema o por cronología. Era una tarea innecesaria, pero le llevaría una hora.

En la parte inferior del montón, sin embargo, Alma encontró su primer ensayo: el que había escrito cuando tenía solo dieciséis años, acerca de la *Monotropa hypopitys*. Lo leyó de nuevo. Si bien el estilo era un tanto infantil, la ciencia era sólida y su teoría, según la cual esta planta que vivía en las sombras era un parásito despiadado y astuto, aún parecía válida. Cuando miró de cerca sus viejas ilustraciones de la *Monotropa*, casi se rio de su rudimentaria torpeza. Sus diagramas parecían esbozados por una niña, lo cual, en el fondo, era cierto. No es que se hubiera convertido en una brillante artista en los últimos años, pero estas ilustraciones eran muy pobres. George fue muy amable al publicarlas. Su *Monotropa* crecía en un lecho de musgo, pero, en la representación de Alma, la planta parecía crecer en un viejo colchón destartalado. Nadie habría podido identificar esos tristes bultos que se extendían al fondo del dibujo como musgo. Debería haber mostrado muchos más detalles. Como buena naturalista, debería haber hecho una ilustración que mostrase en qué variedad de musgo crecía la *Monotropa*.

Al pensarlo más detenidamente, Alma cayó en la cuenta de que no sabía en qué variedad de musgo crecía la *Monotropa hy-*

popitys. Al pensarlo aún más detenidamente, comprendió que no sabía con certeza si ni siquiera sería capaz de distinguir diferentes variedades de musgo. ¿Cuántas había, en cualquier caso? ¿Unas pocas? ¿Una docena? ¿Varios cientos? Sorprendentemente, no lo sabía.

Sin embargo, ¿dónde lo podría haber aprendido? ¿Quién había escrito sobre el musgo? ¿O incluso sobre los *Bryophyta* en general? Por lo que sabía, no había ni un solo libro bien documentado sobre el tema. Nadie había cimentado su carrera en este tema. ¿Quién lo habría deseado? Los musgos no eran orquídeas, al fin y al cabo. No eran cedros del Líbano. No eran grandes ni hermosos ni vistosos. Ni poseían cualidades medicinales ni lucrativas, con las cuales un hombre como Henry Whittaker pudiese amasar una fortuna. (Aunque Alma recordó que su padre le había contado que había envuelto sus preciosas semillas de quino en musgo seco, para conservarlas en el viaje desde Java). ¿Quizás Gronovius escribió algo acerca de los musgos? Tal vez. Pero la obra de ese viejo holandés ya tenía setenta años: era anticuada e incompleta. Era evidente que nadie prestaba demasiada atención al musgo. Incluso Alma había cubierto las grietas de las viejas paredes de su cochera con pedazos de musgo, como si fuera algodón común.

Lo había pasado por alto.

Alma se levantó enseguida, se envolvió en un chal y salió corriendo con una lupa en el bolsillo. Era una mañana fresca y un poco nublada. La luz era perfecta. No tenía que ir lejos. En una elevación junto a la orilla del río, Alma sabía que se encontraba un cúmulo de rocas calizas, a la sombra de unos árboles cercanos. Ahí, recordó, encontraría musgo, ya que ahí fue donde recolectó el aislante para el despacho.

Lo recordaba bien. Justo en esa frontera entre la piedra y la madera, Alma llegó a la primera roca. Era más grande que un buey dormido. Tal como sospechaba y deseaba, estaba cubierta de musgo. Alma se arrodilló en la hierba alta y acercó el rostro a la piedra tanto como pudo. Y ahí, sin elevarse ni dos centímetros de la superficie de la roca, vio un bosque magnífico y diminuto. Nada se movía en ese mundo musgoso. Lo miró tan de cerca que lo olía: húmedo, rico y antiguo. Delicadamente, Alma pasó la mano por esa arboleda tupida y menuda. Se encogía bajo la palma de su mano y, a continuación, se alzaba de nuevo, sin queja alguna. Había algo conmovedor en la forma en que reaccionaba ante ella. El musgo era cálido y esponjoso, más cálido que el aire que lo rodeaba, y más húmedo de lo que esperaba. Parecía disponer de su propio clima.

Alma se llevó la lupa al ojo y miró de nuevo. Ahora ese bosque en miniatura se reveló en majestuoso detalle. Sintió que se le cortaba la respiración. Era un reino asombroso. Era la jungla del Amazonas vista desde el lomo de un águila harpía. Recorrió con la mirada ese paisaje sorprendente, siguiendo sus caminos en todas direcciones. Había ahí ricos y abundantes valles llenos de árboles pequeñísimos de cabello trenzado de sirena y viñas minúsculas y enredadas. Había ahí afluentes apenas visibles que recorrían esa jungla, y había un océano en miniatura en una depresión en el centro de la roca, donde caía toda el agua.

Al otro lado del océano (la mitad de grande que el chal de Alma) encontró un continente de un musgo diferente por completo. En este nuevo continente, todo era distinto. Este rincón de la roca debía de recibir más luz solar que el resto, pensó. ¿O un poco menos de lluvia? En cualquier caso, era un clima nuevo. Aquí, el musgo crecía en formaciones montañosas del tamaño de los brazos de Alma, en forma de pinos de un verde más oscuro y sombrío. Aún, en otro cuadrante de la misma roca, encontró extensiones de desierto infinitesimales, habitadas por una especie de musgo robusto, seco, exfoliado, que tenía el aspecto del cactus. En otros lugares, encontró profundos y diminutos fiordos de musgos con trazas del hielo invernal, pero también cálidos estuarios, catedrales en miniatura y cuevas de piedra caliza del tamaño de su pulgar.

Entonces Alma alzó la cara y vio lo que había ante ella: docenas de rocas semejantes, más de las que podía contar, todas ellas así enmoquetadas, todas ellas diferentes de un modo sutil. Cada vez le costaba más respirar. *Aquí estaba el mundo entero.* Esto era más grande que el mundo. Esto era el firmamento del universo, visto por uno de los poderosos telescopios de William Herschel. Esto era planetario y vasto. Ahí había galaxias antiguas y vírgenes, que se extendían frente a ella... ¡y todo estaba justo aquí! Aún veía la casa. Aún veía las viejas y familiares barcas del río Schuylkill. Oía las voces distantes de los paisajistas de su padre, que trabajaban en el huerto de melocotoneros. Si Hanneke hubiese tocado la campana del almuerzo en ese instante, la habría oído.

El mundo de Alma y el mundo del musgo habían estado entrelazados todo este tiempo, tumbados uno encima del otro, trepando uno sobre el otro. Pero uno de estos mundos era ruidoso, grande y veloz, mientras que el otro era silencioso, diminuto y lento... y solo uno de estos dos mundos parecía inconmensurable.

Alma hundió los dedos en esa piel verde y sintió una oleada de alegría. ¡Todo esto podía ser suyo! Ningún botánico se había dedicado solo al estudio de este campo infravalorado, pero Alma podía hacerlo. Disponía del tiempo para ello, así como de la paciencia. Disponía de las facultades para ello. Sin duda, disponía de los microscopios para ello. Incluso tenía un editor..., pues, a pesar de lo que hubiese ocurrido entre ambos (o no hubiese ocurrido), George Hawkes siempre estaría encantado de publicar los hallazgos de A. Whittaker, cualesquiera que fueren.

Al darse cuenta de todo ello, la existencia de Alma pareció más grande y mucho más pequeña al mismo tiempo..., pero era una pequeñez agradable. El mundo se había reducido a innumerables milímetros de posibilidades. Podía vivir su vida en una generosa miniatura. Alma supo que lo mejor de todo era que nunca lo aprendería todo acerca de los musgos, pues ya percibía que existían demasiados por todo el mundo; los había por todas partes y de todas las variedades. Es probable que muriera de vieja antes de comprender ni la mitad de lo que ocurría en los campos de esta sola roca. «Bueno, pues ¡hurra!». Eso quería decir que Alma tendría algo que hacer durante el resto de su vida. No habría motivos para reposar. No habría motivos para ser infeliz. Quizás tampoco habría motivos para estar sola.

Tenía una labor.

Estudiaría los musgos.

Si Alma hubiese sido católica romana, tal vez se habría santiguado para dar las gracias a Dios por este descubrimiento; este encuentro tenía la cualidad ingrávida y maravillosa de una conversión religiosa. Pero Alma no era una mujer de excesiva pasión religiosa. Aun así, su corazón se elevó, esperanzado. Aun así, las palabras que pronunció en voz alta sonaron como una oración.

—Alabadas sean las labores que se alzan frente a mí —dijo—. Comencemos.

Drawn by R. Pantling. ÆRIDES ODORATUM, Lour. Lith. by K. D. Chander.

Aerides odoratum, Lour

TERCERA PARTE

LA PERTURBACIÓN DE LOS MENSAJES

Capítulo doce

En 1848, Alma Whittaker empezaba a trabajar en su nuevo libro, *Todos los musgos de América del Norte.* A lo largo de los últimos veintiséis años, Alma había publicado otros dos ensayos: *Todos los musgos de Pensilvania* y *Todos los musgos del nordeste de Estados Unidos,* tratados largos, exhaustivos y bellamente editados por su viejo amigo George Hawkes.

Los dos primeros libros de Alma fueron bien acogidos por la comunidad botánica. Había recibido críticas halagüeñas en algunas de las publicaciones más respetadas y era reconocida como un genio de la taxonomía briofítica. Había llegado a dominar el tema no solo estudiando los musgos de White Acre y alrededores, sino también mediante compras y canjes de muestras de otros coleccionistas botánicos del país y el extranjero. No supuso demasiadas dificultades. Alma ya sabía cómo importar productos botánicos y el musgo era fácil de transportar. Solo había que secarlo, empaquetarlo y cargarlo en un barco, y sobreviviría al viaje sin el menor menoscabo. Ocupaba muy poco espacio y no pesaba casi nada, de modo que a los capitanes no les molestaba llevarlo a bordo. Nunca se pudría. De hecho, el musgo seco contaba con un diseño tan perfecto para los viajes que la gente llevaba siglos usándolo como material para embalar. Al comienzo de sus exploraciones, Alma descubrió que los almacenes que poseía su padre en el puerto ya estaban llenos de cientos de variedades de musgos de todo el planeta, olvidados en los rincones y en los baúles vacíos, descuidados y abandonados... hasta que Alma los puso bajo el microscopio.

Gracias a estas exploraciones e importaciones, Alma logró, durante los últimos veintiséis años, coleccionar casi ocho mil especies de musgos, que preservaba en un herbario especial, en el pajar más seco de la cochera. Sus conocimientos en el ámbito de la briología global eran de una amplitud casi agobiante, a pesar de que no había salido nunca de Pensilvania. Mantenía correspondencia con botánicos desde la Tierra del Fuego hasta Suiza y seguía con esmero los complejos debates taxonómicos que se desataban en oscuras revistas científicas, respecto a si esta o aquella ramita de *Neckera* o *Poponatum* constituía una nueva especie o no era más que una variación modificada de una especie ya documentada. A veces intervenía con sus opiniones, expresadas en ensayos de meticulosa argumentación.

Además, ahora firmaba sus publicaciones con su nombre real. Su nombre completo. Ya no era A. Whittaker, sino Alma Whittaker. Ninguna inicial acompañaba el nombre: ni títulos de estudios, ni asociaciones a distinguidas y caballerosas organizaciones científicas. Ni siquiera era una «señora», con la dignidad que ese tratamiento otorga a una dama. A estas alturas, como era evidente, todo el mundo sabía que era mujer. Poco importaba. El musgo no era un ámbito que despertase pasiones, lo cual tal vez fuera la razón de que apenas encontrara resistencia. Por eso, y por su testaruda obstinación.

A medida que conocía mejor el mundo del musgo a lo largo de los años, Alma comprendió por qué nadie lo había estudiado de verdad antes: el observador inocente no veía casi nada que estudiar. Por lo general, eran sus carencias, y no sus características, lo que definía a los musgos, y es que, sin duda, carecían de muchas cosas. Los musgos no daban fruto. Los musgos no tenían raíces. Los musgos no crecían más que unos centímetros de alto, ya que no contenían un esqueleto interno que los sostuviese. Los musgos no transportaban agua dentro del cuerpo. Los musgos ni siquiera mantenían relaciones sexuales. (O, por lo menos, no mantenían relaciones sexuales de forma manifiesta, a diferencia de las lilas o las flores del manzano —y cualquier flor, en realidad—, con sus órganos a todas luces masculinos y femeninos). A simple vista, los musgos guardaban su propagación como un secreto. Por esta razón, a veces recibía un nombre evocador: *criptogamia,* matrimonio oculto.

En todos los sentidos, los musgos parecían sencillos, aburridos, modestos, incluso primitivos. En comparación, las malezas que crecían en las aceras de la ciudad parecían infinitamente más sofisticadas. Pero he aquí lo que muy pocas personas entienden, y que Alma llegó a aprender: el musgo es de una fortaleza inconcebible. El musgo come piedra y casi nada, en cambio, come musgo. El musgo devora rocas, lenta pero devastadoramente, en un festín que dura siglos. Con tiempo suficiente, una colonia de musgo puede reducir un acantilado a grava y esa grava a arena. Bajo los bancos de piedra caliza, las colonias de musgo crean esponjas vivas y goteantes que se agarran con firmeza y beben agua calcificada directamente de la piedra. Con el paso del tiempo, esta mezcla de musgo y minerales se convertirá en mármol travertino. Dentro de esa superficie dura de un blanco cremoso, siempre se ven venas azules, verdes y grises: los rastros de las colonias de musgo prehistóricas. La basílica de San Pedro se construyó con este material, creado y teñido por los cadáveres de estas antiguas colonias de musgo.

El musgo crece donde nada más puede crecer. Crece en los ladrillos. Crece en la corteza de los árboles y en la pizarra de los tejados. Crece en el Círculo Polar Ártico y en los trópicos más calurosos, pero también crece en el pelaje de los osos perezosos, en las espaldas de los caracoles, en huesos humanos en descomposición. El musgo, como aprendió Alma, es el primer indicio de vida botánica que reaparece en las tierras quemadas o explotadas hasta la esterilidad. El musgo tiene el descaro de atraer al bosque de nuevo a la vida. Es una máquina de resurrección. Un simple grupito de musgo puede permanecer en estado latente y seco durante más de cuarenta años seguidos y volver a la vida con un poquito de agua.

Lo único que necesitan los musgos es tiempo y Alma comenzaba a sospechar que el mundo tenía mucho tiempo que ofrecer. Otros estudios, notó, comenzaban a sugerir la misma idea. En la década de 1830, Alma ya había leído los *Principios de geología* de Charles Lyell, en el que se proponía que la Tierra era mucho más vieja de lo que se pensaba, incluso millones de años más vieja. Admiraba la obra más reciente de John Phillips, quien en 1841 había presentado una cronología geológica que superaba incluso las estimaciones de Lyell. Phillips creía que la Tierra había atravesado ya tres épocas de historia natural (el Paleozoico, el Mesozoico y el Cenozoico), y había identificado restos fósiles de flora y fauna de cada periodo, incluyendo musgos fosilizados.

Este concepto de un planeta de una vejez impensable no sorpendió a Alma, si bien escandalizó a mucha gente, ya que contradecía las enseñanzas de la Biblia. Pero Alma tenía sus propias y peculiares teorías sobre el tiempo, que solo se vieron reforzadas por el registro fósil del esquisto oceánico primigenio al que Lyell y Phillips hacían referencia en sus estudios. Alma llegó a creer, de hecho, en la existencia de varios tipos de tiempo coexistiendo en el cosmos; taxónoma diligente, incluso les había puesto nombre. En primer lugar, pensó Alma, estaba el Tiempo Humano, una narrativa de memoria limitada, mortal, basada en los deficientes recuerdos de la historia conocida. El Tiempo Humano era un mecanismo breve y horizontal. Se extendía recto y estrecho, desde un pasado relativamente reciente a un futuro apenas imaginable. La característica más sorprendente del Tiempo Humano, sin embargo, era la increíble rapidez con que se movía. Era un mero chasquido de dedos en el universo. Para desgracia de Alma, sus días mortales (como los días mortales de todos nosotros) correspondían al ámbito del Tiempo Humano. Por lo tanto, no permanecería en este mundo mucho tiempo, de lo cual era dolorosamente consciente. Ella era un mero chasquido de dedos en el universo, al igual que todos nosotros.

Al otro extremo del espectro, conjeturaba Alma, existía lo que llamó Tiempo Divino: una eternidad incomprensible en la que crecen galaxias y habita Dios. No sabía nada acerca del Tiempo Divino. Nadie lo sabía. De hecho, Alma se enfadaba con facilidad con quienes aseguraban comprender algún aspecto del Tiempo Divino. No le interesaba estudiar el Tiempo Divino, ya que creía que era imposible para un simple mortal comprenderlo. Era un tiempo fuera del tiempo. Así pues, no le prestaba mayor atención. Aun así, percibía su existencia y sospechaba que se desarrollaba en una especie de inmovilidad sólida e infinita.

Más cerca de casa, de vuelta a la tierra, Alma también creía en lo que llamaba Tiempo Geológico, acerca del cual habían escrito Charles Lyell y John Phillips de modo tan convincente. La historia natural correspondía a esta categoría. El Tiempo Geológico se movía a un ritmo que parecía casi eterno, casi divino. Se movía al ritmo de las piedras y de las montañas. El Tiempo Geológico no tenía prisa y había arrancado, según indicaban algunos estudiosos, hacía mucho más de lo que nadie se imaginaba.

Pero entre el Tiempo Geológico y el Tiempo Humano, postuló Alma, existía algo más: algo que llamó el Tiempo Musgo. En comparación con el Tiempo Geológico, el Tiempo Musgo avanzaba a una velocidad vertiginosa, ya que los musgos lograban en mil años lo que las piedras no alcanzarían ni en sueños ni en un millón. Pero, en relación con el Tiempo Humano, el Tiempo Musgo era de una lentitud dolorosa. A simple vista el musgo ni siquiera daba la impresión de moverse. Pero el musgo se movía, y con resultados extraordinarios. Nada parecía ocurrir, pero, de repente, una década después, todo había cambiado. Sencillamente, el musgo se movía con tal lentitud que casi todos los humanos eran incapaces de notar las diferencias.

Sin embargo, Alma sí las notaba. Alma estudiaba esas diferencias. Mucho antes de 1848 Alma ya se había instruido a sí misma para observar su mundo, en la medida de lo posible, a través de la dilatada cronología del Tiempo Musgo. Alma perforó diminutas banderas pintadas en las rocas situadas en las márgenes del afloramiento de piedra caliza para marcar el progreso de cada colonia de musgo, y había estado observando este prolongado drama durante veintiséis años. ¿Qué variedad de musgos avanzaría por la roca y qué variedad se batiría en retirada? ¿Cuánto tiempo tardaría? Observaba estos dominios verdes, majestuosos, inaudibles y lentos mientras se expandían y contraían. Medía su progreso en milímetros y lustros.

Al estudiar el Tiempo Musgo, Alma intentaba no preocuparse sobre su vida mortal. Estaba atrapada en los confines del Tiempo Humano, pero era inevitable. Tendría que aprovechar lo mejor posible esa existencia breve y efímera. Ya tenía cuarenta y ocho años. Cuarenta y ocho años no era nada para una colonia de musgo, pero era una edad considerable para una mujer. Hacía poco que los ciclos de la menstruación habían terminado. El pelo comenzaba a volverse cano. Si era afortunada, pensaba, se le concederían otros veinte o treinta años de vida y estudio..., cuarenta años como mucho. Era lo mejor que podía esperar, y lo esperaba cada día. Tenía tanto que aprender y tan poco tiempo para aprenderlo...

Si los musgos supiesen qué pronto se iría Alma Whittaker, pensaba a menudo, tal vez se apiadarían de ella.

***

Mientras tanto, la vida en White Acre seguía como siempre. Los negocios botánicos de los Whittaker no habían crecido en años, pero tampoco habían mermado; más bien se habían consolidado, cabría decir, como una máquina de beneficios incesantes. Los invernaderos seguían siendo los mejores de Estados Unidos y había, en esos momentos, más de seis mil variedades de plantas en la finca. En Estados Unidos se habían puesto de moda los helechos y las palmeras («la fiebre del helecho», bromeaban los periodistas) y Henry amasaba los beneficios de ese capricho cultivando y vendiendo frondas exóticas. Había mucho dinero que ganar, además, en los molinos y granjas que Henry poseía y había vendido con cuantiosos beneficios buena parte de sus tierras a las empresas ferroviarias en los últimos veinte años. Le interesaba el floreciente comercio del caucho, y había acudido a sus contactos en Brasil y Bolivia para comenzar a invertir en ese nuevo e incierto negocio.

Así pues, Henry Whittaker todavía estaba vivo y coleando, quizás milagrosamente. Su salud, a los ochenta y ocho años, no había empeorado, lo cual era impresionante, teniendo en cuenta su agotadora forma de vida y lo mucho que se quejaba. Los ojos le molestaban, pero con una lupa y una buena lámpara se mantenía al tanto del papeleo. Con un robusto bastón y si la tarde era seca, aún podía pasear por su propiedad, vestido (como siempre) a la usanza de un aristócrata del siglo XVIII.

Dick Yancey (el cocodrilo amaestrado) continuaba gestionando los intereses internacionales de The Whittaker Company con pericia, importando plantas medicinales nuevas y lucrativas, como simarouba, chondrodendron y muchas otras. James Garrick, el antiguo socio cuáquero de Henry, había fallecido, pero su hijo, John, se hizo cargo de la farmacia, de modo que los medicamentos Garrick & Whittaker aún se vendían en Filadelfia y otros lugares. El dominio del comercio internacional de la quinina por parte de Henry se había visto mermado debido a la competencia francesa, pero le iba mejor cerca de casa. Hacía poco había lanzado un nuevo producto, las píldoras vigorosas Garrick & Whittaker: un brebaje de corteza de los jesuitas, resina de mirra, aceite de sasafrás y agua destilada que aseguraba curar todas las enfermedades humanas, desde las fiebres tercianas y los sarpullidos hasta el malestar femenino. El producto tuvo un éxito abrumador. Las píldoras eran de fabricación barata y originaron un beneficio constante, en especial durante el verano, cuando la enfermedad y la fiebre se extendían por toda la ciudad y todas las familias, ricas y pobres, vivían con miedo a la peste. Las madres acudían a las píldoras ante la menor dolencia de sus hijos.

La ciudad había crecido alrededor de White Acre. Barrios bulliciosos se alzaban donde antes solo había granjas tranquilas. Había ómnibus, canales, vías de ferrocarril, carreteras pavimentadas, barreras de peaje y paquebotes a vapor. La población del país se había duplicado desde la llegada de los Whittaker en 1792. Los trenes circulaban en todas direcciones escupiendo ceniza ardiente. Los pastores y los moralistas temían que las vibraciones y el traqueteo de esos viajes a semejante velocidad despertasen en las mujeres más débiles un frenesí sexual. Los poetas escribían odas a la naturaleza, al mismo tiempo que la naturaleza desaparecía ante sus ojos. Había una docena de millonarios en Filadelfia, donde antaño solo estaba Henry Whittaker. Todo esto era nuevo. Pero aún existían el cólera y la fiebre amarilla, la difteria, la neumonía y la muerte. Todo esto era viejo. Por lo tanto, el negocio farmacéutico se mantenía firme.

Tras la muerte de Beatrix, Henry no se casó de nuevo ni mostró interés alguno al respecto. No necesitaba una esposa; tenía a Alma. Esta era buena con Henry y a veces, una vez al año o así, Henry incluso la elogiaba. A estas alturas Alma ya había aprendido cómo organizar su existencia en torno a los caprichos y exigencias de su padre. En general, Alma disfrutaba de su compañía (nunca pudo evitar quererlo), si bien era muy consciente de que cada hora que pasaba junto a su padre era una hora que perdía en el estudio de los musgos. Concedía a Henry sus tardes y noches, pero reservó las mañanas para su propio trabajo. Henry se levantaba cada vez más tarde a medida que se hacía viejo, así que este horario funcionaba bien. En ocasiones, Henry deseaba tener invitados durante la cena, pero mucho menos a menudo. Tal vez tenían compañía cuatro veces al año, en vez de cuatro veces a la semana.

Henry seguía siendo caprichoso y difícil. A veces, por la noche, la aparentemente eterna Hanneke de Groot despertaba a Alma con estas palabras: «Tu padre te llama, niña». Alma se levantaba, se envolvía en una bata que abrigaba y se dirigía al despacho de su padre, donde encontraba a un insomne e irritado Henry, que removía una montaña de papelotes y exigía una copita de ginebra y una partida de backgammon a las tres de la mañana. Alma le daba ese gusto sin queja alguna, a sabiendas de que Henry estaría más cansado al día siguiente, con lo cual tendría más horas para sus investigaciones.

«¿Te he hablado alguna vez de Ceilán?», preguntaba Henry, y Alma le dejaba hablar hasta que se durmiese. A veces ella se quedaba dormida, también, al arrullo de esas viejas historias. Despuntaba el amanecer sobre el anciano y su hija de pelo cano, ambos desplomados en sus sillones, con una partida inacabada de backgammon entre ellos. Alma se levantaba y ordenaba la habitación. Llamaba a Hanneke y al mayordomo para llevar a su padre a la cama. A continuación desayunaba a toda prisa y se dirigía o a la oficina de la cochera o a las colonias de musgo, donde centraba su atención una vez más en sus labores.

Así habían vivido durante más de dos décadas y media. Así es como iban a ser siempre las cosas, pensaba Alma. Era una vida tranquila, pero no desdichada para Alma Whittaker.

No desdichada en absoluto.

***

Otros, sin embargo, no habían tenido la misma suerte.

El viejo amigo de Alma, George Hawkes, por ejemplo, no había encontrado la felicidad en su matrimonio con Retta Snow. Tampoco Retta era feliz. Alma no encontraba consuelo ni alegría en este hecho. Otra mujer tal vez se habría regocijado al hallar esa especie de oscura venganza de su corazón roto, pero el sufrimiento de los demás no proporcionaba satisfacción alguna a Alma. Es más: a pesar de lo que había sufrido por ese matrimonio, Alma ya no amaba a George Hawkes. Ese fuego se había extinguido hacía años. Persistir en ese amor en tales circunstancias habría sido de una insensatez inconmensurable, y Alma ya se había cansado de ser insensata. Sin embargo, Alma se compadecía de George. Tenía un buen corazón, y siempre se había portado como un buen amigo, aunque jamás un hombre escogió esposa tan mal.

Al principio, al editor botánico, tan formal, le desconcertaba su novia, tan frívola y voluble, pero con el paso del tiempo su irritación fue en aumento. A veces George y Retta cenaban en White Acre durante los primeros años de su matrimonio, pero Alma no tardó en percibir que George se ponía tenso y sombrío cada vez que Retta hablaba, como si temiese sus palabras. A la postre dejó de hablar por completo durante las cenas, casi, diríase, con la esperanza de que así su esposa también se callase. Si tal fue su deseo, no surtió efecto. Retta, por su parte, cada vez se alteraba más en presencia de su silencioso marido, lo que la llevaba a hablar de un modo más frenético, lo cual, a su vez, encerraba más a su marido en un obstinado silencio.

Al cabo de algunos años así, Retta adquirió un hábito de lo más peculiar, doloroso de ver para Alma. Retta, impotente, ondeaba los dedos frente a la boca al hablar, como si tratase de atrapar las palabras que salían de sus labios..., como si tratase de impedirles salir o incluso devolverlas a su lugar de origen. A veces Retta era capaz de abortar una frase en medio de una idea alocada y entonces se llevaba los dedos a los labios para impedir que surgiesen nuevas palabras. Pero era incluso más doloroso ser testigo de este triunfo, pues esa última frase, extraña, inacabada, quedaba colgando en el aire, mientras Retta miraba afligida a su marido, con los ojos desquiciados por el remordimiento.

Tras un número más que suficiente de estas inquietantes actuaciones, el señor y la señora Hawkes dejaron de acudir a las cenas. Alma los veía solo en casa de la pareja, cuando iba a Arch Street a tratar detalles de alguna publicación con George.

Estar casada, al final, no le sentó bien a la señora Retta Snow Hawkes. Simplemente, no estaba hecha para ello. De hecho, ser adulta no le sentaba bien. Había demasiadas restricciones y se esperaba demasiada seriedad de ella. Retta ya no era una niña tonta que recorría la ciudad según los dictados de su capricho en un pequeño carruaje a dos ruedas. Ahora era la abnegada esposa de uno de los más respetados editores de Filadelfia, y como tal debía comportarse. Ya no resultaba decoroso que Retta fuese sola al teatro. Bueno, nunca había sido decoroso, pero en el pasado nadie se lo había prohibido. George se lo prohibió. A él no le gustaba el teatro. George también exigía a su esposa asistir a misa (y varias veces a la semana), donde Retta, como una niña, refunfuñaba aburrida. Tampoco podía vestir con la alegría de antes después de su matrimonio, ni ponerse a cantar cuando se le antojase. O, más bien, podía ponerse a cantar, y a veces lo hacía, pero no era decoroso y solo servía para enfurecer a su marido.

En cuanto a la maternidad, Retta no supo hacer frente a esa responsabilidad tampoco. En el primer año del matrimonio hubo un embarazo en el hogar de los Hawkes, pero perdió el niño. Al año siguiente, hubo otro embarazo frustrado, y al año siguiente otro. Tras perder al quinto niño, Retta se encerró en su habitación en un arrebato de desesperación. Los vecinos oían sus gemidos, según se decía, a varias casas de distancia. El pobre George Hawkes no sabía qué hacer con esta mujer desesperada y fue incapaz de trabajar durante varios días debido a la enajenación de su esposa. A la sazón envió un mensaje a White Acre en el cual rogaba a Alma que se acercase a Arch Street y se sentase con su vieja amiga, que permanecía inconsolable.

Pero, cuando Alma llegó, Retta ya estaba dormida, con el pulgar en la boca y esa hermosa melena derramada por la almohada como si fuese ramas negras sin hojas contra el cielo pálido de invierno. George explicó que la farmacia había enviado un poco de láudano, que pareció obrar efecto.

—Te ruego, George, que no lo conviertas en un hábito —advirtió Alma—. Retta tiene una constitución de una sensibilidad inusual y mucho láudano puede ser dañino para ella. Sé que es un poco absurda a veces, e incluso trágica. Pero, a mi entender, Retta solo necesita paciencia y amor para recuperar el camino de vuelta a la felicidad. Quizás, si le das más tiempo...

—Lamento haberte molestado —dijo George.

—No es nada —dijo Alma—. Estoy siempre a tu disposición, y a la de Retta.

Alma quería decir más, pero... ¿qué? Sospechaba que ya había hablado con demasiada confianza, o tal vez incluso lo había criticado como marido. Pobre hombre. Estaba agotado.

—Aquí tienes una amiga, George —dijo Alma, posando la mano en su brazo—. Aprovéchala. Llámame cuando quieras.

Bueno, eso es lo que hizo. George llamó a Alma cuando Retta se rapó el pelo en 1826. Llamó a Alma en 1835, cuando Retta desapareció tres días, y la hallaron en Fish Town, dormida en medio de una pandilla de niños callejeros. La llamó en 1842, cuando Retta atacó a una criada con unas tijeras de costura, acusándola a gritos de que era un fantasma. La criada no sufrió heridas graves, pero ya nadie estaba dispuesto a servirle el desayuno a Retta. La llamó en 1846, cuando Retta comenzó a escribir cartas largas e incomprensibles, más con lágrimas que con tinta.

George no sabía qué hacer frente a estas escenas y follones. Todo ello le impedía concentrarse en sus negocios y en sí mismo. Publicaba más de cincuenta libros al año, junto a una amplia gama de revistas científicas, así como *Octavos de flora exótica,* una publicación nueva, cara y solo para suscriptores, de aparición trimestral, ilustrada con enormes litografías a mano de la mejor calidad. Estos empeños le exigían toda su atención. No tenía tiempo para una esposa que se derrumbaba.

Tampoco Alma tenía tiempo, pero aun así acudía. A veces, en especial durante los malos momentos, incluso pasaba la noche con Retta, en el lecho conyugal de los Hawkes, con los brazos alrededor de su temblorosa amiga, mientras George dormía en un camastro en el taller de impresión. De todos modos, Alma tenía la sensación de que solía dormir ahí.

—¿Vas a quererme y ser buena conmigo —preguntaba Retta a Alma en mitad de la noche— si me convierto en el mismo diablo?

—Voy a quererte siempre —tranquilizaba Alma a la única amiga que había tenido—. Y nunca podrías convertirte en el diablo, Retta. Solo necesitas descansar y no angustiarte, ni a ti ni a los demás...

La mañana siguiente a uno de esos incidentes, los tres desayunaban juntos en el comedor de los Hawkes. No era una escena relajante. En las mejores circunstancias, George no era un conversador distendido y Retta (según cuánto láudano se le hubiese administrado la noche anterior) podía estar o alterada o aturdida. Los intervalos de lucidez eran cada vez más escasos. A veces Retta mordisqueaba un trapo y no consentía que se lo quitaran. Alma buscaba un tema de conversación apropiado para los tres, pero tal tema no existía. Tal tema nunca había existido. Alma hablaba con Retta acerca de tonterías o hablaba con George acerca de botánica, pero fue incapaz de encontrar la manera de hablar con ambos.

***

Entonces, en abril de 1848, George Hawkes volvió a llamar a Alma. Esta se encontraba trabajando en su despacho (donde atacaba con afán el enigma de un mal conservado *Dicranum consorbrinum* que había recibido hacía poco, enviada por un coleccionista aficionado de Minnesota) cuando llegó a caballo un muchacho delgado con un mensaje urgente: se rogaba la inmediata presencia de la señorita Whittaker en el hogar de los Hawkes, en Arch Street. Había ocurrido un accidente.

—¿Qué clase de accidente? —preguntó Alma, que se levantó preocupada.

—¡Un incendio! —dijo el muchacho, a quien le costaba contener su euforia. Como a todos los muchachos, le encantaba el fuego.

—¡Cielos santos! ¿Ha habido algún herido?

—No, señora —dijo el muchacho, visiblemente decepcionado.

Alma no tardó en descubrir que Retta había prendido fuego a su habitación. Por alguna razón, había decidido que debía quemar la ropa de cama y las cortinas. Por fortuna, era un día húmedo, así que las telas solo se chamuscaron y no llegaron a arder. Hubo mucho más humo que fuego, pero, aun así, en la habitación los daños fueron considerables. Los daños a la moral de la casa fueron aún más graves. Dos doncellas presentaron la renuncia. Nadie quería vivir en esa casa. Nadie quería soportar a esa señora trastornada.

Cuando llegó Alma, George estaba pálido y abrumado. Retta había sido sedada y dormía profundamente en un sofá. La casa olía a un incendio después de la lluvia.

—¡Alma! —dijo George, que se apresuró hacia ella. La tomó de las manos. Lo había hecho solo una vez antes, hacía más de tres décadas. Esta vez fue diferente. Alma se avergonzó de recordar la ocasión anterior. Los ojos de George estaban llenos de pánico—. No puede seguir aquí.

—Es tu esposa, George.

—¡Ya sé que es mi esposa! Ya sé que es mi esposa. Pero no puede seguir aquí, Alma. No es seguro para ella y no es seguro para quienes la rodean. Podría habernos matado a todos y podría haber incendiado el taller de impresión. Debes encontrarle un lugar donde quedarse.

—¿Un hospital? —preguntó Alma. Pero Retta había ido al hospital muchísimas veces y ahí, al parecer, nadie podía hacer nada por ella. Del hospital siempre volvía incluso más alterada que antes.

—No, Alma. Necesita un lugar permanente. Un tipo diferente de casa. ¡Ya sabes de qué hablo! No puedo tenerla aquí ni una noche más. Tiene que vivir en otra parte. Perdóname. Sabes más que nadie, pero ni siquiera tú conoces bien en qué se ha convertido. No he dormido una sola noche la semana pasada. Nadie duerme en esta casa, por miedo a lo que vaya a hacer. Necesita dos personas con ella en todo momento, para que no se haga daño a sí misma ni a los demás. ¡No me obligues a decir más! Sé que comprendes lo que te estoy pidiendo. Hazlo por mí.

Sin cuestionar ni por un instante por qué debía encargarse ella, Alma lo hizo. Con unas cuantas cartas bien dirigidas, enseguida logró una plaza para su amiga en el asilo Griffon, en Trenton, Nueva Jersey. El edificio acababa de erigirse el año anterior y el doctor Victor Griffon (un personaje respetado de Filadelfia que una vez fue invitado a White Acre) había diseñado el espacio para otorgar la serenidad óptima a las mentes perturbadas. Era el principal defensor en Estados Unidos del cuidado moral de los trastornos mentales, y sus métodos, según se decía, eran muy humanos. Nunca encadenaba a sus pacientes a las paredes, por ejemplo, como le ocurrió a Retta una vez en el hospital de Filadelfia. Se decía que el asilo era un lugar bello y sereno, de elegantes jardines y, por supuesto, muros altos. No era desagradable, decía la gente. Tampoco era barato, como descubrió al pagar, por adelantado, el primer año de la estancia de Retta. No deseaba incomodar a George con la factura y los padres de Retta habían fallecido mucho tiempo atrás, dejando solo deudas tras ellos.

Fue un asunto triste para Alma tomar estas medidas, pero todo el mundo estuvo de acuerdo en que era lo mejor. Retta tendría una habitación para ella sola en Griffon, donde no haría daño a otros pacientes, y una enfermera la acompañaría a todas horas. Saber esto consoló a Alma. Por otra parte, las terapias del asilo eran modernas y científicas. La locura de Retta sería tratada con hidroterapia, con una placa giratoria centrífuga y con una amable orientación moral. No tendría acceso ni al fuego ni a tijeras. El doctor Griffon en persona, quien ya había diagnosticado a Retta con algo que llamó «agotamiento de la fuente nerviosa», confirmó este hecho a Alma.

Así pues, Alma se encargó de todo. George solo tuvo que firmar el certificado de enajenación y acompañar a su esposa, junto a Alma, a Trenton. Los tres llegaron en un carruaje privado, pues no era sensato llevar a Retta en tren. Habían traído una correa consigo, por si fuera necesario inmovilizarla, pero Retta, de buen humor, se dedicó a canturrear cancioncillas.

Cuando llegaron al asilo, George caminó con brío por el gran patio hacia la entrada, con Alma y Retta detrás de él, cogidas del brazo, como si se tratara de un paseo.

—¡Qué casa tan bonita! —exclamó Retta mientras admiraba el elegante edificio de ladrillo.

—Es cierto —dijo Alma, aliviada—. Me alegra que te guste, Retta, porque aquí es donde vas a vivir. —No estaba claro si Retta comprendía lo que estaba ocurriendo, pero no parecía nerviosa.

—Qué encantadores jardines —añadió Retta.

—Es cierto —dijo Alma.

—Aunque no soporto ver flores cortadas.

—Pero, Retta, ¡qué tonta eres!, ¡mira que decir eso! A nadie le gusta más un ramo de flores frescas que a ti.

—Estoy siendo castigada por los más atroces delitos —respondió Retta con serenidad.

—No estás siendo castigada, cielo.

—Me aterra Dios, más que nada.

—Dios no tiene motivos de queja contigo, Retta.

—Me acosan los dolores más misteriosos en el pecho. A veces parece que mi corazón vaya a ser aplastado. No ahora, ¿sabes?, pero viene tan de repente...

—Vas a hacer amigos aquí que pueden ayudarte.

—Cuando era joven —dijo Retta en ese mismo tono relajado—, solía dar paseos comprometedores con hombres. ¿Sabías eso de mí, Alma?

—Calla, Retta.

—No hace falta. George lo sabe. Se lo he dicho muchas veces. He permitido a los hombres hacer conmigo lo que les viniese en gana, e incluso me he permitido aceptar su dinero..., aunque ya sabes que nunca he necesitado dinero.

—Calla, Retta. No sabes lo que dices.

—¿Has deseado alguna vez dar paseos comprometedores con hombres? Cuando eras joven, quiero decir.

—Retta, por favor...

—Las señoras de la quesería de White Acre solían hacerlo también. Me enseñaron cómo hacer cosas a los hombres y me dijeron cuánto dinero tenía que cobrar por mis servicios. Me compré guantes y cintas con ese dinero. ¡Incluso compré una cinta para ti!

Alma aminoró el paso, con la esperanza de que George no las oyese. Pero sabía que lo había oído todo.

—Retta, qué cansada estás, no malgastes la voz...

—Pero ¿lo deseabas, Alma? ¿No deseabas cometer actos comprometedores? ¿Nunca sentiste que te corroía un hambre insaciable? —Retta se aferró al brazo de Alma y contempló a su amiga casi con pena, con una mirada escrutadora. Al cabo de un momento volvió a encogerse, resignada—. No, por supuesto que no. Porque tú eres buena. Tú y Prudence, las dos sois buenas. Mientras que yo soy el mismo diablo.

Alma sentía que se le iba a romper el corazón. Observó la espalda amplia y encorvada de George Hawkes, que caminaba por delante de ellas. Se sentía abrumada por la vergüenza. ¿Que si había deseado cometer actos comprometedores con hombres? ¡Oh, si Retta lo supiese! ¡Si alguien lo supiese! Alma era una vieja solterona de cuarenta y ocho años, seca de vientre, y aun así todavía iba al cuarto de encuadernar varias veces al mes. ¡Muchas veces al mes, incluso! Es más, todos esos textos ilícitos de su juventud *(Cum grano salis* y los otros) aún latían en sus recuerdos. A veces, sacaba esos libros del baúl oculto en el heno de la cochera y los leía de nuevo. ¿Qué no sabía Alma de hambres insaciables?

Pensó que era inmoral no decir nada para consolar o mostrar su lealtad a aquella pequeña criatura rota. ¿Cómo iba a consentir que Retta creyese que era la única perversa del mundo? Sin embargo, George Hawkes estaba ahí mismo, a unos pasos, y sin duda lo oiría todo. Así pues, Alma no le ofreció consuelo ni comprensión. Solo dijo:

—Una vez que te acostumbres a tu nueva casa, mi querida Retta, vas a poder pasear por estos jardines todos los días. Entonces, estarás en paz.

***

En el viaje de vuelta a casa, Alma y George guardaron silencio la mayor parte del tiempo.

—La van a cuidar bien —dijo Alma al fin—. El doctor Griffon en persona me lo ha asegurado.

—Todos nacemos para sufrir —dijo George, a modo de respuesta—. Qué triste destino venir a este mundo.

—Tal vez sea así —respondió Alma, cautelosa y sorprendida ante la vehemencia de sus palabras—. Aun así, hemos de armarnos de paciencia para soportar las dificultades que nos encontremos.

—Sí. Eso nos enseñan —dijo George—. ¿Sabes, Alma, que hay veces en que deseo que Retta encuentre alivio en la muerte en lugar de padecer este continuado tormento o causarnos este sufrimiento a mí y a los demás?

Alma no atinó a encontrar una respuesta. George se quedó mirándola, la cara desencajada por las tinieblas y la agonía. Al cabo de unos momentos, Alma balbució estas palabras:

—Donde hay vida, George, hay esperanza. La muerte es espantosamente inalterable. A todos nos llega, tarde o temprano. No desearía que le llegase a nadie antes de tiempo.

George cerró los ojos y no respondió. Esta respuesta no pareció tranquilizarlo.

—Voy a venir a Trenton a visitar a Retta una vez al mes —dijo Alma, en un tono más despreocupado—. Si quieres, acompáñame. Voy a traerle copias de *Joy's Lady's Book*. Seguro que le gusta.

Durante las dos horas siguientes, George no habló. Por unos momentos, pareció dormitar. Al acercarse a Filadelfia, sin embargo, abrió los ojos y se quedó mirando al vacío, en silencio. Alma nunca había visto a nadie de aspecto tan infeliz. Alma, a quien se le rompía el corazón por él, eligió cambiar de tema. Hacía unas semanas, George había prestado a Alma un nuevo libro, recién publicado en Londres, acerca de las salamandras.

Tal vez mencionarlo le levantaría el ánimo. Por lo tanto, le agradeció que se lo hubiera prestado y habló del libro con cierto detalle, mientras el carruaje se acercaba lentamente a la ciudad, y al fin concluyó:

—En general, me ha parecido un tomo de conocimientos considerables y análisis precisos, si bien está muy mal escrito y la organización es espantosa... Por eso te lo pregunto, George: ¿es que en Inglaterra no hay editores?

George apartó la mirada de los zapatos y dijo, en un tono brusco:

—El marido de tu hermana se ha metido en muchos problemas últimamente.

Era evidente que no había escuchado ni una palabra de lo que había dicho. El cambio de tema sorprendió a Alma. George no era un chismoso y le resultó raro incluso que mencionase al marido de Prudence. Tal vez, reflexionó, estaba tan alterado por los acontecimientos del día que estaba fuera de sí. Como no deseaba que se sintiese incómodo, aceptó el nuevo rumbo de la conversación, como si fuese habitual que George y ella hablaran de semejantes asuntos.

—¿Qué ha hecho? —preguntó.

—Arthur Dixon ha publicado un panfleto incendiario —explicó George, con un tono de voz cansado— y el muy insensato lo ha firmado con su nombre; en él expresa su opinión de que el gobierno de los Estados Unidos de América es una bestia de moral repugnante debido a su constante adhesión a la esclavitud humana.

No había nada sorprendente en esta noticia. Prudence y Arthur Dixon habían sido abolicionistas comprometidos durante muchos años. En toda Filadelfia eran bien conocidas sus posturas antiesclavistas, casi radicales. Prudence, en sus horas libres, enseñaba a leer a negros libres en una escuela cuáquera del barrio. También cuidaba a niños en el Asilo para Huérfanos de Color, y a menudo hablaba en las reuniones de las sociedades abolicionistas femeninas. Arthur Dixon publicaba panfletos con frecuencia (incluso incesante) y había formado parte de la junta editorial de *The Liberator*. Para ser sinceros, mucha gente estaba cansada de los Dixon, con sus panfletos, artículos y discursos. («Para alguien que pretende ser un agitador de masas —decía siempre Henry de su yerno—, Arthur Dixon es un pelmazo»).

—¿Y? —preguntó Alma a George Hawkes—. Todos sabemos que mi hermana y su marido participan activamente en esas causas.

—El profesor Dixon ha ido más lejos esta vez, Alma. No solo desea la abolición de la esclavitud de inmediato, sino que opina que no deberíamos pagar impuestos ni respetar las leyes del país hasta que ese improbable evento tenga lugar. Anima a todo el mundo a tomar las calles con antorchas llameantes para exigir la liberación inmediata de todos los hombres negros.

—¿Arthur Dixon? —Alma no pudo evitar decir el nombre completo de su aburrido tutor de antaño—. ¿Antorchas llameantes? No parece propio de él.

—Léelo por ti misma y verás. Todo el mundo habla de eso. Dicen que tiene suerte de que no lo hayan despedido de la universidad. Tu hermana, al parecer, ha mostrado su acuerdo con él.

Alma sopesó la noticia.

—Es un poco alarmante —concedió al fin.

—Todos nacemos para sufrir —repitió George, que se frotó la cara con una mano, exhausto.

—Aun así, hemos de armarnos de paciencia... —comenzó de nuevo Alma, sin convicción, pero George la interrumpió.

—Tu pobre hermana —dijo—. Y con niños pequeños en la casa, además. Por favor, Alma, dime si hay algo que pueda hacer para ayudar a tu familia. Siempre habéis sido muy amables con nosotros.

Capítulo trece

S u pobre hermana?

Bueno, tal vez..., pero Alma no estaba segura.

Prudence Whittaker Dixon era una mujer difícil de compadecer y no había dejado de ser, a lo largo de los años, una mujer imposible de comprender. Alma ponderó estos hechos al día siguiente, mientras estudiaba sus colonias de musgo, de vuelta en White Acre.

¡Qué enigma era el hogar de los Dixon! He ahí otro matrimonio que no daba la impresión de ser feliz, en absoluto. Prudence y su antiguo tutor habían estado casados más de veinticinco años y habían engendrado seis niños, pero Alma nunca había presenciado ni un solo gesto de cariño, placer o comprensión entre ambos. Nunca los había oído reír. Apenas los había visto sonreír. Ni siquiera había visto un destello de ira entre ellos. De hecho, no había visto emoción de ningún tipo en esa pareja. ¿Qué clase de matrimonio era ese, en el que los esposos pasan los años en una concienzuda apatía?

Pero los interrogantes siempre habían rodeado la vida de casada de su hermana. Para empezar, ese misterio ardiente que había mantenido ocupados a todos los chismosos de Filadelfia durante tantos años, a saber, cuando Arthur y Prudence se casaron, ¿qué ocurrio con la dote? Henry Whittaker bendijo a su hija adoptada con una tremenda cantidad de dinero con ocasión del matrimonio, pero no había señal alguna de que hubiese gastado un solo centavo. Arthur y Prudence Dixon vivían como pobres con el modesto salario de él. Ni siquiera eran los dueños de su casa. Vaya, ¡casi ni siquiera usaban calefacción! Arthur no veía los lujos con buenos ojos, así que mantenía la casa tan fría y seca como el interior de sí mismo. Gobernaba su familia mediante un modelo de abstinencia, modestia, estudios y oración, que Prudence obedecía al pie de la letra. Desde el primer día de su carrera como esposa, Prudence renunció a toda gala y comenzó a vestirse casi como una cuáquera: franela, lana y colores oscuros, con los sombreros más desfavorecedores. No se embellecía ni con una baratija ni con un reloj de cadena, ni vestía tan siquiera un solo encaje.

Las restricciones de Prudence no se limitaban al guardarropa. Su dieta se volvió tan sencilla y restrictiva como su modo de vestir: todo pan de maíz y melaza, según las apariencias. Nunca se la vio tomando una copa de vino, ni siquiera té o limonada. A medida que nacieron sus hijos, Prudence los crio de esa manera mezquina. Una pera caída de un árbol cercano constituía un festín para sus hijos e hijas, a quienes enseñó a apartar la vista de manjares más tentadores. Prudence vestía a sus hijos de la misma manera en que se vestía ella: con ropa humilde, remendada con pulcritud. Era como si quisiera que sus hijos pareciesen pobres. O tal vez eran pobres de verdad, si bien no había motivo para ello.

—¿Qué diablos ha hecho con todos sus vestidos? —farfullaba Henry siempre que Prudence venía de visita a White Acre con sus harapos—. ¿Ha rellenado los colchones con ellos?

Pero Alma había visto los colchones de Prudence, y estaban rellenos de paja.

Los bromistas de Filadelfia se divirtieron mucho con las hipótesis sobre qué habrían hecho Prudence y su marido con la dote. ¿Era Arthur Dixon un jugador que había derrochado un dineral en carreras de caballos y peleas de perros? ¿Tenía otra familia en otra ciudad que nadaba en la abundancia? ¿O la pareja dormía sobre un tesoro enterrado de valor incalculable, que ocultaba tras esa fachada de pobreza?

Con el tiempo, la respuesta apareció: todo el dinero había ido a parar a causas abolicionistas. Con discreción, Prudence donó la mayor parte de su dote a la Sociedad Abolicionista de Filadelfia poco después de su matrimonio. Los Dixon también usaron el dinero para comprar la libertad de esclavos, lo que costaba más de mil trescientos dólares por cabeza. Pagaron el pasaje de varios esclavos fugitivos a la seguridad de Canadá. Pagaron la publicación de innumerables panfletos y tratados incendiarios. Incluso financiaron las Sociedades de Debate para negros, que ayudaban a formar a los negros para defender su causa.

Todos estos detalles salieron a la luz en 1838, en un artículo de *The Inquirer* sobre los extravagantes hábitos de Prudence Whittaker Dixon. Instigado por el incendio de una sala de reuniones abolicionista que perpetró una muchedumbre, el periódico buscaba noticias interesantes, incluso amenas, acerca del movimiento antiesclavista. Cuando un prominente abolicionista mencionó la discreta generosidad de la heredera Whittaker, un reportero supo de Prudence Dixon. Le picó la curiosidad de inmediato; el apellido Whittaker, hasta entonces, no se había asociado en Filadelfia con actos altruistas. Además, por supuesto, Prudence era de una vívida belleza (lo cual siempre llama la atención) y el contraste entre ese rostro exquisito y esa vida tan sencilla la convertía en un tema aún más fascinante. Con sus elegantes muñecas blancas y un delicado cuello que se asomaba bajo una vestimenta lóbrega, Prudence tenía el aspecto de una reina en cautiverio: una Afrodita atrapada en un convento. El reportero cayó subyugado.

El artículo apareció en la portada del periódico, junto a un favorecedor grabado de la señora Dixon. La mayor parte del artículo consistía en material abolicionista familiar, pero lo que capturó la imaginación de los habitantes de Filadelfia fue que Prudence (criada en los vestíbulos palaciegos de White Acre) declaró que, desde hacía muchos años, rechazaba, para sí misma y para su familia, cualquier lujo hecho por las manos de un esclavo.

«Puede parecer inocente vestir algodón de Carolina del Sur —decía citando las palabras de Prudence—, pero no es inocente, ya que así es como el mal entra en nuestros hogares. Puede parecer un placer inocente mimar a nuestros hijos con una golosina de azúcar, pero ese placer es un pecado cuando el azúcar lo cultivan seres humanos sometidos a una miseria indescriptible. Por esa misma razón, en nuestra casa no tomamos café ni té. Insto a todos lo habitantes de Filadelfia de buena conciencia cristiana a que hagan lo mismo. Si alzamos la voz contra la esclavitud pero no dejamos de aprovecharnos de sus latrocinios, no somos más que hipócritas y ¿cómo podemos creer que el Señor sonríe ante nuestra hipocresía?».

Más adelante, Prudence iba más lejos:

«Mi marido y yo vivimos al lado de una familia de negros liberados, formada por un hombre bueno y decente llamado John Harrington, su esposa, Ruth, y sus tres hijos. Son pobres y, por lo tanto, tienen dificultades. Hemos decidido no vivir con más riquezas que ellos. Hemos decidido que nuestra casa no sea mejor que la suya. A menudo, los Harrington trabajan con nosotros en casa, y nosotros en la suya. Limpio la chimenea junto a Sadie Harrington. Mi marido corta madera junto a John Harrington. Mis hijos aprenden a leer y a sumar junto a los hijos de los Harrington. A menudo cenan con nosotros, en nuestra mesa. Comemos la misma comida que ellos y vestimos la misma ropa que ellos. En invierno, si los Harrington no tienen calefacción, nosotros no usamos la calefacción. Nuestra calefacción es no avergonzarnos y saber que Cristo habría hecho lo mismo. Los domingos asistimos a la misma misa que los Harrington, en su humilde iglesia negra metodista. Esa iglesia carece de comodidades, ¿por qué habría de tenerlas la nuestra? A veces sus hijos no tienen zapatos, ¿por qué habrían de tenerlos los nuestros?».

Aquí Prudence había ido demasiado lejos.

En los días siguientes los periódicos recibieron muchísimas respuestas airadas a las palabras de Prudence. Algunas de esas cartas procedían de madres horrorizadas («¡La hija de Henry Whittaker no compra zapatos a sus hijos!»), pero la mayor parte eran de hombres enfurecidos («Si la señora Dixon quiere tanto a los negros como dice, que case a sus preciosas hijitas blancas con los hijos más oscuros de sus vecinos... Espero impaciente a verlo»).

En cuanto a Alma, no pudo evitar que el artículo le resultase irritante. Había algo en la forma de vida de Prudence que a Alma le recordaba sospechosamente al orgullo o incluso la vanidad. No era que Prudence poseyese la vanidad de los simples mortales (Alma nunca la había sorprendido mirándose a un espejo), pero Alma pensaba que su hermana se mostraba vanidosa de otra manera, más sutil, mediante estas excesivas demostraciones de austeridad y sacrificio.

«Mirad qué poco necesito —parecía decir Prudence—. Contemplad mi bondad».

A Alma le irritaba esa demostración tan manifiesta de pobreza de Prudence, al igual que a Platón le irritaba Diógenes. Además, no dejaba de preguntarse si tal vez los vecinos negros de Prudence, los Harrington, desearían comer algo más que pan de maíz y melaza por una noche... ¿Por qué los Dixon no les invitaban en vez de pasar hambre ellos mismos en un gesto de solidaridad tan vacuo?

La aparición en el periódico conllevó problemas. Filadelfia sería una ciudad libre, pero eso no quería decir que a sus habitantes les agradasen las relaciones entre negros pobres y damas blancas. Al principio, los Harrington sufrieron amenazas y agresiones, y fueron acosados de tal manera que se vieron obligados a mudarse. A continuación, Arthur recibió andanadas de estiércol de caballo de camino a la Universidad de Pensilvania, donde trabajaba. Las madres se negaron a que sus hijos jugaran con los Dixon. En la puerta de los Dixon aparecían una y otra vez tiras de algodón de Carolina del Sur y en el umbral pequeños montones de azúcar: extrañas y creativas advertencias, sin duda. Entonces, un día de mediados de 1838, Henry Whittaker recibió una carta anónima que decía: «O tapa la boca a su hija, señor Whittaker, o pronto verá sus almacenes ardiendo».

En fin, Henry no podía tolerar eso. Ya era muy ofensivo que su hija hubiese malgastado su generosa dote, pero ahora sus propiedades comerciales corrían peligro. Llamó a Prudence a White Acre, donde esperaba imponerle algo de sensatez.

—Sé amable con ella, padre —advirtió Alma antes del encuentro—. Es probable que Prudence esté nerviosa y preocupada. Le han afectado mucho los sucesos de las últimas semanas y estará más preocupada por la seguridad de sus hijos que tú por la seguridad de tus almacenes.

—Lo dudo —gruñó Henry.

Pero Prudence no parecía ni intimidada ni consternada. Más bien, entró en el despacho de Henry como Juana de Arco y se plantó ante él impertérrita. Alma intentó un saludo amable, pero Prudence no mostró interés por las cortesías de rigor. Tampoco Henry. Se lanzó a la conversación con las espadas en alto.

—¡Mira lo que has hecho! Has traído vergüenza a esta familia, ¿y ahora vas a traer una turba de linchadores a la puerta de tu padre? ¿Esa es la recompensa que me ofreces por todo lo que te he dado?

—Discúlpame, pero no veo ninguna turba —dijo Prudence, sin alterarse.

—Bueno, ¡puede que no tarde en venir! —Henry arrojó la carta amenazante a Prudence, quien la leyó sin cambiar de expresión—. Te digo, Prudence, que no seré muy feliz si he de dirigir mis negocios desde los escombros humeantes de un edificio destruido. ¿Qué crees que haces jugando estos juegos? ¿Por qué sales en los periódicos de esta manera? No hay dignidad alguna en ello. Beatrix lo habría censurado.

—Me siento orgullosa de que quede constancia de mis palabras —replicó Prudence—. Diría con orgullo esas mismas palabras de nuevo, frente a todos los reporteros de Filadelfia.

Prudence no ayudaba a mejorar la situación.

—Vienes aquí vestida con harapos —dijo Henry, con un tono cada vez más enfurecido—. Vienes sin un centavo, a pesar de mi generosidad. Vienes aquí desde los confines del infierno insolvente de tu marido con la intención de mostrarte desdichada en nuestra presencia y volvernos a todos desdichados a tu alrededor. Te metes donde no debes y llamas a una rebelión que va a echar abajo esta ciudad... ¡y de paso va a destruir mis negocios! ¡Y encima sin motivo alguno! ¡No hay esclavitud en la Commonwealth de Pensilvania, Prudence! ¿Por qué seguir discutiendo ese asunto? Deja que el sur resuelva sus propios pecados.

—Lamento que no compartas mis creencias, padre —dijo Prudence.

—Me importan un rábano tus creencias. Pero te juro que si les pasa algo a mis almacenes...

—Eres un hombre influyente —interrumpió Prudence—. Tu voz beneficiaría esta causa y tu dinero serviría de mucha ayuda en este mundo pecaminoso. Apelo a esa señal en tu interior...

—¡Oh, a la mierda esa señal interior! Solo vas a empeorar las cosas para todos los comerciantes que tanto trabajan en esta ciudad.

—Entonces, ¿qué quieres que haga, padre?

—Quiero que cierres la boca, niña, y cuides de tu familia.

—Todos los que sufren son familiares míos.

—¡Oh, maldición, ahórrame tus sermones...! No, no lo son. Los que estamos aquí somos tu familia.

—No más que cualquier otro —dijo Prudence.

Esas palabras paralizaron a Henry. De hecho, le cortaron la respiración. Incluso Alma sintió el golpe. Ese comentario llevó un escozor inesperado a sus ojos, como si le hubieran golpeado con dureza en el puente de la nariz.

—¿No nos consideras tu familia? —preguntó Henry cuando recuperó la compostura—. Entonces, muy bien. Te expulso de esta familia.

—Oh, padre, no... —protestó Alma, horrorizada.

Pero Prudence interrumpió a su hermana con una respuesta tan lúcida y tranquila que parecía haberla ensayado durante años. Tal vez era así.

—Como desees —dijo Prudence—. Pero has de saber que expulsas de tu casa a una hija que siempre te ha sido fiel y que tiene derecho a esperar ternura y comprensión del único hombre a quien recuerda haber llamado padre. No solo es esto una crueldad, sino que creo que la angustia va a cercar tu conciencia. Voy a rezar por ti, Henry Whittaker. Y, cuando rece, le preguntaré al Señor qué pasó con la moral de mi padre..., si es que alguna vez la tuvo.

Henry se puso en pie y golpeó el escritorio con ambos puños en un gesto de rabia.

—¡Pedazo de idiota! —rugió—. ¡Nunca la tuve!

***

Eso ocurrió diez años antes y Henry no había visto a Prudence desde entonces, ni Prudence intentó ver a Henry ni una sola vez. Alma solo había visto a su hermana en contadas ocasiones, cuando pasaba por la casa de los Dixon en unas esporádicas demostraciones de afabilidad y buena voluntad artificiales. Fingía que pasaba por el barrio y hacía unos regalitos a sus sobrinos y sobrinas o dejaba una cesta de golosinas durante las fiestas de Navidad. Alma sabía que su hermana se limitaba a entregar esos regalos y golosinas a una familia más necesitada, pero Alma no dejó de prodigar esos gestos. Al comienzo de la disputa familiar, Alma incluso intentó ofrecer dinero a su hermana, pero Prudence, como era de prever, lo rechazó.

Estas visitas no eran ni afectuosas ni cómodas y Alma siempre se sentía aliviada cuando tocaban a su fin. Alma se avergonzaba cada vez que veía a Prudence. Por irritantes que le resultasen la rigidez y la moralidad de su hermana, Alma no dejó de pensar que su padre se había portado mal en el encuentro final con Prudence... o, más bien, que tanto Henry como ella misma se habían portado mal. El incidente no les hizo quedar bien: Prudence se mantuvo con firmeza al lado de los Buenos y los Justos, en tanto que Henry no hizo más que defender sus intereses comerciales y desheredar a su hija adoptiva. ¿Y Alma? Bueno, Alma se puso del lado de Henry Whittaker (o al menos, en apariencia) al no salir en defensa de su hermana y al quedarse en White Acre tras la marcha de Prudence.

Pero ¡su padre la necesitaba! Tal vez Henry no fuese un hombre generoso y tal vez no fuese un hombre amable, pero era un hombre importante para ella, y la necesitaba. No podía vivir sin ella. Nadie más podía gestionar sus asuntos, y sus asuntos eran amplios y esenciales.

Además, el abolicionismo no era una causa cercana al corazón de Alma. Para ella, la esclavitud era abominable, cómo no, pero estaba tan ocupada con otros temas que esa cuestión no consumía sus días. Al fin y al cabo, Alma vivía en el Tiempo Musgo, y simplemente no podía concentrarse en su trabajo (y cuidar a su padre) mientras se dejaba llevar por los caprichos cambiantes del drama político de cada día. La esclavitud era una injusticia grotesca, sí, y debía abolirse. Pero cuántas injusticias había: la pobreza era otra, y la tiranía, y los robos, y los asesinatos. No podía dedicarse a eliminar todas las injusticias conocidas al mismo tiempo que escribía obras definitivas sobre los musgos de Estados Unidos y gestionaba los complejos negocios de una empresa familiar planetaria.

¿Acaso no era cierto?

¿Y por qué Prudence debía esforzarse tanto en resaltar lo mezquinos y codiciosos que eran todos en comparación con sus enormes sacrificios?

—Gracias por tu amabilidad —decía Prudence siempre que Alma venía de visita con un regalo o una cesta, pero nunca llegaba a expresar cariño o gratitud sinceros. Prudence era incapaz de no ser cortés, pero no era afectuosa. Al volver a casa, a los lujos de White Acre, tras estas visitas a la pobre casa de Prudence, Alma se sentía deshecha y analizada en exceso, como si un estricto jurista la hubiera escudriñado y hubiera quedado insatisfecho con lo que veía. Así pues, tal vez no fuera sorprendente que a lo largo de los años Alma visitara a Prudence cada vez menos y que las dos hermanas se distanciaran más que nunca.

Sin embargo, en el carruaje que los llevaba a casa desde Trenton, George Hawkes acababa de ofrecer a Alma noticias acerca de los problemas de los Dixon, debido a ese panfleto incendiario de Arthur Dixon. Mientras se acercaba al campo de rocas esa primavera de 1848, donde tomaba notas sobre el avance de los musgos, Alma se preguntó si debería llamar a Prudence de nuevo. Si el trabajo de su cuñado en la universidad corría peligro, la situación era seria. Pero ¿qué podía decir Alma? ¿Qué podía hacer? ¿Qué podía ofrecer a Prudence que no fuese rechazado por orgullo y una obstinada demostración de humildad?

Por otra parte, ¿no se habían metido los Dixon en este lío ellos solos? ¿No era esto la consecuencia natural de vivir de un modo tan extremo y radical? ¿Qué clase de padres eran Arthur y Prudence, poniendo la vida de sus hijos en peligro? La suya era una causa arriesgada. A menudo los abolicionistas eran arrastrados por las calles y apaleados, ¡incluso en las ciudades libres del norte! El Norte no amaba la esclavitud, pero amaba la paz y la estabilidad, y los abolicionistas perturbaban esa paz. Había quienes, además, no veían con agrado que las mujeres blancas trabajasen junto a niños y hombres de color. El Asilo para Huérfanos de Color, donde Prudence trabajaba a menudo, había recibido varios ataques de la muchedumbre. ¿Y qué había del abolicionista Elijah Lovejoy, asesinado en Illinois, cuyas imprentas fueron destruidas y arrojadas al río? Fácilmente podría ocurrir aquí, en Filadelfia. Prudence y su marido deberían tener más cuidado.

Alma devolvió la atención a sus rocas musgosas. Tenía trabajo que hacer. Esta última semana se había rezagado, al ingresar a la pobre Retta en el asilo del doctor Griffon, y no tenía intención de retrasarse aún más debido a la temeridad de su hermana. Tenía medidas que anotar, y debía hacerlo con esmero.

Había tres colonias separadas de *Dicranum* que crecían en una de las rocas más grandes. Alma llevaba veintiséis años observando estas tres pequeñas colonias, y ya era indiscutible que una de las variedades de *Dicranum* avanzaba mientras que las otras dos retrocedían. Alma se sentó cerca de la roca, comparando más de dos décadas de notas y dibujos. No lograba comprenderlo.

Los *Dicranum* eran una obsesión en el interior de la obsesión de Alma: el centro más profundo de su fascinación por los musgos. El mundo estaba cubierto de cientos y cientos de especies de *Dicranum*, y cada variedad era diferente. Alma sabía más acerca de los *Dicranum* que nadie en el mundo, y aun así este género la inquietaba y le impedía dormir. A Alma (quien se había devanado los sesos pensando en mecanismos y orígenes toda la vida) le consumieron durante años preguntas ardientes acerca de este complicado género. ¿Cómo había llegado a existir el *Dicranum*? ¿Por qué era tan diverso? ¿Por qué la Naturaleza se había esforzado tanto en dotar a cada variedad de minúsculas diferencias? ¿Por qué algunas variedades eran mucho más robustas que sus familiares cercanos? ¿Había habido siempre semejante diversidad de *Dicranum* o se habían transmutado de algún modo (mediante metamorfosis) sin dejar de compartir un ancestro común?

Por aquellos días, en la comunidad científica se hablaba mucho de la transmutación de las especies. Alma había seguido el debate con suma atención. No era del todo un debate nuevo. Hacía cuarenta años, en Francia, Jean-Baptiste Lamarck defendió que todas las especies del planeta se habían transformado desde la creación original debido a un «sentimiento interior» del mismo organismo, que deseaba perfeccionarse. Más recientemente, Alma leyó *Vestigios de la historia natural de la Creación,* de un autor británico anónimo, que también defendía que las especies eran capaces de progresar, de cambiar. El autor no presentaba un mecanismo convincente del posible cambio de las especies, pero defendía la existencia de la transmutación.

Semejantes opiniones eran muy controvertidas. Exponer la idea de que las criaturas terrestres pueden mudarse a sí mismas equivalía a cuestionar el mismísimo dominio de Dios. La postura cristiana era que el Señor había creado todas las especies de la Tierra en un día, y que ninguna de sus creaciones había cambiado desde los albores del tiempo. Pero cada vez resultaba más claro para Alma que las cosas habían cambiado. Alma había estudiado muestras de musgos fosilizados que no coincidían con los musgos actuales. ¡Y esto solo era la naturaleza de la más ínfima escala! ¿Qué habría que pensar de esos enormes huesos de esas criaturas reptilianas que Richard Owen acababa de bautizar «dinosaurios»? Era indiscutible que estos descomunales animales antaño recorrieron la tierra y ahora (obviamente) no lo hacían. Los dinosaurios fueron reemplazados por otra cosa, o se convirtieron en otra cosa, o simplemente fueron eliminados. ¿Cómo explicar tales extinciones y transformaciones?

Como escribió el gran Linneo, *Natura non facit saltum*. «La naturaleza no procede por saltos».

Pero Alma pensaba que la naturaleza quizás sí diese saltos. Tal vez solo saltos diminutos (brincos, botes, bandazos), pero saltos sin duda. La naturaleza con certeza experimentaba cambios y alteraciones. Se veía en los cruces de perros y ovejas y se veía en el equilibrio cambiante del poder y los dominios entre varias colonias de musgos en estas rocas comunes en las lindes de White Acre. Alma tenía sus ideas, pero no lograba hilvanarlas. No dudaba que algunas variedades de *Dicranum* habrían surgido de otras variedades más viejas de *Dicranum*. No dudaba que una comunidad podría haber surgido de otra entidad o haber exterminado a otra colonia. No lograba entender cómo ocurría, pero creía que ocurría.

Sintió esa vieja opresión en el pecho, de deseo y ansiedad. Ya solo le quedaban dos horas ese día para poder trabajar en el campo de rocas antes de tener que regresar para satisfacer las exigencias de su padre. Necesitaba más horas (muchas más horas) si quería estudiar estas cuestiones, y merecían ser estudiadas. Nunca dispondría de suficientes horas. Ya había perdido mucho tiempo esta semana. Todos los habitantes del planeta parecían creer que las horas de Alma les pertenecían. ¿Cómo iba a dedicarse a la exploración científica de verdad?

Mientras observaba el descenso del sol, Alma decidió que no visitaría a Prudence. No tenía tiempo para ello. Tampoco quería leer el más reciente panfleto incendiario de Arthur sobre la abolición. ¿Qué podía hacer Alma para ayudar a los Dixon? Su hermana no quería oír las opiniones de Alma, ni deseaba recibir su ayuda. Alma sentía lástima por Prudence, pero una visita solo sería incómoda para ambas, como siempre sucedía.

Alma se volvió hacia las rocas. Sacó la cinta y midió de nuevo las colonias. Con prisas, anotó los datos.

Solo dos horas más.

Cuánto trabajo tenía por delante.

Arthur y Prudence Dixon tendrían que aprender a cuidarse mejor.

Capítulo catorce

E se mismo mes Alma recibió una nota de George Hawkes en la que le pedía que por favor fuese a Arch Street, a su imprenta, a ver algo extraordinario.

«Para no estropear esta increíble sorpresa no voy a decir nada más de momento —escribió—, pero creo que te gustará ver esto en persona, y con mucha calma».

Bueno, Alma no disponía de tiempo. En realidad, tampoco George, lo cual explicaba que esa nota no tuviese precedentes. En el pasado, George solo se había puesto en contacto con Alma debido a cuestiones editoriales o emergencias relacionadas con Retta. Pero no había habido más emergencias desde que Retta fue ingresada en el asilo, y Alma y George no trabajaban en un libro en esos momentos. En ese caso, ¿qué podría ser tan urgente?

Intrigada, Alma fue en carruaje a Arch Street.

Encontró a George en el cuarto trasero, reclinado sobre una amplia mesa cubierta de la más deslumbrante multiplicación de formas y colores. Cuando se acercó, Alma vio que se trataba de una enorme colección de pinturas de orquídeas, apiladas en montones. No solo pinturas, sino litografías, dibujos y grabados.

—Es la obra más hermosa que he visto en mi vida —dijo George, a modo de saludo—. Llegó ayer desde Boston. Es una historia muy extraña. ¡Mira qué maestría!

George puso en las manos de Alma una litografía de un *Catasetum* moteado. El retrato de esta orquídea era tan magnífico que daba la impresión de crecer en la página. Los labelos eran motas rojas y amarillas y parecían húmedos, como carne viva. Las hojas eran frondosas y gruesas y diríase que de las raíces bulbosas caía tierra. Antes de que Alma pudiese admirar toda esa belleza, George le entregó otra ilustración asombrosa: *Peristeria barkeri,* cuyas flores doradas estaban tan frescas que casi temblaban. Quienquiera que hubiese tintado esa litografía era un maestro de la textura y del color; los pétalos recordaban el terciopelo intacto y en el acabado del albumen se insinuaba el rocío en cada flor.

Entonces, George le entregó otra ilustración y Alma no pudo contener un grito ahogado. Era una orquídea que Alma no había visto antes. Sus pequeños lóbulos rosas parecían lo que un hada vestiría en un baile de disfraces. Jamás había visto tal complejidad, tanta delicadeza. Alma sabía de litografías, y sabía mucho. Nació solo cuatro años después de la invención de esa técnica, y para la biblioteca de White Acre había coleccionado algunas de las mejores litografías del mundo. George Hawkes también sabía de litografías. Nadie en Filadelfia sabía tanto como él. Aun así, su mano temblaba cuando entregó a Alma otra página, otra orquídea. Quería que Alma las viera todas, y quería que las viera de inmediato. Alma se moría de ganas de seguir mirando, pero antes necesitaba comprender mejor la situación.

—Espera, George, detengámonos un momento. Dime..., ¿quién las ha hecho? —preguntó Alma. Conocía a los mejores ilustradores botánicos, pero no conocía a este. Ni siquiera Walter Hood Finch era capaz de realizar obras semejantes. Si alguna vez hubiese contemplado este estilo, con certeza lo recordaría.

—El tipo más extraordinario, al parecer —dijo George—. Se llama Ambrose Pike.

El nombre no le resultaba familiar a Alma.

—¿Quién publica su obra? —preguntó.

—¡Nadie!

—¿Quién ha encargado estas obras, entonces?

—No está claro si alguien las ha encargado —dijo George—. El señor Pike hizo las litografías él mismo, en Boston, en el taller de impresión de un amigo. Encontró las orquídeas, hizo los bocetos, realizó las impresiones e incluso hizo el entintado. Me ha enviado toda su obra sin más explicación que esa. Llegó ayer en la caja menos llamativa del mundo. Casi me da un síncope cuando la abrí, como te puedes imaginar. El señor Pike ha estado en Guatemala y México los últimos dieciocho años, según dice, y acaba de volver a Massachusetts. Las orquídeas que aquí documenta son el resultado de su época en la jungla. Nadie lo conoce. Debemos traerlo a Filadelfia, Alma. Tal vez podrías invitarlo a White Acre. Su carta era muy humilde. Ha dedicado toda su vida a esta tarea. Se pregunta si lo podríamos publicar.

—Lo vas a publicar, ¿verdad? —quiso saber Alma, que ya se imaginaba estas espléndidas ilustraciones en un libro de George Hawkes, impecable como siempre.

—¡Naturalmente que lo voy a publicar! Pero primero tengo que poner en orden mis pensamientos. Algunas de estas orquídeas, Alma, no las había visto en mi vida. Y esta maestría, sin duda, tampoco la había visto en mi vida.

—Ni yo —dijo Alma, que se giró hacia la mesa y hojeó las otras muestras. Casi no osaba tocarlas de lo espectaculares que eran. Deberían estar detrás de una vitrina, todas y cada una de ellas. Incluso los bocetos más pequeños eran obras maestras. De forma reflexiva, Alma miró hacia el techo para comprobar que este era sólido, que nada caería sobre esta obra y la destruiría. De repente, temió un incendio o un robo. George debía poner una cerradura. Le hubiera gustado tener unos guantes puestos.

—¿Alguna vez...? —comenzó George, pero estaba tan abrumado que no terminó la frase. Era la primera vez que Alma veía ese rostro tan desencajado por la emoción.

—Nunca —murmuró Alma—. Nunca, jamás.

***

Esa misma noche, Alma escribió una carta al señor Ambrose Pike, de Massachusetts.

Había escrito miles de cartas (muchas de ellas cartas de elogio o invitaciones), pero no sabía cómo empezar esta. ¿Cómo escribir a un verdadero genio? Al final, decidió que debía ir con la verdad por delante.

Estimado señor Pike:

Me temo que me ha causado un gran daño. Me ha estropeado, para siempre, la capacidad de admirar el arte botánico de otros artistas. El mundo de dibujos, pinturas y litografías me parecerá gris y aburrido ahora que he visto sus orquídeas. Creo que pronto va a visitar Filadelfia con el fin de colaborar con mi querido amigo George Hawkes en la publicación de un libro. Me pregunto si, mientras se encuentra en nuestra ciudad, podría tentarle a quedarse en White Acre, la finca de mi familia, para prolongar su visita. Tenemos invernaderos rebosantes de numerosas orquídeas..., algunas de las cuales son casi tan hermosas como sus retratos. Me atrevo a decir que disfrutaría al verlas. Tal vez incluso desee esbozarlas. (Sería un honor para nuestras flores que usted las retratase). Sin lugar a dudas, mi padre y yo estaremos encantados de conocerlo. Si me indica la fecha prevista de su llegada, un carruaje privado irá a recogerlo a la estación de tren. Una vez se encuentre entre nosotros, atenderíamos todas sus necesidades. Por favor, ¡no me haga daño otra vez con una negativa!

Sinceramente suya,

Alma Whittaker

***

Llegó a mediados de mayo de 1848.

Alma trabajaba en su despacho, ante el microscopio, cuando vio el carruaje detenerse frente a la casa. Salió un joven alto, esbelto, de pelo rubio rojizo, ataviado con un traje de pana. Desde esa distancia, no aparentaba más de veinte años, aunque Alma sabía que eso era imposible. No llevaba más que una pequeña maleta de cuero, que parecía no solo haber dado ya varias vueltas al mundo, sino estar a punto de desmontarse.

Alma lo observó un momento antes de ir a su encuentro. A lo largo de los años había presenciado muchas llegadas a White Acre y, según su experiencia, los visitantes siempre reaccionaban igual la primera vez: se detenían en seco, asombrados, ante la mansión que se alzaba frente a ellos, pues White Acre era magnífica y amedrentadora, en especial esa primera vez. Al fin y al cabo, había sido diseñada con la intención de intimidar a los invitados y pocos lograban disimular su temor, envidia o miedo; más aún cuando no sabían que alguien los observaba.

Pero el señor Pike ni siquiera miró la casa. De hecho, dio la espalda a la mansión de inmediato y contempló en su lugar el viejo jardín griego de Beatrix, en impecable estado gracias a los cuidados de Alma y Hanneke, que homenajeaban así a la señora Whittaker. Dio unos pasos atrás, como si quisiera tener una perspectiva mejor, y a continuación hizo algo extrañísimo: dejó la maleta, se quitó la chaqueta, caminó al noroeste del jardín y lo recorrió diagonalmente a zancadas, hasta llegar al sureste. Se quedó ahí un momento, miró a su alrededor y luego recorrió los dos límites contiguos del jardín (la longitud y la anchura) con las largas zancadas de un agrimensor que mide los lindes de una propiedad. Al llegar a la esquina noroeste, se quitó el sombrero, se rascó la cabeza, se detuvo un momento y al cabo soltó una carcajada. Alma no oyó la risa, pero la vio con claridad.

Era demasiado irresistible, así que se apresuró a salir a su encuentro.

—Señor Pike —dijo, y tendió la mano al acercarse.

—¡Usted debe de ser la señorita Whittaker! —dijo el hombre, con una afectuosa sonrisa, mientras le estrechaba la mano—. Mis ojos no pueden creer lo que están viendo. Dígame, señorita Whittaker: ¿qué genio loco se tomó tantas molestias para idear este jardín según los estrictos dictados de la geometría euclidiana?

—Fue la inspiración de mi madre, señor. De no haber fallecido hace muchos años, habría estado encantada de saber que ha reconocido sus objetivos.

—¿Quién no los reconocería? ¡Es la proporción áurea! He aquí un cuadrado doble, que contiene una sucesión de cuadrados recurrentes... y, con los caminos que bisecan todo el jardín, obtenemos varios triángulos, tres-cuatro-cinco, así. ¡Qué placentero! Me parece extraordinario que alguien se tomase las molestias de hacer todo esto, y a tan magnífica escala. Además, los setos de boj son perfectos. Parecen servir como marcas de la ecuación a todas las variables. Tuvo que ser un encanto su madre.

—Un encanto... —Alma sopesó esa posibilidad—. Bueno, mi madre gozó de la bendición de una mente que funcionaba con precisión encantadora, sin duda.

—Qué asombroso —dijo el hombre.

Aún no parecía haberse fijado en la casa.

—Es un verdadero placer conocerlo, señor Pike —dijo Alma.

—Igualmente, señorita Whittaker. Su carta era generosísima. He de decir que me ha gustado pasear en un carruaje privado... por primera vez, en mi larga vida. Estoy tan acostumbrado a viajar junto a niños gritones, animales infelices y hombres que fuman puros enormes que apenas sabía qué hacer conmigo mismo durante todas esas horas de soledad y sosiego.

—¿Qué hizo consigo mismo, pues? —preguntó Alma, sonriendo ante el entusiasmo del recién llegado.

—Trabé amistad con una vista apacible del camino.

Antes de poder responder a esa encantadora réplica, Alma vio que una expresión preocupada ensombrecía el rostro de Ambrose. Se giró para ver qué miraba: un criado entraba por las puertas descomunales de White Acre llevando consigo el exiguo equipaje del señor Pike.

—Mi maleta... —dijo, con la mano extendida.

—Solo la llevamos a sus aposentos, señor Pike. Ahí estará, junto a su cama, esperándole, cuando la necesite.

El hombre negó con la cabeza, avergonzado.

—Por supuesto —dijo—. Qué tonto soy. Mis disculpas. No estoy acostumbrado a los criados y ese tipo de cosas.

—¿Prefiere tener la maleta con usted, señor Pike?

—No, en absoluto. Disculpe mi reacción, señorita Whittaker. Pero, si tan solo se posee un bien en esta vida, como es mi caso, es un poco preocupante ver que un desconocido se lo lleva.

—Tiene mucho más que un solo bien en la vida, señor Pike. Tiene su excepcional talento artístico... Ni el señor Hawkes ni yo hemos visto nunca nada igual.

El señor Pike se rio.

—¡Ah! ¡Qué amable es al decir eso, señorita Whittaker! Pero, aparte de eso, todo lo que poseo está en esa maleta, ¡y tal vez valore más esas pequeñas cosas mías!

Ahora Alma también reía. Esa reserva que suele existir entre dos desconocidos brillaba por su ausencia. Tal vez desde el principio mismo.

—Dígame, señorita Whittaker —dijo, de buen humor—. ¿Qué otras maravillas tiene en White Acre? ¿Y qué es eso que he oído decir de que estudia musgos?

Así fue como, al cabo de una hora, ambos se encontraban ante las rocas de Alma, hablando de los *Dicranum*. La intención de Alma era mostrarle las orquídeas en primer lugar. O, más bien, no tenía intención alguna de mostrarle los campos de musgos (pues nadie más había mostrado interés en ellos), pero, en cuanto comenzó a hablar de su trabajo, el señor Pike insistió en ir a verlos en persona.

—Le advierto, señor Pike —dijo Alma mientras recorrían juntos el campo—, que a la mayoría de la gente los musgos les parecen muy aburridos.

—Eso no me da miedo —contestó él—. Siempre me han fascinado cosas que a los demás les aburrían.

—Eso es algo que compartimos —replicó Alma.

—Pero, dígame, señorita Whittaker, ¿qué es lo que admira de los musgos?

—Su dignidad —respondió Alma sin dudarlo—. También, su silencio y su inteligencia. Me gusta (desde el punto de vista de una estudiosa) que están vírgenes. No son como otras plantas, más importantes o grandes, todas ellas escudriñadas y manoseadas por un montón de botánicos. Supongo que admiro su modestia, también. Los musgos guardan su belleza con elegante discreción. En comparación con los musgos, todo en el mundo botánico resulta rotundo y obvio. ¿Comprende lo que quiero decir? ¿Sabe que las flores más grandes y llamativas a veces parecen rematadamente tontas, por su forma de bambolearse con las bocas abiertas, como si estuviesen asombradas y desvalidas?

—La felicito, señorita Whittaker. Acaba de describir la familia de las orquídeas a la perfección.

Alma se sobresaltó y se llevó las manos a la boca.

—¡Lo he ofendido!

Pero Ambrose sonreía.

—De ningún modo. Solo bromeaba. Nunca he defendido la inteligencia de una orquídea, y no estoy dispuesto a empezar ahora. Me encantan, pero confieso que no parecen demasiado listas..., no según las expectativas de su descripción. Pero ¡cómo estoy disfrutando de escuchar a alguien que defiende la inteligencia de los musgos! Es como si estuviese escribiendo usted un alegato en su defensa.

—¡Alguien tendrá que defenderlos, señor Pike! Porque nadie les hace caso, ¡y tienen un carácter muy noble! De hecho, ese mundo en miniatura me parece un don de grandezas camufladas, y por tanto es un honor estudiarlo.

Ambrose no parecía aburrirse en absoluto. Cuando llegaron a las rocas, tenía docenas de preguntas para Alma y situó el rostro tan cerca de las colonias de musgo que parecía que su barba crecía de la piedra. Escuchó con atención mientras Alma explicaba las variedades y se adentraba en sus nacientes teorías sobre la transmutación. Tal vez habló demasiado. Su madre se lo habría reprochado. Incluso mientras hablaba, Alma temía que estaba a punto de sumir a ese pobre hombre en el tedio. Pero ¡él era tan acogedor! Alma sintió que se expandía mientras liberaba ideas de los sótanos abarrotados de pensamientos privados. No es posible encerrar el entusiasmo en el interior de uno mismo para siempre sin desear compartirlo con un alma gemela, y Alma había acumulado pensamientos incomunicados durante décadas.

Ambrose no tardó en arrojarse al suelo a mirar bajo el borde de una roca grande y examinar los lechos de musgo ocultos en esos estantes secretos. Sus largas piernas sobresalían bajo la roca mientras observaba entusiasmado. Alma pensó que no se había sentido tan contenta en la vida. Siempre había querido mostrar esto a alguien.

—He aquí mi pregunta para usted, señorita Whittaker —dijo Ambrose bajo el saliente de la roca—. ¿Cuál es la verdadera naturaleza de estas colonias de musgo? Han dominado el truco, como usted dice, de parecer modestos y moderados. Sin embargo, por lo que me dice, poseen considerables facultades. ¿Son amables pioneros, sus musgos? ¿O son hostiles merodeadores?

—¿Granjeros o piratas, quiere decir? —preguntó Alma.

—Exactamente.

—No lo puedo decir con certeza —dijo Alma—. Tal vez un poco de ambos. Me lo pregunto todo el rato. Quizás tarde otros veinticinco años en averiguarlo.

—Admiro su paciencia —dijo Ambrose, que al fin salió de debajo de la roca y se estiró, despreocupado, sobre la hierba. Con el tiempo, al conocer mejor a Ambrose Pike, Alma descubriría que enseguida se tumbaba en cualquier lugar y en cualquier momento si quería descansar. Incluso se derrumbaba feliz sobre la alfombra de un recibidor formal si así le placía..., en especial si disfrutaba de los pensamientos y la conversación. El mundo era su diván. Cuánta libertad había en esos gestos. Alma no podía imaginar sentirse más libre. Ese día, mientras Ambrose se tumbaba cuan largo era, Alma se sentó con cuidado en una roca cercana.

El señor Pike era mucho mayor, notaba Alma ahora, de lo que pensó en un principio. Bueno, cómo no iba a serlo: era imposible que hubiese realizado una obra tan amplia de haber sido tan joven como le pareció a primera vista. Solo su gesto entusiasta y su caminar enérgico le asemejaban a un estudiante universitario de lejos. Eso, y su ropa marrón y humilde: el uniforme mismo de un joven estudioso sin un centavo. De cerca, sin embargo, se veía su edad: sobre todo así, tumbado al sol, sobre la hierba, sin el sombrero puesto. Leves arrugas recorrían su cara, bronceada y curtida por años al aire libre, y en las sienes el pelo rojizo se volvía cano. Alma habría dicho que tenía treinta y cinco años, quizás treinta y seis. Al menos diez años más joven que ella, pero, aun así, ya no era un chaval.

—Qué profundas recompensas ha de cosechar al estudiar el mundo tan de cerca —prosiguió Ambrose—. Demasiada gente desdeña las maravillas pequeñas, me parece. Hay mucho más poder en los detalles que en las generalidades, pero casi nadie sabe sentarse en silencio para apreciarlos.

—Pero a veces temo que mi mundo se ha vuelto demasiado detallado —dijo Alma—. Tardo años en escribir mis libros sobre musgos y son de una complejidad descorazonadora, no muy diferentes de esas enrevesadas miniaturas persas que solo se pueden estudiar con lupa. Mi obra no me da fama. No me da dinero, tampoco..., ¡así que ya ve qué bien uso mi tiempo!

—Pero el señor Hawkes dice que sus libros reciben buenas críticas.

—Sí, claro que sí..., de los doce caballeros en todo el mundo a los que les importa de verdad la briología.

—¡Una docena! —dijo Ambrose—. ¿Tantos? Recuerde, señora, que habla con un hombre que no ha publicado nada en su larga vida y cuyos pobres padres temen que sea un perezoso irredento.

—Pero su obra es magnífica, señor Pike.

Él restó importancia al elogio con un gesto.

—¿Encuentra dignidad en su labor? —preguntó.

—Sí —dijo Alma, tras sopesar la pregunta un momento—. Aunque a veces me pregunto por qué. La mayoría del mundo (en especial los que sufren, los pobres) se alegraría, creo, de no tener que volver a trabajar. Entonces, ¿por qué me atareo tanto en un tema que importa a tan poca gente? ¿Por qué no me basta con admirar los musgos, sin más, o incluso dibujarlos, si su diseño me resulta tan agradable? ¿Por qué debo hurgar entre sus secretos y rogarles respuestas acerca de la naturaleza de la vida misma? Tengo la suerte de proceder de una familia acaudalada, como puede ver, así que no necesito trabajar en absoluto. ¿Por qué no soy feliz, entonces, sin hacer nada, dejando que mi mente crezca según su capricho, como esta hierba?

—Porque le interesa la creación —respondió Ambrose con sencillez— y sus asombrosos planes.

Alma se ruborizó.

—Hace que parezca grandioso.

—Es grandioso —dijo, con la misma sencillez que antes.

Se sentaron en silencio durante un rato. En algún lugar entre los árboles, detrás de ellos, cantaba un tordo.

—¡Qué excelente recital privado! —dijo Ambrose, tras escuchar mucho tiempo—. ¡Me entran ganas de aplaudir!

—Es el mejor momento del año para escuchar pájaros en White Acre —dijo Alma—. Algunas mañanas te puedes sentar bajo un cerezo en este prado y escuchar todos los pájaros, como una orquesta que toca solo para ti.

—Me gustaría oír eso una mañana. Cuánto echaba de menos nuestros pájaros cantores mientras vivía en la jungla.

—Pero ¡seguro que había pájaros magníficos ahí donde estaba, señor Pike!

—Sí..., exquisitos y exóticos. Pero no es lo mismo. Uno se vuelve muy nostálgico, ¿sabe?, de los sonidos familiares de la infancia. A veces en mis sueños oía el arrullo de las palomas torcaces. Parecía tan real que me rompía el corazón. Me entraban ganas de no volver a despertar.

—El señor Hawkes me dijo que ha vivido muchos años en la jungla.

—Dieciocho —dijo Ambrose, que sonrió, casi avergonzado.

—¿En México y en Guatemala casi siempre?

—En México y en Guatemala siempre. Quería ver el mundo, pero, al parecer, era incapaz de dejar esa región, ya que no cesaba de descubrir cosas nuevas. Ya sabe cómo es eso: encontramos un lugar interesante y comenzamos a buscar, y entonces los secretos empiezan a revelarse, hasta que ya es imposible marcharse. Además, también había ciertas orquídeas que encontré en Guatemala (las más tímidas y esquivas epifitas, en especial) que no me dispensaban la cortesía de florecer. Me negué a irme hasta que las viera en flor. Me volví muy terco al respecto. Pero ellas también eran tercas. Algunas me hicieron esperar cinco o seis años antes de concederme una miradita.

—¿Por qué volvió, entonces?

—La soledad.

Tenía una franqueza extraordinaria. A Alma le maravillaba. No se imaginaba a sí misma admitiendo semejante debilidad.

—Además —dijo—, me puse demasiado enfermo para continuar con esa vida tan dura. Sufría de fiebres recurrentes. Aunque no eran del todo desagradables, he de decir. Tuve visiones memorables durante esas fiebres y oía voces, además. A veces era tentador seguirlas.

—¿A las visiones o a las voces?

—¡A ambas! Pero no podía hacerle eso a mi madre. Le habría causado demasiado dolor perder a un hijo en la jungla. Se habría preguntado para siempre qué fue de mí. ¡Aunque a veces aún se pregunta qué fue de mí, estoy seguro! Pero al menos sabe que estoy vivo.

—Su familia le habrá echado de menos todos estos años.

—¡Oh, mi pobre familia! Cuánto los he decepcionado, señorita Whittaker. Ellos son muy respetables y yo he vivido mi vida dando tumbos. Los compadezco a todos, en especial a mi madre. Ella cree, supongo que con razón, que he pisoteado sin miramientos los dones que me fueron concedidos. Dejé Harvard tras solo un año, ¿sabe? Decían que yo era prometedor (sea lo que sea eso), pero la vida universitaria no era para mí. Por alguna peculiaridad del sistema nervioso, simplemente no podía soportar sentado en un aula. Además, no frecuentaba la alegre compañía de los clubes sociales y las cuadrillas de jóvenes. Tal vez no lo sepa, señorita Whittaker, pero casi toda la vida universitaria gira en torno a los clubes sociales y las cuadrillas de jóvenes. Como dijo mi madre, yo me contentaba con sentarme en un rincón a dibujar plantas.

—¡Gracias a los cielos por ello! —dijo Alma.

—Tal vez. No creo que mi madre estuviera de acuerdo, y mi padre fue a la tumba enfadado por la carrera que elegí..., si es que se le puede llamar carrera. Por fortuna para mi sufrida madre, mi hermano pequeño, Jacob, se ha convertido en un ejemplo de hijo responsable. Fue a la universidad tras mi paso por ella, pero, a diferencia de mí, logró permanecer ahí el tiempo previsto. Estudió con provecho, ganando todos los laureles, aunque a veces yo temía que lastimaría su mente con semejantes esfuerzos, y ahora predica desde el mismo púlpito de Framingham desde donde mi padre y mi abuelo guiaron sus congregaciones. Es un buen hombre mi hermano, y ha prosperado. Es un orgullo para el apellido Pike. La comunidad lo admira. Yo le tengo mucho cariño. Pero no envidio su vida.

—¿Procede de una familia de pastores, entonces?

—Sí..., y se esperaba que yo mismo fuese pastor.

—¿Qué ocurrió? —preguntó Alma, con cierta osadía—. ¿Se alejó del Señor?

—No —dijo Ambrose—. Más bien lo contrario. Me acerqué demasiado al Señor.

Alma quería preguntar qué quería decir con una frase tan curiosa, pero pensó que ya había insistido demasiado, y Ambrose no ofreció más explicaciones. Permanecieron en silencio durante un buen rato, escuchando el canto del tordo. Al cabo de un tiempo, Alma notó que Ambrose se había quedado dormido. ¡Qué de repente se había ido! ¡Despierto un momento y dormido al siguiente! Debía de estar cansadísimo, comprendió Alma, tras su largo viaje, y aquí estaba ella, acribillándolo a preguntas e importunándolo con sus teorías de briofitas y transmutaciones.

En silencio, se levantó y fue a otra área del campo de rocas, a ponderar una vez más las colonias de musgos. Se sentía alegre y relajada. ¡Qué simpático era este señor Pike! Se preguntó cuánto tiempo permanecería en White Acre. Tal vez podría convencerlo para que se quedase el resto del verano. ¡Qué alegría tener a esta amable y curiosa criatura por aquí! Sería como tener un hermano pequeño. Era la primera vez que imaginaba tener un hermano pequeño, pero ahora quería uno desesperadamente, y quería que fuese Ambrose Pike. Tendría que hablar con su padre al respecto. Sin duda, podrían preparar un estudio de pintura para él en una de las viejas queserías, si deseara quedarse.

Tal vez transcurrió media hora antes de que Alma notase que el señor Pike se movía sobre la hierba. Se acercó de nuevo a él y sonrió.

—Se ha quedado dormido —dijo.

—No —la corrigió él—. El sueño se ha quedado conmigo.

Aún tumbado sobre el césped, estiró las piernas y los brazos como un gato o un niño pequeño. No parecía nada incómodo por haber dormitado frente a Alma, así que ella tampoco se sintió incómoda.

—Debe de estar cansado, señor Pike.

—Estoy cansado desde hace años. —Ambrose se incorporó, bostezó y se volvió a poner el sombrero—. Qué generosa persona es usted, por haberme permitido descansar. Se lo agradezco.

—Bueno, usted ha sido generoso al escucharme cuando le hablaba de musgos.

—Fue todo un placer. Espero oír más. Mientras me quedaba dormido, pensaba qué envidiable vida la suya, señorita Whittaker. Imagino poder pasar toda la vida en busca de algo tan detallado y preciso como estos musgos..., y siempre rodeada de una familia cariñosa y sus comodidades.

—Supongo que mi vida le parecerá aburrida a un hombre que ha pasado dieciocho años en las junglas de América Central.

—De ningún modo. En todo caso, anhelo una vida un poco más aburrida que la que he vivido hasta ahora.

—Tenga cuidado con lo que desea, señor Pike. ¡Una vida aburrida no es tan interesante como usted piensa!

Él se rio. Alma se acercó más y se sentó junto a él, sobre la hierba, tras lo cual ciñó las faldas bajo las piernas.

—Voy a confesarle algo, señor Pike —dijo—. A veces temo que mi labor en estos lechos de musgo no sea de utilidad ni tenga valor alguno. A veces me gustaría tener algo más brillante que ofrecer al mundo, algo más majestuoso..., como sus pinturas de orquídeas, supongo. Soy diligente y disciplinada, pero no poseo el don de la genialidad.

—Es decir, ¿es trabajadora, pero no original?

—¡Sí! —dijo Alma—. ¡Exactamente! Así es.

—¡Bah! —dijo él—. No me lo creo. Incluso me pregunto por qué intenta convencerse a sí misma de semejante disparate.

—Es usted amable, señor Pike. Ha conseguido que esta vieja dama se sienta muy a gusto esta tarde. Pero soy consciente de la verdad de mi vida. Mi trabajo en estos campos de musgo no entusiasma a nadie, salvo a las vacas y los cuervos que me observan todo el día.

—La vacas y los cuervos son excelentes jueces del genio, señorita Whittaker. Le doy mi palabra, he pintado exclusivamente para su regocijo durante muchísimos años.

***

Esa noche, George Hawkes fue a White Acre a cenar con ellos. Al fin George iba a conocer a Ambrose en persona, y estaba entusiasmado, o tan entusiasmado como podía estarlo un tipo tan solemne y viejo como George Hawkes.

—Es un honor conocerlo, señor —dijo George, con una sonrisa—. Su obra me ha proporcionado el placer más puro.

A Alma le conmovió la sinceridad de George. Sabía lo que su amigo no podía revelar a Ambrose: que ese año había sido de un sufrimiento incesante en el hogar de los Hawkes y que las orquídeas de Ambrose Pike habían liberado a George, por unos momentos, de las garras de las tinieblas.

—Le agradezco con toda sinceridad su apoyo —respondió Ambrose—. Por desgracia, por ahora solo puedo compensar su amabilidad con ese agradecimiento, pero es sincero.

En cuanto a Henry Whittaker, estaba de mal humor esa noche. Alma lo notó a una legua de distancia y deseó que su padre no los acompañase durante la cena. Había olvidado advertir a Ambrose acerca del ácido carácter de su padre, y lo lamentó. El pobre señor Pike iba a ser arrojado a las fauces del lobo sin preparación alguna, y el lobo, era evidente, estaba hambriento y enfurecido. También lamentó que ni ella ni George Hawkes hubiesen traído alguna de las ilustraciones de Ambrose para mostrársela a su padre, lo que significaba que Henry no tendría forma de saber quién era Ambrose Pike, salvo un buscador de orquídeas y un artista, y no solía admirar ninguna de esas ocupaciones.

No fue de extrañar que la cena empezase mal.

—¿Quién es este tipo? —preguntó su padre, mirando sin disimulo a su nuevo invitado.

—Es el señor Ambrose Pike —dijo Alma—. Como te he dicho antes, es un naturalista y pintor a quien George acaba de descubrir. Pinta los retratos más exquisitos de orquídeas que he visto en mi vida, padre.

—¿Dibuja orquídeas? —preguntó Henry a Ambrose en el mismo tono con que habría preguntado: «¿Roba a viudas?».

—Bueno, lo intento, señor.

—Todo el mundo intenta dibujar orquídeas —dijo Henry—. Nada nuevo bajo el sol.

—Una observación pertinente, señor.

—¿Qué tienen sus orquídeas de especial?

Ambrose sopesó la pregunta.

—No lo sabría decir —admitió—. No sé si tienen algo especial, señor, salvo que pintar orquídeas es todo lo que hago. Es lo único que he hecho durante los últimos veinte años.

—Vaya, qué empleo tan absurdo.

—No estoy de acuerdo, señor Whittaker —dijo Ambrose, sin alterarse—. Pero solo porque yo jamás diría que es un empleo.

—¿Cómo se gana la vida?

—De nuevo, una observación pertinente —dijo Ambrose—. Pero, como tal vez haya notado gracias a mi atuendo, es discutible afirmar que consiga ganarme la vida.

—No proclamaría yo eso como una virtud, joven.

—Créame, señor, no lo hago.

Henry lo contempló, sin perder detalle del traje raído y la barba descuidada.

—¿Qué ocurrió, entonces? —preguntó—. ¿Por qué es tan pobre? ¿Ha malgastado una fortuna como un vividor?

—Padre... —intentó aplacarlo Alma.

—Por desgracia, no —dijo Ambrose, que no dio muestras de ofenderse—. En mi familia no había fortunas que malgastar.

—¿Cómo se gana la vida su padre?

—En la actualidad, reside en los dominios de la muerte. Pero, antes de esa mudanza, era pastor en Framingham, Massachusetts.

—En ese caso, ¿por qué no es usted pastor?

—Mi madre se pregunta lo mismo, señor Whittaker. Me temo que albergo demasiadas dudas acerca del Señor para ser un buen pastor.

—¿El Señor? —Henry frunció el ceño—. ¿Qué narices tiene que ver el Señor con ser un buen pastor? Es una profesión como cualquier otra, joven. Se pone manos a la obra y se guarda sus opiniones para usted. Es lo que hacen todos los buenos pastores... ¡o deberían!

Ambrose se rio.

—¡Si alguien me hubiese dicho eso hace veinte años, señor!

—Un joven de buena salud y de ingenio no tiene excusa para no prosperar en este país. Incluso el hijo de un pastor debería saber encontrar una actividad provechosa.

—Muchos estarán de acuerdo con usted —dijo Ambrose—. Incluso mi difunto padre. Aun así, he vivido por debajo de mi condición social durante muchos años.

—Y yo he vivido por encima de mi condición... ¡siempre! Llegué a Estados Unidos cuando era un joven de su edad. Encontré dinero tirado por todas partes, por todo el país. Solo tenía que recogerlo con la punta de mi bastón. Entonces, ¿cuál es su excusa para ser pobre?

Ambrose miró a Henry a los ojos y dijo, sin rastro de malicia:

—No tener un buen bastón, supongo.

Alma tragó saliva y miró el plato. George Hawkes la imitó. Henry, sin embargo, no dio muestras de haber oído. En ciertas ocasiones Alma agradecía a los cielos la creciente sordera de su padre. Henry ya había centrado su atención en el mayordomo.

—Becker —dijo Henry—, si me haces cenar cordero una vez más esta semana, voy a mandar a alguien al paredón.

—No manda a nadie al paredón, en realidad —tranquilizó Alma a Ambrose, con un susurro.

—Ya me lo imaginaba —respondió Ambrose con otro susurro— o yo ya estaría fusilado.

Durante el resto de la cena, George, Alma y Ambrose conversaron plácidamente (más o menos entre ellos) mientras Henry resoplaba, tosía, se quejaba de la cena, e incluso dormitaba a veces, con la barbilla hundida en el pecho. Al fin y al cabo, ya tenía ochenta y ocho años. Nada de esto, afortunadamente, parecía inquietar a Ambrose y, como George Hawkes ya estaba acostumbrado a este tipo de conducta, Alma al fin se relajó un poco.

—Por favor, disculpe a mi padre —dijo Alma al señor Pike en voz baja, durante una cabezada de Henry—. George lo conoce bien, pero estos arrebatos pueden ser inquietantes para quienes no tienen experiencia con nuestro Henry Whittaker.

—Es como un oso enfurecido —respondió, más admirado que consternado.

—Sí, sin duda —dijo Alma—. Por fortuna, como los osos, a veces nos concede un descanso y se va a hibernar.

Este comentario dibujó una sonrisa en los labios de George Hawkes, pero Ambrose, pensativo, seguía observando cómo dormía Henry.

—Mi padre era muy serio, ¿sabe? —dijo—. Sus silencios siempre me asustaban. Creo que es maravilloso tener un padre que habla y actúa con tal libertad. Así se le ve siempre por dónde viene.

—Eso es cierto, sí —concedió Alma.

—Señor Pike —dijo George, cambiando de tema—, ¿le podría preguntar dónde vive en estos momentos? La dirección a la que envié mi carta era de Boston, pero acaba de mencionar que su familia vive en Framingham, así que me ha entrado la duda.

—En estos momentos, señor, no tengo casa —dijo el señor Pike—. La dirección de Boston a la que se refiere es la casa de un viejo amigo, Daniel Tupper, quien ha sido muy amable conmigo desde los días de mi corta carrera en Harvard. Su familia posee un pequeño taller de impresión en Boston... Poca cosa en comparación con el de usted, pero bien dirigido y decente. Se les conoce sobre todo porque hacen los panfletos y los carteles del barrio, ese tipo de trabajos. Cuando me fui de Harvard, trabajé para la familia Tupper durante varios años, como tipógrafo, y descubrí que se me daba bien. Ahí fue donde aprendí el arte de la litografía. Me dijeron que era difícil, pero a mí no me lo pareció nunca. Es muy semejante a dibujar, en realidad..., salvo que se dibuja sobre piedra. Aunque, por supuesto, eso ya lo saben... Discúlpenme. No estoy acostumbrado a hablar de mi obra.

—¿Y qué le llevó a México y Guatemala, señor Pike? —preguntó George con amabilidad.

—Una vez más, a mi amigo Tupper le corresponde el mérito. Siempre me han fascinado las orquídeas, así que Tupper ideó un plan para que fuese a los trópicos unos pocos años a dibujar. A mi vuelta, publicaríamos juntos un precioso libro sobre las orquídeas tropicales. Me temo que pensó que así acabaríamos ricos los dos. Éramos jóvenes, ya saben, y él tenía demasiada confianza en mí.

»Juntamos nuestros ahorros, que no eran abundantes, y Tupper me metió en un barco. Me encargó que fuese y dejase huella en el mundo. Por desgracia para él, no piso demasiado fuerte. Y, para mayor desgracia, esos pocos años en la jungla se convirtieron en dieciocho, como ya le he explicado a la señorita Whittaker. Mediante la austeridad y la perseverancia, fui capaz de resistir allí casi dos décadas y me enorgullece decir que no acepté dinero ni de Tupper ni de nadie, aparte de su inversión inicial. Aun así, creo que el pobre Tupper piensa que su fe en mí no fue recompensada. Cuando por fin volví el año pasado, fue tan amable que me dejó usar el taller de impresión de su familia para hacer algunas de las litografías que han visto, pero (y es fácil de comprender) hacía mucho tiempo que había perdido el deseo de publicar un libro conmigo. Me muevo demasiado despacio para él. Ha formado una familia y no puede entretenerse con proyectos tan costosos. Ha sido un amigo magnífico para mí, a pesar de todo. Me deja dormir en el sofá de su casa y, desde mi regreso, he vuelto a ayudar en el taller de impresión.

—¿Y qué planes tiene? —dijo Alma.

Ambrose alzó ambas manos, como si suplicase ante los cielos.

—Ha pasado muchísimo tiempo desde la última vez que hice planes.

—Pero ¿qué le gustaría hacer? —preguntó Alma.

—Nadie me ha hecho esa pregunta antes.

—Pues yo se lo pregunto, señor Pike. Y le ruego una respuesta sincera.

Ambrose miró a Alma con esos ojos castaños claros. Tenía aspecto de estar cansadísimo.

—En ese caso, se lo voy a decir, señorita Whittaker —dijo—. Me gustaría no volver a viajar jamás. Me gustaría pasar el resto de mis días en un lugar silencioso, donde trabajaría con tal lentitud que sería capaz de oírme a mí mismo vivir.

George y Alma intercambiaron una mirada. Como si presintiese que lo estuvieran dejando al margen, Henry se despertó con un sobresalto y volvió a reclamar la atención de todos.

—¡Alma! —dijo—. Esa carta de Dick Yancey de la semana pasada, ¿la has leído?

—La he leído, padre —respondió Alma, que cambió de tono en el acto.

—¿Qué piensas de ella?

—Creo que es una noticia lamentable.

—Por supuesto que lo es. Me ha puesto de un humor de perros. Pero ¿qué piensan tus amigos? —preguntó Henry, y señaló a sus invitados con la copa de vino.

—No creo que conozcan la situación —dijo Alma.

—Entonces, explícales la situación, hija. Necesito opiniones.

Era un hecho extraño. Por lo general, Henry no buscaba opiniones ajenas. Pero la animó de nuevo con un movimiento de la copa, así que Alma comenzó a hablar, dirigiéndose a George y al señor Pike al mismo tiempo.

—Bueno, es acerca de la vainilla —dijo—. Hace unos quince años, un francés convenció a mi padre de invertir en una plantación de vainilla en Tahití. Ahora hemos sabido que esa plantación ha sido un fracaso. Y el francés ha desaparecido.

—Junto a mi inversión —añadió Henry.

—Junto a la inversión de mi padre —confirmó Alma.

—Una inversión considerable —aclaró Henry.

—Una inversión muy considerable —convino Alma. Lo sabía bien, pues fue ella quien realizó la transferencia del pago.

—Debería haber funcionado —dijo Henry—. El clima es perfecto. ¡Y las lianas de vainilla crecieron! Dick Yancey las vio. Crecieron hasta veinte metros de altura. Ese maldito francés dijo que la vainilla crecería allí fácilmente, y en eso tuvo razón. Las plantas produjeron flores grandes como puños. Exactamente como prometió el francés. ¿Qué me dijo ese pequeñajo francés, Alma? «Cultivar vainilla en Tahití es más fácil que tirarse un pedo dormido».

Alma palideció, mirando a los invitados. George doblaba, educadamente, la servilleta sobre el regazo, pero el señor Pike sonrió sin disimular su regocijo.

—Entonces, ¿qué salió mal, señor? —inquirió—. Si me permite la pregunta.

Henry lo fulminó con la mirada.

—No dieron fruto. Las flores florecieron y murieron sin dar ni una puñetera vaina.

—¿Puedo preguntar de dónde procedían las plantas? —preguntó Ambrose.

—De México —gruñó Henry, clavando los ojos en Ambrose como si lo desafiara—. Así que dígamelo usted: ¿qué salió mal?

Poco a poco, Alma comenzó a darse cuenta. ¿Por qué subestimaba siempre a su padre? ¿Es que ese anciano alguna vez había dejado pasar algo por alto? A pesar del mal humor, a pesar de estar medio sordo, a pesar de las cabezadas, de algún modo había comprendido con exactitud quién se sentaba a la mesa: un experto en orquídeas que acababa de pasar casi dos décadas en México y sus alrededores. Y la vainilla, recordó Alma, era un miembro de la familia de las orquídeas. Ambrose estaba siendo puesto a prueba.

—*Vanilla planifolia* —dijo Ambrose.

—Exactamente —confirmó Henry, que dejó la copa en la mesa—. Eso es lo que plantamos en Tahití. Continúe.

—La vi en México por todas partes, señor. Sobre todo por Oaxaca. Su hombre en Polinesia, su francés, tenía razón: es una trepadora excelente y sería feliz con el clima del Pacífico Sur.

—Entonces, ¿por qué no dan fruto estas malditas plantas? —preguntó Henry.

—No lo sabría decir con certeza —dijo Ambrose—, ya que nunca las he visto con mis propios ojos.

—Entonces, usted no es más que un dibujante de orquídeas de tres al cuarto, ¿verdad? —replicó Henry.

—Padre...

—Sin embargo, señor —continuó Ambrose, indiferente al insulto—, podría formular una hipótesis. Cuando su francés buscaba las plantas de vainilla en México, tal vez compró accidentalmente una variedad de *Vanilla planifolia* que los nativos llaman oreja de burro, la cual nunca da fruto.

—Entonces, era un idiota —dijo Henry.

—No necesariamente, señor Whittaker. Hay que tener ojos de cirujano para diferenciar entre la variedad de *planifolia* que da fruto y la que no. Es un error común. Los nativos a menudo las confunden. Pocos botánicos notan la diferencia.

—¿La nota usted? —preguntó Henry.

Ambrose dudó. Era evidente que no quería perjudicar a un hombre a quien ni tan siquiera conocía.

—Le he hecho una pregunta, muchacho. ¿Nota la diferencia entre las dos variedades de *planifolia*? ¿O no?

—¿En general, señor? Sí. Noto la diferencia.

—Entonces, el francés era un idiota —concluyó Henry—. Y yo fui aún más idiota por invertir en él, ya que ahora he malgastado catorce hectáreas de buena tierra en Tahití cultivando una variedad estéril de vainilla durante quince años. Alma, escribe una carta a Dick Yancey esta noche y dile que arranque todas las lianas y se las eche a los cerdos. Dile que las reemplace con ñame. Dile a Yancey que, si alguna vez encuentra a ese energúmeno francés, lo eche también a los cerdos.

Henry se puso en pie y salió renqueando del comedor, demasiado enfadado para terminar la comida. George y el señor Pike miraron en silencio, asombrados, al personaje que se retiraba: tan pintoresco, con esa peluca y esos viejos pantalones de terciopelo, y tan feroz.

En cuanto a Alma, la embargó un sentimiento de victoria. El francés había perdido, Henry Whittaker había perdido y la plantación de vainilla en Tahití estaba, con toda seguridad, perdida. Pero Ambrose, creía Alma, había ganado algo esa noche, durante su primera aparición como invitado a la mesa de White Acre.

Tal vez era una pequeña victoria, pero quién sabe si tendría su importancia al final.

***

Esa noche, un ruido extraño despertó a Alma.

Perdida en un sueño sin imágenes, de repente, como si la hubieran abofeteado, se despertó. Escudriñó la oscuridad. ¿Había alguien en su habitación? ¿Era Hanneke? No. No había nadie. Volvió a apoyarse en la almohada. Era una noche fresca y serena. ¿Qué había interrumpido su descanso? Voces. Por primera vez en años, se acordó de la noche en que trajeron a Prudence a White Acre, cuando era niña, rodeada de hombres y cubierta de sangre. Pobre Prudence. Alma debía ir a visitarla. Debía esforzarse más por su hermana. Pero no tenía tiempo. El silencio la rodeaba. Alma comenzó a adentrarse de nuevo en el sueño.

Oyó el sonido de nuevo. Una vez más, los ojos de Alma se abrieron de par en par. Sin duda, eran voces. Pero ¿quién estaría despierto a esas horas?

Se levantó, se envolvió en el chal y encendió la lámpara con destreza. Caminó hasta las escaleras y miró por encima de la barandilla. Había una luz en el recibidor; veía el resplandor bajo la puerta. Oyó una risotada de su padre. ¿Con quién estaba? ¿Hablaba consigo mismo? ¿Por qué nadie la había despertado si Henry necesitaba algo?

Bajó las escaleras y encontró a su padre sentado junto a Ambrose Pike en el diván. Miraban unos dibujos. Su padre llevaba un largo camisón blanco y un anticuado gorro de dormir, y estaba colorado de tanto beber. Ambrose, aún con el traje marrón de pana, estaba incluso más despeinado que antes.

—La hemos despertado —dijo Ambrose, que alzó la vista—. Mis disculpas.

—¿Puedo ayudar en algo? —preguntó Alma.

—¡Alma! —gritó Henry—. ¡Tu muchacho ha tenido una idea brillante! ¡Muéstresela, hijo!

Henry no estaba borracho, notó Alma; solo estaba exaltado.

—Me costaba dormir, señorita Whittaker —dijo Ambrose—, porque no dejaba de pensar en esa plantación de vainilla de Tahití. Se me ha ocurrido que hay otra posibilidad que explica por qué no dan frutos las lianas. Debería haber esperado hasta mañana para no molestar a nadie, pero no quería que se me olvidara la idea. Así que me levanté y bajé, en busca de papel. Me temo que así desperté a su padre.

—¡Mira lo que ha hecho! —dijo Henry, que lanzó un papel a Alma. Era un boceto precioso, rico en detalles, de una flor de vainilla, con flechas que señalaban partes diminutas de la anatomía de la planta. Henry miró a Alma, expectante, mientras ella estudiaba el papel, que no le dijo nada.

—Lo siento —dijo Alma—. Estaba dormida hace un momento, así que quizás no esté del todo lúcida...

—¡Polinización, Alma! —gritó Henry, que aplaudió una vez y luego señaló al señor Pike, a quien hizo una señal para que se explicase.

—Lo que creo que puede haber ocurrido, señorita Whittaker, como decía a su padre, es que ese francés tal vez recolectara la variedad correcta de vainilla en México. Pero quizá las lianas no han dado fruto porque no las han polinizado bien.

Sería la mitad de la noche y Alma acababa de despertarse, pero su mente aún era una máquina bien engrasada de cálculos botánicos, por lo que al instante oyó las cuentas del ábaco, dentro de su cerebro, que se movían hacia la comprensión.

—¿Cómo es el proceso de la polinización de la vainilla? —preguntó.

—No lo sabría decir con certeza —dijo Ambrose—. Nadie lo sabe seguro. Tal vez sea una hormiga, tal vez sea una abeja, tal vez sea algún tipo de polilla. Podría ser incluso un colibrí. Pero, sea lo que sea, el francés no lo llevó a Tahití junto a las plantas, y los insectos nativos y los pájaros de la Polinesia francesa no parecen capaces de polinizar sus flores de vainilla, que tienen una forma compleja. Y así... no hay fruto. No hay vainas.

Henry aplaudió una vez más.

—¡No hay beneficios! —añadió.

—Entonces, ¿qué hacemos? —preguntó Alma—. ¿Recoger todos los insectos y pájaros de las junglas mexicanas y llevarlos en barco, vivos, al sur del Pacífico, con la esperanza de hallar al polinizador?

—No creo que sea necesario —dijo Ambrose—. Por eso no podía dormir, porque me hacía la misma pregunta, y creo que he encontrado una respuesta. Creo que se podría polinizar a mano. Miren, he hecho algunos dibujos. Lo que hace que la orquídea de la vainilla sea tan difícil de polinizar es esta columna excepcionalmente larga, ¿ven?, que contiene tanto los órganos masculinos como los femeninos. El rostelo (justo aquí) los separa, para evitar que la planta se polinice a sí misma. Basta con levantar el rostelo e insertar una ramita en el saco polínico, sacar el polen con la punta de la rama y meter la rama en el estambre de otra flor. Así cumplimos la función de la abeja o la hormiga o lo que sea. Pero podríamos ser mucho más eficaces que cualquier animal, porque podríamos polinizar a mano todas y cada una de las flores de la liana.

—¿Quién haría eso? —preguntó Alma.

—Sus trabajadores podrían hacerlo —dijo Ambrose—. La planta únicamente florece una vez al año y solo se tardaría una semana en completar la tarea.

—¿No aplastarían las flores?

—No si se les enseña con cuidado.

—Pero ¿quién tendría la delicadeza necesaria para realizar semejante operación?

Ambrose sonrió.

—No necesitan más que niños pequeños con dedos pequeños y palitos pequeños. En todo caso, les va a gustar el trabajo. A mí mismo me habría gustado de niño. Y sin duda habrá muchos niños pequeños y palos pequeños en Tahití, ¿no?

—¡Ajá! —dijo Henry—. ¿Qué piensas, Alma?

—Creo que es brillante, señor Pike. —También pensaba que, a primera hora de la mañana, debía enseñar a Ambrose la copia que se hallaba en la biblioteca de White Acre de un códice florentino del siglo XVI con las primeras ilustraciones de las lianas de la vainilla, hechas por un franciscano español. Él sabría apreciarlas. No podía esperar a mostrárselas. Ni siquiera le había enseñado la biblioteca. Apenas le había enseñado nada en White Acre. ¡Cuánto les quedaba por explorar juntos!

—Es solo una idea —dijo Ambrose—. Probablemente, podría haber esperado hasta mañana.

Alma oyó un ruido y se giró. Ahí estaba Hanneke de Groot, de pie ante la puerta, en camisón, regordeta, hinchada e irritable.

—Ahora ya he despertado a toda la casa —dijo Ambrose—. Mis más sinceras disculpas.

—*Es er een probleem?* —preguntó Hanneke a Alma.

—Ningún problema, Hanneke —dijo Alma—. Los señores y yo simplemente charlábamos.

—¿A las dos de la mañana? —preguntó Hanneke—. *Is dit een bordeel?*

«¿Es esto un burdel?».

—¿Qué ha dicho? —preguntó Henry. El oído comenzaba a traicionarle y nunca llegó a dominar el neerlandés, a pesar de haber estado casado con una holandesa durante décadas y haber trabajado junto a holandeses buena parte de su vida.

—Quiere saber si alguien querría café o té —dijo Alma—. ¿Señor Pike? ¿Padre?

—Té para mí —dijo Henry.

—Son muy amables, pero yo me retiro —dijo Ambrose—. Voy a regresar a mis aposentos y prometo no volver a molestar a nadie. Por otra parte, acabo de darme cuenta de que mañana es *sabbath*. Tal vez vayan a madrugar, para ir a la iglesia.

—¡Yo no! —dijo Henry.

—Ya verá que en esta casa, señor Pike —dijo Alma—, algunos observamos el *sabbath,* otros no lo observamos y otros solo lo observamos a medias.

—Comprendo —dijo Ambrose—. En Guatemala a menudo perdía la noción del tiempo y me temo que me perdí el *sabbath* muchas veces.

—¿Honran el *sabbath* en Guatemala, señor Pike?

—Solo mediante el consumo de alcohol, reyertas y peleas de gallos, me temo.

—Entonces, ¡vamos a Guatemala! —gritó Henry.

Alma no había visto tan animado a su padre desde hacía años.

Ambrose se rio.

—Usted puede ir a Guatemala, señor Whittaker. Me atrevo a asegurar que caería bien allí. Pero yo ya estoy harto de junglas. Por esta noche, voy a volver a mi habitación. Ahora que tengo la oportunidad de dormir en una cama de verdad, sería un insensato si no la aprovecho. Les deseo buenas noches a ambos, les agradezco de nuevo su hospitalidad y pido sinceras disculpas a su ama de llaves.

Una vez que Ambrose se marchó, Alma y su padre se sentaron en silencio durante un rato. Henry hojeó los bocetos de las orquídeas dibujadas por Ambrose. Alma casi oía los pensamientos de su padre. Lo conocía demasiado bien. Aguardó sus palabras, a que dijera lo que sabía que iba a decir, al mismo tiempo que intentaba planear cómo evitarlo.

Mientras tanto, Hanneke volvió con una bandeja, con té para Alma y Henry y café para ella misma. Dejó la bandeja con un suspiro arisco, tras lo cual se apoltronó en un sillón enfrente de Henry. El ama de llaves se sirvió ella y apoyó el tobillo, afectado por la gota, en un escabel de elegante bordado francés. Dejó que Henry y Alma se sirvieran ellos mismos. En White Acre el protocolo se había relajado a lo largo de los años. Quizás demasiado.

—Deberíamos enviarlo a Tahití —dijo al fin Henry, tras unos cinco minutos de silencio—. Para ponerlo al frente de la plantación de vainilla.

Ahí estaba. Exactamente lo que Alma veía venir.

—Una idea interesante —dijo.

Pero no podía permitir que su padre enviase al señor Pike a los Mares del Sur. Sabía esto con una certeza con la que nunca antes había sabido nada en la vida. Para empezar, Ambrose no agradecería el encargo. Él mismo lo había dicho. Estaba harto de junglas. No quería volver a viajar. Estaba cansado y echaba de menos su hogar. Y, sin embargo, no tenía hogar. Ese hombre necesitaba un hogar. Necesitaba descansar. Necesitaba un lugar donde trabajar, donde pintar lo que había nacido para pintar, y donde se oyese a sí mismo vivir.

Es más, Alma necesitaba al señor Pike. Se sentía dominada por una salvaje necesidad de retenerlo en White Acre para siempre. ¡Qué decisión, cuando lo conocía desde hacía menos de un día! Pero se sentía diez años más joven que el día anterior. Era el sábado más esclarecedor que Alma había vivido en décadas (o tal vez desde la infancia) y Ambrose Pike era la fuente de ese esclarecimiento.

Esta situación le recordó su niñez, cuando encontró un cachorro de zorro en los bosques, huérfano y escuálido. Lo llevó a casa y rogó a sus padres que le permitieran quedárselo. Corrían tiempos felices, antes de la llegada de Prudence, cuando Alma recorría el universo entero con una antorcha en la mano. Henry tuvo la tentación de aceptar, pero Beatrix puso fin al plan. «Las criaturas salvajes han de vivir en lugares salvajes». Arrebataron al zorro de las manos de Alma, y no lo volvió a ver.

Bueno, a este zorro no lo perdería. Y Beatrix ya no estaba presente para oponerse.

—Creo que sería un error, padre —dijo Alma—. Enviar a Ambrose Pike a Polinesia sería malgastar su talento. Cualquiera puede dirigir una plantación de vainilla. Ya le has oído cómo se hace. Es sencillo. Incluso ha dibujado las instrucciones. Envía los bocetos a Dick Yancey y que contrate a alguien para llevar a cabo la polinización. Creo que aquí, en White Acre, el señor Pike te será más útil.

—¿Haciendo qué, exactamente? —preguntó Henry.

—No has visto su obra, padre. George Hawkes piensa que el señor Pike es el mejor litógrafo de nuestra era.

—¿Y para qué quiero yo un litógrafo?

—Tal vez haya llegado el momento de publicar un libro sobre los tesoros botánicos de White Acre. En los invernaderos tienes ejemplares que el mundo civilizado no ha visto jamás. Deberían ser documentados.

—¿Por qué iba a hacer algo tan caro, Alma?

—Déjame que te cuente algo que he oído hace poco —dijo Alma, a modo de respuesta—. Kew planea publicar un catálogo con bellas impresiones e ilustraciones de sus plantas más raras. ¿Lo sabías?

—¿Con qué fin? —preguntó Henry.

—Con el fin de alardear, padre —contestó Alma—. Me lo dijo uno de los jóvenes litógrafos que trabajan para George Hawkes en Arch Street. Los británicos han ofrecido a este muchacho una pequeña fortuna para atraerle a Kew. Tiene bastante talento, aunque no es Ambrose Pike. Está pensando en aceptar la invitación. Dice que el libro va a ser la colección botánica más bella jamás impresa. La mismísima reina Victoria va a invertir en el proyecto. Litografías a cinco colores y los mejores acuarelistas de Europa para los acabados. Además, será un libro voluminoso. Más de medio metro de alto, dice el muchacho, y grueso como una Biblia. Todos los coleccionistas botánicos van a querer una copia. Su objetivo es anunciar el renacimiento de Kew.

—¡El renacimiento de Kew! —se burló Henry—. Kew no volverá a ser lo mismo, ahora que Banks está muerto.

—No es lo que yo he oído, padre. Desde que construyeron la Casa de la Palmera, todo el mundo dice que ha vuelto a ser un lugar magnífico.

¿Era cínico hablar así? ¿Pecaminoso, incluso? ¿Revivir la vieja rivalidad de Henry con los jardines Kew? Pero era cierto lo que decía. Todo era cierto. «Dejemos que Henry se escalde en un viejo antagonismo», pensó Alma. No veía mal alguno en evocar esa fuerza. Las cosas se habían vuelto demasiado aletargadas y lentas en White Acre estos últimos años. Un poco de competencia no le haría daño a nadie. Solo quería que hirviese una vez más la sangre de Henry Whittaker en ese viejo cuerpo... y en el de ella también. ¡Que esta familia tuviese impulso de nuevo!

—Nadie ha oído hablar de Ambrose Pike todavía, padre —insistió—. Pero, en cuanto George Hawkes publique su colección de orquídeas, todo el mundo conocerá ese nombre. Una vez que Kew publique su libro, todos los jardines botánicos e invernaderos van a encargar un *florilegium*... y se lo van a encargar a Ambrose Pike. No esperemos a que se vaya a un jardín rival. Hagamos que se quede aquí, ofrezcámosle nuestro mecenazgo y un techo. Invierte en él, padre. Ya has visto qué inteligente es, qué dotado. Dale una oportunidad. Publiquemos un catálogo de gran formato de la colección de White Acre que supere todo lo visto en el mundo editorial botánico.

Henry no dijo nada. Ahora era el ábaco cerebral de Henry el que sonaba. Alma esperó. Estaba tardando mucho. Demasiado. Mientras tanto, Hanneke sorbía el café con lo que parecía una despreocupación deliberada. El ruido pareció distraer a Henry. Alma tuvo ganas de arrebatar la taza de entre las manos a la anciana.

Alzando la voz, Alma hizo un último esfuerzo:

—No debería ser difícil, padre, convencer al señor Pike de que se quede. Sin duda, necesita una casa, pero subsiste con muy poco y mantenerlo supondría un gasto ínfimo. Sus posesiones entran en una maleta que cabe en tu regazo. Como has comprobado esta noche, es una agradable compañía. Creo que te gustaría tenerlo por aquí. Pero, hagas lo que hagas, padre, he de insistir en que no lo envíes a Tahití. Cualquier idiota puede cultivar vainilla. Contrata a otro francés o a un misionero que esté aburrido. Cualquier burro puede llevar una plantación, pero nadie puede hacer ilustraciones botánicas como Ambrose Pike. No dejes pasar la oportunidad de retenerlo aquí, junto a nosotros. Rara vez te ofrezco consejos de tal contundencia, padre, pero esta noche he de hablar con toda claridad: no pierdas a este hombre. O te vas a arrepentir.

Hubo otro largo silencio. Otro sorbido ruidoso de Hanneke.

—Va a necesitar un estudio —dijo Henry al fin—. Un taller de impresión y todo eso.

—Puede compartir la cochera conmigo —adujo Alma—. Me sobra espacio para él.

Así quedó decidido.

Henry fue renqueando a la cama. Alma y Hanneke se miraron la una a la otra. Hanneke no dijo nada, pero a Alma no le gustó su expresión.

—*Wat?* —preguntó al fin Alma.

—*Wat voor spelltje spell je?* —preguntó Hanneke.

—No sé de qué hablas —dijo Alma—. No estoy jugando a nada.

La vieja ama de llaves se encogió de hombros.

—Como tú quieras —dijo, en un inglés con un acento deliberadamente excesivo—. Eres la señora de la casa.

Entonces, Hanneke se levantó, se sirvió las últimas gotas de café y volvió a sus aposentos en el sótano..., dejando el desorden del recibidor para que lo limpiase otra persona.

Capítulo quince

Se volvieron inseparables, Alma y Ambrose. No tardaron en pasar casi todo el tiempo juntos. Alma dio instrucciones a Hanneke para que Ambrose dejase el ala de invitados y se mudase a la antigua habitación de Prudence, en el segundo piso, justo enfrente del cuarto de Alma. Hanneke protestó la incursión de un extraño en los aposentos de la familia (no era decoroso, decía, y además «no lo conocemos bien»), pero Alma impuso su autoridad y la mudanza se llevó a cabo. Alma en persona hizo espacio en la cochera, en un cuarto de arreos poco usado contiguo a su estudio, para Ambrose. Al cabo de dos semanas, las primeras imprentas estaban listas. Poco después, Alma le compró un elegante escritorio, con casilleros y cajones para sus dibujos.

—Es la primera vez que tengo un escritorio —dijo Ambrose—. Me siento inconcebiblemente importante. Me siento como un edecán.

Una sola puerta separaba ambos estudios... y esa puerta no estaba cerrada nunca. Alma y Ambrose entraban y salían de la oficina del otro de continuo, para mirar el progreso de su trabajo, enseñarse algún ejemplar en un frasco o en el portaobjetos del microscopio. Comían juntos tostadas con mantequilla todas las mañanas, almorzaban en el campo y se quedaban hasta tarde, ayudando a Henry con su correspondencia o mirando viejos volúmenes de la biblioteca de White Acre. Los domingos Ambrose acompañaba a Alma a la iglesia junto a los aburridos y monótonos luteranos suecos, donde, diligente, recitaba las oraciones junto a ella.

Hablaban o guardaban silencio (no daba la impresión de importar demasiado), pero nunca se separaban.

Durante las horas que Alma trabajaba en los lechos de musgo, Ambrose se tiraba sobre la hierba, cerca, con un libro. Mientras Ambrose dibujaba en la casa de las orquídeas, Alma se sentaba junto a él y avanzaba con la correspondencia. Antes no pasaba mucho tiempo en la casa de las orquídeas, pero, desde la llegada de Ambrose, se había convertido en el lugar más impresionante de White Acre. Ambrose pasó casi dos semanas limpiando los cientos de paneles de cristal, de modo que la luz del sol entraba nítida, en columnas rectas. Fregó y enceró los suelos hasta que quedaron resplandecientes. Además (de un modo asombroso), se pasó otra semana bruñendo las hojas de todas las orquídeas con cáscaras de plátano, hasta que brillaron como juegos de té lustrados por un mayordomo leal.

—¿Y ahora, señor Pike? —bromeaba Alma—. ¿Peinamos los vellos de todos los helechos de la finca?

—No creo que los helechos se quejasen —decía Ambrose.

De hecho, ocurrió algo curioso en White Acre justo después de que Ambrose hermoseara la casa de las orquídeas: de repente, el resto de la finca pareció gris en comparación. Era como si alguien hubiese sacado brillo a un solo rincón de un viejo espejo sucio y ahora, como consecuencia, el resto del espejo pareciera mugriento. Lo que no se notaba antes ahora era innegable. Era como si Ambrose hubiese abierto una rendija a algo previamente invisible y Alma al fin abrió los ojos a una verdad que no habría visto de otro modo: White Acre, elegante como era, había caído en un estado de decadente abandono, poco a poco, durante el último cuarto de siglo.

Al darse cuenta de ello, Alma se decidió a someter el resto de la finca a la misma transformación asombrosa de la casa de las orquídeas. Al fin y al cabo, ¿cuándo fue la última vez que habían limpiado todos los paneles de cristal de los otros invernaderos? No lo recordaba. Allí donde miraba, no veía más que moho y polvo. Había que enjalbegar y reparar las cercas, la calzada estaba cubierta de matas y las telarañas invadían la biblioteca. Las alfombras necesitaban una vigorosa batida y los hornos una revisión completa. Las palmeras del gran invernadero pugnaban por escaparse por el techo, pues no habían sido podadas en muchos años. Había huesos disecados de animales por los rincones de los establos tras años de gatos merodeando a su antojo, el latón de los carruajes estaba deslustrado y los uniformes de las criadas parecían anticuados desde hacía décadas..., porque lo eran.

Alma contrató unas costureras para confeccionar uniformes nuevos para todo el personal, e incluso encargó dos vestidos nuevos, de lino, para sí misma. Ofreció un nuevo traje a Ambrose, quien preguntó si podría recibir cuatro pinceles nuevos en su lugar. (Exactamente cuatro. Alma le ofreció cinco. No necesitaba cinco, dijo. Cuatro ya eran todo un lujo). Empleó un escuadrón de jóvenes asistentes para que ayudaran a dar esplendor al lugar. Reparó en que, a medida que los trabajadores mayores de White Acre morían o eran despedidos a lo largo de los años, no eran nunca reemplazados. En la finca permanecía solo un tercio de las personas que trabajaban allí hacía veinticinco años, y eso simplemente no era suficiente.

Al principio, Hanneke se resistió a las nuevas incorporaciones.

—Ya no tengo la fuerza, ni de espíritu ni de cuerpo, para convertir a los malos trabajadores en buenos —se quejó.

—Pero, Hanneke —protestó Alma—, ¡mira qué bien ha arreglado la casa de las orquídeas el señor Pike! ¿No quieres que toda la finca esté así de elegante?

—Ya tenemos demasiada elegancia en este mundo —respondió Hanneke— y no suficiente sentido común. Tu señor Pike no da más que trabajo a los demás. Tu madre se retorcería en su tumba si supiera que la gente va a bruñir las flores a mano.

—Las flores no —corrigió Alma—. Las hojas.

Pero, con el tiempo, incluso Hanneke se dio por vencida, y Alma no tardó mucho en verla delegar en los recién llegados el transporte de los viejos barriles de harina de la bodega, para que se secasen al sol; una tarea que no se había llevado a cabo, según recordaba Alma, desde que Andrew Jackson era presidente.

—No te pases con la limpieza —advirtió Ambrose—. Un poco de descuido puede venir bien. ¿Has notado que las lilas más espléndidas, por ejemplo, son las que crecen junto a establos en ruinas y chozas abandonadas? A veces la belleza necesita ser un poco olvidada para alcanzar su plenitud.

—¡Y eso lo dice el hombre que saca brillo a las orquídeas con cáscaras de plátano! —dijo Alma, riéndose.

—Ah, pero son orquídeas —dijo Ambrose—. Eso es diferente. Las orquídeas son reliquias sagradas, Alma, y necesitan que las traten con reverencia.

—Pero, Ambrose —dijo Alma—, la finca entera comenzaba a parecer una reliquia sagrada... ¡después de una guerra sagrada!

Ya se tuteaban: se llamaban Alma y Ambrose el uno al otro. Pasó mayo. Pasó junio. Llegó julio.

¿Alguna vez había sido tan dichosa?

Nunca había sido tan dichosa.

La existencia de Alma, antes de la llegada de Ambrose Pike, era bastante apacible. Sí, su mundo tal vez fuese pequeño y sus días repetitivos, pero nada que le resultase insoportable.

Había exprimido al máximo su destino. Su trabajo con los musgos mantenía su mente ocupada, y sabía que su investigación era impecable y honesta. Tenía sus diarios, su herbario, sus microscopios, sus disquisiciones botánicas, sus cartas de coleccionistas de todo el mundo, sus deberes para con su padre. Tenía sus costumbres, hábitos y responsabilidades. Tenía su dignidad. Cierto, de alguna manera, era como un libro abierto siempre por la misma página durante casi treinta años..., pero no era una página tan mala, después de todo. Era optimista. Estaba satisfecha. Desde todos los puntos de vista, era una buena vida.

Ahora ya no podría volver a esa vida.

**

A mediados de julio de 1848, Alma fue a visitar a Retta al asilo Griffon por primera vez desde que su amiga fuera internada. Alma no mantuvo su promesa de visitar a Retta cada mes, como le había dicho a George Hawkes: desde la llegada de Ambrose, White Acre era un lugar tan ajetreado y agradable que Retta había caído en el olvido. Cuando llegó julio, sin embargo, la conciencia de Alma comenzaba a reconcomerla, así que hizo los preparativos para ir en carruaje a pasar el día en Trenton. Escribió una nota a George Hawkes para preguntarle si le gustaría acompañarla, pero puso reparos. No ofreció explicación alguna, si bien Alma sabía que simplemente era incapaz de ver a Retta en su estado actual. Ambrose, sin embargo, se ofreció a pasar el día con Alma.

—Pero tienes mucho trabajo que hacer aquí —dijo Alma—. Y no es probable que sea una visita agradable.

—El trabajo puede esperar. Me gustaría conocer a tu amiga. Me pican la curiosidad, lo confieso, las dolencias de la imaginación. Me interesaría ver el asilo.

Tras un viaje sin incidentes a Trenton y una breve conversación con el médico supervisor, Alma y Ambrose fueron conducidos a la habitación de Retta. La encontraron en una estancia privada con un catre pulcro, una mesa y una silla, una pequeña alfombra y un vacío en la pared donde antes colgaba el espejo, que tuvieron que quitar (según explicó la enfermera) porque alteraba a la paciente.

—Intentamos ponerla con otra señora por un tiempo —dijo la enfermera—, pero no lo consintió. Se volvió violenta. Con ataques de inquietud y terror. Hay razones para temer por quien esté en la misma habitación que ella. Mejor que esté sola.

—¿Qué hacen por ella cuando sufre esos ataques? —preguntó Alma.

—Baños de hielo —dijo la enfermera—. Y le tapamos los ojos y los oídos. Eso parece calmarla.

No era una habitación desagradable. Había una vista del jardín trasero y era muy luminosa, pero aun así, pensó Alma, su amiga debía de sentirse sola. Retta estaba vestida con pulcritud y tenía el pelo limpio y trenzado, pero aparentaba ser una aparición. Pálida como la ceniza. Era aún una cosa bonita, pero ahora, sobre todo, era solo una cosa. No dio muestras de estar contenta ni asustada de ver a Alma, ni mostró interés por Ambrose. Alma se sentó junto a su amiga y tomó su mano. Retta lo consintió sin protestar. Alma notó que tenía unos cuantos dedos vendados en las puntas.

—¿Qué le ha pasado aquí? —preguntó Alma a la enfermera.

—Se mordisquea por las noches —explicó la enfermera—. No logramos que deje de hacerlo.

Alma había traído a su amiga una bolsita de caramelos de limón y un ramo de violetas, pero Retta se limitó a mirar los regalos como si no supiese cuál comer y cuál admirar. Alma sospechó que tanto las flores como los caramelos acabarían en la casa de la enfermera.

—Hemos venido a visitarte —dijo Alma a Retta, con torpeza.

—Entonces, ¿por qué no estáis aquí? —preguntó Retta, con un tono de voz apagado por el láudano.

—Estamos aquí, cielo. Estamos aquí, a tu lado.

Retta observó inexpresiva a Alma durante un momento, tras lo cual volvió a extraviar la mirada por la ventana.

—Iba a traerle un prisma —dijo Alma a Ambrose—, pero se me olvidó. Le gustaban los prismas desde siempre.

—Cántale una canción —sugirió Ambrose en voz baja.

—No sé cantar —dijo Alma.

—No creo que ponga reparos.

Pero a Alma no se le ocurría ninguna canción. En su lugar, se inclinó hacia la oreja de Retta y susurró:

—¿Quién te quiere más? ¿Quién te quiere de verdad? ¿Quién piensa en ti cuando descansan los demás?

Retta no respondió.

Alma se volvió hacia Ambrose y preguntó, casi presa del pánico:

—¿Te sabes alguna canción?

—Sé muchas canciones, Alma. Pero no me sé su canción.

***

De camino a casa, Alma y Ambrose estuvieron pensativos y silenciosos. Al fin, Ambrose preguntó:

—¿Estaba siempre así?

—¿Aletargada? Nunca. Siempre estuvo un poco loca, pero era un encanto de muchacha. Tenía un humor travieso y muchísimo encanto. Todos los que la conocíamos la queríamos. Incluso llevó alegría y risas entre mi hermana y yo... y, como te dije, Prudence y yo nunca estábamos alegres juntas. Pero sus trastornos aumentaron con los años. Y ahora, como ves...

—Sí. Ya veo. Pobre criatura. Siento una gran compasión por los locos. Cada vez que estoy cerca de uno, me llega a lo más hondo del alma. Creo que mienten todos los que dicen que nunca han estado locos.

Alma sopesó estas palabras.

—Sinceramente, creo que yo nunca me he sentido enloquecer —dijo—. Me pregunto si miento al decirte esto. Pero no lo creo.

Ambrose sonrió.

—Por supuesto que no. Debería haber hecho una excepción contigo, Alma. Tú no eres como todo el mundo. Tienes una mente de gran solidez y sustancia. Tus emociones son duraderas como una caja fuerte. Por eso la gente se siente tranquila a tu alrededor.

—¿De verdad? —preguntó Alma, muy sorprendida.

—Sí, sin duda.

—Qué pensamiento más curioso. Nunca lo había oído. —Alma miró por la ventana del carruaje y reflexionó. Entonces recordó algo—. O tal vez sí lo haya oído. ¿Sabes?, Retta solía decir que poseo una barbilla tranquilizadora.

—Todo tu ser es tranquilizador, Alma. Incluso tu voz es tranquilizadora. Para quienes a veces nos sentimos arrastrados por el viento como la paja por el suelo del molino, tu presencia es un consuelo muy apreciado.

Alma no supo cómo responder a esta sorprendente declaración, así que trató de restarle importancia.

—Vamos, Ambrose —dijo—. Tú eres un hombre de pensamientos comedidos... Seguro que nunca te has sentido enloquecer.

Ambrose pensó un momento y eligió sus palabras con cuidado.

—Uno no puede evitar sentir qué cerca se encuentra de la misma dolencia que tu amiga Retta Snow.

—¡No, Ambrose, claro que no!

Como Ambrose no respondió de inmediato, el nerviosismo de Alma fue en aumento.

—Ambrose —dijo, con mayor delicadeza—. Claro que no, ¿verdad?

Una vez más, Ambrose fue precavido y se tomó su tiempo antes de responder.

—Me refiero al sentido de extravío en este mundo... junto al sentido de pertenencia a otro mundo distinto.

—¿A qué otro mundo? —preguntó Alma. La vacilación de Ambrose al responder le hizo pensar que había ido demasiado lejos, así que probó un tono más despreocupado—: Discúlpame, Ambrose. Tengo la espantosa costumbre de no dejar de preguntar hasta dar con una respuesta satisfactoria. Es mi carácter, me temo. Espero que no pienses que soy una maleducada.

—No eres una maleducada —dijo Ambrose—. Me gusta tu curiosidad. Es solo que no estoy seguro de cómo ofrecerte una respuesta satisfactoria. Uno no desea perder el cariño de la gente a la que admira por revelar demasiado de sí mismo.

Así pues, Alma abandonó el tema, con la esperanza, tal vez, de que no se volviera a mencionar la locura. Como en un intento de neutralizar el momento, sacó un libro del bolso y trató de leer. El carruaje pegaba demasiadas sacudidas para leer con comodidad y estaba distraída por lo que acababa de oír, pero, de todos modos, fingió estar abstraída en su libro.

Al cabo de un largo rato, Ambrose dijo:

—Todavía no te he contado por qué me fui de Harvard, hace tantos años.

Alma apartó el libro y se volvió hacia él.

—Sufrí un episodio —dijo.

—¿De locura? —preguntó Alma. Habló con la franqueza de costumbre, si bien tenía un nudo en el estómago, por el miedo a la posible respuesta.

—Tal vez lo fue. No estoy seguro de cómo llamarlo. Mi madre piensa que se trataba de locura. Mis amigos piensan que se trataba de locura. Los doctores creían que era locura. Yo en cambio sentí que era otra cosa.

—¿Como qué? —preguntó Alma, que recuperó la voz de siempre, aunque sus temores aumentaban a cada instante.

—¿Posesión por espíritus, tal vez? ¿Un encuentro de magia? ¿Una supresión de los límites materiales? ¿Inspiración en alas de fuego? —No sonrió. Hablaba muy en serio.

Esta confesión dio tanto que pensar a Alma que no supo qué responder. En su ideario no había lugar para la supresión de los límites materiales. Nada aportaba tanta bondad y tranquilidad a la vida de Alma Whittaker como la alentadora certeza de los límites materiales.

Ambrose la observó con atención antes de proseguir. La miró como si fuese un termómetro o un compás, como si intentara medirla para decidir en qué dirección girar, según el carácter de su respuesta. Alma se esforzó por ocultar la alarma que la embargaba. Ambrose debió de sentirse satisfecho con lo que veía, pues continuó.

—Cuando tenía diecinueve años, descubrí una colección de libros en la biblioteca de Harvard escrita por Jakob Böhme. ¿Lo conoces?

Por supuesto, Alma lo conocía. Había ejemplares de su obra en la biblioteca de White Acre. Había leído a Böhme, si bien no lo admiraba. Jakob Böhme era un zapatero alemán del siglo XVI que tenía visiones místicas acerca de las plantas. Mucha gente lo consideraba un pionero de la botánica. La madre de Alma, por otra parte, lo consideraba una cloaca de supersticiones medievales. Por tanto, había una considerable diversidad de opiniones en torno a Jakob Böhme.

El viejo zapatero creía en algo que llamaba «la firma de todas las cosas»; es decir, que Dios había dejado pistas ocultas, como método para mejorar a la humanidad, dentro del diseño de todas las flores, hojas, frutas y árboles del planeta. El mundo natural entero era un código divino, aseguraba Böhme, que contenía la prueba del amor de nuestro Creador. Por ello tantas plantas medicinales evocaban las enfermedades que curaban o los órganos que podían tratar. La albahaca, con sus hojas en forma de hígado, era el remedio manifiesto de todas las dolencias hepáticas. La celidonia, que produce una savia amarilla, trataba la amarillenta coloración de la ictericia. Las nueces, con forma de cerebro, eran para los dolores de cabeza. El tusilago, que crece cerca de arroyos fríos, puede curar la tos y los escalofríos causados por sumergirse en agua helada. El *Polygonum*, con sus marcas rojas como salpicaduras de sangre en las hojas, cura las heridas sangrantes de la carne. Y así ad infinítum. Beatrix Whittaker siempre despreció esta teoría («Casi todas las hojas tienen forma de hígado... ¿Deberíamos comerlas todas?») y Alma heredó el escepticismo de su madre.

Pero ahora no era el momento de hablar de escepticismo, pues Ambrose escuadriñaba la expresión de Alma. Analizaba su rostro con desesperación, diríase, en busca de permiso para continuar. Una vez más, Alma se mantuvo impasible, a pesar de sentirse perturbada. Una vez más, Ambrose prosiguió.

—Sé que la ciencia actual rechaza las ideas de Böhme —dijo—. Comprendo las objeciones. Jakob Böhme trabajaba en la dirección opuesta a la metodología científica. Carecía del rigor del pensamiento metódico. Sus escritos estaban llenos de añicos rotos, de pedazos resquebrajados de la verdad. Era irracional. Era ingenuo. Solo veía lo que deseaba ver. No tenía en cuenta nada que contradijera sus certezas. Comenzaba con sus creencias y luego buscaba los hechos que las justificasen. Nadie en su sano juicio llamaría ciencia a eso.

Ni Beatrix Whittaker lo habría dicho mejor, pensó Alma..., pero, una vez más, se limitó a asentir.

—Pero... —Ambrose se quedó sin palabras. Alma concedió tiempo a su amigo para que pusiera sus pensamientos en orden. Ambrose guardó silencio tanto tiempo que Alma pensó que tal vez había puesto fin a la conversación. Sin embargo, al cabo de ese silencio dilatado, continuó—: Pero Böhme dice que Dios se ha estampado a sí mismo en el mundo y debemos descubrir sus rastros.

El paralelismo era inconfundible, pensó Alma, y no pudo evitar señalarlo.

—Como un grabador —dijo.

Ante estas palabras, Ambrose se giró para mirarla, el rostro desbordante de alivio y gratitud.

—¡Sí! —dijo—. Precisamente. Me has comprendido. ¿Ves lo que significaba esa idea para mí cuando era joven? Böhme dijo que esta estampa divina es una especie de magia sagrada y que esta magia es la única teología que necesitamos. Creía que podíamos aprender a leer las impresiones de Dios, pero que primero deberíamos arrojarnos al fuego.

—Arrojarnos al fuego —repitió Alma, con un tono inexpresivo.

—Sí. Mediante la renuncia al mundo material. Mediante la renuncia a la Iglesia. Mediante la renuncia a la ambición. Mediante la renuncia al estudio. Mediante la renuncia al deseo corporal. Mediante la renuncia a la posesividad y al egoísmo. Mediante la renuncia incluso a hablar. Solo entonces podríamos ver lo que Dios vio en el momento de la Creación. Solo entonces podríamos leer los mensajes que el Señor nos ha dejado. Así que, como ves, Alma, yo no iba a ser pastor tras oír esto. Ni estudiante. Ni hijo. Ni (al parecer) un hombre vivo.

—Entonces, ¿en qué te convertiste? —preguntó Alma.

—Intenté convertirme en el fuego. Cesé todas las actividades de la existencia cotidiana. Dejé de hablar. Incluso dejé de comer. Creía que podría sobrevivir solo gracias a la luz del sol y la lluvia. Durante mucho tiempo (aunque parezca imposible imaginarlo), sobreviví solo gracias a la luz del sol y la lluvia. No me sorprendió. Tenía fe. Siempre he sido el más devoto de los hijos de mi madre, ¿sabes? Donde mis hermanos poseían lógica y razón, yo siempre sentí el amor del Creador de un modo innato. De niño, solía ensimismarme de tal modo al rezar que mi madre me zarandeaba en la iglesia y me castigaba por quedarme dormido durante la misa, pero yo no dormía. Estaba... comunicándome. Después de leer a Jakob Böhme, quise relacionarme con lo divino de forma más íntima. Por eso renuncié a todo en el mundo, incluso al sustento.

—¿Qué ocurrió? —preguntó Alma, que temió, una vez más, la respuesta.

—Conocí lo divino —dijo, con los ojos chispeantes—. O eso creí. Tuve los pensamientos más magníficos. Era capaz de leer el lenguaje oculto de los árboles. Vi ángeles viviendo dentro de las orquídeas. Vi una nueva religión, que se manifestaba en un idioma botánico. Oí sus himnos. Ya no recuerdo la música, pero era exquisita. Además, durante un par de semanas pude oír los pensamientos de la gente. Deseé que oyesen los míos, pero no fue posible. Estaba dichoso. Sentí que nada me haría daño, que nada me tocaría. Yo era inofensivo, pero perdí el deseo de vivir en este mundo. Estaba... descompuesto. Oh, pero había más. ¡Qué conocimientos me desbordaron! Por ejemplo, di un nuevo nombre a todos los colores. Y vi nuevos colores, colores ocultos. ¿Sabías que hay un color llamado *swissen,* una especie de turquesa pálido? Solo las polillas lo ven. Es el color de la ira más pura de Dios. Uno no pensaría que la ira de Dios es azul y pálida, pero lo es.

—No lo sabía —admitió Alma, con cautela.

—Bueno, yo la vi —dijo Ambrose—. Vi nubes de *swissen* rodear ciertos árboles y ciertas personas. En otros lugares, vi coronas de luz benigna donde no debería haber luz. Era una luz que no tenía nombre, pero tenía sonido. Allí donde la vi (o, más bien, allí donde la oí), la seguí. Poco después, sin embargo, casi morí. Mi amigo Daniel Tupper me encontró en un talud de nieve. A veces pienso que, de no haber llegado el invierno, habría podido continuar.

—¿Sin comida, Ambrose? —preguntó Alma—. Claro que no...

—A veces pienso que sí. No digo que sea racional, pero pienso que sí. Deseé convertirme en una planta. A veces pienso (solo por un instante, llevado por la fe) que me convertí en una planta. ¿Cómo si no resistí dos meses sin nada salvo lluvia y luz del sol? Recordé Isaías 40: «Toda la carne es hierba..., sin duda la gente es hierba».

Por primera vez en años, Alma recordó cómo, de niña, también ella había deseado ser una planta. Por supuesto, no era más que una niña que deseaba que su padre fuese más cariñoso y paciente. Pero, incluso así, no llegó a creer que fuese una planta.

Ambrose continuó:

—Después de que mis amigos me encontraran en el talud de nieve, me llevaron a un manicomio.

—¿Similar al que hemos ido? —preguntó Alma.

Ambrose sonrió con una tristeza infinita.

—Oh, no, Alma. No se parecía en nada.

—Oh, Ambrose, lo siento mucho —dijo Alma, y sintió náuseas. Sabía cómo solían ser los hospitales para enfermos mentales en Filadelfia, pues ella y George habían ingresado a Retta en esas casas de la desesperación. No lograba imaginarse a Ambrose, su amable amigo, en semejantes lugares de miseria, calvarios y pesares.

—No lo sientas —dijo Ambrose—. Ya pasó. Por fortuna para mi mente, he olvidado casi todo lo que ocurrió. Pero la experiencia del hospital me ha vuelto más asustadizo de lo que lo era en el pasado. Demasiado asustadizo para volver a sentir la confianza plena. Cuando me dieron el alta, Daniel Tupper y su familia cuidaron de mí. Fueron amables conmigo. Me ofrecieron cobijo y trabajo en su taller de impresión. Deseaba volver a alcanzar los ángeles de nuevo, pero de un modo más material esta vez. Un modo más seguro, se podría decir, supongo. Había perdido el valor para arrojarme al fuego. Así, aprendí por mí mismo el arte del grabado: en imitación del Señor, en realidad, aunque sé que parece pecaminoso y orgulloso confesar algo así. Quería estampar mis percepciones en el mundo, si bien mi obra no alcanza aún la excelencia a la que aspiro. Pero me mantiene ocupado. Y he contemplado las orquídeas. Era reconfortante mirar orquídeas.

Alma dudó antes de preguntar:

—¿Lograste alcanzar los ángeles de nuevo?

—No. —Ambrose sonrió—. Me temo que no. Pero el trabajo conllevó otros placeres... o distracciones. Gracias a la madre de Tupper, comencé a comer otra vez. Pero era una persona diferente. Evitaba todos los árboles y todas las personas que había visto teñidas por el *swissen* de la ira de Dios. Anhelaba oír los himnos de la nueva religión de la que había sido testigo, pero no recordaba las palabras. Poco después, fui a la jungla. Mi familia pensó que era un error, que allá me volvería a topar con la locura y que la soledad debilitaría mi constitución.

—¿Fue así?

—Tal vez. Es difícil decirlo. Como te dije cuando nos conocimos, padecí fiebres. Las fiebres minaron mis fuerzas, pero también las recibí con gozo. Por momentos, durante las fiebres, casi creí oír las estampas de Dios, pero solo casi. Vi que en las hojas y las vides había edictos y estipulaciones escritas. Vi que las ramas de los árboles que me rodeaban se vencían en una perturbación de mensajes. Había firmas en todas partes, líneas de confluencia en todas partes, pero no sabía leerlas. Oí los acordes de esa música vieja y familiar, pero no logré apresarla. Nada me fue revelado. Cuando enfermaba, a veces alcanzaba a ver los ángeles ocultos dentro de las orquídeas..., pero solo los bordes de sus vestiduras. La luz tenía que ser pura y todo permanecer en silencio para que esto ocurriese. Y, aun así, no era suficiente. No era lo que había visto antes. Una vez que se han visto ángeles, Alma, uno no está satisfecho con los bordes de sus vestiduras. Al cabo de dieciocho años, supe que no volvería a ser testigo de lo que vi una vez (ni siquiera en la soledad más profunda de la jungla, ni siquiera en medio de las alucinaciones febriles), así que volví a casa. Pero supongo que siempre voy a anhelar algo más.

—¿Qué anhelas, exactamente? —preguntó Alma.

—Pureza —dijo Ambrose— y comunión.

Alma, abrumada por la tristeza (y abrumada por el temor lacerante de que le estaban arrebatando algo hermoso), escuchó en silencio. No sabía cómo consolar a Ambrose, si bien no daba la impresión de que Ambrose lo esperase. ¿Estaba loco? No parecía loco. En cierto modo, se dijo a sí misma, debería sentirse honrada por que le hubiese confesado sus secretos. Pero ¡qué secretos tan angustiantes! ¿Qué pensar de ellos? Alma no había visto ángeles, ni había observado el color secreto de la verdadera ira de Dios, ni se había arrojado al fuego. Ni siquiera sabía con certeza qué significaba «arrojarse al fuego». ¿Cómo hacerlo? ¿Y por qué hacerlo?

—¿Qué planes tienes ahora? —preguntó Alma. Incluso en el preciso instante de pronunciar esas palabras, Alma maldijo su mente pesada y corpórea, solo capaz de pensar en estrategias mundanas: «Un hombre acaba de hablar de ángeles y tú le preguntas por sus planes».

Pero Ambrose sonrió.

—Deseo una vida tranquila, aunque no sé si la merezco. Te agradezco que me hayas proporcionado un lugar donde vivir. Disfruto muchísimo de White Acre. Es como un cielo para mí... o al menos lo más cercano al cielo que se puede encontrar en la tierra. Estoy saciado del mundo, y deseo paz. Tengo cariño a tu padre, quien no me condena y me permite quedarme. Agradezco tener un trabajo que realizar, que me da satisfacción y algo que hacer. Y, sobre todo, agradezco tu compañía. Me he sentido solo, lo confieso, desde 1828, desde que mis amigos me sacaron de ese talud de nieve y me llevaron de vuelta al mundo. Después de lo que he visto, y debido a lo que ya no soy capaz de ver, siempre me he sentido un poco solo. Pero creo que en tu compañía estoy menos solo que en otras ocasiones.

A Alma casi se le saltaron las lágrimas oyendo a Ambrose. Meditó cómo responder. Ambrose siempre había compartido con generosidad sus confidencias y, sin embargo, Alma no había revelado las suyas. Él era valiente con lo que reconocía. Aunque eso que él reconocía la asustaba, Alma debía corresponder a ese valor del mismo modo.

—Tú alivias mi soledad también —dijo Alma. Qué difícil era confesarlo. No podía mirarlo al decirlo, pero al menos no le tembló la voz.

—No lo hubiera sabido, querida Alma —dijo amablemente Ambrose—. Siempre me has parecido tan inquebrantable...

—Nadie es inquebrantable —respondió Alma.

***

Volvieron a White Acre, a su rutina habitual y apacible, pero Alma seguía distraída por lo que le había contado. A veces, cuando Ambrose estaba ocupado con sus labores (dibujando una orquídea o preparando una piedra para una litografía), Alma lo observaba, en busca de una mente enfermiza o siniestra. Pero no vio rastro alguno de ello. Si sufría o anhelaba ilusiones espectrales o alucinaciones asombrosas, no daba señales de ello. No había rastro alguno de una razón perturbada.

Cada vez que alzaba la vista y la sorprendía mirándolo, Ambrose sonreía. Qué inocente era, qué amable y confiado. No daba muestras de que le molestase ser observado. No aparentaba estar nervioso por ocultar algo. No parecía arrepentido de haber compartido su historia con Alma. En todo caso, con ella era incluso más afectuoso. Solo era más agradecido, más alentador y más amable que antes. Su buen temperamento no variaba. Era paciente con Henry, con Hanneke, con todo el mundo. A veces parecía cansado, pero era de esperar, ya que trabajaba con ahínco. Trabajaba tanto como Alma. Era natural que a veces se cansara. Pero, aparte de eso, no había cambiado: seguía siendo su amigo querido, sin reservas. Por lo que Alma veía, tampoco lo dominaba una religiosidad excesiva. Aparte de sus diligentes visitas junto a Alma a la iglesia todos los domingos, no lo veía rezar. En todos los sentidos, daba la impresión de ser un buen hombre en paz.

La imaginación de Alma, por otra parte, estaba alborotada y encendida desde esa conversación durante el viaje a casa desde Trenton. No lograba darle sentido y deseaba una respuesta contundente para este rompecabezas: ¿estaba loco Ambrose Pike? Si no estaba loco, ¿qué era, entonces, Ambrose Pike? Alma tenía dificultades para aceptar maravillas y milagros, pero tenía las mismas dificultades para considerar a su querido amigo un chalado. Entonces, ¿qué había visto durante esos episodios? Ella no se había relacionado con lo divino, ni lo había deseado nunca. Había vivido dedicada a la comprensión de lo real, de lo material. Una vez, cuando le sacaron una muela bajo los efectos del éter, Alma vio estrellas que bailaban dentro de su mente, pero incluso entonces supo que se debía a los efectos de la droga y no levitó hasta los cielos. Pero Ambrose no estaba bajo los efectos del éter durante sus visiones. Su locura fue... una locura lúcida.

Durante las semanas que siguieron a la conversación con Ambrose, Alma a menudo se despertaba por las noches y se escapaba a la biblioteca, donde leía libros de Jakob Böhme. No había estudiado al viejo zapatero alemán desde su juventud, e intentó adentrarse en los textos con respeto y una mente abierta. Sabía que Milton había leído a Böhme y que Newton lo admiraba. Si tales luminarias habían hallado sabiduría en sus palabras (y si afectaron tanto a alguien tan extraordinario como Ambrose), entonces, ¿por qué no Alma?

Pero no halló nada en los textos que despertase su sentido del misterio o del asombro. Para Alma, los escritos de Böhme estaban llenos de principios extinguidos, tan opacos como ocultistas. Era de ideas viejas, de ideas medievales, distraído por la alquimia y los bezoares. Creía que las piedras y los metales preciosos estaban imbuidos de poder y virtud divina. Vio la cruz de Dios oculta en un trozo de col. Todo en el mundo, creía, era una revelación encarnada de la potencia eterna y el amor divino. Cada elemento de la naturaleza era *verbum fiat:* una palabra hablada de Dios, una expresión creada, una maravilla hecha carne. Creía que las rosas no simbolizaban el amor, sino que eran el amor: el amor vuelto literal. Era apocalíptico y utópico. Este mundo acabaría pronto, decía, y la humanidad había de alcanzar un estado edénico, donde todos los hombres fueran vírgenes y la vida alegría y juegos. Aun así, la sabiduría de Dios, insistía, era femenina.

Böhme escribió: «La sabiduría de Dios es una virgen eterna: no una esposa, sino la castidad y la pureza sin tacha, que se erige como imagen de Dios... Es la sabiduría de los milagros sin número. En ella, el Espíritu Santo contempla la imagen de los ángeles... Si bien da cuerpo a todas las frutas, no es la corporeidad de las frutas, sino la gracia y la belleza de su interior».

Nada de esto tenía sentido para Alma. En buena medida, la irritaba. Sin duda, al leerlo no deseaba dejar de comer, ni de estudiar, ni de hablar, ni renunciar a los placeres del cuerpo, ni vivir de la lluvia y la luz del sol. Por el contrario, los escritos de Böhme le hacían echar de menos su microscopio, sus musgos, las comodidades de lo palpable y lo concreto. ¿Por qué el mundo material no bastaba a las personas como Jakob Böhme? ¿No era maravilloso lo que se veía y tocaba y se sabía real?

«La vida verdadera se encuentra en el fuego —escribió Böhme— y entonces los misterios se aferran unos a otros».

Böhme se había aferrado a Alma, sin duda, pero su mente no ardió. Sin embargo, tampoco se sosegó. Leer a Böhme la llevó a otras obras de la biblioteca de White Acre, otros tratados polvorientos en el punto de intersección entre la botánica y la divinidad. Se sentía tan escéptica como estimulada. Hojeó a todos esos viejos teólogos y esos taumaturgos pintorescos y extintos. Estudió a Alberto Magno. Estudió con diligencia lo que los monjes habían escrito cuatrocientos años atrás acerca de las mandrágoras y los cuernos de unicornio. La ciencia era siempre tosca. Había tales agujeros en su lógica que soplaban ráfagas de viento entre sus razones. En qué nociones tan extravagantes creían en el pasado: creían que los murciélagos eran pájaros, que las cigüeñas hibernaban bajo el agua, que los mosquitos surgían del rocío de las hojas, que los gansos nacían de percebes y que los percebes crecían en los árboles. Desde un punto de vista estrictamente histórico, no dejaba de ser interesante..., pero por qué venerarlo, se preguntaba. ¿Por qué Ambrose se había dejado seducir por los eruditos medievales? Era una senda fascinante, sí, pero era una senda de errores.

Una cálida noche a finales de julio, Alma se encontraba en la biblioteca con una lámpara ante ella y los anteojos en la punta de la nariz hojeando un ejemplar del siglo XVII de *Arboretum Sacrum* (cuyo autor, como Böhme, había intentado leer los mensajes sagrados de las plantas mencionadas en la Biblia), cuando Ambrose entró en la sala. Se sobresaltó al verlo, pero Ambrose no estaba inquieto. En todo caso, parecía preocupado por Alma. Se sentó junto a ella en la larga mesa en el centro de la biblioteca.

Iba vestido con la ropa de día. O se había cambiado por respeto a Alma o ni siquiera se había acostado esa noche.

—No puedes pasar tantas noches seguidas sin dormir, mi querida Alma —dijo.

—Empleo estas horas silenciosas para mis investigaciones —respondió—. Espero no haberte molestado.

Ambrose miró los títulos de los viejos libros que yacían abiertos ante ellos.

—Pero no lees sobre musgos —dijo tranquilamente—. ¿A qué se debe tu interés por todo esto?

Le pareció difícil mentir a Ambrose. En general, no se le daban bien las medias verdades y él, en especial, no era una persona a la que desease mentir.

—No logro comprender tu historia —confesó—. Busco respuestas en estos libros.

Ambrose asintió, pero no contestó nada.

—He comenzado con Böhme —prosiguió Alma—, quien me resulta del todo incomprensible, y he seguido con... todos los otros.

—Te he intranquilizado con lo que te conté sobre mí. Me temía que podía ocurrir. No debería haberte dicho nada.

—No, Ambrose. Somos amigos que se quieren. Tú siempre puedes confiar en mí. Incluso puedes intranquilizarme a veces. Me sentí honrada por tus confidencias. Pero, en mi deseo de comprenderte mejor, me temo que me he extraviado fuera de mi terreno.

—Y estos libros ¿qué te dicen de mí?

—Nada —respondió Alma. No pudo contener la risa, y Ambrose rio junto a ella. Alma estaba agotada. Él también aparentaba estar cansado.

—Entonces, ¿por qué no me preguntas a mí?

—Porque no quiero importunarte.

—No me importunas nunca.

—Me fastidian, Ambrose..., los errores de estos libros. Me pregunto por qué esos errores no te fastidian a ti. Böhme incurre en tantas omisiones, tantas contradicciones, tantas confusiones de pensamiento... Es como si deseara llegar al cielo de un salto gracias a la fuerza de su lógica, pero su lógica es muy limitada. —Alcanzó un libro de la mesa y lo abrió—. En este capítulo, por ejemplo, intenta encontrar las claves de los secretos de Dios ocultos dentro de las plantas de la Biblia..., pero ¿qué hacemos con esto cuando su información es sencillamente incorrecta? Dedica todo un capítulo a interpretar «los lirios del campo», mencionados en el Evangelio de Mateo, a diseccionar todas las letras de la palabra *lirios,* a buscar la revelación dentro de las sílabas..., pero, Ambrose, los lirios del campo son un error de traducción. Cristo no habría hablado de lirios en el sermón de la montaña. Solo hay dos variedades de lirios propias de Palestina, y ambas son tremendamente raras. No habrían florecido en abundancia suficiente para cubrir un prado. No habrían sido lo bastante familiares para el hombre común. Con toda probabilidad, Cristo, que adaptaba sus lecciones para la audiencia más amplia posible, se refirió a una flor común, para que sus oyentes comprendieran la metáfora. Por esa razón, es más factible que Cristo hablase de las anémonas del campo (probablemente, *Anemone coronaria),* aunque no podemos estar seguros...

Alma se quedó sin palabras. Sonaba didáctica, ridícula. Ambrose se rio de nuevo.

—¡Qué gran poetisa habrías sido, querida Alma! Cómo me habría gustado tu traducción de las Sagradas Escrituras: «Observad los lirios del campo, cómo crecen sin fatigarse ni hilar..., aunque lo más probable es que no fuesen lirios, sino *Anemone coronaria,* si bien no podemos estar seguros, pero, aun así, podemos llegar a la conclusión de que ni se fatigan ni hilan». ¡Qué gran himno habría sido, para llenar cualquier iglesia!

Me encantaría oír a una congregación cantándolo. Pero dime, Alma, ya que hablamos de ello, ¿qué piensas de los sauces de Babilonia, de los cuales los israelíes colgaron las cítaras y lloraron?

—Te burlas de mí —dijo Alma, con el orgullo herido y espoleado—. Pero sospecho, dada la región, que se trataba de álamos.

—¿Y la manzana de Adán y Eva? —tanteó Ambrose.

Alma se sintió tonta, pero no pudo contenerse.

—Era o un albaricoque o un membrillo —dijo—. Es más probable un albaricoque, ya que el membrillo no es tan dulce como para atraer la atención de una joven. De un modo u otro, es imposible que fuese una manzana. No había manzanas en la Tierra Santa, Ambrose, y a menudo se describe la sombra acogedora del árbol del Edén, con sus hojas plateadas, lo que encaja con casi todas las variedades del albaricoque..., así que, cuando Jakob Böhme habla de manzanas, Dios y el Edén...

Ambrose reía con tal fuerza que tuvo que limpiarse los ojos.

—Mi querida señorita Whittaker —dijo, con la mayor ternura—. Qué maravilla es tu mente. Esa especie de peligroso razonamiento, por cierto, es precisamente lo que Dios temía si una mujer comía la fruta del árbol de la sabiduría. ¡Eres un ejemplo aleccionador para todas las mujeres! ¡Debes abandonar de inmediato toda esa inteligencia y dedicarte cuanto antes a la mandolina o a tejer o a cualquier actividad inútil!

—Crees que soy absurda —dijo ella.

—No, Alma, no lo pienso. Creo que eres especial. Me conmueve que intentes comprenderme. No hay amistad más sincera. Me conmueve aún más que intentes comprender (mediante el pensamiento racional) aquello que no puede ser comprendido en absoluto. Aquí no hay principios exactos. Lo divino, como dijo Böhme, carece de raíces: es insondable, algo que no pertenece a este mundo. Pero he ahí la diferencia de nuestras formas de pensar, querida. Yo deseo llegar a la revelación en alas, mientras que tú avanzas, sin prisa pero sin pausa, a pie, con la lupa en la mano. Yo soy un trotamundos rudimentario que busca a Dios en los límites externos, que aspira a una nueva forma de conocimiento. Tú estás bien plantada sobre la tierra y sopesas las pruebas centímetro a centímetro. Tu estilo es más racional y metódico, pero yo no puedo cambiar el mío.

—Es cierto que siento un amor atroz por la comprensión —admitió Alma.

—Sin duda es amor, aunque no es atroz —respondió Ambrose—. Es el resultado natural de haber nacido con una mente tan exquisitamente calibrada. Pero, para mí, experimentar el mundo mediante la razón es tantear en la oscuridad en busca de Dios con guantes puestos. No basta con estudiar y pintar y describir. A veces debemos... saltar.

—Pero sencillamente no comprendo ese Señor hacia el que saltas —dijo Alma.

—¿Y por qué deberías?

—Porque deseo conocerte mejor a ti.

—Entonces, pregúntame a mí, Alma. No me busques en esos libros. Estoy aquí, sentado ante ti, y te voy contar lo que quieras sobre mí.

Alma cerró el voluminoso libro que tenía delante. Tal vez lo cerró con un exceso de ímpetu, pues hizo un ruido sordo. Giró la silla para mirar a Ambrose, cruzó las manos sobre el regazo y dijo:

—No comprendo tu interpretación de la naturaleza, lo que, a su vez, me colma de preocupación por el estado de tu mente. No comprendo cómo pudiste pasar por alto las contradicciones o la pura estupidez de estas teorías viejas y desacreditadas. Supones que nuestro Señor es un botánico benevolente que oculta pistas para nuestro perfeccionamiento dentro de todas las variedades de plantas, pero no veo ninguna evidencia de ello. En nuestro mundo hay tantas plantas venenosas como curativas. ¿Por qué tu deidad botánica nos da el lirio del valle o el ligustro, por ejemplo, que mata a nuestros caballos y vacas? ¿Dónde se oculta ahí la revelación?

—Pero ¿por qué no debería ser botánico el Señor? —preguntó Ambrose—. ¿Qué profesión preferirías para tu deidad?

Alma ponderó la cuestión con seriedad.

—Tal vez matemático —decidió—. Tachar y borrar cosas, ya sabes. Sumar y restar. Multiplicar y dividir. Jugar con teorías y nuevos cálculos. Descartar errores previos. Me parece una idea más sensata.

—Pero, Alma, los matemáticos que he conocido no son espíritus especialmente compasivos, y no alientan la vida.

—Exactamente —dijo Alma—. Eso ayudaría a explicar el sufrimiento de la humanidad y la arbitrariedad de nuestros destinos..., mientras Dios nos suma y nos resta, nos divide y nos borra.

—¡Qué visión tan lúgubre! Ojalá no contemplaras nuestras vidas con tal desolación. En conjunto, Alma, veo en el mundo más maravillas que sufrimiento.

—Sé que lo ves así —dijo Alma— y por eso me preocupo por ti. Eres un idealista, lo que quiere decir que tu destino es ser decepcionado, e incluso herido. Buscas un evangelio de benevolencia y milagros, lo cual no deja espacio a los sinsabores de la existencia. Eres como William Paley, al defender que la perfección de los designios del universo es prueba del amor que Dios nos profesa. ¿Recuerdas la afirmación de Paley según la cual el mecanismo de la muñeca humana (adaptado con tal excelencia a recolectar comida y crear trabajos de artística belleza) es la huella misma del afecto del Señor por el hombre? Pero la muñeca humana también es perfectamente capaz de blandir un hacha asesina contra el prójimo. ¿Dónde está ahí la prueba del amor? Por otra parte, haces que me sienta una metomentodo, aquí sentada, con todas estas aburridas razones, incapaz de alcanzar esa ciudad radiante en lo alto de una colina donde vives.

Permanecieron sentados en silencio durante un tiempo, hasta que Ambrose preguntó:

—¿Estamos discutiendo, Alma?

Alma sopesó la pregunta.

—Tal vez.

—Pero ¿por qué hemos de discutir?

—Discúlpame, Ambrose. Estoy cansada.

—Estás cansada porque has venido aquí a la biblioteca todas las noches, a formular preguntas a hombres que murieron hace cientos de años.

—He pasado casi toda mi vida conversando con hombres como ellos, Ambrose. Y más viejos, también.

—Sin embargo, como no responden tus preguntas a tu gusto, ahora arremetes contra mí. ¿Cómo voy a ofrecerte una respuesta satisfactoria, Alma, si mentes mucho más agudas que la mía te han decepcionado?

Alma apoyó la cabeza entre las manos. Estaba tensa.

Ambrose continuó hablando, pero en un tono de mayor ternura:

—Imagina lo que podríamos aprender, Alma, si nos librásemos de las discusiones.

Alma alzó de nuevo la vista para mirarlo.

—Yo no puedo librarme de las discusiones, Ambrose. Recuerda que soy la hija de Henry Whittaker. Nací para discutir. La discusión fue mi primera niñera. La discusión ha sido mi pareja de siempre. Es más, creo en la importancia de las discusiones y me encantan. La discusión es el sendero más firme hacia la verdad, pues es la única ballesta efectiva contra el pensamiento supersticioso o los axiomas indolentes.

—Pero si el resultado final es solo ahogarse en las palabras y no oír nunca... —Ambrose se quedó en silencio.

—¿Oír qué?

—Los unos a los otros, quizás. No las palabras del otro, sino sus pensamientos. El espíritu del otro. Si me preguntas en qué creo, te diría lo siguiente: toda la esfera de aire que nos rodea, Alma, está viva con atracciones invisibles (eléctricas, magnéticas, de fuego y de pensamiento). Nos rodea una compasión universal. Hay métodos ocultos del conocimiento. Estoy seguro de todo ello, pues yo mismo lo he visto. Cuando me arrojé al fuego de joven, vi que los almacenes de la mente humana muy rara vez se abren del todo. Cuando los abrimos, nada permanece en la oscuridad. Cuando abandonamos toda discusión y debate (interno y externo), oímos y respondemos las preguntas verdaderas. Esa es la poderosa fuerza motriz. Así es el libro de la naturaleza, que no está escrito ni en latín ni en griego. Ese es el encuentro de magia y es un encuentro (siempre lo he creído y deseado) que puede compartirse.

—Hablas con acertijos —dijo Alma.

—Y tú hablas demasiado —replicó Ambrose.

Alma no supo cómo responder. No sin hablar más. Ofendida, confusa, sintió en los ojos el ardor de las lágrimas.

—Llévame a algún lugar donde podamos estar en silencio juntos, Alma —dijo Ambrose, inclinándose hacia ella—. Confío en ti plenamente y creo que tú confías en mí. No deseo discutir contigo ni un momento más. Deseo hablar contigo sin palabras. Permíteme mostrarte lo que quiero decir.

Era un ruego de lo más sorprendente.

—Podemos guardar silencio aquí, Ambrose.

Ambrose miró a su alrededor la biblioteca espaciosa y elegante.

—No —dijo—. No podemos. Es demasiado grande y ruidosa, con todos estos ancianos muertos discutiendo a nuestro alrededor. Llévame a un lugar oculto y silencioso y escuchémonos. Sé que parece una locura, pero no lo es. Sé que esto es cierto: para una comunión solo necesitamos nuestro consentimiento. He acabado por creer que no puedo alcanzar la comunión yo solo porque soy demasiado débil. Desde que te conozco, Alma, me siento más fuerte. No hagas que me arrepienta de haberte hablado de mí mismo. Te pido muy poco, Alma, pero he de rogarte esto, pues no tengo otro modo de explicarme y, si no logro enseñarte aquello que creo verdadero, siempre vas a pensar que soy un demente o un idiota.

—No, Ambrose, nunca pensaría así de ti... —protestó Alma.

—Pero *ya lo piensas* —la interrumpió Ambrose, con una precipitación desesperada—. O lo vas a pensar, a la postre. Así acabarás teniéndome lástima, o me odiarás, y yo perderé a la compañera a la que más quiero en el mundo, lo que me causaría grandes tribulaciones y pesares. Antes de que ese triste evento llegue a suceder (si no ha sucedido ya), permíteme mostrarte lo que quiero decir cuando digo que la naturaleza, en su infinidad, no siente interés alguno en los límites de nuestras imaginaciones mortales. Permíteme mostrarte que podemos hablarnos sin palabras y sin discusiones. Creo que hay suficiente amor y afecto entre nosotros, mi querida amiga, para lograr este objetivo. Siempre he esperado encontrar a alguien con quien comunicarme en silencio. Desde que te conozco, lo he deseado aún más, ya que compartimos, me parece, una comprensión natural y cordial que va mucho más allá de un afecto burdo o común... ¿No es así? ¿No te sientes más poderosa cuando yo estoy cerca?

Era un hecho que Alma no podía negar. Ni tampoco, por dignidad, podía admitirlo.

—¿Qué deseas de mí? —preguntó Alma.

—Deseo que escuches mi mente y mi espíritu. Y deseo escuchar los tuyos.

—Hablas de leer mentes, Ambrose. Eso es un juego de salón.

—Llámalo como quieras. Pero creo que, sin los obstáculos del idioma, todo será revelado.

—Pero yo no creo en nada de eso —dijo Alma.

—Aun así, eres una mujer de ciencia, Alma, ¿por qué no intentarlo? No hay nada que perder, y tal vez mucho que descubrir. Pero, para que esto suceda, necesitamos un profundo silencio. Debemos librarnos de toda interferencia. Por favor, Alma, solo te lo voy a pedir una vez. Llévame al lugar más silencioso y secreto que conozcas e intentemos alcanzar la comunión. Permíteme que te muestre lo que no puedo decirte.

¿Qué otra opción tenía?

Lo llevó al cuarto de encuadernar.

***

No era la primera vez que Alma oía hablar de leer mentes. Era una moda de la ciudad. A veces Alma tenía la impresión de que en Filadelfia una de cada dos señoras era médium. Había «espíritus guía» dondequiera que uno mirase, dispuestos a ser contratados por horas. A veces sus experimentos llegaban a las revistas médicas y científicas más respetables, lo cual horripilaba a Alma. Acababa de ver un artículo sobre el *patetismo* (la idea de que era posible influir en el azar mediante la sugestión) que no le pareció más que una atracción de carnaval. Algunas personas lo llamaban ciencia («sueño magnético»), pero Alma, irritada, lo calificó de entretenimiento, y una variedad bastante peligrosa.

En cierto modo, Ambrose le recordaba a todos esos espiritistas (nerviosos y susceptibles), pero, al mismo tiempo, no era como ellos en absoluto. Para empezar, Ambrose ni siquiera había oído hablar de ellos. Vivía en tal aislamiento que ni conocía las modas místicas del momento. No estaba suscrito a revistas de frenología, con sus disertaciones sobre las treinta y siete facultades, propensiones y sentimientos representados por los bultos y valles del cráneo humano. Tampoco visitaba médiums. No leía *The Dial*. Nunca había mencionado los nombres de Bronson Alcott o Ralph Waldo Emerson, porque nunca se había encontrado con los nombres de Bronson Alcott o Ralph Waldo Emerson. En busca de solaz y compañía, acudía a los autores medievales, no a los contemporáneos.

Por otra parte, bregaba en pos del Dios de la Biblia, así como de los espíritus de la naturaleza. Cuando iba a la iglesia luterana sueca con Alma, se arrodillaba y rezaba con humildad. Se sentaba erguido en el duro banco de roble y escuchaba los sermones sin muestras de incomodidad. Cuando no oraba, trabajaba en silencio en la imprenta, o hacía laboriosos retratos de orquídeas, o ayudaba a Alma con sus musgos, o echaba largas partidas de backgammon con Henry. En realidad, Ambrose no tenía ni idea de lo que ocurría en el resto del mundo. En todo caso, trataba de escapar del mundo, lo que significaba que había adquirido ese curioso conjunto de ideas por sí mismo. No sabía que la mitad de Estados Unidos y casi toda Europa intentaban leer la mente de los demás. Él solo quería leer la mente de Alma y que ella leyera la suya.

Alma no podía negarse.

Así pues, cuando este joven le rogó que lo llevase a un lugar silencioso y secreto, Alma lo llevó al cuarto de encuadernar. No se le ocurrió otro lugar donde ir. No quería despertar a nadie recorriendo la casa hacia un rincón más lejano. No deseaba que la sorprendieran en su habitación junto a él. Además, no conocía lugar más silencioso y más íntimo. Se dijo a sí misma que esas eran las razones por las que le llevó ahí. Tal vez fueran ciertas.

Ambrose ni siquiera sabía que ahí había una puerta. Nadie lo sabía: los goznes estaban muy bien escondidos entre las complejas molduras de yeso de la pared. Desde la muerte de

Beatrix, Alma era la única persona que entraba en el cuarto de encuadernar. Quizás Hanneke sabía de su existencia, pero la vieja ama de llaves rara vez venía a esta ala de la casa, hasta la distante biblioteca. Con probabilidad Henry conocía la existencia del cuarto (al fin y al cabo, él lo había diseñado), pero él apenas visitaba la biblioteca. Tal vez lo hubiera olvidado años atrás.

Alma no trajo una lámpara. Conocía demasiado bien los contornos de este cuarto tan pequeño como familiar. Había un taburete, donde se sentaba cuando venía a estar vergonzosa y placenteramente sola, y había una pequeña mesa de trabajo donde Ambrose podía sentarse, justo frente a ella. Le indicó dónde sentarse. Una vez cerrada la puerta con llave, se encontraron en una oscuridad completa, juntos, en este lugar angosto, oculto, asfixiante. Ambrose no dio señales de inquietud por la oscuridad o la estrechez, pues eso era lo que había pedido.

—¿Puedo cogerte las manos? —preguntó.

Alma estiró las manos con cautela en el cuarto a oscuras hasta que tocó con las puntas de los dedos los brazos de él. Juntos, hallaron las manos del otro. Las manos de Ambrose eran delgadas y ligeras. Alma sintió que las suyas eran pesadas y húmedas. Ambrose posó las manos sobre las rodillas, las palmas hacia arriba, y Alma permitió que sus palmas se acomodasen sobre las de él. Alma no esperaba lo que encontró en ese primer contacto: una oleada feroz, abrumadora, de amor. La recorrió por completo como un sollozo.

Pero ¿qué había esperado? ¿Por qué habría de sentir algo menos elevado, exagerado, exaltado? Alma jamás había sido tocada por un hombre. O, más bien, solo dos veces: una en la primavera de 1818, cuando George Hawkes apretó la mano de Alma entre las suyas y la llamó excelente microscopista; y la otra en 1848, de nuevo George, angustiado por Retta..., pero en ambos casos solo *una* mano de ella había entrado en contacto casi accidental con la carne de un hombre. Nunca la habían tocado con algo que pudiese describirse como intimidad. A lo largo de las décadas, se había sentado innumerables veces en este mismo taburete con las piernas abiertas y las faldas recogidas por encima de la cintura, con esta misma puerta cerrada tras ella, apoyada contra esta pared acogedora, mientras saciaba ese hambre lo mejor que podía con los dedos. Si había moléculas en esta habitación diferentes a las otras moléculas de White Acre (o a las moléculas del resto del mundo), estaban impregnadas de docenas, cientos y miles de impresiones de los ardores carnales de Alma. Aun así, aquí estaba, en este cuarto, en esta oscuridad tan familiar, rodeada de esas moléculas, a solas con un hombre diez años más joven que ella.

Pero ¿qué iba a hacer con ese sollozo de amor?

—Escucha mi pregunta —dijo Ambrose, que sostenía con delicadeza las manos de Alma—. Y luego pregunta tú. Ya no habrá necesidad de volver a hablar. Lo sabremos cuando nos hayamos oído.

Ambrose agarró con más fuerza las manos de Alma. La sensación que subió por los brazos de ella fue hermosa.

¿Cómo lograr que este instante fuese más duradero?

Pensó en fingir que estaba leyendo su mente, solo para prolongar la experiencia. Pensó cómo repetir este evento en el futuro. Pero ¿y si los descubrían aquí? ¿Y si Hanneke los encontraba a solas en el cuarto? ¿Qué diría la gente? ¿Qué pensaría la gente de Ambrose, cuyas intenciones, como siempre, eran tan ajenas a los motivos vulgares? Él tendría que marcharse. Ella sería humillada.

No, Alma comprendió que no volverían a hacerlo de nuevo tras esta noche. Este iba a ser el único momento de su vida en que las manos de un hombre rodeasen las suyas.

Cerró los ojos y se inclinó hacia atrás, apoyando todo su peso contra la pared. Ambrose no la soltó. Las rodillas de ella casi rozaban las rodillas de él. Pasó mucho tiempo. ¿Diez minutos? ¿Media hora? Ella se embriagaba en el placer de su tacto. Deseó no olvidarlo nunca.

La placentera sensación que había nacido en las palmas de las manos y subido por los brazos avanzaba ahora por el torso, y a la postre se recostó entre las piernas. ¿Qué esperaba que ocurriera? Su cuerpo estaba en sintonía con este cuarto, entrenado para este cuarto..., y ahora llegaba este nuevo estímulo. Durante un momento, forcejeó contra esa sensación. Agradeció que no fuese posible que Ambrose le viera la cara, pues el menor rayo de luz habría revelado un semblante descompuesto y sonrojado. Si bien había forzado la llegada de este momento, aún no podía creerlo: había un hombre sentado frente a ella, justo ahí, en la oscuridad del cuarto de encuadernar, en el santuario más recóndito de su mundo.

Alma intentó acompasar el ritmo de la respiración. Se resistió a lo que sentía, si bien su resistencia solo aumentaba la sensación de placer que crecía entre las piernas. Había una palabra neerlandesa, *uitwaaien*, que significaba «caminar contra el viento por placer». Así se sentía ella. Sin mover un solo músculo del cuerpo, Alma avanzó contra el viento creciente con todas sus fuerzas, pero el viento arreció, con la misma energía, y así aumentó el placer.

Pasó más tiempo. ¿Otros diez minutos? ¿Otra media hora? Ambrose no se movió. Alma no se movió tampoco. En las manos de él no se notaba ni temblor ni pulso. Aun así, Alma se sentía consumida por él. Sentía a Ambrose por doquier, dentro de ella y a su alrededor. Sentía a Ambrose contándole los pelos de la base del cuello y examinando el conjunto de nervios al final de su columna vertebral.

«La imaginación es amable —escribió Jakob Böhme— y recuerda al agua. Pero el deseo es áspero y seco como el hambre».

Aun así, Alma sentía ambos. Sentía tanto el agua como el hambre. Sentía tanto la imaginación como el deseo. Entonces, con una especie de horror y un loco regocijo, Alma supo que estaba a punto de alcanzar el viejo y familiar vórtice de placer. La sensación se expandía con rapidez por la vulva y era impensable detenerla. Sin que Ambrose la tocara (aparte de las manos), sin tocarse a sí misma, sin que ninguno de los dos se moviera ni siquiera un centímetro, sin recogerse las faldas por encima de la cintura ni bajar las manos al interior de su cuerpo, sin siquiera cambiar el ritmo de la respiración, Alma se hundió en el clímax. Por un momento, vio un destello de color blanco, como un rayo en un cielo estival sin estrellas. El mundo se volvió lechoso detrás de sus párpados cerrados. Se sintió ciega, extasiada..., y, a continuación, de inmediato, avergonzada.

Avergonzada de un modo lacerante.

¿Qué había hecho? ¿Qué había sentido él? ¿Qué había oído? Cielos santos, ¿qué había olido? Pero, antes de poder reaccionar, antes de poder apartarse, sintió algo más. Aunque Ambrose siguió inmóvil, de repente Alma sintió como si le rozara las plantas de los pies con un movimiento persistente. A medida que se sucedían los momentos, Alma percibió que esta sensación acariciadora era, en realidad, una pregunta; una expresión que comenzaba a existir ahí mismo, en el suelo. Sintió que la pregunta entraba por debajo de los pies y se alzaba a través de los huesos de las piernas. A continuación, sintió la pregunta arrastrarse por el útero, nadar en la humedad de la vulva. Era casi una palabra hablada que se deslizaba por ella, casi una articulación. Ambrose le preguntaba algo, pero lo preguntaba desde el interior de ella. Lo oyó ahora. Ahí estaba su pregunta, perfectamente formulada:

«¿Aceptas esto de mí?».

Alma latió silenciosamente con su respuesta: «SÍ».

Entonces sintió algo más. La pregunta que Ambrose había colocado en su cuerpo se transformaba en otras cosas. Se estaba volviendo la pregunta de ella. No sabía que tenía una pregunta para Ambrose, pero ahora la albergaba, y era muy urgente. Dejó que la pregunta subiese por el torso y saliese por los brazos. Entonces, situó la pregunta en las palmas de Ambrose, que aguardaban.

«¿Es esto lo que quieres de mí?».

Alma lo oyó respirar, bruscamente. Ambrose apretó sus manos con tal fuerza que casi le hizo daño. Entonces resquebrajó el silencio con una palabra hablada:

—Sí.

Capítulo dieciséis

Apenas un mes más tarde, estaban casados.

En los años venideros, Alma no dejaría de preguntarse por el proceso mediante el cual fue tomada esta decisión (este salto tan inconcebible e inesperado al matrimonio), pero, durante los días que siguieron a la experiencia del cuarto de encuadernar, la boda parecía inevitable. En cuanto a lo que de verdad había ocurrido en esa diminuta habitación, todo ello (desde el casto clímax de Alma hasta la transmisión muda del pensamiento) asemejaba un milagro, o al menos un fenómeno. Alma no logró encontrar una explicación racional a lo ocurrido. Las personas no pueden oír ideas. Alma sabía que eso era cierto. Las personas no pueden transmitir ese tipo de electricidad, ese tipo de anhelo y ese franco trastorno erótico con un simple roce de manos. Sí, había ocurrido. Sin dudarlo, había ocurrido.

Cuando salieron del cuarto esa noche, Ambrose se volvió hacia ella, la cara sonrosada y extasiada, y dijo: «Me gustaría dormir junto a ti cada noche durante el resto de mi vida, y escuchar tus pensamientos para siempre».

¡Eso dijo! No telepáticamente, sino en voz alta. Abrumada, Alma no encontró palabras con que responder. Se limitó a asentir con la cabeza, como si mostrase su beneplácito, su consentimiento o su asombro. Entonces, ambos se dirigieron a sus respectivas habitaciones, una a cada lado del pasillo..., si bien, por supuesto, ella no durmió. ¿Cómo habría podido dormir?

Al día siguiente, mientras caminaban hacia los lechos de musgo, Ambrose comenzó a hablar, despreocupado, como si continuaran una conversación no interrumpida. De modo inesperado, dijo:

—Tal vez la diferencia de condición es tan vasta que carezca de importancia. Yo no poseo nada en este mundo que sea digno de envidia y tú lo posees todo. Tal vez vivimos en tales extremos que es posible hallar un equilibrio en nuestras diferencias.

Alma no tenía la menor idea de adónde se dirigía con esta conversación, pero le permitió seguir hablando.

—También me he preguntado —reflexionó amablemente— si dos individuos tan diversos podrían hallar armonía en el matrimonio.

Tanto el corazón como el estómago de Alma se sobresaltaron ante la palabra: *matrimonio*. ¿Hablaba filosófica o literalmente? Alma esperó.

Ambrose prosiguió, si bien aún de modo poco directo:

—Habrá gente, supongo, que me acuse de buscar tus riquezas. Nada más lejos de la verdad. Vivo mi vida en la más estricta austeridad, Alma, no solo por costumbre, sino por preferencia. No tengo riquezas que ofrecerte, pero tampoco aceptaría riquezas de ti. No vas a volverte más rica al casarte conmigo, pero tampoco más pobre. Esa verdad tal vez no satisfaga a tu padre, pero espero que te satisfaga a ti. En cualquier caso, nuestro amor no es un amor típico, como lo sienten típicamente hombres y mujeres. Compartimos algo más, algo más inmediato, más precioso. Eso ha sido evidente para mí desde el principio y espero que haya sido evidente para ti. Mi deseo es que los dos vivamos juntos como uno, ambos satisfechos y exaltados, buscadores perpetuos.

Esa misma tarde, cuando Ambrose le preguntó: «¿Vas a hablar con tu padre o debería hacerlo yo?», Alma al fin juntó las piezas del rompecabezas: sin duda, le había pedido la mano. O, más bien, había supuesto que ya era suya. Ambrose no le pidió contraer matrimonio; en su mente, al parecer, Alma ya había aceptado. Alma no pudo negar que esto era cierto. Le habría dado cualquier cosa. Lo amaba tanto que le resultaba doloroso. Solo ahora osaba confesárselo a sí misma. Perderlo sería una amputación. Cierto, era un amor que no tenía sentido. Ella casi tenía cincuenta años, y él aún era bastante joven. Ella era fea y él era apuesto. Se habían conocido solo hacía unas pocas semanas. Creían en universos diferentes (Ambrose en lo divino, Alma en lo real). Aun así, era innegable: esto era amor, se dijo Alma. Era innegable que Alma estaba a punto de convertirse en esposa.

—Yo misma hablaré con mi padre —dijo Alma, con una alegría desbordante y cautelosa.

Esa noche, antes de cenar, encontró a su padre en su estudio, absorto entre papeles.

—Escucha lo que dice esta carta —dijo Henry a modo de saludo—. Este hombre dice que ya no puede mantener el molino. Su hijo (menudo estúpido aficionado a los dados) ha arruinado a la familia. Dice que han resuelto pagar sus deudas y que desea morir sin trabas. Y esto lo dice un hombre que, durante veinte años, no ha dado un solo paso con sentido común. Bueno, ¡segurísimo que lo hace ahora!

Alma no sabía quién era el hombre en cuestión, ni quién era el hijo, ni qué molino corría peligro. Hoy todo el mundo le hablaba como si reanudara una conversación anterior.

—Padre —dijo—, quiero hablar de algo contigo. Ambrose Pike me ha pedido la mano.

—Me parece muy bien —dijo Henry—. Pero escucha, Alma... Este insensato desea venderme una parcela de sus maizales, además, y quiere convencerme para que compre ese viejo granero que tiene en el embarcadero, ese que ya se está desmoronando en el río. Ya sabes cuál es, Alma. No consigo imaginar qué se cree que vale esa ruina o por qué alguien desearía cargar con ella.

—No me estás escuchando, padre.

Henry ni hizo ademán de alzar la vista.

—Te escucho —dijo, pasando a mirar otra página—. Te escucho absorto y fascinado.

—Ambrose y yo deseamos casarnos pronto —dijo Alma—. No es necesario organizar un espectáculo o una fiesta, pero querríamos que fuese cuanto antes. Si es posible, nos gustaría casarnos antes de fin de mes. Por favor, no temas, seguiremos viviendo en White Acre. No vas a perdernos a ninguno de los dos.

Al oír esto, Henry miró a Alma por primera vez desde que entrase en el despacho.

—Por supuesto que no perderé a ninguno de los dos —dijo Henry—. ¿Por qué querríais iros? No creo que ese tipo pueda mantenerte como estás acostumbrada con su salario de... ¿Cuál era su profesión?... ¿Orquidista?

Henry se recostó en el sillón, cruzó los brazos sobre el pecho y miró a su hija por encima de la montura de unos anteojos anticuados de latón. Alma no sabía qué decir.

—Ambrose es un buen hombre —musitó al fin—. No desea fortunas.

—Sospecho que tienes razón —respondió Henry—. Aunque no habla muy bien de su carácter que prefiera la pobreza a la opulencia. Aun sí, pensé en esta situación hace años..., mucho antes de oír hablar de Ambrose Pike.

Henry se levantó de modo un tanto vacilante y echó un vistazo a una estantería situada detrás de él. Sacó un tomo sobre veleros ingleses, un libro que Alma había visto en los estantes toda la vida, pero que no había tocado, pues no le interesaban los veleros ingleses. Henry hojeó el libro hasta encontrar una hoja de papel plegada y estampada con un sello de lacre. En el sello había una palabra escrita: «Alma». Se lo entregó.

—Redacté dos documentos como este, con la ayuda de tu madre, en 1817, más o menos. El otro se lo di a tu hermana Prudence cuando se casó con ese perrito de orejas cortas suyo. Es un escrito que ha de firmar tu marido, en el que se deja sentado que nunca poseerá White Acre.

Henry habló con un tono despreocupado. Alma tomó el documento sin decir palabra. Reconoció la letra de su madre en las líneas rectas de la A mayúscula de Alma.

—Ambrose no necesita White Acre, ni lo desea —dijo Alma a la defensiva.

—Excelente. Entonces no le importará firmarlo. Naturalmente, habrá una dote, pero mi fortuna, mi finca, no le pertenecerán nunca. Confío en que quede claro.

—Muy bien —dijo Alma.

—Muy bien, claro que sí. Ahora, en cuanto a la idoneidad del señor Pike como marido, eso es asunto tuyo. Eres una mujer adulta. Si tú crees que es la clase de hombre que te puede satisfacer en el matrimonio, tienes mi bendición.

—¿Satisfacerme en el matrimonio? —Alma se sulfuró—. ¿Alguna vez he sido difícil de satisfacer, padre? ¿Alguna vez te he pedido algo? ¿Alguna vez te he exigido algo? ¿Por qué iba a ser una esposa difícil de satisfacer?

Henry se encogió de hombros.

—No sabría decirlo. Es algo que debes aprender tú misma.

—Ambrose y yo nos comprendemos de un modo natural, padre. Sé que tal vez parezcamos una pareja poco convencional, pero siento...

Henry la interrumpió:

—No te justifiques, Alma. Es una muestra de debilidad. En cualquier caso, no me cae mal ese tipo.

Henry centró la atención en los papeles del escritorio.

¿Constituía eso una bendición? Alma no estaba segura. Esperó a que Henry volviera a hablar. No lo hizo. Parecía, sin embargo, que le había concedido permiso para casarse. Cuando menos, ese permiso no había sido denegado.

—Gracias, padre. —Se volvió hacia la puerta.

—Una cosa más —dijo Henry, que volvió a alzar la vista—. Antes de la noche de bodas, es costumbre que la novia reciba consejos sobre ciertos asuntos concernientes al lecho nupcial..., suponiendo que aún seas inocente respecto a esos asuntos, que sospecho que sí. Como hombre y como padre, no soy la persona indicada para darte consejos. Si tu madre no estuviera muerta, lo haría ella. No te molestes en preguntar a Hanneke sobre este tema, pues es una vieja solterona que no sabe nada y que se moriría de la impresión si supiese qué ocurre entre hombres y mujeres en la cama. Mi consejo es que le hagas una visita a tu hermana Prudence. Lleva mucho tiempo casada y es madre de media docena de niños. Tal vez sea capaz de aleccionarte respecto a ciertos aspectos de la conducta conyugal. No te sonrojes, Alma, eres demasiado vieja para sonrojarte y quedas ridícula. Si vas a probar suerte en el matrimonio, por Dios, hazlo bien. Ve preparada al lecho, al igual que te preparas para todo en la vida. Puede que el esfuerzo merezca la pena. Y échame estas cartas al correo, si vas a la ciudad mañana.

***

Alma ni siquiera había tenido tiempo para contemplar como debía la idea de casarse; sin embargo, todo parecía encauzado y decidido. Incluso su padre había procedido de inmediato a analizar los temas de la herencia y el lecho conyugal. Los eventos se sucedieron incluso con más rapidez desde ese momento. Al día siguiente, Alma y Ambrose caminaron a la 16th Street para hacerse un daguerrotipo: su retrato de bodas. Alma no había sido fotografiada antes, y tampoco Ambrose. Debido a la atroz fidelidad del retrato, Alma incluso dudó si pagar la fotografía. Miró la imagen una sola vez y no quiso volver a verla. ¡Qué vieja estaba al lado de Ambrose! Un desconocido que mirase el retrato pensaría que el joven estaba acompañado por su atribulada madre, de amplios huesos y mentón rotundo. En cuanto a Ambrose, aparentaba ser un prisionero hambriento de mirada enloquecida atado a su silla. Una de sus manos estaba borrosa. El pelo despeinado le otorgaba la apariencia de alguien que se acababa de despertar de una pesadilla. El pelo de Alma era tortuoso y trágico. La experiencia dejó a Alma sumida en una tristeza amarga. Pero Ambrose solo se rio al ver la imagen.

—¡Vaya, es un insulto! —exclamó—. Qué destino aciago verse a uno mismo sin paliativos. Aun así, voy a enviar este retrato a mi familia a Boston. Espero que reconozcan a su hijo.

¿Se sucedían los eventos a esta velocidad vertiginosa para las demás personas tras el compromiso? Alma no lo sabía. No había visto gran cosa de cortejos, compromisos, los rituales del matrimonio. No leía revistas femeninas ni disfrutaba las frívolas novelas de amor para muchachas inocentes. (Sin duda, había leído libros obscenos sobre la cópula, pero no ofrecían una perspectiva muy amplia). En pocas palabras, estaba lejos de ser una belleza experimentada. Si las experiencias de Alma en el reino del amor no hubiesen sido tan notablemente escasas, su noviazgo le habría resultado tan repentino como improbable. Durante los tres meses en los que ella y Ambrose se habían conocido, no habían intercambiado una carta de amor, un poema, un abrazo. El afecto entre ellos era claro y constante, pero no había pasión. Otra mujer habría sospechado ante una situación semejante. Alma, en cambio, estaba ebria y aturdida por las dudas. No eran dudas necesariamente desagradables, pero se acumulaban en su interior sin cesar, hasta impedirle que se concentrara. ¿Era Ambrose su amante? ¿Podía llamarlo así con justicia? ¿Le pertenecía a él? ¿Ya podía darle la mano en cualquier momento? ¿Qué pensaba él de ella? ¿Cómo sería la piel de él bajo la ropa? ¿Le satisfaría el cuerpo de ella? ¿Qué esperaba de ella? Era incapaz de conjeturar respuestas a ninguna de esas preguntas.

Además, estaba desesperadamente enamorada.

Alma había adorado a Ambrose, cómo no, desde el momento en que lo conoció, pero (hasta la petición de mano) no se había permitido abandonarse a la expresión plena de esa adoración; hacerlo habría sido audaz, si no peligroso. Siempre le había bastado con tenerlo cerca. Alma habría estado dispuesta a considerar a Ambrose, simplemente, un querido compañero si así hubiera permanecido para siempre en White Acre. Compartir con él tostadas con mantequilla todas las mañanas, observar su cara siempre iluminada al hablar de orquídeas, ser testigo de la maestría de sus grabados, verlo dejarse caer en el diván a escuchar las teorías de la transmutación y extinción de las especies... De verdad, todo eso habría bastado. Jamás habría osado desear más. Ambrose como amigo (como hermano) era más que suficiente.

Incluso tras los acontecimientos en el cuarto de encuadernar, Alma no habría exigido más. A pesar de lo ocurrido entre ellos en la oscuridad, habría sido fácil para Alma considerarlo un momento único, quizás incluso una alucinación compartida. Podría haberse convencido de haber imaginado esa corriente comunicativa que pasó entre ellos en silencio, así como las sensaciones desenfrenadas que las manos de él despertaron en todo su cuerpo. Con el tiempo suficiente, tal vez habría aprendido a olvidar lo ocurrido. Incluso después de ese encuentro, no se habría permitido amarlo tan completa, desesperada y ciegamente..., no sin su permiso.

Pero iban a casarse, de modo que ese permiso había sido concedido. Era imposible que Alma refrenase ese amor... y no tenía razón para ello. Se permitió hundirse en sus profundidades. Se sentía inflamada por el asombro, desenfrenada por la inspiración, hechizada. Donde antes veía luz en la cara de Ambrose, ahora veía luz celestial. Donde antes había unas extremidades agradables, ahora parecían propias de una estatua romana. Su voz era una canción vespertina. La mirada más leve lastimaba su corazón con temerosa alegría.

Desatada, por primera vez en su vida, en el reino del amor, impregnada de una energía imposible, Alma apenas se reconocía a sí misma. Su capacidad parecía ilimitada. Apenas necesitaba dormir. Se creía capaz de subir una montaña remando a contracorriente. Se movía por el mundo como si la rodeara una corona de fuego. Estaba viva. No era solo a Ambrose a quien miraba con tal emoción y vívida pureza, sino a todo y a todos. De repente, todo era milagroso. Veía líneas de convergencia y gracia allá donde mirara. Incluso los asuntos más nimios se volvieron reveladores. La embargaba un súbito exceso de la más asombrosa confianza en sí misma. Sin previo aviso, se descubría a sí misma resolviendo problemas botánicos que la habían esquivado durante años. Escribía cartas a un ritmo frenético a distinguidos botánicos (hombres cuya reputación siempre la había intimidado) desafiando sus conclusiones como nunca había osado hacer.

«Ha presentado la *Zygodon* con dieciséis cilios y sin peristoma», reprendía.

O «¿Por qué está convencido de que se trata de una colonia de *Polytrichum*?».

O «No estoy de acuerdo con la conclusión del profesor Marshall. Puede ser desalentador, lo sé, lograr el consenso en el ámbito de la criptogamia, pero no le aconsejo que se apresure declarando una nueva especie antes de haber estudiado a fondo las pruebas recogidas. Hoy en día, se ven tantos nombres para ciertos especímenes como briólogos los estudian; eso no quiere decir que el espécimen sea ni nuevo ni raro. Yo misma tengo cuatro de esos especímenes en mi herbario».

Antes no poseía la valentía para estos reproches, pero el amor la había enardecido y su mente era un motor inmaculado. Una semana antes de la boda, Alma se despertó en medio de la noche con un sobresalto electrizante, al comprender de golpe que existía un vínculo entre las algas y el musgo. Había observado musgos y algas durante décadas, pero no había visto la verdad: los dos eran primos. No le cupo la menor duda. En esencia, comprendió, los musgos no solo se asemejaban a algas que se hubieran encaramado a la tierra seca; los musgos eran algas que se habían encaramado a la tierra seca. Alma no sabía cómo los musgos habían llevado a cabo esta compleja transformación de acuáticos a terrestres. Pero estas dos especies compartían una historia entrelazada. Tenía que ser así. Las algas tomaron una decisión, mucho antes de que Alma ni nadie las observara, y en ese momento subieron al aire seco y se transformaron. No sabía qué mecanismo impulsó esta transformación, pero sabía que había ocurrido.

Al darse cuenta de ello, Alma deseó cruzar el pasillo corriendo y meterse en la cama de Ambrose de un salto; él, que había prendido ese fuego salvaje en su cuerpo y en su mente. Deseó contarle todo, enseñarle todo, demostrarle el funcionamiento del universo. No podía esperar a que llegara el día, a que hablaran durante el desayuno. No podía esperar a mirarle a la cara. No podía esperar a ese momento en que no necesitasen estar separados; ni siquiera de noche, ni siquiera al dormir. Se quedó tumbada en la cama, temblorosa y expectante.

¡Qué distancia enorme separaba sus habitaciones!

En cuanto a Ambrose, a medida que la boda se acercaba, solo se volvía más sereno, más atento. No podría haber sido más amable con Alma. A veces, Alma temía que cambiara de parecer, pero no dio muestras de ello. Se estremeció, aterrorizada, cuando le entregó el documento de Henry Whittaker, pero Ambrose firmó sin dudas ni quejas; de hecho, ni siquiera lo leyó. Todas las noches, antes de dirigirse cada uno a su habitación,

Ambrose le daba un beso en su mano pecosa, bajo los nudillos. La llamaba «mi otra alma, mi alma superior».

—Soy un hombre extraño, Alma —dijo—. ¿Estás segura de que vas a soportar mis rarezas?

—¡Puedo soportarte! —prometió Alma.

Sintió que corría peligro de entrar en combustión.

Temió morir de pura alegría.

**

Tres días antes de la boda (que iba a ser una ceremonia sencilla en el recibidor de White Acre), Alma por fin visitó a su hermana Prudence. Habían pasado muchos meses desde la última vez que se vieron. Pero habría sido de una rudeza excesiva no invitarla a la boda, así que Alma escribió a Prudence una nota para explicarse (iba a casarse con un amigo del señor George Hawkes) e hizo planes para una breve visita. Por otra parte, Alma había decidido seguir el consejo de su padre y hablar con Prudence respecto al lecho conyugal. No era una conversación que aguardase con impaciencia, pero no deseaba dirigirse a los brazos de Ambrose sin estar preparada y no sabía a quién más preguntar.

A primeras horas de una tarde de agosto, Alma llegó al hogar de los Dixon. Encontró a su hermana en la cocina, preparando una cataplasma de mostaza para su hijo pequeño, Walter, enfermo en la cama por haber comido demasiada corteza de sandía. Los otros niños iban y venían por la cocina, atareados. Hacía un calor sofocante en esa habitación. Había dos pequeñas niñas negras a las que Alma no conocía, sentadas en un rincón con Sarah, la hija de trece años de Prudence; juntas, las tres niñas cardaban lana. Todas ellas, blancas y negras, llevaban los vestidos más humildes. Los niños, incluso los negros, se acercaron a Alma y la besaron educadamente, la llamaron tía y regresaron a sus tareas.

Alma preguntó a Prudence si podía ayudar con la cataplasma, pero Prudence dijo que no era necesario. Uno de los niños trajo a Alma una taza de agua de la bomba del jardín. El agua estaba cálida y tenía un sabor turbio y desagradable. Alma no la quiso. Se sentó en un banco largo y no supo dónde dejar la taza. Tampoco supo qué decir. Prudence, que había recibido la nota de Alma a principios de semana, felicitó a su hermana por la boda, pero ese somero intercambio apenas duró un momento, tras lo cual el tema quedó zanjado. Alma admiró a los niños, admiró la pulcritud de la cocina, admiró la cataplasma de mostaza, hasta que no había nada más que admirar. Prudence parecía cansada y delgada, pero no se quejaba, ni compartió noticias de su vida. Alma no pidió noticias. Temía conocer los detalles de las circunstancias a las que se enfrentaba la familia.

Al cabo de un largo rato, Alma reunió el valor para hablar:

—Prudence, me pregunto si podría hablar a solas contigo.

Si la solicitud sorprendió a Prudence, no dio muestras de ello. Pero el semblante de Prudence siempre había sido incapaz de expresar una emoción tan vulgar como la sorpresa.

—Sarah —dijo Prudence a la niña mayor—, lleva a los otros fuera.

Los niños salieron de la cocina, en fila, serios y obedientes, como soldados de camino al campo de batalla. En vez de sentarse, Prudence apoyó la espalda en esa enorme tabla de madera que se llamaba a sí misma mesa de cocina, con las manos cruzadas elegantemente sobre el delantal limpio.

—¿Sí? —preguntó.

Alma buscó entre sus pensamientos para saber por dónde empezar. No hallaba ninguna frase que no sonara vulgar o ruda. De repente, lamentó haber seguido el consejo de su padre. Deseó salir corriendo de esa casa..., de vuelta a las comodidades de White Acre, de vuelta a Ambrose, de vuelta a un lugar donde el agua era fresca y estaba fría. Pero Prudence la miraba, expectante y callada. Algo tendría que decir. Comenzó:

—Ahora que me acerco a las orillas del matrimonio...

Se quedó sin palabras y miró impotente a su hermana, deseando, contra toda razón, que Prudence vislumbrase, gracias a este fragmento inconexo, lo que Alma quería decir.

—¿Sí? —dijo Prudence.

—Me doy cuenta de que no tengo experiencia —completó Alma la frase.

Prudence siguió mirando, en un silencio impasible. «¡Ayúdame, mujer!», quiso gritar Alma. ¡Ojalá Retta Snow estuviese aquí! No la Retta de ahora, loca, sino la de antaño, la Retta alegre y sin ataduras. Ojalá Retta estuviera aquí, ojalá las tres tuvieran diecisiete años de nuevo. Las tres jóvenes tal vez habrían sabido abordar este tema con tiento. Retta lo habría vuelto divertido y sincero. Retta habría liberado a Prudence de su reserva y habría disipado la vergüenza de Alma. Pero nadie iba a ayudar a las dos hermanas a comportarse como hermanas. Es más, Prudence no parecía interesada en ayudar a que esta conversación fuese más sencilla, pues ni siquiera habló.

—Me doy cuenta de que no tengo experiencia de conyugalidad —aclaró Alma, en un arrebato de coraje desesperado—. Padre sugirió que hablase contigo para recibir orientación sobre cómo deleitar a un marido.

Una de las cejas de Prudence se alzó, mínimamente.

—Lamento oír que piensa que soy una autoridad en la materia.

Había sido mala idea, comprendió Alma. Pero ya no había manera de dar marcha atrás.

—Me malinterpretas —protestó Alma—. Es solo que llevas muchos años casada, ¿sabes?, y tienes tantos niños...

—Hay más en un matrimonio, Alma, que aquello de lo que hablas. Además, ciertos escrúpulos me impiden charlar sobre eso que mencionas.

—Por supuesto, Prudence. No deseo ofender tu sensibilidad ni entrometerme en tu intimidad. Pero eso de lo que hablo sigue siendo un enigma para mí. Te ruego que me comprendas. No necesito consultar con un doctor; soy consciente de las funciones esenciales de la anatomía. Pero necesito hablar con una esposa, para comprender qué sería del agrado de mi esposo y qué no. Cómo presentarme a mí misma, quiero decir, en el arte de complacer...

—No debería haber arte en ello —respondió Prudence—, a menos que seas una mujer de alquiler.

—¡Prudence! —exclamó Alma con una fuerza que le sorprendió incluso a ella misma—. ¡Mírame! ¿No ves lo mal preparada que estoy? ¿Te parezco una mujer joven? ¿Te parezco un objeto de deseo?

Hasta ese momento, Alma no había comprendido cuánto le asustaba la noche de bodas. Por supuesto, amaba a Ambrose y la consumía una emoción expectante, pero también estaba aterrorizada. Este terror explicaba en parte esas noches de insomnio y escalofríos de las últimas semanas; no sabía cómo comportarse siendo esposa de un hombre. Cierto, durante décadas Alma se había abandonado a una imaginación rica, indecente, carnal..., pero no por ello dejó de ser una inocente. La imaginación es una cosa; dos cuerpos juntos es algo completamente distinto. ¿Cómo la miraría Ambrose? ¿Cómo podría embelesarlo? Él era un hombre joven, un hombre apuesto, en tanto que la apariencia de Alma, a sus cuarenta y ocho años, exigía revelar esta verdad: era más zarza que rosa.

El gesto de Prudence se suavizó, un poco.

—Solo necesitas estar dispuesta —dijo Prudence—. Un hombre, ante una mujer dispuesta y condescendiente, no necesita mayor persuasión.

Esta información no aportó nada a Alma. Tal vez Prudence lo sospechara, pues añadió:

—Te aseguro que tus deberes conyugales no van a ser molestos en exceso. Si es tierno contigo, tu marido no te hará mucho daño.

Alma quiso arrojarse al suelo y llorar. ¿De verdad pensaba Prudence que temía que le hiciera daño? ¿Quién o qué podría hacer daño a Alma Whittaker? ¿Con unas manos tan encallecidas como estas? ¿Con brazos que podrían levantar la tabla de roble en la que reposaba Prudence con tal delicadeza y lanzarla al otro lado de la cocina sin dificultad? ¿Con este cuello quemado por el sol y este cabello que era un cardo? No, no era el dolor lo que Alma temía en su noche de bodas, sino la humillación. Lo que Alma estaba desesperada por saber era cómo presentarse ante Ambrose en forma de orquídea, como su hermana, y no de roca musgosa, como ella misma. Pero era algo que no se podía enseñar. Qué intercambio inútil: un mero preámbulo a la humillación, si acaso.

—Ya te he hecho perder mucho tiempo —dijo Alma, levantándose—. Tienes un niño enfermo al que cuidar. Perdóname.

Por un momento, Prudence dudó, como si fuera a tender la mano o a pedirle que se quedara. El momento no tardó en pasar, como si no hubiera existido. Prudence se limitó a decir:

—Me alegra que hayas venido.

«¿Por qué somos tan diferentes? —se preguntó Alma—. ¿Por qué no podemos estar más unidas?».

En su lugar, preguntó:

—¿Vas a venir a la boda el sábado? —Si bien ya sospechaba que le pondría reparos.

—Me temo que no —respondió Prudence. No explicó el motivo. Pero ambas sabían cuál era: Prudence jamás volvería a pisar White Acre. Henry no lo aceptaría, y Prudence tampoco.

—Mis mejores deseos, entonces —concluyó Alma.

—Igualmente —respondió Prudence.

Solo al encontrarse a mitad de la calle Alma comprendió lo que acababa de hacer: no solo acababa de pedir a un ama de casa de cuarenta y ocho años (¡cansada y con un hijo enfermo!) consejos sobre el arte de la copulación, sino que había pedido a la hija de una puta consejos sobre el arte de la copulación. ¿Cómo había olvidado Alma los ignominiosos orígenes de Prudence? Esta, en cambio, jamás los olvidaría, y era probable que viviera con ese rigor y rectitud impecables para contrarrestar las depravaciones de su madre biológica. Aun así, Alma había irrumpido en ese hogar humilde, decente y menesteroso con preguntas sobre los trucos y la práctica de la seducción.

Desalentada, Alma se sentó en un barril abandonado. Deseó volver al hogar de los Dixon y pedir disculpas, pero ¿cómo hacerlo? ¿Qué decir sin que la situación se volviese más dolorosa?

¿Cómo podía ser una zopenca tan insensible?

¿Qué diablos había sido de su sentido común?

***

La tarde anterior a la boda dos objetos de interés llegaron a manos de Alma por correo.

El primero era un sobre con sello de Framingham, Massachusetts, con el apellido Pike escrito en una esquina. Alma supuso de inmediato que sería una carta para Ambrose, ya que a todas luces procedía de su familia, pero el sobre estaba dirigido a ella de forma inequívoca, así que lo abrió.

Querida señorita Whittaker:

Le pido disculpas porque me será imposible asistir a su boda con mi hijo, Ambrose, pero soy una inválida y un viaje tan largo excede mis capacidades. Me alegra, sin embargo, saber que Ambrose pronto va a entrar en el estado santo del matrimonio. Mi hijo ha vivido tantos años en reclusión de la familia y la sociedad que había abandonado la esperanza de verlo en el altar. Además, su joven corazón sufrió una desgarradora herida hace mucho tiempo debido a la muerte de una muchacha a la que admiraba y adoraba (una muchacha de nuestra comunidad, de buena familia cristiana, con quien todos suponíamos que se casaría), por lo que temí que su sensibilidad había sufrido un daño irreparable, de modo que jamás habría de conocer de nuevo las recompensas del cariño sincero. Tal vez hablo con una libertad excesiva, aunque tengo la certeza de que se lo habrá contado todo. La noticia de este compromiso, pues, fue bien acogida, ya que es evidencia de un corazón sano.

He recibido su retrato de bodas. Parece usted una mujer muy capaz. No percibo señal alguna de insensatez o frivolidad en su semblante. No dudo al decir que mi hijo necesita una mujer como usted. Es un joven inteligente (con diferencia, el más inteligente de mis hijos) y de niño era mi mayor alegría, pero ha pasado demasiados años mirando nubes, estrellas y flores. Me temo, además, que cree haber superado el cristianismo. Tal vez sea usted la mujer indicada para corregir ese error. Rezo para que un buen matrimonio le cure de ser un holgazán moral. En conclusión, lamento no asistir a la boda de mi hijo, pero tengo grandes esperanzas en esta unión. Sería un consuelo para este corazón de madre saber que su hijo eleva su mente mediante la contemplación del Señor, la disciplina del estudio de las Escrituras y la oración frecuente. Por favor, vele por que lo haga.

Sus hermanos y yo le damos la bienvenida a nuestra familia. Supongo que se da por hecho. Aun así, merece la pena decirlo.

Sinceramente,

Constance Pike

Lo único que Alma retuvo de esta carta fue: «una muchacha a la que admiraba y adoraba». A pesar de la certeza de la madre, Ambrose no le había contado nada. ¿Quién fue esa muchacha? ¿Cuándo murió? Ambrose fue de Framingham a Harvard cuando tenía diecisiete años y no había vuelto a vivir en ese pueblo. La historia de amor debió de corresponder a esa edad temprana, si es que fue una historia de amor. Serían niños, o casi niños. Tuvo que ser guapa, esta muchacha. Alma la vio: una cosita dulce, una preciosidad de pelo castaño y ojos azules, un dechado de virtudes que cantaba himnos con voz melodiosa y caminaba junto al joven Ambrose por los huertos en flor en primavera. ¿Contribuyó la muerte de esta joven a su derrumbe mental? ¿Cómo se llamaba ella?

¿Por qué Ambrose no la había mencionado? Por otra parte, ¿por qué debería haberlo hecho? ¿No tenía derecho a la intimidad de sus viejas historias? ¿Acaso Alma le había hablado de su amor inútil y servil por George Hawkes? ¿Tendría que haberlo hecho? Pero no había nada que contar. George Hawkes ni siquiera supo que era el protagonista de una historia de amor, lo que significaba que no había existido ninguna historia de amor.

¿Qué debía hacer Alma con esta información? Por de pronto, ¿qué hacer con esta carta? La leyó de nuevo, la memorizó y la ocultó. Respondería a la señora Pike más adelante, con una carta breve y anodina. Deseó no haber recibido esta misiva. Debería aprender a olvidar lo que acababa de leer.

¿Cómo se llamaba esa muchacha?

Por fortuna, el correo le deparó una distracción: un paquete envuelto en papel parafinado marrón, sujeto con un cordel. Lo más sorprendente era quién lo había enviado: Prudence Dixon. Al abrir el paquete, Alma descubrió que se trataba de un camisón de lino blanco, adornado con encajes. Parecía de la talla de Alma. Era una prenda sencilla y hermosa, modesta pero femenina, con pliegues voluminosos, cuello largo, botones de marfil y mangas vaporosas. El corpiño resplandecía discretamente con las delicadas flores bordadas en hilos de seda amarillo pálido. El camisón estaba doblado con pulcritud, perfumado con lavanda y atado con una cinta blanca, bajo la cual había una nota con la caligrafía inmaculada de Prudence: «Con los mejores deseos».

¿Cómo había conseguido Prudence una prenda tan lujosa? No habría tenido tiempo de tejerla a mano; debió de encargarla a una costurera excelente. ¡Cuánto le habría costado! ¿Dónde habría encontrado el dinero? Estos eran precisamente los materiales a los que la familia Dixon había renunciado hacía años: seda, encaje, botones importados, galas de cualquier tipo. Prudence no había vestido algo tan elegante en casi tres décadas. Todo lo cual venía a decir que debió de ser muy costoso para Prudence (tanto desde un punto de vista financiero como moral) conseguir este regalo. A Alma se le hizo un nudo en la garganta de la emoción. ¿Qué había hecho ella por su hermana para merecer tal amabilidad? Más aún teniendo en cuenta su último encuentro, ¿cómo había hecho Prudence semejante ofrenda?

Por un momento, Alma pensó que debía rechazarlo. Debía empaquetar este camisón y enviárselo de vuelta a Prudence, quien lo cortaría en trocitos para hacer bonitos vestidos para sus hijas o (lo que era más probable) lo vendería para la causa abolicionista. Pero no, eso habría sido maleducado y desagradecido. Los regalos no debían devolverse. Incluso Beatrix le había enseñado eso. Los regalos no se devolvían nunca. Este había sido un acto de gracia. Debía aceptarlo con gracia. Alma debía ser amable y agradecida.

Solo más tarde, cuando fue a su habitación y cerró la puerta, se plantó ante el espejo y se puso el camisón, Alma comprendió de verdad lo que su hermana trataba de decirle, y por qué jamás debería devolver esta prenda: Alma debía ponerse este precioso camisón en su noche de bodas.

Estaba guapa, de verdad, así vestida.

Capítulo diecisiete

La boda tuvo lugar el martes 29 de agosto de 1848, en el recibidor de White Acre. Alma lució un vestido pardo de seda tejido especialmente para la ocasión. Henry Whittaker y Hanneke de Groot ejercieron de testigos. Henry estaba alegre; Hanneke, no. Un juez del oeste de Filadelfia, quien había hecho negocios con Henry en el pasado, presidió la ceremonia como favor al señor de la casa.

—Que la amistad sea vuestra guía —concluyó, tras el intercambio de votos—. Que os apenen los sinsabores del otro y os alienten sus alegrías.

—¡Socios en la ciencia, el comercio y la vida! —vociferó Henry sin que nadie se lo esperase, tras lo cual se sonó la nariz con una fuerza considerable.

No asistieron más amigos ni familiares. George Hawkes envió una caja de peras como enhorabuena, pero lo aquejaban unas fiebres, dijo, y no podía acudir. Además, el día anterior llegó un enorme ramo, obsequio de la farmacia Garrick. En cuanto a Ambrose, no tuvo ningún invitado. Su amigo Daniel Tupper, de Boston, envió un telegrama esa mañana que solo decía: «BIEN HECHO, PIKE», pero no asistió a la ceremonia. Desde Boston solo se tardaba medio día en tren, pero aun así... nadie fue a ver a Ambrose.

Alma, al mirar a su alrededor, comprendió lo pequeño que se había vuelto su hogar. Era una reunión minúscula. Sencillamente, no había bastante gente. A duras penas cumplía los requisitos de una boda legal. ¿Por qué se habían aislado tanto? Recordó el baile que sus padres celebraron en 1808, exactamente cuarenta años antes, cómo la veranda y el patio principal bullían con bailarines y músicos y cómo había corrido entre ellos con una antorcha. Era imposible imaginar que White Acre hubiera contemplado tal espectáculo, tales risas, tales osadías. Desde entonces, no era más que un sistema solar sumido en el silencio.

Como regalo de bodas, Alma dio a Ambrose una magnífica edición de anticuario de la *Teoría sagrada de la Tierra,* de Thomas Burnet, publicada por primera vez en 1684. Burnet era un teólogo que sostenía que la Tierra (antes del Diluvio universal) era una esfera lisa de absoluta perfección que tenía «la belleza de la juventud y la naturaleza en flor, fresca y fructífera, sin una arruga, cicatriz o fractura en todo el cuerpo; ni rocas ni montañas, ni cuevas huecas, ni canales vacíos, sino que era plana y uniforme por doquier». Burnet la llamaba la Tierra Inicial. Alma pensó que le gustaría a su marido, como así fue. Ideas de perfección, sueños de inmaculada exquisitez: todo ello era Ambrose, de pies a cabeza.

En cuanto a Ambrose, hizo entrega a Alma de un bello cuadrado de papel italiano, que había doblado para formar una especie de sobre, menudo y complicado, cubierto con sellos de cera de cuatro colores distintos. Todos los pliegues estaban sellados y cada sello era diferente. Era un bello objeto (tan pequeño que cabía en la palma de su mano), pero era extraño y casi cabalístico. Alma giró ese curioso objeto una y otra vez.

—¿Cómo se abre un regalo como este? —preguntó.

—No ha de abrirse —dijo Ambrose—. Te pido que no lo abras nunca.

—¿Qué contiene?

—¡Un mensaje de amor!

—¡Estupendo! —dijo Alma, complacida—. Me encantaría verlo.

—Prefiero que lo imagines.

—Mi imaginación no es tan rica como la tuya, Ambrose.

—Pero en tu caso, que amas tanto el conocimiento, Alma, sería un buen estímulo para tu imaginación mantener algo en la sombra. Nos vamos a conocer muy bien tú y yo. Dejemos una puerta sin abrir.

Alma guardó el regalo en el bolsillo. Ahí estuvo todo el día; una presencia extraña, ligera, misteriosa.

Esa noche cenaron con Henry y su amigo el juez. Henry y el juez bebieron demasiado. Alma no tomó alcohol, ni Ambrose. Su marido le sonreía cada vez que ella lo miraba..., pero siempre lo había hecho, también antes de ser su marido. Parecía una noche como otra cualquiera, salvo porque ahora era la señora de Ambrose Pike. El sol se puso despacio esa noche, como un anciano al que le cuesta bajar las escaleras.

Al fin, después de la cena, Alma y Ambrose se retiraron a la habitación de Alma por primera vez. Alma se sentó al borde de la cama y Ambrose la acompañó. Le tomó la mano. Al cabo de un largo silencio, Alma dijo:

—Si me perdonas...

Quería ponerse el nuevo camisón, pero no quería desvestirse enfrente de él. Llevó el camisón al pequeño inodoro situado en una esquina de su habitación, instalado, junto a una bañera y grifos de agua fría, en la década de 1830. Se desnudó y se puso la prenda. No sabía si debía recogerse el pelo o dejarlo suelto. No siempre quedaba bien cuando se lo dejaba suelto, pero era incómodo dormir con broches y cierres. Dudó y al final decidió dejarlo recogido.

Al volver a la habitación, vio que Ambrose también se había cambiado: llevaba un sencillo pijama de lino, que le colgaba hasta las espinillas. Había doblado con esmero su ropa y la había dejado en una silla. Se quedó en el lado más alejado de la cama. Los nervios recorrieron el cuerpo de Alma como una carga de caballería. Ambrose no daba la impresión de estar nervioso. No dijo nada sobre el camisón. Ambrose le hizo una seña para que fuera a la cama, y Alma así lo hizo. Ambrose se acercó a la cama por el otro lado y se encontraron en medio. De inmediato, Alma tuvo la terrible idea de que esa cama era demasiado pequeña para los dos. Tanto ella como Ambrose eran muy altos. ¿Dónde irían las piernas? ¿Y los brazos? ¿Y si le daba una patada cuando dormían? ¿Y si le daba un codazo en el ojo, sin darse cuenta?

Ella se volvió de lado, él se volvió de lado, y así estuvieron frente a frente.

—Tesoro de mi alma —dijo Ambrose. Tomó una de sus manos, se la llevó a los labios y la besó, justo bajo los nudillos, como había hecho todas las noches durante el último mes, desde la petición de mano—. Cuánta paz me has dado.

—Ambrose —respondió Alma, asombrada por el nombre de él, asombrada por la cara de él.

—Es en nuestros sueños donde vislumbramos mejor el poder del espíritu —dijo Ambrose—. Nuestras mentes van a hablar a través de esta estrecha distancia. Aquí, juntos en la quietud nocturna, al fin seremos libres del tiempo, del espacio, de las leyes naturales y las leyes de la física. Vamos a recorrer el mundo como queramos, en nuestros sueños. Vamos a hablar con los muertos, a transformarnos en animales y objetos, a volar a través del tiempo. Nuestros intelectos no se hallarán en ninguna parte y nuestras mentes no tendrán ataduras.

—Gracias —dijo Alma, absurdamente. No sabía qué más decir como respuesta a ese discurso inesperado. ¿Era así como iba a seducirla? ¿Era así como se hacían las cosas por allá en Boston? Le preocupó que el olor de su aliento no fuese dulce. El aliento de él era dulce. Deseó que Ambrose apagase la luz.

De inmediato, como si oyera los pensamientos de Alma, Ambrose se giró y apagó la lámpara. La oscuridad era mejor, más acogedora. Alma quería nadar hacia él. Sintió que Ambrose le cogía la mano de nuevo y se la llevaba a los labios.

—Buenas noches, esposa mía —dijo.

No soltó la mano. Al cabo de unos momentos (Alma lo notó por la respiración), se quedó dormido.

***

A pesar de todo lo que había soñado, esperado y temido Alma respecto a su noche de bodas, esta situación ni siquiera se le había ocurrido.

Ambrose durmió, de forma constante y plácida, junto a Alma, agarrado a su mano, confiado y sin apretar, mientras Alma, con los ojos abiertos de par en par en la oscuridad, se quedaba inmóvil en el silencio que se extendía ante ella. El desconcierto la abrumó como algo grasiento y húmedo. Buscó posibles explicaciones para esta insólita ocurrencia, descartando una interpretación tras otra, como haría un científico ante un experimento fallido.

¿Se despertaría y recomenzarían (o, más bien, comenzarían) sus placeres conyugales? ¿Quizás no le había gustado su camisón? ¿Tal vez se había comportado con excesiva modestia? ¿O con excesiva avidez? ¿Era a esa muchacha muerta a quien deseaba? ¿Pensaba en ese amor de Framingham, perdido tantos años atrás? ¿O tal vez no había sabido controlar un ataque de nervios? ¿No estaba él a la altura de los deberes del amor? Pero ninguna de estas explicaciones tenía sentido, en especial la última. Alma sabía lo suficiente de estos asuntos para comprender que la incapacidad de consumar el acto hundía a los hombres en una humillación espantosa..., pero Ambrose no parecía avergonzado en absoluto. Ni siquiera había intentado consumar el acto.

Por el contrario, dormía tan plácidamente como podía dormir un hombre. Dormía como un rico burgués en un hotel de lujo. Dormía como un rey tras un largo día de cazar jabalíes y celebrar justas. Dormía como un sultán saciado por una docena de esbeltas concubinas. Dormía como un niño bajo un árbol.

Alma no dormía. Era una noche calurosa y yacía incómoda sobre un costado, con miedo a moverse, con miedo de apartar la mano de la de él. Los broches y cierres se le clavaban en el cuero cabelludo. Los hombros se le estaban quedando dormidos. Al cabo de un largo rato, al fin liberó la mano y se tumbó bocarriba, pero fue en vano: el sueño la evitaba esa noche. Ahí se quedó, rígida e inquieta, los ojos abiertos, las axilas húmedas, absorta en la inútil búsqueda de una conclusión consoladora para este sorprendente y triste giro de los acontecimientos.

Al amanecer, todos los pájaros del mundo, ajenos a su consternación, comenzaron a cantar. Con los primeros rayos de luz, Alma se permitió albergar una ráfaga de esperanza: su marido iba a despertarse al amanecer y la abrazaría. Tal vez comenzarían a la luz del día... todas esas esperadas intimidades del matrimonio.

Ambrose se despertó, pero no la abrazó. Se despertó en un instante vívido, lozano y satisfecho.

—¡Qué sueños! —dijo y extendió los brazos ante sí en un lánguido desperezarse—. No había tenido sueños así desde hacía años. Qué honor compartir la electricidad de tu ser. ¡Gracias, Alma! ¡Qué día nos espera! ¿Has soñado tú también?

Alma no había soñado nada, por supuesto. Alma había pasado la noche encerrada en una caja de horrores desvelados. Aun así, asintió. No supo qué otra cosa hacer.

—Debes prometerme —dijo Ambrose— que, cuando muramos (quienquiera que muera primero), nos enviaremos vibraciones a través de la frontera de la muerte.

Una vez más, absurdamente, Alma asintió. Era más sencillo que tratar de hablar.

Exhausta y callada, Alma observó a su marido levantarse y lavarse el rostro en la jofaina. Tomó la ropa de la silla y se excusó con educación para ir al inodoro, tras lo cual regresó vestido y desbordante de buen humor. ¿Qué se ocultaba tras esa afectuosa sonrisa? Alma no vio nada detrás, salvo más afecto. Lo vio exactamente igual que el primer día: como un entusiasta joven de veinte años, encantador e inteligente.

Era una insensata.

—Me voy, para dejarte un poco de intimidad —dijo—. Te espero en la mesa del desayuno. ¡Qué día nos espera!

A Alma le dolía todo el cuerpo. En una terrible bruma de rigidez y desesperación, salió de la cama, despacio, como una lisiada, y se vistió. Se miró en el espejo. No debería haberlo hecho. Había envejecido una década en una sola noche.

Henry estaba en la mesa del desayuno cuando Alma por fin bajó. Él y Ambrose estaban inmersos en una conversación ligera. Hanneke trajo a Alma una taza de té recién hecho y le lanzó una mirada penetrante (ese tipo de miradas que reciben las recién casadas la mañana siguiente a la boda), pero Alma la evitó. Intentó que su rostro no reflejase el desaliento, pero su capacidad para la fantasía estaba agotada y sabía que tenía los ojos rojos. Se sintió invadida por el moho. Los hombres no parecieron darse cuenta. Henry contaba una historia que Alma ya había oído una docena de veces: de la noche que había compartido en una mugrienta taberna peruana con un pomposo francés bajito, quien tenía el acento más francés del mundo, pero insistía incansable en que no era francés.

—El tonto de capirote —dijo Henry— no dejaba de decir: «Yo soy bgitánico». Y yo no dejaba de decirle: «¡Tú no eres británico, pedazo de idiota, tú eres francés! ¡Escucha tu maldito acento!». Pero no, ese bastardo tonto de capirote no dejaba de decir: «¡Yo soy bgitánico!». Al final le dije: «Dime, entonces, cómo es posible que seas británico». Y él se pavoneó: «¡Yo soy bgitánico pogque mi mujeg es bgitánica!».

Ambrose rio y rio. Alma lo miró como si fuera un espécimen.

—Según esa lógica —concluyó Henry—, yo soy un maldito holandés.

—¡Y yo sería un Whittaker! —añadió Ambrose, sin dejar de reír.

—¿Más té? —preguntó Hanneke a Alma, una vez más con esa mirada penetrante.

Alma cerró la boca, al darse cuenta de que la había tenido abierta demasiado tiempo.

—No, Hanneke, gracias.

—Los hombres van a acabar de cargar el heno hoy —dijo Henry—. Alma, asegúrate de que lo hagan bien.

—Sí, padre.

Henry se volvió a Ambrose de nuevo.

—Es un buen negocio esta mujer tuya, en especial cuando hay trabajo que hacer. Toda una granjera con faldas, eso es lo que es.

***

La segunda noche fue igual que la primera... y la tercera, y la cuarta, y la quinta. Todas las noches que se sucedieron, todas iguales. Ambrose y Alma se desvestían en la intimidad, volvían a la cama y se acostaban frente a frente. Él le besaba la mano, elogiaba sus virtudes, y apagaba la luz. Ambrose dormía entonces el sueño de un personaje encantado en un cuento de hadas, mientras Alma yacía en un tormento silencioso junto a él. Lo único que cambió con el tiempo fue que Alma al fin logró conciliar unas pocas horas de sueño irregular, solo porque su cuerpo se derrumbaba por el cansancio. Pero era un sueño interrumpido por pesadillas descarnadas y espantosos interludios de lucidez y cambios de postura.

De día, Alma y Ambrose eran compañeros, como siempre, en el estudio y la contemplación. Él nunca se había mostrado tan cariñoso. Ella se dedicaba a su trabajo, y lo ayudaba a él en el suyo, como una autómata. Ambrose siempre quería estar cerca de ella..., tan cerca como fuera posible. Ambrose no daba muestras de notar su malestar. Alma intentó no revelarlo. No dejó de esperar un cambio. Pasaron más semanas. Llegó octubre. Las noches se volvieron frías. No hubo cambio.

Ambrose parecía tan a gusto con el transcurso de su matrimonio que Alma (por primera vez en la vida) temió volverse loca. Quería exprimir el cuerpo de Ambrose hasta dejarlo sin aliento, pero él se contentaba con besar ese trocito de piel bajo los nudillos de la mano izquierda. ¿Se había confundido respecto a la naturaleza de la vida conyugal? ¿Era un truco? Era una Whittaker, así que le bullía la sangre cuando pensaba que le habían tomado el pelo. Pero entonces miraba a Ambrose a la cara, lo opuesto a la cara de un sinvergüenza, y su ira, una vez más, se deshacía convertida en desconcierto.

A principios de octubre, Filadelfia disfrutaba los últimos días del veranillo de San Miguel. Las mañanas eran gloriosas coronaciones de aire fresco y cielos azules, y las tardes eran agradables y lánguidas. Ambrose se comportaba como si estuviera más animado que nunca, levantándose de la cama de un salto como si lo disparara un cañón. Había logrado que una rara *Aerides odorata* floreciese en la casa de las orquídeas. Henry había importado la planta hacía años de las laderas del Himalaya, pero no había dado ni un solo brote hasta que Ambrose sacó la orquídea de la maceta y la colgó de las vigas, en un lugar muy soleado y alto, dentro de una cesta de corteza y musgo húmedo. Ahora había florecido, de repente, inesperada. Henry estaba entusiasmado. Ambrose estaba entusiasmado. Ambrose la dibujó desde todos los ángulos. Sería el orgullo del *florilegium* de White Acre.

—Si amas algo lo suficiente, a la postre te revelará sus secretos —dijo Ambrose a Alma.

Alma habría disentido, pero nadie le preguntó su opinión. Le habría sido imposible amarlo más, pero Ambrose no reveló ningún secreto. Alma descubrió en sí misma una desagradable envidia por su triunfo con la *Aerides odorata*. Sintió celos de la planta misma y las atenciones que recibía. Ella no lograba concentrarse en su obra, pero el trabajo de Ambrose prosperaba. Comenzó a molestarla su presencia en la cochera. ¿Por qué la interrumpía sin cesar? Sus imprentas eran ruidosas y olían a tinta caldeada. Alma ya no lo soportaba. Sentía que se pudría por dentro. Perdía los estribos con facilidad. Un día caminaba por las huertas de White Acre cuando se encontró con un trabajador joven, sentado sobre la pala, que se sacaba una astilla del pulgar con parsimonia. Lo había visto antes, a este pequeño extractor de astillas. Era más fácil verlo sentado sobre la pala que trabajando con ella.

—Te llamas Robert, ¿verdad? —preguntó Alma, que se acercó con una cálida sonrisa.

—Soy Robert —confirmó el muchacho, que alzó la vista, despreocupado.

—¿Qué tarea te han encargado esta tarde, Robert?

—Cavar este viejo huerto de guisantes, señora.

—¿Y piensas empezar un día de estos, Robert? —tanteó Alma, en un tono amenazadoramente bajo.

—Bueno, es que se me ha clavado una astilla...

Alma se inclinó sobre él y todo el menudo cuerpo de Robert se sumió en la sombra. Lo agarró del cuello, lo levantó unos treinta centímetros del suelo y, mientras lo sacudía como si fuera un saco de patatas, vociferó:

—¡Vuelve al trabajo, pedazo de inútil, antes de que te arranque los huevos con esa pala!

Lo tiró al suelo. El muchacho cayó mal. Se levantó bajo la sombra de ella como un conejo y comenzó a cavar a un ritmo frenético, irregular, temeroso. Alma se fue, relajando los músculos de los brazos, y de inmediato volvió a pensar en su marido. ¿Sería posible que Ambrose, sencillamente, no lo supiese? ¿Era posible que alguien fuese tan inocente para contraer matrimonio sin ser consciente de los deberes o ajeno a los mecanismos sexuales entre marido y mujer? Recordó un libro que había leído años atrás, cuando comenzó a coleccionar esos textos libidinosos en el desván de la cochera. No había pensado en ese libro al menos durante dos décadas. Se trataba de un libro más bien tedioso, en comparación con otros, pero se abrió paso entre sus recuerdos. Se titulaba *Los frutos del matrimonio. La guía del caballero a la continencia sexual. Manual para parejas casadas del doctor Horscht.*

El tal doctor Horscht había escrito ese libro, aseguraba, tras asesorar a una modesta pareja cristiana que no poseía conocimiento alguno, ya fuera teórico o práctico, acerca de las relaciones sexuales; cuando llegaron al lecho conyugal, esas peculiares emociones y sensaciones les desconcertaron de tal modo que se sentían hechizados. Al fin, unas pocas semanas después de la boda, el pobre novio interrogó a un amigo, quien le dio una alarmante noticia: el recién casado debía situar su órgano dentro del «abrevadero» de su mujer para consumar la relación. Esta idea despertó tal miedo y vergüenza en el joven que acudió corriendo al doctor Horscht con preguntas sobre si este extravagante acto era factible o virtuoso. El doctor Horscht, apiadado de ese joven desconcertado, escribió este manual sobre el motor de la sexualidad para ayudar a otros recién casados.

Alma despreció el libro cuando lo leyó por aquel entonces. Ser joven y demostrar tal ignorancia respecto a las funciones genitales-urinarias le resultó absurdo en exceso. Sin duda, esa gente no podía existir, ¿verdad?

Sin embargo, ahora dudaba.

¿Debería enseñar ese libro a Ambrose?

***

Ese sábado por la tarde Ambrose se retiró a la habitación temprano y se excusó para bañarse antes de la cena. Alma lo siguió a la habitación. Se sentó en la cama y escuchó el agua corriendo por la enorme bañera de porcelana al otro lado de la puerta. Oyó a Ambrose tararear. Estaba contento. Ella, en cambio, estaba enardecida por la amargura y la duda. Ambrose se estaría desvistiendo. Oyó las salpicaduras discretas de un cuerpo entrando en el agua y un suspiro de satisfacción. A continuación, el silencio.

Alma se levantó y se desvistió, también. Se quitó todo: los calzones y el canesú, incluso los broches del pelo. Si hubiera podido desnudarse aún más, lo habría hecho. Su cuerpo desnudo no era bello, y ella lo sabía, pero era todo lo que tenía. Se acercó a la puerta del inodoro y se detuvo a escuchar pegando la oreja. No tenía que hacer eso. Había alternativas. Podía aprender a soportar las cosas tal como eran. Podía someterse pacientemente a sus sufrimientos, a ese matrimonio extraño e imposible que no era un matrimonio. Podía aprender a dominar todo lo que Ambrose había despertado en ella: el hambre de él, la decepción, esa sensación de atormentadora ausencia cada vez que se acercaba a él. Si pudiese aprender a derrotar su propio deseo, podría conservar a su marido... tal como era.

No. No podía aprenderlo.

Giró el pomo de la puerta, dio un empujoncito y entró tan silenciosamente como pudo. La cabeza de Ambrose se giró hacia ella y sus ojos se abrieron, llenos de inquietud. Ella no dijo nada y él tampoco. Alma apartó la mirada de los ojos de Ambrose y se permitió contemplar todo su cuerpo, sumergido bajo el agua fresca de la bañera. Ahí estaba, en toda su adorada desnudez. Su piel era de un blanco lechoso, mucho más pálida en el pecho y las piernas que en los brazos. Solo había una traza de vello en su torso. Era imposible ser más bello.

¿Le había preocupado que no tuviese genitales? ¿Se había imaginado que tal vez ese era el problema? Bueno, ese no era el problema. Tenía genitales: unos genitales perfectamente adecuados e incluso exuberantes. Se permitió observar con atención esa adorable criatura suya, esa criatura marina y pálida que ondeaba y flotaba entre sus piernas en medio de una mata de vello húmeda e íntima. Ambrose no se movió. Tampoco su pene hizo además de moverse. A la criatura no le gustaba ser mirada. Alma lo percibió de inmediato. Alma había pasado tanto tiempo en los bosques en busca de animales huidizos que enseguida sabía cuándo no querían ser vistos, y esta criatura entre las piernas de Ambrose no deseaba atención alguna. Aun así, Alma miró, porque no podía dejar de mirar. Ambrose se lo consintió..., no porque fuera permisivo, sino porque se había quedado de piedra.

Al fin, Alma lo miró a la cara, en un desesperado intento de encontrar una apertura, una rendija que la llevase hasta él. Ambrose parecía estar paralizado por el miedo. ¿Miedo por qué? Alma se dejó caer al suelo, junto a la bañera. Era casi como si se arrodillase ante él, suplicante. No: se había arrodillado ante él, suplicante. La mano derecha de Ambrose, con esos dedos largos y afilados, reposaba a un lado de la bañera, agarrada al borde de porcelana. Alma desprendió la mano, dedo a dedo. Ambrose se lo consintió. Alma tomó la mano y se la llevó a la boca. Se metió tres dedos en la boca. No pudo contenerse. Necesitaba algo de él dentro de ella. Quería morderlo, solo lo suficiente para impedir que los dedos salieran de entre los dientes.

No deseaba asustarlo, pero tampoco quería soltarlo. En lugar de morderlo, comenzó a lamer. Estaba perfectamente concentrada en su anhelo. Los labios hicieron un ruido, un ruido grosero y húmedo.

Al oírlo, Ambrose volvió a la vida. Dio un grito ahogado y sacó la mano de su boca. Se incorporó con premura, entre muchas salpicaduras, y se cubrió los genitales con ambas manos. Daba la impresión de estar a punto de morir aterrorizado.

—Por favor —dijo Alma.

Se quedaron mirándose el uno al otro, como una mujer y un intruso en su aposento, pero ella era el intruso y él era la doncella despavorida. Ambrose la miró como si fuera una desconocida que le había puesto un cuchillo en el cuello, como si pretendiera usarlo para los placeres más depravados y luego degollarlo, sacarle las entrañas y comerle el corazón con un tenedor enorme y afilado.

Alma cedió. ¿Qué otra opción tenía? Se levantó y salió despacio del baño, tras lo cual cerró con delicadeza la puerta. Se vistió. Bajó las escaleras. Tenía el corazón tan destrozado que no sabía cómo era posible que aún estuviera viva.

Encontró a Hanneke de Groot barriendo las esquinas del comedor. Con la voz deshecha, pidió al ama de llaves que preparase el cuarto de invitados del ala este para el señor Pike, porque iba a dormir ahí de ahora en adelante, hasta que se encontrara otro arreglo.

—*Waarom?* —preguntó Hanneke.

Pero Alma no supo explicarle por qué. Le tentaba dejarse caer en los brazos de Hanneke y llorar, pero resistió ese impulso.

—¿Hay algún mal en la pregunta de esta anciana? —preguntó Hanneke.

—Informa al señor Pike de esta nueva disposición. Yo me siento incapaz de decírselo —contestó Alma, y se fue.

***

Alma durmió en el diván de la cochera esa noche, y no cenó. Pensó en Hipócrates, quien creía que los ventrículos del corazón no bombeaban sangre, sino aire. En su opinión, el corazón era una extensión de los pulmones: una especie de gran fuelle muscular que alimentaba el horno del cuerpo. Esa noche Alma sintió que eso era cierto. Sentía que unas poderosas ráfagas de viento recorrían su pecho. Era como si su corazón boqueara en busca de aire. En cuanto a los pulmones, parecían llenos de sangre. Se ahogaba con cada respiración. No lograba sacudirse esta sensación de ahogo. Se sentía enloquecer. Se sentía como la pequeña Retta Snow, quien también solía dormir en ese mismo diván cuando el mundo se volvía demasiado aterrador.

Por la mañana, Ambrose vino a buscarla. Estaba pálido y tenía el rostro descompuesto por el dolor. Entró, se sentó junto a ella y trató de tomarla de las manos. Alma las apartó. Ambrose se quedó mirándola mucho tiempo, sin hablar.

—Si estás intentando comunicarte conmigo en silencio, Ambrose —dijo Alma al fin, en un tono tenso y airado—, no voy a ser capaz de oírlo. Te pido que me hables. Concédeme ese favor, te lo ruego.

—Perdóname —dijo Ambrose.

—Dime por qué he de perdonarte.

Ambrose se trastabilló.

—Este matrimonio... —comenzó, y se quedó sin palabras.

Alma soltó una risotada hueca.

—¿Qué es un matrimonio, Ambrose, cuando se le cercenan los placeres honestos que con derecho esperan cualquier marido y mujer?

Ambrose asintió. Tenía un aspecto desvalido.

—Me has engañado —dijo Alma.

—Pero yo pensé que nos entendíamos.

—¿De verdad? ¿Qué creías que habíamos entendido? Dímelo con palabras: ¿qué esperabas que sería este matrimonio?

Ambrose buscó una respuesta.

—Un intercambio —dijo al fin.

—¿De qué, exactamente?

—De amor. De ideas y consuelos.

—Igual que yo, Ambrose. Pero pensé que habría otros intercambios, además. Si querías vivir como un *shaker*, ¿por qué no te fuiste con ellos?

Ambrose la miró desconcertado. No tenía ni idea de quiénes eran los *shakers*. Señor, cuántas cosas no sabía este joven.

—No discutamos, Alma, ni nos enzarcemos en un conflicto —rogó.

—¿Es esa muchacha muerta a quien deseas? ¿Es ese el problema?

Una vez más, la expresión desconcertada.

—La chica muerta, Ambrose —repitió—. Esa de la que me habló tu madre. Esa que murió en Framingham hace años. Esa a la que querías.

Ambrose no podía haberse quedado más perplejo.

—¿Has hablado con mi madre?

—Me escribió una carta. Me habló de esa muchacha..., de tu verdadero amor.

—¿Mi madre te escribió una carta? ¿Sobre Julia? —La expresión de Ambrose se hundía en el desconcierto—. Pero, Alma, yo nunca amé a Julia. Era una niña encantadora y una amiga de la infancia, pero no la amaba. Mi madre tal vez deseaba que yo me hubiese enamorado de ella, ya que era la hija de una familia acaudalada, pero Julia no era más que mi inocente vecina. Dibujábamos flores juntos. Tenía talento para ello. Murió a los catorce años. Hace muchos años que casi no me acuerdo de ella. ¿Por qué estamos hablando de Julia?

—¿Por qué no puedes amarme? —preguntó Alma, que detestó la desesperación que se reflejaba en su tono de voz.

—No podría amarte más de lo que te amo —dijo Ambrose, con una desesperación que rivalizaba con la de ella.

—Soy fea, Ambrose. Siempre he sido consciente de ese hecho. Además, soy vieja. Aun así, poseo varias cualidades a las que aspirabas: riquezas, comodidades, camaradería. Podrías haber tenido todo eso sin humillarme casándote conmigo. Ya te había dado todo eso y te lo habría seguido dando para siempre. Yo me contentaba con amarte como una hermana, tal vez como una madre. Fuiste tú quien deseó que nos casáramos. Tú fuiste quien propuso la idea del matrimonio. Tú fuiste quien dijo que querías dormir a mi lado todas las noches. Tú fuiste quien me incitó a desear cosas que había dejado de desear hacía tiempo.

Tuvo que dejar de hablar. Se le quebraba la voz. Era una humillación tras otra.

—Yo no necesito riquezas —dijo Ambrose, los ojos húmedos de pena—. Lo sabes.

—Aun así, disfrutas de sus ventajas.

—No me comprendes, Alma.

—No te comprendo en absoluto, señor Pike. Explícamelo.

—Yo te lo pregunté —dijo Ambrose—. Te pregunté si querías un matrimonio del alma…, un *mariage blanc.* —Como Alma tardó en responder, Ambrose añadió—: Es decir, un matrimonio casto, sin intercambios carnales.

—Sé lo que significa *mariage blanc,* Ambrose —le interrumpió Alma—. Ya hablaba francés antes de que hubieras nacido. Lo que no comprendo es por qué pensaste que yo quería eso.

—Porque te lo pregunté. Te pregunté si aceptarías esto de mí, y tú aceptaste.

—¿Cuándo? —Alma creyó que se iba a arrancar el cabello de raíz si Ambrose no dejaba de hablar con tantos rodeos.

—En el cuarto de encuadernar, esa noche, después de encontrarte en la biblioteca. Cuando nos sentamos en silencio juntos. Te pregunté sin palabras: «¿Aceptas esto de mí?» y tú dijiste que sí. Te oí decir «sí». ¡Sentí que lo decías! No lo niegues, Alma, oíste mi pregunta a través de la frontera de la muerte ¡y me respondiste que sí! ¿No es eso cierto?

Ambrose la miraba con ojos aterrados. Alma se quedó muda.

—Y tú me hiciste una pregunta también —prosiguió Ambrose—. Me preguntaste en silencio si eso era lo que yo quería de ti. ¡Dije que sí, Alma! ¡Creo que incluso lo dije en voz alta! ¡No podría haber respondido con mayor claridad! ¡Me oíste decirlo!

Alma retrocedió a esa noche en el cuarto de encuadernar, a esa callada detonación de placer sexual, a la sensación de la pregunta de él que la recorría y la pregunta de ella recorriéndolo a él. ¿Qué había oído? Le había oído preguntar, con la misma claridad que el sonido de la campana de una iglesia: «¿Aceptas esto de mí?». Por supuesto, dijo que sí. Pensó que había querido decir: «¿Aceptas de mí placeres sensuales como este?». Cuando ella preguntó a su vez: «¿Es esto lo que quieres de mí?», quería decir: «¿Quieres compartir estos placeres sensuales conmigo?».

¡Dios que estás en los cielos, cómo habían malinterpretado las preguntas! Se habían malinterpretado de un modo *sobrenatural*. Fue el único milagro indiscutible en la vida de Alma Whittaker, y lo había malinterpretado. Era la peor broma de todas las que había oído.

—Solo te preguntaba —dijo en tono cansado— si me querías. Es decir, si me querías totalmente, como se suelen querer los amantes. Pensé que me preguntabas lo mismo.

—Pero yo nunca preguntaría por la presencia corpórea de alguien de esa manera que dices —aclaró Ambrose.

—¿Por qué no?

—Porque no creo en ello.

Alma no comprendía lo que estaba oyendo. Fue incapaz de hablar durante un buen rato. Al fin, preguntó:

—En tu opinión, el acto conyugal (incluso entre un hombre y su mujer), ¿es algo vil y depravado? Sin duda, Ambrose, serás consciente de lo que otras personas comparten en la intimidad del matrimonio. ¿Me consideras envilecida por querer que mi marido se comporte como un marido? Seguro que habrás oído hablar de tales placeres entre hombres y mujeres.

—No soy como otros hombres, Alma. ¿De verdad te sorprende eso, después de tanto tiempo?

—¿Qué imaginas ser, entonces, si no un hombre?

—No se trata de lo que imagino ser, Alma; se trata de lo que deseo ser. O, más bien, de lo que fui una vez y deseo ser de nuevo.

—¿Qué, Ambrose?

—Un ángel de Dios —dijo Ambrose, con un tono de voz de tristeza insondable—. Tenía la esperanza de que fuéramos ángeles de Dios juntos. Algo así no sería posible a menos que nos liberáramos de la carne y nos uniéramos en la gracia celestial.

—¡Oh, por la misericordia de mala muerte de la dos veces enculada madre de Cristo! —maldijo Alma. Quería agarrarlo y sacudirlo, al igual que había sacudido a Robert el jardinero hacía poco. Quería discutir las Escrituras con él. Las mujeres de Sodoma, quiso decirle, fueron castigadas por Jehová por recibir la comunión sexual de los ángeles..., ¡pero al menos tuvieron su oportunidad! Así era su suerte, con un ángel tan hermoso pero tan poco complaciente.

—¡Vamos, Ambrose! —dijo—, ¡despierta! No vivimos en el reino celestial..., ni tú ni mucho menos yo. ¿Cómo puedes ser tan corto de luces? ¡Mírame, muchacho! Con tus ojos de verdad..., tus ojos mortales. ¿Te parezco un ángel, Ambrose Pike?

—Sí —dijo él, con triste sencillez.

La furia abandonó a Alma, reemplazada por un pesar sombrío y sin fondo.

—Entonces, has cometido un grave error —dijo Alma—, y ahora estamos en un buen lío.

***

Ambrose no podía quedarse en White Acre.

Resultó evidente tras solo una semana: una semana durante la cual Ambrose durmió en un cuarto de invitados en el ala este y Alma durmió en el diván de la cochera, mientras ambos soportaban las sonrisitas irónicas de las jóvenes doncellas. Estar casados menos de un mes y dormir no ya en habitaciones diferentes, sino en edificios diferentes..., bueno, era un escándalo demasiado monumental para los metomentodo que pululaban por la finca.

Hanneke intentó mantener la discreción entre el personal, pero los rumores volaban como murciélagos al atardecer. Decían que Alma era demasiado vieja y fea para Ambrose, a pesar de la fortuna que tenía metida en ese conejo viejo. Decían que había sorprendido a Ambrose robando. Decían que a Ambrose le gustaban las muchachas jóvenes y bonitas y que lo habían pillado con la mano en el culo de una quesera. Decían lo que les venía en gana; Hanneke no podía despedir a todo el mundo. Alma oyó algunos de esos chismorreos y los otros no era difícil imaginarlos. Las miradas que le lanzaban eran de desprecio.

Su padre la llamó a su estudio un lunes por la tarde, a finales de octubre.

—¿Qué es, entonces? —dijo—. ¿Te has aburrido ya de tu nuevo juguete?

—No me ridiculices, padre... Te lo juro, no aguanto más.

—Entonces, explícate.

—Es demasiado bochornoso para que te lo explique.

—No creo que eso sea cierto. ¿Es que acaso piensas que no he oído ya casi todos los rumores? Nada de lo que me digas será más bochornoso que lo que dice la gente.

—Hay muchas cosas que no puedo contarte, padre.

—¿Te ha sido infiel? ¿Ya?

—Lo conoces, padre. Él no haría eso.

—Ninguno de los dos lo conocemos bien, Alma. Entonces, ¿qué es? ¿Te ha robado? ¿Y a mí? ¿Te fornica hasta dejarte medio muerta? ¿Te pega con un cinto de cuero? No, no creo que sea nada de eso. Dímelo, hija. ¿Cuál es su delito?

—No puede quedarse aquí ni un día más y no te puedo decir por qué.

—¿Te crees que soy de esos que se desmayan ante la verdad? Soy viejo, Alma, pero aún no me han sepultado. Y no creas que no voy a adivinarlo, si insisto lo suficiente. ¿Eres frígida? ¿Es ese el problema? ¿O no se le levanta?

Alma no respondió.

—Ah —dijo él—. Por ahí van los tiros. Entonces, ¿no se ha consumado el deber marital?

Una vez más, Alma no respondió.

Henry aplaudió.

—Bueno, ¿y qué? Disfrutáis de vuestra compañía, de todos modos. Eso es más de lo que la mayoría de la gente puede decir de sus matrimonios. Eres demasiado vieja para tener hijos, en cualquier caso, y algunos matrimonios no son felices en la cama. La mayoría, en realidad. Las parejas mal casadas son tan comunes como las moscas en este mundo. Tu matrimonio se ha agriado más rápido que otros, pero vas a perseverar y aguantarlo, Alma, como hacemos el resto de nosotros..., o hacíamos. ¿Es que no te hemos educado para perseverar y aguantar? No vas a echar tu vida a perder por un contratiempo. Saca lo mejor de esta situación. Piensa en él como en un hermano si no te hace cosquillas bajo las sábanas a tu gusto. Sería un buen hermano. Es una compañía agradable para todos nosotros.

—No necesito un hermano. Te digo, padre, que no puede quedarse aquí. Tienes que pedirle que se vaya.

—Y yo te digo, hija, que no hace ni tres meses que en esta misma habitación te escuché insistir en que tenías que casarte con este hombre..., un hombre de quien yo no sabía nada y de quien tú solo sabías un pelín más. ¿Y ahora quieres que lo eche? ¿Qué soy yo?, ¿tu perro de presa? Lo confieso, no lo apruebo, claro que no. No hay dignidad alguna en lo que pides. ¿Son los rumores lo que no aguantas? Hazles frente como una Whittaker. Ve y muéstrate ante los que se burlan de ti. Dale un mamporro a alguien, si no te gusta cómo te miran. Así aprenderán. Ya encontrarán pronto otra cosa de la que chismorrear. Pero echar a este joven para siempre, por el delito de... ¿qué? ¿No complacerte? Júntate con uno de los jardineros, si necesitas un semental en la cama. Hay hombres a los que puedes pagar para que te den una alegría, lo mismo que con las mujeres. La gente que desea dinero hace cualquier cosa para conseguirlo, y a ti te sobra el dinero. Usa tu dote para crear un harén de jóvenes para tu regocijo, si así lo deseas.

—Padre, por favor... —rogó Alma.

—Pero, mientras tanto, ¿qué propones que haga yo con nuestro señor Pike? —prosiguió—. ¿Que lo arrastre con un carruaje por las calles de Filadelfia cubierto de alquitrán? ¿Que lo tire al Schuylkill atado a un barril con piedras? ¿Que le vende los ojos y lo fusile en un paredón?

Alma solo atinó a quedarse quieta, avergonzada y abatida, incapaz de hablar. ¿Qué esperaba que dijera su padre? Bueno (por absurdo que pareciera ahora), había pensado que Henry la defendería. Había creído que Henry se indignaría en su nombre. Casi había esperado que recorriese la casa en uno de sus famosos y teatrales rapapolvos, ondeando los brazos como si rezase en una farsa: «¿Cómo has podido hacer eso a mi hija?». O algo así.

Algo comparable a la profundidad de su quebranto e ira. Pero ¿por qué habría pensado eso? ¿Acaso había visto a Henry Whittaker defender alguna vez a alguien? Y si defendía a alguien en este caso, ese parecía ser Ambrose.

En lugar de acudir a su rescate, su padre solo la denigraba más. Además, Alma recordó la conversación que habían mantenido acerca de su matrimonio con Ambrose, ni tres meses antes. Henry le había advertido (o, al menos, planteó la cuestión) acerca de si «esta clase de hombre» la satisfaría en el matrimonio. ¿Qué sabía entonces que no había dicho? ¿Qué sabía ahora?

—¿Por qué no impediste que me casara con él? —preguntó Alma al fin—. Sospechabas algo. ¿Por qué no dijiste nada?

Henry se encogió de hombros.

—Hace tres meses no me correspondía a mí tomar decisiones por ti. Y tampoco ahora. Si algo debe hacerse con ese joven, lo has de hacer tú misma.

Esas palabras dejaron a Alma estupefacta: Henry había tomado decisiones por Alma desde siempre, desde que era un renacuajo..., o al menos así era como ella lo había percibido.

No pudo contener una pregunta:

—Pero ¿qué piensas que debería hacer con él?

—¡Haz lo que se te venga en gana, diablos! Esa decisión es tuya. No soy yo quien tiene que deshacerse del señor Pike. Tú lo trajiste a nuestro hogar, tú te libras de él..., si eso es lo que deseas. Hazlo pronto. Siempre es mejor cortar que rasgar. De un modo u otro, quiero que el asunto quede zanjado. Una considerable cantidad de sentido común ha abandonado a esta familia en los últimos meses, y me gustaría recuperarlo. Tenemos demasiado trabajo para sinsentidos como este.

***

En los años venideros, Alma intentaría convencerse a sí misma de que ella y Ambrose habían tomado juntos la decisión acerca de dónde seguiría este su vida a partir de entonces, pero nada estaba más lejos de la verdad. Ambrose Pike no era hombre que tomase decisiones por sí mismo. Era un globo sin ataduras, tremendamente susceptible a la influencia de aquellos más fuertes que él..., y todo el mundo era más fuerte que él. Siempre había hecho lo que se le decía. Su madre le dijo que fuera a Harvard, y él fue a Harvard. Sus amigos le sacaron de un talud de nieve y lo enviaron a un asilo de enfermos mentales y él, obediente, permitió que lo encerrasen. Daniel Tupper, allá en Boston, le dijo que fuese a las junglas de México a pintar orquídeas, y él fue a la jungla y pintó orquídeas. George Hawkes lo invitó a Filadelfia, y él vino a Filadelfia. Alma lo acogió en White Acre y le pidió crear un gran *florilegium* de las plantas de su padre, y él se puso manos a la obra sin rechistar. Iba a donde lo llevasen.

Quería ser un ángel de Dios, pero, que el Señor lo protegiera, no era más que un cordero.

¿De verdad Alma intentó idear un plan que fuera lo mejor para él? Más tarde, Alma se diría a sí misma que lo intentó. No se divorció de Ambrose; no había razón para que ninguno de ellos sufriese tal escándalo. Le proporcionaría dinero en abundancia, no porque lo hubiese pedido, sino porque era lo correcto. No lo enviaría de vuelta a Massachusetts, no solo porque Alma detestaba a su madre (¡solo por esa carta, detestaba a su madre!), sino porque le angustiaba pensar en Ambrose durmiendo para siempre en el sofá de su amigo Tupper. Tampoco podía enviarlo de vuelta a México, de eso no cabía duda. Casi había muerto de fiebres allí.

Aun así, no podía seguir en Filadelfia: su presencia despertaba un sufrimiento lacerante en Alma. Por misericordia, ¡cómo la había deshecho! Aun así, no dejó de amar ese rostro..., pálido y atormentado como estaba. Bastaba con ver ese rostro para despertar en ella una necesidad imperativa y vulgar apenas soportable. Tendría que ir a otro lugar, a un lugar muy lejano. No quería correr el riesgo de encontrarse con él en los años venideros.

Escribió una carta a Dick Yancey (quien administraba con puño de hierro los negocios de su padre), que se encontraba en Washington DC, donde gestionaba unos asuntos con los nuevos jardines botánicos del lugar. Alma sabía que Yancey pronto embarcaría en un ballenero rumbo al Pacífico Sur. Iba a ir a Tahití a investigar las maltrechas plantaciones de vainilla de The Whittaker Company, a fin de intentar poner en marcha el plan de polinización artificial que sugirió Ambrose en su primera noche en White Acre.

Yancey tenía planeado partir hacia Tahití pronto, como mucho en un par de semanas. Era mejor zarpar antes de las últimas tormentas de otoño y antes de las heladas.

Alma era consciente de todo ello. Entonces, ¿por qué no enviar a Ambrose a Tahití con Dick Yancey? Era una solución respetable, casi ideal. Ambrose se encargaría de la gestión de la plantación de vainilla en persona. Lo haría de maravilla, ¿acaso no era cierto? La vainilla pertenecía a la familia de las orquídeas, ¿acaso no era cierto? A Henry Whittaker le complacería el plan, pues enviar a Ambrose a Tahití era exactamente lo que él había querido en un principio, antes de que Alma lo convenciera de lo contrario, muy a su pesar.

¿Era un destierro? Alma intentó pensar que no. Según los rumores, Tahití era un paraíso, se dijo Alma. No era una colonia penal. Sí, Ambrose era delicado, pero Dick Yancey lo protegería. Era un trabajo interesante. El clima era benigno y sano. ¿Quién no envidiaría esta oportunidad de ver las legendarias costas de Polinesia? Era una expedición que agradaría a cualquier botánico o comerciante..., y con todos los gastos pagados, además.

Acalló las voces interiores que protestaban; sí, se trataba de un destierro, sin duda..., y de un destierro cruel. Hizo caso omiso a algo que sabía demasiado bien: Ambrose no era ni botánico ni comerciante, sino una persona de sensibilidad y talento únicos, cuya mente era un objeto delicado, y quien tal vez no estaba preparado para un largo viaje en un ballenero o para la vida en una plantación agrícola en los lejanos Mares del Sur. Ambrose era más niño que hombre, y había dicho a Alma muchas veces que no deseaba nada más en la vida que un hogar seguro y una compañera amable.

«Bueno, queremos muchas cosas —se dijo a sí misma—, y no siempre las conseguimos».

Además, él no tenía ningún otro lugar donde ir.

Tras decidirlo todo, Alma acomodó a su marido en el hotel United States durante dos semanas, justo al otro lado de la calle donde se encontraba el enorme banco que custodiaba la fortuna de su padre en unas cajas fuertes secretas, mientras esperaban a que Dick Yancey volviera de Washington.

**

En el vestíbulo del hotel United States, dos semanas más tarde, Alma al fin presentó a su marido a Dick Yancey, al altísimo y silencioso Dick Yancey, el de los ojos temibles y la mandíbula de puro granito, que no hacía preguntas y se limitaba a obedecer órdenes. Bueno, Ambrose también se limitaba a obedecer órdenes. Encorvado y pálido, Ambrose no hizo preguntas. Ni siquiera preguntó cuánto tiempo debería quedarse en la Polinesia. Alma no habría sabido cómo responder esa pregunta, en cualquier caso. «No es un destierro», se decía a sí misma una y otra vez. Pero ni siquiera ella sabía cuánto habría de durar.

—El señor Yancey se ocupará de ti a partir de ahora —dijo a Ambrose—. Tu comodidad será una prioridad, en la medida de lo posible.

Se sentía como si dejara a un bebé al cuidado de un cocodrilo amaestrado. En ese momento, amó a Ambrose tanto como en los mejores tiempos; es decir, por completo. Ya sentía esa ausencia enorme al pensar en él, navegando al otro lado del mundo. De todos modos, no había sentido más que esa ausencia desde la noche de bodas. Quiso abrazarlo, pero siempre quería abrazarlo y no podía hacerlo. Él no lo permitiría. Quería agarrarse a él, rogarle que se quedara, rogarle que la amara. Nada de eso estaba permitido. No tenía sentido rogar.

Se estrecharon la mano, tal como hicieron en el jardín griego de su madre el día que se conocieron. La misma maleta, pequeña y desgastada, reposaba junto a los pies de Ambrose, llena con todas sus posesiones. Vestía el mismo traje marrón de pana. No había cogido nada de White Acre.

Lo último que Alma le dijo fue:

—Te ruego, Ambrose, que me hagas el favor de no hablar con nadie de nuestro matrimonio. Nadie necesita saber lo ocurrido entre nosotros. Viajas no como el yerno de Henry Whittaker, sino como su empleado. Cualquier otra información solo acarrearía más preguntas, y no deseo enfrentarme a las preguntas del mundo.

Ambrose mostró su acuerdo con un gesto. No dijo nada más. Tenía un aspecto enfermizo y agotado.

Alma no necesitaba pedirle a Dick Yancey que guardase en secreto su relación con el señor Pike. Dick Yancey no hacía nada más que guardar secretos; por eso los Whittaker lo habían mantenido a su servicio durante tanto tiempo.

Dick Yancey era útil en ese sentido.

Capítulo dieciocho

Durante los siguientes tres años, Alma apenas recibió noticias de Ambrose; de hecho, apenas recibió noticias acerca de él. A principios del verano de 1849, Dick Yancey envió un mensaje que decía que habían llegado a salvo a Tahití tras un viaje sin percances. (Alma sabía que eso no significaba que hubiera sido un viaje plácido; para Dick Yancey, cualquier viaje que no acabara en un naufragio o en un abordaje pirata era un viaje sin percances). Yancey anunció que Ambrose había desembarcado en la bahía de Matavai, donde estaría al cuidado de un misionero botánico, el reverendo Francis Welles, y que el señor Pike ya conocía sus deberes en la plantación de vainilla. Poco después, Dick Yancey dejó Tahití para atender negocios en Hong Kong. Después de eso, no llegaron más noticias.

Fue una época de gran desesperación para Alma. La desesperación es un asunto tedioso que enseguida se vuelve repetitivo, y así fue como para Alma cada día se convirtió en una réplica exacta del día anterior: triste, solitario y borroso. El primer invierno fue el peor. Los meses parecían más fríos y oscuros que los de otros inviernos y Alma percibía aves de rapiña invisibles que trazaban círculos en torno a ella cada vez que caminaba entre la cochera y la mansión. Los árboles desnudos la miraban descarnados, rogando un poco de calor o de cobijo. El Schuyl-kill se heló tanto que los hombres hacían hogueras por la noche en su superficie para asar carne. Cada vez que Alma salía, el viento la golpeaba, la atrapaba y la envolvía como una capa rí-gida y glacial.

Dejó de dormir en su habitación. Casi dejó de dormir del todo. Más o menos vivía en la cochera desde la confrontación con Ambrose; no se imaginaba durmiendo de nuevo en su cámara nupcial. Dejó de ir a comer a la casa y cenaba lo mismo que de-sayunaba: caldo y pan, leche y melaza. Se sentía apática, trágica y levemente asesina. Estaba irritable y quisquillosa precisamen-te con las personas que eran más amables con ella (Hanneke de Groot, por ejemplo) y desatendió a su hermana Prudence y a su pobre amiga Retta. Evitaba a su padre. A duras penas se mantenía al día con el trabajo oficial de White Acre. Se quejó a Henry de que la trataba injustamente, que siempre la había tratado como a una criada.

—¡Jamás me las he dado de justo! —gritó Henry, que la exi-lió a la cochera hasta que recuperara el dominio de sí misma.

Pensaba que el mundo se burlaba de ella, y por lo tanto le resultaba difícil hacer frente al mundo.

Alma siempre había sido de constitución robusta y no cono-cía las desolaciones del lecho de enferma, pero durante ese primer invierno, tras la marcha de Ambrose, le costaba levantarse por las mañanas. Perdió el ánimo de estudiar. No era capaz de imaginar por qué le habían interesado los musgos... o cualquier cosa. To-dos sus entusiasmos se cubrieron de malas hierbas. No recibía invitados en White Acre. Carecía de las energías para ello. Las conversaciones eran agotadoras e insoportables; el silencio era peor. Sus pensamientos eran una nube infecta que no servía de na-da. Si una doncella o un jardinero osaban cruzarse en su camino, no era extraño que gritase: «¿Por qué no tengo ni un momento de intimidad?», y se apresurara en la dirección opuesta.

En su búsqueda de respuestas respecto a Ambrose, registró su estudio, que había dejado intacto. Encontró un cuaderno lleno de sus escritos en el primer cajón del escritorio. No tenía derecho a leer esa reliquia de una vida privada y lo sabía, pero se dijo a sí misma que si Ambrose hubiera tenido la intención de mantener estos pensamientos en secreto, no los habría guardado en un lugar tan obvio, en un cajón que ni siquiera estaba cerrado. El cuaderno, sin embargo, no ofreció respuestas. En todo caso, la confundió y alarmó aún más. Las páginas no estaban cubiertas ni de confesiones ni de fantasías, ni era un simple registro de las transacciones cotidianas, como los diarios de su padre. Ninguna entrada estaba fechada. Muchas frases apenas eran frases; no eran más que fragmentos de ideas, seguidos de puntos suspensivos.

«¿Cuál es tu voluntad?... El eterno olvido de todo conflicto... anhelar solo aquello que es robusto y puro, ciñéndose a la norma divina de la autonomía por sí sola... Encontrar por doquier aquello que se adjunta... ¿Los ángeles se retuercen tan dolorosamente contra sí mismos y la carne fétida? ¡Todo lo que está podrido dentro de mí para ser incesante y recuperado de forma no-autodestructiva!... Ser por completo ¡regenerado! en una firmeza benevolente... ¡Solo gracias al fuego robado o al conocimiento robado avanza la sabiduría!... No hay fuerza en la ciencia sino en la compilación de dos: el eje donde el fuego da a luz al agua... ¡Cristo, sé mi mérito, da ejemplo dentro de mí!... ¡Hambre TÓRRIDA, que al saciarse solo genera más hambre!».

Había páginas y páginas así. Era un confeti de pensamientos. Comenzaba en ninguna parte, se dirigía a ninguna parte y concluía en la nada. En el mundo de la botánica, este estilo confuso recibiría el nombre *Nomina dubia* o *Nomina ambigua*, es decir, nombres de plantas engañosos y opacos que impiden la clasificación de los especímenes.

Una tarde Alma al fin no aguantó más y abrió los sellos de ese complejo papel doblado que Ambrose le había entregado como regalo de boda: el objeto, el mensaje de amor que le había pedido que no abriera nunca. Desdobló los numerosos pliegues y lo extendió. En el centro de la página había una sola palabra, escrita con su caligrafía elegante e inconfundible: «ALMA».

Inútil.

¿Quién era esta persona? O más bien, ¿quién había sido? ¿Y quién era Alma, ahora que él ya no estaba? Aún más, *¿qué era ella?*, se preguntó. Era una virgen casada que había compartido un lecho de castidad con un marido joven y exquisito durante apenas un mes. ¿Cabía incluso considerarse casada? No lo creía. No soportaría más que nadie la llamara «señora Pike». Ese apellido era una broma cruel y vociferaba a quien osara pronunciarlo. Era aún Alma Whittaker, como siempre había sido Alma Whittaker.

No lograba dejar de pensar que, de haber sido más hermosa o más joven, tal vez habría convencido a su marido para que la amase como deben amar los maridos. ¿Por qué Ambrose la había escogido para un *mariage blanc?* Sin duda, porque tenía el aspecto adecuado: el de una persona poco agraciada de ningún atractivo. Se atormentaba a sí misma pensando si debería haber aprendido a soportar la humillación del matrimonio, tal y como había sugerido su padre. Tal vez debería haber aceptado las condiciones de Ambrose. De haber sido capaz de tragarse el orgullo o extinguir sus deseos, aún lo tendría a su lado, compañero de sus días. Una persona más fuerte tal vez lo habría resistido.

Tan solo un año antes Alma era una mujer satisfecha, útil e industriosa, que ni siquiera había oído hablar de Ambrose Pike, y ahora su existencia era un yermo desolado por ese hombre. Ambrose llegó, la iluminó, la hechizó con sus ideas de milagros y bellezas, la comprendió y la malinterpretó al mismo tiempo, se casó con ella, le rompió el corazón, la miró con esos ojos tristes y desolados, aceptó su destierro y ahora ya no estaba. Qué crudo y sorprendente el ejercicio de vivir... ¡Que un cataclismo llegue y se vaya con tal rapidez, dejando solo ruinas a su paso!

***

Las estaciones pasaron, pero de mala gana. Ya era 1850. Una noche a principios de abril, Alma se despertó de una pesadilla violenta y sin rostro. Estaba agarrada a su propia garganta, asfixiando los últimos restos del terror. En un ataque de pánico, hizo lo más extraño. Saltó del diván de la cochera y corrió descalza por el patio helado, por la calzada de grava, por el jardín griego de su madre, hacia la casa. A toda prisa, dobló la esquina que daba a la puerta trasera de la cocina y empujó, con el corazón desbocado y sin aire en los pulmones. Corrió escaleras abajo (sus pies conocían hasta el último escalón de madera en la oscuridad) y no dejó de correr hasta llegar a las barras que rodeaban la habitación de Hanneke de Groot, en el rincón más cálido del sótano. Se aferró a las barras y las sacudió como una prisionera enloquecida.

—¡Hanneke! —gritó Alma—. ¡Hanneke, estoy asustada!

Si se hubiera parado un solo instante entre el despertar y el final de la carrera, tal vez se habría detenido. Era una mujer madura de cincuenta años que corría a los brazos de su vieja niñera. Era absurdo. Pero no se detuvo.

—*Wie is daar?* —gritó Hanneke, sobresaltada.

—*Ik ben het. Alma!* —dijo Alma, que volvió al neerlandés, cálido y familiar—. ¡Tienes que ayudarme! He tenido sueños muy malos.

Hanneke se levantó, quejumbrosa y desconcertada, y abrió la puerta. Alma corrió a sus brazos (esos enormes jamones salados que tenía por brazos) y lloró como un bebé. Sorprendida pero dispuesta a adaptarse, Hanneke llevó a Alma a la cama y la sentó, la abrazó y le permitió llorar en su hombro.

—Vamos, vamos —dijo Hanneke—. No te va a matar.

Pero Alma pensaba que la mataría este negro pozo de pena. El fondo era insondable. Llevaba un año y medio hundiéndose en ese pozo y temía hundirse en él para siempre. Lloró, fuera de sí, en el cuello de Hanneke, sollozando la cosecha de su espíritu oscurecido. Debió de derramar jarras de lágrimas en el seno de Hanneke, pero esta ni se movió ni habló, salvo para repetir: «Vamos, vamos, niña. No te va a matar».

Cuando al fin Alma se recuperó un poco, Hanneke cogió un paño limpio y secó la cara de Alma y su pecho con la eficacia de costumbre, como habría limpiado las mesas de la cocina.

—Hemos de aguantar lo que es inevitable —dijo a Alma, mientras le limpiaba la cara—. No vas a morir de pena... Igual que no nos morimos los demás.

—Pero ¿cómo soportarlo? —rogó Alma.

—Mediante la digna ejecución de nuestros deberes —dijo Hanneke—. No tengas miedo de trabajar, niña. Ahí es donde vas a encontrar tu consuelo. Si estás bastante sana para llorar, estás bastante sana para trabajar.

—Pero yo lo quería —dijo Alma.

Hanneke suspiró.

—Entonces, has cometido un error que se paga muy caro. Querías a un hombre que pensaba que el mundo estaba hecho de mantequilla. Querías a un hombre que deseaba ver estrellas de día. No tenía cabeza.

—Sí tenía cabeza.

—No tenía cabeza —repitió Hanneke.

—Era singular —dijo Alma—. No deseaba vivir en el cuerpo de un hombre mortal. Deseaba ser una criatura celestial... y deseaba que yo también lo fuera.

—Bueno, Alma, me obligas a repetirme: no tenía cabeza. Sin embargo, lo trataste como si fuera un visitante del cielo. De hecho, ¡todos lo hicisteis!

—¿Crees que es un bribón? ¿Crees que era un alma depravada?

—No. Pero tampoco era un visitante del cielo. Es solo que no tenía cabeza, ya te lo he dicho. Debería haber sido un tonto inofensivo, pero te convertiste en su presa. Bueno, a veces todos caemos presas de una tontería, niña, y a veces somos tan insensatos que lo disfrutamos.

—Ningún hombre me va a hacer suya jamás —dijo Alma.

—Es probable que no —decidió Hanneke con firmeza—. Pero has de soportarlo... y no serás la primera. Te has permitido revolcarte por un lodazal de tristeza demasiado tiempo y tu madre se avergonzaría de ti. Te estás volviendo blanda, y es una pena. ¿Crees que eres la única que sufre? Lee la Biblia, Alma; este mundo no es un paraíso, sino un valle de lágrimas. ¿Crees que Dios iba a hacer una excepción en tu caso? Mira a tu alrededor, ¿qué ves? Todo es angustia. Allí donde mires hay penas. Si no ves la pena a primera vista, mira con más atención. La verás pronto.

Hanneke hablaba con tono severo, pero el simple sonido de su voz era consolador. A diferencia del francés, el neerlandés no era un idioma hermoso, y tampoco era poderoso como el griego, ni noble como el latín, pero para Alma era tan consolador como las papillas. Quiso reposar la cabeza en el regazo de Hanneke y que la riñese para siempre.

—¡Sacúdete el polvo! —prosiguió Hanneke—. Tu madre me va a perseguir desde la tumba si te permito seguir por ahí con ese mohín, agarrada a tus penas, como has hecho durante meses. No tienes los huesos rotos, así que levántate. ¿Quieres que todos nos pongamos a llorar por ti? ¿Te ha metido alguien un palo en el ojo? No, nadie, ¡así que deja de gimotear! Deja de dormir como un perro en ese diván de la cochera. Atiende tus responsabilidades. Cuida a tu padre, ¿es que no ves que está enfermo y viejo y no le queda mucho? Y déjame tranquila. Soy demasiado vieja para estos sinsentidos, y tú también. A estas alturas de la vida, después de todo lo que te han enseñado, sería una pena que no fueses capaz de controlarte a ti misma mejor. Vuelve a tu habitación, Alma; a tu habitación de verdad, la de esta casa. Mañana vas a desayunar a la mesa con nosotros, como siempre, y, además, espero verte bien vestida cuando te sientes a comer. Y no te vas a dejar ni un trocito, y vas a dar las gracias a la cocinera. Eres una Whittaker, niña. Recomponte. Ya es suficiente.

***

Alma hizo lo que se le dijo. Regresó, intimidada y consumida, a su habitación. Regresó a la mesa del desayuno, a las responsabilidades con su padre, a la gestión de White Acre. En la medida de lo posible, volvió a la vida de antaño, la de antes de la llegada de Ambrose. No había remedio para los rumores de las doncellas y los jardineros, pero (como Henry había predicho) a la sazón se centraron en otros escándalos y dramas y, en general, dejaron de comentar los males de Alma.

Por su parte, Alma no olvidó sus penas, pero cosió las rasgaduras del tejido de la vida tan bien como pudo, y siguió adelante. Notó, por primera vez, que la salud de su padre se iba deteriorando, y a pasos agigantados, como había señalado Hanneke de Groot. No debería haber sido una sorpresa (¡ya tenía noventa años!), pero siempre lo había considerado un coloso, un ejemplar de humanidad invencible, de modo que esta fragilidad recién descubierta la asombró y alarmó. Henry se recluía en su habitación durante periodos más largos, sin mostrar interés en negocios importantes. El oído le traicionaba, al igual que la vista. Necesitaba una trompetilla para oír. Necesitaba a Alma más y menos de lo que la necesitaba antes: más como enfermera, menos como gerente. No mencionaba a Ambrose. Nadie lo mencionaba. A través de Dick Yancey, llegó la noticia de que la plantación de vainilla de Tahití al fin daba fruto. Fue lo más cerca que estuvo Alma de recibir noticias de su marido perdido.

Aun así, Alma no dejó de pensar en él. En la cochera, en el estudio situado junto al suyo, el silencio de las imprentas era un recuerdo constante de su ausencia, así como el aspecto polvoriento y descuidado de la casa de las orquídeas, y el tedio durante las cenas. Debía hablar con George Hawkes acerca de la publicación inminente del libro de orquídeas de Ambrose, del cual se encargaba Alma ahora. Eso también era un recordatorio, y de los dolorosos. Pero no había modo de evitar nada de esto. No nos es dado borrar hasta el último de los recuerdos. De hecho, no nos es dado borrar ninguno. Su tristeza era incesante, pero la mantuvo en cuarentena, en un rincón pequeño y gobernable del corazón. Era lo mejor que podía hacer.

Una vez más, como había hecho durante otros periodos solitarios de su existencia, fue en el trabajo donde Alma halló consuelo y distracción. Recuperó los quehaceres de *Los musgos de América del Norte*. Regresó a los campos de rocas y examinó sus diminutas banderas y señales. Observó una vez más el lento avance o declive de una variedad frente a otra. Volvió a pensar en la visión que tuvo dos años antes (en esas semanas emocionantes y alegres que precedieron a su matrimonio), acerca de las semejanzas entre algas y musgos. No logró recuperar esa confianza inicial y desenfrenada que le inspiró la idea, pero seguía creyendo que era muy posible que la planta acuática se hubiera transformado en la planta terrestre. Había algo, cierta confluencia o conexión, pero no logró resolver el acertijo.

En busca de respuestas y de distracción, se fijó en el debate en curso acera de la mutación de las especies. Leyó una vez más a Lamarck, y con suma atención. Lamarck conjeturaba que la transmutación biológica ocurría porque una parte del cuerpo se usaba en exceso o caía en desuso. Por ejemplo, aseguraba, las jirafas poseían cuellos tan largos porque, a lo largo de la historia, ciertas jirafas se habían estirado con tal tesón, con el objetivo de comer hojas de los árboles, que les creció el cuello a lo largo de su vida. A continuación, transmitieron ese rasgo (el alargamiento del cuello) a sus descendientes. Por el contrario, los pingüinos tenían unas alas ineficaces porque habían dejado de usarlas. Las alas se atrofiaron por la negligencia y este rasgo (un par de muñones no voladores) se transmitió a los jóvenes pingüinos, lo cual transformó la especie.

Era una teoría provocadora, pero no del todo convincente para Alma. Según el razonamiento de Lamarck, pensaba Alma, debería haber más transmutaciones en el planeta. Según esta lógica, el pueblo judío, tras siglos de practicar la circuncisión, hacía mucho tiempo que deberían haber empezado a tener niños sin prepucio. Los hombres que se afeitaban la cara durante toda la vida deberían tener hijos a los que no les creciese la barba. Las mujeres que se rizaban el pelo cada día deberían tener hijas de cabello rizado. Era evidente que nada de esto ocurría.

Sin embargo, las cosas cambiaban; Alma estaba segura de ello. Y no era Alma la única que lo creía. En el ámbito científico casi todos discutían la posibilidad de que las especies se transformaran en otras, no ante nuestros ojos, tal vez, sino a lo largo de extensos periodos de tiempo. Era extraordinario, las teorías y las batallas que comenzaban a entablarse sobre este tema. La palabra *científico* había sido acuñada recientemente por el erudito William Whewell. Muchos estudiosos se opusieron a este nuevo término, pues en inglés sonaba de forma similar a una palabra espantosa: *ateo*. ¿Por qué no seguir llamándolos «filósofos naturales»? ¿No era esa designación más digna, más pura? Pero las divisiones ya habían alcanzado el reino de la naturaleza y el ámbito de la filosofía. Los pastores que ejercían también de botánicos o geólogos eran cada vez más escasos, pues la investigación del mundo natural desafiaba varias verdades bíblicas. En las maravillas de la naturaleza, solía revelarse Dios; ahora

Dios era desafiado por esas mismas maravillas. Los estudiosos debían tomar partido por uno u otro lado.

A medida que las viejas certezas temblaban y se resquebrajaban sobre un suelo en constante erosión, Alma Whittaker, sola en White Acre, se permitió explorar sus peligrosos pensamientos. Sopesó la obra de Thomas Malthus, con sus teorías sobre el crecimiento de la población, la enfermedad, el cataclismo, las hambrunas y la extinción. Sopesó las nuevas y brillantes fotografías de la luna de John William Draper. Sopesó la teoría de Louis Agassiz según la cual hubo una Edad de Hielo. Un día, dio un largo paseo hasta el museo de Sansom Street para ver los huesos, reconstruidos por completo, de un mastodonte gigantesco, que le hizo pensar una vez más acerca de la vejez de este planeta... y, en realidad, de todos los planetas. Reconsideró las algas y los musgos y cómo las unas se habrían convertido en los otros. Se fijó de nuevo en el *Dicranum*, preguntándose cómo este género de musgo existía en tantas formas, tan minuciosamente diversas. ¿Qué les había dado esas formas de cientos y cientos de siluetas y configuraciones?

A finales de 1850, George Hawkes sacó a la luz el libro de orquídeas de Ambrose: una publicación cuidada y cara, titulada *Las orquídeas de Guatemala y México*. Todos los lectores declararon que Ambrose Pike era el mejor artista botánico de la época. Todos los principales jardines querían encargar al señor Pike que documentara sus colecciones, pero Ambrose Pike había desaparecido... en un rincón al otro lado del mundo, donde cultivaba vainilla, incomunicado. Alma se sintió culpable y avergonzada, pero no supo qué hacer al respecto. Dedicaba tiempo a este libro cada día. La belleza de la obra de Ambrose le causaba dolor, pero no lograba alejarse de ella. Pidió a George Hawkes que enviara un ejemplar a Ambrose a Tahití, pero no supo si llegó a su destino. Dispuso que la madre de Ambrose (la formidable señora Constance Pike) recibiera todas las ganancias del libro. Por este motivo hubo un educado intercambio de cartas entre Alma y su suegra. La señora Constance Pike, por desgracia, creía que su hijo había huido de su esposa con el fin de perseguir sus insensatos sueños... y Alma, para mayor desgracia, no contradijo esa idea errónea.

Una vez al mes, Alma iba a ver a su vieja amiga Retta al asilo Griffon. Retta ya no sabía quién era Alma... ni, al parecer, quién era ella misma.

Alma no vio a su hermana Prudence, pero recibía noticias de vez en cuando: pobreza y abolición, abolición y pobreza, siempre la misma triste historia.

Alma pensó en todas estas cosas, pero no supo qué hacer al respecto. ¿Por qué sus vidas habían sido así y no de otro modo? Pensó de nuevo acerca de las cuatro variedades de tiempo, tal como las llamó una vez: Tiempo Divino, Tiempo Geológico, Tiempo Humano, Tiempo Musgo. Se le ocurrió que había pasado la mayor parte de su vida deseando vivir en el reino lento y microscópico del Tiempo Musgo. Qué extraño deseo, pero entonces había conocido a Ambrose Pike, cuyos deseos eran incluso más radicales: quería vivir dentro del vacío eterno del Tiempo Divino, lo que equivalía a decir que deseaba vivir fuera del tiempo. Y quería que ella viviera con él, ahí.

De una cosa no había duda: el Tiempo Humano era el tiempo más triste, el más alocado, el más devastador que existía. Hizo lo posible para no prestarle atención.

No obstante, los días pasaron.

**

Una lluviosa mañana, a principios de mayo de 1851, llegó una carta a White Acre dirigida a Henry Whittaker. No figuraba la dirección del remitente, pero los bordes del sobre estaban cubiertos de tinta negra, en señal de luto. Alma leía toda la correspondencia de Henry, así que abrió este sobre también, mientras se ponía al día con la correspondencia en el estudio de su padre.

Querido señor Whittaker:

Le escribo tanto para presentarme como para informarle de una noticia lamentable. Me llamo Francis Welles y he sido misionero en la bahía de Matavai, en Tahití, durante treinta y siete años. En el pasado, algunas veces he llevado a cabo negocios con su buen representante el señor Yancey, quien sabe que soy un entusiasta aficionado a la botánica. He recogido muestras para el señor Yancey y le he mostrado lugares de interés botánico, etcétera, etcétera. También le he vendido ejemplares marinos, corales y caracolas..., un interés especial mío.

De un tiempo a esta parte, el señor Yancey había solicitado mi ayuda para preservar las plantaciones de vainilla de usted, tarea en la cual recibí una gran ayuda con la llegada, en 1849, de un joven empleado de usted, el señor Ambrose Pike. Es mi triste deber informarle de que el señor Pike ha fallecido, debido a una de esas infecciones que (con demasiada facilidad en este clima tórrido) llevan al enfermo a una muerte rápida y prematura.

Si lo desea, diga a su familia que Ambrose Pike fue llamado por nuestro Señor el 30 de noviembre de 1850. Es posible que también desee decir a sus seres queridos que el señor Pike recibió cristiana sepultura y que me he encargado de que una pequeña roca indique la tumba. Lamento muchísimo su fallecimiento. Era un caballero de moral excelsa y de pureza de carácter. Tales rasgos no son fáciles de encontrar por estos lares. Dudo que vuelva a conocer a alguien como él.

No puedo ofrecerle consuelo alguno, salvo la certeza de que vive ahora en un lugar mejor y que no sufrirá las humillaciones de la vejez.

Sinceramente suyo,

El reverendo F. P. Welles

La noticia zarandeó a Alma con la fuerza de un hacha que golpea granito: repicó en sus oídos, le estremeció los huesos y lanzó centellas ante sus ojos. De ella se desprendió un trozo (un trozo terriblemente importante) y voló girando por los aires y jamás lo volvió a encontrar. De no estar sentada, habría caído al suelo. Así como estaba, se derrumbó sobre el escritorio de su padre, el rostro aplastado sobre la carta, amable y atenta, del reverendo F. P. Welles, y lloró como si vaciara todas las nubes de las bóvedas del cielo.

＊

¿Cómo era posible que llorase por Ambrose más de lo que ya había llorado? Sin embargo, lo hizo. Hay un dolor más allá del dolor, como no tardó en descubrir, al igual que hay estratos y más estratos bajo el suelo oceánico… y, si siguiéramos excavando, no dejaríamos de hallar más estratos. Ambrose había estado lejos mucho tiempo, y Alma debía de saber que se había alejado para siempre, pero no pensó nunca que moriría antes que ella. La simple lógica de la aritmética debería haberlo impedido: él era mucho más joven que ella. ¿Cómo iba a morir primero? Era la imagen misma de la juventud. Era la compilación de toda la inocencia conocida en la juventud. Aun así, él estaba muerto y ella aún vivía. Lo había enviado a la muerte.

Hay un dolor tan hondo que ya ni siquiera parece dolor. El dolor se vuelve tan intenso que el cuerpo ya ni lo siente. El dolor se cauteriza a sí mismo, cicatriza, impide que surjan otros sentimientos. Ese letargo era una misericordia. En esas profundidades del dolor cayó Alma, en cuanto alzó la cara del escritorio de su padre, en cuanto dejó de sollozar.

Se movió como si la impulsara una fuerza externa, implacable y despiadada. Lo primero que hizo fue comunicarle a su padre la triste noticia. Lo encontró en la cama, donde yacía con los ojos cerrados, grisáceo y cansado, con aspecto de máscara mortuoria. Resultó un tanto innoble, pues tuvo que gritar la noticia de la muerte de Ambrose ante la trompetilla de Henry para que comprendiera lo sucedido.

—Bueno, pues ya está —dijo, y cerró los ojos de nuevo.

Se lo contó a Hanneke de Groot, quien frunció los labios, se llevó las manos al pecho y dijo tan solo: «¡Dios!», palabra que es igual en neerlandés y en inglés.

Alma escribió una carta a George Hawkes para explicarle el suceso y para agradecerle la amabilidad con que había tratado a Ambrose, y por honrar la memoria del señor Pike con ese libro exquisito. George respondió de inmediato con una nota de perfecta ternura y educado dolor.

Poco después, recibió una carta de su hermana Prudence, con sus condolencias por la pérdida de su esposo. No sabía quién se lo había contado a Prudence. No lo preguntó. Escribió a Prudence una nota de agradecimiento.

Escribió una carta al reverendo Francis Welles, que firmó con el nombre de su padre, para agradecerle que le hubiera transmitido esa triste noticia acerca de la muerte de su empleado más respetado, y preguntó si los Whittaker podían hacer algo por él.

Escribió una nota a la madre de Ambrose, en la que copió palabra por palabra la misiva del reverendo Francis Welles. Sintió pavor al enviarla. Alma sabía que Ambrose era el hijo favorito de su madre, a pesar de lo que la señora Pike llamaba «sus modos ingobernables». ¿Por qué no iba a ser su favorito? Ambrose era el favorito de todo el mundo. Esta noticia la destruiría. Lo peor era que Alma no pudo sino pensar que había asesinado al hijo predilecto de esta mujer: el mejor, la joya, el ángel de Framingham. Al enviar esa espantosa carta, Alma esperó que la fe cristiana de la señora Pike la protegiera por lo menos un poco de este golpe.

En cambio Alma no disponía del consuelo de ese tipo de fe. Creía en el Creador, pero nunca había recurrido a él en los momentos de desesperación... y no lo iba a hacer ahora tampoco. La suya no era ese tipo de fe. Alma aceptaba y admiraba al Señor como diseñador y motor del universo, pero, en su opinión, era un ser sobrecogedor, distante e incluso despiadado. Un ser capaz de crear un mundo de sufrimientos tan lacerantes no era alguien al que acercarse en busca de consuelos por las tribulaciones de ese mundo. Para tal consuelo, solo cabía acercarse a alguien como Hanneke de Groot.

Una vez completados los tristes deberes de Alma, una vez escritas y enviadas todas esas cartas acerca de la muerte de Ambrose, no quedaba nada más por hacer salvo acostumbrarse a su viudedad, a su vergüenza y su tristeza. Más por costumbre que por ganas, volvió a estudiar los musgos. Sin ese quehacer, sentía que se dejaría morir. Su padre cada vez estaba más enfermo. Las responsabilidades de Alma aumentaban. El mundo se había vuelto más pequeño.

Y así es como habría sido el resto de la vida de Alma, de no ser por la llegada (solo cinco meses más tarde) de Dick Yancey, quien subió a zancadas las escaleras de White Acre una bonita mañana de octubre llevando en la mano la pequeña y desgastada maleta de cuero que perteneciera a Ambrose Pike y pidió hablar a solas con Alma Whittaker.

Capítulo diecinueve

Alma guio a Dick Yancey al estudio de su padre y cerró la puerta tras de sí. Era la primera vez que estaba a solas en una habitación con ese hombre. Había sido una presencia constante en su vida desde sus más tiernos recuerdos, pero siempre la estremecía e incomodaba. Esa altura imponente, esa palidez de cadáver, esa calva reluciente, esa mirada gélida, ese aspecto de hombre duro: todo se unía para crear una figura amenazadora de verdad. Incluso ahora, tras haberlo conocido durante casi cincuenta años, Alma no sabría decir qué edad tenía. Era eterno. Eso lo volvía aún más temible. El mundo entero temía a Dick Yancey, que era exactamente lo que quería Henry Whittaker. Alma nunca comprendió la lealtad de Yancey hacia Henry o cómo Henry lograba controlarlo, pero una cosa era cierta: The Whittaker Company no funcionaría sin ese hombre aterrador.

—Señor Yancey —dijo Alma, señalando una silla—, se lo ruego, póngase cómodo.

Yancey no se sentó. Se quedó en medio del estudio, con la maleta de Ambrose en una mano. Alma intentó no mirarla: era la única posesión de su difunto esposo. Alma tampoco se sentó. Era evidente que no se iban a poner cómodos.

—¿Hay algo de lo que desea hablar conmigo, señor Yancey? ¿O prefiere ver a mi padre? Ha estado indispuesto últimamente, como seguramente ya sabe, pero hoy ha tenido un buen día y tiene la cabeza despejada. Puede recibirle en su habitación, si así lo desea.

Dick Yancey no habló. Era una famosa táctica suya: el silencio como arma. Cuando Dick Yancey no hablaba, quienes lo rodeaban, nerviosos, llenaban el aire con palabras. La gente decía más de lo que quería decir. Dick Yancey observaba desde su fortificación silenciosa mientras los secretos volaban ante él. Entonces, llevaba esos secretos a White Acre. Era una función de su poder.

Alma decidió no caer en esa trampa hablando sin pensar. Por lo tanto, se quedaron en silencio, ambos, durante unos dos minutos. Pasado el rato, Alma no pudo aguantar más. Habló de nuevo:

—Veo que lleva la maleta de mi difunto esposo. Supongo que ha estado en Tahití y la encontró ahí. ¿Ha venido a entregármela?

Él siguió sin moverse ni decir una palabra.

Alma prosiguió:

—Si se pregunta si me gustaría recibir esa maleta, señor Yancey, la respuesta es sí... Me gustaría mucho. Mi difunto esposo era hombre de escasas posesiones y para mí significaría mucho guardar como recuerdo el único objeto, por lo que sé, que él valoraba enormemente.

Siguió sin hablar. ¿La iba a obligar a suplicarle? ¿Tenía que pagarle algo? ¿Quería algo a cambio? ¿O (la idea recorrió su mente en un destello errante e ilógico) dudaba por alguna razón? ¿Era posible que el señor Yancey titubease? No había modo de saberlo. No había modo de interpretar sus gestos. Alma comenzó a sentirse tan impaciente como alarmada.

—De verdad, he de insistir, señor Yancey —dijo—, en que se explique.

Dick Yancey no era hombre que se explicase. Alma lo sabía mejor que nadie. No malgastaba palabras en asuntos tan triviales como una explicación. No malgastaba palabras en ningún caso. Desde su más tierna infancia, de hecho, Alma apenas lo había oído pronunciar más de dos o tres palabras seguidas. Ese día, sin embargo, Dick Yancey fue capaz de explicarse con una sola palabra, que gruñó por la comisura de la boca al pasar junto a Alma de camino a la puerta y arrojar la maleta a sus brazos.

—Quémela —dijo.

***

Alma se sentó a solas con la maleta en el estudio de su padre durante una hora, contemplando ese objeto como si tratara de determinar, gracias a ese exterior de cuero desgastado y con manchas de sal, qué se ocultaba dentro. ¿Por qué diablos habría dicho algo así? ¿Por qué se tomaría la molestia de traer esta maleta desde el otro lado del planeta solo para pedirle que la quemara? ¿Por qué no la había quemado él mismo, si era necesario quemarla? ¿Y había querido decir que debería quemarla después de abrirla y revisar el contenido o antes? ¿Por qué había dudado tanto antes de entregarla?

Preguntarle al respecto, por supuesto, no era factible: hacía ya mucho que se había ido. Dick Yancey se movía con una velocidad inverosímil; a estas alturas, ya podía estar a medio camino de Argentina. Incluso si hubiera permanecido en White Acre, no respondería más preguntas. Alma lo sabía. Una conversación semejante nunca formaría parte de los servicios de Dick Yancey. Lo único que sabía era que tenía entre las manos la preciada maleta de Ambrose... y, por lo tanto, un dilema.

Decidió llevarla a su estudio, en la cochera, para reflexionar en la intimidad. La dejó en un rincón del diván, donde Retta solía charlar con ella hacía tantos años, donde Ambrose solía tumbarse con las piernas colgando y donde Alma durmió durante los lúgubres meses que siguieron a la marcha de Ambrose. Estudió la maleta. Medía unos sesenta centímetros de largo, unos cuarenta de ancho y quince de fondo: un sencillo rectángulo de cuero barato color miel. Era de aspecto humilde, con raspaduras y marcas. El asa había sido reparada con alambre y cordones de cuero varias veces. Las bisagras estaban deslustradas por el aire marino y los años. Casi no se veían las iniciales, en ligero relieve, por encima del asa: «A. P.». Dos cinturones de cuero rodeaban la maleta y la mantenían cerrada, como correas alrededor del pecho de un caballo.

No tenía cerradura, lo cual era muy típico de Ambrose. Qué carácter tan confiado... Tal vez, de haber tenido cerradura la maleta, Alma no la habría abierto. Tal vez, ante la sutil indicación de que encerraba un secreto, Alma la habría dejado. O tal vez no. Alma había nacido para investigar, sin parar mientes en las consecuencias, incluso si eso suponía romper una cerradura.

Abrió la maleta sin problemas. Dentro, doblada, había una chaqueta marrón de pana, que reconoció de inmediato y le puso un nudo en la garganta. La sacó y se la llevó a la cara, con la esperanza de oler a Ambrose en sus fibras, pero no detectó más que un rastro de moho. Bajo la chaqueta encontró un grueso montón de papeles: bocetos y dibujos en un papel ancho y dentado de color del huevo. El primer dibujo representaba un *Pandanus* tropical, árbol que reconoció de inmediato por sus hélices de hojas y sus gruesas raíces. Aquí estaba la excelente mano de Ambrose para la ilustración botánica, con toda perfección de detalles. No era más que un boceto a lápiz, pero era magnífico. Tras estudiarlo, Alma lo apartó. Debajo de este dibujo había otro: un detalle de una vainilla en flor, dibujado a tinta y coloreado con delicadeza, que casi revoloteaba por la página.

Alma sintió un renacer de la esperanza. La maleta, entonces, contenía las impresiones botánicas de Ambrose de los mares del Sur. Era consolador en muchos sentidos. Para empezar, significaba que Ambrose había hallado solaz en su obra mientras vivía en Tahití, y no se había limitado a marchitarse en una desesperanza silenciosa. Además, obteniendo estos dibujos, Alma tendría más de Ambrose: tendría un recuerdo exquisito y tangible de él. Estos dibujos serían una ventana a sus últimos años; podría ver lo que él había visto, como si mirase por sus ojos.

El tercer dibujo era un cocotero, un boceto apresurado e inacabado. El cuarto dibujo, sin embargo, la paralizó. Era un rostro. Esto era una sorpresa, pues Ambrose, hasta donde sabía Alma, no había mostrado interés en retratar la forma humana. Ambrose no era un retratista y nunca dijo que lo fuera. Aun así, aquí estaba, un retrato, a lápiz y tinta, con el exigente estilo de Ambrose. Era el perfil derecho de un joven. Los rasgos sugerían ascendencia polinesia. Pómulos amplios, nariz plana, labios carnosos. Atractivo y poderoso. De pelo corto, como un europeo.

Alma pasó al siguiente boceto: otro retrato del mismo joven, de perfil izquierdo. El siguiente dibujo mostraba un brazo de hombre. No era el brazo de Ambrose. El hombro era más fornido, el antebrazo más robusto. A continuación, un detalle de un ojo humano. No era el ojo de Ambrose (Alma reconocería el ojo de Ambrose en cualquier lugar). Era el ojo de otra persona, inconfundible por sus párpados aterciopelados.

Luego vino un estudio de cuerpo entero de un joven, desnudo, visto de espaldas, que caminaba, aparentemente, alejándose del artista. Era una espalda amplia y musculosa. Hasta la última vértebra era representada con minucioso detalle. Otro desnudo mostraba al joven apoyado en un cocotero. Ese rostro ya resultaba familiar a Alma: la misma frente orgullosa, los mismos labios carnosos, los mismos ojos almendrados. Aquí parecía más joven que en los otros dibujos: era casi un muchacho. Tal vez diecisiete o dieciocho años.

No había más estudios botánicos. El resto de los dibujos, bocetos y pinturas de la maleta eran desnudos. Habría más de cien todos del mismo joven nativo peinado a la europea. En alguno parecía dormido. En otros corría, o llevaba una lanza, o levantaba una piedra, o recogía una red de pesca, a semejanza de los atletas o semidioses de la antigua cerámica griega. En ninguno de los retratos vestía ni un retazo de ropa..., ni siquiera zapatos. En casi todos los estudios, el pene se mostraba fláccido y relajado. En otros, decididamente no. (En estos, la cara del joven se volvía hacia el retratista con un descaro sincero y tal vez divertido).

—Dios mío —se oyó decir Alma a sí misma. Entonces, comprendió que había estado diciendo esas palabras todo el tiempo, ante cada nueva y asombrosa imagen.

«Dios mío, Dios mío, Dios mío».

Alma Whittaker era una mujer de mente rápida y estaba lejos de ser una inocente sensual. La única conclusión posible ante el contenido de la maleta era esta: Ambrose Pike (parangón de la pureza, el ángel de Framingham) era sodomita.

Los pensamientos de Alma volvieron a su primera noche en White Acre. Durante la cena, los había deslumbrado, a Henry y a Alma, con sus ideas sobre la polinización a mano de la vainilla de Tahití. ¿Qué es lo que había dicho? Sería fácil, prometió: «No necesitan más que niños pequeños con dedos pequeños y palitos pequeños». Había sonado muy jocoso. Ahora, al oír el eco, resultaba perverso. Además, respondía muchas preguntas. Ambrose fue incapaz de consumar su matrimonio no porque Alma fuera vieja, no porque Alma fuera fea y no porque quisiera emular a los ángeles..., sino porque quería niños pequeños con dedos pequeños y palitos pequeños. O niños grandotes, según esos dibujos.

¡Santo Dios, cuánto había tenido que aguantar por su causa! ¡Cuántas mentiras le había contado! ¡Cuántas manipulaciones! Qué desprecio por sí misma despertó en ella por esos deseos tan naturales. Esa mirada en la bañera, cuando Alma se metió los dedos de él en la boca..., como si Alma fuera un súcubo que fuera a devorarle la carne. Recordó unas palabras de Montaigne, algo que había leído hacía años y había permanecido con ella, y ahora, por desgracia, venía a cuento: «Las ideas supercelestiales y las costumbres subterrenales son cosas que siempre vi en singular armonía».

Qué estúpida había sido, por Ambrose y sus ideas supercelestiales, por sus sueños grandiosos, su falsa inocencia, su piedad fingida, sus nobles palabras sobre la comunión con lo divino... ¡y mira dónde había acabado! ¡En un turbio paraíso, con un catamita bien dispuesto y una buena polla enhiesta!

—Artero hijo de puta —dijo en voz alta.

***

Tal vez otra mujer habría seguido el consejo de Dick Yancey y habría quemado la maleta y todo lo que contenía. Alma, sin embargo, era demasiado científica para quemar pruebas del tipo que fuesen. Guardó la maleta bajo el diván de su estudio. Nadie la encontraría ahí. Nadie entraba en esa habitación, de todos modos. Por temor a que interfirieran en su trabajo, ni siquiera permitía que nadie salvo ella limpiase el estudio. A nadie le importaba lo que una vieja solterona como Alma hiciera en una habitación llena de microscopios ridículos, libros tediosos y frascos de musgo seco. Era una insensata. Su vida era una comedia, una comedia terrible y triste.

Fue a cenar y no prestó atención a la comida.

¿Quién más lo sabía?

Había oído los peores rumores sobre Ambrose en los meses que siguieron a su matrimonio (o eso creía), pero no recordaba que nadie lo hubiera acusado de ser un afeminado. ¿Habría sodomizado a los mozos de cuadra? ¿O a los jóvenes jardineros? ¿A eso se dedicaba? Pero ¿cuándo lo habría hecho? Alguien habría dicho algo. Alma y Ambrose siempre estaban juntos, y los secretos lascivos no duran mucho tiempo. Los secretos son una moneda que quema en los bolsillos y a la postre siempre se gasta. Sin embargo, nadie había dicho ni una palabra.

¿Se habría enterado Hanneke?, se preguntó Alma, mirando a la anciana ama de llaves. ¿Por eso se había opuesto tan firmemente a Ambrose? «No lo conocemos», había dicho tantas veces...

¿Y Daniel Tupper, de Boston, el mejor amigo de Ambrose? ¿Habría sido algo más que un amigo? El telegrama que envió el día de su boda («Bien hecho, Pike») ¿era un código jocoso? Pero Daniel Tupper era un hombre casado con una casa llena de niños, recordó Alma. O eso dijo Ambrose. No importaba. La gente podía ser muchas cosas, al parecer, y al mismo tiempo.

¿Y su madre? ¿Lo sabía la señora Constance Pike? ¿A eso se refería cuando escribió: «Rezo para que un buen matrimonio le cure de ser un holgazán moral»? ¿Por qué no había leído esa carta con más atención? ¿Por qué no había investigado?

¿Cómo era posible que no lo hubiese notado?

Después de la cena, caminó por la habitación. Se sentía partida en dos y desvencijada. Se sentía ahogada por la curiosidad, espoleada por la ira. Incapaz de detenerse, se dirigió de nuevo a la cochera. Fue a la imprenta que, con tantos cuidados (y dinero), había preparado para Ambrose tres años atrás. Toda la maquinaria reposaba bajo sábanas, y los muebles también. Una vez más, encontró el cuaderno de Ambrose en el primer cajón del escritorio. Lo abrió al azar y encontró una muestra de esa palabrería mística tan familiar:

«Nada existe salvo la MENTE y su propulsor es la FUERZA... No oscurecer el día, no relumbrar en el cambio... ¡Fuera las apariencias, fuera las apariencias!».

Cerró el libro e hizo un ruido desagradable. No aguantaba ni una sola palabra más. ¿Por qué ese hombre nunca se expresó con claridad?

Volvió a su estudio y sacó la maleta de debajo del diván. Esta vez miró más detenidamente el contenido. No era una tarea agradable, pero sentía que debía hacerlo. Hurgó entre los bordes de la maleta, en busca de un compartimento secreto o algo en lo que no hubiera reparado la primera vez. Registró los bolsillos de la chaqueta desgastada de Ambrose, pero no encontró más que un trozo de lapicero.

Entonces, volvió una vez más a los dibujos: los tres hermosos dibujos de plantas y las docenas de dibujos obscenos del mismo joven apuesto. Se preguntó, al verlos por segunda vez, si sería posible llegar a una conclusión diferente, pero no; los retratos eran crudos, sensuales, íntimos. No cabía otra interpretación. Alma dio la vuelta a uno de los desnudos y vio algo escrito al dorso, con la letra encantadora y grácil de Ambrose. Estaba en una esquina, como una firma tenue. Pero no era una firma. Eran solo dos palabras, en letras minúsculas: *tomorrow morning*. «Mañana por la mañana».

Alma dio la vuelta a otro desnudo y vio, en la misma esquina inferior derecha, las mismas palabras: *tomorrow morning*. Uno a uno, dio la vuelta a todos los dibujos. En todos se decía lo mismo, con esa caligrafía elegante y familiar: *tomorrow morning, tomorrow morning, tomorrow morning...* Mañana por la mañana, mañana por la mañana, mañana por la mañana...

¿Qué significaba eso? ¿Es que todo debía ser un maldito código?

Tomó una hoja de papel y separó las letras de *tomorrow morning*, formando otras palabras y frases:

No room, trim wrong («Sin espacio, mala poda»).

Ring moon, Mr. Root («Anillo luna, señor raíz»).

O Grim—no wort, morn! («Oh triste... sin hierba, alborada»).

No tenían ningún sentido. Tampoco aportó luz alguna traducir las palabras al francés, al neerlandés, al latín, al griego ni al alemán. Ni leerlas hacia atrás, ni asignarles números según su lugar en el alfabeto. Tal vez no fuera un código. Tal vez era un aplazamiento. Tal vez siempre iba a pasar algo con este muchacho *tomorrow morning,* es decir, mañana por la mañana, al menos según Ambrose. Vaya, eso era muy propio de Ambrose; en cualquier caso, misterioso y decepcionante. Tal vez solo demoraba la consumación del acto con su apuesta musa nativa: «No te voy a sodomizar ahora, joven, pero ¡me pondré a ello mañana por la mañana, a primera hora!». Tal vez era así como se mantenía puro ante la tentación. Tal vez no llegó a tocar al muchacho. Entonces, ¿por qué dibujarlo desnudo?

A Alma se le ocurrió otra idea: ¿y si estos dibujos fueran un encargo? ¿Y si alguien (otro sodomita, tal vez, y de los ricos) hubiera pagado a Ambrose para retratar a este muchacho? Pero ¿por qué habría necesitado Ambrose dinero, cuando Alma se encargaba de que no le faltase de nada? ¿Y por qué habría aceptado tal encargo, siendo como era una persona de sensibilidad tan exacerbada...? O eso decía él mismo. Si su moralidad no era más que una farsa, era evidente que habría seguido actuando incluso después de salir de White Acre. En Tahití su reputación no era la de un degenerado, o el reverendo Francis Welles no se habría molestado en ensalzar a Pike por ser «un caballero de moral excelsa y de pureza de carácter».

¿Por qué, entonces? ¿Por qué este muchacho? ¿Por qué un muchacho desnudo y excitado? ¿Por qué un joven tan apuesto y de rostro tan inconfundible? ¿Por qué el esfuerzo de tantos dibujos? ¿Por qué no dibujar flores en su lugar? Ambrose amaba las flores, ¡y Tahití estaba cubierta de flores! ¿Quién era esta musa? ¿Y por qué a Ambrose le llegó la muerte mientras planeaba, sin cesar, hacer algo con este muchacho, y hacerlo, para siempre y sin fin, mañana por la mañana?

Capítulo veinte

Henry Whittaker se moría. Era un anciano de noventa y un años, de modo que eso no debería haber sorprendido a nadie, pero Henry estaba tan sorprendido como enfurecido por encontrarse en tan desvalido estado. No había caminado en meses y respiraba a duras penas, pero ni siquiera así aceptaba su suerte. Atrapado en la cama, débil y menguado, sus ojos recorrían frenéticos la habitación, como si buscaran una vía de escape. Daba la impresión de que intentaba encontrar a alguien a quien intimidar, sobornar o persuadir para que lo mantuviera con vida. Apenas podía creer que no había forma de huir. Estaba consternado.

Cuanto más consternado estaba, más tiránico se volvía con sus pobres enfermeras. Quería que le frotaran las piernas constantemente y, como temía asfixiarse a causa de sus pulmones inflamados, exigía que la cama estuviera inclinada hacia arriba. Rechazaba todas las almohadas por miedo a ahogarse mientras dormía. Se volvió más y más belicoso cada día, incluso mientras decaía. «¡Cómo has hecho la cama! ¡Parece la basura de un pordiosero!», gritaba a una muchacha pálida y asustada que salía corriendo de la habitación. Alma se preguntaba dónde encontraba las fuerzas para ladrar como un perro encadenado mientras iba desapareciendo bajo las sábanas. Era un hombre difícil, pero había algo admirable en su ánimo de lucha, algo majestuoso en su negativa a morir plácidamente.

No pesaba nada. Su cuerpo se había convertido en un sobre casi vacío en el que solo había huesos largos y afilados, todo cubierto de llagas. No podía tomar nada salvo caldo de carne, y poco. Pero, a pesar de todo, la voz de Henry fue lo último que le falló. En cierto sentido, era una pena. La voz de Henry acongojaba a las buenas doncellas y enfermeras que lo rodeaban, pues (como un valiente marino inglés que se hunde junto a su nave) se dedicaba a cantar canciones subidas de tono para mantener el coraje ante la cercanía del abismo. La muerte intentaba llevárselo con ambas manos, pero Henry la espantaba cantando.

—*Con bandera roja y sin estrella, ¡métesela por el culo a la doncella!*

—Eso es todo, Kate, gracias —decía Alma a la desafortunada doncella que estuviese de turno.

Y la acompañaba a la puerta mientras Henry canturreaba:

—*La buena de Kate en Tahití siempre me limpiaba el bisturí!*

A Henry nunca le habían importado demasiado los buenos modales, pero ahora no le importaban un rábano. Decía lo que le venía en gana... y, tal vez, pensó Alma, más de lo que quería decir. Era de una indiscreción pasmosa. Hablaba a gritos del dinero, de negocios que salieron mal. Acusaba y hostigaba, atacaba y esquivaba. Incluso discutía con los muertos. Debatía con sir Joseph Banks, a quien intentaba convencer de nuevo para cultivar quino en el Himalaya. Despotricaba contra el padre de su difunta esposa, fallecido hacía muchos años: «¡Te voy a enseñar, mofeta con cara de cerdo perruno, vejestorio holandés, lo rico que pienso ser!». Acusaba a su padre de ser un adulador lameculos. Exigía que Beatrix viniera a cuidarlo y a traerle sidra. ¿Dónde estaba su esposa? ¿Para qué tener una esposa si no te cuida cuando estás enfermo?

Un día miró a Alma a los ojos y dijo:

—¿Y tú crees que no sé qué era ese marido tuyo?

Alma dudó un momento de más antes de pedir a la enfermera que se marchase. Debería haberlo hecho al instante, pero esperó, sin saber qué iba a decir su padre.

—¿Crees que no he conocido hombres de esos en mis viajes? ¿No sabes que yo mismo fui un hombre de esos? ¿Crees que me llevaron en el *Resolution* por mis dotes de navegante? Yo era un muchacho sin pelo en el pecho, Ciruela; un mozalbete sin pelo en el pecho, con un culo bonito y limpio. ¡No es ninguna vergüenza decirlo!

La llamó «Ciruela». No había usado ese apodo durante años..., durante décadas. En los últimos meses, a veces ni siquiera la reconocía. Pero, al usar ese viejo y entrañable apodo, era evidente que sabía muy bien quién era ella, lo cual significaba que también sabía muy bien qué estaba diciendo.

—Puedes irte, Betsy —dijo Alma a la enfermera, pero la enfermera no parecía tener prisa por irse.

—¡Pregúntate a ti misma qué me hicieron en ese barco, Ciruela! El mozalbete más joven, ¡ese era yo! ¡Oh, por Dios, cómo se divirtieron conmigo!

—Gracias, Betsy —dijo Alma, moviéndose ahora para acompañar a la enfermera a la puerta—. Cierra la puerta al salir. Gracias. Has sido de mucha ayuda. Gracias. Adiós.

Henry cantaba una cancioncilla horrible que Alma no había oído antes:

—*Me dieron por delante y me dieron por detrás. Me dejaron el culo como un compás.*

—Padre —dijo Alma—, para. —Se acercó y puso las manos en el pecho de Henry—. Para.

Henry dejó de cantar y la miró con ojos ardientes. La agarró de las muñecas con sus manos huesudas.

—Pregúntate por qué se casó contigo, Ciruela —dijo Henry, en una voz tan clara y poderosa como la misma juventud—.

¡Me apuesto algo que no por dinero! Y tampoco por tu culo limpio. Por otra cosa sería entonces. No tiene sentido para ti, ¿verdad? No, para mí tampoco tiene sentido.

Alma retiró las manos. El aliento de Henry olía a podrido. Casi todo él estaba ya muerto.

—Deja de hablar, padre, y toma un poco de caldo —dijo Alma, que llevó la taza a su boca y evitó su mirada. Sospechaba que la enfermera escuchaba tras la puerta.

Henry cantó:

—*¡Oh, por el cabo vamos a navegar! ¡Algunos a jugar y otros a encular!*

Alma trató de verterle caldo en la boca (para que dejara de cantar, más que nada), pero Henry lo escupió y apartó la taza de un manotazo. El caldo se derramó sobre las sábanas y la taza rodó por los suelos. Aún le quedaban fuerzas al viejo guerrero. La intentó agarrar de nuevo por las muñecas y se aferró a una de ellas.

—No seas una simplona, Ciruela —dijo—. No creas absolutamente nada de lo que te diga una hija de puta o un bastardo. ¡Ve a averiguarlo!

A lo largo de la semana siguiente, mientras se acercaba más y más a la muerte, Henry dijo y cantó muchas más cosas (casi todas obscenas y todas desafortunadas), pero a Alma esa frase le pareció tan profunda y convincente que la acabaría recordando como las últimas palabras de su padre: «Ve a averiguarlo».

***

Henry Whittaker murió el 19 de octubre de 1851. Fue como una tormenta que azota el mar. Bramó hasta el final, luchó hasta el último aliento. La calma que siguió a su partida fue asombrosa. Nadie podía creer que lo había sobrevivido. Hanneke, que se limpió unas lágrimas más de agotamiento que de tristeza, dijo:

—Oh, a quienes ya habitan en el cielo..., ¡buena suerte con la que les espera!

Alma ayudó a lavar el cuerpo. Pidió que la dejaran a solas con el cadáver. No era rezar lo que deseaba. No era llorar lo que deseaba. Se trataba de otra cosa, de algo que necesitaba encontrar. Tras levantar la sábana que cubría el cadáver desnudo de su padre, Alma exploró la piel en torno a su vientre, buscando con los dedos y los ojos algo similar a una cicatriz, como un bulto, algo raro, pequeño, fuera de lugar. Buscaba la esmeralda que Henry le había jurado, hacía años, cuando era una niña, que se había cosido bajo su propia carne. No le asqueó buscarla. Era una naturalista. Si estaba ahí, tenía que encontrarla.

«Siempre debes tener un último soborno bajo la manga, Ciruela».

No estaba ahí.

Alma se quedó boquiabierta. Siempre había creído todo lo que le contaba su padre. Pero entonces, pensó, tal vez cerca del fin había ofrecido la esmeralda a la muerte. Cuando las canciones no bastaron y la valentía no bastó y toda su astucia no fue suficiente para negociar una escapatoria de ese horrible contrato final, tal vez dijera: «¡Llévate también mi mejor esmeralda!». Y tal vez la muerte aceptara, pensó Alma..., pero luego también se llevó a Henry.

Ni siquiera su padre podía comprar una escapatoria de ese pacto.

Henry Whittaker se fue y su último truco se fue con él.

***

Lo heredó todo. El testamento (leído solo un día después del funeral por el viejo abogado de Henry) era el documento más sencillo imaginable, de unas pocas frases de extensión. A su única hija verdadera, ordenaba el testamento, Henry Whittaker le legó toda su fortuna. Toda la tierra, todos los negocios, toda la riqueza, todas las acciones..., todo había de ser solo para Alma. No dejó disposiciones para nadie más. No mencionó a su hija adoptiva, Prudence Whittaker Dixon, ni a sus leales trabajadores. Hanneke no recibiría nada; Dick Yancey no recibiría nada.

Alma Whittaker se convirtió en una de las mujeres más ricas del Nuevo Mundo. Controlaba una de las mayores empresas importadoras de América, cuyos negocios había gestionado ella misma durante los últimos cinco años, y poseía la mitad de la próspera farmacéutica Garrick & Whittaker. Era la única habitante de una de las mansiones privadas más grandiosas de la Mancomunidad de Pensilvania, poseía los derechos de varias patentes muy lucrativas y miles de hectáreas de tierra fértil. Bajo su mando se encontraban docenas de sirvientes y empleados, mientras un sinfín de personas por todo el mundo trabajaban para ella con contrato. Sus invernaderos rivalizaban con los de los mejores jardines botánicos europeos.

No le parecía una bendición.

Alma estaba agotada y entristecida por la muerte de su padre, por supuesto, pero este legado descomunal era más una carga que un honor. ¿Qué le interesaban a ella esa pujante empresa de importaciones botánicas o esas ajetreadas operaciones farmacéuticas? ¿Para qué necesitaba media docena de molinos y minas por toda Pensilvania? ¿De qué le servía una mansión de treinta y cuatro habitaciones llena de tesoros excepcionales y un personal desafiante? ¿Cuántos invernaderos necesitaba una amante de la botánica para estudiar musgos? (Esa respuesta, al menos, era sencilla: ninguno). Sin embargo, todo le pertenecía.

Cuando se fue el abogado, Alma se quedó aturdida y, presa de la lástima por sí misma, fue en busca de Hanneke de Groot. Ansiaba el consuelo de la persona que mejor conocía en el mundo. Encontró a la vieja ama de llaves de pie dentro del enorme hogar de la cocina; estaba metiendo el palo de una escoba por la chimenea para quitar un nido de golondrinas, mientras se iba cubriendo de hollín y suciedad.

—Seguro que hay alguien que puede hacer eso por ti, Hanneke —dijo Alma en neerlandés, a modo de saludo—. Voy a buscar a una muchacha.

Hanneke salió de la chimenea, enfurruñada y mugrienta.

—¿Piensas que no se lo he pedido? —preguntó—. Pero ¿acaso crees que hay algún alma cristiana en esta casa que quiera meter el cuello en una chimenea aparte de mí?

Alma dio a Hanneke un trapo húmedo para que se limpiara la cara y las dos mujeres se sentaron a la mesa.

—¿Ya se ha ido el abogado? —preguntó Hanneke.

—Se acaba de ir hace cinco minutos —dijo Alma.

—Qué rápido ha sido.

—Era un asunto sencillo.

Hanneke frunció el ceño.

—Entonces, te lo ha dejado todo a ti, ¿verdad?

—Sí —dijo Alma.

—¿Nada para Prudence?

—Nada —dijo Alma, que notó que Hanneke no preguntaba por ella misma.

—Maldito sea —dijo Hanneke, al cabo de un rato de silencio.

Alma hizo una mueca de dolor.

—Sé amable, Hanneke. Mi padre no lleva ni un día en su tumba.

—Maldito sea, digo —repitió el ama de llaves—. Maldito sea por tozudo y pecador, y por olvidar a su otra hija.

—De todos modos, Prudence no habría aceptado nada de mi padre, Hanneke.

—¡No sabes si eso es cierto, Alma! Ella es parte de la familia, o debería serlo. Tu muy llorada madre quería que formase parte de esta familia. Espero que ahora seas tú quien cuide de Prudence.

Esto sorprendió a Alma.

—¿En qué sentido? Mi hermana casi no quiere verme y rechaza todos mis regalos. No le puedo llevar ni una tarta sin que me diga que es más de lo que necesita. ¿De verdad crees que me permitiría compartir la fortuna de mi padre con ella?

—Es muy orgullosa esa —dijo Hanneke, con más admiración que preocupación.

Alma deseaba cambiar de tema.

—¿Qué será de White Acre, Hanneke, ahora que no está mi padre? No me hace ninguna ilusión administrar la finca sin él. Es como si a esta casa le hubieran arrancado el corazón.

—No voy a consentir que olvides a tu hermana —dijo Hanneke, como si Alma no hubiera hablado—. Una cosa es que Henry en su tumba sea pecador, estúpido y egoísta, pero otra muy distinta es que tú te comportes de la misma manera en esta vida.

Alma se sulfuró.

—Vengo a ti en busca de cariño y consejos, Hanneke, y aun así me insultas. —Se levantó, como si fuera a salir de la cocina.

—Oh, siéntate, niña. No insulto a nadie. Solo quiero decirte que tienes una gran deuda con tu hermana y que deberías cerciorarte de que esa deuda se paga.

—No tengo ninguna deuda con mi hermana.

Hanneke levantó ambas manos, aún ennegrecidas por el hollín.

—¿Es que no ves nada, Alma?

—Hanneke, si te refieres al poco cariño que hay entre Prudence y yo, te ruego que no cargues esa culpa solo sobre mis hombros. La culpa ha sido tanto de ella como mía. Nunca hemos estado cómodas juntas, ninguna de las dos, y ella me ha rechazado todos estos años.

—No hablo de cariño fraternal, niña. Muchas hermanas no se tienen cariño. Hablo de sacrificio. Sé todo lo que ocurre en esta casa, niña. ¿Crees que eres la única que acude a mí con lágrimas en los ojos? ¿Crees que eres la única que llamaba a la puerta de Hanneke abrumada por la pena? Conozco todos los secretos.

Desconcertada, Alma intentó imaginar a su distante hermana Prudence dejándose caer en los brazos del ama de llaves, bañada en lágrimas. No, no lograba imaginarlo. Prudence no tenía la misma confianza con Hanneke que Alma. Prudence no conocía a Hanneke desde la más tierna infancia y ni siquiera hablaba neerlandés. ¿Cómo era posible que hubieran intimado?

Aun así, Alma tuvo que preguntarlo.

—¿Qué secretos?

—¿Por qué no se lo preguntas tú misma a Prudence? —respondió Hanneke.

El ama de llaves se mostraba deliberadamente enigmática, pensó Alma, y no lo aguantó.

—No puedo exigirte que me digas nada, Hanneke —dijo Alma, esta vez en inglés. Estaba demasiado irritada para hablar en el viejo y familiar neerlandés—. Tus secretos te pertenecen, si lo que deseas es no compartirlos. Pero te exijo que dejes de jugar conmigo. Si tienes información sobre esta familia que piensas que yo debería conocer, entonces me gustaría que me lo contaras. Pero si solo pretendes sentarte ahí y burlarte de que ignoro algo para mí desconocido, entonces lamento haber venido a hablar contigo. He de tomar decisiones importantes respecto a la gente que vive en esta casa y me apena muchísimo la muerte de mi padre. Tengo demasiadas responsabilidades. No tengo ni tiempo ni energías para jugar contigo a las adivinanzas.

Hanneke miró a Alma con atención, entrecerrando los ojos. Cuando Alma dejó de hablar, Hanneke asintió, como si aprobara tanto el tono como el contenido de sus palabras.

—Muy bien, entonces —dijo Hanneke—. ¿Alguna vez te has preguntado por qué Prudence se casó con Arthur Dixon?

—Déjate de acertijos, Hanneke —espetó Alma—. Te lo advierto, hoy no tengo paciencia.

—No es un acertijo, niña. Intento decirte algo. Pregúntatelo a ti misma, ¿no te extrañó ese matrimonio?

—Por supuesto que sí. ¿Quién se casaría con Arthur Dixon?

—Quién, claro que sí. ¿Crees que Prudence alguna vez quiso a su tutor? Los viste juntos durante años, cuando él vivía aquí os daba clases a las dos. ¿Alguna vez notaste que Prudence tuviera algún gesto amoroso con Arthur?

Alma trató de recordar.

—No —confesó.

—Porque no lo quería. Quería a otro, y siempre fue así. Alma, tu hermana estaba enamorada de George Hawkes.

—¿De George Hawkes? —Alma solo atinó a repetir el nombre. De repente vio al editor botánico ante sí, no con su aspecto actual, el de un hombre agotado de sesenta años, de espalda encorvada y casado con una loca, sino como era hacía treinta años, cuando ella misma estaba enamorada de él: una presencia enorme y reconfortante, con una mata de pelo negro y una sonrisa tímida y amable—. ¿George Hawkes? —preguntó una vez más, muy tontamente.

—Tu hermana Prudence estaba enamorada de George Hawkes —repitió Hanneke—. Y te voy a decir algo más: George Hawkes le correspondía. Sospecho que ella aún lo quiere y sospecho que él aún la quiere a ella, después de todos estos años.

Nada de esto tenía sentido para Alma. Era como si le dijeran que su madre y su padre no eran sus verdaderos padres, o que no se llamaba Alma Whittaker, o que no vivía en Filadelfia; como si derrumbaran una verdad maravillosa y sencilla.

—¿Por qué iba Prudence a enamorarse de George Hawkes? —preguntó Alma, demasiado desconcertada para formular una pregunta más inteligente.

—Porque él era amable con ella. ¿Tú crees, Alma, que es un don ser tan bella como tu hermana? ¿Recuerdas qué aspecto tenía a los dieciséis años? ¿Recuerdas cómo se quedaban los hombres mirándola? Hombres viejos, jóvenes, casados, trabajadores..., todos, todos. Ni un solo hombre de los que pisaban esta finca dejaba de mirar a tu hermana como si quisiera comprarla para pasar una noche de desenfreno. Y fue así desde que era niña. Lo mismo con su madre, pero esta era más débil y se acabó vendiendo. Sin embargo Prudence era una chica modesta, y una buena chica. ¿Por qué crees que tu hermana nunca hablaba a la mesa? ¿Piensas que era demasiado tonta para tener una opinión? ¿Por qué crees que siempre se esforzaba para que su semblante no reflejara emoción alguna? ¿Piensas que es que no sentía nada? Alma, lo único que deseaba Prudence era no ser vista. No puedes imaginar lo que se siente cuando toda tu vida los hombres te miran como si estuvieras a la venta en una subasta.

Alma no lo pudo negar. Sin duda, no sabía qué se siente en ese caso.

Hanneke continuó:

—George Hawkes fue el único hombre que miró a tu hermana con amabilidad..., no como si fuera un objeto. Tú conoces bien al señor Hawkes, Alma. ¿Es que no ves que un hombre como él haría sentirse segura a una joven?

Por supuesto, lo veía. Al lado de George Hawkes, Alma siempre se sintió segura. Segura y respetada.

—¿Te preguntaste alguna vez por qué el señor Hawkes venía tantas veces a White Acre, Alma? ¿Crees que venía tan a menudo para ver a tu padre? —Por compasión, Hanneke no añadió: «¿O crees que venía tan a menudo para verte a ti?», pero la pregunta, muda, flotó en el aire—. Quería a tu hermana, Alma. La cortejaba a su manera, con discreción. Es más, ella lo quería a él.

—Ya lo has repetido varias veces —la interrumpió Alma—. Para mí es duro oírlo, Hanneke. ¿Sabes? Yo también amaba a George Hawkes.

—¿Piensas que no lo sabía? —exclamó Hanneke—. ¡Por supuesto que lo amabas, niña, porque era amable contigo! Eras tan inocente que le confesaste tu amor a tu hermana. ¿Crees que una joven con los principios de Prudence se habría casado con George Hawkes sabiendo lo que tú sentías por él? ¿Crees que te habría hecho algo así?

—¿Querían casarse? —preguntó Alma, incrédula.

—¡Claro que querían casarse! ¡Eran jóvenes y estaban enamorados! Pero no te habría hecho algo así, Alma. George pidió su mano poco después de la muerte de tu madre. Ella lo rechazó. Él la pidió de nuevo. Ella lo rechazó de nuevo. Él la pidió varias veces más. Ella no reveló el motivo de sus rechazos, para protegerte. Cuando él insistió, Prudence se arrojó a los brazos de Arthur Dixon, porque era el hombre casadero que estaba más cerca. Conocía a Dixon lo bastante para saber que al menos no le haría daño. No la maltrataría ni la humillaría. Incluso sentía cierto respeto por él. Le dio a conocer esas ideas abolicionistas cuando era vuestro tutor, y esos principios tuvieron una gran influencia en ella... y todavía la tienen. O sea, respetaba al señor Dixon, pero no lo quería, y tampoco lo quiere hoy. Sencillamente, necesitaba casarse con alguien (con quien fuese) para apartarse de George con la esperanza, debo decírtelo, de que George se casara contigo. Sabía que George te apreciaba como amiga y esperaba que llegase a quererte como esposa y hacerte feliz. Eso es lo que tu hermana Prudence hizo por ti, niña. Y tú osas decirme que no tienes ninguna deuda con ella.

Durante un buen rato, Alma fue incapaz de hablar.

Entonces, estúpidamente, dijo:

—Pero George Hawkes se casó con Retta.

—Es decir, no funcionó el plan de Prudence, ¿verdad, Alma? —razonó Hanneke con voz firme—. ¿Lo ves? Tu hermana renunció al hombre al que amaba para nada. Al final, George no se casó contigo. George fue e hizo lo mismo que Prudence: se arrojó a los brazos de alguien que pasaba por ahí solo para casarse cuanto antes.

«A mí ni siquiera me tuvo en cuenta», comprendió Alma. Este fue, qué vergüenza, su primer pensamiento, antes incluso de comenzar a asimilar la grandeza del sacrificio de su hermana.

«A mí ni siquiera me tuvo en cuenta».

Pero, para George, Alma no era más que una colega en el ámbito de la botánica y una buena microscopista. Ahora todo tenía sentido. ¿Por qué debería haberse fijado en Alma? ¿Por qué iba ni siquiera a darse cuenta de que Alma era mujer, cuando la exquisita Prudence estaba tan cerca? George ni por un momento supo que Alma lo quería, pero Prudence sí lo sabía. Prudence siempre lo había sabido. Prudence también sabía, comprendió Alma con una pena creciente, que no había muchos hombres en este mundo que hubieran sido buenos esposos para Alma, y que George era probablemente su mejor esperanza. Prudence, por otra parte, podría tener a quien quisiera. Así lo habría visto, supuso.

Entonces, Prudence renunció a George por Alma... o eso intentó, al menos. Pero su sacrificio no sirvió de nada. Su hermana se privó del amor, para vivir una vida de pobreza y abnegación junto a un erudito mezquino incapaz de mostrar cariño o afecto. Se privó del amor solo para que el inteligente George Hawkes viviera su vida con una esposa guapa y alocada que no había leído un libro en la vida y ahora estaba ingresada en un manicomio. Se privó del amor solo para que Alma viviera su vida en una soledad completa, de modo que, en plena madurez, había sido vulnerable a los encantos de un hombre como Ambrose Pike, a quien asqueaba el deseo que ella sentía porque solo deseaba ser un ángel (o, según parecía en esos momentos, solo deseaba muchachos tahitianos). ¡Qué gesto tan amable y tan desperdiciado fue, por tanto, el sacrificio de juventud de Prudence! Qué larga cadena de penas causó a todo el mundo. Qué triste caos y qué serie de errores lamentables.

«Pobre Prudence», pensó Alma... por fin. Al cabo de un largo momento, añadió otra idea: «¡Pobre George!». A continuación: «¡Pobre Retta!». Y luego, ya puestos: ¡Pobre Arthur Dixon!».

Pobres todos ellos.

—Si lo que dices es cierto, Hanneke —dijo Alma—, es una historia muy triste.

—Lo que digo es cierto.

—¿Por qué no me lo habías dicho antes?

—¿Para qué? —Hanneke se encogió de hombros.

—Pero ¿por qué Prudence haría algo así por mí? —preguntó Alma—. Prudence nunca me tuvo cariño.

—No importa lo que pensara de ti. Es una buena persona y vive su vida según sus principios.

—¿Me tenía lástima, Hanneke? ¿Fue por eso?

—En todo caso, te admiraba. Siempre intentaba emularte.

—¡Qué tontería! Claro que no.

—¡Tú eres la que no dices más que tonterías, Alma! Te ha admirado desde siempre, niña. ¡Piensa qué impresión le causarías cuando llegó aquí! Piensa en todo lo que sabías, en tus talentos. Siempre intentó ganarse tu admiración. Pero tú no se la ofreciste. ¿La elogiaste alguna vez? ¿Alguna vez te fijaste en lo mucho que trabajaba para ponerse a tu altura en los estudios? ¿Alguna vez admiraste sus talentos o más bien los despreciaste por ser menos dignos que los tuyos? ¿Alguna vez reparaste en sus excelentes cualidades?

—Jamás he comprendido sus excelentes cualidades.

—No, Alma... Jamás creíste en ellas. Admítelo. Piensas que su bondad es una pose. Crees que es una falsa.

—Es que lleva esa máscara... —murmuró Alma, a quien le costó encontrar argumentos para defenderse a sí misma.

—Claro que sí, porque prefiere que nadie la vea y nadie se fije en ella. Pero yo la conozco y te digo que detrás de esa máscara se esconde la mujer más buena, generosa y admirable.

¿Cómo es posible que no te des cuenta? ¿No ves qué encomiable ha sido siempre, hasta hoy mismo?, ¿qué sinceras son sus buenas obras? ¿Qué más debe hacer, Alma, para obtener tu aprecio? Aun así, no la has elogiado nunca, y ahora te dispones a rechazarla por completo, sin rastro de malestar, ahora que heredas el cofre del tesoro del pirata de tu padre, un hombre tan ciego como tú para los sufrimientos y sacrificios de los demás.

—Ten cuidado, Hanneke —advirtió Alma, que trató de contener una oleada de dolor—. Me has contado cosas que me suponen una gran conmoción, y ahora me atacas, mientras aún estoy anonadada. Te lo ruego: hoy ten cuidado conmigo, Hanneke, por favor.

—Pero todo el mundo ya ha tenido mucho cuidado contigo, Alma —respondió la vieja ama de llaves, que no cedió ni un centímetro—. Tal vez han tenido demasiado cuidado durante demasiado tiempo.

**

Sobrecogida, Alma huyó al estudio de la cochera. Se sentó en el destartalado diván de la esquina, incapaz de permanecer de pie, de soportar su peso. Su respiración era superficial y acelerada. Se sentía una extraña para sí misma. El compás interior (ese que siempre la había orientado hacia las verdades más sencillas del mundo) giraba frenético, en busca de un lugar seguro donde posarse, sin encontrar nada.

Su madre estaba muerta. Su padre estaba muerto. Su marido (fuere lo que fuere) estaba muerto. Su hermana Prudence había echado a perder su vida por la mismísima Alma, lo que no había beneficiado a nadie. La vida de George Hawkes era una tragedia. Retta Snow era un pequeño desastre, perdida y lacerada. Y ahora parecía que Hanneke de Groot (la última persona viva a quien Alma quería y admiraba) no sentía ningún respeto por ella. Y no le faltaban razones.

Sentada en el estudio, Alma se obligó al fin a hacer un repaso sincero de su propia vida. Era una mujer de cincuenta y un años, de cuerpo y mente sanos, fuerte como una mula y culta como un jesuita, tan rica como nadie. No era bella, sin duda, pero aún conservaba casi todos los dientes y no sufría dolencias ni achaques. ¿De qué tenía que quejarse? Había estado rodeada de lujos desde la cuna. No tenía marido, cierto, pero tampoco tenía hijos ni padres que fuesen una carga. Era eficaz, inteligente, trabajadora y (aunque ya no estaba tan segura) valiente. Su imaginación había sido expuesta a las ideas más osadas de la ciencia y la invención y había conocido, en su comedor, a algunas de las mentes más privilegiadas de la época. Poseía una biblioteca que habría hecho llorar a un Medici de envidia y había leído esa biblioteca varias veces.

Con toda esa cultura y esos privilegios, ¿qué había hecho de su vida? Era la autora de dos oscuros libros de briología (libros que el mundo no había pedido a gritos) y ahora trabajaba en un tercero. No había dedicado un momento de su tiempo a mejorar la vida de nadie, con la excepción de la de su egoísta padre. Era virgen y viuda, huérfana y heredera, vieja e insensata.

Pensaba que sabía mucho, pero no sabía nada.

No sabía nada acerca de su hermana.

No sabía nada acerca del sacrificio.

No sabía nada acerca del hombre con quien se había casado.

No sabía nada acerca de las fuerzas invisibles que habían dictado su vida.

Siempre se había considerado una mujer digna, conocedora del mundo, pero en realidad era una caprichosa y envejecida princesa (más oveja que cordero, a estas alturas) que nunca había arriesgado nada de valor y que nunca había viajado más allá de Filadelfia, salvo para ir a un hospital de enfermos mentales en Trenton, Nueva Jersey.

Debería haber sido insoportable afrontar tan triste inventario, pero, sin motivo aparente, no fue así. De hecho, por extraño que parezca, fue un alivio. La respiración de Alma se calmó. El compás dejó de girar. Se sentó en silencio, las manos en el regazo. No se movió. Se dejó impregnar por esta verdad nueva, y no esquivó ninguna parte.

***

A la mañana siguiente, Alma, sola, fue a caballo al despacho del abogado de su padre y ahí pasó las siguientes nueve horas, sentada con ese hombre ante un escritorio, donde elaboró documentos, ejecutó disposiciones e hizo caso omiso de los reparos. El abogado no vio con buenos ojos nada de lo que Alma hacía. Alma no escuchó ni una sola palabra. El abogado negó con esa cabeza vieja y amarillenta hasta que la papada ondeó, pero no logró cambiar la opinión de Alma en nada. Las decisiones solo le correspondían a ella, como los dos sabían muy bien.

Una vez concluido ese asunto, Alma guio al caballo hasta la 39th Street, donde vivía su hermana. Había caído la noche y la familia Dixon estaba terminando de cenar.

—Ven a dar un paseo conmigo —dijo Alma a Prudence, quien, si le sorprendió la súbita visita de Alma, no lo aparentó.

Las dos mujeres caminaron por Chestnut Street, agarradas educadamente del brazo.

—Como sabes —dijo Alma—, nuestro padre ha fallecido.

—Sí —respondió Prudence.

—Gracias por la nota de pésame.

—No hay de qué —dijo Prudence.

Prudence no había asistido al funeral. Nadie esperaba que lo hiciera.

—He pasado todo el día con el abogado —continuó Alma—. Hemos revisado el testamento. Estaba lleno de sorpresas.

—Antes de que continúes —intervino Prudence—, debo decirte que mi conciencia no me permite aceptar dinero de nuestro difunto padre. Hubo un distanciamiento entre nosotros que no supe o no quise arreglar y no me parecería ético beneficiarme de su generosidad ahora que se ha ido.

—No tienes de qué preocuparte —dijo Alma, que se detuvo y se giró para mirar a su hermana a los ojos—. No te ha dejado nada.

Prudence, con el mismo control de siempre, no reaccionó. Se limitó a decir:

—Entonces, es sencillo.

—No, Prudence —dijo Alma, cogiendo de la mano a su hermana—. No es sencillo, ni mucho menos. Lo que padre ha hecho es muy sorprendente y te ruego que me escuches con atención. Dejó todo el patrimonio de White Acre, junto con la mayor parte de su inmensa fortuna, a la Sociedad Abolicionista de Filadelfia.

Ni siquiera entonces Prudence reaccionó ni respondió. «Cielo santo, qué fuerte es», pensó Alma, que casi hizo una reverencia como señal de admiración por la discreción de su hermana. Beatrix habría estado orgullosa.

Alma prosiguió:

—Pero hay una disposición adicional que acompaña al testamento. Según sus instrucciones, dejaría su patrimonio a la Sociedad Abolicionista con la condición de que la mansión de White Acre se convierta en una escuela para niños negros y que tú, Prudence, la dirijas.

Prudence lanzó a Alma una mirada penetrante, como si buscara en el rostro de su hermana un rastro de artimañas. Alma no tuvo dificultades para que su semblante adoptase una expresión sincera, pues, sin duda, eso era lo que decían los documentos... o, al menos, eso es lo que decían los documentos ahora.

—Dejó una larga carta para explicarse —continuó Alma— y te la puedo resumir ahora mismo. Dijo que no había hecho mucho bien en la vida, a pesar de haber prosperado a las mil maravillas. Sentía que no había ofrecido al mundo nada de valor, a cambio de esa enorme fortuna. A su juicio, tú serías la persona indicada para que White Acre, en el futuro, sea un baluarte de la bondad humana.

—¿Él escribió esas palabras? —preguntó Prudence, tan perspicaz como siempre—. ¿Esas mismas palabras, Alma? ¿Nuestro padre, Henry Whittaker, habló de un baluarte de la bondad humana?

—Esas mismas palabras —insistió Alma—. Las escrituras y las instrucciones ya están listas. Si no aceptas estas disposiciones (si no te mudas a White Acre y te encargas de dirigir una escuela ahí, como deseó nuestro padre), entonces todo el dinero y los bienes vuelven a nosotras, sin más, y tendremos que venderlo todo o dividirlo de alguna manera. En ese caso, me parece una lástima no respetar sus deseos.

Prudence escudriñó los ojos de Alma una vez más.

—No te creo —dijo al fin.

—No hace falta que me creas —replicó Alma—. Así son las cosas. Hanneke seguirá a cargo de los sirvientes y te ayudará durante la transición a dirigir White Acre. Padre dejó a Hanneke un generosísimo legado, pero sé que desea quedarse a ayudarte. Te admira mucho y quiere seguir siendo útil. Los jardineros y los paisajistas conservan sus puestos, para cuidar la finca. La biblioteca ha de permanecer intacta, para la educación de los estudiantes. El señor Dick Yancey va a seguir administrando los negocios internacionales de nuestro padre y va a hacerse cargo de la parte de los Whittaker en la farmacéutica, cuyos beneficios han de invertirse en la escuela, en los salarios de los trabajadores y en causas abolicionistas. ¿Lo comprendes?

Prudence no respondió.

Alma prosiguió:

—Ah, pero hay otra disposición más. Padre ha reservado una generosa suma para pagar los gastos en que incurra nuestra amiga Retta en el asilo Griffon durante el resto de sus días, de modo que George Hawkes no deba soportar esa carga.

Ahora Prudence parecía estar perdiendo el control de algo en su rostro. Sus ojos se humedecieron, al igual que su mano, entrelazada con la de Alma.

—Nada de lo que digas —afirmó Prudence— me va a convencer de que estos eran los deseos de nuestro padre.

Aun así, Alma no cedió.

—Que no te sorprenda tanto. Ya sabes que era un hombre impredecible. Y, como verás, Prudence, las escrituras de propiedad y las disposiciones de la transferencia son legales e incontestables.

—Sé de sobra, Alma, que se te da muy bien redactar documentos legales.

—Pero me conoces desde hace muchos años, Prudence. ¿Alguna vez me has visto hacer algo que nuestro padre prohibiera o no hacer algo que me ordenara? ¡Piénsalo, Prudence! ¿Alguna vez lo has visto?

Prudence apartó la vista. Y entonces su cara se hundió en sí misma, su reserva al fin se fracturó, y Prudence se deshizo en lágrimas. Alma rodeó a su hermana (a esta hermana extraordinaria, valiente y que tan poco conocía) con los brazos y las dos mujeres se quedaron así durante mucho tiempo, abrazadas y en silencio, mientras Prudence lloraba.

Al fin, Prudence se apartó y se limpió los ojos.

—¿Y qué te ha dejado a ti, Alma? —preguntó, con la voz conmovida—. ¿Qué te ha dejado ese generosísimo padre nuestro a ti, tras toda esta beneficencia inesperada?

—No te preocupes por eso ahora, Prudence. Tengo mucho más de lo que necesito.

—Pero ¿qué te ha dejado exactamente? Tienes que decírmelo.

—Un poco de dinero —dijo Alma—. Y la cochera también... o, más bien, todas mis posesiones que están ahí.

—¿Significa eso que vas a vivir para siempre en la cochera? —preguntó Prudence, abrumada y confundida, y agarrada de nuevo a la mano de Alma.

—No, cariño. No voy a vivir cerca de White Acre nunca más. Ahora está todo en tus manos. Pero mis libros y mis pertenencias se van a quedar en la cochera, mientras me voy por un tiempo. A la postre me estableceré en algún lugar, y entonces te pediré que me envíes lo que necesito.

—Pero ¿adónde vas?

Alma no pudo evitar una risa.

—Oh, Prudence —dijo—. Si te lo contara, ¡pensarías que estoy loca!

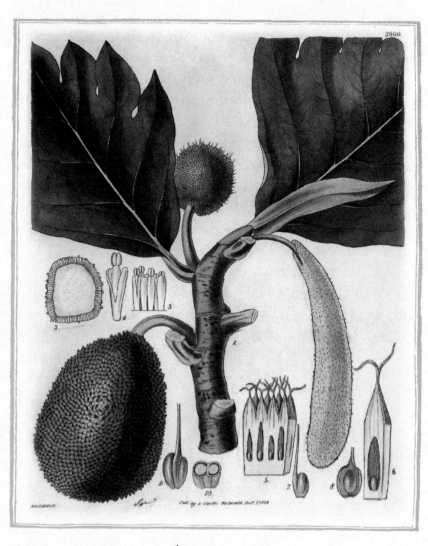

Artocarpus incisa

CUARTA PARTE

LA CONSECUENCIA
DE LAS MISIONES

Capítulo veintiuno

Alma zarpó hacia Tahití el 13 de noviembre de 1851.

El Palacio de Cristal acababa de erigirse en Londres con motivo de la Exposición Universal. El péndulo de Foucault era la nueva adquisición del Observatorio de París. El primer hombre blanco había descubierto el valle de Yosemite. Un cable telegráfico submarino se tendió a través del océano Atlántico. John James Audubon murió de viejo; Richard Owen ganó la medalla Copley por su obra en paleontología; el Colegio Médico para Mujeres de Pensilvania estaba a punto de graduar su primera promoción con ocho médicas; y Alma Whittaker, a sus cincuenta y un años de edad, era una pasajera de pago en un ballenero con rumbo a los Mares del Sur.

Navegó sin criada, sin amigos, sin guía. Hanneke de Groot lloró en los hombros de Alma al saber que se iba, pero enseguida recuperó la compostura y encargó una colección de prácticos vestidos de viaje para Alma: humildes atuendos de lino y lana, con botones reforzados (no muy diferentes a los que vestía Hanneke), que Alma podría remendar sin ayuda. Así vestida, Alma parecía una criada, pero estaba comodísima y se movía sin impedimentos. Se preguntó por qué no se había vestido así siempre. Una vez que los vestidos estuvieron listos, Alma pidió a Hanneke que cosiera compartimentos secretos, donde Alma ocultaría las monedas de oro y plata necesarias para pagar sus viajes. Estas monedas escondidas constituían una gran porción de la fortuna restante de Alma. No se trataba de una fortuna bajo ningún concepto, pero era suficiente (o eso esperaba Alma) para mantener a una viajera frugal dos o tres años.

—Qué amable has sido siempre conmigo —dijo Alma a Hanneke cuando esta le entregó los vestidos.

—Bueno, te voy a echar de menos —respondió Hanneke— y voy a llorar otra vez cuando te vayas, pero admitámoslo, niña: ya somos demasiado viejas para temer los grandes cambios de esta vida.

Prudence regaló a Alma una pulsera de recuerdo, trenzada con mechones del cabello de Prudence (pálido y bello como el azúcar) junto a mechones del cabello de Hanneke (grisáceo como acero pulido). Prudence anudó la pulsera en la muñeca de Alma y esta prometió no quitársela nunca.

—No podría pensar en un regalo más preciado —dijo Alma, y hablaba en serio.

En cuanto tomó la decisión, Alma redactó una carta al misionero de la bahía de Matavai, el reverendo Francis Welles, en la que le informaba de su llegada por un periodo de tiempo indefinido. Sabía que era muy probable que ella llegara a Papeete antes que la carta, pero eso era inevitable. Debía zarpar antes de que se congelase el puerto de Filadelfia. No quería demorarse demasiado para no cambiar de opinión. Solo cabía esperar que, al llegar a Tahití, dispondría de un lugar donde quedarse.

Tardó tres semanas en preparar el equipaje. Sabía exactamente qué llevar, pues durante décadas había ofrecido consejos a los recolectores botánicos para que tuviesen un viaje seguro y provechoso. Así, embaló jabón arsenical, cerote de zapatero, cordel, alcanfor, fórceps, corcho, frascos de insectos, una prensa para plantas, varias bolsas impermeables de goma, dos docenas de lapiceros resistentes, tres botes de tinta negra, una lata de pigmentos de acuarela, pinceles, alfileres, redecillas, lupas, masilla, alambre de latón, bisturíes pequeños, un botiquín y veinticinco resmas de papel (secante, de carta, marrón claro). Sopesó si llevar un arma, pero, como no era una experta en su uso, decidió que se las apañaría con un bisturí en las distancias cortas.

Oyó la voz de su padre mientras se preparaba, al recordar todas las veces que le había dictado cartas o le había oído dando órdenes a jóvenes botánicos. «Estate viva y atenta —oyó decir a Henry—. Asegúrate de que no eres la única que sabe escribir o leer una carta en tu cuadrilla. Si necesitas encontrar agua, sigue a un perro. Si tienes hambre, come insectos antes que malgastar energía cazando. Si un pájaro puede comerlo, tú puedes comerlo. Tus mayores peligros no son las serpientes, los leones o los caníbales; tus mayores peligros son las ampollas de los pies, el descuido y la fatiga. Que las notas de tus diarios y tus mapas sean legibles; si tú mueres, tus notas tal vez sean de ayuda a un futuro viajero. En caso de emergencia, escribe con sangre».

Alma sabía que debía vestir colores claros en los trópicos para mantenerse fresca. Sabía que la espuma de jabón aplicada a la tela, tras secarse por la noche, impermeabilizaría la ropa. Sabía que debía llevar franela cerca de la piel. Sabía que los regalos a los misioneros (periódicos recientes, semillas de hortalizas, quinina, hachas de mano y botellas de cristal) y a los nativos (percal, botones, espejos y cintas) serían agradecidos. Empacó uno de sus queridos microscopios (el más pequeño), aunque temía que quedaría hecho añicos en el viaje. Embaló un nuevo y radiante cronómetro y un pequeño termómetro para viajes.

Cargó todo ello en baúles y cajas de madera (acolchadas cariñosamente con musgo seco), los cuales amontonó en una pequeña pirámide frente a la cochera. Alma sintió un escalofrío de pánico cuando vio los bienes imprescindibles de toda una vida reducidos a una pila tan pequeña. ¿Cómo iba a sobrevivir con tan poco? ¿Qué iba a hacer sin una biblioteca? ¿Y sin su herbario? ¿Cómo iba a esperar seis meses para recibir noticias de la familia o del mundo científico? ¿Y si el barco se hundía y todos esos bienes se extraviaban en el mar? Sintió una súbita compasión por todos los jóvenes a quienes los Whittaker habían enviado en expediciones recolectoras... por el miedo y la inseguridad que habrían sentido, incluso cuando se mostraban confiados. De algunos de esos hombres no volvieron a saber nada.

Durante los preparativos, Alma se esforzó en aparentar ser una *botaniste voyageuse,* pero lo cierto es que no iba a Tahití en busca de plantas. El motivo real lo explicaba un objeto enterrado al fondo de una de las cajas más grandes: la maleta de cuero de Ambrose, amarrada con fuerza y llena de los dibujos del muchacho tahitiano desnudo. Tenía la intención de buscar a ese muchacho (a quien se había acostumbrado a llamar «el Muchacho») y tenía la certeza de que lo encontraría. Tenía la intención de buscar al Muchacho por toda la isla de Tahití si fuese necesario, buscarlo casi *botánicamente,* como si fuera un raro espécimen de orquídea. Lo reconocería en cuanto lo viese, no le cabía duda. Reconocería esa cara hasta en su lecho de muerte. Ambrose había sido un artista brillante, al fin y al cabo, y los rasgos eran vívidos y claros. Era como si Ambrose le hubiera dejado un mapa y ahora debía seguirlo.

No sabía qué haría con el Muchacho cuando lo encontrara. Pero lo encontraría.

***

Alma viajó en tren a Boston, pasó tres noches en un hotel portuario barato (que apestaba a ginebra, tabaco y al sudor de los huéspedes anteriores) y al fin embarcó. Su barco se llamaba *Elliot* (un ballenero de treinta y cinco metros, ancho y robusto como yegua vieja) y se dirigía a las islas Marquesas por duo-décima vez desde su construcción. El capitán había aceptado, por una suma considerable, apartarse del rumbo y dejar a Alma en Tahití.

El capitán era el señor Terrence, de Nantucket. Era un marino al que admiraba Dick Yancey, quien obtuvo el pasaje de Alma. El señor Terrence era tan duro como debía ser un capitán, prometió Yancey, y se hacía respetar por sus hombres mejor que la mayoría. Terrence era conocido por ser más osado que prudente (era famoso por desplegar las velas en plena tormenta, con la esperanza de ganar velocidad gracias al vendaval), pero era religioso y sobrio, y se esforzaba por imponer su código moral en el mar. Dick Yancey confiaba en él y habían navegado juntos muchas veces. Dick Yancey, que siempre tenía prisa, prefería capitanes que viajaran rápido y sin miedos, y Terrence era así.

Era la primera vez que Alma estaba a bordo de un barco. O, mejor dicho, había estado en muchos barcos cuando acompañaba a su padre a los embarcaderos de Filadelfia para inspeccionar la carga, pero era la primera vez que navegaba. Cuando el *Elliot* salió de la dársena, Alma fue a la cubierta con el corazón desbocado, como si se le quisiera salir del pecho. Observó los últimos postes del embarcadero ante ella y enseguida, con una velocidad que cortaba la respiración, los vio súbitamente detrás. Alma volaba por el gran puerto de Boston, con los botes de pesca, más pequeños, balanceándose en su estela. Al final de la tarde, Alma se encontró en mar abierta por primera vez en la vida.

—Voy a hacer todo lo que esté en mis manos para que esté cómoda en este viaje —juró el capitán Terrence cuando Alma subió a bordo. Alma agradeció su interés, pero no tardó en comprender que casi nada sería cómodo en este viaje. Su litera, junto al camarote del capitán, era pequeña y sombría y apestaba a aguas residuales. El agua potable olía a estanque. El barco transportaba un cargamento de mulas a Nueva Orleans y los animales eran infatigables en sus quejas. La comida era tan insípida como astringente (nabos y galletas saladas para el desayuno, carne seca con cebollas para la cena) y el tiempo, en el mejor de los casos, era incierto. Durante las tres primeras semanas de viaje, Alma no vio el sol. De inmediato, el *Elliot* se encontró con un fuerte vendaval que rompió la vajilla y derribó marinos con una frecuencia sorprendente. A veces tuvo que atarse a sí misma a la mesa del capitán para comer a salvo la carne seca con cebollas. Comía con valentía, no obstante, y sin quejarse.

No había otra mujer a bordo, ni un solo hombre culto. Los marinos jugaban a los naipes toda la noche; reían y gritaban y no la dejaban dormir. A veces los hombres bailaban sobre la cubierta como espíritus poseídos, hasta que el capitán Terrence amenazaba con romperles los violines si no paraban. Solo había tipos duros a bordo del *Elliot*. Uno de los marinos atrapó un halcón en la costa de Carolina del Norte, le cortó las alas y lo miraba dar saltitos por la cubierta, por diversión. A Alma le pareció espantoso, pero no dijo nada. Al día siguiente, los marinos, aburridos y distraídos, organizaron una boda entre dos mulas, a las que decoraron con festivos collares de papel para el evento. Hubo un buen jaleo de risotadas y gritos. El capitán no se opuso; no vio que tuviera nada de malo (tal vez, pensó Alma, porque era una boda cristiana). Alma no había visto semejantes comportamientos en su vida.

No había nadie con quien hablar de asuntos importantes, así que decidió dejar de hablar de asuntos importantes. Resolvió estar de buen humor y mantener conversaciones livianas con todo el mundo. Se obligó a no hacer enemigos. Como iban a estar juntos en el mar de cinco a siete meses, le pareció la estrategia más razonable. Incluso se permitió reírse de las bromas, siempre que los hombres no fueran demasiado groseros. No le inquietaba que le hicieran daño; el capitán Terrence no consentía que se tomaran confianzas y los hombres no se mostraron libertinos ante Alma. (No le sorprendió. Si los hombres no se interesaban por Alma cuando tenía diecinueve años, ahora, con cincuenta y uno, ni se fijarían en ella).

Su compañero más cordial era el pequeño mono que el capitán Terrence tenía de mascota. Se llamaba Pequeño Nick y se sentaba con Alma durante horas, hurgando en ella con delicadeza, siempre en busca de algo nuevo. Tenía un carácter muy inteligente y curioso. Sobre todo, al mono le fascinaba la pulsera de mechones entrelazados que llevaba Alma. No dejó de causarle perplejidad que no hubiera una pulsera similar en la otra muñeca, si bien cada mañana miraba si había crecido por la noche. En esos momentos, suspiraba y contemplaba a Alma con resignación, como si dijera: «¿Por qué no eres simétrica por lo menos una vez?». Con el tiempo, Alma aprendió a compartir el rapé con el Pequeño Nick. Con delicadeza, el mono se llevaba una pizca a una fosa nasal, estornudaba limpiamente y se quedaba dormido en su regazo. Alma no sabía qué habría hecho sin su compañía.

Rodearon el extremo de Florida y atracaron en Nueva Orleans para entregar las mulas. A nadie le entristeció su marcha. En Nueva Orleans, Alma vio una niebla extraordinaria sobre el lago Pontchartrain. Vio fardos de algodón y toneles de azúcar amontonados en los muelles, a la espera de sus barcos. Vio barcos a vapor alineados en filas hasta donde alcanzaba la vista, a la espera de chapotear por el Misisipi. Dio buen uso al francés en Nueva Orleans, aunque el acento del lugar la confundía. Admiró las casitas con jardines de conchas marinas y arbustos recortados, y le deslumbraron las mujeres y sus complejos vestidos. Deseó tener más tiempo para explorar, pero pronto recibieron la orden de volver a bordo.

Navegaron al sur por la costa de México. Un brote de fiebre asoló el barco. Casi nadie se libró. Había un médico a bordo, pero era un inútil, así que Alma pronto se descubrió despachando tratamientos gracias a su precioso alijo de purgantes y eméticos. No se consideraba una buena enfermera, pero era una farmacéutica competente y su ayuda le valió un pequeño grupo de admiradores.

Pronto Alma también cayó enferma y se vio obligada a guardar cama. Sus fiebres le ocasionaron sueños distantes y vívidos temores. No lograba apartar las manos de la vulva y se despertaba en paroxismos tanto de dolor como de placer. Soñaba sin cesar con Ambrose. Había hecho un esfuerzo heroico para no pensar en él, pero la fiebre debilitó la fortaleza de su mente y sus recuerdos la asaltaron..., aunque eran recuerdos deformados de un modo horrible. En sus sueños, lo veía en la bañera (tal como lo vio esa tarde, desnudo), pero su pene se alzaba robusto y hermoso y Ambrose sonreía lascivo mientras le pedía que le lamiese hasta quedarse sin aliento. En otros sueños, Alma observaba a Ambrose ahogarse en la bañera y se despertaba aterrada por la certeza de haber sido ella quien lo había asesinado. Una noche oyó su voz, que susurró: «Ahora tú eres la niña y yo soy la madre», y Alma se despertó con un grito, sacudiendo los brazos. Pero no había nadie ahí. Había hablado en alemán. ¿Por qué hablaría en alemán Ambrose? ¿Qué significaba? Incapaz de conciliar el sueño durante el resto de la noche, se esforzó en comprender la palabra madre (*mutter*, en alemán), palabra que, en alquimia, también significa «el crisol». No logró descifrar el sentido del sueño, pero sintió intensamente que era una maldición.

Por primera vez, se arrepintió de este viaje.

El día siguiente a Navidad, uno de los marineros murió de fiebre. Lo amortajaron con un trozo de vela, lo ataron a una bala de cañón y lo arrojaron en silencio al mar. Los hombres aceptaron esta muerte sin señal aparente de duelo y subastaron los bienes del difunto. Al caer la noche, era como si ese hombre no hubiera existido. Alma imaginó sus bienes subastados entre estos tipos. ¿Qué pensarían de los dibujos de Ambrose? ¿Cómo saberlo? Tal vez ese tesoro de sensualidad sodomita tuviese valor para algunos de estos hombres. Todo tipo de hombres se hacía a la mar. Alma sabía bien que eso era cierto.

Alma se recuperó de su enfermedad. Un buen viento los llevó a Río de Janeiro, donde Alma vio barcos esclavistas portugueses con rumbo a Cuba. Vio hermosas playas, donde los pescadores arriesgaban la vida en balsas que no parecían más resistentes que el techo de un gallinero. Vio grandiosas palmeras de abanico, más altas que las de los invernaderos de White Acre, y deseó hasta el dolor poder enseñárselas a Ambrose. No lograba apartarlo de sus pensamientos. Se preguntó si él también había visto esas palmeras, al pasar por ahí.

Se distrajo con paseos inagotables. Vio mujeres que no llevaban sombrero y fumaban al caminar por la calle. Vio refugiados, comerciantes, criollos sucios y negros distinguidos, mulatos semisalvajes y elegantes. Vio a hombres que vendían loros y lagartos a cambio de comida. Alma se dio festines de naranjas, limones y limas. Comió tantos mangos (compartió algunos con el Pequeño Nick) que le salieron sarpullidos. Vio carreras de caballos y espectáculos de baile. Se quedó en un hotel regentado por una pareja interracial, la primera vez que veía tal cosa. (La mujer era una negra amable y competente que no hacía nada despacio; el hombre era blanco y viejo y no hacía nada en absoluto). No pasaba un día sin que viera hombres que llevaban esclavos por las calles de Río, donde ponían a estos seres esposados a la venta. Alma no soportaba verlo. Se sentía asqueada de vergüenza, por todos los años que había vivido sin reparar en esta aberración.

De vuelta al mar, se dirigieron a Cabo de Hornos. A medida que se acercaban al cabo, el tiempo se volvió tan hostil que Alma, envuelta ya en varias capas de franela y lana, añadió un abrigo de hombre y un sombrero ruso prestado a su vestuario.

Así arropada, era imposible distinguirla de los hombres a bordo. Vio las montañas de Tierra del Fuego, pero el barco no pudo atracar, debido al clima. Siguieron quince días penosos mientras rodearon el cabo. El capitán insistió en navegar a toda vela, y a Alma le asombró que los mástiles soportaran la presión. El barco iba dando bandazos de un lado a otro. El *Elliot*, cuya pobre alma de madera era golpeada y azotada por el mar, parecía gritar de dolor.

—Si Dios lo quiere, no nos pasará nada —dijo Terrence, que se negó a plegar las velas, empeñado en recorrer otros veinte nudos antes de que cayera la oscuridad.

—Pero ¿y si alguien muere? —gritó Alma al viento.

—Sepultura en el mar —gritó a su vez el capitán, que siguió adelante.

Fueron cuarenta y cinco días de frío glacial. Las olas emprendieron un asalto incesante y brutal. A veces las tormentas eran tan intensas que los marinos más viejos cantaban salmos para consolarse. Otros maldecían y bramaban y unos pocos permanecían en silencio..., como si ya estuvieran muertos. Las tormentas tiraron los gallineros de los estays y las gallinas salieron volando por la cubierta. Una noche, la botavara quedó reducida a astillas, como para encender un fuego. Al día siguiente, los marinos trataron de alzar una nueva botavara, pero fracasaron. Uno de los marinos, alcanzado por una ola, cayó a la bodega y se rompió las costillas.

Alma oscilaba entre la esperanza y el miedo, sabedora de que podría morir en cualquier momento, pero ni una vez gritó aterrorizada ni levantó la voz en señal de alarma. Al final del todo, cuando se despejó el cielo, el capitán Terrence dijo: «Es usted una verdadera hija de Neptuno, señorita Whittaker», y Alma sintió que era el mayor elogio que le habían dedicado en la vida.

Al fin, a mediados de marzo, atracaron en Valparaíso, donde los marinos encontraron enormes casas de prostitución para saciar sus necesidades amorosas, mientras Alma exploraba esta ciudad compleja y acogedora. La zona del puerto era un barrizal degenerado, pero las casas de las colinas eran bonitas. Caminó por las colinas durante días y sintió que las piernas recuperaban las fuerzas. Vio casi tantos estadounidenses en Valparaíso como en Boston; todos se dirigían a San Francisco, en busca de oro. Se atiborró de peras y cerezas. Vio una procesión religiosa de casi un kilómetro de largo, por un santo que no le resultaba familiar, y la siguió hasta el final, hasta una catedral formidable. Leyó periódicos y envió cartas a Prudence y Hanneke. Un día despejado y fresco subió al punto más alto de Valparaíso y desde ahí (en la lejana y nebulosa distancia) vio las cumbres nevadas de los Andes. Sintió la profunda herida de la ausencia de su padre. Eso le brindó un extraño alivio: echar de menos a Henry y no, por una vez, a Ambrose.

Se hicieron a la mar de nuevo, a las aguas interminables del Pacífico. Los días se volvieron cálidos. Los marinos se calmaron. Limpiaron entre las cubiertas y fregaron el moho y los vómitos viejos. Canturreaban al trabajar. Por las mañanas, en plena actividad, el barco recordaba una pequeña aldea. Alma se había acostumbrado a la falta de intimidad y ahora la reconfortaba la presencia de los marinos. Le resultaban familiares y la alegraba tenerlos cerca. Le enseñaron a hacer nudos y salomas y Alma les limpiaba las heridas y les sajaba los furúnculos. Alma comió un albatros, cazado por un joven marino. Pasaron junto al cadáver hinchado y flotante de una ballena (cuya grasa ya se habían llevado otros balleneros), pero no vio ninguna ballena viva.

El océano Pacífico era vasto y estaba vacío. Por primera vez, Alma comprendió por qué los europeos habían tardado tanto en llegar a Terra Australis durante su voraz expansión. Los primeros exploradores supusieron que habría un continente al sur, tan grande como Europa, para mantener el perfecto equilibrio de la Tierra. Pero se equivocaron. Poca cosa había aquí salvo agua.

En todo caso, el hemisferio sur era lo opuesto de Europa: un enorme continente de agua, jalonado por pequeños lagos de tierra distantes entre sí.

Siguieron días y días de un vacío azul. Por todas partes, Alma veía prados de agua, que se extendían hasta donde llegaba su imaginación. Aun así, no vieron ballenas. No vieron aves tampoco, pero veían los cambios de tiempo a cientos de kilómetros, y a menudo eran para peor. El aire no tenía voz hasta que llegaban las tormentas, y entonces los vientos aullaban angustiados.

A comienzos de abril, se toparon con un cambio de tiempo alarmante que oscureció los cielos ante sus ojos atónitos y mató el día en plena tarde. El aire se volvió cargado y amenazante. Esta súbita transformación preocupó al capitán Terrence tanto que mandó arriar velas (todas) mientras observaba los rayos que caían en torno a ellos en todas direcciones. Las olas se convirtieron en imponentes montañas de oscuridad. Pero entonces, con la misma rapidez con que los había acorralado, la tormenta amainó y los cielos se despejaron. En lugar de alivio, sin embargo, los hombres gritaron alarmados, pues enseguida vieron una tromba que se acercaba. El capitán ordenó a Alma que fuera bajo cubierta, pero Alma no se movió: la tromba era una visión irresistible. En ese momento, se alzó otro griterío, pues los hombres vieron que, en realidad, había tres trombas que rodeaban el barco a una cercanía inquietante. Alma se quedó hipnotizada. Una de las columnas se acercó tanto que vio las largas hebras de agua que subían en espiral desde el océano hasta el mismo cielo, en un obelisco descomunal que giraba. Era lo más majestuoso que había visto en la vida, y lo más sagrado, y lo más temible. La presión atmosférica era tan alta que las orejas de Alma parecían a punto de explotar, y era una tarea ardua llevar aire a los pulmones. Durante los cinco minutos siguientes, se sintió tan fascinada que no sabía si vivía o había muerto. No sabía qué mundo era este. Se le ocurrió que su tiempo en este mundo había tocado a su fin. Curiosamente, no le importó. No había nadie a quien añorar. Ni una sola persona cruzó su mente: ni Ambrose, ni nadie. No se arrepentía de nada. Se quedó de pie, absorta en su asombro, preparada para cualquier cosa.

Una vez que las trombas pasaron y el mar volvió a la calma, Alma sintió que había sido la experiencia más feliz de su vida.

Continuaron navegando.

Al sur, remota e imposible, se encontraba la Antártida. Al norte no había nada, al parecer, o eso decían los marinos, aburridos. Siguieron navegando al oeste. Alma echaba de menos los placeres de caminar y oler la tierra. Sin ningún otro ejemplar botánico que estudiar, Alma pidió a los hombres que le subiesen algas. No conocía bien las algas, pero sabía cómo diferenciar unas de otras, y pronto descubrió que poseían raíces en racimo y algunas se comprimían. Algunas presentaban diversas texturas; otras eran lisas. Se preguntó cómo preservar las algas para estudiarlas, sin que quedasen reducidas a moho o a escamas negras e irreconocibles. No llegó a dominar la técnica, pero le dio algo que hacer. Le encantó descubrir que los marinos cubrían las puntas de los arpones con musgo seco; eso le dio la oportunidad de examinar algo maravilloso y familiar una vez más.

Alma acabó admirando a los marinos. No entendía cómo soportaban tanto tiempo lejos de las comodidades de la tierra. ¿Cómo no se volvían locos? El océano la dejaba atónita y la perturbaba. Nada le había causado tal impresión. Le parecía la síntesis misma de la materia, la obra maestra de los misterios. Una noche surcaron un rombo de fosforescencia líquida. El barco agitó estas extrañas moléculas verdes y púrpuras al avanzar, hasta que dio la impresión de que el *Elliot* arrastraba un largo velo resplandeciente tras de sí, por todo el mar. Era tan hermoso que Alma se preguntó cómo los hombres no se arrojaban al agua, no se dejaban ahogar hasta morir en esa magia embriagadora.

Otras noches, cuando no lograba conciliar el sueño, Alma recorría la cubierta descalza, tratando de endurecer las plantas de los pies para Tahití. Vio sobre el agua en calma los largos reflejos de las estrellas, que brillaban como antorchas. En las alturas el cielo era tan extraño como el mar que la rodeaba. Vio unas pocas constelaciones que le recordaron su hogar (Orión y las Pléyades), pero la Estrella Polar había desaparecido, al igual que la Osa Mayor. Estos tesoros extraviados en la bóveda celeste la desorientaban de un modo desesperante. Pero había nuevos dones en el cielo, como compensación. Vio la Cruz del Sur, los Gemelos y la vasta nebulosa de la Vía Láctea, como leche derramada.

Asombrada por las constelaciones, una noche Alma dijo al capitán Terrence:

—*Nihil astra praeter vidit et undas.*

—¿Qué significa eso? —preguntó.

—Es de las *Odas* de Horacio —dijo Alma—. Significa que no se ve más que estrellas y olas.

—Me temo que no sé latín, señorita Whittaker —se disculpó el capitán—. No soy católico.

Uno de los marinos más viejos, que había vivido al sur del Pacífico muchos años, contó a Alma que, cuando los tahitianos escogían una estrella a la que seguir durante sus viajes, la llamaban *aveia:* la diosa guía. Pero, por lo general, dijo, en tahitiano el nombre más común de las estrellas era *fetia.* Marte, por ejemplo, era la estrella roja: *fetia ura.* El lucero del alba era *fetia ao:* la estrella de la luz. Los tahitianos eran navegantes excepcionales, dijo el marino, con una admiración indisimulada. Eran capaces de navegar en noches sin luna y sin estrellas, orientándose solo por la corriente oceánica. Reconocían dieciséis tipos de viento.

—Siempre me he preguntado si fueron a visitarnos al norte antes de que nosotros llegáramos al sur —dijo—. Me pregunto si llegaron hasta Liverpool o Nantucket en sus canoas. Podría ser, ¿sabe? Podrían haber navegado hasta allí, habernos observado mientras dormíamos y luego haberse ido antes de ser vistos. No me sorprendería ni un poco que así hubiese sido.

Así pues, Alma ya sabía unas pocas palabras en tahitiano. Sabía *estrella*, *rojo* y *luz*. Pidió al marino que le enseñara más. Le enseñó lo que pudo, intentando ayudarla, pero, se disculpó, casi todo lo que sabía eran términos náuticos y lo que se dice a una muchacha bonita.

Siguió sin ver ballenas.

Los hombres estaban decepcionados. Estaban aburridos e inquietos. Los mares estaban explotados. El capitán temía la ruina. Algunos marinos (aquellos de los que Alma se había hecho amiga, al menos) querían presumir de sus dotes de cazadores.

—Es más emocionante que cualquier otra cosa —le prometieron.

Todos los días buscaron ballenas. Alma buscaba también. Pero no llegó a ver ninguna, pues atracaron en Tahití en junio de 1852. Los marinos fueron por un lado y Alma por otro, y no volvió a saber del *Elliot*.

Capítulo veintidós

Lo primero que Alma vio de Tahití, desde la cubierta del ballenero, fueron unas cumbres escarpadas que se alzaban contra el cielo azul sin nubes. Se acababa de despertar en esa hermosa mañana y caminó a la cubierta para contemplar el mundo. No esperaba ver lo que vio. Tahití dejó a Alma sin respiración; no por su hermosura, sino por su extrañeza. Había oído historias, toda su vida, acerca de esta isla, y había visto dibujos y pinturas, pero no tenía ni idea de que fuera un lugar tan alto, tan extraordinario. Esas montañas no tenían nada en común con las colinas de Pensilvania; verdosas y salvajes, eran de pendientes espeluznantes, de picos imponentes, de un verde cegador. Sin duda, todo el lugar estaba cubierto de un verde excesivo. Incluso en las playas, todo era desmesurado y verde. Los cocoteros daban la impresión de crecer en la misma agua.

La turbaba. Aquí estaba, en medio de ninguna parte, a medio camino entre Australia y Perú, y no podía evitar preguntarse: «¿Por qué hay una isla aquí?». Tahití parecía una extraña interrupción de la llanura masiva y sin fin del Pacífico, una catedral inquietante y arbitraria que se alzaba desde el centro del mar, sin ningún motivo en absoluto. Esperaba ver una especie de paraíso, pues así era como Tahití se describía siempre. Esperaba quedar abrumada por su belleza, sentirse como si hubiera caído en el Edén. ¿Acaso Bougainville no había llamado a Tahití *La Nouvelle Cythère*, como la isla donde nació Afrodita? Pero la primera reacción de Alma, para ser sinceros, fue el temor. En esta brillante mañana, en este tiempo ventoso, frente a la repentina aparición de esta célebre utopía, Alma no percibió más que una sensación de amenaza. Se preguntó: «¿Qué habrá pensado Ambrose de todo esto?». No quería quedarse sola aquí.

Pero ¿adónde ir si no?

El barco, un viejo caballo amaestrado, se deslizó sin percances en el puerto de Papeete, mientras aves marinas de una docena de variedades giraban en torno a los mástiles, tan rápido que Alma no podía contarlas ni identificarlas. Alma y su equipaje acabaron en un embarcadero ajetreado y colorido. El capitán Terrence, muy amablemente, fue a intentar alquilar un carruaje para que llevara a Alma a la misión de la bahía de Matavai.

Al cabo de varios meses de travesía, las piernas de Alma vacilaban y los nervios casi se apoderaron de ella. A su alrededor vio todo tipo de gente: marinos y oficiales de marina y comerciantes, y alguien con zuecos, que tal vez fuera un mercader holandés. Vio a un par de vendedores chinos de perlas, ante los que esperaban largas colas. Vio a nativos y medio nativos y quién sabe qué más. Vio un fornido tahitiano que llevaba una chaqueta naval, a todas luces adquirida de un marino británico, pero no llevaba pantalones, sino una falda de hierbas y un desconcertante pecho desnudo bajo la chaqueta. Vio a mujeres nativas vestidas con toda clase de atuendos. Algunas de las más ancianas lucían con descaro los pechos, mientras que las más jóvenes tendían a vestir con largos vestidos similares a camisones, con el pelo recogido en trenzas recatadas. Esas se acababan de convertir al cristianismo, supuso. Vio una mujer envuelta en lo que parecía ser un mantel, que calzaba unos zapatos de hombre, europeos, de cuero, demasiado grandes para ella, mientras vendía frutas desconocidas. Vio a un tipo con un atuendo fantástico: unos pantalones europeos a modo de chaqueta y una corona de hojas en la cabeza. Le pareció una visión extraordinaria, pero nadie más le prestaba atención.

Los nativos eran más corpulentos que las personas a las que Alma estaba acostumbrada. Algunas de las mujeres eran tan altas como la propia Alma. Los hombres eran incluso más altos. La piel era de cobre bruñido. Algunos hombres tenían el pelo largo y un aspecto amenazador; otros lo tenían corto y parecían civilizados.

Alma vio a un triste grupo de prostitutas que salió corriendo hacia los marinos del *Elliot* con sugerencias inmediatas y descaradas, en cuanto los hombres pusieron pie en el muelle. Las mujeres llevaban el pelo suelto y esas ondas de negro brillante les llegaban a la cintura. De espaldas, todas eran iguales. De frente, se notaban las diferencias de edad y belleza. Alma miró el inicio de las negociaciones. Se preguntó cuánto costaba algo así. Se preguntó qué ofrecían las mujeres en concreto. Se preguntó cuánto duraban esas transacciones y dónde tenían lugar. Se preguntó dónde irían los marinos que quisieran adquirir muchachos en vez de mujeres. En el muelle no había ni rastro de ese tipo de intercambio. Probablemente, ocurría en un lugar más discreto.

Vio niños y bebés de toda índole: con o sin ropa, dentro o fuera del agua, cerca y lejos de ella. Los niños se movían como bancos de peces o bandadas de pájaros, y cada decisión conllevaba un acuerdo colectivo e inmediato: «Ahora, ¡a saltar! Ahora, ¡a correr! Ahora, ¡a mendigar! Ahora, ¡a burlarnos de alguien!». Vio a un anciano cuya pierna hinchada era el doble de grande de lo normal. Tenía los ojos blancos por la ceguera. Vio carruajes diminutos, tirados por los ponis más pequeños y tristes imaginables. Vio un pequeño grupo de perros pintos jugando entre ellos en la sombra. Vio tres marinos franceses, del brazo, cantando lujuriosos, ya borrachos en esta hermosa mañana. Vio los anuncios de un billar y, qué sorpresa, de una imprenta. La tierra sólida oscilaba bajo sus pies. Hacía calor bajo el sol.

Un precioso gallo negro vio a Alma y marchó hacia ella pavoneándose, como si fuera un emisario enviado a darle la bienvenida. Era tan digno que a Alma no le habría sorprendido que luciera una banda ceremonial en el pecho. El gallo se detuvo frente a ella, autoritario y atento. Alma casi esperó que hablara o le pidiera sus documentos. Sin saber qué más hacer, bajó la mano y acarició el majestuoso pájaro, como si fuera un perro. Asombrosamente, el gallo lo consintió. Alma lo acarició un poco más y el gallo cloqueó, muy satisfecho. A la postre, el gallo se acomodó a los pies de Alma y se acicaló las plumas, en reposo. Mostraba todos los indicios de que todo había salido exactamente según el plan. Este sencillo intercambio reconfortó a Alma. El sosiego y la seguridad del gallo la ayudaron a tranquilizarse.

Así, los dos (el ave y la mujer) esperaron juntos en el muelle, en silencio, lo que sucediera a continuación.

***

Había más de diez kilómetros entre Papeete y la bahía de Matavai. Alma se apiadó tanto de los pobres ponis que debían arrastrar su equipaje, que bajó del carruaje y caminó a su lado. Era una delicia volver a usar las piernas al cabo de tantos meses atrapada en el mar. El camino era precioso y estaba sombreado por una celosía de palmeras y árboles del pan. Para Alma, el paisaje era al mismo tiempo familiar y desconcertante. Reconoció muchas variedades de palmeras por los invernaderos de su padre, pero otras eran misteriosas combinaciones de hojas plateadas y áspera corteza. Como solo había visto palmeras dentro de los invernaderos, Alma se dio cuenta de que nunca antes las había oído. El sonido del viento entre las frondas era como un susurro de seda. A veces, con las ráfagas de viento más fuertes, los troncos crujían como puertas viejas. Qué ruidosas y llenas de vida. En cuanto a los árboles del pan, eran más grandiosos y elegantes de lo que se habría imaginado. Se parecían a los olmos de su tierra: brillantes y magnánimos.

El conductor del carruaje (un tahitiano viejo de inquietantes tatuajes en la espalda y de pecho aceitoso) se quedó perplejo al comprobar que Alma tenía ganas de hablar. Parecía temer que eso implicara que no le iba a pagar. Para tranquilizarlo, Alma intentó pagar a medio camino, lo cual solo causó más confusión. El capitán Terrence había negociado el precio de antemano, pero ese acuerdo parecía ahora nulo. Alma le ofreció pagar con monedas estadounidenses, pero el hombre intentó devolverle el cambio con un puñado de sucias piastras españolas y pesos bolivianos. Alma no logró comprender cómo calculaba ese cambio de divisas, hasta que entendió que el hombre canjeaba sus monedas, viejas y deslucidas, por las de Alma, nuevas y brillantes.

La dejó a la sombra de un platanar, en medio de la misión de la bahía de Matavai. El conductor dejó el equipaje apilado en una ordenada pirámide; tenía el mismo aspecto que siete meses antes, frente a la cochera de White Acre. Una vez a solas, Alma se fijó en su entorno. Era una ubicación bastante agradable, pensó, más modesta de lo que esperaba. La iglesia de la misión era una estructura humilde y pequeña, encalada y con techo de paja, rodeada por un grupo de casitas también encaladas y con techos de paja. En conjunto, aquí no habría más que unas pocas docenas de habitantes.

La comunidad se alzaba a orillas de un riachuelo que daba al mar. El río seccionaba la playa, larga y curvada, de arena volcánica densa y negra. Debido al color de la arena, el agua de la bahía no era de ese turquesa brillante que se asocia con los Mares del Sur; en su lugar, era una ensenada de tinta, majestuosa y pesada.

Un arrecife de unos trescientos metros mantenía las olas bastante tranquilas. Incluso desde esta distancia, Alma oía las olas rompiendo contra ese arrecife lejano. Tomó un puñado de arena (del color del hollín) y la dejó escapar entre los dedos. Era como un terciopelo cálido y le dejó los dedos limpios.

—Bahía de Matavai —dijo en voz alta.

Apenas podía creer que estaba aquí. Todos los grandes exploradores del siglo anterior habían estado aquí. Wallis había estado aquí, y Vancouver, y Bougainville. El capitán Bligh había acampado durante seis meses en esta misma playa. Para Alma, lo más impresionante era que en esta misma playa el capitán Cook desembarcó en Tahití por primera vez, en 1769. A la izquierda de Alma, a escasa distancia, se encontraba el gran promontorio donde Cook había observado el tránsito de Venus: ese movimiento crucial de un pequeño disco negro a lo largo del Sol, para ser testigo de lo cual Cook había recorrido el mundo. A la derecha de Alma, ese agradable riachuelo señaló antaño la última frontera de la historia entre los tahitianos y los británicos. Justo tras la llegada de Cook, los dos pueblos se situaron a cada orilla de este arroyo, contemplándose con curiosidad y recelo durante varias horas. Los tahitianos pensaban que los británicos habían zarpado del cielo y que esas embarcaciones enormes e impresionantes eran fragmentos de islas *(motus)* caídos desde las estrellas. Los ingleses trataban de averiguar si estos indios serían agresivos o peligrosos. Las tahitianas se acercaron a la orilla misma del río y se burlaron de los marinos ingleses con bailes juguetones y provocativos. «No parece haber peligro aquí», pensó el capitán Cook, y dejó que sus hombres acudieran junto a las mujeres. Los marinos regalaron clavos de hierro a cambio de los favores sexuales de las mujeres. Las mujeres cogieron los clavos y los plantaron en la tierra, con la esperanza de que creciera más de este hierro precioso, al igual que un árbol crecía de una ramita.

El padre de Alma no estuvo ahí, no en ese viaje. Henry Whittaker llegó a Tahití ocho años más tarde, durante el tercer viaje de Cook, en agosto de 1777. A estas alturas, los ingleses y los tahitianos se habían acostumbrado los unos a los otros... y se llevaban bien, además. Algunos marinos británicos incluso tenían esposas isleñas esperándoles entre las mujeres, así como hijos isleños. Los tahitianos llamaron «Toote» al capitán Cook, ya que eran incapaces de pronunciar su nombre. Alma sabía todo esto gracias a las historias de su padre, historias que no había recordado durante décadas. Las recordó ahora, todas. Su padre se bañó en este mismo río en su juventud. Desde aquella época, los misioneros comenzaron a usarlo para celebrar bautizos.

No sabía bien qué hacer a continuación. No había nadie a la vista, con la excepción de un niño que jugaba solo en el río. No tendría más de tres años, estaba desnudo por completo y actuaba con total confianza a pesar de estar desatendido en el agua. Alma no quería dejar el equipaje, así que se sentó encima de sus pertenencias y esperó a que apareciese alguien. Tenía muchísima sed. Había estado demasiado emocionada esa mañana para desayunar en el barco, así que tenía hambre también.

Al cabo de un largo rato, una corpulenta tahitiana, ataviada con un sombrero blanco y un vestido largo y discreto, apareció junto a una de las casitas más distantes, con una azada. Se detuvo cuando vio a Alma. Alma se levantó y se estiró el vestido.

—*Bonjour* —exclamó Alma. Oficialmente, Tahití pertenecía ahora a Francia; Alma imaginó que el francés sería su mejor opción.

La mujer le ofreció una hermosa sonrisa.

—¡Aquí hablamos inglés! —exclamó en inglés, como respuesta.

Alma quiso acercarse para no tener que hablar a gritos, pero, absurdamente, se sentía atada al equipaje.

—¡Estoy buscando al reverendo Francis Welles! —vociferó.

—¡Hoy está en el corral! —vociferó a su vez la mujer, de buen humor, y prosiguió su camino hacia Papeete, dejando a Alma a solas con sus baúles.

¿El corral? ¿Tenían ganado por estos lares? En ese caso, Alma no había visto ni olido rastro de los animales. ¿Qué habría querido decir la mujer?

Durante las horas siguientes, unos cuantos tahitianos caminaron frente a Alma y su pila de cajas y baúles. Todos eran amables, si bien no parecían demasiado intrigados por su presencia, y ninguno habló con ella mucho tiempo. Todos reiteraron la misma información: el reverendo Francis Welles pasaba el día en el corral. ¿Y a qué hora volvería del corral? Nadie lo sabía. Antes de que cayera la noche, le deseaban todos.

Unos cuantos muchachos se reunieron en torno a Alma y jugaron a tirar guijarros al equipaje y a veces a sus pies, hasta que una mujer madura y corpulenta, con cara de pocos amigos, los echó, y los muchachos salieron corriendo a jugar al río. A medida que avanzaba el día, algunos hombres con pequeñas cañas de pescar pasaron ante Alma y se dirigieron al mar. Con el agua al cuello en esa marea tranquila, echaban sus redes. La sed y el hambre ya eran apremiantes. Aun así, Alma no osó apartarse de su equipaje.

El anochecer llega rápido en los trópicos. Alma lo sabía gracias a los meses pasados en el mar. Las sombras crecieron. Los niños salieron corriendo del río y volvieron a sus casas. Alma observó el sol, que descendía veloz sobre las altas montañas de la isla de Morea, al otro lado de la bahía. Comenzó a sentir pánico. ¿Dónde dormiría por la noche? Los mosquitos revoloteaban en torno a su cabeza. Ya era invisible para los tahitianos. Se dedicaban a sus asuntos en torno a ella, como si Alma y su equipaje fueran un mojón que llevaba en la playa desde los albores de la historia. Esa noche las gaviotas surgieron de entre los árboles para cazar. La luz incendió el agua con llamas deslumbrantes procedentes del sol poniente.

Entonces, Alma vio algo en el agua, algo que se dirigía hacia la playa. Era una piragua, pequeña y estrecha. Se hizo sombra con la mano y miró contra la luz reflejada del sol, intentando discernir qué eran esas siluetas. No, era solo una silueta, comprendió, y esa silueta remaba con gran energía. La piragua se lanzó a la playa con una fuerza notable (una pequeña flecha de impulso perfecto) y de ella salió un elfo. O esa fue la primera idea de Alma: «¡He ahí un elfo!». Al mirarlo con más detenimiento, sin embargo, el elfo resultó ser un hombre, con una corona salvaje de pelo cano y una barba encrespada a juego. Era diminuto, de piernas arqueadas y ágil, y tiró de la piragua por la playa con una fuerza sorprendente para alguien tan bajito.

—¿Reverendo Welles? —gritó Alma esperanzada, moviendo los brazos en un gesto que carecía de toda dignidad.

El hombre se aproximó. Resultaba difícil decir qué era más notable en él: su minúscula estatura o su delgadez. Era de la mitad del tamaño de Alma: tenía cuerpo de niño, y un niño esquelético. Era de mejillas hundidas y hombros puntiagudos bajo la camisa. Sostenía los pantalones en la cintura con un cordel. La barba le llegaba al pecho. Vestía unas sandalias extrañas, también hechas de cordel. No llevaba sombrero y su rostro estaba muy quemado por el sol. Su ropa no estaba reducida a harapos, pero casi. Parecía una pequeña sombrilla rota. Parecía un náufrago anciano, en miniatura.

—¿Reverendo Welles? —preguntó de nuevo, dubitativa, mientras el hombre se acercaba.

Él alzó la vista para mirarla (la alzó mucho) con unos ojos azules, brillantes y sinceros.

—Soy el reverendo Welles —dijo—. ¡Al menos, creo que lo sigo siendo!

Hablaba con un acento británico indefinido, ligero y cortante.

—Reverendo Welles, me llamo Alma Whittaker. Espero que haya recibido mi carta.

El reverendo Welles inclinó la cabeza: como un pájaro, interesado y despreocupado.

—¿Su carta?

Era justo lo que había temido. Nadie la esperaba. Respiró hondo y trató de encontrar la mejor manera de explicarse.

—He venido de visita, reverendo Welles, y tal vez a quedarme un tiempo..., como puede ver. —Alma señaló la pirámide de equipaje con un gesto de disculpa—. Me interesa la botánica y me gustaría estudiar las plantas nativas. Sé que usted también se dedica un poco al naturalismo. Vengo de Filadelfia, en los Estados Unidos. También he venido a supervisar la plantación de vainilla que posee mi familia. Mi padre era Henry Whittaker.

El hombre alzó las cejas canas.

—¿Su padre era Henry Whittaker, dice? —preguntó—. ¿Es que ese buen hombre ha fallecido?

—Me temo que sí, reverendo Welles. El año pasado.

—Lamento oírlo. Que el Señor lo acoja en su seno. Trabajé para su padre a lo largo de los años, ¿sabe?, dentro de mis posibilidades. Le vendí muchos ejemplares, por los cuales tuvo la amabilidad de pagarme bien. No llegué a conocer a su padre, ¿sabe?, pero trabajé con su emisario, el señor Yancey. Siempre fue un hombre generoso y recto, su buen padre. Muchas veces, a lo largo de los años, las ganancias del señor Whittaker ayudaron a salvar este pequeño asentamiento. No podemos confiar siempre en que la Sociedad Misionera de Londres venga al rescate, ¿cierto? Pero siempre hemos podido confiar en el señor Yancey y el señor Whittaker, ¿sabe? Dígame: ¿conoce al señor Yancey?

—Lo conozco bien, reverendo Welles. Lo he conocido toda mi vida. Fue él quien organizó mi viaje.

—¡Claro que sí! Claro que lo conoce. En ese caso, sabe que es un buen hombre.

Alma no habría sabido decir si se le habría ocurrido tildar a Dick Yancey de ser un buen hombre, pero asintió de todos modos.

Asimismo, nunca había oído que describieran a su padre como generoso, recto o amable. Necesitaría un tiempo para acostumbrarse a esas palabras. Recordó a un hombre en Filadelfia que una vez llamó a su padre «bípedo de presa». ¡Cómo se sorprendería ese hombre ahora al saber lo bien considerado que estaba ese bípedo aquí, en medio de los Mares del Sur! Esa idea hizo sonreír a Alma.

—Será un gran placer mostrarle la plantación de vainilla —prosiguió el reverendo Welles—. Un nativo de nuestra misión ha asumido la gestión, desde la pérdida del señor Pike. ¿Conoció a Ambrose Pike?

A Alma le dio un vuelco el corazón, pero no cambió de expresión.

—Sí, lo conocí un poco. Yo trabajaba estrechamente con mi padre, reverendo Welles, y fuimos los dos, de hecho, quienes decidimos enviar al señor Pike a Tahití.

Meses atrás, incluso antes de salir de Filadelfia, Alma había decidido que no revelaría a nadie en Tahití su relación con Ambrose. Durante todo su viaje, fue la «señorita Whittaker», y consintió con que la consideraran una solterona. En cierto sentido, por supuesto, era una solterona. Nadie sensato habría considerado su matrimonio con Ambrose un matrimonio de verdad. Además, sin duda tenía el aspecto de una solterona... y Alma se sentía así. Por lo general, no le gustaba contar mentiras, pero había venido hasta aquí para reconstruir la historia de Ambrose Pike y dudaba que alguien fuera sincero con ella de saber que Ambrose había sido su marido. Suponiendo que Ambrose respetara su ruego y no le hubiera hablado a nadie de su matrimonio, Alma creía que nadie sospecharía de un vínculo entre ellos, aparte del hecho de que el señor Pike fue empleado de su padre. En cuanto a Alma, no era más que una naturalista viajera y la hija de un importador botánico y magnate farmacéutico muy famoso; a nadie debía extrañar que viniera a Tahití por sus propios motivos: estudiar el musgo y supervisar la plantación de vainilla de su familia.

—Bueno, cuánto echamos en falta al señor Pike —dijo el reverendo Welles, con una dulce sonrisa—. Tal vez yo sea quien más lo echa en falta. Su muerte fue una pérdida terrible para nuestro pequeño asentamiento, ¿sabe? Ojalá todos los que vengan aquí den tan buen ejemplo a los nativos como el señor Pike, que fue amigo de los huérfanos y los caídos y enemigo del rencor y la crueldad, y ese tipo de cosas, ¿sabe? Era un hombre amable ese señor Pike. Lo admiraba, ¿sabe?, porque sentía que era capaz de enseñar a los nativos (a diferencia de tantos cristianos) cómo debería ser el verdadero temperamento cristiano. La conducta de tantos otros cristianos que nos visitan, ¿sabe?, no siempre parece calculada para aumentar la estima de nuestra religión a ojos de esta gente sencilla. Pero el señor Pike era un modelo de bondad. Es más, tenía un don para entablar amistad con los nativos que rara vez he visto. Hablaba con todo el mundo de manera sencilla y generosa, ¿sabe? No siempre se hace así, me temo, entre los hombres que vienen de lejos a esta isla. Tahití puede ser un paraíso peligroso, ¿sabe? Para quienes están acostumbrados a, digamos, el paisaje moral más riguroso de la sociedad europea, esta isla y su pueblo representan tentaciones difíciles de resistir. Los visitantes se aprovechan, ¿sabe? Incluso los misioneros, lamento decirlo, a veces explotan a esta gente, que son un pueblo infantil e inocente, ¿sabe?, si bien, con la ayuda del Señor, intentamos enseñarles a que se defiendan mejor. El señor Pike no era de esos, de los que se aprovechan, ¿sabe?

Alma se quedó boquiabierta. Fue el discurso de presentación más notable que había oído jamás (salvo, quizá, el del día que conoció a Retta Snow). El reverendo Welles ni siquiera inquirió por qué Alma Whittaker había venido desde Filadelfia para sentarse sobre una pila de cajas y baúles en medio de su misión, y aquí estaba, ¡hablando ya de Ambrose Pike! Alma no se lo había esperado. Tampoco esperaba que su marido, con esa maleta llena de dibujos secretos y obscenos, fuese elogiado con tal pasión como ejemplo moral.

—Sí, reverendo Welles —atinó a decir.

Sorprendentemente, el reverendo Welles se explayó aún más sobre el tema:

—Además, ¿sabe?, llegué a querer al señor Pike como al más preciado amigo. No se puede imaginar el consuelo de un compañero inteligente en un lugar tan solitario como este. En verdad caminaría muchos kilómetros para ver su rostro o para agarrar su mano en un gesto amistoso una vez más, si fuera posible..., pero tal milagro no sucederá mientras yo respire, ¿sabe?, pues el señor Pike ha recibido el llamado del paraíso, señorita Whittaker, y nosotros nos hemos quedado aquí, solos.

—Sí, reverendo Welles —dijo Alma de nuevo. ¿Qué más podía decir?

—Puede llamarme hermano Welles —dijo—, si no le molesta que la llame hermana Whittaker.

—Cómo no, hermano Welles —dijo Alma.

—Ahora puede unirse a nosotros en la oración vespertina, hermana Whittaker. Tenemos un poco de prisa, como ve. Vamos a empezar más tarde que de costumbre, ya que he pasado el día en el coral, ¿sabe?, y he perdido la noción del tiempo.

Ah, pensó Alma: el *coral*. ¡Por supuesto! Había pasado el día en el mar, en los arrecifes de coral, no cuidando ganado.

—Gracias —dijo Alma. Volvió a mirar el equipaje y dudó—. Me pregunto dónde podría guardar mis cosas mientras tanto, para que estén seguras. En mi carta, hermano Welles, preguntaba si podría quedarme en el asentamiento por un tiempo. Estudio el musgo, ¿sabe?, y tenía la esperanza de explorar la isla... —Alma se quedó sin palabras, desconcertada por esos ojos azules y francos que la miraban.

—¡Sin duda! —dijo. Alma esperó a que dijera algo más, pero no lo hizo. ¡Qué pocas preguntas hacía! No le habría inquietado menos su presencia ni aunque hubieran planeado este encuentro durante diez años.

—Dispongo de una holgada suma de dinero —dijo Alma, incómoda— que podría ofrecer a la misión a cambio de alojamiento...

—¡Sin duda! —afirmó alegremente, una vez más.

—Aún no he decidido cuánto tiempo voy a quedarme... Me esforzaré en no ser una molestia... No espero comodidades... —Se volvió a quedar sin palabras. Estaba respondiendo las preguntas que él no hacía. Con el tiempo, Alma aprendería que el reverendo Welles nunca hacía preguntas, pero en ese momento le pareció extraordinario.

—¡Sin duda! —dijo él, por tercera vez—. Ahora venga con nosotros a la oración vespertina, hermana Whittaker.

—Sin duda —dijo Alma, y se dio por vencida.

La guio lejos del equipaje (lejos de todo lo que poseía y todo lo que era precioso para ella) y caminó hacia la iglesia. Alma no pudo por menos que seguirlo.

※※※

La capilla no medía más de seis metros de ancho. Había unas filas de bancos sencillos y las paredes, limpias y relucientes, estaban encaladas. Cuatro faroles de aceite de ballena bañaban el lugar en una luz tenue. Alma contó dieciocho fieles, todos ellos nativos de Tahití. Once mujeres y siete hombres. En la medida de lo posible (no deseaba ser grosera), Alma examinó la cara de los hombres. Ninguno de ellos era el Muchacho de los dibujos de Ambrose. Los hombres vestían con sencillez, a la usanza europea, pantalones y camisa, y las mujeres llevaban esos vestidos largos y holgados que Alma había visto por doquier desde su llegada. Casi todas las mujeres llevaban sombrero, pero una (Alma reconoció en ella a esa señora con cara de pocos amigos que había espantado a los muchachos) llevaba un sombrero de paja de ala ancha, con un complejo surtido de flores frescas.

Lo que siguió fue la misa más inusual que Alma había presenciado, y con diferencia la más corta. Primero, cantaron un himno en tahitiano, si bien nadie tenía un himnario. La música sonaba extraña a los oídos de Alma: disonante y aguda, con voces superpuestas en pautas que no podía seguir, sin acompañamiento, salvo un solitario tambor, que tocaba un muchacho de unos catorce años. El ritmo del tambor era ajeno al de las voces, o así se lo pareció a Alma. Las voces de las mujeres se alzaron en gritos desgarradores sobre los cantos de los hombres. Alma no halló ninguna melodía oculta en esa extraña música. Siguió escuchando, a la espera de una palabra familiar (Jesús, Cristo, Dios, Señor, Jehová), pero nada era reconocible. Se sentía cohibida, ahí sentada, en silencio, mientras las otras mujeres cantaban a voz en grito. No tenía nada que aportar a ese evento.

Una vez terminada la canción, Alma esperaba que el reverendo Welles pronunciaría un sermón, pero el reverendo siguió sentado, la cabeza gacha, rezando. Ni siquiera alzó la vista cuando esa corpulenta tahitiana con flores en el sombrero se levantó y se acercó al sencillo púlpito. La mujer leyó, brevemente, en inglés, del Evangelio de Mateo. A Alma le maravilló que esta mujer supiera leer, y en inglés, además. Si bien Alma nunca había sido muy dada a la oración, halló consuelo en esas palabras familiares. Bienaventurados los pobres, los humildes, los misericordiosos, los limpios de corazón, los vituperados y los perseguidos. Bienaventurados, bienaventurados, bienaventurados. Cuántas bienaventuranzas, expresadas con tanta generosidad.

Entonces la mujer cerró la Biblia y (hablando aún en inglés) pronunció a voces un sermón breve e insólito.

—¡Hemos nacido! —gritó—. ¡Gateamos! ¡Caminamos! ¡Nadamos! ¡Trabajamos! ¡Damos hijos! ¡Envejecemos! ¡Caminamos con un bastón! ¡Pero solo en Dios hay paz!

—¡Paz! —dijeron los fieles.

—Si volamos al cielo, ¡Dios está ahí! Si surcamos los mares, ¡Dios está ahí! Si recorremos la tierra, ¡Dios está ahí!

—¡Ahí! —dijeron los fieles.

La mujer extendió los brazos y abrió y cerró las manos a un ritmo vertiginoso, muchas veces seguidas. A continuación, abrió y cerró la boca rápidamente. Hizo aspavientos como una marioneta bajo los hilos. Algunos feligreses se rieron. A la mujer no pareció que le molestaran las risas. Entonces, dejó de moverse y gritó:

—¡Miradnos! ¡Estamos ingeniosamente hechos! ¡Estamos llenos de bisagras!

—¡Bisagras! —gritaron los fieles.

—¡Pero las bisagras van a oxidarse! ¡Vamos a morir! ¡Solo Dios permanece!

—¡Permanece! —dijeron los fieles.

—¡El rey de los cuerpos no tiene cuerpo! ¡Pero nos trae la paz!

—¡Paz! —dijeron los fieles.

—¡Amén! —dijo la mujer del sombrero cubierto de flores, y regresó a su asiento.

—¡Amén! —dijeron los fieles.

Francis Welles subió al altar y ofreció la comunión. Alma aguardó en fila junto al resto de los presentes. El reverendo Welles era tan menudo que Alma tuvo que inclinarse por completo para recibir la ofrenda. No había vino, pero el agua de coco cumplió el papel de la sangre de Cristo. En cuanto el cuerpo de Cristo, era una pequeña bola de algo pegajoso y dulce que Alma no supo identificar. La aceptó de buen grado; estaba muerta de hambre.

El reverendo Welles concluyó con una breve oración.

—Danos la voluntad, oh, Cristo, para soportar las aflicciones que nos correspondan. Amén.

—Amén —dijeron los fieles.

Así concluyó la misa. No duró ni quince minutos. Aun así, bastó para que, al salir, Alma viese que el cielo se había oscurecido por completo y que hasta la última de sus pertenencias había desaparecido.

***

—¿Llevado adónde? —exigió saber Alma—. ¿Y quién se las ha llevado?

—Mmm —dijo el reverendo Welles, que se rascó la cabeza y miró el lugar donde se encontraba el equipaje de Alma hacía apenas un momento—. Vaya, eso no es fácil de responder. Probablemente, los muchachos se lo llevaron todo, como ve. Suelen ser los muchachos los que hacen este tipo de cosas. Pero, sin duda, alguien se lo ha llevado.

Esta confirmación no era de mucha ayuda.

—¡Hermano Welles! —exclamó Alma, desesperada por la preocupación—. ¡Le pregunté si debíamos guardarlo! ¡Necesito muchísimo esas cosas! Las podríamos haber dejado en una casa, a salvo, tras una puerta con el cerrojo echado, tal vez. ¿Por qué no lo propuso?

El reverendo asintió para mostrar su acuerdo, pero sin rastro de consternación.

—Podríamos haber puesto su equipaje en una casa, sí. Pero, ¿sabe?, se lo habrían llevado de todos modos. Podían llevárselo ahora, ¿sabe?, o podían llevárselo más tarde.

Alma pensó en el microscopio, en las resmas de papel, la tinta, los lápices y las medicinas y los frascos de recolección. ¿Y su ropa? Dios santo, ¿y la maleta de Ambrose, llena de esos dibujos peligrosos e indescriptibles? Pensó que se iba a poner a llorar.

—Pero he traído regalos para los nativos, hermano Welles. No tenían que robármelos. Se los habría dado. ¡Les he traído tijeras y cintas!

El reverendo sonrió, de buen humor.

—Bueno, parece que sus regalos han sido bien recibidos, ¿sabe?

—Pero hay objetos que necesito que me sean devueltos... Objetos de un valor sentimental incalculable.

El reverendo no era del todo insensible a la situación. Alma tenía que concedérselo. El hombre asintió con amabilidad y reparó, hasta cierto punto, en su aflicción.

—Debe de ser muy triste para usted, hermana Whittaker. Pero, por favor, sepa que sus cosas no han sido robadas eternamente. Simplemente, se las han llevado, tal vez solo por un tiempo. Tal vez devuelvan algunas cosas más adelante, si es paciente. Si hay algo de especial valor para usted, puedo preguntar por ello específicamente. A veces, si pregunto del modo adecuado, los objetos reaparecen.

Alma pensó en todo lo que había traído consigo. ¿Qué necesitaba más desesperadamente? No podía pedirle la maleta llena con los dibujos sodomitas de Ambrose, si bien era una tortura haberla perdido, ya que era su pertenencia más importante.

—Mi microscopio —dijo, en voz baja.

El reverendo asintió de nuevo.

—Eso tal vez sea difícil, ¿sabe? Un microscopio constituye una considerable novedad por estos lares. No creo que nadie haya visto uno. ¡Creo que ni yo mismo he visto uno! Aun así, voy a comenzar a preguntar de inmediato. Lo único que podemos hacer es no perder la esperanza, ¿sabe? En cuanto a esta noche, debemos encontrarle un alojamiento. Allí, en la playa, a unos cuatrocientos metros, está la casita que ayudamos a construir al señor Pike, cuando vino para quedarse. Está casi igual que cuando falleció, que Dios se apiade de él. Pensé que algún nativo se quedaría con la casa, pero parece que nadie quiere entrar ahí. Está manchada por la muerte, ya sabe..., en su opinión, quiero decir. Son un pueblo supersticioso, ¿sabe? Pero es una casita agradable, con muebles prácticos, y, si no es usted supersticiosa, debería estar cómoda ahí. No es usted una persona supersticiosa, ¿verdad, hermana Whittaker? No me da esa impresión. ¿Vamos a echarle un vistazo?

Alma quiso acurrucarse en el suelo.

—Hermano Welles —dijo, esforzándose para que no se le quebrara la voz—. Por favor, discúlpeme. Ha sido un viaje muy largo. Estoy lejos de todo lo que me es familiar. Estoy conmocionada por haber perdido mis pertenencias, que logré proteger durante casi veinticinco mil kilómetros de viaje, ¡solo para que desaparecieran nada más llegar! No he comido ni un bocado, salvo por su amable comunión, desde que cené ayer por la tarde en el ballenero. Todo es nuevo y todo es desconcertante. Estoy muy agobiada y distraída. Le ruego que me perdone... —Alma dejó de hablar. Había olvidado el propósito de su discurso. Ni siquiera sabía por qué estaba pidiendo perdón.

El reverendo aplaudió.

—¡A comer! ¡Sin duda, debe comer! ¡Mis disculpas, hermana Whittaker! ¿Sabe?, yo no como... o no como apenas. ¡Se me olvida que otros deben comer! ¡Mi esposa me ataría y me echaría a los leones si se enterase de mis malos modales!

Sin otra palabra, y sin explicar en absoluto esa mención a su esposa, el reverendo Welles salió corriendo y llamó a la puerta de la casa más cercana a la iglesia. La corpulenta tahitiana, la que había pronunciado el sermón, abrió. Intercambiaron unas palabras. La mujer miró a Alma y asintió. El reverendo Welles se apresuró de vuelta junto a Alma con su caminar ágil y patizambo.

Alma se preguntó: «¿Será ella la esposa del reverendo?».

—Entonces, ¡está hecho! —dijo—. La hermana Manu se encargará de usted. Aquí la comida es sencilla, pero, sí, ¡por lo menos debería comer! Le va a llevar algo a la casita. También le he pedido que le lleve un *ahu taoto:* un chal para dormir, que aquí es lo que usamos todos por las noches. También le voy a traer un farol. Ahora pongámonos en camino. No se me ocurre nada más que pueda necesitar.

A Alma se le ocurrían muchas cosas, pero la promesa de comida y descanso bastaron para apaciguarla por el momento. Caminó detrás del reverendo Welles por la playa de arena negra. El reverendo caminaba a una velocidad asombrosa para tener unas piernas tan cortas y torcidas. A pesar de sus amplias zancadas, Alma tuvo que apresurarse para mantener su ritmo. El reverendo sostenía un farol ante sí, pero no lo encendió, pues la luna brillaba en el cielo. Alma se asustó al ver unas sombras grandes y oscuras que correteaban por la arena y se cruzaban en su camino. Pensó que eran ratas, pero, al mirar de nuevo, descubrió que eran cangrejos. La inquietaron. Eran de un tamaño considerable, con una pinza enorme que arrastraban a un lado mientras se desplazaban entre chasquidos temibles. Se acercaron muchísimo a sus pies. Pensó que habría preferido ratas. Agradeció tener los zapatos puestos. El reverendo Welles había perdido las sandalias entre la misa y ahora, pero no le preocupaban los cangrejos. Parloteaba al caminar.

—Me intriga saber cuál va a ser su opinión de Tahití, hermana Whittaker, desde un punto de vista botánico, ¿sabe? —dijo—. A muchos les decepciona. Es un clima exuberante, ¿sabe?, pero somos una isla pequeña, así que va a ver que hay más abundancia que variedad aquí. Sin duda, Joseph Banks pensó que Tahití era decepcionante, en cuanto a la botánica, quiero decir. Le pareció que la gente era mucho más interesante que las plantas. ¡Tal vez no le faltara razón! Todo es verde e impresionante, lo sé, pero pronto va a ver que todo es lo mismo. No hay muchos pájaros, tampoco, pero son muy característicos. Solo dos variedades de orquídeas (el señor Pike lamentó ese hecho, aunque nunca dejó de buscar más, con avidez) y, una vez que conozca las palmeras, lo que se hace en un santiamén, no hay mucho más que descubrir. Hay un árbol llamado *apage*, ¿sabe?, que le va a recordar a un eucalipto, y llega a los doce metros de altura..., ¡pero no es gran cosa para una mujer criada en pleno bosque en Pensilvania, seguro! ¡Jajajá!

Alma no tenía energías pare decir al reverendo Welles que no había sido criada en pleno bosque.

El reverendo prosiguió:

—Hay una preciosa variedad de laurel llamada *tamanhu*: útil, bueno. Sus muebles están hechos con su madera. Inmune a los insectos, ¿sabe? Y un tipo de magnolia llamada *hutu*, que envié a su muy llorado padre en 1838. Hibiscos y mimosas hay por todas partes cerca de la costa. Le va a gustar el castaño *mape*..., tal vez ya lo ha visto junto al río. Creo que es el árbol más hermoso de la isla. Las mujeres se hacen la ropa con la corteza de una especie de morera (la llaman *tapa*), pero ahora muchas prefieren el algodón y el percal que traen los marinos.

—Yo he traído percal —murmuró Alma, con tristeza—. Para las mujeres.

—¡Oh, se lo van a agradecer! —dijo el reverendo Welles con jovialidad, como si ya hubiera olvidado el robo del equipaje de Alma—. ¿Ha traído papel? ¿Libros?

—Sí —dijo Alma, que se iba entristeciendo a cada instante.

—Bueno, aquí es difícil para el papel, como verá. El viento, la arena, la sal, la lluvia, los insectos... ¡Es el clima menos idóneo para los libros! He visto desaparecer todos mis papeles ante mis mismos ojos, ¿sabe?

«Como yo, hace un momento», casi dijo Alma. Creía que nunca en la vida había estado tan hambrienta ni tan cansada.

—Ojalá tuviera la memoria de un tahitiano —prosiguió el reverendo Welles—. Entonces, ¡no necesitaría más papeles! Lo que nosotros guardamos en bibliotecas, ellos lo guardan en la cabeza. Me siento medio bobo a su lado. ¡Los pescadores más jóvenes se saben el nombre de doscientas estrellas! Y lo que saben los ancianos no es ni imaginable. Yo solía guardar documentos, pero era demasiado desalentador ver cómo eran devorados, incluso mientras escribía. Este clima tan rico produce frutos y flores en abundancia, ¿sabe?, pero también moho y podredumbre. ¡No es tierra para estudiosos! Pero ¿qué es la historia para nosotros, le pregunto? ¡Es tan breve nuestra estancia en el mundo! ¿Para qué molestarse con un registro de nuestras vidas fugaces? Si los mosquitos le molestan demasiado por las noches, pregunte a la hermana Manu cómo quemar excrementos secos de cerdo junto a la entrada; eso los aplaca un poco. La hermana Manu le será de mucha ayuda. Yo solía pronunciar los sermones, pero a ella le gusta más que a mí y los nativos prefieren sus sermones a los míos, de modo que ahora la predicadora es ella. No tiene familia, así que cuida de los cerdos. Les da de comer a mano, ¿sabe?, para animarlos a permanecer cerca del asentamiento. Es rica, a su manera. Puede canjear un lechón por un mes de pescado y otros tesoros. Los tahitianos aprecian el lechón asado. Creían que el olor de la carne atrae a los dioses y los espíritus. Por supuesto, algunos todavía lo creen, a pesar de ser cristianos, ¡jajajá! En cualquier caso, es bueno conocer a la hermana Manu. Tiene buena voz para cantar. Para los gustos europeos, la música de Tahití carece de todas las cualidades del arte, pero, con el tiempo, tal vez aprenda a tolerarla.

Así pues, la hermana Manu no era la esposa del reverendo Welles, pensó Alma. ¿Quién era su esposa, entonces? ¿Dónde estaba su esposa?

El reverendo siguió hablando, incansable:

—Si de noche ve luces en la bahía, no se inquiete. Son solo los hombres, que han ido a pescar con faroles. Es muy pintoresco. Los peces voladores son atraídos por la luz, y caen en las piraguas. Algunos muchachos son capaces de atraparlos con las manos. Otras criaturas también. Le digo una cosa: en Tahití, toda esa variedad natural de la que carece la tierra está más que compensada por la abundancia de maravillas que hay en el mar. Si lo desea, le voy a mostrar los jardines de coral mañana, cerca de los arrecifes. Ahí va a presenciar la prueba más impresionante de la inventiva del Señor. Aquí estamos, al fin: ¡la casa del señor Pike! ¡Ahora va a ser su casa! O tal vez sería más apropiado decir su *fare*. En tahitiano, «casa» es *fare*. No es demasiado pronto para aprender unas pocas palabras, ¿sabe?

Alma repitió la palabra en su mente: *fare*. La memorizó. Estaba cansadísima, pero mucho más cansada tenía que estar para no prestar atención a un nuevo idioma. Bajo la tenue luz de la luna, en una ligera pendiente en la playa, Alma vio la pequeña *fare* bajo un manto de palmeras. No era mucho más grande que el cobertizo más pequeño de White Acre, pero tenía un aspecto agradable. En todo caso, recordaba una pequeña casa de campo inglesa, pero de tamaño muy reducido. Un sendero de conchas aplastadas serpenteaba alocado desde la playa hasta la puerta.

—Es un camino raro, lo sé, pero los tahitianos lo hicieron —dijo el reverendo Welles, riéndose—. No ven ninguna ventaja en un camino recto, ¡ni siquiera para las distancias más cortas! ¡Ya se acostumbrará a semejantes maravillas! Pero es bueno estar un poco apartado de la playa. Está a casi cuatro metros por encima de la marea más alta, ¿sabe?

Cuatro metros. No parecía mucho.

Alma y el reverendo Welles se acercaron a la casita por ese sendero tortuoso. Alma vio que una simple pantalla de hojas entrelazadas de palmera cumplía la función de puerta, que el reverendo Welles abrió con facilidad. Era evidente que no había cerrojo... y tampoco lo había habido. Una vez dentro, encendió el farol. Se encontraban en una pequeña habitación abierta.

Vio las vigas del techo y que el techo era de paja, atada con un cordel rojo brillante. Alma apenas podía ponerse en pie sin darse con la cabeza en la viga más baja. Un lagarto cruzó correteando la pared. El suelo era de hierba seca y crujía bajo los pies de Alma. Había un pequeño banco de madera, sin cojines, pero al menos tenía brazos y respaldo. Había una mesa con tres sillas, una de las cuales estaba rota, volcada en el suelo. Parecía una mesa para niños en una guardería para pobres. Sin cortinas, las ventanas sin cristales se abrían por todos lados. La última pieza del mobiliario era una cama angosta (solo un poco más grande que el banco), con un fino colchón encima. El colchón parecía hecho con la lona de una vieja vela, relleno con lo que fuera. Toda la habitación daba la impresión de ser más indicada para alguien de la estatura del reverendo Welles que para la de Alma.

—El señor Pike vivía aquí como los nativos —afirmó—, es decir, vivía con una sola habitación. Pero si quiere dividirla en distintas estancias, supongo que podríamos hacérselas.

Alma no logró imaginar cómo podría dividir un lugar tan minúsculo. ¿Cómo se dividía la nada en partes?

—En algún momento, es posible que desee mudarse a Papeete, hermana Whittaker. La mayoría lo prefiere. Hay más civilización en la capital, supongo. Más vicios también, y más maldad. Pero ahí encontraría chinos que le hiciesen la colada y ese tipo de cosas. Hay portugueses y rusos de toda índole ahí, de esa calaña que se caen de los balleneros para nunca volver. No es que los portugueses y rusos signifiquen mucha civilización, pero es más variedad de lo que encontrará en un pequeño asentamiento como este, ¿sabe?

Alma asintió, pero sabía que no se iba a marchar de la bahía de Matavai. Aquí fue donde Ambrose cumplió su destierro; aquí cumpliría ella el suyo.

—En la parte trasera hay un lugar donde cocinar, junto a la huerta —prosiguió el reverendo Welles—. No espere gran cosa de la huerta, aunque el señor Pike intentó cultivarla con gallardía. Todo el mundo lo intenta, pero en cuanto los cerdos y las cabras acaban sus incursiones, ¡apenas quedan calabazas para nosotros! Podemos conseguirle una cabra, si desea leche fresca. Se la puede pedir a la hermana Manu.

Como si ese nombre la convocase, la hermana Manu apareció en el umbral. Debía de haberles seguido de cerca. Casi no había espacio para ella, con Alma y el reverendo Welles ya en la casita. Alma ni siquiera tenía la certeza de si la hermana Manu cabría por esa puerta, con ese sombrero ancho y florido. De algún modo, sin embargo, todos acabaron dentro. La hermana Manu abrió un fardo de tela y depositó comida en la mesilla, usando hojas de plátano como platos. Alma tuvo que contenerse con todas sus fuerzas para no abalanzarse sobre la comida. La hermana Manu entregó a Alma un tubo de bambú con un tapón de corcho.

—¡Agua para que tú bebas! —dijo la hermana Manu.

—Gracias —dijo Alma—. Qué amable.

Los tres se quedaron mirándose los unos a los otros un buen rato: Alma agotada, la hermana Manu cautelosa y el reverendo Welles con alegría.

Al fin, el reverendo Welles inclinó la cabeza y dijo:

—Te damos las gracias, Jesús y Dios Padre, por la segura llegada de tu sierva la hermana Whittaker. Te rogamos que la tengas en tu gracia. Amén.

Entonces, el reverendo y la hermana Manu se fueron y Alma se lanzó sobre la comida con ambas manos, tragando tan rápido que ni siquiera se detuvo para saber qué, exactamente, estaba comiendo.

***

Se despertó en mitad de la noche con el sabor de hierro cálido en la boca. Olió sangre y piel. Había un animal en la habitación.

Un mamífero. Lo supo antes incluso de recordar quién era. Su corazón latió desbocado buscando más información, con torpeza y con prisas, entre sus recuerdos. No estaba en el barco. No estaba en Filadelfia. Estaba en Tahití, eso es, ya se había orientado. Estaba en Tahití, en la casita donde Ambrose se alojó y murió. ¿Cuál era esa palabra que significaba casa? *Fare.* Estaba en su *fare,* y había un animal dentro, con ella.

Oyó un ruido quejumbroso, agudo y sobrecogedor. Se incorporó en esa cama diminuta e incómoda y miró a su alrededor. Un rayo de luz de luna atravesó la ventana y lo vio: había un perro en medio de la habitación. Era un perro pequeño, que no pesaría más de diez kilos. Tenía las orejas hacia atrás y le mostraba los dientes. Se clavaron las miradas. El gemido del perro se había convertido en un gruñido. Alma no quería enfrentarse a un perro. Ni siquiera a un perro pequeño. Esa idea apareció con sencillez, incluso con calma. Junto a su cama se encontraba el tubo de bambú que la hermana Manu le había dado, lleno de agua fresca. Era lo único que tenía a mano que serviría de arma. Intentó calcular si podría extender el brazo para cogerlo sin enfurecer más al perro. No, sin duda no quería pelear con un perro, pero, de tener que hacerlo, prefería que fuese una pelea justa. Estiró el brazo poco a poco hacia el suelo, sin apartar los ojos del animal. El perro ladró y se acercó. Alma retiró el brazo. Lo intentó de nuevo. El perro ladró de nuevo, esta vez con una furia más encendida. No tenía ninguna posibilidad de encontrar un arma.

Que así fuera. Estaba demasiado agotada para asustarse.

—¿Tienes motivos de queja conmigo? —preguntó al perro con tono cansado.

Al oír el sonido de la voz, el perro lanzó un gran torrente de quejas, ladrando con tal fuerza que su cuerpo entero parecía alzarse del suelo con cada ladrido. Alma lo miró implacable. Era plena noche. No tenía cerrojo en la puerta. No tenía una almohada bajo la cabeza. Había perdido todas sus pertenencias y dormía con un vestido mugriento, con los dobladillos llenos de monedas ocultas: todo el dinero que le quedaba, ahora que le habían robado todo lo demás. No tenía nada salvo un tubo de bambú con el que defenderse, y ni siquiera podía cogerlo. Su casa estaba rodeada de cangrejos y plagada de lagartos. Y ahora esto: un furioso perro tahitiano en su habitación. Estaba tan agotada que casi se sintió aburrida.

—Vete —le dijo.

El perro ladró más alto. Alma se dio por vencida. Se giró, le dio la espalda e intentó, una vez más, encontrar una postura cómoda en ese colchón tan fino. El perro ladró y ladró. Su indignación no tenía límites. «Atácame, entonces», pensó Alma. Se quedó dormida al compás de los sonidos de su indignación.

Unas pocas horas más tarde Alma se despertó de nuevo. La luz había cambiado, era casi el amanecer. Ahora había un niño sentado con las piernas cruzadas en el centro del suelo, mirándola fijamente. Alma parpadeó y sospechó alguna intervención mágica: ¿qué brujo había venido a convertir el perro en un niño? El niño tenía el pelo largo y una cara solemne. Aparentaba unos ocho años. No llevaba camisa, pero Alma se sintió aliviada al comprobar que poseía pantalones, si bien una pernera estaba casi arrancada, como si el niño hubiera caído en una trampa y el resto de la prenda se hubiera desprendido.

El niño se levantó de un salto, como si hubiera estado esperando a que Alma se despertara. Se acercó a la cama. Alma retrocedió, asustada, pero entonces vio que el niño sostenía algo y, además, se lo ofrecía a ella. El objeto resplandeció en la tenue luz de la mañana, en equilibrio sobre la palma de su mano. Era algo fino de latón. El niño lo dejó al borde de la cama. Era el ocular del microscopio.

—¡Oh! —exclamó Alma. Al oír la voz, el niño salió corriendo. Ese endeble objeto que pretendía hacerse pasar por una puerta se cerró detrás de él sin hacer ruido.

Alma fue incapaz de volver a conciliar el sueño, pero no se levantó de inmediato. Estaba igual de cansada que la noche anterior. ¿Quién se presentaría a continuación? ¿Qué clase de lugar era este? Debía aprender a bloquear la puerta de alguna manera, pero... ¿con qué? Podía poner la mesilla frente a la puerta por la noche, pero era fácil de apartar. Y con esas ventanas que no eran más que agujeros en la pared, ¿de qué serviría bloquear la puerta? Tocó el ocular de latón, confundida y nostálgica. ¿Dónde estaría el resto de su querido microscopio? ¿Quién era ese niño? Debería haber corrido tras él para ver dónde escondía el resto de sus cosas.

Cerró los ojos y escuchó los sonidos extraños que la rodeaban. Sintió que casi podía oír la llegada del amanecer. Con certeza, oía el romper de las olas al otro lado de la puerta. La marea sonaba inquietantemente cerca. Habría preferido estar un poco más lejos del mar. Todo parecía estar demasiado cerca, ser demasiado peligroso. Un pájaro posado en el tejado, justo encima de la cabeza de Alma, soltó un alarido extraño. Parecía gritar en inglés: *Think! Think! Think!* «¡Piensa! ¡Piensa! ¡Piensa!».

¡Como si hiciera otra cosa!

Alma se levantó al fin, resignada a estar despierta. Se preguntó dónde habría un retrete o un lugar que sirviera de retrete. La noche anterior se había puesto en cuclillas tras su *fare,* pero esperaba encontrar cerca una solución mejor. Salió por la puerta y casi se tropezó con algo. Bajó la vista y vio (justo ante el umbral, si es que se podía llamar umbral) la maleta de Ambrose, que la esperaba con paciencia, tan bien amarrada como antes; no había sido abierta. Se arrodilló y la abrió, comprobando rápidamente el contenido: todos los dibujos estaban ahí.

En la playa, a un lado y a otro, tan lejos como alcanzaba la vista, no había señal de nadie: ni hombre, ni mujer, ni niño, ni perro.

Think!, gritó el pájaro sobre su cabeza. *Think!*

Capítulo veintitrés

P orque el tiempo no pone objeciones a pasar (ni siquiera en las situaciones más extrañas y menos familiares), el tiempo pasó para Alma en la bahía de Matavai. Lentamente, a trompicones, comenzó a comprender su nuevo mundo.

Al igual que durante la infancia, cuando se despertó al conocimiento, Alma comenzó por explorar su casa. No tardó mucho, pues esa minúscula *fare* tahitiana no era exactamente White Acre. No había nada salvo una habitación, esa puerta desganada, las tres ventanas vacías, los muebles rudimentarios y el techo de paja lleno de lagartos. Esa primera mañana Alma registró la casa de arriba abajo, en busca de algún rastro de Ambrose, pero no halló nada. Buscó señales de Ambrose antes de comenzar la (completamente inútil) búsqueda de su equipaje perdido. ¿Qué había esperado encontrar? ¿Un mensaje para ella, escrito en una pared? ¿Un escondite lleno de dibujos? ¿Tal vez un paquete de cartas o un diario que revelase algo aparte de sus inescrutables anhelos místicos? Pero no había nada de él aquí.

Resignada, tomó prestada una escoba de la hermana Manu y limpió las telarañas de las paredes. Reemplazó la hierba seca y vieja del suelo con hierba seca y nueva. Rellenó el colchón y aceptó la *fare* como propia. También aceptó, tal como le indicó el reverendo Welles, la frustrante realidad de que sus pertenencias tal vez a la sazón aparecerían o tal vez no, y que no había nada (nada de nada) que hacer al respecto. Si bien esta noticia era inquietante, algo en ese hecho le pareció oportuno, incluso justo. Ser despojada de todo lo que le era precioso constituía una especie de penitencia inmediata. De algún modo, así se sentía más cerca de Ambrose; Tahití era a donde ambos habían venido a fin de perderlo todo.

Así pues, con el único vestido que le quedaba, comenzó a explorar su entorno.

Detrás de la casa había algo llamado *himaa,* un horno abierto, donde aprendió a hervir agua y cocinar una variedad limitada de alimentos. La hermana Manu le enseñó a utilizar las frutas y hortalizas locales. Alma no creía que el resultado de su cocina debiera saber tanto a hollín o arena, pero perseveró y se sintió orgullosa de alimentarse a sí misma. (Era autotrófica, pensó con una sonrisa compungida, ¡qué orgullosa estaría Retta Snow de ella!). Había una triste huerta, pero no había mucho que hacer en ella; Ambrose construyó esta casa sobre la arena ardiente, así que era vano incluso intentarlo. No había nada que hacer respecto a los lagartos, que correteaban entre las vigas toda la noche. En todo caso, ayudaban a reducir los mosquitos, así que Alma intentó no hacerles caso. Sabía que no le harían daño, si bien deseaba que dejaran de reptar sobre su cuerpo cuando se quedaba dormida. Se alegró de que al menos no fueran serpientes. Tahití, por fortuna, no era tierra de serpientes.

Era, sin embargo, tierra de cangrejos, pero Alma no tardó en descubrir que no debía inquietarse por los cangrejos de todos los tamaños que correteaban en torno a sus pies en la playa. Ellos tampoco le harían daño. En cuanto la veían con esos ojos que acechaban y se mecían, se iban en la dirección opuesta, entre chasquidos de pinzas, presas del pánico. Se acostumbró a caminar descalza en cuanto comprendió que era mucho más seguro.

Tahití era demasiado cálido, demasiado húmedo y demasiado resbaladizo para los zapatos. Por fortuna, los alrededores recibían de buen grado los pies descalzos; en la isla no había ni una sola planta con espinas y casi todos los caminos eran lisos, de piedra o arena.

Alma aprendió la forma y el carácter de la playa y las costumbres de la marea. No era buena nadadora, pero se animó a sí misma a chapotear en esas aguas oscuras, lentas y pesadas de la bahía de Matavai, un poco más cada semana. Agradecía la presencia del arrecife, que mantenía la bahía en calma.

Aprendió a bañarse en el río por las mañanas junto al resto de las mujeres del asentamiento, todas las cuales eran corpulentas y fuertes como Alma. Eran fieras de la limpieza, las tahitianas, y se lavaban el pelo y el cuerpo todos los días con la savia espumosa del jengibre, a orillas del río. Alma, que no estaba acostumbrada a bañarse todos los días, pronto se preguntó por qué no lo había hecho toda la vida. Aprendió a hacer caso omiso de los grupos de niños que acudían a las márgenes del río, a reírse de las mujeres desnudas. No había nada que hacer; a cualquier hora del día o de la noche los niños las acababan encontrando.

Las tahitianas no parecían poner reparos a las risas de los niños. Parecían mucho más preocupadas por el pelo hirsuto y áspero de Alma, por el que se desvivían tan tristes como preocupadas. Todas ellas tenían un cabello bellísimo, que caía por la espalda en ondas negras y abundantes, y les entristecía ver que Alma no compartía este rasgo espectacular. Alma también se entristecía por ello. Una de las primeras cosas que Alma aprendió en tahitiano fue a pedir disculpas por su pelo. Se preguntó si habría algún lugar en el mundo, por lejano que fuese, donde su pelo no fuese considerado una tragedia. Sospechaba que no.

Alma aprendió tanto tahitiano como fue capaz, de quienquiera que se dignase a hablar con ella. La gente le pareció afectuosa y amable y alentaban sus esfuerzos como si fuera un juego. Comenzó con las palabras para las cosas comunes de la bahía de Matavai: los árboles, los lagartos, los peces, el cielo y esas pequeñas y dulces palomas llamadas *uuairo* (palabra que sonaba como su delicado gorjeo). Pasó a la gramática tan pronto como pudo. Los habitantes de la misión hablaban inglés con destreza dispar (algunos con gran fluidez, otros, sencillamente, con demasiada imaginación), pero Alma, lingüista incurable, se empeñó en comunicarse en tahitiano siempre que fuera posible.

Pero el tahitiano, descubrió, no era un idioma sencillo. A sus oídos, sonaba más como canción de pájaros que como habla, y sus carencias musicales no le permitieron dominarlo. Por otra parte, Alma pensaba que el tahitiano ni siquiera era un idioma fiable. No poseía el orden férreo del latín o el griego. En la bahía de Matavai, la gente era especialmente juguetona y pícara con las palabras, y las cambiaban cada día. A veces mezclaban trozos de inglés o francés para inventar palabras nuevas e imaginativas. Los tahitianos adoraban los juegos de palabras complejos que Alma solo habría comprendido si los abuelos de sus abuelos hubieran nacido ahí. Además, en la bahía Matavai no se hablaba como en Papeete, a tan solo diez kilómetros de distancia, que a su vez difería del tahitiano hablado en Taravao o Teahupo. No podía confiar en que una frase significase lo mismo en esta parte de la isla que en la de al lado, ni siquiera que significase hoy lo mismo que significaba ayer.

Alma estudió a la gente que la rodeaba con atención, en su intento de aprender la disposición de este curioso lugar. La hermana Manu era la más importante, pues no solo cuidaba los cerdos, sino que era el cuerpo policial del asentamiento. Era una estricta amante del protocolo, gran observadora de los modales y los traspiés. Aunque todo el mundo adoraba al reverendo Welles, todos temían a la hermana Manu. La hermana Manu, cuyo nombre significaba «pájaro», era tan alta como Alma (lo cual era una rareza en cualquier parte del mundo) y tan fornida como un hombre. Podría haber cargado a Alma a la espalda. No había muchas mujeres de quien se pudiera decir eso.

La hermana Manu siempre llevaba ese amplio sombrero de paja, adornado con diferentes flores frescas cada día, pero Alma había visto, durante los baños en el río, que la frente de Manu estaba cubierta con una red de rotundas cicatrices blancas. Dos o tres mujeres mayores tenían esas enigmáticas marcas en la frente, pero Manu, además, estaba marcada de otra forma: carecía de la última falange de ambos meñiques. Qué extraña herida, pensó Alma, tan pulcra y tan simétrica. No se imaginaba qué habría estado haciendo para cercenarse ambos meñiques de ese modo. No osó preguntarlo.

La hermana Manu era quien repicaba la campana por la mañana y por la tarde para llamar a misa, y los habitantes (todos ellos, los dieciocho) acudían diligentes. Incluso Alma trataba de no perderse esas misas de la bahía de Matavai, pues habría ofendido a la hermana Manu y no habría sobrevivido mucho tiempo de caer en desgracia con ella. En cualquier caso, a Alma no le resultaba difícil aguantar esos servicios religiosos. Rara vez duraban más de quince minutos y los sermones de la hermana Manu, en un inglés tozudo, siempre eran entretenidos. Si las reuniones luteranas de Filadelfia hubieran sido así de sencillas y entretenidas, pensó Alma, tal vez habría sido mejor luterana. Prestaba suma atención y al fin logró extraer palabras y frases de estos enrevesados cantos en tahitiano.

Rima atua: «la mano de Dios».

Bure atua: «el pueblo de Dios».

En cuanto al niño que le devolvió el ocular esa primera noche, Alma descubrió que formaba parte de un grupo de cinco niños que vagaban por la misión sin ocupación aparente, salvo jugar sin cesar, hasta que caían agotados sobre la arena y (como perros) se quedaban dormidos ahí donde caían. Alma tardó dos semanas en diferenciar a los muchachos. El que apareció en su habitación y le llevó el ocular del microscopio, según vino a saber, se llamaba Hiro. Tenía el pelo más largo y parecía ocupar el lugar más alto de la jerarquía. (Más adelante, aprendió que, según la mitología tahitiana, Hiro era el rey de los ladrones. Le divirtió que, en su primer encuentro, el pequeño rey de los ladrones de la bahía de Matavai le devolviera algo). Hiro era el hermano de un niño llamado Makea, aunque tal vez no fueran hermanos de verdad. También aseguraban ser hermanos de Papeiha, Tinomana y otro Makea, pero Alma no creía que fuera posible, ya que los cinco niños parecían tener la misma edad y dos de ellos el mismo nombre. No pudo, ni por lo que más quería, averiguar quiénes eran sus padres. No vio la menor indicación de que alguien cuidara de estos niños salvo ellos mismos.

Había otros niños por la bahía de Matavai, pero tenían una actitud ante la vida mucho más seria que esos cinco niños a quienes Alma bautizó como «el contingente Hiro». Esos otros niños iban a la escuela de la misión, donde aprendían a leer y a hablar inglés todas las tardes, incluso si sus padres no vivían en el asentamiento del reverendo Welles. Eran niños de pelo corto y limpio, y niñas de hermosas trenzas, vestidos largos y sonrisas resplandecientes. Las clases tenían lugar en la iglesia y las impartía esa joven mujer de rostro alegre que dijo a Alma el primer día: «¡Aquí hablamos inglés!». Esa mujer se llamaba Etini («blancas flores esparcidas a lo largo del camino») y hablaba inglés a la perfección, con marcado acento británico. Según se decía, fue la esposa del reverendo Welles en persona quien enseñó a Etini de niña, y ahora era considerada la mejor profesora de inglés en toda la isla.

A Alma le impresionaron esos escolares ordenados y disciplinados, pero quienes le picaban la curiosidad eran esos cinco niños salvajes y sin instrucción del contingente Hiro. Nunca había visto niños con la libertad de Hiro, Makea, Papeiha, Tinomana y el otro Makea. Diminutos señores de la libertad, eso eran, y de lo más boyantes. Como una mezcla mítica de pez, pájaro y mono, estaban igual de cómodos en el mar, en los árboles y en la tierra. Se colgaban de las lianas y se arrojaban al río con gritos sin miedo. Remaban hasta el arrecife en pequeñas tablas de madera y luego, increíblemente, se ponían de pie en esas tablas y navegaban entre las olas que rompían, espumosas y encrespadas. A esta actividad la llamaban *faheei* y Alma ni imaginaba la agilidad y la confianza que sentirían para cabalgar las olas con tal facilidad. De vuelta a la playa, boxeaban y luchaban unos con otros, incansables. Se hacían zancos, se cubrían el cuerpo con una especie de polvo blanco, mantenían abiertos los párpados con unos palitos y se perseguían por la arena como extraños monstruos. Volaban la *uo:* una cometa hecha de hojas secas de palma. En momentos de más sosiego, jugaban a una especie de tabas, pero con guijarros en vez de tabas. Tenían como mascotas una colección variable de gatos, perros, loros e incluso anguilas (encerraban las anguilas en unos corrales acuáticos; las anguilas asomaban esas cabezas inquietantes cuando los muchachos silbaban, listas para comer fruta de la mano de los niños). A veces el contingente Hiro se comía las mascotas: las desollaban y las doraban sobre un asador improvisado. Comer perros era aquí una práctica habitual. El reverendo Welles dijo a Alma que el perro tahitiano era tan sabroso como el cordero inglés..., pero, claro, aquel hombre no había saboreado un cordero inglés en muchos años, así que Alma no se sentía inclinada a confiar en él. Alma deseó que nadie se comiera a Roger.

Roger, averiguó Alma, era el nombre de ese perrillo anaranjado que la visitó en su *fare.* Roger no daba la impresión de pertenecer a nadie, pero, al parecer, se había encariñado de Ambrose, quien le dio este nombre digno y sólido. Tras explicar todo esto a Alma, la hermana Etini le ofreció este inquietante consejo: «Roger no te va a morder nunca, hermana Whittaker, a menos que intentes darle de comer».

Durante las primeras semanas de la estancia de Alma, Roger vino a su pequeña habitación noche tras noche, a ladrar con todas sus ganas. Durante un tiempo, Alma no lo vio a la luz del día. Poco a poco, con visible renuencia, la indignación del animal fue diluyéndose y sus arrebatos de ira se volvieron más breves. Una mañana, Alma se despertó y se encontró a Roger dormido en el suelo, junto a la cama, lo que significaba que había entrado en la casa sin ladrar en absoluto. Alma creyó que era un hecho significativo. Al oír que Alma se movía, Roger gruñó y se fue corriendo, pero volvió a la noche siguiente, y no volvió a ladrar desde entonces. Como era inevitable, Alma, cómo no, intentó darle de comer y Roger, cómo no, intentó morderla. Aparte de eso, no se llevaban mal. No es que Roger se hiciera su amigo, pero ya no se mostraba deseoso de rebanarle la garganta, y eso era un alivio.

Roger era un perro de una fealdad sobrecogedora. No solo era anaranjado y moteado, con una mandíbula irregular y una pata renqueante, sino que parecía que alguien se había dedicado sin descanso a mordisquearle buena parte del rabo. Además, era *tuapu:* «contrahecho». Aun así, Alma llegó a agradecer la presencia del perro. Ambrose debió de quererlo por algún motivo, pensó, y eso la intrigó. Miraba al perro durante horas y se preguntaba qué sabría acerca de su marido. Su compañía se convirtió en un consuelo con el paso del tiempo. Si bien no podía asegurar que Roger fuera protector o leal, parecía sentir cierta conexión con la casa. Alma tenía un poco menos de miedo al dormir por la noche, sabedora de que vendría.

Esto era bueno, pues Alma había abandonado toda esperanza de aumentar la seguridad o la intimidad. No servía de nada intentar definir los límites de su casa o las pocas pertenencias que le quedaban. Los adultos, los niños, la fauna, el clima:

a cualquier hora del día o de la noche, por la razón que fuese, todos y todo en la bahía de Matavai creían tener el derecho de entrar en la *fare* de Alma. No siempre venían con las manos vacías, hay que reconocerlo. Con el tiempo reaparecieron algunas partes de su equipaje, en trozos y en fragmentos. Nunca sabía quién traía esos objetos. No lo veía cuando ocurría. Era como si la propia isla paulatinamente regurgitase las porciones del equipaje que se había tragado.

En la primera semana recuperó algo de papel, una enagua, un frasco de medicina, un rollo de tela, una bola de cordel y un cepillo. Pensó: si aguardo lo suficiente, todo me será devuelto. Pero no fue cierto, pues los objetos tanto reaparecían como desaparecían de nuevo. Recuperó uno de sus vestidos de viaje (los dobladillos de monedas asombrosamente intactos), lo cual fue una suerte, aunque no recuperó ningún sombrero. Parte de su papel para escribir cartas volvió a a su lado, pero no mucho. No volvió a ver su botiquín, pero varios frascos de cristal para recolectar muestras botánicas aparecieron en el umbral, en fila impecable. Una mañana descubrió que un zapato había desaparecido (¡solo uno!), aunque quién iba a querer un solo zapato, mientras que, al mismo tiempo, le devolvieron un juego de acuarelas muy útil. Otro día recuperó la base de su preciado microscopio, solo para descubrir que alguien se había llevado el ocular a cambio. Era como si una marea fuera y viniera sin cesar de su casa, depositando y retirando los restos de su vieja vida. No le quedó más remedio que aceptarlo y maravillarse, día tras día, ante lo que encontraba y perdía, y de nuevo encontraba y volvía a perder.

La maleta de Ambrose, sin embargo, no se la llevaron nunca. Esa misma mañana, cuando la dejaron ante su puerta, Alma la puso en la mesita de la casa y ahí se quedó, sin que nadie la tocara, como si la protegiese un minotauro. Por otra parte, no desapareció ni uno solo de los dibujos del Muchacho. No sabía por qué esta maleta era tratada con tal reverencia, cuando nada más estaba a salvo en la bahía de Matavai. No osó preguntar a nadie: «¿Por qué no te llevas esta maleta ni robas estos dibujos?». Pero ¿cómo explicar qué eran esos dibujos o qué significaba la maleta para ella? Todo lo que podía hacer era permanecer en silencio y no comprender nada.

***

Los pensamientos de Alma regresaban a Ambrose todo el tiempo. No había dejado rastro en Tahití, salvo ese cariño residual que todo el mundo sentía por él, pero Alma buscó sin cesar señales suyas. Todo lo que hacía, todo lo que tocaba la llevaba a preguntarse: ¿Hizo esto él también? ¿Cómo pasaba su tiempo aquí? ¿Qué pensaba de esa casita, de la extraña comida, de ese idioma tan difícil, del mar constante, del contingente Hiro? ¿Le gustó Tahití? ¿O, al igual que a Alma, le resultó demasiado extraño y peculiar? ¿Se quemó bajo el sol, al igual que Alma se quemaba en esa playa de arena negra? ¿Echó de menos las violetas y los tordos de casa, al igual que Alma, incluso al mismo tiempo que admiraba un hibisco exuberante o un loro verde chillón? ¿Estuvo melancólico y pesaroso o fue dichoso por descubrir el Edén? ¿Pensó en Alma alguna vez mientras estaba aquí? ¿O la había olvidado de inmediato, aliviado de haberse librado de sus deseos incómodos? ¿La había olvidado porque se enamoró del Muchacho? En cuanto al Muchacho, ¿dónde estaba? No era en realidad un muchacho. Alma hubo de admitirlo, en especial cuando estudió los dibujos de nuevo. Era la imagen de un muchacho en el umbral de la edad adulta. A estas alturas, unos años más tarde, sería un hombre ya maduro. En la imaginación de Alma, sin embargo, siempre sería el Muchacho, y no dejó de buscarlo.

Pero Alma no halló rastro ni mención del Muchacho en la bahía de Matavai. Lo buscó en las caras de todos los hombres que pasaban por el asentamiento, y en las caras de todos los pescadores que se acercaban a la playa. Cuando el reverendo Welles le dijo a Alma que Ambrose había enseñado a un nativo los secretos de cuidar la vainilla (niños pequeños, dedos pequeños, palitos pequeños), Alma pensó: «Será él». Pero, cuando fue a la plantación a investigar, no era el Muchacho; era un tipo mayor, robusto, algo bizco. Alma hizo varias excursiones a la plantación de vainilla, pero no vio a nadie que siquiera recordara al Muchacho. Cada pocos días anunciaba que salía a buscar muestras botánicas, pero en realidad volvía a la capital de Papeete, tomando un poni prestado de la plantación. Deambulaba por esas calles todo el día y buena parte de la noche, observando el rostro de todos los transeúntes. El poni la seguía detrás: una versión esquelética y tropical de Soames, su amigo de la infancia. Buscó al Muchacho en los muelles, fuera de los burdeles, en los hoteles llenos de elegantes colonos franceses, en la nueva catedral católica, en el mercado. A veces veía un nativo alto y fornido de pelo corto que caminaba delante de ella, y Alma aceleraba el paso y le tocaba el hombro, preparada para preguntar lo que fuese, solo para que se diera la vuelta. En todos esos encuentros tuvo la misma certeza: «Es él».

Nunca era él.

Sabía que pronto tendría que ampliar su búsqueda, ir más allá de Papeete y la bahía de Matavai, pero no sabía dónde empezar. La isla medía unos cincuenta y cinco kilómetros de largo y unos veinte de ancho. Tenía la forma de un ocho torcido. Grandes tramos eran difíciles o imposibles de recorrer. Una vez que se apartaba de ese camino arenoso y en sombra que serpenteaba a lo largo de la costa, el mundo de Tahití se volvía un desafío sobrecogedor. Las plantaciones de ñame se encaramaban por las colinas, junto a cultivos de coco y matorrales, pero entonces, de repente, no había nada salvo altos acantilados y selvas inaccesibles. Poca gente vivía en las tierras altas, excepto los habitantes del acantilado: seres casi míticos, escaladores de destreza extraordinaria. Eran cazadores, no pescadores. Algunos ni siquiera habían tocado el mar. Los tahitianos que vivían en los acantilados y los tahitianos costeños se miraban con recelo y había fronteras que tanto unos como otros no debían cruzar. Tal vez el Muchacho pertenecía a una de esas tribus de los acantilados. Pero los dibujos de Ambrose lo mostraban en la costa, con redes de pescador. Alma no lograba resolver el rompecabezas.

También era posible que el Muchacho fuera un marino, un ayudante en un ballenero de paso. Si ese era el caso, nunca lo encontraría. Podría estar en cualquier lugar del mundo a estas alturas. Incluso podría estar muerto. Pero la inexistencia de pruebas (como bien sabía Alma) no era prueba de la inexistencia.

Tendría que seguir buscando.

Sin duda, no recabó información alguna en el asentamiento de la misión. No oyó ni un solo chismorreo salaz sobre Ambrose, ni siquiera al bañarse en el río, donde todas las mujeres chismorreaban sin pelos en la lengua. Nadie hizo siquiera un comentario de pasada acerca del muy añorado y muy llorado señor Pike. Alma llegó a preguntar al reverendo Welles:

—¿El señor Pike tuvo algún amigo en especial mientras vivía aquí? ¿Alguien que para él fuese más importante que los demás?

El reverendo se limitó a clavarle su mirada sincera y dijo:

—El señor Pike era querido por todos.

Eso ocurrió el día que fueron a visitar la tumba de Ambrose. Alma pidió al reverendo Welles que la llevara, para presentar sus respetos al difunto empleado de su padre. Una tarde fría y nublada, caminaron juntos hasta la colina Tahara, donde había un pequeño cementerio inglés cerca de la cima. El reverendo Welles era un compañero de caminatas muy agradable, descubrió Alma, pues se movía con agilidad y soltura sobre cualquier terreno y compartía información muy interesante a medida que avanzaban.

—Cuando llegué aquí —dijo ese día, mientras subían la empinada colina—, intenté determinar qué plantas y hortalizas eran originarias de Tahití y cuáles fueron traídas por antiguos colonos y exploradores, pero es de una dificultad extrema, ¿sabe? Los mismos tahitianos no fueron de mucha ayuda en esta tarea, pues dicen que todas las plantas (incluso las agrícolas) están aquí porque las trajeron los dioses.

—Los griegos decían lo mismo —comentó Alma, entre jadeos—. Decían que los viñedos y los olivares habían sido plantados por los dioses.

—Sí —dijo el reverendo Welles—. Parece que a la gente se le olvida lo que ellos mismos han creado, ¿verdad? Ahora sabemos que todos los polinesios siempre llevan consigo raíz de taro y palma de coco y el fruto del árbol del pan cuando colonizan una nueva isla, pero ellos mismos le dirían que fueron los dioses quienes plantaron todo eso ahí. Algunas historias suyas son fabulosas. Dicen que el árbol del pan fue creado por los dioses para parecerse al cuerpo humano, como pista que indicase a los humanos, ya sabe, que el árbol era útil. Dicen que por eso las hojas del árbol del pan se asemejan a las manos, para mostrar a los humanos que debían trepar al árbol, donde encontrarían alimento. De hecho, los tahitianos dicen que todas las plantas útiles de esta isla recuerdan a ciertas partes del cuerpo humano, como mensaje de los dioses. Por eso el aceite de coco, que ayuda con las jaquecas, viene del coco, que parece una cabeza. Se dice que las castañas *mape* son buenas para las dolencias renales, pues recuerdan a los riñones, o eso me han dicho. La savia roja de la planta *fei* es buena para los males de la sangre.

—La firma de todas las cosas —murmuró Alma.

—Sí, sí —dijo el reverendo Welles. Alma no estaba segura de si la había oído—. Las ramas del plátano, como estas de aquí, hermana Whittaker, también se dice que son simbólicas del cuerpo humano. Debido a esa forma, los plátanos se usan como gestos de paz..., como gestos de humanidad, podríamos decir. Las tiramos a los pies de nuestros enemigos, para mostrar que nos rendimos o que estamos dispuestos a negociar la paz. Para mí fue de gran ayuda descubrir este hecho cuando llegué a Tahití, ¡claro que sí! Yo iba tirando ramas de plátano en todas direcciones, ¿sabe?, ¡con la esperanza de que no me mataran ni me comieran!

—¿Le habrían matado y comido de verdad? —preguntó Alma.

—Probablemente no, aunque los misioneros siempre tenemos miedo de esas cosas. ¿Sabe?, hay un ingenioso ejemplo del humor de los misioneros que se pregunta qué ocurrirá si a un misionero se lo come un caníbal, y el misionero es digerido, y el caníbal muere: ¿resucitará el cuerpo digerido del misionero el día del juicio final? Si no, ¿cómo sabrá san Pedro qué trocitos enviar al cielo y qué trocitos al infierno? ¡Jajajá!

—¿Alguna vez le habló el señor Pike de esa noción que acaba de mencionar hace un momento? —preguntó Alma—. ¿Acerca de los dioses que creaban plantas de formas peculiares para mostrar a los hombres en qué les podían ser útiles?

—¡El señor Pike y yo hablamos de muchas cosas, hermana Whittaker!

Alma no sabía cómo obtener información más específica sin revelar demasiado de sí misma. ¿Por qué le habría importado tanto un empleado de su padre? No quería despertar sospechas. Pero ¡el reverendo era un hombre tan extraño! A Alma le parecía franco e inescrutable al mismo tiempo. Cada vez que hablaban de Ambrose, Alma examinaba con suma atención la cara del reverendo Welles en busca de pistas, pero los gestos de ese hombre eran imposibles de interpretar. Siempre contemplaba el mundo con el mismo semblante imperturbable. Su ánimo no variaba en ninguna circunstancia. Era constante como un faro. Su sinceridad era tan completa y perfecta que era casi una máscara.

Al fin llegaron al cementerio, con sus lápidas pequeñas y encaladas, algunas talladas en forma de cruz. El reverendo Welles llevó a Alma directamente a la tumba de Ambrose, pulcra y señalada por una pequeña piedra. Era un lugar hermoso, con vistas a toda la bahía de Matavai y al mar que se extendía más allá. Alma había temido ser incapaz, al ver la tumba, de contener la emoción, pero se sintió serena…, incluso distante. No sintió la presencia de Ambrose. No se lo imaginaba enterrado bajo ese suelo. Recordó cómo solía tumbarse sobre la hierba, cómo estiraba esas maravillosas y largas piernas, y hablaba con ella de maravillas y misterios mientras Alma estudiaba los musgos. Sintió que Ambrose existía más en Filadelfia, más en sus recuerdos que aquí. No lograba imaginarse sus huesos pudriéndose bajo tierra. Ambrose no pertenecía a la tierra; pertenecía al aire. Casi no era un ser terrenal cuando vivía, pensó Alma. ¿Cómo iba a estar dentro de la tierra ahora?

—No nos sobraba madera para hacer un ataúd —dijo el reverendo Welles—, así que envolvimos al señor Pike en una tela nativa y lo enterramos en la quilla de una vieja canoa, como se hace aquí a veces. La carpintería es una labor ardua sin las herramientas apropiadas, ¿sabe?, y cuando los nativos obtienen madera de verdad prefieren no desperdiciarla en una tumba, así que debemos contentarnos con viejas canoas. Pero los nativos mostraron respeto con suma ternura a las creencias cristianas del señor Pike, ¿sabe? Orientaron la tumba de este a oeste, como ve, para que dé a la salida del sol, como todas las iglesias cristianas. Le tenían cariño, como le he dicho. Pido a Dios que muriera feliz. Fue el mejor de los hombres.

—¿Le pareció feliz el tiempo que vivió aquí, hermano Welles?

—Encontró muchas satisfacciones en esta isla, como todos aprendemos a hacer. ¡Estoy seguro de que deseaba más orquídeas, ya sabe! Tahití puede ser decepcionante, como ya le he dicho, para quienes vienen a estudiar la historia natural.

—¿Alguna vez el señor Pike le pareció atribulado? —se atrevió a insistir Alma.

—Las personas vienen a esta isla por muchas razones, hermana Whittaker. Mi mujer solía decir que les arrastra la marea, a estos extraños zarandeados, y la mayor parte del tiempo ¡ni saben dónde han acabado! Algunos parecen perfectos caballeros, pero más tarde descubrimos que eran reclusos en su país de origen. Por otra parte, ¿sabe?, otros eran perfectos caballeros allá en Europa, ¡pero vienen aquí a comportarse como reclusos! Uno nunca llega a conocer el estado del corazón de otro hombre.

No había respondido la pregunta.

¿Y Ambrose?, quiso preguntar. ¿Cuál era el estado de su corazón?

Se mordió la lengua.

Entonces, el reverendo Welles dijo, en ese tono alegre habitual:

—Aquí va a ver las tumbas de mis hijas, al otro lado de esa pared.

La frase enmudeció a Alma. No sabía que el reverendo Welles tenía hijas, mucho menos que hubieran muerto ahí.

—Son unas tumbitas de nada, ¿sabe? —dijo—, porque no vivieron mucho tiempo. Ninguna llegó a cumplir el año. Son Helen, Eleanor y Laura, a la izquierda. Penelope y Theodosia reposan junto a ellas, a la derecha.

Las cinco lápidas eran diminutas, más pequeñas que un ladrillo. Alma no encontró palabras que ofrecer como consuelo. Era lo más triste que había visto en la vida.

El reverendo Welles, al ver su gesto compungido, sonrió amable.

—Pero existe un consuelo. La hermana más joven, Christina, vive, ¿sabe? El Señor nos concedió una niña a quien logramos guiar a la vida, y vive aún. Vive en Cornualles, donde es madre de tres pequeños. La señora Welles está con ella. Mi esposa vive con nuestra hija, ¿sabe?, mientras yo vivo aquí, para hacer compañía a las difuntas. —Miró por encima del hombro de Alma—. ¡Ah, mire! ¡El frangipani está en flor! Deberíamos coger unas cuantas flores para la hermana Manu. Así puede adornar el sombrero para la ceremonia de esta noche. ¿A que le gustaría?

***

El reverendo Welles no dejaba de desconcertar a Alma. No había conocido a un hombre tan alegre, que se quejara tan poco, que hubiese perdido tanto y que viviera con tan poco. Con el tiempo, descubrió que ni siquiera tenía casa. Ninguna *fare* le pertenecía. Ese hombre dormía en la iglesia de la misión, en uno de los bancos. A menudo no tenía siquiera un *ahu taoto* con el que dormir. Como un gato, era capaz de conciliar el sueño en cualquier lugar. No tenía pertenencias salvo la Biblia... e incluso ese bien desaparecía durante semanas antes de que alguien la devolviera. No tenía ganado ni cuidaba una huerta. La pequeña canoa que le gustaba llevar al coral pertenecía a un muchacho de catorce años que se la prestaba, generosamente. No existía un prisionero, un monje o un mendigo en el mundo, pensó Alma, que tuviera menos que este hombre.

Pero no siempre había sido así, descubrió Alma. Francis Welles creció en Cornualles, en Falmouth, justo al lado del mar, en una familia numerosa de prósperos pescadores. Si bien no desveló a Alma los detalles de su juventud («¡No desearía que me tuviera en menos al saber las fechorías que cometí!»), indicó que había sido un tarambana. Un golpe en la cabeza lo llevó al Señor... o, al menos, así contó el reverendo Welles su conversión: una taberna, una pelea, «un botellazo en la mollera» y después... ¡la revelación!

A partir de ahí, se dedicó al saber y a una vida piadosa. No tardó en casarse con una muchacha llamada Edith, la culta y virtuosa hija de un pastor metodista del lugar. Gracias a Edith, aprendió a hablar, pensar y comportarse de un modo más respetuoso y honorable. Se aficionó a los libros y tuvo «todo tipo de pensamientos sublimes», como él mismo dijo. Pronto se ordenó. Joven y vulnerable a las ideas grandiosas, el nuevo reverendo Francis Welles y su esposa Edith presentaron una solicitud a la Sociedad Misionera de Londres, en la que pedían ser enviados a la más remota tierra de paganos, para llevar la palabra del Redentor. La Sociedad Misionera de Londres acogió de buen grado a Francis, pues no era habitual encontrar un hombre de Dios que fuese además un curtido y experto marino. Para este tipo de trabajo, no es recomendable un caballero de Cambridge de piel delicada.

El reverendo Francis y la señora Welles llegaron a Tahití en 1797, en el primer barco misionero que llegó a la isla, junto a otros quince evangélicos ingleses. Por aquel entonces, el dios de los tahitianos era representado por un trozo de madera de casi dos metros, envuelto en *tapa* y plumas rojas.

—Cuando desembarcamos —contó a Alma—, los nativos se maravillaron al ver nuestra vestimenta. Uno de ellos me quitó un zapato y, al ver mi calcetín, saltó hacia atrás, asustado. ¡Pensó que no tenía dedos en los pies! Bueno, pronto tampoco tuve zapatos, ya que se los llevó.

A Francis Welles le gustaron los tahitianos de inmediato. Le gustó su ingenio, dijo. Eran excelentes imitadores y les encantaba bromear. Le recordaban el humor y los juegos de los muelles de Falmouth. Le gustaba cómo, cada vez que se ponía un sombrero de paja, los niños le seguían gritando: «¡Tu cabeza es de paja! ¡Tu cabeza es de paja!».

Le gustaban los tahitianos, sí, pero no tuvo suerte al convertirlos.

—La Biblia nos enseña —dijo a Alma—: «Al oírme, me obedecen. Los extranjeros me rinden pleitesía». Bueno, hermana Whittaker, ¡tal vez era así hace dos mil años! Pero no era así cuando llegamos a Tahití. A pesar de su afabilidad, ¿sabe?, resistieron todos nuestros esfuerzos para convertirlos... ¡y con entusiasmo! ¡Ni siquiera con los niños tuvimos suerte! La señora Welles organizó una escuela para los pequeños, pero sus padres se quejaron: «¿Por qué retienen a mi hijo? ¿Qué riquezas va a ganar gracias a su Dios?». Lo maravilloso de nuestros estudiantes tahitianos, ¿sabe?, es lo buenos, amables y educados que eran. ¡El problema es que no les interesaba nuestro Señor! Solo se reían de la pobre señora Welles cuando intentaba enseñarles el catecismo.

La vida era muy dura para los primeros misioneros. El sufrimiento y la perplejidad atenazaron sus ambiciones. Su evangelio fue recibido con indiferencia o jocosidad. Dos miembros murieron el primer año. Los misioneros eran culpados por todas las calamidades que asolaban Tahití y no les atribuían ninguna de las bendiciones. Sus pertenencias se pudrieron, fueron comidas por ratas o robadas ante sus mismísimas narices. La esposa del reverendo Welles había traído un tesoro familiar desde Inglaterra: un reloj de cuco que daba las horas. La primera vez que los tahitianos oyeron el reloj, salieron corriendo, despavoridos. La segunda vez trajeron fruta al reloj y se inclinaron ante él, en súplica reverencial. La tercera vez lo robaron.

—Es difícil convertir a alguien —dijo el reverendo— a quien tu Dios le pica la curiosidad menos que tus tijeras. ¡Jajajá! Pero ¿cómo culparles por querer unas tijeras cuando nunca habían visto unas? ¿No parecerían un milagro unas tijeras en comparación con una daga hecha con dientes de tiburón?

Durante casi veinte años, supo Alma, ni el reverendo Welles ni nadie fue capaz de convencer a un solo tahitiano de unirse al cristianismo. En tanto que muchas islas de la Polinesia se volvían hacia el Dios verdadero con los brazos abiertos, Tahití siguió igual de tozuda. Amable, pero tozuda. Las islas

Sandwich, las Navegadores, las Gambier, Hawai (¡incluso las temibles Marquesas!), todas habían acogido a Cristo, salvo Tahití. Qué encantadores y alegres eran los tahitianos, y qué obstinados. Sonreían, reían y bailaban, incapaces de abandonar su hedonismo. «Sus almas son de latón y hierro», se quejaban los ingleses.

Cansados y frustrados, algunos misioneros del grupo original regresaron a Londres, donde pronto se ganaron bien la vida contando sus aventuras en los Mares del Sur en conferencias y libros. Un misionero («mal aconsejado», dijo el reverendo Welles) fue expulsado de Tahití a punta de lanza por intentar desmantelar uno de los templos más sagrados de la isla, con el fin de construir un templo sobre las ruinas. En cuanto a los hombres de Dios que permanecieron en Tahití, algunos acabaron en otras actividades, más sencillas. Uno se convirtió en comerciante de mosquetes y pólvora. Otro abrió un hotel en Papeete y tomó no a una sino a dos nativas para mantenerle la cama caliente. Otro tipo (James, el tierno primo de Edith Welles) perdió la fe, se sumió en la desesperación, se hizo a la mar y no volvió a saberse de él.

Muertos, desterrados, vencidos o agotados, así fue como todos los misioneros acabaron, salvo Francis y Edith Welles, quienes permanecieron en la bahía de Matavai. Aprendieron tahitiano y vivieron sin comodidades. En los primeros años, Edith dio a luz a sus primeras hijas (Eleanor, Helen y Laura), quienes murieron, una tras otra, en la más tierna infancia. Aun así, los Welles no cedieron. Construyeron una pequeña iglesia, casi sin ayuda. El reverendo Welles ideó una manera de hacer cal con roca de coral blanqueada, cocinándola en un rudimentario horno hasta reducirla a polvo. Así la iglesia fue más acogedora. Hizo fuelles con piel de cabra y bambú. Intentó cultivar una huerta con tristes y húmedas semillas inglesas. («Al cabo de tres años de esfuerzo, al fin logramos producir una fresa —dijo a Alma—, y la dividimos entre nosotros, la señora Welles y yo. Ese sabor bastó para que mi buena esposa sollozara. No he logrado que crezca otra desde entonces. ¡Aunque a veces he sido bastante afortunado con los repollos!»). Adquirió, y posteriormente perdió por robo, un rebaño de cuatro vacas. Intentó cultivar café y tabaco y fracasó. Del mismo modo, con las patatas, el trigo y las uvas. Los cerdos de la misión prosperaron, pero ningún otro ganado se adaptó al clima.

La señora Welles enseñó inglés a los nativos de la bahía de Matavai, quienes le parecieron rápidos y diestros con el idioma. Enseñó a docenas de niños del lugar a leer y escribir. Algunos niños se mudaron a vivir con los Welles. Hubo un niño pequeño que progresó (en el espacio de dieciocho meses) del analfabetismo a ser capaz de leer el Nuevo Testamento, sin trastabillar en una sola palabra, pero el muchacho no se convirtió al cristianismo. Ninguno de ellos se convirtió.

El reverendo Welles dijo a Alma:

—A menudo me preguntaban los tahitianos: «¿Cuál es la prueba de tu dios?». Querían que hablase de milagros, hermana Whittaker. Querían pruebas de dones para quienes los merecieran, ¿sabe?, o castigos para los culpables. Un hombre que había perdido la pierna me pidió que le dijese a mi dios que le diera una pierna nueva. Le dije: «¿Dónde puedo encontrarte una pierna, en esta tierra o en cualquier otra?». ¡Jajajá! Yo no podía hacer milagros, ¿sabe?, así que no les impresioné demasiado. Vi preguntar a un joven muchacho tahitiano ante la tumba de su pequeña hermana: «¿Por qué el dios Jesús ha plantado a mi hermana en la tierra?». Quería que yo le pidiese al dios Jesús que levantara a esa niña de entre los muertos..., pero yo ni siquiera podía alzar a mis propias hijas de entre los muertos, así que ¿cómo iba a obrar tal maravilla? No pude ofrecer prueba alguna de Dios, hermana Whittaker, salvo lo que mi buena esposa, la señora Welles, llama la prueba interna. Sabía entonces y sé ahora lo que mi corazón siente que es cierto, ¿sabe?: sin el amor de nuestro Señor, yo sería un desgraciado. Es el único milagro del que tengo pruebas, y es suficiente milagro para mí. Para otros, tal vez no sea suficiente. No los culpo, ya que no pueden ver dentro de mi corazón. No pueden ver la oscuridad que una vez habitó ahí, ni qué la ha sustituido. Pero, hasta hoy, no tengo otro milagro que ofrecer, ¿sabe?, y es un milagro humilde.

Además, supo Alma, existía una gran confusión entre los nativos acerca de qué clase de dios era este dios de los ingleses y dónde vivía. Durante mucho tiempo, los nativos de la bahía de Matavai creyeron que la Biblia que el reverendo Welles llevaba consigo por todas partes era, de hecho, su dios.

—Les pareció muy desconcertante que llevase a mi dios bajo el brazo, con tan pocos miramientos, o que dejase a mi dios en la mesa, desprotegido, ¡o que a veces prestara mi dios a otros! Intenté explicarles que mi dios estaba en todas partes, ¿sabe? Querían saber: «Entonces, ¿por qué no lo veo?». Yo decía: «Porque mi dios es invisible», y ellos decían: «Entonces, ¿cómo sabes que no estás pisando a tu dios», a lo que yo respondía: «De verdad, amigos, ¡a veces lo piso!».

La Sociedad Misionera de Londres no envió ningún tipo de ayuda. Durante casi diez años, el reverendo Welles no supo nada de Londres: no recibió instrucciones, ni apoyo, ni ánimos. Tomó la religión por su mano. Para empezar, comenzó a bautizar a quien quisiera ser bautizado. Esto iba en contra de las directrices de la Sociedad Misionera de Londres, que insistía en que nadie recibiera el bautismo a menos que fuera evidente que había renunciado a su viejos ídolos y hubiera aceptado al verdadero Redentor. Pero los tahitianos querían ser bautizados, porque era muy entretenido..., al mismo tiempo que querían conservar sus viejas creencias. El reverendo Welles se dio por vencido. Bautizó a cientos de no creyentes, así como medio creyentes.

—¿Quién soy yo para impedir que un hombre reciba el bautismo? —preguntó, para asombro de Alma—. La señora Welles no lo vio con buenos ojos, he de reconocerlo. Creía que los cristianos en potencia debían pasar una estricta prueba de sinceridad antes del bautismo, ¿sabe? Pero, en mi opinión, ¡eso era una Inquisición! Nuestros colegas de Londres deseaban que impusiéramos la uniformidad de la fe. Pero ¡si no existe siquiera una uniformidad de la fe entre la señora Welles y yo! Como dije en varias ocasiones a mi buena esposa: «Querida Edith, ¿hemos recorrido medio mundo solo para convertirnos en españoles?». Si un hombre quiere un chapuzón en el río, ¡le voy a dar un chapuzón en el río! Si un hombre se acerca al Señor, ¿sabe?, va a ser por voluntad del Señor, no por algo que haga o deje de hacer yo. Entonces, ¿a quién hace daño un bautismo? El hombre sale del río un poco más limpio de lo que entró, y quizás un poco más cerca del cielo también.

En algunos casos, confesó el reverendo Welles, bautizaba a la gente varias veces al año o docenas de veces seguidas. Sencillamente, no veía que tuviera nada de malo.

A lo largo de los siguientes años, los Welles tuvieron otras dos hijas: Penelope y Theodosia. Las sepultaron en la colina, para que descansaran junto a sus hermanas.

Llegaron a Tahití nuevos misioneros. Tendían a permanecer lejos de la bahía de Matavai y de las ideas peligrosamente liberales del reverendo Welles. Estos nuevos misioneros eran más estrictos con los nativos. Crearon códigos de ley contra el adulterio y la poligamia, contra el allanamiento y el no honrar el *sabbath*, contra el robo, el infanticidio y el catolicismo romano.

Mientras tanto, el reverendo Welles se iba apartando incluso más de las prácticas ortodoxas de las misiones. En 1810 tradujo la Biblia al tahitiano sin pedir permiso a Londres.

—No traduje la Biblia entera, ¿sabe?, solo las partes que pensé que disfrutarían los tahitianos. Mi versión es mucho más breve que la Biblia con la que usted está familiarizada, hermana Whittaker. Omití toda mención a Satanás, por ejemplo. He llegado a sentir que es mejor no hablar de Satanás abiertamente, ¿sabe?, pues, cuanto más oyen los tahitianos acerca del Príncipe de las Tinieblas, más respeto y admiración sienten por él. He visto a una joven casada arrodillada en mi iglesia orando sinceramente a Satanás para que su primer hijo fuese niño. Cuando intenté corregir esta triste inclinación, ella dijo: «Pero yo deseo ganarme el favor del dios a quien todos los cristianos temen». Así, desistí de volver a hablar de Satanás. Hay que saber adaptarse, señorita Whittaker. ¡Hay que saber adaptarse!

A la postre, la Sociedad Misionera de Londres supo de estas adaptaciones y, con gran enojo, exigió a los Welles que dejaran de predicar y regresaran a Inglaterra de inmediato. Pero la Sociedad Misionera de Londres estaba al otro lado del mundo, así que ¿cómo iba a obligarles? Entretanto, el reverendo Welles ya había dejado de predicar y permitía a la mujer llamada hermana Manu pronunciar los sermones, a pesar de que no había renunciado del todo a sus otros dioses. Pero le gustaba Jesucristo y hablaba de él de un modo muy elocuente. Esta noticia solo sirvió para indignar más a Londres.

—Pero, simplemente, no puedo satisfacer a la Sociedad Misionera de Londres —dijo a Alma, casi disculpándose—. Su ley se acaba en Inglaterra, como ve. No tienen ni idea de cómo son las cosas aquí. Aquí, solo respondo ante el Autor de todas nuestras bendiciones y siempre he creído que el Autor de todas nuestras bendiciones aprecia a la hermana Manu.

Aun así, ni un solo tahitiano se convirtió del todo al cristianismo hasta 1815, cuando el rey de Tahití, Pōmare, envió sus ídolos sagrados a un misionero británico de Papeete, junto a una carta, en inglés, en la cual afirmaba que deseaba que sus viejos dioses acabaran en la hoguera; al fin, quería convertirse en cristiano. Pōmare esperaba que esta decisión salvara a su pueblo, pues Tahití corría graves peligros. Con cada barco llegaban nuevas plagas. Familias enteras morían: de sarampión, de viruela y de las terribles enfermedades de la prostitución. Mientras que el capitán Cook calculó que la población de Tahití era de doscientas mil almas en 1772, en 1815 apenas quedaban ocho mil. Nadie estaba libre de la enfermedad: ni los jefes, ni los terratenientes, ni los pobres. El mismísimo hijo del rey murió de tisis.

Los tahitianos, como consecuencia, comenzaron a dudar de sus dioses. Cuando la muerte visita tantos hogares, todas las certezas se ponen en tela de juicio. A medida que los males se propagaban, así se propagaron los rumores de que el Dios de los ingleses castigaba a los tahitianos por haber rechazado a su hijo, Jesucristo. Este miedo preparó a los tahitianos para recibir al Señor y el rey Pōmare fue el primero en convertirse. Su primer acto como cristiano fue ofrecer un festín y comer delante de todo el mundo sin hacer primero una ofrenda a los viejos dioses. Las muchedumbres se reunieron en torno a su rey, despavoridas, convencidas de que caería muerto ante sus mismos ojos por la ira de las deidades. No cayó muerto.

Después de eso, todos ellos se convirtieron. Tahití, debilitada, humillada y diezmada, se volvió cristiana al fin.

—¿No tuvimos suerte? —dijo el reverendo Welles a Alma—. ¿Acaso no tuvimos suerte?

Lo dijo en el mismo tono alegre con que siempre hablaba. Eso era lo desconcertante acerca del reverendo Welles. Para Alma era imposible comprender qué se ocultaba tras ese eterno buen humor, si es que se ocultaba algo. ¿Era un cínico? ¿Era un herético? ¿Era tonto? ¿Era su inocencia ensayada o natural? Uno nunca lo sabría por su expresión, siempre bañada en la luz clara de la ingenuidad. Tenía un rostro tan cándido que avergonzaba al sospechoso, al codicioso, al cruel. Era un rostro que avergonzaría a un mentiroso. Era un rostro que a veces avergonzaba a Alma, pues no había sido sincera con él acerca de sus motivos ni de su historia. A veces, quería tomar esa mano pequeñita con la suya gigantesca y (renunciando a los respetables títulos de hermano Welles y hermana Whittaker) decirle, sin más: «No he sido franca contigo, Francis. Deja que te cuente mi historia. Deja que te hable de mi marido y de nuestro tortuoso matrimonio. Por favor, ayúdame a comprender quién fue Ambrose. Por favor, dime lo que sepas de él y, por favor, dime lo que sabes acerca del Muchacho».

Pero no lo hizo. Él era un pastor del Señor y un cristiano respetable y casado. ¿Cómo hablarle de esas cosas?

No obstante, el reverendo Welles contó a Alma toda su historia, sin reservarse casi nada. Le contó que, tan solo unos pocos años después de la conversión del rey Pōmare, la señora Welles y él, inesperadamente, tuvieron otra niña. Esta vez, la niña vivió. La señora Welles lo vio como una señal de la aprobación del Señor: los Welles habían ayudado a cristianizar Tahití. Así pues, llamaron a la niña Christina. Durante esta época, la familia vivía en la casa más bonita del asentamiento, al lado de la iglesia, en la misma casa donde ahora vivía la hermana Manu, y eran felices, sin duda. La señora Welles y su hija cultivaron bocas de dragón y espuelas de caballero y convirtieron el lugar en un jardincito inglés. La niña aprendió a nadar antes que a caminar, como los otros niños de la isla.

—Christina fue mi alegría y mi recompensa —dijo el reverendo Welles—. Pero Tahití no es lugar, o eso creía mi esposa, para criar a una niña inglesa. Hay muchas influencias contaminantes, ¿sabe? Yo no estoy de acuerdo, pero es lo que pensaba la señora Welles. Cuando Christina se convirtió en mujer, la señora Welles la llevó a Inglaterra. No las he visto desde entonces. No las voy a volver a ver.

A Alma no solo le pareció solitario ese destino, sino terriblemente injusto. Ningún buen inglés, pensó, debía quedarse aquí, solo, en medio de los Mares del Sur, para enfrentarse a la vejez en soledad. Pensó en los últimos años de su padre: ¿qué habría hecho sin Alma?

Como si leyese su expresión, el reverendo Welles dijo:

—Añoro a mi buena esposa y a Christina, pero no he carecido por completo de la compañía familiar. Considero a la hermana Manu y a la hermana Etini como hermanas no solo de nombre. En nuestra escuela, también, hemos tenido la suerte, en el transcurso de los años, de haber tenido varios estudiantes inteligentes y de buen corazón, a quienes considero mis hijos, y algunos de ellos son ahora misioneros, como ve. Ahora predican en las islas exteriores, estos estudiantes nativos nuestros. Está Tamatoa Mare, quien lleva el Evangelio a la gran isla de Raiatea. Está Patii, quien extiende el Reino del Redentor a la isla de Huanhine. Está Paumoana, incansable en el nombre del Señor en Bora Bora. Todos ellos son mis hijos y a todos ellos admiro. Hay algo en Tahití llamado *taio*, como ve, una especie de adopción, un modo de convertir a los extraños en parte de tu familia. Cuando entras en *taio* con un nativo, se intercambian la genealogía, como ve, y se convierte en una parte del linaje del otro. El linaje es de suma importancia aquí. Hay tahitianos capaces de recitar treinta generaciones de su linaje..., lo cual no es diferente a esos «engendró» de la Biblia, como ve. Entrar en un linaje es un noble honor. Así que tengo a mis hijos tahitianos conmigo, por así decirlo, que viven en estas islas y son un consuelo para este anciano.

—Pero no están con usted —no pudo evitar decir Alma. Sabía lo lejos que estaba Bora Bora—. No están aquí para ayudarlo, ni para asistirlo en caso de necesidad.

—Dice la verdad, pero es un consuelo saber que existen. Cree que mi vida es muy triste, me temo. No se equivoque. Vivo donde he de vivir. No podría dejar esta misión, ¿sabe? El trabajo que hago aquí no es un encargo, hermana Whittaker. El trabajo que hago aquí no es un empleo, ¿sabe?, gracias al cual pueda retirarme a chochear plácidamente. Mi trabajo consiste en mantener viva esta pequeña iglesia por el resto de mis días, como una balsa contra los vientos y los pesares del mundo. Quienquiera que desee subir a mi balsa es bienvenido. No obligo a nadie a subir, ¿sabe?, pero ¿cómo iba yo a abandonar esta balsa? Mi buena esposa me acusa de ser mejor cristiano que misionero. ¡Tal vez esté en lo cierto! No estoy seguro de haber convertido a nadie. Aun así, esta iglesia es mi labor, hermana Whittaker, y por eso debo quedarme.

Tenía setenta y siete años, supo Alma.

Había estado más tiempo en la bahía de Matavai que ella en el mundo.

Capítulo veinticuatro

Llegó octubre.

La isla se adentró en la estación que los tahitianos llamaban *hia'ia:* la estación del hambre, cuando la fruta del árbol del pan es difícil de encontrar y el pueblo a veces pasa necesidad. No hubo hambrunas en la bahía de Matavai, por fortuna. Tampoco hubo abundancia, ciertamente, pero nadie careció de comida. El pescado y la raíz del taro se encargaron de ello.

¡Oh, la raíz del taro! ¡La fastidiosa e insulsa raíz del taro! Machacada y triturada, hervida y resbaladiza, horneada sobre las brasas, moldeada en forma de húmedas y pequeñas bolas llamadas *poi* y empleada para todo: desayuno, comuniones, comida para cerdos... La monotonía de la raíz del taro a veces se veía interrumpida con la adición de unos pequeños plátanos al menú (plátanos dulces y maravillosos que casi se podían tragar enteros), pero incluso estos eran difíciles de conseguir ahora. Alma miraba a los cerdos con nostalgia, pero la hermana Manu, al parecer, los reservaba para otro día, para un día de más hambre. Así que no había cerdo, había raíz del taro en cada comida y, a veces, cuando sonreía la suerte, un buen pescado. Alma habría dado cualquier cosa para pasar un día entero sin raíz del taro, pero un día sin raíz del taro era un día sin comida. Comenzó a comprender por qué el reverendo Welles había renunciado a la comida por completo.

Los días eran tranquilos, cálidos e inmóviles. Todo el mundo se volvió apático y perezoso. Roger, el perro, cavó un agujero en la huerta de Alma y dormía ahí más o menos todo el día, con la lengua fuera. Las gallinas calvas hurgaban el suelo en busca de comida, se daban por vencidas y se sentaban a la sombra, desalentadas. Incluso el contingente Hiro (esos pequeños que eran el colmo de la actividad) sesteaban toda la tarde a la sombra, como perros viejos. A veces se lanzaban a actividades apáticas. Hiro se hizo con una cabeza de hacha, que colgó de una soga y golpeaba con una roca, como si fuera un gong. Uno de los Makeas golpeaba el aro de un viejo barril con una piedra. Hacían algo similar a la música, supuso Alma, pero le sonaba poco inspirado y cansino. Toda Tahití estaba aburrida y cansada.

En los tiempos de su padre, este lugar estaba iluminado por antorchas de guerra y lujuria. Los bellos hombres y mujeres tahitianos bailaron con tal obscenidad alrededor de los fuegos en esta misma playa que Henry Whittaker (joven e inexperto) tuvo que apartar la mirada, sobresaltado. Ahora, todo era un aburrimiento. Los misioneros, los franceses y los balleneros, con sus sermones, burocracias y enfermedades, habían expulsado al diablo de Tahití. Todos los poderosos guerreros habían muerto. Ahora solo quedaban estos niños perezosos que dormitaban a la sombra, repicando cabezas de hacha y aros de barril como si eso fuera diversión suficiente. ¿Qué podían hacer ahora los jóvenes con su parte salvaje?

Alma continuó la búsqueda del Muchacho, con paseos más y más largos, sola, con el perro Roger o con ese poni flacucho sin nombre. Exploró las pequeñas aldeas y los asentamientos alrededor de la costa, en ambas direcciones de la bahía de Matavai. Vio hombres y muchachos de toda índole. Vio jóvenes apuestos, sí, con esas siluetas nobles que los primeros europeos tanto habían admirado, pero también vio jóvenes que sufrían elefantiasis en ambas piernas y niños con escrófula en los ojos por las enfermedades venéreas de las madres. Vio niños retorcidos con tuberculosis en la columna vertebral. Vio a jóvenes que deberían haber sido esbeltos, pero estaban marcados por la viruela y el sarampión. Encontró aldeas casi vacías, abandonadas al cabo de los años por las dolencias y la muerte. Vio misiones mucho más estrictas que la de la bahía de Matavai. A veces incluso fue a misa en esas otras misiones, donde nadie cantaba en tahitiano; en su lugar, la gente cantaba anodinos himnos presbiterianos con muchísimo acento. No vio al Muchacho en ninguna de estas congregaciones. Pasó ante trabajadores cansados, trotamundos perdidos, pescadores silenciosos. Vio a un hombre muy viejo sentado bajo el sol candente, que tocaba la flauta tahitiana a la usanza tradicional, soplando por un orificio nasal: un sonido tan melancólico que a Alma le dolieron los pulmones por la nostalgia de su hogar. Pero, sin embargo, no vio al Muchacho.

Su búsqueda era infructuosa, su censo resultaba vano cada día, pero siempre le alegraba volver a la bahía de Matavai y las rutinas de la misión. Siempre agradecía que el reverendo Welles la invitase a acompañarlo a los jardines de coral. Comprendió que para él los jardines de coral eran algo así como los lechos de musgo de White Acre para Alma: algo rico que crecía despacio y que podía estudiar durante años, como forma de pasar las décadas sin hundirse en la soledad. Disfrutaba mucho las conversaciones con el reverendo Welles durante las excursiones al arrecife. El reverendo Welles pidió a la hermana Manu que tejiera un par de sandalias como las suyas para Alma, de gruesas frondas anudadas de pandanus, para caminar entre los afilados corales sin cortarse. Mostró a Alma un espectáculo circense de esponjas, anémonas y corales: toda la belleza absorbente de esas aguas tropicales, claras y poco profundas. Le enseñó los nombres de los peces de colores y le contó historias de Tahití. Ni una sola vez preguntó a Alma acerca de su vida. Era un alivio, así no tenía que mentirle.

Alma también se encariñó con la pequeña iglesia de la bahía de Matavai. El edificio decididamente carecía de riquezas y esplendor (Alma veía mejores iglesias por toda la isla), pero siempre disfrutaba de los breves, enérgicos e inventivos sermones de la hermana Manu. Supo gracias al reverendo Welles que, para los tahitianos, había algunos elementos familiares en la historia de Jesús, y esos rasgos familiares habían ayudado a los primeros misioneros a presentar a Cristo a los nativos. En Tahití, la gente creía que el mundo se dividía entre el *pô* y el *ao,* «la oscuridad» y «la luz». Taroa, el gran señor, el creador, nació en el *pô:* nació de noche, en la oscuridad. Los misioneros, una vez que aprendieron esta mitología, explicaron a los tahitianos que Jesucristo también había nacido en el *pô:* había nacido de noche, entre la oscuridad y el sufrimiento. Esto llamó la atención de los tahitianos. Era un destino peligroso y poderoso nacer de noche. El *pô* era el mundo de los muertos, de lo incomprensible y de lo espantoso. El *pô* era fétido, podrido y aterrador. Nuestro Señor, enseñaron los ingleses, vino a guiar a la humanidad fuera del *pô,* hacia la luz.

Todo esto tenía cierto sentido para los tahitianos. Cuando menos, les hizo admirar a Cristo, ya que la frontera entre el *pô* y el *ao* era un territorio peligroso y solo un alma valiente cruzaría de un mundo al otro. El *pô* y el *ao* se asemejaban al cielo y al infierno, explicó el reverendo Welles a Alma, pero había más relación entre ambos, y en los lugares donde se entreveraban todo enloquecía. Los tahitianos nunca dejaron de temer el *pô.*

—Cuando piensan que no miro —dijo—, todavía hacen ofrendas a los dioses que viven en el *pô.* Hacen estas ofrendas, ¿sabe?, no porque honren o amen a los dioses de la oscuridad, sino para sobornarlos a fin de que permanezcan en el mundo de los fantasmas, para mantenerlos lejos del mundo de la luz. El *pô* es un concepto muy difícil de derrotar, ¿sabe? El *pô* no deja de existir en la mente de los tahitianos solo porque el día ha llegado.

—¿La hermana Manu cree en el *pô*? —preguntó Alma.

—Claro que no —dijo el reverendo Welles, imperturbable como siempre—. Es una perfecta cristiana, como ha podido comprobar. Pero lo respeta, ¿sabe?

—¿Cree en fantasmas, entonces? —insistió Alma.

—Claro que no —dijo el reverendo Welles en tono amable—. Eso no sería muy cristiano por su parte. Pero no le gustan los fantasmas y no quiere que vaguen por el asentamiento, así que a veces no tiene más remedio que hacerles ofrendas, ¿sabe?, para mantenerlos alejados.

—Entonces, sí cree en los fantasmas —dijo Alma.

—Por supuesto que no —corrigió el reverendo Welles—. Simplemente, se ocupa de ellos. Ya verá que también hay ciertas partes de esta isla que la hermana Manu no ve con buenos ojos que sean visitadas por alguien de nuestro asentamiento. En los lugares más altos e inaccesibles de Tahití, ¿sabe?, se dice que una persona puede entrar en la niebla, disolverse para siempre y acabar directamente en el *pô*.

—Pero ¿de verdad la hermana Manu cree que algo así podría ocurrir? —preguntó Alma—. ¿Que una persona podría disolverse?

—Por supuesto que no —dijo el reverendo Welles con alegría—. Pero lo ve con muy malos ojos.

Alma se preguntó: «¿Habrá desaparecido el Muchacho en el *pô*?».

«¿Y Ambrose?».

***

Alma no recibía noticias del mundo exterior. No le llegaban cartas a Tahití, a pesar de que escribía con frecuencia a Prudence y a Hanneke y, en ocasiones, incluso a George Hawkes. Enviaba diligentemente sus cartas con los balleneros, consciente de que eran remotas las posibilidades de que llegaran a Filadelfia. Supo que a veces el reverendo Welles tardaba hasta dos años en tener noticias de su esposa e hija. A veces, cuando llegaban las cartas, estaban empapadas y eran ilegibles tras un largo viaje por mar. Esto era más trágico para Alma que no saber en absoluto de la familia, pero su amigo lo aceptaba como aceptaba todos los contratiempos: con un sosegado reposo.

Alma estaba sola y el calor era insufrible: de noche no refrescaba en absoluto. La casita de Alma se convirtió en un horno sin aire. Una noche despertó con la voz de un hombre que le susurraba al oído: «¡Escucha!». Pero, cuando se incorporó, no había nadie en la habitación: nadie del contingente Hiro y tampoco el perro Roger. No había ni rastro de viento. Salió, con el corazón palpitante. No había nadie. Vio que la bahía de Matavai se había vuelto, en la noche silenciosa y calma, tan lisa como un espejo. Toda la bóveda celeste se veía reflejada en el agua, como si hubiera dos cielos: uno arriba, otro abajo. El silencio y la pureza eran formidables. La playa estaba cargada de presencias.

¿Había visto Ambrose algo así mientras vivía aquí? ¿Dos cielos en una noche? ¿Había sentido este temor y este asombro, esta sensación de soledad y presencia? ¿Fue él quien la había despertado, hablándole al oído? Intentó recordar si la voz sonaba como la de Ambrose, pero no podía estar segura. ¿Sería capaz de reconocer la voz de Ambrose, si la oyera?

Sería muy propio de Ambrose, no obstante, despertarla y pedirle que escuchara. Sí, sin duda. Si alguna vez un muerto intentara hablar con los vivos, ese sería Ambrose Pike; él, con sus nobles fantasías sobre lo metafísico y lo milagroso. Incluso casi había convencido a Alma de la existencia de los milagros, y ella no era dada a tales creencias. ¿Acaso no parecieron hechiceros, aquella noche en el cuarto de encuadernar, hablando sin palabras, hablando por las plantas de los pies y las palmas de las manos? Ambrose quería dormir junto a ella, le dijo, para escuchar sus pensamientos. Alma quería dormir junto a él para fornicar por fin, para meterse el miembro de un hombre dentro de la boca..., pero él solo quería escuchar sus pensamientos. ¿Por qué ella no le permitió escucharla? ¿Por qué él no le permitió a ella acercarse?

¿Alguna vez había pensado en ella, aunque fuera una sola vez, aquí en Tahití?

Tal vez estaba tratando de enviarle mensajes ahora, pero la brecha era demasiado grande. Tal vez las palabras se empapaban y se volvían indescifrables al cruzar el gran abismo entre la muerte y la tierra, igual que esas cartas tristes y echadas a perder que a veces el reverendo Welles recibía de su mujer desde Inglaterra.

—¿Quién eras tú? —preguntó Alma a Ambrose en la noche plomiza, mirando al otro lado de la bahía silenciosa y reflectante. En la playa vacía, su voz sonó con tal fuerza que la sobresaltó. Esperó una respuesta hasta que le dolieron las orejas, pero no oyó nada. Ni siquiera una pequeña ola rompía en la playa. El agua podría ser peltre fundido, y el aire también.

—¿Dónde estás ahora, Ambrose? —preguntó, esta vez en voz más baja.

Ni un sonido.

—Enséñame dónde puedo encontrar al Muchacho —le pidió, en un murmullo.

Ambrose no respondió.

La bahía de Matavai no respondió.

El cielo no respondió.

Soplaba brasas ya frías; no había nada ahí.

Alma se sentó y esperó. Pensó en la historia que el reverendo Welles le había contado acerca de Taroa, el dios original de los tahitianos. Taroa, el creador. Taroa, nacido en una caracola. Taroa yació en silencio durante un sinfín de eras, único ser vivo en el universo. El mundo estaba tan vacío que, cuando habló en plena oscuridad, ni siquiera hubo eco. Casi murió de soledad. De esa soledad y ese vacío incalculables, Taroa sacó nuestro mundo.

Alma se acostó en la arena y cerró los ojos. Se estaba más cómodo aquí que en el colchón de su casa caldeada. No le molestaban los cangrejos, que se tambaleaban y correteaban a su alrededor. Ellos, dentro de sus caparazones, eran lo único que se movía en la playa, los únicos seres vivos en el universo. Esperó en esa pequeña franja de tierra que separaba los dos cielos hasta que salió el sol y todas las estrellas desaparecieron tanto del cielo como del mar, pero nadie le dijo nada.

***

Llegó Navidad y la estación de las lluvias. La lluvia supuso un alivio del calor incesante, pero también trajo caracoles de impresionante tamaño y húmedas manchas de moho que crecían en los pliegues de las faldas cada vez más raídas de Alma. La playa de arena negra de la bahía de Matavai acabó remojada como una sopa. Con esas lluvias torrenciales, Alma pasaba los días en casa, donde apenas podía oír sus pensamientos bajo las tormentosas aguas que asediaban el tejado. La naturaleza fue invadiendo su cada vez más diminuto espacio. La población de lagartos en el techo de Alma se triplicó de la noche a la mañana (casi una plaga bíblica) y dejaban gruesas gotas de estiércol e insectos a medio digerir por toda la *fare*. Del único zapato que le quedaba a Alma en el mundo brotaron hongos, en las enconadas profundidades. Colgaba los racimos de plátano de las vigas, para impedir que las ratas, mojadas e insistentes, se fugaran con ellos.

Roger, el perro, apareció una noche, durante una de sus habituales rondas nocturnas, y se quedó varios días; simplemente, no se atrevía a enfrentarse a la lluvia. Alma deseó que cazara las ratas, pero tampoco parecía atreverse a eso. Roger aún no consentía que Alma le diera de comer en la mano, pero a veces compartía la comida si Alma la dejaba en el suelo y le daba la espalda. A veces le permitía acariciarle la cabeza mientras dormitaba.

Las tormentas arremetían a intervalos irregulares. Se oía cómo se formaban al otro lado del mar: vendavales procedentes del suroeste que se volvían más y más estridentes, como un tren que se acerca. Si la tormenta prometía ser de una crudeza inusual, los erizos de mar salían a rastras de la bahía, en busca de un terreno más alto y seguro. A veces encontraban refugio en la casa de Alma: otra razón para mirar dónde pisaba. La lluvia caía como una ráfaga de flechas. Al otro lado de la playa, el río se arremolinaba embarrado y la superficie de la bahía hervía y chisporroteaba. A medida que la tormenta se volvía más amenazante, Alma observaba cómo el mundo la cercaba. La niebla y la oscuridad se aproximaban desde el mar. Primero desaparecía el horizonte, luego se desvanecía la isla de Morea a lo lejos, luego se iba el arrecife y a continuación la playa, y ella y Roger se quedaban solos entre las brumas. El mundo se volvía tan pequeño como esa casa diminuta y no especialmente impermeable. El viento soplaba por un costado, el trueno bramaba atemorizador y la lluvia atacaba con todas sus fuerzas.

Al cabo la lluvia se detenía durante un momento y regresaba un sol abrasador (súbito, imponente, cegador), si bien nunca duraba lo suficiente para secar fuera el colchón de Alma. El vapor se alzaba desde la arena en oleadas sinuosas. Las corrientes de viento húmedo barrían la ladera de las montañas. Por toda la playa, el aire vibraba como una sábana sacudida, como si la playa se arrancara la violencia que acababa de sufrir. A continuación, prevalecía una calma húmeda, durante escasas horas o unos pocos días, hasta que se desataba otra tormenta.

Eran días de echar de menos una biblioteca y una vasta, seca y cálida mansión. Alma se habría sumido en una negra desesperanza durante la estación de las lluvias en Tahití de no ser por un curioso descubrimiento: a los niños de la bahía de Matavai les encantaba la lluvia. Al contingente Hiro le encantaba más que a nadie... y por qué no, ya que era la estación de los aludes de barro y de chapotear en los charcos y de las peligrosas travesías por las corrientes torrenciales del río. Los cinco niños se convertían en cinco nutrias que no solo no temían la humedad sino que la adoraban. Toda la indolencia de la estación seca y calurosa se desvaneció, reemplazada por la vida, súbita y arrebatadora. El contingente Hiro era como el musgo, comprendió Alma: en el calor se secaban y se volvían inertes, pero revivían al instante con un buen remojón. ¡Máquinas de la resurrección, estos extraordinarios niños! Con tal determinación, vigor y presteza volvían a la acción en este nuevo mundo de agua que Alma recordó su infancia. La lluvia y el barro a ella tampoco le impidieron nunca explorar. Este recuerdo se transformó en una pregunta hiriente y repentina: entonces, ¿por qué se escondía ahora en su casita? Si de niña nunca huyó del mal tiempo, ¿por qué hacerlo ahora? Si no había lugar donde refugiarse en esta isla y permanecer seca, entonces, ¿por qué no mojarse y punto? Esta pregunta, extrañamente, despertó en Alma otra duda: ¿por qué no había pedido ayuda al contingente Hiro para buscar al Muchacho? ¿Quién sería más indicado para encontrar a un joven tahitiano desaparecido que otro joven tahitiano?

Al llegar a esta conclusión, Alma salió de la casa corriendo e hizo señas a los cinco pequeños salvajes, quienes, en ese momento, se lanzaban barro los unos a los otros, con un arrojo admirable. Se acercaron corriendo a Alma como una masa resbaladiza, embarrada y risueña. Les divertía ver a la señora blanca de pie en la playa en plena lluvia, con ese vestido empapado, calándose hasta los huesos ante sus mismos ojos. Era un buen entretenimiento y no les costaba nada.

Alma se acercó a los muchachos y habló con ellos en una mezcla de tahitiano, inglés y gestos apasionados. Más tarde, no recordaría cómo había presentado la idea, pero el mensaje central fue este: «¡Esta es la estación de la aventura, muchachos!». Les preguntó si conocían los lugares del centro de la isla a los cuales no debía ir nadie del asentamiento, según la hermana Manu. ¿Sabían de todos los lugares prohibidos, donde vivía el pueblo del arrecife y donde se encontraban las aldeas paganas más remotas? ¿Les gustaría llevar ahí a la hermana Whittaker, a vivir grandiosas aventuras?

¿Lo harían? ¡Vaya, por supuesto que lo harían! Era una idea tan divertida que comenzaron ese mismo día. De hecho, comenzaron de inmediato y Alma los siguió sin titubear. Sin zapatos, sin mapas, sin comida, sin (que el cielo los protegiera) paraguas, los chicos llevaron a Alma a las colinas, más allá de la misión, lejos de la seguridad de las aldeas costeras que ya había explorado ella sola. Subieron, entre la niebla, hacia las nubes lluviosas, hacia las cumbres de la selva que Alma vio por primera vez desde la cubierta del *Elliot,* desde donde le parecieron tan temibles y extrañas. Y subieron... no solo ese día, sino todos los días durante el mes siguiente. Todos los días exploraban senderos cada vez más remotos y destinos cada vez más salvajes, a menudo en plena lluvia, y siempre con Alma Whittaker siguiéndoles de cerca.

Al principio Alma temió que no sería capaz de seguirles el ritmo, pero a la sazón comprendió dos cosas: que los años de recolección botánica la habían puesto en forma y que los chicos eran muy considerados con las limitaciones de su invitada. Por Alma aminoraban la marcha en las partes más peligrosas y no le pedían que saltara por encima de las grietas, como hacían ellos, o escalara acantilados húmedos con las manos, como harían ellos con facilidad. A veces el contingente Hiro se situaba detrás de ella en una cuesta especialmente pronunciada y la empujaban, sin demasiados miramientos, con las manos en el trasero, pero a Alma no le molestaba: solo intentaban ayudar. Eran generosos con ella. La aclamaban cuando completaba un ascenso y, si caía la noche cuando aún estaban en plena selva, le daban la mano y la llevaban de vuelta a la seguridad de la misión. Durante estos oscuros paseos, le enseñaron los cánticos guerreros de los tahitianos: las canciones que cantaban para infundir valor ante el peligro.

Los tahitianos eran conocidos en los Mares del Sur como excelentes escaladores e intrépidos caminantes (Alma había oído hablar de isleños que caminaban cincuenta kilómetros en este terreno inhóspito sin desfallecer), pero Alma tampoco era de las que desfallecen..., no cuando estaba en una misión, y sentía con fuerza que esta era la misión de su vida. Esta era su mejor oportunidad de encontrar al Muchacho. Si aún vivía en esta isla, estos niños infatigables lo encontrarían.

Las ausencias de Alma, cada vez más prolongadas, no pasaron inadvertidas.

Cuando la dulce hermana Etini al fin preguntó, con gesto preocupado, dónde pasaba los días, Alma se limitó a decir:

—Busco musgos con la ayuda de cinco jóvenes naturalistas muy en forma.

Nadie dudó de ella, pues era la estación perfecta para el musgo. Alma, de hecho, vio todo tipo de briofitas interesantes en las piedras y árboles del camino, pero no se detenía para mirar de cerca. El musgo siempre estaría ahí; buscaba algo más efímero, más urgente: un hombre. Un hombre que conocía secretos. Para encontrarlo, tenía que moverse con la celeridad del Tiempo Humano.

Los chicos, por su parte, disfrutaban de este inesperado juego de guiar a esta vieja dama rara por todo Tahití, para ver todo lo prohibido y conocer los pueblos más remotos. Llevaron a Alma a templos abandonados y cuevas siniestras, donde aún se veían huesos humanos por los rincones. A veces se encontraban personas que rondaban estos lugares sombríos, pero el Muchacho no estaba entre ellas. La llevaron a pequeños asentamientos a orillas del lago Maeva, donde las mujeres aún se vestían con faldas de hierba y donde los hombres tenían la cara cubierta de macabros tatuajes, pero el Muchacho tampoco estaba ahí. El Muchacho no se encontraba entre los cazadores con los que se cruzaban en los senderos resbaladizos, ni en las laderas del monte Orohena, ni en el monte Aorii, ni en los túneles huecos de los volcanes. El contingente Hiro la llevó a una cumbre esmeralda en lo alto del mundo, tan alta que parecía diseccionar el mismo cielo: llovía a un lado de la cumbre, al otro hacía sol. Alma se puso en pie en esta cima inestable, con la oscuridad a la izquierda y la luz a la derecha, pero ni siquiera aquí, desde el mirador más alto que podía imaginarse, en el mismo punto donde colisionaba el tiempo, en la intersección del *pô* y el *ao,* vio al Muchacho por ningún sitio.

Con el tiempo, los chicos dedujeron que Alma buscaba algo, pero fue Hiro, siempre el más inteligente, quien comprendió que buscaba a alguien.

—¿Él no aquí? —preguntaba Hiro con preocupación al final de cada día. Hiro había comenzado a hablar inglés y creía dominarlo a las mil maravillas.

Alma no confirmó que buscaba a alguien, pero tampoco lo negó.

—¡Mañana él encontramos! —juraba Hiro cada día, pero pasó enero y pasó febrero y Alma seguía sin encontrar al Muchacho.

—¡Encontramos a él el sábado siguiente! —prometía Hiro, pues *sábado* era la palabra que usaban allí para decir *semana.* Pero pasaron cuatro sábados y Alma no encontró al Muchacho. Ya era abril. Hiro comenzó a mostrarse preocupado y hosco. No se le ocurrían lugares nuevos donde llevar a Alma en sus excursiones salvajes por la isla. Ya no era un pasatiempo divertido; se había convertido en una seria campaña, e Hiro sabía que estaba fracasando. Los otros miembros del contingente, que notaban el abatimiento de Hiro, perdieron también la alegría. Alma decidió librar a los cinco chicos de sus responsabilidades. Eran demasiado jóvenes para llevar a hombros la carga de ella; Alma no quería verlos apesadumbrados por la preocupación y la responsabilidad, solo por perseguir una figura fantasmal en su nombre.

Alma liberó al contingente Hiro del juego y nunca más emprendió una caminata junto a ellos. Como agradecimiento, dio a cada uno de los cinco muchachos una pieza de su preciado microscopio (que ellos mismos le habían devuelto casi intacto a lo largo de los últimos meses) y les dio un apretón de manos. En tahitiano, les dijo que eran los más grandes guerreros que jamás habían pisado la tierra. Les agradeció su valeroso viaje por los confines del mundo conocido. Les dijo que había encontrado todo lo que necesitaba encontrar. Y los envió de vuelta a sus cosas, a recomenzar su carrera previa de juegos constantes y erráticos.

**

La estación de las lluvias acabó. Alma llevaba en Tahití casi un año. Retiró la hierba enmohecida del suelo de su casa y la reemplazó con hierba nueva una vez más. Volvió a rellenar el colchón medio podrido con paja seca. Vio cómo la población de lagartos disminuía a medida que los días se volvían más luminosos y despejados. Hizo una nueva escoba y barrió las telarañas de las paredes. Una mañana, superada por la necesidad de reavivar su misión, abrió la maleta de Ambrose con la intención de mirar una vez más los dibujos del Muchacho solo para descubrir que, en el transcurso de la estación de las lluvias, los había consumido el moho. Intentó separar las hojas, pero se disolvieron entre sus manos en trozos de una pasta verdosa. Una especie de polilla había encontrado los dibujos, además, y se había dado un festín con los restos. No logró salvar ni uno solo. Ya no podía ver el rastro de la cara del Muchacho, ni las bellas líneas de los bocetos de Ambrose. La isla había devorado la única prueba que le quedaba de su inexplicable marido y su incomprensible y quimérica musa.

La desintegración de los dibujos fue como otra muerte para Alma; ahora, incluso el fantasma había desaparecido. Le hizo desear llorar, y sin duda empezó a dudar de su cordura. Cuántas caras había visto en Tahití durante los últimos diez meses, pero ahora se preguntaba si de verdad podría identificar al Muchacho, aunque lo tuviera justo delante. ¿Tal vez lo había visto, al fin y al cabo? ¿No sería uno de esos jóvenes de los muelles de Papeete, el día que llegó? ¿No habría pasado junto a él unas cuantas veces? ¿No sería posible que incluso viviera aquí, en la misión, y que Alma se hubiera vuelto inmune a su rostro? Ahora ya no tenía nada con lo que comparar sus recuerdos. El Muchacho apenas había existido, y ahora no existía en absoluto. Cerró la maleta como si cerrase la tapa de un ataúd.

Alma no podía seguir en Tahití. Lo supo en ese momento, sin duda alguna. Ni siquiera debería haber venido. Cuánta energía y decisión había empleado en viajar a esta isla de acertijos solo para acabar envarada, y sin un buen motivo. Peor aún, se había convertido en una carga en este pequeño asentamiento de personas honestas, cuyos alimentos comía, cuyos recursos agotaba, cuyos niños empleaba en sus objetivos irresponsables. ¡Menuda situación esta! Alma creía que había perdido el hilo de su objetivo en la vida, por pequeño que fuera ese hilo antes. Había interrumpido su aburrido pero honorable estudio de los musgos a fin de embarcarse en esta irresponsable búsqueda de un fantasma... o, más bien, dos fantasmas: Ambrose y el Muchacho. ¿Y para qué?

No sabía más acerca de Ambrose ahora que antes de llegar aquí. En Tahití todos declaraban que su marido había sido precisamente el hombre que parecía ser: un alma virtuosa y amable, incapaz de cometer una vileza, demasiado bueno para este mundo.

Comenzaba a comprender que era muy probable que el Muchacho ni siquiera hubiera existido. De lo contrario, Alma ya lo habría encontrado o alguien lo habría mencionado..., aun de la forma más sutil. Ambrose debía de haberlo inventado. Esta idea era más triste que cualquier otra cosa que Alma hubiera imaginado. El Muchacho había sido la quimera de un hombre solitario de mente perturbada. Ambrose había deseado tanto tener un compañero que se había dibujado uno. Al conjurar un amigo (un bello y fantasmagórico amante), había encontrado el matrimonio espiritual que siempre había deseado. Tenía cierto sentido. ¡La mente de Ambrose no se caracterizaba por la mesura, ni siquiera en las mejores circunstancias! Era un hombre cuyo amigo más querido lo había internado en un hospital para enfermos mentales, alguien que creía ver las huellas dactilares de Dios en el mundo de la botánica. Ambrose era un hombre que veía ángeles en las orquídeas y que una vez creyó ser un ángel él mismo... Había recorrido medio mundo en busca de un espectro surgido de la imaginación frágil y enloquecida de un hombre solitario.

Era una historia sencilla, pero la había complicado con sus vanas investigaciones. Tal vez deseaba que el relato fuese más siniestro, aunque solo fuera para que su historia, la de Alma, resultase más trágica. Tal vez deseaba que Ambrose fuera culpable de cosas abominables, de pederastia y depravación, de modo que pudiera despreciarlo en lugar de seguir añorándolo. Tal vez lo que deseaba encontrar en Tahití no eran rastros de un Muchacho, sino de muchos: una turba de catamitas a quienes Ambrose hubiera violado y destruido, uno detrás de otro. Pero no había pruebas de semejantes hechos. La verdad, sencillamente, era la siguiente: Alma había sido tan insensata y libidinosa como para casarse con un hombre joven e inocente cuya cordura era inestable. Cuando ese joven la decepcionó, Alma fue tan cruel e iracunda como para exiliarlo a los Mares del Sur, donde murió solo y trastornado, extraviado en sus fantasías, aislado en un pequeño y desolado asentamiento gobernado (¡si es que se le podía llamar gobernar!) por un viejo misionero, cándido e ineficaz.

En cuanto a por qué la maleta y los dibujos de Ambrose se habían mantenido intactos (salvo por la naturaleza) en la *fare* de Alma, sin protección alguna, durante casi un año, mientras el resto de sus pertenencias habían sido tomadas, robadas, desmenuzadas o saqueadas..., bueno, sencillamente Alma carecía de la imaginación necesaria para resolver ese misterio. Además, no le quedaban energías para enfrentarse a otro misterio imposible.

No había nada más que aprender aquí.

No había más motivos para quedarse. Iba a necesitar un plan para los restantes años de su vida. Había obrado de forma impulsiva y errónea, pero se iría en el próximo ballenero que se dirigiese al norte, y encontraría un lugar donde vivir. Solo sabía que no debía volver a Filadelfia. Había renunciado a White Acre y jamás podría regresar; sería injusto con Prudence, quien tenía derecho a hacerse cargo de la finca sin que Alma rondara por ahí como una molestia. En cualquier caso, sería una humillación volver a casa. Necesitaba comenzar de nuevo. Tendría, también, que encontrar una forma de ganarse la vida. Al día siguiente enviaría un mensaje a Papeete diciendo que buscaba pasaje en un buen barco con un capitán respetable que conociera a Dick Yancey.

No estaba en paz, pero al menos había tomado una decisión.

Capítulo veinticinco

C uatro días más tarde Alma se despertó al amanecer, entre los alegres gritos del contingente Hiro. Salió de la *fare* para averiguar el motivo de la conmoción. Sus cinco niños salvajes corrían de un lado a otro por la playa, dando giros y volteretas con la primera luz de la mañana, gritando, entusiastas, en tahitiano. Cuando Hiro la vio, recorrió a zancadas el sendero loco y serpenteante que llevaba a su puerta con una velocidad salvaje.

—*Tomorrow Morning is here!* —exclamó en inglés. Tenía los ojos desorbitados por la emoción, como Alma no había visto antes, ni siquiera en este chico tan excitable.

Desconcertada, Alma le agarró del brazo para que se calmara y así intentar comprenderlo.

—¿Qué dices, Hiro? —le preguntó.

—*Tomorrow Morning is here!* —gritó de nuevo, dando saltos al hablar, incapaz de contenerse.

—Dímelo en tahitiano —ordenó Alma, en tahitiano.

—*Teie o Tomorrow Morning* —gritó de nuevo, pero tenía tan poco sentido en tahitiano como en inglés: «Ha venido mañana por la mañana».

Alma alzó la vista y vio una multitud que se reunía en la playa: todos los habitantes de la misión, así como personas venidas de las aldeas cercanas. Todos estaban tan entusiasmados como los chicos. Vio al reverendo Welles corriendo hacia la orilla con ese caminar extraño y patizambo. Vio a la hermana Manu corriendo, y a la hermana Etini, y a los pescadores del lugar también.

—¡Mira! —dijo Hiro, que dirigió la mirada de Alma al mar—. ¡Tomorrow Morning llega!

Alma miró a la bahía y vio (¿cómo no lo habría notado de inmediato?) una pequeña flota de piraguas que cortaban el agua hacia la playa a una velocidad increíble, impulsadas por docenas de remeros de piel oscura. A pesar del tiempo que llevaba en Tahití, Alma no dejaba de asombrarse ante la potencia y la agilidad de tales piraguas. Cuando venían flotillas como esta a la bahía, siempre se sentía como si viera la llegada de Jasón y los argonautas o la flota de Ulises. Más que nada, le encantaba el momento en que, al acercarse a la costa, los remeros tensaban los músculos en un último esfuerzo y la piragua salía volando del mar como si fuera el proyectil de un arco invisible, y caía en la arena en una llegada espectacular y exuberante.

Alma tenía preguntas, pero Hiro ya había salido corriendo a recibir las piraguas, al igual que el resto de la multitud. Alma no había visto tanta gente en la playa antes. Contagiada por la emoción, también corrió hacia las piraguas. Eran unas piraguas excepcionales, incluso majestuosas. La mayor mediría casi veinte metros y en la proa se alzaba un hombre de altura y constitución impresionantes... Era, a todas luces, el líder de la expedición. Era tahitiano, pero, al acercarse, Alma vio que iba impecablemente vestido con un traje europeo. Los aldeanos se reunieron en torno a él, cantando para darle la bienvenida, llevándolo de una piragua a otra como si fuera un rey.

La gente llevó al desconocido hasta el reverendo Welles, y los dos hombres se abrazaron. Alma se abrió paso entre la multitud, acercándose tanto como pudo. El hombre se inclinó ante el reverendo Welles y los dos acercaron sus rostros presionando sus narices, en un saludo tradicional de gran cariño. Oyó al reverendo Welles decir, con la voz rota por la emoción:

—Bienvenido a tu casa, bendito hijo de Dios.

El desconocido deshizo el abrazo y se apartó. Se dio la vuelta, sonriendo a la multitud, y Alma, por primera vez, le vio la cara. Si no hubiera estado apoyada en todas esas personas que la rodeaban, Alma habría caído al suelo, por la impresión de reconocerlo.

Las palabras *tomorrow morning* (que Ambrose había escrito al dorso de todos los dibujos del Muchacho) no eran un código secreto. Tomorrow Morning no era una especie de ensueño de un futuro utópico, ni un anagrama, ni pretendía ocultar nada. Por una vez en su vida, Ambrose Pike se expresó de forma directa y sencilla: Tomorrow Morning era, sencillamente, el nombre de una persona.

Y ahora, sin duda, Tomorrow Morning había llegado.

***

Le dio rabia.

Fue su primera reacción. ¿Por qué no había oído hablar de él ni una sola vez, de esta figura regia, este adorado visitante, este hombre que convocaba a todo el norte de Tahití, que acudía corriendo y dando vítores para recibirlo? ¿Cómo era posible que ni su nombre ni su existencia fueran nunca mencionados, ni siquiera de pasada? Nadie había utilizado ni una vez las palabras *Tomorrow Morning* con Alma, a menos que hiciera referencia a algo previsto para el día siguiente, y sin duda nadie había mencionado esta adoración universal por un nativo apuesto y esquivo que tal vez llegara algún día sin previo aviso para ser adorado. No había habido ni un rumor acerca de este personaje. ¿Cómo era posible que alguien de tal trascendencia apareciese sin más?

Mientras el resto de la multitud se dirigía a la iglesia de la misión en masa, alegre y vociferante, Alma se quedó en la playa, quieta, incapaz de encontrarle el sentido a todo esto. Nuevas preguntas sustituyeron a las viejas creencias. Las certezas de la semana anterior se resquebrajaron, como un estanque helado al principio de la primavera. La aparición que había venido a buscar existía, pero no era un muchacho; en realidad, aparentaba ser una especie de rey. ¿Qué tendría que ver Ambrose con un rey isleño? ¿Cómo se habían conocido? ¿Por qué Ambrose había representado a Tomorrow Morning como un simple pescador, cuando se trataba de un hombre de gran poder?

El motor de las obstinadas e implacables conjeturas de Alma se puso en marcha de nuevo. Esta sensación solo la enojó aún más. Qué cansada estaba de sus conjeturas. No soportaba tener que inventar nuevas teorías. Toda su vida, sentía, había vivido en un estado de incertidumbre. Solo quería saber cosas, pero aun así, incluso después de todos esos años de preguntas incansables, no hacía más que ponderar, reflexionar y suponer.

Se acabaron las conjeturas. Se acabaron. Necesitaba saberlo todo. Iba a insistir en saberlo todo.

***

Alma oyó la iglesia antes de llegar. Los cánticos que salían de ese humilde edificio no se parecían a nada que hubiera oído antes. Eran un rugido de júbilo. No quedaba espacio en la iglesia, pero permaneció fuera, entre una multitud que empujaba y cantaba, y escuchó. Los himnos que había oído Alma en esta iglesia (las voces de los dieciocho fieles de la misión del reverendo Welles) eran melodías débiles y aflautadas en comparación con lo que oía ahora. Por primera vez, comprendió qué era en realidad la música tahitiana, y por qué necesitaba de cientos de voces rugientes y vociferantes para cumplir su función: silenciar el océano. Eso era lo que hacía esta gente, en una expresión de veneración tan bella como peligrosa.

Al fin se hizo el silencio, y Alma oyó que un hombre hablaba, con una voz clara y poderosa, a los fieles. Habló en tahitiano, en una disquisición que, a veces, era casi un canto. Se acercó más a la puerta y miró: era Tomorrow Morning, alto y espléndido, de pie en el púlpito, los brazos alzados, quien se dirigía a los presentes. Alma aún no dominaba el tahitiano lo suficiente para seguir todo el sermón, pero comprendió que este hombre estaba ofreciendo un apasionado testimonio de Cristo vivo. Pero eso no era todo lo que hacía; también retozaba con esta reunión de fieles, al igual que los niños del contingente Hiro, como Alma había visto muchas veces, retozaban con las olas. Su temple y su valor eran inquebrantables. Provocó risas y lágrimas en la congregación, así como solemnidad y alegría desenfrenada. Alma sentía que sus emociones eran arrastradas por el timbre y la intensidad de esa voz, a pesar de que las palabras, en gran medida, le resultaban incomprensibles.

La actuación de Tomorrow Morning duró más de una hora. Les hizo cantar y rezar; se diría que los estaba preparando para atacar al alba. Alma pensó: «Mi madre habría despreciado esto». Beatrix Whittaker no había sido propensa a las pasiones evangélicas; creía que las personas frenéticas corrían el grave peligro de olvidar sus modales y su razón, y entonces, ¿qué sería de la civilización? En cualquier caso, el soliloquio apoteósico de Tomorrow Morning no se parecía en nada a los sermones que Alma había presenciado en la iglesia del reverendo Welles... ni en cualquier otro lugar, de hecho. No era un pastor luterano de Filadelfia, que dispensaba las enseñanzas sagradas diligentemente, ni la hermana Manu y sus homilías monosilábicas y sencillas; esto era oratoria. Esto era tambores de guerra. Esto era Demóstenes en defensa de Ctesifonte. Esto era Pericles rindiendo tributo a los muertos de Atenas. Esto era Cicerón reprendiendo a Catilina.

Lo que el sermón de Tomorrow Morning no evocó en Alma, sin duda, fueron la humildad y la amabilidad que ella se había acostumbrado a asociar con la pequeña y modesta misión del reverendo Welles. No había nada humilde ni amable en Tomorrow Morning. De hecho, nunca había visto un personaje tan audaz, tan dueño de sí mismo. Se acordó de un viejo dicho de Cicerón en el original y poderoso latín (el único idioma, pensaba, que podría rivalizar con la rugiente marejada de elocuencia nativa que estaba presenciando): *Nemo umquam neque poeta neque orator fuit, qui quemquam meliorem quam se arbitraretur.*

«No existe poeta ni orador que piense que existe alguien mejor que él mismo».

***

El día no dejó de volverse más exaltado desde ese momento.

Gracias al muy efectivo sistema telegráfico nativo de Tahití (niños de pies veloces y voces estruendosas), enseguida se propagó la noticia de que Tomorrow Morning había llegado, y la playa de la bahía de Matavai se volvió más concurrida y exuberante cada hora que pasaba. Alma quería encontrar al reverendo Welles, hacerle muchas preguntas, pero su menudo cuerpo desaparecía una y otra vez entre la multitud, y solo en raras ocasiones veía rastros de él, el cabello blanco que volaba con la brisa, radiante de felicidad. Tampoco podía acercarse a la hermana Manu, tan electrizada que perdió el gigantesco sombrero de paja y lloraba como una colegiala en medio de una multitud de mujeres eufóricas. El contingente Hiro no se veía por ninguna parte... o, más bien, se veía por todos lados, pero se movían con tal rapidez que era imposible que Alma se acercara a interrogarlos.

Entonces, la multitud de la playa, como si de una decisión unánime se tratara, se convirtió en un festejo. Se abrió un espacio para encuentros de boxeo y lucha libre. Hombres jóvenes se quitaron las camisas, se untaron aceite de coco y comenzaron a pelear. Los niños galopaban por el litoral en carreras espontáneas. Un anillo apareció en la arena, y de repente había una pelea de gallos en marcha. A medida que avanzaba el día, llegaban músicos, con instrumentos de todo tipo (tambores y flautas nativas, cuernos y violines europeos), y la música sonó con estruendo. En otra parte de la playa, los hombres, industriosos, cavaban una fogata y la rodeaban de piedras. Planeaban hacer un grandioso asado. Entonces Alma vio a la hermana Manu, que, de forma inesperada, atrapó un cerdo, lo inmovilizó y lo mató... para gran consternación del cerdo. Alma no pudo sino sentirse un poco resentida al verlo. (¿Cuánto tiempo llevaba esperando ella para saborear un cerdo? Al parecer, lo único que se necesitaba era la llegada de Tomorrow Morning para al fin lograrlo). Con un largo cuchillo y mano segura, Manu troceó el cerdo alegremente. Sacó las entrañas como una mujer que repartiera caramelos. Ella y algunas de las mujeres más fuertes sostuvieron el animal sobre las llamas de la fogata para quemar las cerdas. A continuación, lo envolvieron en hojas y lo dejaron sobre las piedras calientes. No pocas gallinas, indefensas en este maremoto de celebraciones, siguieron al cerdo a la muerte.

Alma vio a la bella hermana Etini corriendo, los brazos llenos de la fruta del árbol del pan. Alma saltó hacia delante, tocó a Etini en el hombro y dijo:

—Hermana Etini, por favor, dígame: ¿quién es Tomorrow Morning?

Etini se volvió con una amplia sonrisa.

—Es el hijo del reverendo Welles —dijo.

—¿El hijo del reverendo Welles? —repitió Alma. El reverendo Welles solo tenía hijas... y solo una de ellas había sobrevivido. Si el inglés de la hermana Etini no fuera tan fluido y certero, Alma habría supuesto que esa mujer se equivocaba.

—Su hijo por *taio* —explicó Etini—. Tomorrow Morning es su hijo adoptado. Es mi hijo también, y el de la hermana Manu. ¡Es hijo de todos en esta misión! Todos somos familia por *taio*.

—Pero ¿de dónde viene? —preguntó Alma.

—Viene de aquí —dijo Etini, que no pudo disimular el enorme orgullo que le causaba este hecho—. Tomorrow Morning es nuestro, ¿sabe?

—Pero ¿de dónde ha llegado hoy?

—Ha venido de Raiatea, donde vive ahora. Tiene una misión ahí. Ha tenido un gran éxito en Raiatea, una isla que antes era muy hostil al Dios verdadero. La gente que ha traído consigo son sus conversos; es decir, algunas de las personas que ha convertido. Sin duda, ha convertido a muchos más.

Sin duda, Alma tenía muchas preguntas, pero la hermana Etini estaba deseosa de contribuir a la fiesta, así que Alma le dio las gracias y la dejó marchar. Alma fue a sentarse a la sombra de una guayaba, junto al río, a pensar. Tenía muchas cosas sobre las que pensar. Desesperada por darle sentido a toda esta nueva información, rememoró una conversación que había mantenido con el reverendo Welles hacía meses. Recordaba vagamente que el reverendo Welles le había hablado de sus tres hijos adoptados (los tres productos más ejemplares de la escuela de la bahía de Matavai), quienes dirigían misiones muy respetadas en otras islas. Se esforzó en recuperar los detalles de esa única conversación, ya lejana, pero sus recuerdos eran frustrantemente borrosos. Tal vez Raiatea fuera una de las islas mencionadas, pensó Alma, pero tenía la certeza de que no había mencionado el nombre *Tomorrow Morning*. Alma habría reparado en ese nombre de haberlo oído. Esas dos palabras le habrían llamado la atención de inmediato, rebosantes como estaban de reminiscencias personales. El reverendo Welles lo había llamado por otro nombre.

La hermana Etini pasó apresurada una vez más, ahora con los brazos vacíos, y una vez más Alma se lanzó hacia ella y la detuvo. Sabía que estaba molestando, pero no pudo evitarlo.

—Hermana Etini —la abordó—, ¿cómo se llama Tomorrow Morning?

La hermana Etini se mostró desconcertada.

—Se llama Tomorrow Morning —dijo, simplemente.

—Pero ¿cómo lo llama el hermano Welles?

—¡Ah! —Los ojos de la hermana Etini se encendieron—. El hermano Welles lo llama por su nombre tahitiano, Tamatoa Mare. Pero Tomorrow Morning es un apodo que se inventó él mismo, cuando apenas era un niño. Así es como prefiere que le llamen. Qué bien se le daban los idiomas, hermana Whittaker: fue el mejor estudiante que tuvimos la señora Welles y yo, ya verá que habla inglés mucho mejor que yo..., y ya desde muy pequeño notó que su nombre tahitiano sonaba como esas palabras en inglés. Qué listo ha sido siempre. Y el nombre le sienta bien, o eso pensamos todos, porque siempre da esperanza, ¿comprende?, a quienes se encuentra. Como un nuevo día.

—Como un nuevo día —repitió Alma.

—Exactamente, sí.

—Hermana Etini —dijo Alma—. Lo siento, pero debo hacerle una última pregunta. ¿Cuándo fue la última vez que Tamatoa Mare estuvo aquí, en la bahía de Matavai?

La hermana Etini respondió sin dudarlo:

—En noviembre de 1850.

La hermana Etini se fue, apresurada. Alma se sentó a la sombra de nuevo y observó la alegre locura que se desataba ante ella. La observó sin alegría. Tenía una hendidura en el corazón, como si alguien le estuviera estampando las huellas dactilares del pulgar, hasta el fondo, con firmeza.

Ambrose Pike había muerto aquí en noviembre de 1850.

***

Alma tardó un tiempo en acercarse a Tomorrow Morning. Esa noche fue una celebración poderosa: una fiesta digna de un monarca, que era sin duda lo que consideraban a ese hombre. Cientos de tahitianos abarrotaban la playa, comían cerdo asado, pescado y frutos del árbol del pan y disfrutaban del pudín de arruruz, ñames y un sinfín de cocos. Se encendieron hogueras y la gente bailó; no, por supuesto, esos bailes obscenos por los cuales Tahití era tan conocida antaño, sino la danza tradicional, menos ofensiva, llamada *hura*. Aun así, ni siquiera este baile se habría consentido en cualquier otra misión de la isla, pero Alma sabía que el reverendo Welles a veces lo permitía. («Es que no veo qué tiene de malo», dijo una vez a Alma, quien comenzó a pensar que esta frase, que tanto repetía, sería el lema perfecto del reverendo Welles).

Alma no había visto esta danza antes, y se quedó tan absorta como el resto. Las jóvenes bailarinas llevaban el pelo adornado con tres hebras de jazmín y gardenias y el cuello rodeado de flores. La música era lenta y ondulante. Algunas muchachas tenían marcas de la varicela, pero, a la luz de la lumbre, todas eran igual de hermosas. Bajo esos vestidos de misionera, largos y sin forma, se advertía el movimiento de las piernas y las caderas de las mujeres. Fue la danza más provocativa que Alma había visto (solo las manos ya eran provocadoras) y ni se imaginaba qué habría pensado su padre de estos bailes en 1777, cuando las bailarinas no vestían nada más que faldas de hierba. Debió de ser todo un espectáculo para un jovencito de Richmond que trataba de mantener su virtud.

De vez en cuando unos hombres atléticos saltaban al círculo para interrumpir la *hura* con los movimientos cómicos de un bufón. Al principio, Alma pensó que su intención era desbaratar la sensualidad del espectáculo con su jocosidad, pero no tardaron, ellos también, en probar los límites de la lascivia con sus movimientos. Había una broma recurrente entre los hombres, que agarraban a las bailarinas mientras las jóvenes, gráciles, se escapaban sin perder un paso del baile. Incluso los niños más pequeños parecían comprender la referencia soterrada al deseo y el rechazo, e imitaban la actuación con unos aullidos y carcajadas que les hacían parecer demasiado maduros para su edad. Hasta la hermana Manu (ese ejemplo luminoso de decoro cristiano) saltó a la palestra y se unió a las bailarinas de *hura*, moviendo su corpulenta silueta con sorprendente agilidad. Cuando uno de los bailarines la persiguió, la hermana Manu se dejó atrapar, para regocijo de la multitud, que estalló en risas. A continuación el bailarín se apretó contra la cadera de ella, en una serie de movimientos de cuya indisimulada procacidad era imposible dudar; la hermana Manu no hizo más que mirarlo con una mirada coqueta y cómica, y siguió bailando.

Alma no dejó de mirar de reojo al reverendo Welles, quien, al parecer, estaba simplemente encantado con lo que veía. Junto a él se sentaba Tomorrow Morning, con el perfecto aplomo y el traje impecable de un caballero inglés. A lo largo de la noche, la gente se acercaba a sentarse a su lado, a saludarlo con la nariz y a darle recuerdos. Recibía a todo el mundo con delicadeza y generosidad. En verdad, hubo de admitir Alma, no había visto un ser humano más bello en toda su vida. Por supuesto, en Tahití la belleza del aspecto físico se hallaba por doquier, y uno se acostumbraba al cabo de un tiempo. Los hombres eran hermosos, las mujeres eran incluso más hermosas y los niños eran los más hermosos de todos. En comparación con los extraordinarios tahitianos, ¡qué hatajo de jorobados paliduchos eran los europeos! Se había dicho una y mil veces, por mil viajeros asombrados. Así pues, la belleza, sí, no escaseaba por aquí, y Alma había visto muchísima..., pero Tomorrow Morning era el más bello de todos.

Su piel era oscura y bruñida, su sonrisa era una luna que salía despacio por el horizonte. Cuando miraba a alguien, era un acto de generosidad, de luminiscencia. Era imposible no clavar la mirada en él. Al margen de la belleza de su semblante, su imponente altura ya llamaba la atención. Era un prodigio de estatura, un Aquiles hecho carne. Con certeza, uno seguiría a ese hombre al campo de batalla. El reverendo Welles dijo una vez a Alma que, en los Mares del Sur, en los viejos tiempos, cuando los isleños guerreaban unos contra otros, los vencedores hurgaban entre los cadáveres del enemigo en busca de los cuerpos más altos y oscuros de entre los muertos. Una vez que encontraban esos colosos caídos, abrían los cadáveres y retiraban los huesos, para hacer anzuelos, cinceles y armas. Los huesos de los hombres más grandes, según se creía, tenían un tremendo poder y otorgaban la invencibilidad a quien los poseyese. En cuanto a Tomorrow Morning, pensó Alma, morbosa, podría hacerse todo un arsenal con él..., si alguien lograra matarlo, claro.

Alma permaneció en las afueras de la fogata, intentando no ser vista. Nadie le prestó atención, absortos en su alegría. La juerga duró hasta bien entrada la noche. Las fogatas ardieron altas y brillantes, proyectando sombras tan oscuras y retorcidas que uno casi temía tropezarse con ellas o que lo agarraran y le arrastrasen al *pô*. Los bailes se volvieron más osados y los niños se comportaron como espíritus poseídos. Alma no habría esperado que la visita de un importante misionero cristiano causara tal parranda y jolgorio, pero aún era nueva en Tahití. Nada de lo que ocurría molestaba al reverendo Welles, a quien nunca había visto tan feliz, tan optimista.

Mucho después de la medianoche, el reverendo Welles reparó en Alma.

—¡Hermana Whittaker! —la llamó—. ¿Dónde están mis modales? ¡Tiene que conocer a mi hijo!

Alma se acercó a los dos hombres, sentados tan cerca del fuego que parecían arder. Fue un encuentro incómodo, pues Alma estaba de pie y los hombres, como dictaba la costumbre del lugar, se quedaron sentados. Alma no estaba dispuesta a sentarse. No estaba dispuesta a presionar su nariz contra la nariz de otra persona. Pero Tomorrow Morning tendió su largo brazo y le dio un cordial apretón de manos.

—Hermana Whittaker —dijo el reverendo Welles—, este es Tamatoa Mare, de quien le he hablado. Tamatoa Mare, esta es la hermana Whittaker, ¿sabes?, que nos visita desde Estados Unidos. Es una naturalista de cierto renombre.

—¿Una naturalista? —dijo Tomorrow Morning con excelente acento británico, asintiendo con interés—. De niño, era muy aficionado a la historia natural. Mis amigos pensaban que estaba loco, por dar importancia a aquello a lo que nadie da importancia: las hojas, los insectos, el coral y todo lo demás. Pero era placentero y educativo. Qué digna vida, estudiar el mundo a fondo. Qué afortunada es en su vocación.

Alma lo miró largamente. Ver, al fin, ese rostro tan de cerca (ese rostro imborrable, ese rostro que la había inquietado y fascinado durante tanto tiempo, ese rostro por el cual había viajado desde el otro lado del mundo, ese rostro que había sondeado con tal tesón en su imaginación, ese rostro que la había asediado hasta la obsesión) era, sencillamente, impresionante. Ese rostro tenía un efecto tan poderoso en ella que le sorprendió que él, a su vez, no se sintiera igual de asombrado al verla a ella. ¿Cómo podía conocerlo de un modo tan íntimo mientras él no la conocía en absoluto?

Pero ¿por qué diablos iba a conocerla?

Plácidamente, él le devolvió la mirada. Tenía unas pestañas tan largas que eran absurdas. No solo parecían excesivas, sino casi contenciosas, ese espectáculo de pestañas, esas hebras de exuberancia innecesaria. Alma sintió dentro de ella una irritación creciente: nadie necesitaba tales pestañas.

—Es un placer conocerlo —dijo Alma.

Con la elegancia de un jefe de estado, Tomorrow Morning insistió en que no, que el placer era solo suyo. Entonces soltó la mano de Alma, que se excusó, y Tomorrow Morning centró su atención en el reverendo Welles, en ese padre blanco, menudo, feliz.

***

Permaneció en la bahía de Matavai dos semanas.

Alma rara vez apartó la mirada de él, dispuesta a averiguar lo que pudiera, ya fuera por observación o por proximidad. Tomorrow Morning era adorado. Era casi exasperante, de hecho, lo adorado que era. Se preguntó si a veces era exasperante para él. Nunca tenía un momento en soledad, si bien Alma no dejaba de aguardarlo, con la esperanza de hablar a solas con él. Parecía que nunca se presentaría la oportunidad; había comidas, reuniones y ceremonias en torno a él a todas horas. Dormía en casa de la hermana Manu, que no dejaba de recibir visitas. La reina 'Aimata Pōmare IV Vahine de Tahití invitó a Tomorrow Morning a tomar el té en su palacio de Papeete. Todos querían oír (en inglés, tahitiano o ambos) la historia del éxito extraordinario de Tomorrow Morning como misionero en Raiatea.

Nadie quería oírlo más que Alma y, durante la estancia de Tomorrow Morning, logró reunir las piezas de la historia gracias a varios curiosos y admiradores del gran hombre. Raiatea, según vino a saber, era la cuna de la mitología polinesia, y por lo tanto un lugar improbable para el cristianismo. La isla (grande y escarpada) fue el lugar de nacimiento y la residencia de Oro, el dios de la guerra, cuyos templos, honrados por sacrificios humanos, estaban cubiertos de cráneos. Raiatea era un lugar serio (la hermana Etini empleó la palabra *circunspecto)*. El monte Temahani, en el centro de la isla, era considerado la residencia eterna de todos los muertos de la Polinesia. Un velo de niebla permanente cubría el pico más alto de la montaña, según se decía, porque a los muertos no les gustaba la luz del sol. Los habitantes de Raiatea no eran bromistas; eran un pueblo firme: un pueblo de sangre y grandeza. No eran como los tahitianos. Habían resistido a los ingleses. Habían resistido a los franceses. No resistieron a Tomorrow Morning. Había llegado hacía seis años de un modo espectacular: apareció solo, en una piragua que abandonó al acercarse a la isla. Se desnudó y nadó hasta la orilla, salvando sin dificultad las enormes olas mientras sostenía la Biblia sobre la cabeza y cantaba: «¡Canto la palabra de Jehová, el único Dios verdadero! ¡Canto la palabra de Jehová, el único Dios verdadero!».

Los habitantes de Raiatea se fijaron en él.

Desde entonces, Tomorrow Morning había creado un imperio evangélico. Erigió una iglesia (justo al lado del principal templo pagano de Raiatea) que habría sido fácil confundir con un palacio, de no ser una casa de oración. Era el edificio más grande de la Polinesia. Lo sostenían cuarenta y seis columnas, talladas con troncos del árbol del pan y alisadas con piel de tiburón.

Tomorrow Morning calculaba que había convertido unas tres mil quinientas almas. Vio a la gente arrojar los ídolos al fuego. Vio cómo los viejos templos sufrían una transformación repentina, de santuarios de sacrificios violentos a inofensivos montones de piedras cubiertas por el musgo. Vistió a los habitantes de Raiatea con modestas ropas a la usanza europea: los hombres, con pantalones; las mujeres, con vestidos largos y sombreros. Los jóvenes formaban filas para que él les cortara el pelo. Supervisó la construcción de una comunidad de casitas blancas y pulcras. Enseñó a leer y a escribir a gente que, antes de su llegada, no habían visto el alfabeto. Cuatrocientos niños al día asistían a la escuela y aprendían el catecismo. Tomorrow Morning se cercioró de que la gente no solo repitiera las palabras del Evangelio, sino que comprendiera lo que decían. Así, ya había formado a siete misioneros suyos, a quienes envió a islas más distantes; ellos también nadarían hasta la costa sosteniendo la Biblia en alto y cantando el nombre de Jehová. Los días de los tumultos, las falacias y la superstición habían tocado a su fin. El infanticidio había tocado a su fin. La poligamia había tocado a su fin. Algunos llamaron profeta a Tomorrow Morning; se rumoreaba que él prefería la palabra *sirviente.*

Alma supo que Tomorrow Morning había tomado una esposa en Raiatea, Temanava, cuyo nombre significaba «la bienvenida». Tenía dos hijas, llamadas Frances y Edith, en honor del reverendo y la señora Welles. Era el hombre más venerado en las islas de la Sociedad, supo Alma. Lo oyó tantas veces que empezaba a cansarse de oírlo.

—¡Y pensar —dijo la hermana Etini— que procede de nuestra pequeña escuela en la bahía de Matavai!

Alma no encontró un momento para hablar con Tomorrow Morning hasta que se hizo tarde una noche, diez días después de su llegada, cuando lo sorprendió caminando a solas la breve distancia entre la casa de la hermana Etini y la casa de la hermana Manu, donde iba a dormir.

—¿Puedo hablar un momento con usted? —preguntó Alma.

—Claro que sí, hermana Whittaker —concedió él, que recordó su nombre sin dificultad. Parecía que no le sorprendía en absoluto verla salir de las sombras para acercarse a él.

—¿Hay algún lugar más discreto donde podamos hablar? —preguntó Alma—. Lo que necesito decirle me gustaría decírselo en privado.

Tomorrow Morning se rio, afable.

—Si alguna vez ha logrado sentir algo parecido a la privacidad aquí en la bahía de Matavai, hermana Whittaker, la admiro. Sea lo que sea lo que quiera decirme, me lo puede decir aquí.

—Muy bien, entonces —dijo Alma, si bien no pudo evitar mirar a su alrededor para ver si alguien estaba escuchando—. Tomorrow Morning —comenzó—, usted y yo estamos (creo) más estrechamente ligados en nuestros destinos de lo que piensa. Me han presentado a usted como hermana Whittaker, pero quiero que comprenda que, durante un breve periodo de mi vida, fui conocida como la señora Pike.

—No te voy a pedir más explicaciones —dijo con amabilidad, alzando una mano—. Sé quién eres, Alma.

Se miraron el uno al otro, en silencio, durante lo que pareció muchísimo tiempo.

—Entonces... —dijo ella, al fin.

—Claro —respondió él.

Una vez más, el largo silencio.

—Yo también sé quién eres —dijo ella.

—¿Lo sabes? —Tomorrow Morning no pareció alarmado—. ¿Quién soy, entonces?

Pero ahora, obligada a responder, Alma descubrió que no era sencillo ofrecer una contestación a esa pregunta. No obstante, necesitaba decir algo, así que dijo:

—Conocías bien a mi marido.

—Sin duda, lo conocí. Es más, lo echo de menos. —Esta respuesta conmocionó a Alma, pero lo prefirió (la conmoción del asentimiento) a una desavenencia o una negativa. Mientras esperaba esta conversación durante los días previos, Alma había pensado que se volvería loca si Tomorrow Morning la acusara de mentir vilmente o fingiera que no había oído hablar de Ambrose. Pero no se mostró inclinado a resistir o repudiar. Alma lo miró de cerca, en busca de algo en su cara aparte de esa sosegada confianza en sí mismo, pero no vio nada extraño.

—Lo echas de menos —repitió Alma.

—Y siempre lo echaré de menos, pues Ambrose Pike era el mejor de los hombres.

—Eso dice todo el mundo —dijo Alma, que se sintió un poco irritada y vencida.

—Porque era cierto.

—¿Lo amabas, Tamatoa Mare? —preguntó Alma, que una vez más buscó en ese rostro una grieta en su ecuanimidad. Quería pillarlo por sorpresa, al igual que él la había cogido a ella. Pero en su semblante no se reflejó ni un atisbo de malestar. Ni siquiera parpadeó cuando Alma empleó su nombre de pila.

—Todos los que lo conocíamos lo amábamos —respondió.

—Pero ¿lo amabas tú en especial?

Tomorrow Morning guardó las manos en los bolsillos y miró hacia la luna. No tenía prisa por responder. Daba la impresión de ser un hombre que aguardaba sin impaciencia la llegada de un tren. Al cabo de un rato, dirigió la mirada al rostro de Alma. Eran más o menos de la misma altura, notó Alma. Los hombros de ella no eran mucho más estrechos que los de él.

—Supongo que te preguntas ciertas cosas —dijo, a modo de respuesta.

Alma sintió que perdía terreno. Necesitaba ser incluso más directa.

—Tomorrow Morning —dijo—. ¿Puedo hablarte con franqueza?

—Por favor —la animó él.

—Permíteme decirte algo acerca de mí misma, pues tal vez te permita hablar con más libertad. En lo más hondo de mi carácter (aunque no siempre lo considero una virtud ni una ventaja) arde un deseo de comprender la naturaleza de todas las cosas. Como tal, me gustaría comprender quién fue mi marido. He recorrido toda esta distancia para comprenderlo mejor, pero ha sido casi en vano. Hasta el momento, lo poco que me ha sido dado comprender acerca de Ambrose solo me ha causado más confusión. Nuestro matrimonio, lo reconozco, no fue ni tradicional ni largo, pero eso no borra ni el amor ni la preocupación que sentí por mi marido. No soy una inocente, Tomorrow Morning. No necesito que me protejas de la verdad. Por favor, comprende que mi objetivo no es ni arremeter contra ti ni convertirte en mi enemigo. Tampoco tus secretos corren peligro, si decides confiar en mí. Tengo un motivo, sin embargo, para sospechar que albergas secretos respecto a mi marido. He visto los dibujos que hizo de ti. Esos dibujos, como sin duda comprendes, me obligan a preguntarte por la verdad de tu relación con Ambrose. ¿Podrías respetar la petición de una viuda y contarme lo que sabes? Mis sentimientos no necesitan amparo alguno.

Tomorrow Morning asintió.

—¿Tienes mañana el día libre para pasarlo conmigo? —preguntó—. Quizás hasta bien entrada la noche.

Alma asintió.

—¿Es vigoroso tu cuerpo? —preguntó.

La pregunta y su incongruencia la sobresaltaron. Tomorrow Morning percibió su incomodidad y aclaró:

—Lo que quiero decir es: ¿eres capaz de caminar largas distancias? Supongo que, como naturalista, estás sana y en forma, pero, aun así, debo preguntar. Me gustaría mostrarte algo, pero no deseo fatigarte. ¿Puedes escalar un terreno inclinado y ese tipo de cosas?

—Creo que sí —respondió Alma, irritada una vez más—. He recorrido la isla por entero durante este último año. He visto todo lo que hay que ver en Tahití.

—No todo, Alma —la corrigió Tomorrow Morning, con una sonrisa benévola—. No todo.

***

Partieron al día siguiente, justo después del amanecer. Tomorrow Morning se había hecho con una piragua para el viaje. No una canoa pequeñita y frágil como la que usaba el reverendo Welles cuando visitaba los jardines de coral, sino una piragua rápida, elegante y estrecha.

—Vamos a ir a Tahití Iti —explicó—. Tardaríamos días en llegar por tierra, pero solo cinco o seis horas por el mar. ¿Te sientes cómoda sobre el agua?

Alma asintió. Le resultaba difícil saber si estaba siendo considerado o condescendiente. Preparó un tubo de bambú con agua fresca para sí misma y *poi* para el almuerzo, envuelto en un cuadrado de muselina que podía llevar atado al cinturón. Escogió su vestido más raído, el que ya había sufrido los peores abusos de la isla. Tomorrow Morning reparó en sus pies descalzos, los cuales, al cabo de un año en Tahití, eran tan duros y callosos como los de un trabajador de la plantación. No lo mencionó, pero Alma vio que se fijaba. Él también iba descalzo. De tobillos para arriba, sin embargo, era un perfecto caballero inglés. Llevaba el traje limpio y la camisa blanca de costumbre, si bien se quitó la chaqueta, la dobló con esmero y la usó como cojín en el asiento de la piragua.

No tenía sentido intentar conversar en el viaje hacia Tahití Iti, una pequeña península, escarpada y remota, al otro lado de la isla. Tomorrow Morning tenía que concentrarse y Alma no deseaba tener que girarse cada vez que quisiera hablar. Viajar cerca de la costa era difícil en ciertas zonas y Alma deseó que Tomorrow Morning hubiera traído otro remo de modo que ella pudiera sentirse útil..., aunque, a decir verdad, no parecía que él la necesitara. Tomorrow Morning esculpía el agua con elegante eficiencia, zigzagueando entre los arrecifes y los canales sin vacilar, como si hubiera hecho este viaje miles de veces, lo cual, sospechó Alma, era probablemente cierto. Agradeció llevar un sombrero de ala ancha, pues el sol brillaba con fuerza y, debido al resplandor de las aguas, veía puntos danzando ante ella.

Al cabo de unas cinco horas, los acantilados de Tahití Iti se encontraban a su derecha. De un modo alarmante, al parecer

Tomorrow Morning se dirigía hacia ellos. ¿Iban a estrellarse contra las rocas? ¿Era ese el mórbido objetivo del viaje? Pero en ese momento Alma lo vio: una abertura en forma de arco en el acantilado, una rendija oscura, una entrada a una cueva a la altura del mar. Tomorrow Morning acompasó la piragua al movimiento de una ola poderosa y entonces, qué emoción, se lanzó sin miedo, derecho a esa abertura. Alma tuvo la certeza de que serían devueltos a la luz del día por el agua que se retiraba, pero él remó con furia, casi de pie en la piragua, de modo que se abalanzaron sobre la grava húmeda de una playa rocosa, en el interior de la cueva. Fue casi un acto mágico. Ni siquiera el contingente Hiro, pensó Alma, se habría arriesgado a semejante maniobra.

—Sal, por favor —ordenó él y, aunque no le gritó, Alma comprendió que debía moverse con celeridad, antes de la llegada de la siguiente ola. Salió de un salto y correteó hasta el nivel más alto, el cual, para ser sinceros, no le pareció lo suficientemente alto. Una gran ola, pensó ella, y se los llevaría la corriente para siempre. Tomorrow Morning no parecía preocupado. Arrastró la piragua detrás de él hasta la playa.

—¿Te importaría ayudarme? —dijo, con educación. Señaló una cornisa, por encima de sus cabezas, y Alma vio que pretendía guardar ahí la piragua, a salvo. Le ayudó a levantarla y juntos la subieron hasta la cornisa, lejos del alcance de las olas.

Alma se sentó y él se sentó a su lado, con la respiración entrecortada por el esfuerzo.

—¿Estás cómoda? —preguntó al fin.

—Sí —dijo Alma.

—Ahora tenemos que esperar. Cuando la marea baje del todo, verás que hay una especie de ruta por la que podemos caminar a lo largo del arrecife, y entonces subiremos a una meseta. Desde ahí te voy a llevar al lugar que quiero mostrarte. Si crees que puedes aguantarlo, claro.

—Puedo aguantarlo —dijo Alma.

—Bien. De momento, vamos a descansar un rato. —Se acostó sobre la chaqueta, estiró las piernas y se relajó. Cuando las olas llegaban, casi les tocaban los pies, pero solo casi. Él debía de saber exactamente cómo actuaban las mareas en esta cueva, pensó Alma. Era en verdad extraordinario. Al ver a Tomorrow Morning estirado a su lado, le asaltó un súbito recuerdo del modo en que Ambrose se tumbaba acomodándose en cualquier lugar: sobre la hierba, en un sofá, en el suelo del recibidor de White Acre.

Dejó que Tomorrow Morning descansara durante unos diez minutos, pero ya no fue capaz de contenerse más.

—¿Cómo lo conociste? —preguntó.

La cueva no era el lugar más silencioso donde hablar, con el rugido del agua golpeando contras las piedras y todos esos ecos húmedos y variados. Pero ese sonido desgarrador, por otra parte, convertía a este lugar en el sitio más seguro para que Alma formulara preguntas y escuchara los secretos que fueran revelados. ¿Quién podría oírlos? ¿Quién los vería? Nadie salvo los espíritus. Sus palabras serían arrastradas de esta cueva por la marea y llevadas a alta mar, despedazadas en las olas, comidas por los peces.

Tomorrow Morning respondió sin incorporarse:

—Volví a Tahití a visitar al reverendo Welles en 1850 y Ambrose estaba allí, como tú y yo estamos aquí ahora.

—¿Qué pensaste de él?

—Pensé que era un ángel —dijo sin dudarlo, sin ni siquiera abrir los ojos.

Respondía las preguntas casi demasiado rápido, pensó Alma. No quería solo respuestas formularias, quería la historia completa. No quería solo las conclusiones, quería también la trama. Quería ver a Tomorrow Morning y a Ambrose al conocerse. Quería observar sus intercambios. Quería saber qué pensaban, qué sentían. Sin duda alguna, quería saber qué habían hecho. Esperó, pero él no dio más explicaciones. Después de guardar silencio durante un largo rato, Alma tocó el brazo de Tomorrow Morning. Él abrió los ojos.

—Por favor —dijo—. Continúa.

Tomorrow Morning se incorporó y se volvió para mirarla.

—¿Te contó el reverendo Welles cómo llegué a la misión? —preguntó.

—No —contestó Alma.

—Yo solo tenía siete años —dijo—. Tal vez ocho. Mi padre murió primero, luego murió mi madre, luego murieron mis dos hermanos. Una de las mujeres de mi padre sobrevivió y se encargó de mí, pero luego también murió. Había otra madre también (otra mujer de mi padre), pero a la postre ella también murió. Todos los hijos de las otras mujeres de mi padre murieron, en poco tiempo. Había abuelas también, pero ellas también murieron. —Se detuvo para reflexionar sobre algo y continuó, corrigiéndose a sí mismo—: No, me estoy confundiendo en el orden de las muertes, Alma, por favor, perdóname. Fueron las abuelas quienes murieron antes, porque eran los miembros más débiles de la familia. Así que, sí, primero fueron las abuelas quienes murieron, luego mi padre y luego los demás, como te he dicho. Yo también estuve enfermo durante un tiempo, pero no morí..., como puedes ver. Pero esta es una historia común en Tahití. ¿A que ya la has oído antes? Sin duda.

Alma no supo qué responder, así que no dijo nada. Aunque conocía el penoso número de muertes acaecidas por toda Polinesia durante los últimos cincuenta años, nadie le había contado la historia personal de sus pérdidas.

—¿Has visto las cicatrices en la frente de la hermana Manu? —preguntó—. ¿Te ha explicado alguien su origen?

Alma negó con la cabeza. No sabía qué tenía que ver todo esto con Ambrose.

—Son cicatrices de pena —dijo—. Aquí, en Tahití, cuando las mujeres guardan luto, se hacen cortes en la cabeza con dientes de tiburón. Es truculento, lo sé, para la mentalidad europea, pero para una mujer es una forma tanto de transmitir como de dar rienda suelta a su dolor. La hermana Manu tiene más cicatrices que la mayoría porque perdió a toda su familia, entre ellos varios niños. Tal vez por eso siempre nos hemos tenido tanto afecto el uno al otro.

A Alma le sorprendió que empleara la refinada palabra *afecto* para describir la unión entre una mujer que había perdido a todos sus hijos y un niño que había perdido a todas sus madres. No le pareció una palabra suficientemente intensa.

En ese momento, Alma recordó la otra anomalía física de la hermana Manu.

—¿Y qué hay de sus dedos? —preguntó Alma, que alzó ambas manos—. ¿Las falanges que le faltan?

—Esa es otra herencia de la pena. A veces, aquí la gente se corta las puntas de los dedos como expresión del dolor. Se volvió más sencillo cuando los europeos nos trajeron hierro y acero. —Sonrió tristemente. Alma no le devolvió la sonrisa; era demasiado horrible. Tomorrow Morning continuó—: Bueno, en cuanto a mi abuelo, a quien todavía no he mencionado, era un *rauti.* ¿Sabes algo acerca de los *rauti?* A lo largo de los años, el reverendo Welles ha intentado que le ayude con la traducción de esta palabra, pero es difícil. Mi buen padre usa la palabra *arengador,* pero no transmite la dignidad del puesto. *Historiador* se acerca, pero tampoco es exacto. La tarea del *rauti* es correr junto a los hombres que cargan al ataque e infundirles valor recordándoles quiénes son. El *rauti* canta sobre los linajes de cada hombre, recordando a los guerreros las glorias de la historia de su familia. Se asegura de que no olviden el heroísmo de sus antepasados. El *rauti* conoce el linaje de todos los hombres de esta isla, hasta llegar a los dioses, y así canta para infundir valor a los hombres. Se podría decir que es una especie de sermón, pero un sermón violento.

—¿Cómo son los versos? —preguntó Alma, que se resignó a escuchar esta historia larga e incongruente.

Tomorrow Morning volvió la cara hacia la entrada de la cueva y pensó durante un momento.

—¿En inglés? No tienen el mismo poder, pero sería algo así: «¡Mantened la guardia alta hasta cercenarles la voluntad! ¡Arrojaos sobre ellos como el rayo! Tú eres Arava, hijo de Hoani, nieto de Paruto, nacido de Pariti, surgido de Tapunui, quien se cobró la cabeza del poderoso Anapa, el padre de las anguilas... ¡Tú eres ese hombre! ¡Embiste contra ellos como el mar!». —Tomorrow Morning bramó estas palabras, que retumbaron contra las piedras, ahogando el sonido de las olas. Se volvió hacia Alma (que tenía la piel de gallina y no se imaginaba cómo le habría impresionado esto en tahitiano, si le afectaba tanto en inglés) y dijo, en su tono habitual—: Las mujeres, en ocasiones, también luchaban.

—Gracias —dijo Alma, si bien no habría sabido explicar por qué lo dijo—. ¿Qué fue de tu abuelo?

—Murió como todos los otros. Después de la muerte de mi familia, yo era un niño que estaba solo. En Tahití, esto no es un destino tan aciago para un niño como lo sería, por ejemplo, en Londres o Filadelfia. Aquí, a los niños se les da independencia desde una edad temprana y basta con trepar a un árbol o echar una red para hallar sustento. Aquí nadie muere de frío por la noche. Yo era como los niños que ves por la playa de la bahía de Matavai, que también han perdido a su familia, aunque tal vez yo no era tan feliz como ellos parecen ser, pues no tenía una pequeña pandilla de amigos. Para mí, el problema no era el hambre del cuerpo, sino el hambre del espíritu, ¿comprendes?

—Sí —dijo Alma.

—Así, me abrí paso hasta la bahía de Matavai, donde había un asentamiento. Durante varias semanas, observé la misión. Vi que, a pesar de lo humildes que eran sus vidas, tenían mejores cosas que en el resto de la isla. Tenían cuchillos tan afilados como para matar a un cerdo de un golpe y hachas que podían derribar árboles con facilidad. A mis ojos, esas casitas eran todo un lujo. Vi al reverendo Welles, que era tan blanco que me pareció un fantasma, aunque no un fantasma malévolo. Hablaba el idioma de los fantasmas, sí, pero también hablaba mi idioma, un poco. Observé sus bautizos, que entretenían a todo el mundo. La hermana Etini ya dirigía la escuela, junto a la señora Welles, y vi a los niños que entraban y salían. Me tendí junto a las ventanas y escuché las lecciones. Yo no era un completo analfabeto. Podía nombrar ciento cincuenta tipos de pescado, ¿sabes?, y podía dibujar un mapa de las estrellas en la arena, pero no había recibido instrucción a la usanza europea. Algunos de estos niños tenían pequeñas pizarras, para sus clases. Intenté hacerme una pizarra con una oscura piedra de lava que pulí con arena. Volví mi pizarra más negra aún con la savia del plátano de montaña, y entonces garabateé unas líneas de coral blanco. Fue un invento casi exitoso..., pero, por desgracia, ¡no se borraba! —Sonrió ante el recuerdo—. Tú tenías una biblioteca enorme de niña, según tengo entendido. Y Ambrose me dijo que hablabas varios idiomas desde la más tierna infancia.

Alma asintió. Así pues, ¡Ambrose había hablado de ella! Sintió un escalofrío de placer al saberlo (¡no la había olvidado!), pero era perturbador: ¿qué más sabía Tomorrow Morning de ella? Mucho más, era evidente, que ella acerca de él.

—Sueño con ver algún día una biblioteca —dijo—. También me gustaría ver vidrieras. En cualquier caso, el reverendo Welles me vio un día y se acercó a mí. Fue amable. Sé que no hace falta que fuerces tu imaginación para saber lo amable que fue, Alma, pues conoces a ese hombre. Me dio una tarea. Necesitaba transmitir un mensaje, me dijo, a un misionero en Papeete. Me preguntó si podía llevar el mensaje a su amigo. Como es natural, acepté. Le pregunté: «¿Cuál es el mensaje?». Me dio una pizarra con unas líneas escritas y dijo, en tahitiano: «Este es el mensaje». Tenía mis reservas, pero salí corriendo. En unas cuantas horas, encontré al otro misionero en su iglesia, junto a los muelles. Este hombre no hablaba mi idioma. Yo no entendía cómo era posible que yo le entregase un mensaje, cuando ni siquiera sabía cuál era el mensaje ¡y no podíamos comunicarnos en el mismo idioma! Pero le entregué la pizarra. El hombre la miró y entró en la iglesia. Cuando salió, me entregó un pequeño montón de papel. Era la primera vez que veía papel, Alma, y pensé que era la tela *tapa* más blanca y magnífica que había visto..., aunque no entendía cómo alguien podría hacer ropa con trozos tan pequeños. Supuse que lo tejerían para formar algún tipo de prenda.

»Volví a toda prisa a la bahía de Matavai, sin dejar de correr los diez kilómetros de distancia, y entregué el papel al reverendo Welles, quien se mostró encantado, pues (según me dijo) ese era el mensaje: había pedido un poco de papel. Yo era un niño tahitiano, Alma, lo que significaba que sabía de magia y de milagros, pero no entendí la magia de este conjuro. De algún modo, me parecía, el reverendo Welles había convencido a la pizarra para que dijera algo al otro misionero. Había ordenado a la pizarra que hablara en su nombre y, así, ¡su deseo fue concedido! Oh, ¡cómo quería yo conocer esa magia! Susurré una orden a mi pobre imitación de pizarra y garabateé unas líneas con el coral. Mi orden era: "Devuélveme a mi hermano de entre los muertos". Ahora me intriga por qué no pedí que me devolviera a mi madre, pero supongo que echaba más de menos a mi hermano por aquel entonces. Tal vez porque me protegía. Siempre había admirado a mi hermano, que era mucho más valiente que yo. No te sorprenderá, Alma, saber que mi tentativa de hacer magia no dio fruto. Sin embargo, cuando el reverendo Welles vio lo que estaba haciendo, se sentó a hablar conmigo, y ese fue el comienzo de mi nueva educación.

—¿Qué te enseñó? —preguntó Alma.

—La misericordia de Cristo, en primer lugar. En segundo lugar, inglés. Por último, a leer. —Al cabo de una pausa prolongada, habló de nuevo—: Yo era un buen estudiante. Por lo que tengo entendido, tú también fuiste una buena estudiante.

—Sí, siempre —dijo Alma.

—Los caminos de la mente eran sencillos para mí, así como creo que eran sencillos para ti también.

—Sí —dijo Alma. ¿Qué más le había contado Ambrose?

—El reverendo Welles se convirtió en mi padre y, desde entonces, he sido el favorito de mi padre. Me atrevo a decir que me quiere más de lo que quiere a su hija y a su esposa. Sin duda, me quiere más que a sus otros hijos adoptados. Por lo que Ambrose me dijo, tengo entendido que tú fuiste la hija favorita de tu padre también..., que Henry te quería a ti, quizás, más que a su mujer.

Alma se sobresaltó. Era una afirmación pasmosa. Se sintió incapaz de responder. ¿Qué lealtad la ataba a su madre y a Prudence a esta distancia enorme de años y kilómetros (e incluso más allá de la frontera de la muerte) que no fue capaz de responder esta pregunta con sinceridad?

—Pero sabemos cuándo somos el favorito de nuestros padres, Alma, ¿no es así? —preguntó Tomorrow Morning, que sondeó más sutilmente—: Nos dota de un poder único, ¿a que sí? Si la persona más importante en el mundo nos prefiere a todos los demás, entonces nos acostumbramos a lograr lo que deseamos. ¿No era ese tu caso también? ¿Cómo no vamos a pensar que somos poderosos... personas como tú y yo?

Alma buscó en sí misma para saber si eso era cierto.

Por supuesto, era cierto.

Su padre le había dejado todo: su fortuna entera, en perjuicio de todos los demás. Nunca le permitió irse de White Acre, no solo porque la necesitaba, comprendió de repente, sino, sobre todo, porque la quería. Alma recordó cómo su padre la sentaba sobre su regazo cuando era una niña pequeña y le contaba historias descabelladas. Le recordó diciendo: «Para mí, la fea vale diez veces más que la guapa». Recordó la noche del baile en White Acre, en 1808, cuando el astrónomo italiano colocó a los huéspedes en un *tableau vivant* de los cielos y los dirigió en un baile espléndido. Su padre (el Sol, el centro de todo) hizo un llamamiento en medio del universo: «¡Dé a la niña un lugar!» y animó a Alma a correr. Por primera vez en la vida, se le ocurrió que había sido Henry quien le puso la antorcha entre las manos esa noche, confiándole el fuego, lanzándola, cometa prometeico, por el patio, hacia el ancho mundo. Nadie más habría tenido la autoridad para conceder a Alma el derecho de portar fuego. Nadie más habría concedido a Alma el derecho a tener un lugar.

Tomorrow Morning prosiguió:

—Mi padre siempre me ha considerado una especie de profeta, ¿sabes?

—¿Así es como te ves a ti mismo? —preguntó Alma.

—No —dijo—. Sé qué soy. Para empezar, soy un *rauti*. Soy un arengador, como lo fue mi abuelo antes que yo. Me acerco a la gente y canto para infundirles ánimo. Mi pueblo ha sufrido mucho y yo les aliento a ser fuertes de nuevo, pero en nombre de Jehová, porque el nuevo dios es más poderoso que nuestros viejos dioses. Si eso no fuera cierto, Alma, toda mi gente aún viviría. Así es como predico: con poder. Creo que en estas islas las enseñanzas del Creador y de Jesucristo no deben comunicarse mediante la dulzura y la persuasión, sino mediante el poder. Por eso he tenido éxito ahí donde otros han fracasado.

Hizo estas revelaciones a Alma de un modo despreocupado. Casi no le dio importancia, como si fuera algo sencillo.

—Pero hay algo más —dijo—. Según las viejas formas de pensar, se creía que había intermediarios; mensajeros, por así decirlo, entre los dioses y los hombres.

—¿Como los clérigos? —preguntó Alma.

—¿Como el reverendo Welles, quieres decir? —Tomorrow Morning sonrió, sin apartar la mirada de la boca de la cueva—. No. Mi padre es un buen hombre, pero no es el tipo de ser al que me refiero. No es un mensajero divino. Pienso en algo diferente a un clérigo. Supongo que lo podrías llamar..., ¿cómo se dice? Emisarios. Según las viejas formas de pensar, creíamos que cada dios tenía su emisario. En casos de urgencia, el pueblo tahitiano rezaba a estos emisarios para liberarse. «Ven al mundo —rezaban—. Ven a la luz y ayúdanos, pues hay guerra, hambre y miedo, y sufrimos». Los emisarios no eran ni de este mundo ni del otro, pero se movían entre ambos.

—¿Así es como te ves a ti mismo? —preguntó Alma de nuevo.

—No —dijo—. Así es como veía a Ambrose Pike.

Se volvió de inmediato tras decir estas palabras y su rostro (solo por un momento) se llenó de dolor. A Alma se le encogió el corazón y tuvo que contenerse para mantener la compostura.

—¿Así es como lo veías tú también? —preguntó, mientras buscaba la respuesta en el rostro de ella.

—Sí —dijo Alma.

Tomorrow Morning asintió y pareció aliviado.

—Podía oír mis pensamientos, ¿sabes? —dijo él.

—Sí —dijo Alma—. Podía hacerlo.

—Quería que yo escuchase sus pensamientos —dijo Tomorrow Morning—, pero no tengo ese poder.

—Sí —dijo Alma—. Lo comprendo. Yo tampoco.

—Él veía la maldad..., cómo se aglutina en un lugar. Así es como me explicó la maldad, como una aglutinación de un color siniestro. Podía ver el destino. Podía ver la bondad, también. Nubes de bondad, que rodean a ciertas personas.

—Lo sé —dijo Alma.

—Oía las voces de los muertos. Alma, oyó a mi hermano.

—Sí.

—Me dijo que una noche oyó la luz de las estrellas..., pero fue solo esa noche. Le entristeció no volver a oírla. Pensaba que, si lo intentábamos juntos, si nuestras mentes se lo proponían, recibiríamos un mensaje.

—Sí.

—Estaba solo en este mundo, Alma, pues nadie era como él. Le era imposible encontrar un hogar.

Una vez más, Alma sintió que se le encogía el corazón, oprimido por la vergüenza, la culpa y el remordimiento. Cerró las manos y se las llevó a los ojos. Se obligó a no llorar. Cuando bajó los puños y abrió los ojos, Tomorrow Morning la observaba como si esperara una señal, como si esperara a ver si podía dejar de hablar. Pero lo único que quería Alma era que siguiera hablando.

—¿Qué deseaba estando a tu lado? —preguntó Alma.

—Quería un compañero —dijo Tomorrow Morning—. Quería un hermano gemelo. Quería que fuéramos iguales. Se equivocó respecto a mí, ¿comprendes? Pensó que yo soy mejor de lo que soy.

—Se equivocó respecto a mí, también —dijo Alma.

—Entonces, ya sabes cómo es.

—¿Qué deseabas tú estando a su lado?

—Yo quería copular con él, Alma —dijo Tomorrow Morning tristemente, pero sin inmutarse.

—Igual que yo —dijo Alma.

—Somos iguales, entonces —dijo Tomorrow Morning, si bien esa idea no pareció ofrecerle consuelo. Tampoco ofreció consuelo a Alma.

—¿Copulaste con él? —preguntó Alma.

Tomorrow Morning suspiró.

—Le permití que creyera que yo también era inocente. Yo creo que me veía como el primer hombre, un nuevo tipo de Adán, y yo le permití creerlo. Le permití hacer esos dibujos de mí (no, le animé a hacer esos dibujos) porque soy vanidoso. Le dije que me dibujara como dibujaría una orquídea, en una desnudez sin tacha. Pues, a los ojos de Dios, ¿cuál es la diferencia entre un hombre desnudo y una flor? Eso es lo que le dije. Así es como lo acerqué a mí.

—Pero ¿copulaste con él? —repitió Alma, que se preparó para recibir el golpe de una respuesta más directa.

—Alma —dijo—. Me has dado a entender qué tipo de persona eres. Me has explicado que te mueve el deseo de comprender. Ahora, déjame explicarte qué tipo de persona soy yo: soy un conquistador. No me enorgullece decirlo. Es mi carácter, nada más. Tal vez no hayas conocido antes a un conquistador, así que te va a costar comprenderlo.

—Mi padre era un conquistador —dijo Alma—. Lo comprendo mejor de lo que imaginas.

Tomorrow Morning asintió, dándole la razón.

—Henry Whittaker. Cómo no. Puede que estés en lo cierto. Tal vez, entonces, puedas comprenderme. El carácter de un conquistador, como seguramente sabes, consiste en adquirir aquello que desea adquirir.

Durante mucho tiempo, no hablaron. Alma tenía otra duda, pero no osaba preguntar. Aunque, si no preguntaba ahora, jamás sabría la respuesta, de modo que la pregunta la reconcomería durante el resto de sus días. Hizo acopio de valor y preguntó:

—¿Cómo murió Ambrose, Tomorrow Morning? —Como no respondió de inmediato, Alma añadió—: Me dijo el reverendo Welles que murió de una infección.

—Murió de una infección, supongo..., al final. Eso es lo que un médico te habría dicho.

—¿Pero cuál fue el verdadero motivo de su muerte?

—No es agradable hablar de ello —dijo Tomorrow Morning—. Murió de pena.

—¿Qué quieres decir...?, ¿de pena? ¿Cómo? —insistió Alma—. Debes decírmelo. No he venido aquí a disfrutar de una charla agradable, y te aseguro que puedo resistir lo que vayas a decirme. Dime, ¿cómo fue el proceso?

Tomorrow Morning suspiró.

—Ambrose se mutiló a sí mismo, de un modo muy grave, unos días antes de su muerte. ¿Recuerdas que te he dicho que las mujeres de aquí, cuando pierden a un ser querido, se hacen cortes en la cabeza con un diente de tiburón? Pero ellas son tahitianas, Alma, y es una tradición tahitiana. Las mujeres saben cómo hacer algo tan espantoso sin correr riesgos. Saben muy bien cómo de profundo ha de ser el corte, de tal manera que sangren la pena sin causar graves daños. Después, se curan la herida de inmediato. Ambrose, por desgracia, no era muy ducho con este tipo de heridas hechas a uno mismo. Estaba muy angustiado. El mundo lo había decepcionado. Yo lo había decepcionado. Lo peor de todo, creo, fue que él se había decepcionado a sí mismo. No contuvo la mano. Cuando lo encontramos en su *fare,* ya era imposible salvarlo.

Alma cerró los ojos y vio a su amor, a Ambrose (esa cabeza bella y buena), empapado en sangre. Ella, también, había decepcionado a Ambrose. Este no deseaba más que pureza, y Alma solo había deseado placer. Lo desterró a un lugar solitario y ahí murió, de un modo horrible.

Sintió que Tomorrow Morning le tocaba el brazo y Alma abrió los ojos.

—No sufras —dijo él, con tranquilidad—. No habrías podido evitarlo. No fuiste tú quien lo llevó a la muerte. Si alguien lo llevó a la muerte, fui yo.

Aun así, Alma fue incapaz de hablar. En ese momento, otra pregunta espantosa adquirió forma y no le quedó más remedio que darle voz:

—¿Se cortó la punta de los dedos también? ¿Como la hermana Manu?

—No de todos —dijo Tomorrow Morning, con una delicadeza encomiable.

Alma cerró los ojos de nuevo. No sabía cómo aguantaría esto. ¡Esas manos de artista! Recordó (aunque no deseaba recordarlo) la tarde que se llevó los dedos de Ambrose a la boca, cuando intentó que él estuviera dentro de ella. Ambrose se estremeció, despavorido, y retrocedió. Qué frágil era. ¿Cómo había logrado desatar esa violencia horrible contra sí mismo? Pensó que iba a desmayarse.

—Es a mí a quien corresponde esa carga, Alma —dijo Tomorrow Morning—. Tengo fuerza para llevarla sobre los hombros. Permíteme que la lleve.

Cuando recuperó la voz, Alma dijo:

—Ambrose se quitó la vida. Pero el reverendo Welles le dio sepultura cristiana.

No era una pregunta, sino una muestra de asombro.

—Ambrose fue un cristiano ejemplar —dijo Tomorrow Morning—. En cuanto a mi padre, que Dios se apiade de él, es un hombre de misericordia y generosidad singulares.

Alma, que poco a poco iba juntando las piezas de la historia, dijo:

—¿Tu padre sabe quién soy?

—Lo más razonable es suponer que sí —dijo Tomorrow Morning—. Mi buen padre sabe todo lo que ocurre en la isla.

—Aun así, ha sido muy amable conmigo. Nunca ha curioseado, nunca ha preguntado...

—No debería sorprenderte, Alma. Mi padre es la bondad encarnada.

Otra larga pausa. Al cabo:

—Pero ¿eso significa que lo sabe todo acerca de ti? ¿Sabe lo que ocurrió entre mi marido y tú?

—Una vez más, lo razonable es suponer que sí.

—Sin embargo, sigue admirándote...

Alma no completó su pensamiento, y Tomorrow Morning no se molestó en responder. Alma permaneció sentada en un silencio atónito durante un largo rato. Sin duda, la enorme capacidad para la compasión y el perdón del reverendo Francis Welles se escapaba de los límites de la razón e incluso de las palabras.

A la postre, sin embargo, otra pregunta espantosa se formó en su mente. Era una pregunta que le hacía sentirse descompuesta y enloquecida, pero (una vez más) tenía que saberlo.

—¿Forzaste a Ambrose? —preguntó—. ¿Le hiciste daño?

Tomorrow Morning no se ofendió ante esta acusación, pero de repente pareció más viejo.

—Oh, Alma —dijo, con tristeza—. Al parecer, no entiendes bien qué es un conquistador. Para mí, no es necesario forzar las cosas..., pero, una vez que tomo una decisión, los demás no tienen elección. ¿Es que no lo ves? ¿Forcé al reverendo Welles a adoptarme como hijo suyo y a quererme más incluso de lo que quiere a su familia carnal? ¿Forcé a la isla de Raiatea a aceptar a Jehová? Eres una mujer inteligente, Alma. Intenta comprenderlo.

Alma se llevó los puños a los ojos de nuevo. No iba a permitirse llorar, pero ahora sabía una verdad hiriente: Ambrose había permitido que Tomorrow Morning lo tocara, mientras que se había apartado de ella asqueado. Probablemente fue esto lo que más daño le hizo de todo lo que vino a saber ese día. Le avergonzó que un asunto tan banal la afectase tanto, después de haber oído semejantes horrores, pero no pudo evitarlo.

—¿Qué te pasa? —preguntó Tomorrow Morning al ver la cara afligida de Alma.

—Yo también deseaba copular con él —confesó al fin—. Pero no quiso tomarme.

Tomorrow Morning la miró con una ternura infinita.

—Entonces, en esto es en lo que somos diferentes tú y yo —dijo—. Porque tú desististe.

***

Por fin bajó la marea y Tomorrow Morning dijo:

—Vámonos rápido, ahora que se presenta la oportunidad. Si vamos a ir, tiene que ser ahora.

Dejaron la piragua a salvo en aquel lugar oculto y salieron de la cueva. Ahí, tal y como había prometido Tomorrow Morning, había una estrecha ruta a lo largo de la parte baja del acantilado, por la que podían caminar seguros. Caminaron durante varios cientos de metros y, a continuación, comenzaron el ascenso. Desde la piragua, el acantilado daba la impresión de ser enorme, vertical e inaccesible, pero ahora, al seguir a Tomorrow Morning, mientras trataba de poner los pies y las manos donde los ponía él, vio que, en efecto, había un sendero hacia arriba. Era casi como si hubieran esculpido unas escaleras, con peldaños y asideros justo donde eran necesarios. Alma no miró abajo, a las olas, pero confió, al igual que aprendió a confiar en el contingente Hiro, en la destreza del guía y en el sentido del equilibrio de sus propios pies.

A unos quince metros de altura, llegaron a un resalte. Desde ahí, entraron en una franja de selva enmarañada, que reptaba por una pronunciada pendiente de raíces húmedas y lianas. Tras esas semanas con el contingente Hiro, Alma estaba en plena forma, con el corazón de un poni de las tierras altas, pero esta escalada era, sin duda, traicionera. Sus pies resbalaban peligrosamente sobre las hojas mojadas, y aun descalza era difícil afianzarse en el suelo. Comenzaba a cansarse. No veía ni rastro del sendero. No comprendía cómo Tomorrow Morning era capaz de orientarse.

—Ten cuidado —dijo él, por encima del hombro—. *C'est glissant.*

Debía de estar cansado él también, comprendió Alma, si le hablaba en francés sin darse cuenta. Ni siquiera sabía que hablara francés. ¿Qué más se escondía en esa cabeza suya? Alma se sintió maravillada. No le había ido nada mal para ser huérfano.

La pendiente se estabilizó un poco, y se encontraron caminando junto a un arroyo. Pronto Alma oyó un tenue ruido sordo en la distancia. Durante un tiempo, el ruido fue solo un rumor, pero, al doblar una curva, lo vio: una cascada de unos veinte metros de altura, una cinta de espuma blanca que caía sobre un estanque ruidoso y revuelto. La fuerza del agua al caer creaba ráfagas de viento y las brumas daban forma al viento, como fantasmas que se hacían visibles. Alma quiso detenerse, pero la catarata no era el destino de Tomorrow Morning. Se inclinó hacia ella para hacerse oír, señaló al cielo y gritó:

—Ahora, a subir otra vez.

Mano sobre mano, subieron junto a la cascada. El vestido de Alma no tardó en quedar completamente empapado. Alma se agarró a los robustos grupos de plátanos de montaña y a los tallos de bambú para mantener el equilibrio, y rezó para que no cedieran bajo su peso. Cerca del origen de la cascada había un cómodo montículo de piedra suave y hierba alta, así como un cúmulo de rocas altas. Alma supuso que se trataría de la meseta que había mencionado Tomorrow Morning (su destino), si bien al principio no supo qué tenía de especial este lugar. Pero entonces Tomorrow Morning pasó por detrás de la roca más grande y ahí, de repente, había una entrada a una pequeña cueva: cortada en la roca con la misma pulcritud que una habitación en una casa, con paredes de dos metros y medio a cada lado. La cueva era fresca y silenciosa, y olía a minerales y a tierra. Y estaba cubierta (alfombrada, por completo) con el más exuberante manto de musgos que Alma Whittaker había visto nunca.

La cueva no era meramente musgosa; era un latido de musgo. No era meramente verde; era un frenesí verde. Era de un verdor tan reluciente que el color casi hablaba, como si, al sobrepasar el mundo de la vista, quisiera llegar al mundo de los sonidos. El musgo era una piel gruesa y viva, que convertía cada superficie de roca en bestias dormidas y mitológicas. De un modo inexplicable, los rincones más remotos de la cueva eran los que más refulgían; estaban tachonados, comprendió Alma, con filigranas como joyas de *Schistostega pennata*.

El oro del duende, el oro del dragón, el oro del elfo... *Schistostega pennata* era el más raro de los musgos de cueva, esa gema falsa que reluce como ojo de gato dentro del permanente ocaso de la penumbra geológica, esa planta reluciente y de otro mundo que no necesita sino el más tenue rayo de luz cada día para resplandecer gloriosa para siempre, ese brillante embaucador cuyas facetas luminosas habían engatusado a tantos viajeros a lo largo de los siglos, quienes creían haber descubierto un tesoro oculto. Pero, para Alma, esto era sin duda un tesoro, más deslumbrante que las riquezas y las joyas, pues engalanaba toda la cueva con esa luz esmeralda, resplandeciente, increíble, que solo había visto antes en miniatura, al mirar el musgo por microscopio... Y ahora estaba ahí, por completo, dentro de esa luz.

Al entrar en este lugar milagroso, su primera reacción fue cerrar los ojos ante tanta belleza. Era insoportable. Sintió que era algo que no debía ver sin permiso, sin recibir algún tipo de dispensa religiosa. Se sintió indigna. Con los ojos cerrados, se relajó y se permitió creer que esta visión no era más que un sueño. Cuando osó abrir los ojos de nuevo, sin embargo, aún estaba ahí. La cueva era tan bella que la añoranza le dolía en los huesos. Jamás había deseado algo tanto como deseaba ahora este espectáculo del musgo. Quería ser devorada por él. Comenzó (aunque estaba aquí, de pie, ahora) a echar de menos el lugar. Sabía que lo echaría de menos durante el resto de sus días.

—Ambrose siempre pensó que te gustaría este lugar —dijo Tomorrow Morning.

Solo entonces comenzó Alma a sollozar. Sollozó con tal fuerza que no emitió sonido alguno (no podía emitir sonido alguno) y su cara se descompuso, convertida en la máscara de una tragedia. Algo en el centro de ella se resquebrajó, y le astilló el corazón y los pulmones. Se cayó hacia delante, en los brazos de Tomorrow Morning, igual que un soldado, herido, cae en brazos de su compañero de armas. Él la sostuvo. Alma temblaba como un esqueleto estremecido. El llanto no decayó. Se agarró a él con tal fuerza que le habría roto las costillas si hubiera sido un hombre más menudo. Quería atravesarlo y salir por el otro lado... o, mejor aún, deshacerse en él, absorbida por sus entrañas, borrada, negada.

En ese paroxismo de la pena, al principio no lo notó, pero percibió al fin que él también estaba llorando, y no sollozos estridentes y entrecortados, sino lágrimas lentas. Ella lo sostenía a él tanto como él la sostenía a ella. Y así se quedaron, juntos, en medio de ese templo de musgo, y lloraron su nombre.

—*Ambros*e —se lamentaron—. *Ambrose.*

Jamás iba a volver.

Al final cayeron al suelo, como árboles derribados. La ropa de ambos estaba empapada y les castañeteaban los dientes por el frío y la fatiga. Sin un comentario ni una muestra de incomodidad, se quitaron la ropa mojada. Tenían que hacerlo o morirían de frío. Ahora no solo estaban agotados y calados hasta los huesos, sino desnudos. Yacieron sobre el musgo y se miraron el uno al otro. No fue una evaluación. No fue una seducción. La forma de Tomorrow Morning era bella, pero esto era obvio, predecible, incontestable y carecía de importancia. La forma de Alma Whittaker no era bella, pero esto, también, era obvio, predecible, incontestable y carecía de importancia.

Alma le tomó la mano. Se llevó los dedos a la boca, como una niña. Él lo consintió. No se apartó de ella. Entonces, Alma llevó la mano al pene, que había sido, como el pene de todos los niños tahitianos, circuncidado con el diente de un tiburón. Necesitaba tocarlo más íntimamente; él era la única persona que había tocado a Ambrose. No pidió permiso a Tomorrow Morning para tocarlo así; el permiso emanaba del hombre, sin necesidad de palabras. Todo estaba claro. Alma bajó por ese cuerpo grande y cálido y se puso el miembro dentro de la boca.

Esta acción era lo único en la vida que siempre había querido hacer de verdad. Había renunciado a muchas cosas y no se había quejado..., pero ¿no le sería concedido, al menos una vez, hacer esto? No necesitaba casarse. No necesitaba ser hermosa ni deseada. No necesitaba estar rodeada de amigos y frivolidades. No necesitaba una finca, una biblioteca, una fortuna. ¡Cuántas cosas no necesitaba! Ni siquiera necesitaba que el terreno inexplorado de su antigua virginidad fuera al fin excavado, a la fatigosa edad de cincuenta y tres años..., aunque sabía que Tomorrow Morning habría estado dispuesto, de habérselo pedido.

Pero (aunque solo fuera por un momento en la vida) necesitaba esto.

Tomorrow Morning no titubeó, ni le metió prisa. Le permitió que lo investigara y que se metiera en la boca lo que pudiera meterse. Le permitió succionarlo como si tratara de respirar a través de él..., como si ella se encontrara bajo el agua y él fuera el único conducto al aire. Con las rodillas en el musgo y la cara en ese nido secreto, Alma lo sintió crecer cada vez más en la boca y volverse cálido, y cada vez más dócil.

Fue como siempre lo había imaginado. No, fue más de lo que se había imaginado. Al cabo, él se vació en la boca de ella y ella lo recibió como una ofrenda dedicada, como una limosna.

Se sintió agradecida.

Después de eso, no lloraron más.

***

Pasaron la noche juntos, en ese alto claro de musgo. Era demasiado peligroso ahora, en plena oscuridad, regresar a la bahía de Matavai. Aunque no se oponía a embarcarse de noche (de hecho, aseguraba preferirlo, ya que el aire era más fresco), Tomorrow Morning creyó que no era seguro bajar por la cascada y la pared del acantilado sin luz. Tal como conocía la isla, debía haber sabido desde el principio que iban a pasar la noche ahí. A Alma no le molestó que él lo hubiera dado por hecho.

Dormir al aire libre no prometía una noche de sueño reparador, pero llevaron la situación lo mejor posible. Hicieron un pequeño círculo con rocas del tamaño de bolas de billar. Recogieron hibisco seco, con el cual Tomorrow Morning sabía encender fuego en cuestión de minutos. Alma recogió frutos del árbol del pan, que envolvió con hojas de plátano y asó hasta que se abrieron. Se hicieron una manta de tallos de plátano de la montaña, que, con piedras, enseguida redujeron a un material suave, similar a una tela. Durmieron juntos bajo esa tosca manta, apretados el uno contra el otro, en busca de calor. Era húmedo, pero no insufrible. Se guarecieron como cachorros de zorro. Por la mañana, Alma se despertó y descubrió que la savia de los tallos del plátano le había dejado manchas azules en la piel..., aunque no se veían, reparó, en la piel de Tomorrow Morning. La piel de él absorbió las manchas, al igual que la de ella las mostraba sin disimulo.

Parecía prudente no hablar de los sucesos del día previo. Guardaron silencio, no por vergüenza, sino por algo que se parecía más al respeto. Además, estaban exhaustos. Se vistieron, comieron los frutos restantes, bajaron por la cascada, se abrieron paso entre los acantilados, entraron de nuevo en la cueva, encontraron la piragua, seca ahí en lo alto, y emprendieron el viaje de vuelta a la bahía de Matavai.

Seis horas más tarde, a medida que la familiar playa negra de la misión aparecía a la vista, Alma se giró para mirar a

Tomorrow Morning y posó la mano en su rodilla. Él dejó de remar.

—Perdóname —dijo—. ¿Puedo molestarte con una última pregunta?

Era lo último que necesitaba saber y, como no tenía la certeza de volverlo a ver de nuevo, tenía que hacerle la pregunta ya. Él asintió, respetuoso, para invitarla a hablar.

—Durante casi un año, la maleta de Ambrose (que contenía los dibujos que te hizo) ha estado en mi *fare* de la playa. Cualquiera podría habérsela llevado. Cualquiera podría haber repartido esos dibujos por la isla. Sin embargo, ni una sola persona de la isla puso un dedo encima a esa maleta. ¿Por qué?

—Oh, eso es fácil de responder —dijo Tomorrow Morning—. Es porque todos están aterrorizados de mí.

Entonces Tomorrow Morning tomó el remo una vez más y remó de vuelta a la playa. Casi era la hora de la ceremonia de la noche. Les dieron la bienvenida a casa con cariño y alegría. Él pronunció un hermoso sermón.

Ni una sola persona osó preguntar dónde habían estado.

Capítulo veintiséis

Tomorrow Morning se fue de Tahití tres días más tarde, para regresar a su misión, en Raiatea..., y junto a su mujer y sus hijas. La mayor parte del tiempo, durante esos días, Alma permaneció sola. Pasó mucho tiempo en su *fare,* a solas con Roger, el perro, contemplando todo lo que había venido a saber. Sintió, al mismo tiempo, un alivio y una carga: el alivio de todas esas viejas preguntas; la carga de las respuestas.

Dejó de bañarse en el río junto a la hermana Manu y las otras mujeres, pues no quería que vieran ese tinte azul que aún marcaba tenuemente su piel. Iba a las ceremonias de la iglesia, pero se quedaba al fondo, para no llamar la atención. Alma y Tomorrow Morning no volvieron a compartir un momento a solas. De hecho, por lo que vio, él tampoco tuvo un instante para sí mismo. Fue un milagro haber hallado un momento de intimidad junto a él.

El día anterior a la marcha de Tomorrow Morning, hubo otra celebración en su honor: una copia de las impresionantes festividades de dos semanas atrás. Una vez más, hubo bailes y festines. Una vez más, hubo músicos y encuentros de lucha libre y peleas de gallos. Una vez más, hubo hogueras y cerdos sacrificados. Ahora, Alma veía con más claridad cuánto veneraban a Tomorrow Morning, incluso más de lo que le amaban. También vio el puesto de responsabilidad que le correspondía, y con qué sabiduría actuaba en ese puesto. La gente le colgó un sinfín de collares de flores al cuello; las flores se acumularon, pesadas como cadenas. Le entregaron regalos: un par de palomas verdes en una jaula, una camada de cerdos protestones, una vistosa pistola holandesa del siglo XVIII que ya no funcionaba, una Biblia encuadernada con piel de carnero, joyas para su mujer, rollos de percal, sacos de azúcar y té, una campana de hierro para su iglesia. La gente dejaba los regalos a sus pies y él los recibía con cortesía.

Al atardecer, un grupo de mujeres con escobas se acercó a la orilla y empezó a limpiar la playa para un partido de *haru raa puu*. Alma no había visto antes un partido de *haru raa puu*, pero sabía qué era, pues el reverendo Welles se lo había dicho. El juego, cuyo nombre se podría traducir como «atrapar la pelota», lo jugaban tradicionalmente dos equipos de mujeres, que se enfrentaban en un tramo de playa de unos treinta metros de longitud. En cada extremo de este campo improvisado dibujaban una línea en la arena, que representaba una portería. De pelota hacía un grueso manojo de frondas de plátanos entrelazadas con fuerza, más o menos del diámetro de una calabaza mediana, aunque no pesada. El objetivo del juego, según supo Alma, era atrapar la pelota del equipo contrario y avanzar a trancas y barrancas hasta el otro lado del campo, a pesar de las arremetidas del otro equipo. Si la pelota acababa en el mar, el partido continuaba, incluso entre las olas. Para impedir que las oponentes marcaran, las reglas permitían hacer cualquier cosa.

Los misioneros ingleses consideraban que el *haru raa puu* era impropio de damas y estimulante en exceso y, por lo tanto, lo habían prohibido en todos sus asentamientos. De hecho, para ser justos con los misioneros, el juego era mucho más que impropio. En los partidos de *haru raa puu* las heridas eran habituales: piernas rotas, cráneos fracturados, sangre derramada. Era, como afirmó el reverendo Welles con admiración, «un impresionante espectáculo de salvajismo». Pero la violencia era lo que daba sentido al juego, le explicó el reverendo Welles. En los viejos tiempos, mientras los hombres se preparaban para la guerra, las mujeres practicaban el *haru raa puu*. Así, las damas también estarían preparadas, llegado el momento de luchar. ¿Por qué el reverendo Welles permitía que el *haru raa puu* continuara, cuando los otros misioneros lo habían prohibido por ser una expresión anticristiana de puro salvajismo? Vaya, por la misma razón de siempre: no veía qué tenía de malo.

Una vez comenzado el partido, Alma no pudo evitar pensar que el reverendo Welles se equivocaba, y muchísimo, sobre este punto: en un partido de *haru raa puu* existía un potencial enorme para que ocurrieran cosas malas. En cuanto la pelota se puso en juego, las mujeres se transformaron en criaturas tan formidables como aterradoras. Estas amables y hospitalarias damas tahitianas, cuyos cuerpos Alma había visto en los baños matutinos, cuya comida había compartido, cuyos bebés había mecido sobre las rodillas, cuyas voces había escuchado en ferviente oración y cuyo pelo adornado con bellas flores había admirado, de inmediato fueron dos batallones rivales de arpías demoníacas. Alma no pudo averiguar si el objetivo del juego era, en efecto, atrapar la pelota o arrancar las extremidades de las rivales..., o quizás una combinación de ambos. Vio a la dulce hermana Etini (¡a la hermana Etini!) agarrar el pelo de otra mujer y tirarla al suelo... ¡y esa mujer ni siquiera estaba cerca de la pelota!

En la playa la multitud disfrutaba del espectáculo y animaba a gritos. También el reverendo Welles animaba, y Alma vio por primera vez el rufián que había sido, antes de que Cristo y la señora Welles lo apartaran de sus beligerantes costumbres. Al observar a las mujeres, que atacaban la pelota y se atacaban entre sí, el reverendo Welles ya no tenía el aspecto de un pequeño elfo inofensivo; más bien, recordaba a un perro de caza al acecho.

Entonces, de repente, sin previo aviso, Alma fue derribada por un caballo.

O eso es lo que sintió. No fue, sin embargo, un caballo lo que la derribó al suelo; fue la hermana Manu, quien salió corriendo del campo de juego para cargar contra el costado de Alma con todas sus fuerzas. La hermana Manu agarró a Alma del brazo y la arrastró al campo de juego. El gentío se mostró encantado. El clamor se volvió más intenso. Alma entrevió la cara del reverendo Welles, quien, entusiasmado por la emoción de este sorprendente giro de los acontecimientos, gritó alborozado. Echó un vistazo a Tomorrow Morning, cuya actitud era educada y distante. Era un personaje demasiado majestuoso para reírse ante semejante exhibición, pero tampoco se mostró disgustado.

Alma no quería jugar al *haru raa puu,* pero nadie le preguntó al respecto. Formó parte del juego antes de saberlo. Se sintió como si la atacaran por todos lados, pero, con toda probabilidad, eso se debía a que la estaban atacando por todos lados. Alguien arrojó la pelota entre sus manos y la empujó. Era la hermana Etini.

—¡Corre! —gritó.

Alma corrió. No llegó lejos antes de que la echaran por tierra de nuevo. Alguien la golpeó con el brazo en la garganta y cayó de espaldas. Se mordió la lengua al caer y notó el sabor de la sangre. Pensó en quedarse ahí, sobre la arena, para que no le hicieran daño, pero temió que la pisoteara esa manada desbocada. Se puso en pie. La multitud animó de nuevo. No tenía tiempo para pensar. Se vio arrastrada a una escaramuza de mujeres y no tuvo más remedio que ir donde ellas iban. No tenía ni la menor idea de dónde estaba la pelota. Ni siquiera se imaginaba cómo alguien podía saberlo. Lo próximo que supo fue que estaba en el agua. La derribaron de nuevo. Se incorporó jadeando, con agua salada en los ojos y la garganta. Alguien la arrastró más lejos, a aguas más profundas.

Comenzó a sentirse asustada de verdad. Estas mujeres, como todas las tahitianas, habían aprendido a nadar antes que a caminar, pero Alma carecía de confianza y de destreza en el agua. Empapada, la falda se volvió pesada, lo que la asustó aún más. Las olas no eran grandes, pero no dejaban de ser olas, y la envolvieron. La pelota la golpeó en la oreja; no vio quién la había arrojado. Alguien la llamó *poreito*, cuya traducción literal era «marisco», pero también era un nombre grosero de los genitales femeninos. ¿Qué había hecho Alma para merecer este insulto, *poreito*?

Al poco se encontró bajo el agua de nuevo, volteada por las tres mujeres que intentaban pasar corriendo por encima de ella. Lo lograron: corrieron por encima de ella. Una de ellas hundió el pecho de Alma con el pie al usar a Alma como punto de apoyo, al igual que usaría una roca en un estanque. Otra le pateó en la cara y no le cupo duda de que ya tenía la nariz rota. Alma forcejeó de nuevo hasta la superficie, luchando por respirar, escupiendo sangre. Oyó que alguien la llamaba *pua'a*: «cerda». La hundieron de nuevo. Esta vez, supo que era intencionado; dos manos le agarraron la cabeza por la espalda y tiraron hacia abajo. Salió del agua una vez más y vio que la pelota pasaba volando a su lado. Oyó débilmente los gritos de la multitud. Una vez más, fue pisoteada. Una vez más, se hundió. Cuando intentó salir de nuevo, no pudo: alguien estaba sentado encima de ella.

Lo que sucedió a continuación fue algo imposible: una suspensión completa del tiempo. Los ojos abiertos, la boca abierta, la nariz que manaba sangre en la bahía de Matavai, inmovilizada e impotente bajo el agua, Alma comprendió que iba a morir. Sorprendentemente, se relajó. No era tan malo, pensó. Sería muy fácil, de hecho. La muerte (tan temida y tan esquiva) era, cuando la tuvo enfrente, lo más sencillo del mundo. Para morir, solo tenía que dejar de intentar vivir. Solo tenía que aceptar la desaparición. Si se quedara quieta, atrapada bajo el peso de esa rival desconocida, sería borrada, sin esfuerzo. Con la muerte, todo el sufrimiento acabaría. La duda acabaría. La humillación y la culpa acabarían. Todas sus preguntas acabarían. Los recuerdos (la mayor de las misericordias) acabarían. Podría, en silencio, excusarse a sí misma de la vida. Ambrose se había excusado a sí mismo, al fin y al cabo. ¡Qué alivio habría sido para él! Se había compadecido de Ambrose por su suicidio, pero ¡qué bienvenida liberación habría sentido! ¡Debería envidiarlo! Podía seguirlo, directa a la muerte. ¿Qué razón tenía para pugnar por respirar? ¿Qué sentido tenía la lucha?

Se relajó incluso más.

Vio una luz pálida.

Se sintió invitada a algo maravilloso. Se sintió convocada.

Recordó las palabras finales de su madre: *Het is fin.*

«Es agradable».

Entonces (en esos segundos que quedaban antes de que hubiese sido demasiado tarde para cambiar el curso de los acontecimientos), Alma, de repente, supo algo. Lo supo con cada pedazo de su ser, y no era una información negociable: sabía que ella, la hija de Henry y Beatrix Whittaker, no había venido al mundo para morir ahogada en aguas de metro y medio de profundidad. También supo esto: si tenía que matar a alguien para salvar la vida, lo haría sin vacilar. Por último, supo otra cosa, y fue la más importante: supo que el mundo se dividía entre aquellos que luchan una batalla incesante para vivir y aquellos que se rinden y mueren. Era un hecho sencillo. Era un hecho que no solo era verdad respecto a las vidas de los seres humanos; era verdad acerca de todos los seres del planeta, desde las creaciones más grandiosas a las más humildes. Era cierto incluso para los musgos. Este hecho era el mecanismo mismo de la naturaleza (la fuerza detrás de toda la existencia, detrás de toda transmutación, detrás de todos los cambios) y era lo que explicaba el mundo entero. Era la explicación que Alma llevaba toda la vida buscando.

Salió del agua. Arrojó el cuerpo que tenía encima como si no pesara. Con la nariz ensangrentada, los ojos irritados, el pecho amoratado, salió del agua y respiró. Buscó a su alrededor a la mujer que la había mantenido bajo el agua. Era su querida amiga, esa gigante sin miedo, la hermana Manu, cuya cabeza recorrían las cicatrices de todas las batallas espantosas que había librado en la vida. Manu se reía de la expresión que vio en la cara de Alma. Era una risa afectuosa (incluso, tal vez, de camaradería), pero, a pesar de todo, era risa. Alma agarró a Manu por el cuello. Apretó el cuello de su amiga como si fuera a aplastarle la garganta. A voz en grito, Alma vociferó, tal como le había enseñado el contingente Hiro:

Ovau teie!
Toa hau a'e tau metua i ta 'oe!
E 'ore tau 'somore e mae qe ia 'eo!

¡Soy yo!
¡Mi padre fue mejor guerrero que tu padre!
¡Ni siquiera puedes levantar mi lanza!

Entonces, Alma soltó el cuello de la hermana Manu. Sin dudarlo ni un momento, Manu bramó en la cara de Alma un magnífico rugido de aprobación.

Alma se dirigió a la playa.

Hizo caso omiso de todo y de todos los que se encontró en el camino. Si alguien en esa playa gritaba para animarla o para vituperarla, no lo notó.

Salió de entre las olas como si hubiera nacido del mar.

Pl. 37.

Besa del.   Gabriel Sc.

Thick Shell bark Hickory.

Juglans laciniosa.

Juglans laciniosa

QUINTA PARTE

LA CONSERVADORA
DE MUSGOS

Capítulo veintisiete

Alma Whittaker llegó a Holanda a mediados de julio de 1854.

Había pasado más de un año en el mar. Había sido un viaje absurdo o, más bien, había sido una serie de viajes absurdos. Salió de Tahití a mediados de abril de 1853, en un carguero francés, rumbo a Nueva Zelanda. Se vio obligada a esperar en Auckland dos meses antes de encontrar un barco mercante holandés dispuesto a llevarla a Madagascar, adonde viajó en compañía de un enorme cargamento de ovejas y vacas. Desde Magadascar, navegó a Ciudad del Cabo en un *fluyt* holandés de una antigüedad imposible: ese barco representaba lo mejor de la tecnología marítima del siglo XVII. (Fue la única parte del viaje donde llegó a pensar que iba a morir). Desde Ciudad del Cabo subió despacio por la costa occidental del continente africano, con paradas para cambiar de barco en los puertos de Acra y Dakar. En Dakar encontró otro mercante holandés que se dirigió primero a Madeira y luego a Lisboa, cruzó el mar Cantábrico y el canal de la Mancha y llegó hasta Róterdam. En Róterdam compró un pasaje para un barco de vapor de pasajeros (el primer barco de vapor en el que viajaba), que la llevó por la costa neerlandesa, hasta que al fin bajó por el Zuiderzee hasta llegar a Ámsterdam. Ahí, el 18 de julio de 1854, desembarcó al fin.

Su viaje habría sido más rápido y sencillo de no haber ido acompañada de Roger, el perro. Pero lo llevó consigo, pues, cuando llegó la hora de irse de Tahití, descubrió que era moralmente incapaz de abandonarlo. ¿Quién cuidaría al feo Roger cuando se marchara? ¿Quién se arriesgaría a sus mordiscos para darle de comer? Ni siquiera estaba segura de que el contingente Hiro no se lo comería en cuanto se fuera. (Roger no habría sido un buen almuerzo; aun así, no soportaba imaginarlo dando vueltas sobre una hoguera). Pero lo más importante de todo: era el último vínculo tangible que conservaba Alma con su marido. Era probable que Roger estuviera en esa *fare* durante la muerte de Ambrose. Alma se imaginó a ese perrillo fiel haciendo guardia en el centro de la habitación durante las horas finales de Ambrose, entre ladridos para protegerlo contra los fantasmas y los demonios y todos los horrores que le aguardaban durante esa extraordinaria desesperanza. Solo por esa razón el honor la obligó a quedárselo.

Por desgracia, pocos capitanes estaban dispuestos a hacerse a la mar junto a un perrillo isleño, contrahecho, cariacontecido y antipático. La mayoría de los capitanes negaron pasaje a Roger, y esos barcos zarparon sin Alma, lo que retrasó su viaje considerablemente. Incluso cuando no se negaban, a veces exigían que Alma pagara tarifa doble por el privilegio de embarcar a Roger. Alma pagaba. Abrió más y más bolsillos ocultos en los dobladillos de las faldas, y sacó más y más oro, una moneda tras otra. Siempre se debe tener un último soborno.

A Alma no le molestó la onerosa duración de su viaje lo más mínimo. De hecho, necesitaba cada hora de esa travesía, y acogió con los brazos abiertos esos largos meses de aislamiento en barcos extraños y en puertos extranjeros. Desde que estuvo a punto de ahogarse en la bahía de Matavai durante ese escandaloso partido de *haru raa puu*, Alma hacía equilibrios sobre un pensamiento que se extendía como una cuerda floja, y no quería que la molestaran mientras reflexionaba. La idea que la había impresionado con tal fuerza mientras estaba bajo el agua la habitaba, y era imposible expulsarla. No siempre sabía si la idea la acosaba o si era ella quien acosaba a la idea. En ocasiones, la idea era una criatura en el rincón de un sueño, que se acercaba y a continuación desaparecía solo para volver a aparecer. Persiguió la idea todo el día, en una página tras otra de notas garabateadas con brío. Incluso por la noche, rastreaba las huellas de esta idea de modo tan implacable que se despertaba cada pocas horas con la necesidad de sentarse en la cama y escribir más.

Escribir no era el punto fuerte de Alma, hay que decirlo, a pesar de ser la autora de dos (casi tres) libros. Nunca había afirmado tener talento literario. Sus libros sobre musgos no los leería nadie por placer, ni tampoco eran exactamente *legibles,* salvo para un pequeño grupo de expertos. Su punto fuerte era la taxonomía, gracias a una memoria sin fondo para la diferenciación de las especies y una capacidad implacable para retener detalles minúsculos. Decididamente, no era una narradora. Pero, desde esa lucha hacia la superficie, aquella tarde en la bahía de Matavai, Alma creía que tenía una historia que contar, una historia inmensa. No era una historia alegre, en cambio explicaba mucho sobre el mundo natural. De hecho, según creía, lo explicaba todo.

Esta era la historia que Alma quería contar: el mundo natural era un lugar de brutalidad despiadada, donde las especies grandes y pequeñas competían para sobrevivir. En esta lucha por la existencia, los fuertes persistían; los débiles eran eliminados.

En sí misma no era una idea original. Los científicos llevaban ya muchas décadas empleando la expresión «lucha por la existencia». Thomas Malthus la había empleado para describir las fuerzas que forjaron las explosiones demográficas de la historia. Owen y Lyell la emplearon también en su obra sobre extinción y geología. En todo caso, la lucha por la existencia era una obviedad. Sin embargo, la historia de Alma daba un giro inesperado. Alma planteaba la hipótesis, pues así lo llegó a creer, de que la lucha por la existencia (cuando tenía lugar durante enormes periodos de tiempo) no solo *definía* la vida en la Tierra, sino que había creado la vida en la Tierra. Con certeza, había creado la asombrosa variedad de vida de este planeta. La lucha era el mecanismo. La lucha era la explicación de todos los misterios biológicos más problemáticos: la diferenciación de las especies, la extinción de las especies y la transmutación de las especies. La lucha lo explicaba todo.

El planeta era un lugar de recursos limitados. La competencia por estos recursos era acalorada y constante. Los individuos que soportaban las dificultades de la vida solían lograrlo por alguna característica o mutación que los volvía más resistentes, más inteligentes o más inventivos que otros. Una vez obtenida esta diferenciación, los individuos supervivientes eran capaces de transmitir esos rasgos positivos a su descendencia, quienes, por tanto, disfrutaban de una posición dominante..., al menos hasta que apareciera un competidor mejor o desapareciera un recurso necesario. En el transcurso de esta interminable batalla por la supervivencia, el diseño mismo de las especies cambiaba inevitablemente.

Alma pensaba algo parecido a lo que el astrónomo William Herschel había llamado «creación continua»: la noción de que algo era a la vez eterno y cambiante. Pero Herschel creía que la creación solo era un proceso continuo en el cosmos, mientras Alma creía que la creación era un proceso continuo en todas partes, en todos los niveles de la vida, incluso en el microscópico, incluso en el humano. Los desafíos eran constantes y omnipresentes y, a cada momento, variaban las condiciones del mundo natural. Se obtenían ventajas; se perdían ventajas. Había periodos de abundancia, seguidos de periodos de *hia'ia* (la estación del hambre). En circunstancias adversas, cualquier especie podía extinguirse. Pero, en las circunstancias adecuadas, cualquier especie podía transmutarse. La extinción y la transmutación habían tenido lugar desde los albores de la vida, seguían ocurriendo ahora y continuarían hasta el fin de los tiempos; si eso no era la «creación continua», Alma no sabía qué sería.

La lucha por la existencia, estaba segura, también había condicionado la biología y el destino humanos. No había mejor ejemplo, pensó Alma, que Tomorrow Morning, cuya familia entera había sucumbido a enfermedades desconocidas ocasionadas por la llegada de los europeos a Tahití. Su linaje casi se había extinguido, pero, por alguna razón, Tomorrow Morning no murió. Algo en su constitución le permitió sobrevivir, a pesar de que la muerte vino a cosechar con ambas manos y se llevó a todos los que le rodeaban. Tomorrow Morning sobrevivió, no obstante, y vivió para tener descendencia, que con certeza heredaría su fuerza y su inexplicable resistencia a la enfermedad. Ese es el tipo de evento que condiciona una especie.

Además, pensó Alma, la lucha por la existencia también definía la vida interior de un ser humano. Tomorrow Morning era un pagano devoto que se había transmutado en cristiano devoto, pues era astuto, sabía cuidarse y había visto en qué dirección se movía el mundo. Escogió el futuro ante el pasado. Como resultado de su previsión, los hijos de Tomorrow Morning prosperarían en un mundo nuevo, donde su padre era venerado y poderoso. (O, al menos, sus hijos prosperarían hasta que se les presentara otro desafío. Entonces, tendrían que encontrar su propio camino. Sería su batalla, y nadie salvo ellos podría lucharla).

Por otro lado, estaba Ambrose Pike, un hombre a quien Dios había bendecido con genio, originalidad, belleza y gracia..., pero que carecía del don de la fortaleza. Ambrose interpretó erróneamente el mundo. Deseó que el mundo fuera un paraíso, cuando en realidad era un campo de batalla. Dedicó su vida a anhelar lo eterno, lo constante y lo puro. Deseaba una alianza entre ángeles, pero estaba atado (como todo y como todos) a las implacables reglas de la naturaleza. Por otra parte, como bien sabía Alma, no siempre eran los más hermosos, brillantes, originales o gráciles quienes sobrevivían en la lucha por la existencia; a veces, eran los más despiadados, los más afortunados o tal vez los más obstinados.

El truco consistía en soportar las pruebas de la vida, tanto tiempo como fuera posible. Las probabilidades de supervivencia eran escasísimas, pues el mundo no era sino una escuela de calamidades y un interminable horno de sinsabores. Pero quienes sobrevivían al mundo le daban forma, incluso al mismo tiempo que el mundo, a su vez, les daba forma a ellos.

Alma bautizó su idea con el título de «teoría de la alteración competitiva» y creía que podía demostrarla. Por supuesto, no podía demostrarla mediante los ejemplos de Tomorrow Morning y Ambrose Pike..., si bien ambos vivirían eternamente en su imaginación como figuras románticas, ilustrativas y grandiosas. Incluso mencionarlos sería una falta de rigor científico.

No obstante, podía demostrarla con el musgo.

***

Alma escribió rápida y copiosamente. No se detenía para revisar, sino que simplemente rasgaba los viejos bocetos y comenzaba de nuevo, desde el principio, casi todos los días. No podía detenerse; no le interesaba detenerse. Como un borracho empedernido (capaz de correr sin caerse pero incapaz de caminar sin caerse), Alma solo podía lanzarse sobre esa idea a una velocidad de vértigo. Tenía miedo a detenerse y escribir con más cuidado, pues temía tropezarse, perder el valor o (¡peor aún!) perder la idea.

Para contar esta historia (la historia de la transmutación de las especies, demostrada mediante las metástasis graduales de los musgos), Alma no necesitaba notas, ni acceso a la vieja biblioteca de White Acre, ni a su herbario. No necesitaba nada, pues ya había acumulado una vasta comprensión de la taxonomía del musgo, que llenaba cada rincón de su cráneo de hechos y detalles recordados con claridad. Además, tenía al alcance de la mano (o, más bien, al alcance de su memoria) todas las ideas que se habían escrito a lo largo del último siglo acerca de la metamorfosis de las especies y la evolución geológica. Su mente era un magnífico almacén de interminables estanterías, con miles de libros y cajas apilados, organizados por orden alfabético en pormenores infinitos.

No necesitaba una biblioteca; ella era una biblioteca.

Durante los primeros meses del viaje, escribió y reescribió los principios fundamentales de su teoría, hasta que al fin consiguió sintetizarlos, correcta e irreductiblemente, en los siguientes diez:

1. Que la distribución de tierra y agua sobre la faz de la Tierra no siempre ha sido la que es ahora.

2. Que, según el registro fósil, los musgos parecen haber perdurado en todas las eras geológicas, desde los albores de la vida.

3. Que los musgos aparentan haber perdurado en esas diversas eras geológicas mediante un proceso de cambio adaptativo.

4. Que los musgos pueden alterar su destino, ya sea al cambiar de ubicación (es decir, moviéndose a un clima más favorable), ya sea al modificar su estructura interna (transmutación).

5. Que la transmutación de los musgos se ha manifestado en el tiempo mediante la acogida y el descarte casi infinitos de ciertos rasgos, lo que motiva adaptaciones como: aumento de la resistencia a la sequedad, una menor dependencia de los rayos del sol y la capacidad de revivir después de años de sequía.

6. Que la velocidad del cambio en las colonias de musgos, y la magnitud de ese cambio, es tan espectacular que sugiere un cambio perpetuo.

7. Que la competición y la lucha por la existencia es el mecanismo detrás de ese estado de cambio permanente.

8. Que el musgo fue, casi con toda seguridad, una entidad diferente antes de ser musgo (muy probablemente, algas).

9. Que el musgo (a medida que el mundo sigue transformándose) tal vez se convierta en una entidad diferente con el tiempo.

10. Que lo que es cierto para los musgos debe ser cierto para todos los seres vivos.

La teoría de Alma era audaz y peligrosa, incluso para sí misma. Sabía que se encontraba en un terreno resbaladizo, no solo desde el punto de vista religioso (lo cual no le preocupaba mucho), sino también desde un punto de vista científico. A medida que escalaba hacia su conclusión como una alpinista, Alma sabía que corría el riesgo de caer en la trampa que había consumido a tantos grandes pensadores franceses de antaño: a saber, la trampa de *l'esprit de système,* el sueño de una explicación universal, colosal y emocionante, que obligaba a forzar todos los hechos y razones para que encajaran en ese marco, tanto si tenían sentido como si no. Pero Alma estaba segura de que su teoría tenía sentido. Lo difícil sería demostrarlo por escrito.

Un barco era un lugar tan bueno como otro cualquiera para escribir..., y varios barcos, uno tras otro, cruzando parsimoniosos el vasto océano, aún mejor. Nadie molestó a Alma. Roger se acostaba en un rincón de la litera y la observaba trabajar, jadeante, rascándose a sí mismo y con el aspecto de estar a menudo muy decepcionado con la vida, pero era lo mismo que habría hecho en cualquier parte del mundo. Por la noche, a veces subía a la litera de Alma y se acurrucaba entre sus piernas. A veces despertaba a Alma con sus pequeños gemidos.

A veces era Alma quien gemía por la noche. Al igual que en su primer viaje por mar, descubrió que su sueños eran vívidos y poderosos, y que Ambrose Pike ocupaba un lugar destacado en ellos. Pero ahora también Tomorrow Morning aparecía con frecuencia en sus sueños; a veces se mezclaba con Ambrose para formar figuras extrañas, sensuales y quiméricas: la cabeza de Ambrose en el cuerpo de Tomorrow Morning; la voz de Tomorrow Morning surgiendo de la garganta de Ambrose; un hombre, al consumar su relación con Alma, de repente se transformaba en el otro. Pero no eran solo Ambrose y Tomorrow Morning lo que se mezclaba en esos extraños sueños, todo parecía fundirse: en las ensoñaciones nocturnas más vigorosas, el viejo cuarto de encuadernar de White Acre se metamorfoseaba en una cueva de musgo; la cochera se convertía en una habitación diminuta pero agradable en el asilo Griffon; los aromáticos prados de Filadelfia se volvían campos de arena negra y caliente; Prudence de repente se vestía con la ropa de Hanneke; la hermana Manu cuidaba los setos de boj del jardín euclidiano de Beatrix Whittaker; Henry Whittaker remaba por el río Schuylkill en una pequeñísima canoa polinesia con balancines.

A pesar de lo deslumbrante de esas imágenes, no desconcertaban a Alma. En su lugar, la colmaban con la más sorprendente sensación de síntesis, como si los elementos más dispares de su biografía confluyeran al fin en el mismo punto. Todas las cosas que había conocido o amado en el mundo se iban entrelazando hasta convertirse en una sola. Al darse cuenta de ello se sintió ligera y triunfante. Tuvo de nuevo la sensación (esa sensación que había experimentado una sola vez, durante las semanas previas a la boda con Ambrose) de estar espectacularmente viva. No solo viva, sino dotada de una mente que funcionaba al límite de su capacidad, una mente que lo veía todo y lo comprendía todo, como si lo contemplara todo desde la cumbre más alta de la Tierra.

Se despertaba, recuperaba el aliento y empezaba a escribir de nuevo.

Tras establecer los diez principios fundamentales de su audaz teoría, Alma encauzó sus energías, temblorosas y electrizantes, y escribió la historia de las guerras del musgo de White Acre. Escribió la crónica de los veintiséis años que había dedicado a contemplar el avance y retroceso de las colonias de musgo que competían en unas rocas al borde del bosque. Centró su atención en el género *Dicranum,* pues presentaba el rango más amplio de variedades de la familia musgo. Alma conocía especies de *Dicranum* cortas y sencillas y otras cubiertas de exóticos flecos. Había especies de hoja recta, de hojas sinuosas y las que solo vivían junto a rocas, en troncos de madera en estado de descomposición, las que invadían las crestas más altas y soleadas de las rocas, otras que proliferaban en charcas de agua y una que crecía con ímpetu en los excrementos de venado de cola blanca.

Durante sus décadas de estudio, Alma había notado que las especies más parecidas de *Dicranum* eran aquellas que se hallaban una al lado de la otra. Sostuvo que no era casualidad: los rigores de la competición por la luz del sol, el suelo y el agua obligó a las plantas, a lo largo de los milenios, a minúsculas adaptaciones que les otorgaran ligerísimas ventajas respecto a los vecinos. Por eso era posible que convivieran en una misma roca tres o cuatro variedades de *Dicranum;* cada una había encontrado su nicho en un entorno limitado y comprimido, y defendía su territorio con leves adaptaciones. Estas adaptaciones no tenían que ser extraordinarias (los musgos no necesitan flores, frutas o alas); solo tenían que ser diferentes, para superar a los rivales..., y no hay rival en la tierra más peligroso que el que está a nuestro lado. La guerra más acuciante es siempre la que se libra en casa.

Alma describió de manera pormenorizada esas batallas cuyos triunfos se medían en centímetros y décadas. Asimismo, relató cómo los cambios climáticos de esos decenios otorgaban ventajas a una variedad respecto a las otras, cómo las aves transformaban el destino del musgo y cómo, cuando el viejo roble junto a la pradera cayó derribado y las sombras cambiaron de la noche a la mañana, todo el universo del campo de rocas se transformó.

Escribió: «Cuanto mayor es la crisis, al parecer, más rápida es la evolución».

Escribió: «Todas las transformaciones parecen motivadas por la desesperación y la emergencia».

Escribió: «La belleza y la variedad del mundo natural no son más que el legado visible de una guerra interminable».

Escribió: «El vencedor ganará solo hasta que deje de ganar».

Escribió: «Esta vida es un experimento provisional y complejo. A veces la victoria espera después del sufrimiento, pero nada lo garantiza. El más preciado o el más bello individuo tal vez no sea el más resistente. La batalla de la naturaleza no la capitanea la maldad, sino esta ley natural poderosa e indiferente: hay demasiadas formas de vida y no hay bastantes recursos para que todos sobrevivan».

Escribió: «La incesante batalla entre especies es inevitable, al igual que la derrota, al igual que las modificaciones biológicas. La evolución es de una matemática brutal: el largo camino del tiempo está cubierto con los restos fosilizados de incalculables experimentos fallidos».

Escribió: «Los que están mal preparados para resistir la batalla de la supervivencia tal vez no deberían haber intentado vivir. El único crimen imperdonable es el de interrumpir el experimento de la propia vida antes de su fin natural. Hacerlo es una debilidad y una lástima, pues el experimento de la vida es muy breve, en todos los casos, y debemos tener coraje y curiosidad para seguir en la lucha hasta la derrota final e inevitable. No luchar por resistir es una cobardía. No luchar por resistir es rechazar el gran pacto de la vida».

En ocasiones tenía que tachar páginas enteras de su obra, cuando alzaba la vista de la página y reparaba en que, aunque habían pasado horas y no había dejado de garabatear ni un instante, ya no estaba hablando solo de musgos.

Entonces salía a dar un vigoroso paseo por la cubierta del barco (del barco que fuese), con Roger junto a sus piernas. Le temblaban las manos y el corazón latía acelerado por la emoción. Se aclaraba la cabeza y los pulmones y reconsideraba su postura. A la postre, regresaba a la litera, se sentaba con una hoja de papel en blanco y empezaba a escribir todo de nuevo.

Repitió este ejercicio cientos de veces, durante casi catorce meses.

***

Para cuando Alma llegó a Róterdam, su tesis estaba casi acabada. No la consideraba completa del todo, pues sabía que todavía faltaba algo. En el rincón del sueño la criatura aún la miraba, insatisfecha e inquieta. Esta sensación de que la obra estaba inacabada la reconcomía por dentro y decidió meditar sobre esa idea hasta conquistarla. Dicho esto, pensaba que la mayor parte de su teoría era irrefutable. Si no se equivocaba en sus razonamientos, tenía entre manos un revolucionario documento científico de cuarenta páginas. ¿Y si se equivocaba en sus razonamientos? Bueno, en ese caso (como poco) había escrito la descripción más detallada que vería el mundo científico de la vida y la muerte de una colonia de musgo en Filadelfia.

En Róterdam, descansó unos días en el único hotel en el que aceptaron la presencia de Roger. Ella y Roger recorrieron la ciudad buena parte de la tarde buscando alojamiento infructuosamente. A lo largo del día, cada vez le irritaron más esas miradas biliosas que le lanzaban los recepcionistas de hotel. No pudo evitar pensar que, de ser Roger un perro más bonito o encantador, no habría sido tan difícil encontrar una habitación. A Alma le pareció terriblemente injusto, pues había llegado a considerar que ese pequeño chucho naranja tenía cierta nobleza, a su manera. ¿Acaso no había cruzado el mundo? ¿Cuántos desdeñosos recepcionistas de hotel podían decir lo mismo? Pero supuso que así era la vida: prejuicios, ignominias y similares.

En cuanto al hotel que los aceptó, era un lugar sórdido regentado por una anciana reumática que miró a Roger desde el mostrador y dijo:

—Una vez tuve un gato igualito a él.

«¡Santo Dios!», pensó Alma, horrorizada ante la idea de una criatura tan triste.

—No eres puta, ¿verdad? —preguntó la mujer, solo para cerciorarse.

Esta vez, Alma dijo el «¡Santo Dios!» en voz alta. No pudo contenerse. Su respuesta pareció satisfacer a la dueña.

El espejo mugriento de la habitación del hotel reveló a Alma que su aspecto no era mucho más civilizado que el de Roger. No podía llegar a Ámsterdam con esas pintas. Su vestuario era una ruina y un caos. Su pelo, cada vez más cano, era una ruina y un caos también. No había nada que hacer respecto al pelo, pero, durante los días siguientes, le confeccionaron varios vestidos nuevos, con rapidez. No eran nada especial (siguió el patrón de Hanneke, tan práctico), pero al menos estaban nuevos, limpios e intactos. Compró zapatos nuevos. Se sentó en un parque y escribió extensas cartas a Prudence y a Hanneke, para informarlas de que había llegado a Holanda y tenía la intención de permanecer allí indefinidamente.

Casi se le había acabado el dinero. Aún tenía un poco de oro cosido en los maltrechos dobladillos, pero no mucho. Se había quedado con muy poco de la herencia de su padre y ahora, al cabo de estos años de viaje, había gastado la mayor parte de su modesto legado, moneda a moneda. Le quedaba una suma que no era suficiente para satisfacer las demandas más sencillas de la vida. Por supuesto, sabía que podía obtener más dinero en caso de presentarse una verdadera emergencia. Suponía que podía entrar en cualquier contaduría de los muelles de Róterdam, donde, si recurría al nombre de Dick Yancey y al legado de su padre, le sería fácil obtener un préstamo. Pero no deseaba hacerlo. No sentía que esa fortuna fuera legítimamente suya. Para ella era de suma importancia hallar su propio camino en el mundo.

Enviadas las cartas y adquirido el nuevo vestuario, Alma y Roger se fueron de Róterdam en un barco de vapor (con mucha diferencia, la parte más fácil del viaje) que se dirigió al puerto de Ámsterdam. A su llegada, Alma dejó el equipaje en un modesto hotel cerca del embarcadero y alquiló un carruaje (cuyo cochero, tras el pago adicional de veinte *stuivers,* al fin se dejó convencer para aceptar a Roger como pasajero). El carruaje los llevó hasta el tranquilo barrio de Plantage, derecho a las puertas del Hortus Botanicus.

Alma salió bajo el sol sesgado de las primeras horas de la tarde frente a los altos muros de ladrillo del jardín botánico. Roger estaba a su lado; bajo el brazo de Alma, había un paquete envuelto en papel marrón claro. Un hombre joven con un pulcro uniforme de guardia estaba de pie ante la puerta de entrada y Alma se acercó a preguntar con su excelente neerlandés si el director se encontraba en el recinto. El joven confirmó que sin duda el director se encontraba en el recinto, porque el director venía a trabajar todos los días del año.

Alma sonrió. «Todos los días, como es natural», pensó.

—¿Sería posible hablar con él? —preguntó.

—¿Puedo preguntarle quién es usted y a qué se dedica? —preguntó el joven, que lanzó una mirada condenatoria tanto a Alma como a Roger. A Alma no le molestó la pregunta, pero ciertamente le molestó el tono.

—Me llamo Alma Whittaker y me dedico al estudio de los musgos y la transmutación de las especies —dijo.

—¿Y por qué querría verla el director? —preguntó el guardia.

Alma se irguió cuan alta era, formidable, y se lanzó a un recitado casi tahitiano de su linaje.

—Mi padre era Henry Whittaker, a quienes en su país llamaron el Príncipe del Perú. Mi abuelo paterno fue el Mago del Manzano de su majestad el rey Jorge III de Inglaterra. Mi abuelo materno fue Jacob van Devender, un maestro de los áloes ornamentales y el director de estos jardines durante treinta años, puesto que heredó de su padre, quien, a su vez, lo había heredado de su padre, y así sucesivamente hasta la fundación original de esta institución en 1638. El director actual es, según creo, un hombre llamado doctor Dees van Devender. Es mi tío. Su hermana mayor se llamaba Beatrix van Devender. Fue mi madre, una virtuosa de la botánica euclidiana. Mi madre nació, si no me equivoco, justo a la vuelta de la esquina, en una casa privada frente a los muros del Hortus..., donde han nacido todos los Van Devender desde mediados del siglo XVII.

El guardia la miró boquiabierto. Alma concluyó:

—Si esto es demasiada información para usted, joven, dígale a mi tío Dees que su sobrina de Estados Unidos estaría encantada de verlo.

Capítulo veintiocho

Dees van Devender se quedó mirando a Alma desde el otro lado de una mesa atestada.

Alma le permitió que la mirara. Su tío no le había dirigido la palabra desde que la habían llevado a su despacho unos minutos antes ni la había invitado a sentarse. No pretendía ser maleducado; simplemente, era holandés, y por lo tanto cauteloso. La estaba observando. Roger se sentó al lado de Alma, con el aspecto de una pequeña hiena maltrecha. El tío Dees observó al perro también. Por lo general, a Roger no le agradaba que lo miraran. Normalmente, cuando los desconocidos lo miraban, Roger les daba la espalda, agachaba la cabeza y suspiraba compungido. Pero, de repente, Roger hizo algo inesperado. Se apartó de Alma, caminó hacia la mesa y apoyó el mentón sobre los pies del doctor Van Devender. Alma no había visto algo así antes. Estaba a punto de hacer un comentario al respecto, pero su tío (sin prestar atención al chucho que tenía a los pies) habló primero.

—*Je lijkt niet op je moeder* —dijo.

«No se parece a su madre».

—Lo sé —respondió Alma en neerlandés.

—Es igualita a ese padre suyo —prosiguió.

Alma asintió. Por el tono de voz, Alma supo que no era un punto a su favor ese parecido con Henry Whittaker. En realidad, nunca lo había sido.

El tío la examinó un poco más. Alma le devolvió la mirada. Estaba tan absorta con la cara de él como él lo estaba con la suya. Si Alma no se parecía a Beatrix Whittaker, este hombre, ciertamente, sí la recordaba. Era un parecido asombroso: era la cara de su madre, pero envejecida, masculina, con barba y, en ese momento, con una mirada muy recelosa. (Bueno, para ser sinceros, esa suspicacia no hacía sino aumentar la semejanza).

—¿Qué pasó con mi hermana? —preguntó—. Hemos oído hablar del ascenso del padre de usted (como todos los botánicos de Europa), pero no volví a saber nada de Beatrix.

«Tampoco ella supo nada de ti», pensó Alma, pero no lo dijo. En realidad, no culpaba a nadie en Ámsterdam por no haber intentado ponerse en contacto con Beatrix desde (¿cuándo fue?) 1792. Sabía cómo eran los Van Devender: obstinados. No habría salido bien. Su madre no habría dado su brazo a torcer.

—Mi madre vivió una vida próspera —respondió Alma—. Fue feliz. Hizo un impresionante jardín clásico, muy admirado en toda Filadelfia. Trabajó junto a mi padre en el comercio botánico, justo hasta el día de su muerte.

—¿Que fue cuándo? —preguntó en un tono más propio de un agente de policía.

—En agosto de 1820 —respondió Alma.

Al oír la fecha una mueca de dolor cruzó la cara de su tío.

—¡Cuánto tiempo hace! —dijo—. Qué joven.

—Tuvo una muerte repentina —mintió Alma—. No sufrió.

Su tío la miró un poco más, tomó un sorbo de café, sin prisas, y se sirvió un trozo de *wentelteefje* del platillo que tenía ante sí. Era evidente que Alma había interrumpido su merienda. Alma habría dado casi cualquier cosa por saborear ese *wentelteefje*. Tenía una pinta estupenda y olía de maravilla. ¿Cuándo había comido una tostada con canela por última vez? Probablemente, la última vez que Hanneke le preparó una. Al oler ese aroma sintió una nostalgia debilitante. Pero el tío Dees no le ofreció café y menos aún le ofreció una porción de ese mantecoso y dorado *wentelteefje*.

—¿Quiere que le hable de su hermana? —preguntó Alma al fin—. Creo que los recuerdos que usted tiene de ella serán recuerdos de niño. Podría contarle algunas historias, si lo desea.

Su tío no respondió. Intentó imaginarlo tal como lo describía siempre Hanneke: un niño de diez años, de buen carácter, que lloraba mientras su hermana partía hacia Estados Unidos. Hanneke había contado a Alma muchas veces cómo Dees se aferró a las faldas de Beatrix, hasta que tuvieron que apartarlo. También describió cómo Beatrix había regañado a su hermano pequeño para que nunca más mostrara sus lágrimas al mundo. A Alma le costó imaginarlo. Ahora parecía viejísimo y muy solemne.

—He crecido —dijo Alma— rodeada de tulipanes holandeses, descendientes de los bulbos de aquí, del Hortus, que mi madre llevó a Filadelfia.

Aun así, su tío siguió sin hablar. Roger suspiró, cambió de postura y se acurrucó aún más cerca de las piernas de Dees.

Al cabo de un rato, Alma cambió de táctica.

—Por otra parte, debería decirle que Hanneke de Groot aún vive. Creo que la conoció usted hace mucho tiempo.

Una nueva expresión cruzó el rostro del anciano: asombro.

—Hanneke de Groot —dijo maravillado—. No había pensado en ella durante años. ¿Hanneke de Groot? Imagina...

—Le alegrará saber que Hanneke está fuerte y sana —añadió Alma. Esta declaración era más que nada una esperanza, pues Alma no había visto a Hanneke desde hacía casi tres años—. Sigue siendo el ama de llaves en la finca de mi difunto padre.

—Hanneke fue la doncella de mi hermana —dijo Dees—. Qué joven era cuando vino con nosotros. Fue una especie de niñera para mí, durante un tiempo.

—Sí —replicó Alma—, fue una especie de niñera para mí también.

—Entonces, los dos fuimos afortunados —dijo.

—Estoy de acuerdo. Creo que una de las mayores bendiciones de mi vida fue pasar la infancia al cuidado de Hanneke. Me educó casi tanto como me educaron mis padres.

Las miradas recomenzaron. Esta vez, Alma permitió que el silencio se extendiera. Observó cómo su tío tomaba el *wentelteefje* con el tenedor y lo mojaba en el café. Disfrutó el bocado sin prisas, sin desperdiciar ni una gota ni una miga. Alma sintió la necesidad de descubrir dónde conseguir un *wentelteefje* como ese.

Al fin, Dees se limpió la boca con una servilleta y dijo:

—Su holandés no es horrible.

—Gracias —contestó Alma—. Lo hablaba con frecuencia, de niña.

—¿Qué tal sus dientes?

—Muy bien, gracias —dijo Alma. No tenía nada que ocultar a este hombre.

Dees asintió.

—Todos los Van Devender tienen buenos dientes.

—Una herencia afortunada.

—¿Tuvo mi hermana otros hijos, aparte de usted?

—Tuvo otra hija, adoptada. Es mi hermana Prudence, que ahora regenta la escuela que hay en la vieja finca de mi padre.

—Adoptada —dijo Dees, en un tono neutral.

—Mi madre no recibió el don de la fecundidad —explicó Alma.

—¿Y usted? —preguntó—. ¿Tiene hijos?

—Yo, como mi madre, tampoco he recibido el don de la fecundidad —dijo Alma. Esa frase no hacía justicia en absoluto a la magnitud del problema, pero al menos respondía la pregunta.

—¿Marido? —preguntó.

—Difunto, por desgracia.

El tío Dees asintió, pero no le ofreció el pésame. A Alma le pareció divertido; su madre habría respondido del mismo modo. Los hechos son los hechos. La muerte es la muerte.

—¿Y usted, señor? —se atrevió a preguntar Alma—. ¿Hay una señora Van Devender?

—Muerta, ¿sabe? —dijo.

Alma asintió, exactamente como él había hecho. Era un tanto perverso, pero Alma estaba disfrutando hasta el más mínimo detalle de esta conversación franca, directa e inconexa. Sin saber dónde acabaría este intercambio, ni si su destino estaba unido al destino de este anciano, Alma se sintió en terreno familiar: terreno neerlandés, terreno Van Devender. No se había sentido tan en casa desde hacía siglos.

—¿Cuánto tiempo tiene pensado quedarse en Ámsterdam? —preguntó Dees.

—Indefinidamente —dijo Alma.

Esto tomó por sorpresa a Dees.

—Si viene en busca de caridad —dijo—, aquí no la va a encontrar.

Alma sonrió. «Oh, Beatrix —pensó—, cuánto te he echado de menos todos estos años».

—No necesito caridad —dijo—. Mi padre me dejó en una situación holgada.

—En ese caso, ¿cuáles son sus intenciones durante su estancia en Ámsterdam? —preguntó, con una suspicacia indisimulada.

—Me gustaría trabajar aquí, en el Hortus Botanicus.

Dees pareció realmente alarmado.

—¡Cielos santos! —dijo—. ¿En qué posible cometido?

—Como botánica —dijo Alma—. Más en concreto, como brióloga.

—¿Brióloga? Pero ¿qué diablos sabe sobre musgos?

Alma no pudo contener la risa. Qué maravilla, reírse. No logró recordar la última vez que se había reído. Soltó tal carcajada que tuvo que llevarse las manos a la cara para ocultar su hilaridad. Este espectáculo solo pareció servir para enfurecer aún más a su pobre tío. Alma no estaba ayudándose a sí misma.

¿Por qué habría pensado que su modesta reputación la habría precedido? ¡Ah, qué orgullo insensato!

Una vez que Alma se contuvo, se limpió los ojos y le sonrió.

—Sé que te he pillado desprevenido, tío Dees —dijo Alma, quien recurrió con naturalidad a un tono más afectuoso y familiar—. Por favor, perdóname. Quiero que te quede claro que soy una mujer independiente, que no vengo a interferir en tu vida de ninguna manera. Sin embargo, también es cierto que poseo ciertas facultades (como estudiosa y como taxonomista) que tal vez fueran de ayuda en una institución como esta. Puedo afirmar sin reservas que para mí sería el mayor de los placeres pasar el resto de mis días trabajando aquí, dedicando mi tiempo y energías a una institución que ha tenido un papel de tal importancia tanto en la historia de la botánica como en la de mi familia.

Con estas palabras, sacó el paquete envuelto en papel marrón bajo el brazo y lo dejó en el borde de la mesa.

—No te pido que te fíes de mi palabra en cuanto a mis facultades, tío —dijo—. Este paquete contiene una teoría que he escrito hace poco, basándome en las investigaciones que he llevado a cabo durante los últimos treinta años de mi vida. Algunas ideas tal vez te parezcan demasiado audaces, pero te pido que lo leas con una mente abierta... y, sobra decirlo, que no lo compartas con nadie. Incluso si no estás de acuerdo con mis conclusiones, creo que te harás una buena idea de mis facultades científicas. Te ruego que trates este documento con respeto, pues es todo lo que tengo y todo lo que soy.

Dees no se comprometió a nada.

—Lees en inglés, supongo —aventuró Alma.

Dees alzó una ceja blanca, como si dijera: «Pero, mujer, muestra un poco de respeto».

Antes de entregar el pequeño paquete a su tío, Alma señaló un lapicero del escritorio y preguntó:

—¿Puedo?

Dees asintió, y Alma escribió algo al dorso del paquete.

—Este es el nombre y la dirección del hotel donde me hospedo, cerca del puerto. Tómate tu tiempo para leer este documento y hazme saber si te gustaría hablar conmigo de nuevo. Si no recibo noticias antes de una semana, vendré a recoger mi tesis y a despedirme, y proseguiré mi camino. Después de eso, te lo prometo, no te volveré a molestar, ni a ti ni a nadie de la familia.

Mientras hablaba, Alma vio cómo su tío pinchaba otro pequeño triángulo de *wentelteefje* con el tenedor. En vez de llevárselo a la boca, se giró en la silla e inclinó, despacio, un hombro, para ofrecer la comida a Roger..., sin dejar de mirar a Alma, a quien fingía escuchar con suma atención.

—Oh, ten cuidado... —Alma se apoyó en la mesa, preocupada. Estaba a punto de advertir a su tío de que este perro tenía la horrible costumbre de morder a quien le ofreciera comida, pero, antes de que pudiera hablar, Roger alzó esa cabecita contrahecha y, con la delicadeza de una dama de modales exquisitos, retiró la tostada de canela del tenedor.

—Vaya, yo... —dijo maravillada Alma, y retrocedió.

Su tío aún no había mencionado el perro, así que Alma no dijo más al respecto.

Se alisó las faldas y recobró la calma.

—Ha sido un gran placer conocerte —dijo—. Tío Dees, este encuentro ha sido más importante para mí de lo que imaginas. Es la primera vez que tengo el placer de conocer a un tío, ya ves. Espero que te guste el ensayo y confió en no haber sido demasiada molestia. Buenos días.

El tío Dees no respondió más que con un ligero movimiento de la cabeza.

Alma se dirigió a la puerta.

—Ven, Roger —dijo, sin darse la vuelta para mirar.

Esperó ante la puerta abierta, pero el perro no se movió.

—Roger —dijo, esta vez con más firmeza, y se volvió a mirarlo—. Ven ahora mismo.

Aun así, el perro no se apartó de los pies del tío Dees.

—Vamos, perro —dijo Dees, sin mucha convicción y sin moverse ni un milímetro.

—¡Roger! —exigió Alma, que se agachó para verlo bien bajo la mesa—. ¡Vamos, no seas tonto!

Era la primera vez que necesitaba llamarlo; siempre la seguía, sin más. Pero Roger echó hacia atrás las orejas y se mantuvo firme. No se iba a marchar.

—Nunca se había portado así antes —se disculpó—. Lo voy a llevar en brazos.

Sin embargo, su tío alzó una mano.

—Tal vez el pequeño pueda quedarse aquí conmigo una o dos noches —sugirió como si nada, como si le resultara indiferente de un modo u otro. Ni miró a Alma a los ojos al decirlo. Pareció (durante un fugaz momento) un niño pequeño que intentaba convencer a su madre de que le permitiera quedarse con un perro callejero.

«Ah —pensó Alma—. Ya te veo».

—Cómo no —dijo Alma—. Si estás seguro de que no sería una molestia...

Dees se encogió de hombros con toda la despreocupación de que fue capaz y pinchó otro trozo de *wentelteefje*.

—Nos las apañaremos —dijo y dio de comer al perro otra vez, con el tenedor.

***

Alma caminó a paso rápido desde el Hortus Botanicus hacia el puerto. No deseaba tomar un coche de alquiler; se sentía demasiado agitada para permanecer sentada. Se sintió con las manos vacías y alegre, un poco nerviosa y muy viva. Y tenía hambre. No dejaba de girar la cabeza en busca de Roger, por la fuerza de la costumbre, pero el perro no caminaba detrás de ella. ¡Cielos santos, acababa de dejar a su perro y la gran obra de su vida en el despacho de ese hombre, tras una breve conversación de quince minutos!

¡Qué encuentro! ¡Qué gran riesgo!

Pero era un riesgo que Alma debía asumir, pues era aquí donde quería estar: si no en el Hortus, aquí en Ámsterdam, o al menos en Europa. Había echado mucho de menos el mundo occidental durante los años pasados en los Mares del Sur. Había echado de menos el cambio de las estaciones, así como el sol duro y tonificante del invierno. Había echado de menos los rigores de un clima frío, y los rigores de la mente también. Sencillamente, no estaba hecha para los trópicos, ni física ni anímicamente. Había quienes amaban Tahití porque les parecía un Edén, como los albores de la historia, pero Alma no deseaba vivir en los albores de la historia; deseaba vivir en la época más reciente de la humanidad, en la cúspide de la invención. No deseaba vivir en una tierra de espíritus y fantasmas, sino en un mundo de telégrafos, trenes, mejoras, teorías y ciencia, donde las cosas cambiaran día a día. Deseaba trabajar de nuevo en un entorno productivo y serio, rodeada de gente productiva y seria. Deseaba el bienestar de las estanterías, los frascos de muestras, los papeles que no se descomponían por el moho y los microscopios que no desaparecían de noche. Anhelaba tener acceso a las últimas revistas científicas. Anhelaba la compañía de colegas.

Además, anhelaba estar en familia... y la clase de familia en la cual se había criado: aguda, desafiante e inteligente. Quería sentirse una Whittaker de nuevo, rodeada de Whittakers. Pero, como no había más Whittakers en el mundo (aparte de Prudence Whittaker Dixon, atareada con la escuela, y aparte de los miembros del vergonzoso clan de su padre que todavía no hubieran muerto en cárceles inglesas), quería estar junto a los Van Devender.

Si es que la aceptaban.

Pero ¿y si no era así? Bueno, ese era el riesgo. Los Van Devender (quienquiera que quedara) tal vez no anhelaran su compañía tanto como ella. Es posible que aceptaran las contribuciones que había ofrecido al Hortus. Tal vez no la consideraran más que una intrusa, una aficionada. Había sido una jugada arriesgada dejar el tratado con su tío Dees. La reacción de ese anciano ante su obra era impredecible: aburrimiento («¿musgos de Filadelfia?»), ofensa religiosa («¿creación continua?»), incredulidad científica («¿una teoría de todo el mundo natural?»). Alma sabía que, debido a ese ensayo, corría el riesgo de parecer temeraria, arrogante, ingenua, anarquista, degenerada e incluso un poco francesa. Sin embargo, el ensayo era (más que ninguna otra cosa) un retrato de sus facultades, y deseaba que su familia conociera sus facultades, si es que iban a conocerla.

Si los Van Devender y el Hortus Botanicus la rechazaban, Alma estaba decidida a erguirse y seguir adelante. Tal vez se estableciera en Ámsterdam a pesar de todo, o tal vez volviera a Róterdam, o tal vez se mudaría a Leiden, a vivir cerca de la universidad. Si no era Holanda, siempre le quedaba Francia, siempre Alemania. Encontraría un puesto en algún lugar, tal vez incluso en otro jardín botánico. Era difícil para una mujer, pero no imposible, en especial si el apellido de su padre y la influencia de Dick Yancey le otorgaban credibilidad. Conocía a todos los profesores destacados de briología de Europa; muchos habían sido sus corresponsales a lo largo de los años. Podría buscarlos y solicitar un puesto de ayudante. Otra posibilidad era la enseñanza: no en una universidad, pero sí podía hallar un puesto de institutriz en una familia acaudalada. Si no botánica, podría enseñar idiomas. Bien lo sabía Dios, tenía más que suficientes en la cabeza.

Caminó por la ciudad durante horas. No estaba preparada para volver al hotel. No creía que fuera a conciliar el sueño. Echaba de menos a Roger y se sentía liberada al no tenerlo pegado a los talones. No comprendía aún la geografía de Ámsterdam, así que deambuló, mientras se perdía y volvía a ubicarse, por la curiosa forma de la ciudad, vagando por ese arco dibujado a medias, con sus cinco canales gigantescos y curvados. Cruzó las vías fluviales una y otra vez, por una docena de puentes cuyos nombres desconocía. Paseó por Herengracht, admirando las bellas casas con chimeneas y frontones que sobresalían. Pasó junto al Palacio Real. Encontró la oficina de correos. Encontró un café, donde al fin pudo pedir un plato de *wentelteefje,* que comió con más placer que cualquier otro alimento que recordara, mientras leía un número ya viejo de *Lloyd's Weekly Newspaper,* olvidado tal vez por un amable turista británico.

Cayó la noche y siguió caminando. Pasó junto a iglesias antiguas y teatros modernos. Vio tabernas, licorerías, galerías comerciales y cosas peores. Vio a viejos puritanos con capas cortas y golas, con el aspecto de haberse escapado de la época de Carlos I. Vio a mujeres jóvenes con los brazos desnudos, que llamaban a los hombres desde umbrales en penumbra. Vio (y olió) las factorías donde se envasaban los arenques. Vio las casas flotantes en los canales, con sus económicas huertas con macetas y sus gatos dormidos. Caminó por el Barrio Judío y vio los talleres de los talladores de diamantes. Vio hospitales de expósitos y orfanatos, talleres de impresión, bancos y contadurías, así como el enorme mercado de flores, cerrado por la noche. A su alrededor, incluso a esa hora tardía, percibió el runrún del comercio.

Ámsterdam, construida sobre el cieno y sobre pilotes, protegida por bombas, compuertas, válvulas, máquinas de dragado y diques, le pareció a Alma no tanto una ciudad como un motor, un triunfo de la ingeniería humana. Era el lugar más artificioso que cabía imaginarse. Era la suma de la inteligencia humana. Era perfecto. Deseó no tener que irse nunca.

Muy pasada la medianoche, por fin regresó al hotel. Tenía ampollas en los pies por los zapatos nuevos. La dueña no respondió con amabilidad a esa tardía llamada a la puerta.

—¿Dónde está tu perro? —exigió saber la mujer.

—Lo he dejado con un amigo.

—¡Ja! —dijo la mujer. No habría tenido un aspecto más reprochador si Alma hubiera dicho: «Se lo he vendido a un gitano».

Entregó la llave a Alma.

—Nada de hombres en la habitación esta noche, recuerda.

«Ni esta noche ni ninguna otra noche, querida —pensó Alma—. Pero gracias por imaginarlo».

***

A la mañana siguiente, unos golpes a la puerta de la habitación despertaron a Alma. Era su vieja amiga, la malhumorada dueña del hotel.

—¡La espera un carruaje, señora! —gritó la mujer, con una voz tan pura como el alquitrán.

Alma se tambaleó hacia la puerta.

—No espero un carruaje —dijo.

—Bueno, el carruaje la espera a usted —insistió la mujer—. Vístase. Ese hombre dice que no se va sin usted. Que coja su equipaje, dice. Ya ha pagado su habitación. No sé de dónde sacan estos la idea de que soy un servicio de mensajería.

Alma, embotada, se vistió y preparó sus dos pequeñas maletas. Tardó más de lo necesario en hacer la cama: tal vez por ser concienzuda, tal vez para ganar tiempo. ¿Qué carruaje?

¿La iban a detener? ¿A expatriar? ¿Se trataba de una broma pesada para turistas? Pero ella no era una turista.

Bajó y se encontró a un cochero de librea, que la esperaba junto al modesto carruaje de un particular.

—Buenos días, señora Whittaker —dijo, inclinando el sombrero. Dejó las maletas cerca del asiento del cochero, en la parte delantera. Alma tuvo la sospecha de que la iban a llevar a la estación de tren.

—Lo siento —dijo—. No creo haber pedido un carruaje.

—Me envía el doctor Van Devender —dijo el hombre, abriendo la puerta—. Suba. La espera y tiene muchas ganas de verla.

Casi tardaron una hora en recorrer la ciudad de vuelta al jardín botánico. Alma pensó que habría sido más rápido ir a pie. Más tranquilo, también. Habría estado menos nerviosa, de haber podido caminar. El cochero la dejó al fin junto a una elegante casa de ladrillo, justo detrás del Hortus, en Plantage Parklaan.

—Adelante —dijo a Alma por encima del hombro, atareado con las maletas—. Entre, la puerta está abierta. Ya le digo que la espera.

Para Alma era un tanto inquietante entrar por sí misma en un domicilio particular sin ser anunciada, pero obedeció. De todos modos, esa casa no le era del todo ajena. Si no se equivocaba, ahí era donde había nacido su madre.

Vio una puerta abierta y echó un vistazo. Era el salón. Su tío estaba sentado en el diván, esperándola.

Lo primero que notó Alma fue que Roger estaba acurrucado (increíble) en el regazo de Dees.

Lo segundo que notó fue que el tío Dees sostenía su tratado en la mano derecha, apoyada ligeramente en la espalda de Roger, como si el perro fuera un escritorio portátil.

Lo tercero que notó fue que la cara de su tío estaba bañada en lágrimas. El cuello de la camisa también estaba empapado. También la barba parecía mojada. Le temblaba el mentón y tenía los ojos alarmantemente rojos. Parecía haber estado llorando durante horas.

—¡Tío Dees! —Alma se apresuró a su lado—. ¿Qué pasa?

El anciano tragó saliva y tomó una mano de Alma. La mano de él estaba caliente y húmeda. Durante un tiempo, fue incapaz de hablar. Agarró los dedos de Alma con fuerza. No la soltó.

Al fin, con la otra mano, alzó el tratado.

—Oh, Alma —dijo, y no se molestó en limpiarse las lágrimas—. Que Dios te bendiga, niña. Tienes el cerebro de tu madre.

Capítulo veintinueve

Pasaron cuatro años.

Fueron años felices para Alma Whittaker, y ¿por qué no habrían de serlo? Tenía un hogar (su tío la instaló directamente en la residencia de los Van Devender); tenía una familia (los cuatro hijos de su tío, sus adorables esposas y sus camadas de niños); a menudo se comunicaba por correo con Prudence y Hanneke, que seguían en Filadelfia; y tenía un puesto de considerable responsabilidad en el Hortus Botanicus. Su título oficial era *Curator van Mossen:* «la conservadora de musgos». Tenía su propio despacho, en la segunda planta de un agradable edificio a dos casas de la residencia Van Devender.

Pidió que le enviaran todos sus viejos libros y notas que permanecían en la cochera, allá en Filadelfia, y su herbario también. Fue como unas vacaciones para ella, la semana en que llegó el cargamento y lo abrió todo. Había echado de menos hasta la última de las páginas. Le divirtió y le sonrojó descubrir, enterradas al fondo de los baúles de libros, sus viejas lecturas salaces. Decidió conservar todos esos libros..., aunque muy bien escondidos. Para empezar, no sabía cómo deshacerse de esos peligrosos textos de un modo respetable. Por otro lado, estos libros aún tenían el poder de estimularla. Incluso a su avanzada edad, un obstinado deseo sensual persistía en su cuerpo, y aún le exigía su atención ciertas noches, cuando, bajo el cobertor, revisitaba esa vulva vieja y familiar, recordando una vez más el sabor de Tomorrow Morning, el olor de Ambrose, el apremio de los más inflexibles y tenaces impulsos de la vida. Ni siquiera intentaba luchar contra ellos; a estas alturas, era evidente que formaban parte de ella.

Alma ganaba un respetable salario (el primero de su vida) en el Hortus, y compartía un asistente y una secretaria con el director de micología y el supervisor de helechos (de quienes, con el tiempo, se hizo muy amiga: sus primeros amigos científicos). Se creó una reputación no solo de excelente taxonomista, sino también de buena prima. A Alma le complació y sorprendió no poco adaptarse de forma tan plácida al bullicio y alboroto de la vida en familia, teniendo en cuenta que su vida había sido siempre tan solitaria. La deleitaban los ingeniosos intercambios de sus sobrinas y sobrinos durante la cena y festejaba sus logros y talentos. La honraba que las muchachas acudieran a ella en busca de consejos o consuelos respecto a sus horripilantes o maravillosas tribulaciones románticas. Veía en ellas rasgos de Retta en sus momentos de entusiasmo; rasgos de Prudence en sus momentos de reserva; rasgos de sí misma en sus momentos de duda.

Con el paso del tiempo, Alma fue considerada por todos los Van Devender como un don considerable tanto para el Hortus como para la familia..., dos entidades por completo indistinguibles. Su tío cedió a Alma un rincón pequeño y umbroso de la casa de las palmeras, y la invitó a crear una exposición permanente llamada la Cueva de los Musgos. Fue un encargo tan peliagudo como satisfactorio. A los musgos no les gusta crecer lejos de donde han nacido y Alma tuvo dificultades para recrear artificialmente las condiciones precisas (la humedad adecuada, la combinación correcta de luz y de sombra, las piedras indicadas, el sustrato de grava y leños) para alentar a las colonias de musgo a prosperar en cautiverio. Llevó a cabo esta hazaña, sin embargo, y no tardó en llenar la cueva con especímenes de musgos de todo el mundo. Mantener la exposición sería un proyecto para toda la vida, que exigía una niebla perpetua (obtenida gracias a motores de vapor), refrigerar mediante paredes aislantes y evitar siempre la luz directa del sol. Era necesario contener a los musgos agresivos y dados a expandirse con rapidez, de modo que las especies más escasas y diminutas pudieran prosperar. Alma había leído acerca de unos monjes japoneses que mantenían sus jardines de musgo arrancando las malas hierbas con unos fórceps diminutos, y ella hizo suya esa práctica. Todas las mañanas se veía a Alma en la Cueva de los Musgos, donde extirpaba pequeñas vetas invasoras una a una, a la luz de una linterna de minero, con las puntas de sus pinzas de acero. Quería que fuera perfecta. Quería que resplandeciera como el fuego de la esmeralda, como resplandeció esa extraordinaria cueva de musgos para ella y para Tomorrow Morning, años atrás, en Tahití.

La Cueva de los Musgos se convirtió en una exposición popular en el Hortus, pero solo para un determinado tipo de persona: ese tipo que busca el silencio, la ensoñación de la oscuridad. (El tipo de persona, en otras palabras, que tiene poco interés en vistosas flores, lirios descomunales y multitud de familias ruidosas). Alma disfrutaba arrellanándose en un rincón de la cueva y observando a las personas que entraban en el mundo que había creado. Los veía acariciar esa piel de musgo y veía cómo se relajaban sus rostros, cómo se distendía su postura. Sentía una afinidad con ellos, los silenciosos.

Durante esos años, Alma también dedicó un tiempo considerable a su teoría de la alteración competitiva. El tío Dees la había animado a publicar el ensayo desde que lo leyó en 1854, pero Alma se resistió entonces y seguía resistiéndose todavía. Por otra parte, se negaba a permitirle que hablara de su teoría con otras personas. Su reticencia no causaba más que frustración a su buen tío, quien consideraba que la teoría de Alma era importante y muy probablemente correcta. La acusaba de ser tímida en exceso, de retrasar el progreso. En concreto, la acusaba de temer la condena religiosa en caso de hacer públicas sus ideas sobre la creación constante y la transmutación de las especies.

—Te falta valor para asesinar a Dios —dijo este buen protestante holandés, que había asistido a misa muy devotamente todos los *sabbaths* de su vida—. Vamos, Alma, ¿de qué tienes miedo? ¡Muestra un poco de esa audacia de tu padre, niña! Adelante, ¡aterroriza al mundo! Despierta a todas las jaurías de la polémica, si es necesario. ¡El Hortus te va a proteger! ¡Nosotros mismos podríamos publicarlo! ¡Podríamos publicarlo bajo mi nombre, si temes la censura!

Pero Alma dudaba no por temor a la Iglesia, sino por la profunda convicción de que su teoría no era todavía científicamente indiscutible. Tenía la certeza de que existía un pequeño agujero en su lógica, y no sabía cómo cerrarlo. Alma era perfeccionista y no poco pedante y, sin duda, no iba a dejarse atrapar al publicar una teoría con un agujero, aunque fuera pequeño. No temía ofender a la religión, como a menudo decía a su tío; temía ofender algo mucho más sagrado para ella: la razón.

Pues había un agujero en la teoría de Alma: por mucho que se esforzaba, era incapaz de comprender las ventajas evolutivas del altruismo y la abnegación. Si el mundo natural era, en efecto, el ámbito de la lucha amoral y constante por la supervivencia, y si imponerse a los rivales era la clave de la dominación, la adaptación y la resistencia..., ¿cómo interpretar, por ejemplo, a alguien como su hermana, Prudence?

Cada vez que Alma mencionaba el nombre de su hermana en relación con la teoría de la alteración competitiva, su tío gemía.

—¡Otra vez no! —gimoteaba, mesándose las barbas—. ¡Nadie ha oído hablar de Prudence, Alma! ¡A nadie le importa!

Pero a Alma le importaba y el «problema Prudence», como se acostumbró a llamarlo, la inquietaba considerablemente, pues amenazaba con desbaratar toda la teoría. La inquietaba aún más porque era algo personal. Alma había sido la beneficiaria, al fin y al cabo, de un acto de gran generosidad y abnegación de Prudence casi cuarenta años atrás, y no lo olvidaría nunca. Prudence renunció en silencio al gran amor de su vida, con la esperanza de que George Hawkes se casara con Alma y que fuera ella quien se beneficiara de ese matrimonio. Que esa abnegación de Prudence hubiera sido en vano no disminuía en modo alguno su sinceridad.

¿Por qué haría una persona algo así?

Alma sabía responder esa pregunta desde un punto de vista moral («porque Prudence era amable y desinteresada»), pero no sabía responder desde el punto de vista biológico (¿por qué existen la bondad y el altruismo?). Alma comprendía muy bien por qué su tío se mesaba las barbas cada vez que mencionaba a Prudence. Reconocía que, en el vasto ámbito de la historia natural y humana, este trágico triángulo entre Prudence, George y ella era tan diminuto e insignificante que casi era una parodia plantear el tema (y en una discusión científica, nada menos). Pero, aun así, la pregunta no desapareció.

¿Por qué haría una persona algo así?

Cada vez que Alma pensaba en Prudence, se veía obligada a plantearse una vez más esta cuestión, tras lo cual observaba impotente cómo su teoría de la alteración competitiva se desmoronaba ante sus ojos. Pues, al fin y al cabo, Prudence Whittaker Dixon no era un ejemplo aislado. ¿Por qué actuaba alguien sin atenerse al interés propio más vil? Alma era capaz de explicar de modo convincente por qué las madres, por ejemplo, hacían sacrificios por sus hijos (ya que era ventajoso continuar la línea familiar), pero no lograba explicar por qué un soldado se lanzaba contra una línea de bayonetas a fin de proteger a un camarada herido. ¿Cómo beneficiaba esa acción al valiente soldado o a su familia? Sencillamente, no lo hacía: mediante esa abnegación, el valeroso soldado negaba no solo su propio futuro, sino también el de sus descendientes.

Tampoco sabía explicar por qué un recluso hambriento compartiría la comida con un compañero de celda.

Tampoco sabía explicar por qué una mujer saltaría al canal para salvar al bebé de otra mujer solo para morir en el intento..., como había ocurrido no hacía mucho en la calle que daba al Hortus.

Alma no sabía si, dado el caso, ella se habría comportado de un modo tan noble, pero otros, indiscutiblemente, sí lo hacían... y con cierta frecuencia. Alma no tenía dudas de que su hermana y el reverendo Welles (otro ejemplo de bondad extraordinaria) renunciarían sin titubeos a comer para salvar la vida de alguien, y se expondrían, también sin titubeos, a sufrir lesiones o la muerte para salvar el bebé de una desconocida, o incluso el gato.

Por otra parte, no había nada parecido a esos ejemplos extremos de abnegación en el mundo natural, por lo que sabía. Sí, en una colmena de abejas o una manada de lobos, en una bandada de pájaros o incluso una colonia de musgos, a veces los individuos morían por el bien del grupo. Pero jamás se había visto que un lobo salvara la vida de una abeja. Jamás se había visto que el musgo se dejara morir para ceder su valioso suministro de agua a una hormiga, solo por bondad.

Estas eran las razones que exasperaban a su tío, cuando Alma y Dees se sentaban juntos hasta altas horas de la noche, un año tras otro, para debatir la cuestión. Ya comenzaba la primavera de 1858 y aún la debatían.

—¡No seas una sofista tan fastidiosa! —dijo Dees—. Publica el ensayo tal y como está.

—No puedo evitar ser así, tío —respondió Alma sonriendo—. Recuerda: tengo el cerebro de mi madre.

—Agotas mi paciencia, sobrina —dijo él—. Publica el ensayo, deja que el mundo se enzarce en debates y que nosotros descansemos de este puntilloso embrollo.

Pero Alma no se dejó convencer.

—Si yo veo este agujero en mi razonamiento, tío, entonces otros también lo verán y nadie tomará mi obra en serio. Si la teoría de la alteración competitiva es realmente correcta, ha de ser correcta para todo el mundo natural..., incluyendo a la humanidad.

—Haz una excepción para los seres humanos —sugirió su tío, encogiéndose de hombros—. Aristóteles lo hizo.

—No hablo de la gran cadena de los seres, tío. No me interesan las discusiones filosóficas o éticas; me interesa una teoría biológica universal. Las leyes de la naturaleza no admiten excepciones o no serían leyes. Prudence se ve afectada por la ley de la gravedad; por lo tanto, se tiene que ver afectada por la teoría de la alteración competitiva, si es que esa teoría es cierta. Si no le afecta, entonces esa teoría no puede ser cierta.

—¿La gravedad? —Dees puso los ojos en blanco—. Madre mía, niña, escucha lo que dices. ¡Ahora quieres ser Newton!

—Quiero estar en lo cierto —le corrigió Alma.

En sus momentos más animados, a Alma casi le resultaba cómico el problema Prudence. Durante toda la juventud Prudence fue un problema para Alma y, ahora que Alma había aprendido a amar, apreciar y respetar a su hermana, Prudence seguía siendo, todavía, un problema.

—A veces me gustaría no volver a oír el nombre de Prudence en esta casa —dijo el tío Dees—. Estoy harto de Prudence.

—Entonces, explícamela —insistió Alma—. ¿Por qué adopta huérfanos de esclavos negros? ¿Por qué da hasta su último centavo a los pobres? ¿Cómo se beneficia de todo eso? ¿Cómo beneficia a sus hijos? ¡Explícamelo!

—La beneficia, Alma, porque ella es una mártir cristiana y desea ser crucificada de vez en cuando. Conozco gente de ese tipo, querida. Hay gente, como ya te habrás dado cuenta, que se deleita tanto al cuidar y sacrificarse como otros al saquear y asesinar. Esos fastidiosos ejemplares son raros, pero sin duda existen.

—Pero, una vez más, nos dirigimos al meollo de la cuestión —replicó Alma—. Si mi teoría es correcta, esa gente no debería existir. Recuerda, tío, mi tesis no es la teoría de los placeres de la abnegación.

—Publica, Alma —dijo en tono cansado—. Es una obra bien pensada. Publícala tal cual y deja que el mundo decida su valor.

—No puedo publicarla —insistió Alma— hasta que sea indiscutible.

Así, la conversación daba vueltas y más vueltas y acababa como siempre, atascada en el frustrante terreno de siempre. El tío Dees miró a Roger, acurrucado en su regazo, y le dijo:

—Tú me rescatarías si me estuviera ahogando en un canal, ¿verdad, amigo?

A modo de respuesta, Roger movió esa interesante versión de cola que tenía.

Alma tuvo que admitirlo: era probable que Roger rescatara al tío Dees si se estuviera ahogando en un canal, o quedara atrapado en un incendio, o pasara hambre en una prisión, o se hallara bajo los escombros de un edificio..., y Dees haría lo mismo por él. El amor entre el tío Dees y Roger era tan persistente como inmediato había sido. Nunca se separaron, hombre y perro, desde el momento en que se conocieron. Nada más llegar Alma a Ámsterdam, hacía cuatro años, Roger le hizo comprender que ya no era su perro, que, de hecho, nunca había sido su perro, ni el de Ambrose, sino que había pertenecido al tío Dees desde el principio, por fuerza del puro y sencillo destino. El hecho de que Roger hubiera nacido en la lejana Tahití, en tanto que Dees van Devender residía en Holanda, fue el resultado, parecía creer Roger, de un desafortunado error administrativo, afortunadamente rectificado.

En cuanto al papel de Alma en la vida de Roger, no fue más que un correo, encargada de transportar a ese animal pequeñajo, anaranjado e inquieto por medio mundo, con el fin de unir perro y hombre en un amor eterno y apasionado.

Amor eterno y apasionado.

¿Por qué?

Roger era otro al que Alma no lograba descifrar.

Roger y Prudence, los dos.

***

Llegó el verano de 1858 y con él llegó la estación de las muertes súbitas. Las penas comenzaron el último día de junio, cuando Alma recibió una carta de su hermana con un horrible compendio de tristes noticias.

«Tengo que informarte de tres muertes —advirtió Prudence en la primera línea—. Tal vez, hermana, deberías sentarte antes de seguir leyendo».

Alma no se sentó. Se quedó en el umbral de la hermosa residencia Van Devender, en Plantage Parklaan, leyendo esta triste misiva de la lejana Filadelfia, mientras le temblaban las manos de la angustia.

En primer lugar, informó Prudence, Hanneke de Groot había fallecido a la edad de ochenta y siete años. La vieja ama de llaves se encontraba en su habitación, en el sótano de White Acre, a salvo tras las barras de su caja fuerte privada. Dio la impresión de haber muerto mientras dormía, sin sufrir.

«No sabemos cómo seguiremos adelante sin ella —escribió Prudence—. No necesito recordarte su bondad y su valía. Fue como una madre para mí, y sé que para ti también».

Pero, apenas descubierto el cadáver de Hanneke, prosiguió Prudence, un chico llegó a White Acre con un mensaje de George Hawkes: Retta («transformada hace muchos años por la locura, imposible de reconocer») había fallecido en su habitación del asilo Griffon para enfermos mentales.

Prudence escribió: «Es difícil saber qué lamentar más hondamente: la muerte de Retta o las tristes circunstancias de su vida. Me esfuerzo por recordar a la Retta de antaño, tan alegre y despreocupada. A duras penas logro imaginarla como esa chiquilla, antes de que su mente se llenara de brumas..., pues fue hace muchísimo tiempo, cuando éramos todos tan jóvenes».

A continuación, llegó la noticia más abrumadora. No habían pasado ni dos días de la muerte de Retta, informaba Prudence, cuando falleció el propio George Hawkes. Acababa de llegar de Griffon, de terminar los preparativos para el funeral de su esposa, y se derrumbó en la calle, frente a su taller de impresión. Tenía sesenta y siete años.

«Me disculpo por haber tardado más de una semana en escribirte esta desdichada misiva —concluyó Prudence—, pero me acucian ideas tan angustiosas que me ha resultado imposible ponerme a ello. Es para quedarse estupefacto. Todos estamos profundamente conmovidos. Tal vez he tardado tanto en escribir esta carta porque no podía evitar pensar: "Cada día que no le cuento estas noticias a mi pobre hermana es un día que no ha de sobrellevarlas". Busco en mi corazón un mísero gramo de consuelo que ofrecerte, pero es difícil hallar nada. Apenas puedo consolarme a mí misma. Que el Señor los acoja en su seno a todos ellos. No sé qué más decir; por favor, discúlpame. La escuela continúa bien. Los estudiantes prosperan. El señor Dixon y los niños te envían su cariño incondicional... Sinceramente, Prudence».

Alma tuvo que sentarse, y dejó la carta a un lado.

Hanneke, Retta y George: los tres, idos en un solo golpe.

—Pobre Prudence —murmuró Alma en voz alta.

Pobre Prudence, sin duda, que había perdido a George Hawkes para siempre. Por supuesto, Prudence había perdido a George hacía mucho tiempo, pero ahora lo había perdido de nuevo, y esta vez para siempre. Prudence no había dejado de amar a George, ni él a ella, o eso le había dicho Hanneke. Pero George había seguido a la pobre Retta a su tumba, atado para siempre al destino de esa trágica esposa a la que nunca amó. Todas las posibilidades de la juventud, pensó Alma, todas, echadas a perder. Por primera vez, reflexionó en lo similar que acabaron siendo su destino y el de su hermana: las dos, condenadas a amar a hombres a quienes no podían poseer; las dos, decididas a seguir adelante, con valentía, a pesar de todo. Hacemos lo que podemos, y hay dignidad en el estoicismo, pero en verdad la tristeza del mundo es en ocasiones casi insoportable, y la violencia del amor, pensó Alma, a veces era la violencia más despiadada de todas.

Su instinto le pidió volver a casa a toda prisa. Pero White Acre ya no era su casa y le bastó imaginarse entrando en la vieja mansión sin ver el rostro de Hanneke de Groot para que Alma se sintiera mareada y perdida. En su lugar, fue a su despacho y respondió la carta de su hermana, buscando en su corazón míseros gramos de consuelo, que no abundaban. De forma poco habitual en ella, acudió a la Biblia, a los Salmos. Escribió a su hermana: «El Señor está cerca de quienes tienen quebrantado el corazón». Pasó todo el día en el despacho, con la puerta cerrada, encorvada por el dolor, en silencio. No molestó a su tío con estas tristes noticias. Cómo se había alegrado al saber que Hanneke de Groot, su querida niñera, aún vivía; no osó informarle de esta muerte, ni de las otras. No deseaba ensombrecer ese espíritu amable y dichoso.

Apenas dos semanas más tarde, se alegró de esa decisión, cuando su tío Dees contrajo una fiebre, guardó cama y murió antes de que acabara el día. Era una de esas fiebres periódicas que arrasaban Ámsterdam durante los meses de verano, cuando los canales se volvían rancios y fétidos. Una mañana, Dees,

Alma y Roger desayunaban juntos, y al siguiente desayuno
Dees ya no vino. Esta pérdida, tan cercana a las otras, desgarró
a Alma de tal modo que apenas sabía cómo contenerse. Por las
noches se descubría a sí misma caminando de un lado a otro
de la habitación, una mano en el pecho, por temor a que se le
abrieran las costillas y el corazón cayera al suelo. Alma sentía
haber conocido a su tío hacía tan poco... ¡No habían pasado
suficiente tiempo juntos! ¿Por qué nunca había tiempo suficiente? Un día su tío estaba aquí; al siguiente, fue llamado.
Todos ellos habían sido llamados.

Media Ámsterdam, o eso pareció, acudió al funeral del
doctor Dees van Devender. Sus cuatro hijos y los dos nietos
mayores llevaron el ataúd de la casa de Plantage Parklaan a la
iglesia que había a la vuelta de la esquina. Las nueras y los nietos
se abrazaban y lloraban; de un tirón llevaron a Alma al medio
del grupo, y le consoló esa aglomeración de la familia. Dees
había sido muy querido. Todos estaban desolados. Además, el
pastor de la familia reveló que el doctor Van Devender se había
dedicado con discreción a las obras de caridad toda su vida; en
esa multitud había muchos cuyas vidas había socorrido o incluso salvado a lo largo de los años.

Ante la ironía de esta revelación (dados los debates interminables entre Alma y Dees a medianoche), Alma tuvo ganas de
llorar y reír al mismo tiempo. Esa discreta vida de generosidad
lo situaba en lo alto de la escalera de Maimónides, pensó Alma,
pero ¡ya me lo podía haber dicho en algún momento! ¿Cómo
era posible que se sentara ahí, año tras año, restando importancia
a la relevancia científica del altruismo, al mismo tiempo que lo
practicaba sin cesar? Era pensarlo y quedarse maravillada ante
él. Era echarlo de menos. Era querer hacerle preguntas y bromear con él..., pero se había ido.

Después del funeral, el primogénito de Dees, Elbert,
quien se iba a hacer cargo de la dirección del Hortus, tuvo la

amabilidad de acercarse a Alma y asegurarle que su puesto, tanto en la familia como en el Hortus, no corría peligro alguno.

—No te preocupes por el futuro —le dijo—. Todos queremos que te quedes.

—Gracias, Elbert —atinó a decir Alma, y los dos primos se abrazaron.

—Me consuela saber que lo querías, como todos nosotros —dijo Elbert.

Pero nadie quiso a Dees como lo quiso Roger, el perro. En cuanto Dees cayó enfermo, ese pequeño chucho anaranjado se negó a moverse de la cama de su dueño; tampoco se movió cuando retiraron el cadáver. Se plantó entre las sábanas frías y ahí se quedó. Se negó a comer, ni siquiera los *wentelteefjes* que le preparó Alma y que, con lágrimas en los ojos, intentó darle con la mano. Volvió la cabeza hacia la pared y cerró los ojos. Alma le tocó la cabeza, habló con él en tahitiano y le recordó su noble linaje, pero Roger no respondió en absoluto. Al cabo de unos pocos días, Roger se había ido también.

***

De no ser por esa negra nube de muerte que ensombreció los cielos de Alma ese verano, casi con seguridad habría oído hablar de las actas de la Sociedad Linneana de Londres del 1 de julio de 1858. Por lo general, se esforzaba en leer las notas acerca de los más importantes encuentros científicos de Europa y América. Pero (comprensiblemente) se encontraba muy descentrada ese verano. Las revistas se amontonaban sobre su escritorio sin ser leídas, mientras Alma lloraba. Cuidar de la Cueva de los Musgos absorbía las escasas energías que lograba reunir. Todo lo demás quedaba desatendido.

Así pues, se lo perdió.

De hecho, no oiría nada al respecto hasta una mañana de finales de diciembre, cuando abrió *The Times* y leyó la reseña de un nuevo libro escrito por un tal Charles Darwin, titulado *El origen de las especies por medio de la selección natural, o la preservación de las razas favorecidas en la lucha por la vida.*

Capítulo treinta

Por supuesto, Alma conocía a Charles Darwin; todo el mundo lo conocía. En 1839 había publicado un libro muy popular acerca de su viaje a las islas Galápagos. El libro (una crónica encantadora) le concedió bastante fama en su tiempo. Darwin tenía un estilo fluido y lograba transmitir su pasión por el mundo natural en un tono encantador y amable, bienvenido por lectores de toda índole. Alma recordó que admiraba esa cualidad de Darwin, pues ella nunca fue capaz de escribir una prosa tan entretenida y democrática.

Al pensar en ello, lo que Alma recordaba con más claridad de *El viaje del Beagle* era una descripción de unos pingüinos que nadaban por la noche en aguas fosforescentes, dejando una «estela de fuego» en la oscuridad. ¡Una estela de fuego! Alma agradeció esa descripción, que la había acompañado durante los últimos veinte años. Incluso la recordó durante su viaje a Tahití, esa noche maravillosa en el *Elliot,* cuando ella misma presenció tal fluorescencia. Pero no recordaba casi nada más de ese libro, y Darwin no había destacado de ningún modo desde entonces. Se había retirado de los viajes para dedicarse a unas actividades más eruditas: una obra minuciosa y bien hecha sobre los percebes, si Alma recordaba bien. Sin duda, nunca lo había considerado uno de los grandes naturalistas de su generación.

Sin embargo, ahora, tras leer la reseña de ese libro novedoso y deslumbrante, Alma descubrió que Charles Darwin, ese aficionado a los percebes de voz amable, ese cortés amante de los pingüinos, había ocultado sus ases en la manga. Y resultó que tenía algo maravilloso que ofrecer al mundo.

Alma dejó el periódico y apoyó la cabeza entre las manos.

Una estela de fuego, sin duda.

***

El libro tardó una semana en llegar desde Inglaterra y Alma pasó esos días como en trance. Pensaba que no sabría reaccionar ante este giro de los acontecimientos hasta que leyera (palabra por palabra) lo que Darwin tenía que decir, en lugar de lo que se decía al respecto.

El 5 de enero (en su sexagésimo cumpleaños) llegó el libro. Alma se retiró a su despacho con suficiente comida y bebida para quedarse ahí el tiempo que hiciera falta, y se encerró a cal y canto. Abrió *El origen de las especies* por la primera página, comenzó a leer esa prosa encantadora y cayó en lo hondo de una profunda caverna donde resonaban por las cuatro paredes todas las ideas de su vida.

Darwin, huelga decirlo, no le había robado su teoría. Ni por un momento se le cruzó por la cabeza esa idea absurda; Darwin ni siquiera había oído hablar de Alma Whittaker. Pero, como dos exploradores que buscan el mismo tesoro en direcciones diferentes, Alma y Darwin habían hallado el mismo cofre lleno de riquezas. Lo que ella había deducido gracias a los musgos él lo había deducido gracias a los pinzones. Lo que ella había observado en los campos de rocas de White Acre él lo vio repetido en el archipiélago de Galápagos. Ese campo de rocas de Alma no era sino un archipiélago, en miniatura. Una isla es una isla, al fin y al cabo, ya sea de un metro o de un kilómetro, y los acontecimientos más espectaculares del mundo natural ocurren en los salvajes y competitivos campos de batalla de las islas.

Era un libro hermoso. Vaciló, al leerlo, entre la congoja y la reivindicación, entre los remordimientos y la admiración.

Darwin escribió: «Nacen más individuos de los que pueden sobrevivir. Un grano en la balanza determina qué individuos han de vivir y cuáles han de morir».

Escribió: «En resumen, vemos hermosas adaptaciones por doquier, en cualquier parte del mundo orgánico».

La embargó una emoción tan compleja y abrumadora, tan plúmbea, que pensó que se iba a desmayar. La golpeó como la explosión de un horno; ella había estado en lo cierto.

¡Había estado en lo cierto!

Los recuerdos del tío Dees pulularon por su mente, aunque no dejó de leer. Esos recuerdos eran constantes y contradictorios. «¡Ojalá hubiera vivido para ver esto! ¡Gracias a Dios que no ha vivido para ver esto! ¡Qué orgulloso y enfadado se habría sentido, al mismo tiempo!». Alma le habría escuchado decir sin parar: «¿Lo ves? ¡Te dije que lo publicaras!». Sin embargo, también habría celebrado esta grandiosa confirmación de la teoría de su sobrina. Alma no sabía cómo digerir esta noticia sin él. Lo echó muchísimo de menos. Con alegría se habría sometido a sus riñas a cambio de un poco de sus consuelos. Inevitablemente, también deseó que su padre hubiera vivido para ver esto. Deseó que su madre hubiera vivido para ver esto. Ambrose, también. Deseó haber publicado su ensayo. No sabía qué pensar.

¿Por qué no lo había publicado?

La duda la corroía por dentro..., pero, a medida que leía la obra maestra de Darwin (pues, sin duda alguna, era una obra maestra), supo que esta teoría le pertenecía a él, que debía pertenecerle a él. Aun si lo hubiera dicho primero, ella no lo habría dicho mejor. Era posible que nadie le hubiera prestado atención de haber publicado su teoría; no porque fuera una mujer o fuera desconocida, sino porque no habría sabido convencer al mundo con la elocuencia de Darwin. La ciencia de Alma era intachable, pero su estilo no. La tesis de Alma abarcaba cuarenta páginas y *El origen de las especies* más de quinientas, pero a Alma no le cabía duda de que la obra de Darwin era una lectura mucho más placentera. El libro de Darwin era ingenioso. Era íntimo. Era juguetón. Se leía como una novela.

Darwin llamó a su teoría «selección natural». Era un término brillante y conciso, mejor que el más rebuscado «teoría de la alteración competitiva». Mientras elaboraba con paciencia las razones de la selección natural, Darwin nunca se mostraba estridente ni a la defensiva. Daba la impresión de ser un amable vecino del lector. Escribía acerca del mismo mundo oscuro y violento que Alma percibía (un mundo de matar o morir, sin fin), pero su estilo no contenía ni rastro de violencia. Alma no habría osado escribir con mano tan reposada; no habría sabido cómo. La prosa de Alma era un martillo; la de Darwin era un salmo. No sostenía una espada, sino una vela. Sus páginas sugerían el espíritu de la divinidad, sin evocar jamás al Creador. Evocaba la sensación del milagro gracias al éxtasis con que describía el poder del tiempo. Escribió: «Qué número casi infinito de generaciones, que la mente no puede abarcar, se habrán sucedido unas a otras a lo largo de los años». Se maravillaba de las «hermosas ramificaciones» del cambio. Ofreció la preciosa observación de que las maravillas de la adaptación convertían a cada una de las criaturas de la tierra, incluso al más humilde escarabajo, en un ser precioso, impresionante y noble.

Preguntó: «¿Qué límite puede fijarse a esta fuerza?».

Escribió: «Contemplamos el semblante de la naturaleza, brillante de alegría...».

Concluyó: «Hay grandeza en esta concepción de la vida».

Alma terminó el libro y se permitió llorar.

No había nada que hacer ante un logro tan espléndido y devastador, salvo llorar.

***

En 1860 todo el mundo leyó *El origen de las especies* y todo el mundo discutió sobre el libro, pero nadie lo leyó con mayor interés que Alma. Y mantuvo la boca cerrada durante todos esos debates de salón sobre la selección natural (incluso cuando eran sus sobrinos quienes se enfrascaban en la batalla), pero no se perdió ni una palabra. Asistió a todas las conferencias sobre el tema y leyó todas las reseñas, ataques, críticas. Además, releyó el libro varias veces, con un espíritu tan inquisitivo como deferente. Alma era una científica y deseaba poner la teoría de Darwin bajo el microscopio. Deseaba contrastar su teoría con la de él.

Por supuesto, la cuestión primordial era cómo había logrado Darwin resolver el problema Prudence.

La respuesta surgió sin demora: no lo había resuelto.

No lo había resuelto porque (muy astutamente) Darwin evitó a los seres humanos en su libro. *El origen de las especies* trataba sobre la naturaleza, pero no sobre el hombre. Darwin había jugado sus cartas con cuidado. Escribió sobre la evolución de los pinzones, las palomas, los galgos italianos, los caballos y los percebes..., pero ni siquiera mencionó a los seres humanos. Él escribió: «Los fuertes, los sanos y los felices sobreviven y se multiplican», pero no añadió: «Nosotros también formamos parte de este sistema». Los lectores de inclinaciones científicas llegarían a esa conclusión por sí mismos... y Darwin lo sabía muy bien. Los lectores de inclinaciones religiosas llegarían a la misma conclusión, que les parecería un indignante sacrilegio..., pero Darwin, en realidad, no lo había dicho. Así pues, se había protegido a sí mismo. Se podía sentar en su tranquila casa de campo, en Kent, inocentemente ante la indignación pública: ¿qué tiene de malo una simple discusión de pinzones y percebes?

Para Alma, esta estrategia constituía la mayor genialidad de Darwin: no había abordado toda la cuestión. Tal vez la abordaría más adelante, pero no lo había hecho ya, aquí, en este planteamiento, inicial y precavido, de la evolución. Esta noción deslumbró a Alma, que casi se dio una palmada en la frente, estupefacta y maravillada; jamás se le habría ocurrido que un buen científico no necesitaba abordar un problema al completo de inmediato... ¡en ningún ámbito! En esencia, Darwin había hecho lo mismo que el tío Dees había propuesto a Alma durante años: publicar una bella teoría de la evolución, pero limitándose al ámbito de la botánica y la zoología, dejando así que fueran los humanos quienes debatieran sus orígenes.

Deseó hablar con Darwin. Ojalá pudiera cruzar el canal, tomar un tren hasta Kent, llamar a la puerta de Darwin y preguntarle: «¿Cómo explica usted a mi hermana Prudence y el concepto de la abnegación, ante las abrumadoras evidencias que apuntan a una lucha biológica constante?». Pero todo el mundo quería hablar con Darwin y Alma no poseía la influencia necesaria para concertar una reunión con el científico más buscado del planeta.

Con el paso del tiempo, se hizo una idea más clara de este Charles Darwin, y le resultó evidente que el caballero no era un polemista. Probablemente, de todos modos, no habría sido de su agrado mantener una discusión con una brióloga estadounidense. Probablemente, le habría sonreído con amabilidad y le habría preguntado: «Pero ¿qué piensa usted, señora?» antes de cerrar la puerta.

De hecho, mientras todo el mundo civilizado se esforzaba en alcanzar una opinión acerca de Darwin, él se sumió en un asombroso silencio. Cuando Charles Hodge, del seminario teológico de Princeton, acusó a Darwin de ateísmo, este no se defendió. Cuando lord Kelvin se negó a apoyar la teoría (lo que le pareció desafortunado a Alma, ya que lord Kelvin habría sido un respaldo formidable), Darwin no protestó. Tampoco se relacionó con sus seguidores. Cuando George Searle (un destacado astrónomo católico) escribió que la teoría de la selección natural le parecía lógica y que no constituía una amenaza para la Iglesia católica, Darwin no respondió. Cuando el clérigo anglicano y novelista Charles Kingsley anunció que él también se sentía a gusto con un Dios que «creaba formas primarias capaces de desarrollarse», Darwin no dijo ni una palabra para mostrar su acuerdo. Cuando el teólogo Henry Drummond intentó elaborar una defensa bíblica de la evolución, Darwin evitó el debate por completo.

Alma observó cómo teólogos liberales se refugiaban en la metáfora (los siete días de la Creación mencionados en la Biblia, alegaban, eran en realidad siete épocas geológicas), mientras que paleontólogos conservadores como Louis Agassiz enrojecían airados y acusaban a Darwin y sus seguidores de vil apostasía. Otros luchaban las batallas de Darwin en su nombre: el poderoso Thomas Huxley en Inglaterra; el elocuente Asa Gray en los Estados Unidos. Pero Darwin mantuvo una distancia caballerosa muy inglesa respecto al debate.

Alma, por otra parte, se tomó cada ataque a la selección natural como un ataque personal, al igual que se sentía secretamente alentada por cada apoyo: no era solo la idea de Darwin la que se encontraba bajo escrutinio, sino la suya también. A veces pensaba que le afectaba más este debate que al propio Darwin (otra razón, tal vez, por la cual él era mejor embajador de esta teoría de lo que habría sido ella). Pero también le frustraba la reserva de Darwin. A veces quería sacudirlo y obligarlo a luchar. En su lugar, ella habría presentado batalla como Henry Whittaker. Habría acabado con la nariz ensangrentada, sin duda, pero habría hecho sangrar algunas narices por el camino. Habría luchado a brazo partido para defender su teoría (no podía dejar de pensar que era la teoría de ambos)... si la hubiera publicado, claro. Lo cual, por supuesto, no había hecho. Así pues, no tenía el derecho de luchar. Por lo tanto, no dijo nada.

Qué irritante, fascinante y confuso era todo.

Es más (Alma no dejó de notarlo), nadie había resuelto el problema Prudence de un modo satisfactorio.

Por lo que veía, aún había un agujero en la teoría.

Todavía estaba incompleta.

***

Pero pronto Alma se fue distrayendo, cada vez más cautivada, por otro asunto.

De un modo tenue pero cada vez más claro, mientras el debate de Darwin proseguía enzarzado, Alma percibió otra figura, oculta en los márgenes en sombra de la polémica. De la misma manera que Alma (cuando era joven) veía algo que se movía en una esquina del portaobjetos del microscopio y se esforzaba en centrar la vista (sospechando que tal vez fuese algo importante, antes de saber si lo era), aquí, también, vio algo extraño e importante flotando en un rincón. Algo que estaba fuera de lugar. Algo había en la historia de Charles Darwin y la selección natural que no debería existir. Giró la clavija, ajustó el cabezal y centró toda su atención en el misterio... Así es como supo de un hombre llamado Alfred Russel Wallace.

Alma vio por primera vez el nombre de Wallace cuando, por curiosidad, rastreó la primera mención oficial de la selección natural, la cual había tenido lugar el 1 de julio de 1858, en una reunión de la Sociedad Linneana de Londres. Alma se había perdido las actas de esa reunión cuando fueron publicadas porque entonces estaba de luto, pero ahora las estudió con suma atención. De inmediato, notó algo peculiar: se había presentado otro ensayo ese día, justo después de la exposición de la tesis de Darwin. El otro ensayo se titulaba «Sobre la tendencia de las variedades a alejarse indefinidamente del tipo original», escrito por un tal A. R. Wallace.

Alma buscó el ensayo y lo leyó. Decía exactamente lo mismo que Darwin con su teoría de la selección natural. De hecho, decía exactamente lo mismo que Alma con su teoría de la alteración competitiva. El señor Wallace sostenía que la vida era una lucha constante por la existencia; que no había suficientes recursos para todos; que la población estaba controlada por los depredadores, la enfermedad y la escasez de alimentos; y que los más débiles siempre morían primero. El ensayo de Wallace pasaba a decir que cualquier variación en una especie que afectara la supervivencia podría cambiar a esa especie para siempre. Dijo que las variaciones más exitosas proliferarían, mientras que las menos exitosas se extinguirían. Así surgían, se transmutaban, prosperaban y desaparecían las especies.

El ensayo era breve, sencillo y, para Alma, muy cercano.

¿Quién era esta persona?

Alma no había oído hablar de él. Eso ya le llamaba la atención, pues se esforzaba por conocer a todos en el mundo científico. Escribió cartas a unos cuantos colegas de Inglaterra y les preguntó: «¿Quién es este Alfred Russel Wallace? ¿Qué dice la gente de él? ¿Qué ocurrió en Londres en julio de 1858?».

Lo que descubrió solo sirvió para intrigarla más. Wallace había nacido en Monmouthshire, cerca de Gales, en el seno de una familia de clase media que luego pasó por tiempos difíciles; y era más o menos autodidacta, agrimensor de profesión. Joven aventurero, se embarcó hacia varias selvas a lo largo de los años, y se convirtió en un incansable coleccionista de ejemplares de insectos y aves. En 1853, Wallace publicó un libro titulado *Las palmeras del Amazonas y sus usos,* pero Alma no se había enterado, pues viajaba entre Tahití y Holanda por aquel entonces. Desde 1854, había permanecido en el archipiélago malayo, donde estudiaba las ranas arborícolas y similares.

Ahí, en los remotos bosques de las Célebes, Wallace contrajo fiebre palúdica y estuvo a punto de morir. En las profundidades de la fiebre, mientras pensaba en la muerte, tuvo una inspiración súbita: una teoría de la evolución basada en la lucha por la existencia. En apenas unas pocas horas escribió su teoría. A continuación, envió esa tesis escrita a toda prisa desde las Célebes hasta Inglaterra, a un caballero llamado Charles Darwin, a quien había visto una vez y a quien admiraba mucho. Wallace, con gran deferencia, preguntó al señor Darwin si esa teoría de la evolución tendría algún valor. Era una pregunta inocente. Wallace no tenía forma de saber que el propio Darwin trabajaba en esa misma idea desde 1840, más o menos. De hecho, Darwin había escrito casi dos mil páginas de lo que sería a la postre *El origen de las especies,* y no se las había mostrado a nadie salvo a su querido amigo Joseph Hooker, del Real Jardín Botánico de Kew. Durante años, Hooker había animado a Darwin a publicar, pero este (en una decisión que Alma supo valorar) se abstuvo, por falta de confianza.

Ahora, en una de las grandes coincidencias de la historia de la ciencia, la bella y original idea de Darwin (que había cultivado en privado durante casi dos décadas) había sido expresada, casi con las mismas palabras, por un galés casi desconocido, de treinta y cinco años, que sufría fiebres palúdicas al otro lado del mundo.

Según las fuentes de Alma en Londres, al leer la carta de Wallace, Darwin se sintió obligado a anunciar su teoría de la selección natural, por temor a perder la autoría del concepto si Wallace publicaba primero. Qué irónico, pensó Alma, que Darwin temiera ser superado en la competición por la teoría de la competición. En un gesto de caballerosa cortesía, Darwin decidió que la carta de Wallace debía presentarse ante la Sociedad Linneana el 1 de julio de 1858, junto con sus investigaciones sobre la selección natural, al mismo tiempo que presentaba pruebas de que la hipótesis le pertenecía a él. La publicación de *El origen de las especies* se produjo enseguida, tan solo un año y medio más tarde. Esa prisa por publicar sugirió a Alma que Darwin se había dejado llevar por el pánico... ¡y no le faltaban razones! ¡El galés se acercaba! Al igual que muchos animales y plantas bajo amenaza de aniquilación, Charles Darwin se vio obligado a moverse, a actuar: a adaptarse. Alma recordó lo que ella había escrito en su versión de la teoría: «Cuanto mayor es la crisis, al parecer, más rápida es la evolución».

Al repasar esta extraordinaria historia, a Alma no le cupo duda: la selección natural fue primero idea de Darwin. Pero no fue solo idea de Darwin. Estaba Alma, sí, pero también había alguien más. Al descubrirlo, la sorpresa de Alma no tuvo límites. Le pareció de una improbabilidad intelectual absoluta. Pero también le proporcionó un extraño consuelo: conocer a Alfred Russel Wallace. Le confortó saber que no estaba sola en esto. Tenía un compañero. Eran Whittaker y Wallace, los colegas desconocidos..., aunque Wallace, por supuesto, no tenía ni idea de que eran los colegas desconocidos, pues ella era mucho más desconocida que él. Pero Alma lo sabía. Sentía su presencia: ese hermano mental, extraño, milagroso, más joven. Si hubiera sido más religiosa, tal vez habría dado las gracias a Dios por Alfred Russel Wallace, ya que fue esa leve sensación de compañerismo lo que le ayudó a sobrellevar con gracia (sin resentimientos, desesperanza ni vergüenza, tan debilitantes) esa poderosa y vociferante conmoción que rodeaba al señor Charles Darwin y su teoría colosal y transfiguradora.

Darwin pertenecería a la historia, sí, pero Alma tenía a Wallace.

Y eso, al menos por ahora, era consuelo suficiente.

***

Corría la década de 1860. Reinaba la tranquilidad en Holanda, pero Estados Unidos se desgarraba en una guerra impensable. Durante esos años terribles, para Alma el mundo científico pasó a un segundo plano, por las noticias que llegaban de su país sobre matanzas desoladoras y sin fin. Prudence perdió a su hijo mayor, un oficial, en la batalla de Antietam. Dos de los nietos más jóvenes de Prudence fallecieron por las enfermedades de campamento, antes de ver un campo de batalla. Toda su vida, Prudence había combatido para acabar con la esclavitud, y había acabado, pero perdió a tres de los suyos en la lucha. «Me alegro y al poco lloro —escribió Prudence a Alma—. Y, al cabo, lloro aún más». Una vez más, Alma se preguntó si debía volver a casa (e incluso lo propuso), pero Prudence la animó a quedarse en Holanda. «En estos momentos, la vida en nuestra nación es demasiado trágica para los visitantes —la informó Prudence—. Quédate donde el mundo es más tranquilo y bendice esa tranquilidad».

De algún modo, Prudence mantuvo la escuela abierta durante toda la guerra. No solo resistió, sino que acogió más niños durante el conflicto. La guerra terminó. El presidente fue asesinado. La unión persistió. El ferrocarril transcontinental se completó. Alma pensó que tal vez eso impediría que el país se deshilachara: las costuras ásperas y férreas del poderoso ferrocarril. Desde la segura distancia de Alma, Estados Unidos parecía un lugar que crecía incontrolable y feroz. Le alegraba no estar ahí. Ya había pasado una vida lejos de Estados Unidos; creía que no reconocería el lugar, ni el lugar la reconocería a ella. Le gustaba su vida de holandesa, de estudiosa, de Van Devender. Leía todas las revistas científicas y publicaba en muchas de ellas. Mantenía apasionados debates con sus colegas, ante un café y unas pastas. Todos los veranos el Hortus le concedía permiso para recolectar musgos por todo el continente, durante un mes. Llegó a conocer muy bien los Alpes, y llegó a amarlos, mientras atravesaba ese paisaje majestuoso con un bastón y su estuche de recolectora. Llegó a conocer los bosques de helechos de Alemania. Se convirtió en una anciana de lo más satisfecha.

Llegó la década de 1870. En la pacífica Ámsterdam, Alma se adentró en la octava década de su vida, pero siguió entregada a su trabajo. Le resultaba difícil salir a caminar, pero cuidaba la Cueva de los Musgos y daba conferencias ocasionales en el Hortus sobre briología. Los ojos comenzaron a fallarle y le preocupaba no ser capaz de identificar los musgos. Para anticiparse a ese hecho triste e inevitable, trabajó con los musgos en plena oscuridad, para aprender a identificarlos mediante el tacto. Se volvió bastante diestra en eso. (No necesitaba ver a los musgos para siempre, pero siempre querría saber cuáles eran). Por fortuna, contaba con una ayuda excelente en su trabajo. Su sobrina nieta favorita, Margaret (apodada cariñosamente «Mimi»), demostró una fascinación innata por los musgos, y pronto se convirtió en la pupila de Alma. Cuando finalizó sus estudios, la joven vino a trabajar con Alma en el Hortus; con la ayuda de Mimi, Alma escribió un exhaustivo libro en dos volúmenes, *Los musgos del norte de Europa,* que fue bien recibido. Fueron dos tomos bellamente ilustrados, si bien el artista no era Ambrose Pike.

Pero nadie era Ambrose Pike. Nadie lo sería.

Alma observó cómo Charles Darwin se volvía un gran hombre de ciencia. No le envidiaba el éxito; se merecía los elogios, y actuaba con dignidad. Siguió trabajando en su obra sobre la evolución, lo que agradó a Alma, con su típica combinación de excelencia y discreción. En 1871, publicó el minucioso *El origen del hombre,* en el que al fin aplicaba los principios de la selección natural a los humanos. Fue prudente al haber esperado tanto tiempo, pensó Alma. La conclusión del libro («Sí, somos simios») era casi previsible a esas alturas. En la docena de años transcurrida desde la publicación de *El origen de las especies,* el mundo había anticipado y debatido «la cuestión del mono». Se habían formado bandos, se habían escrito ensayos y se habían presentado un sinfín de refutaciones y razones. Era casi como si Darwin hubiera esperado a que el mundo se adaptase a la inquietante idea de que Dios no había creado al hombre con arcilla antes de exponer este veredicto reposado, bien ordenado y argumentado. Alma, una vez más, leyó el libro con tanta atención como el que más, y lo admiró mucho.

Aun así, no vio una solución al problema Prudence.

No le había hablado a nadie de su teoría de la evolución... ni de su pequeña relación con Darwin. Aún seguía mucho más interesada en esa sombra hermana, la de Alfred Russel Wallace. Había seguido su carrera con atención a lo largo de los años; sus éxitos la llenaban de orgullo y sus fracasos la angustiaban. Al principio, dio la impresión de que Wallace sería para siempre una nota al pie de página en la obra de Darwin, ya que dedicó buena parte de la década de 1860 a escribir en defensa de la selección natural. Pero entonces Wallace dio un extraño giro. A mediados de esa década, descubrió el espiritismo, el hipnotismo y el mesmerismo y comenzó a explorar lo que las personas más respetables llamaban «lo oculto». Alma casi oía los gruñidos de disgusto de Charles Darwin al otro lado del canal..., pues los nombres de ambos estarían para siempre unidos, y Wallace se había embarcado en una quimera bochornosa y poco científica. Tal vez era perdonable que Wallace asistiera a sesiones espiritistas, creyera en leerse la mano y jurase haber hablado con los muertos, pero que escribiera ensayos con títulos como «El aspecto científico de lo sobrenatural» no tenía perdón.

De todos modos, Alma no podía evitar querer a Wallace aún más por estas creencias poco ortodoxas y por sus razonamientos apasionados y valientes. La vida de Alma era cada vez más sosegada, pero disfrutaba al ver a Wallace (ese pensador salvaje y sin ataduras) causar el caos entre los académicos. Carecía por completo de la cualidad aristocrática de Darwin; Wallace derramaba inspiraciones, distracciones y conceptos inacabados.

Tampoco permanecía con la misma idea por un tiempo, sino que revoloteaba de capricho en capricho.

En sus fascinaciones más trascendentes, Wallace le recordaba a Ambrose y eso le hacía sentir aún más cariño por él. Como Ambrose, Wallace era un soñador. Se situaba con contundencia del lado de los milagros. Sostenía que nada era más importante que la investigación de aquello que desafiaba las reglas de la naturaleza, pues ¿quiénes éramos nosotros para asegurar que entendíamos las reglas de la naturaleza? Todo era un milagro hasta que se encontraba la solución. Wallace escribió que el primer hombre que vio un pez volador probablemente pensó que estaba presenciando un milagro... y el primer hombre que describió un pez volador fue, sin duda, llamado mentiroso. Alma lo quería por esos razonamientos tercos y juguetones. Le habría ido bien en las cenas de White Acre, pensaba a menudo.

Sin embargo, Wallace no descuidó del todo sus más legítimas exploraciones científicas. En 1876, publicó su obra maestra: *La distribución geográfica de los animales,* celebrada de inmediato como el texto definitivo sobre la zoogeografía. Era un libro asombroso. Mimi, la sobrina nieta de Alma, le leyó casi toda la obra, dado que los ojos de Alma veían muy borroso. Alma disfrutaba tanto las ideas de Wallace que, durante ciertos pasajes del libro, lo animaba en voz alta sin darse cuenta.

Mimi alzaba la vista y decía:

—Cómo te gusta este Alfred Russel Wallace, ¿verdad, tía?

—¡Es un príncipe de la ciencia! —sonreía Alma.

Wallace pronto arruinó su reputación de nuevo al involucrarse cada vez más en políticas radicales: combatió abiertamente en favor de la reforma de la tierra, el sufragio de la mujer y los derechos de los pobres y los desposeídos. Sencillamente, no lograba apartarse de las refriegas. Los amigos y los admiradores influyentes trataban de buscarle puestos estables en buenas instituciones, pero Wallace se había vuelto tan extremista que pocos osaban contratarlo. Alma se preocupó por su situación financiera. Sospechaba que no era prudente con el dinero. En todos los sentidos, Wallace se negaba a representar el papel del buen caballero inglés; probablemente, porque no era, de hecho, un buen caballero inglés, sino más bien un agitador de la clase obrera, que nunca pensaba antes de hablar y nunca se detenía antes de publicar. Sus pasiones acarreaban cierto caos y la controversia se pegaba a él como un cadillo, pero Alma no deseaba que se retractara. Le gustaba ver cómo aguijoneaba al mundo.

—A por ellos, muchacho —murmuraba Alma al enterarse de su último escándalo, ya fuera magnífico o bochornoso—. ¡A por ellos!

En público, Darwin jamás dijo una mala palabra acerca de Wallace, ni Wallace acerca de Darwin, pero Alma siempre se preguntó qué pensaban de verdad estos dos hombres (tan inteligentes y tan distintos) el uno del otro. Su pregunta recibió respuesta en 1882, cuando Charles Darwin murió y Alfred Russel Wallace, según las instrucciones por escrito dejadas por Darwin, ejerció de portador del féretro en el funeral del gran hombre.

Se querían, comprendió Alma. Se querían porque se conocían.

Tras este pensamiento, por primera vez en docenas de años, Alma se sintió muy sola.

***

La muerte de Darwin inquietó a Alma, que ya tenía ochenta y dos años y se sentía cada vez más frágil. ¡Darwin solo tenía setenta y tres! No se le había ocurrido que llegaría a sobrevivirlo. Esta inquietud permaneció con ella durante meses tras la muerte de Darwin. Era como si un trozo de su propia historia hubiera muerto con él, y nadie lo sabría nunca. Antes tampoco lo sabía nadie, por supuesto, pero, sin duda, había perdido un vínculo..., un vínculo que significaba mucho para ella. Pronto Alma también moriría, y entonces solo quedaría un vínculo: el joven Wallace, que ya se acercaba a los sesenta y tal vez ya no fuera tan joven, al fin y al cabo. Si las cosas seguían como hasta entonces, se moriría sin haber conocido a Wallace, igual que no había conocido a Darwin. Le pareció de una tristeza indescriptible, de repente, que sucediera así. No podía consentirlo.

Alma sopesó la situación. La sopesó varios meses. Al fin, pasó a la acción. Pidió a Mimi que escribiera una carta, con el papel y los sellos del Hortus, en la que solicitaba a Alfred Russel Wallace que por favor aceptara la invitación de hablar sobre la selección natural en el jardín Hortus Botanicus de Ámsterdam, en la primavera de 1883. Por el tiempo y las molestias del caballero, se le prometía un honorario de novecientas libras esterlinas y todos los gastos del viaje, como es natural, corrían a cargo del Hortus. Mimi puso reparos al oír esa cifra (¡era el salario de varios años de trabajo para algunas personas!), pero Alma respondió con calma:

—Todo eso lo voy a pagar yo misma y, además, el señor Wallace necesita el dinero.

La carta prosiguió informando al señor Wallace de que era más que bienvenido si deseaba permanecer en la cómoda residencia familiar de los Van Devender, situada convenientemente enfrente de los jardines, en el barrio más bonito de Ámsterdam. Habría muchos jóvenes botánicos que estarían encantados de mostrar al célebre biólogo todas las delicias del Hortus y de la ciudad. Sería un honor para los jardines acoger un invitado tan distinguido. Alma firmó la carta: «Muy atentamente, Alma Whittaker, conservadora de musgos».

La respuesta no se hizo de rogar: la escribió Annie, la esposa de Wallace (cuyo padre, como Alma había averiguado hacía años, con gran placer, fue el gran William Mitten, químico farmacéutico y briólogo de primer nivel). La señora Wallace escribió que su marido estaría encantado de ir a Ámsterdam. Llegaría el 19 de marzo de 1883 y se quedaría quince días. Los Wallace se mostraron muy agradecidos por la invitación y declararon que los honorarios les parecían muy generosos. La oferta, insinuaba la carta, había llegado en el momento justo..., al igual que el dinero.

Capítulo treinta y uno

Qué alto era!

Alma no se lo esperaba. Alfred Russel Wallace era tan alto y desgarbado como lo fue Ambrose. No estaba lejos de la edad que habría tenido Ambrose si viviera: sesenta años aún y gozaba de buena salud, si bien estaba un poco encorvado. (A todas luces, este hombre había pasado demasiados años inclinado ante un microscopio, estudiando muestras). Era de pelo cano y de barba poblada y Alma tuvo que resistir la tentación de tocarle el rostro con la mano. Ya no veía bien y quería percibir mejor sus rasgos. Pero eso habría sido descortés e insólito, así que se contuvo. Aun así, en cuanto lo conoció sintió que daba la bienvenida al amigo más querido que le quedaba en el mundo.

Al principio de la visita, sin embargo, hubo tal ajetreo que Alma se sintió perdida en la multitud. Era una mujer corpulenta, cierto, pero estaba vieja y las viejas tienden a verse arrinconadas en las reuniones..., incluso cuando han pagado las facturas de dicha reunión. Demasiadas personas querían conocer al gran biólogo evolutivo, y los sobrinos nietos de Alma, todos ellos entusiastas estudiantes de ciencias, acapararon en gran medida su atención rodeándolo como galanes y princesas esperanzados. Wallace era muy educado, muy amable, en especial con los más jóvenes. Les permitía vanagloriarse de sus proyectos y solicitar sus consejos. Como es natural, deseaban mostrarle toda Ámsterdam, así que dedicaron varios días al turismo y a mostrarse orgullosos de su ciudad.

A continuación, impartió una conferencia en la Casa de las Palmeras, seguida de las preguntas tediosas de académicos, periodistas y dignatarios, tras lo cual hubo una larga y aburrida cena formal. Wallace habló bien, tanto en la conferencia como en la cena. Logró evitar la polémica al responder esas preguntas desinformadas y soporíferas acerca de la selección natural con una paciencia encomiable. Su esposa debía de haberle rogado que se portara lo mejor posible. «Buena chica, Annie».

Alma esperó. No era de los que tienen miedo a esperar.

Con el tiempo, la novedad que rodeaba la visita menguó, y decreció el clamor del público. Los jóvenes pasaron a otras emociones y Alma pudo sentarse junto a su invitado a la mesa del desayuno unas cuantas mañanas seguidas. Lo conocía mejor que nadie, por supuesto, y sabía que no deseaba hablar sobre la selección natural hasta el fin de los días. Le propuso, en cambio, temas que sabía que eran gratos para él: el mimetismo de las mariposas, las variedades de escarabajos, la telepatía, el vegetarianismo, los males de la riqueza heredada, su plan para abolir la bolsa de valores, su plan para acabar con todas las guerras, su defensa de la independencia hindú e irlandesa, su sugerencia de que las autoridades británicas pidieran perdón al mundo por las crueldades del imperio, su deseo de construir un globo terráqueo a escala de ciento veinte metros de diámetro para que la gente pudiera rodearlo, en un globo gigante, con fines educativos..., ese tipo de temas.

En otras palabras, Wallace se relajó junto a Alma, y ella también. Era un conversador amenísimo cuando se dejaba llevar, justo como Alma había imaginado..., deseoso de conversar sobre tantos temas y pasiones. Alma no se lo había pasado tan bien desde hacía años. Como era tan amable y acogedor, Wallace preguntó a Alma por su vida y no se limitó a hablar de sí mismo. Así fue como Alma le habló de su infancia en White Acre, de las muestras que recolectaba cuando tenía cinco años, montada en un poni con borlas de seda, de sus excéntricos padres y las estimulantes conversaciones durante las cenas, de los relatos de su padre sobre sirenas y el capitán Cook, de la extraordinaria biblioteca de la finca, de su educación clásica, casi cómicamente anticuada, de los años de estudio en los lechos de musgo de Filadelfia, de su hermana, la valiente y bondadosa abolicionista, y de sus aventuras en Tahití. Increíblemente, a pesar de no haber mencionado a Ambrose durante décadas, incluso le habló de su asombroso marido, quien pintó las orquídeas más bellas jamás vistas y quien había muerto en los Mares del Sur.

—¡Qué vida ha tenido! —dijo Wallace.

Alma hubo de apartar la vista al oír estas palabras. Era la primera vez que alguien le decía algo semejante. Se sintió abrumada por la timidez, así como por el deseo, una vez más, de llevar las manos a su rostro y palpar los rasgos de su invitado..., al igual que palpaba los musgos, memorizando con los dedos lo que ya no podía adorar con los ojos.

***

No había planeado cuándo contárselo, ni qué contarle exactamente. Ni siquiera había planeado contárselo. En los últimos días de su visita, llegó a pensar que ni siquiera lo mencionaría. Sinceramente, pensaba que ya era suficiente haber conocido a este hombre y haber cerrado esa brecha que los había separado tantos años.

Pero entonces, durante su última tarde en Ámsterdam, Wallace le pidió a Alma que le enseñara ella misma la Cueva de los Musgos, y Alma accedió. Wallace fue paciente al caminar por los jardines al ritmo dolorosamente lento de ella.

—Disculpe mi torpeza —dijo Alma—. Mi padre solía decir que yo era un dromedario, pero ahora me canso al dar diez pasos.

—Entonces, descansaremos cada diez pasos —dijo Wallace, que la tomó del brazo para guiarla.

Era un jueves por la tarde y lloviznaba, por lo que el Hortus estaba casi vacío. Alma y Wallace tenían la Cueva de los Musgos para ellos solos. Lo llevó de roca en roca, mientras le mostraba los musgos de todos los continentes y le explicaba cómo los había juntado en este lugar. Él se sintió maravillado..., como todos los que amaban el mundo.

—A mi suegro le fascinaría ver esto —dijo.

—Lo sé —contestó Alma—. Siempre he querido traer al señor Mitten aquí. Tal vez algún día nos visite.

—En cuanto a mí —añadió Wallace mientras se sentaba en el banco situado en medio de la exposición—, creo que vendría aquí todos los días, si pudiese.

—Yo estoy aquí todos los días —dijo Alma, que lo acompañó en el banco—. A menudo de rodillas y con pinzas en la mano.

—Qué legado el suyo —dijo Wallace.

—Es muy amable, señor Wallace, teniendo en cuenta el formidable legado que nos deja usted.

—Ah —dijo, y restó importancia al cumplido.

Permanecieron en un agradable silencio durante un tiempo. Alma recordó la primera vez que estuvo a solas con Tomorrow Morning en Tahití. Recordó cómo le dijo: «Usted y yo estamos (creo) más estrechamente ligados en nuestros destinos de lo que piensa». Entonces, deseó decirle lo mismo a Alfred Russel Wallace, pero no sabía si sería lo correcto. No quería que él pensara que se jactaba de haber creado su propia teoría de la evolución. O (peor) que mentía. O (peor aún) que desafiaba su legado, o el de Darwin. Probablemente, era mejor no decir nada.

Pero entonces Wallace habló. Dijo:

—Señora Whittaker, debo decirle que ha sido un gratísimo placer para mí pasar estos días en su compañía.

—Gracias —dijo Alma—. Para mí también ha sido un placer. Más de lo que se imagina.

—Qué generosa es usted, por haber escuchado mis ideas sobre todo y sobre todos —continuó él—. No hay muchas personas como usted. He descubierto que, cuando hablo de biología, me comparan con Newton. Pero, cuando hablo del mundo de los espíritus, dicen que soy un idiota retrasado e infantil.

—No les escuche —dijo Alma, que le dio unas palmadas en la mano, como para protegerlo—. Nunca me ha gustado que le insulten.

Wallace permaneció en silencio un rato y al cabo añadió:

—¿Puedo preguntarle algo, señora Whittaker?

Alma asintió.

—¿Puedo preguntarle cómo es que sabe tanto acerca de mí? No piense que me ofende (al contrario, me halaga), pero no logro explicármelo. Usted se dedica a la briología; yo, como sabe, no. Tampoco es usted espiritista ni mesmerista. Sin embargo, qué familiaridad tiene con mis escritos sobre todos los temas, y además conoce a mis críticos. Incluso sabe quién es mi suegro. ¿Cómo es posible? No logro comprenderlo...

Wallace se quedó sin palabras, temiendo, al parecer, haber sido un maleducado. Alma no quería que él pensara que había sido grosero con una anciana. No quería que pensara, tampoco, que ella era una vieja loca con una obsesión impropia. Así pues, ¿qué podía hacer?

Se lo contó todo.

***

Cuando Alma al fin acabó de hablar, Wallace se quedó en silencio mucho tiempo y al fin dijo:

—¿Aún tiene ese ensayo?

—Claro que sí —dijo Alma.

—¿Lo podría leer? —preguntó.

Despacio, sin volver a hablar, caminaron por el Hortus de vuelta al despacho de Alma. Alma abrió la puerta, con la respiración entrecortada por haber subido la escalera, e invitó al señor Wallace a ponerse cómodo. De debajo del diván de la esquina, Alma sacó una pequeña maleta de cuero (tan desgastada como si hubiera dado varias vueltas alrededor del mundo, lo cual, por otra parte, era cierto) y la abrió. Dentro había un solo objeto: un documento de cuarenta páginas, escrito a mano, envuelto con delicadeza en franela, como un bebé.

Alma se lo dio a Wallace y se sentó en el diván mientras él leía. Tardó un tiempo. Tal vez Alma dormitara (como le ocurría a menudo últimamente, incluso en los momentos más inoportunos), pues, de repente, la despertó su voz.

—¿Cuándo ha dicho que escribió esto, señora Whittaker?

Alma se frotó los ojos.

—La fecha está al dorso —dijo—. He añadido cosas más tarde, algunas ideas, y esos escritos están archivados en el despacho, en algún lugar. Pero lo que tiene usted en las manos es el original, que escribí en 1854.

Wallace ponderó estas palabras.

—En ese caso, Darwin es aún el primero —dijo al fin.

—Oh, sí, sin duda —dijo Alma—. El señor Darwin fue el primero, con diferencia, y el más completo. No hay duda alguna al respecto. Por favor, comprenda, señor Wallace, que no pretendo poseer derecho alguno a...

—Pero llegó a esta conclusión antes que yo —dijo Wallace—. Darwin nos superó a ambos, con certeza, pero usted llegó a esta conclusión cuatro años antes que yo.

—Bueno... —Alma dudó—. Eso no es lo que quiero decir.

—Pero, señora Whittaker —dijo y su voz se animó por la emoción de comprender—: ¡Eso quiere decir que éramos tres!

Por un momento, Alma se quedó sin respiración.

En un instante, Alma volvió a White Acre, a un espléndido día de otoño de 1819: el día que ella y Prudence conocieron a Retta Snow. Qué jóvenes eran, y qué azul era el cielo, y el amor aún no había herido a ninguna de ellas. Retta dijo, alzando la vista para mirar a Alma con esos ojos brillantes y llenos de vida: «Entonces, ¡ya somos tres! ¡Qué suerte!».

¿Cómo era esa canción que Retta inventó para ellas tres?

Somos violín, tenedor y cuchara,
somos bailarinas bajo la luna.
Si quieres robarnos un beso,
¡mejor no esperes a ninguna!

Como Alma no respondió de inmediato, Wallace se acercó y se sentó junto a ella.

—Señora Whittaker —dijo, en un tono más reposado—. ¿Lo comprende? ¡Éramos tres!

—Sí, señor Wallace. Eso parece.

—Esto es la simultaneidad más extraordinaria.

—Es lo que siempre he pensado —dijo Alma.

Wallace se quedó mirando la pared, en silencio, una vez más, otro largo rato.

Al fin, preguntó:

—¿Quién más lo sabe?

—Solo mi tío Dees.

—¿Y dónde está su tío Dees?

—Muerto, ¿sabe? —dijo Alma, que no pudo contener una risa. Así es como le habría gustado a Dees que lo dijera. Oh, cómo echaba de menos a ese viejo y recio holandés. Oh, cómo habría disfrutado este momento.

—¿Por qué no lo publicó? —preguntó Wallace.

—Porque no era lo bastante bueno.

—¡Qué tontería! Aquí está todo. La teoría entera está aquí. Con certeza, está mejor elaborada que esa carta febril que envié a Darwin en el 58. Deberíamos publicarlo ahora.

—No —dijo Alma—. No hay necesidad alguna de publicarlo. De verdad, no lo necesito. Basta, para mí, lo que acaba de decir: que éramos tres. Eso basta para mí. Ha hecho enormemente feliz a una anciana.

—Pero lo podríamos publicar —insistió Wallace—. Podría presentarlo en su nombre...

Alma puso su mano sobre la de Wallace.

—No —dijo, con firmeza—. Le ruego que confíe en mí. No es necesario.

Permanecieron sentados y en silencio durante un tiempo.

—Al menos, ¿me podría decir por qué pensaba que no era digno de publicarse en 1854? —dijo Wallace, rompiendo el silencio.

—No lo publiqué porque creía que le faltaba algo a la teoría. Y le digo más, señor Wallace, creo que aún le falta algo a la teoría.

—¿De qué se trata, exactamente?

—Una explicación evolutiva convincente para el altruismo y la abnegación del ser humano.

Se preguntó si sería necesario que se explicara. No sabía si tenía la energía para afrontar esa cuestión descomunal una vez más y contarle todo acerca de Prudence y los huérfanos, y las mujeres que rescataban bebés de los canales, y los hombres que se lanzaban a los incendios para salvar a desconocidos, y los reclusos hambrientos que compartían las últimas migajas con otros reclusos hambrientos, y los misioneros que perdonaban a los fornicadores, y las enfermeras que cuidaban a los dementes, y la gente que amaba perros que nadie más amaría, y todo lo demás.

Pero no fue necesario entrar en detalles. Wallace comprendió de inmediato.

—Yo mismo me he planteado esa cuestión, ¿sabe? —dijo.

—Lo sé —dijo Alma—. Siempre me lo he preguntado: ¿se la planteó Darwin?

—No creo —dijo Wallace. Hizo una pausa para reflexionar—. Aunque no lo debería decir con tal certeza. No es respetuoso y a él no le habría gustado que respondiera en su nombre. No sé qué pensaba exactamente Darwin sobre este asunto, para ser sincero. Siempre fue muy cuidadoso, ¿sabe?, para no proclamar algo sin estar del todo seguro al respecto. A diferencia de mí.

—A diferencia de usted —estuvo de acuerdo Alma—. Pero no a diferencia de mí.

—No, no a diferencia de usted.

—¿Guardaba usted afecto al señor Darwin? —preguntó Alma—. Siempre me lo he preguntado.

—Oh, sí —dijo Wallace, sin titubear—. Mucho. Fue el mejor de los hombres. Creo que fue el más grande de los hombres de nuestra época, y de casi todas. ¿A quién podríamos compararlo? Está Aristóteles. Está Copérnico. Está Galileo. Está Newton. Y está Darwin.

—Entonces, ¿no le contrarió su éxito? —preguntó Alma.

—Por todos los santos, no, señora Whittaker. En el mundo de la ciencia, todo el mérito corresponde al descubridor, así que la teoría de la selección natural siempre le correspondió a él. Además, solo él tuvo la grandeza para defenderla. Creo que fue el Virgilio de nuestra generación, que nos mostró el cielo, el infierno y el purgatorio. Fue nuestro guía divino.

—Es lo que siempre he pensado yo también —dijo Alma.

—Le digo, señora Whittaker, que no me siento consternado en absoluto por saber que usted llegó antes que yo a la teoría de la selección natural, pero estaría desolado si hubiera sabido que también se adelantó a Darwin. Tanto lo admiro, ya ve. Me gustaría que conservara su trono.

—Su trono no corre peligro alguno por mi causa, joven —dijo Alma en voz baja—. No hay motivos para preocuparse.

Wallace se rio.

—Cómo me gusta, señora Whittaker, que me llame joven. Para un tipo que ya ha entrado en la séptima década de su vida, es todo un elogio.

—Para una mujer en su novena década, señor, no es más que la verdad.

Sin duda, Wallace parecía joven a su lado. Era interesante: las mejores partes de su vida, pensó, las había pasado en la compañía de hombres mayores. Todas esas cenas de su infancia, sentada a la mesa ante ese desfile interminable de mentes privilegiadas y envejecidas. Los años en White Acre, junto a su padre, hablando de botánica y comercio hasta altas horas de la noche. Su época en Tahití junto al bondadoso y decente reverendo Francis Welles. Los cuatro felices años aquí en Ámsterdam junto al tío Dees, antes de su muerte. Pero ahora era Alma quien era vieja ¡y no quedaban hombres mayores que ella! Aquí estaba, sentada junto a un hombre de barba cana y encorvado (un jovencito sesentón) y era ella la tortuga más vieja de la habitación.

—¿Sabe qué creo, señora Whittaker? Me refiero a su pregunta sobre los orígenes de la compasión y la abnegación humanas. Creo que la evolución explica casi todo acerca de nosotros y, sin duda, creo que explica absolutamente todo sobre el resto del mundo natural. Pero no creo que la evolución por sí misma baste para explicar la excepcional conciencia humana. No existe ninguna necesidad evolutiva, ¿sabe?, para que tengamos esta aguda sensibilidad intelectual y emocional. No existe una necesidad práctica que justifique nuestros cerebros. No necesitamos una mente capaz de jugar al ajedrez, señora Whittaker. No necesitamos una mente capaz de inventar religiones o discutir sobre nuestros orígenes. No necesitamos una mente que nos haga llorar en la ópera. De hecho, no necesitamos la ópera..., ni la ciencia ni el arte. No necesitamos la ética, la moral, la dignidad ni la abnegación. No necesitamos cariño ni amor..., ciertamente no en la medida que los sentimos. En cualquier caso, nuestra sensibilidad puede ser un lastre, ya que nos lleva a sufrir una tremenda angustia. Así que no creo que el proceso de la selección natural nos diera estos cerebros..., aunque creo que sí nos dio estos cuerpos y casi todas nuestras facultades. ¿Sabe por qué creo que tenemos estos cerebros extraordinarios?

—Lo sé, señor Wallace —dijo Alma, en voz baja—. Recuerde que he leído mucho su obra.

—Le voy a decir por qué tenemos estas mentes y almas extraordinarias, señora Whittaker —prosiguió, como si no la hubiera oído—. Las tenemos porque hay una inteligencia suprema en el universo que desea comunicarse con nosotros. Esta inteligencia suprema desea ser conocida. Nos llama. Nos acerca a su misterio y nos concede estas mentes privilegiadas para que salgamos en su búsqueda. Quiere que la encontremos. Quiere que nos unamos a ella más que ninguna otra cosa.

—Sé que eso es lo que piensa —dijo Alma, que dio unas palmaditas en la mano de Wallace una vez más—, y creo que es una idea muy bonita, señor Wallace.

—¿Cree que estoy en lo cierto?

—No sabría decirlo —contestó Alma—, pero se trata de una bella teoría. Se acerca tanto a responder mi pregunta como es posible. Aun así, está respondiendo a un misterio con otro misterio, y no sé si llamar a eso ciencia..., mas bien lo llamaría poesía. Por desgracia, al igual que su amigo, el señor Darwin, todavía busco las respuestas más firmes de la ciencia empírica. Es mi carácter, me temo. Pero el señor Lyell habría estado de acuerdo con usted. Sostenía que nada salvo un ser divino podría haber creado la mente humana. A mi marido le hubiera encantado su idea. Ambrose creía en esas cosas. Él aspiraba a esa unión que menciona usted con la inteligencia suprema. Murió buscando esa unión.

Se quedaron en silencio de nuevo.

Al cabo de un rato, Alma sonrió.

—Siempre me he preguntado qué pensaría el señor Darwin de esa idea de usted..., según la cual nuestras mentes están exentas de las leyes de la evolución y una inteligencia suprema rige el universo.

Wallace sonrió también.

—No lo veía con buenos ojos.

—¡Eso me esperaba!

—Oh, no le gustaba en absoluto, señora Whittaker. Se sentía consternado cada vez que yo lo mencionaba. Decía: «Maldita sea, Wallace... ¡No puedo creer que traigas a Dios a esta conversación!».

—¿Y qué respondía usted?

—Intentaba explicarle que no había mencionado la palabra *Dios*. Era él quien usaba esa palabra. Yo solo decía que existe una inteligencia suprema en el universo que aspira a unirse a nosotros. Creo en el mundo de los espíritus, señora Whittaker, pero jamás emplearía la palabra *Dios* en una discusión científica. Al fin y al cabo, soy ateo.

—Claro que sí, querido —dijo Alma, que le volvió a dar palmaditas en la mano. Cómo disfrutaba de estas palmaditas. Cómo disfrutaba cada momento de esta conversación.

—Usted cree que soy ingenuo —dijo Wallace.

—Yo creo que es usted maravilloso —le corrigió Alma—. Creo que es usted la persona más maravillosa que he conocido de las que aún viven. A su lado me alegra estar aún por aquí, para haber conocido a alguien como usted.

—Bueno, no está usted sola en el mundo, señora Whittaker, aunque haya sobrevivido a todos. Creo que estamos rodeados de una multitud de amigos y seres queridos a quienes no vemos, porque ya han fallecido, que ejercen una influencia amorosa en nuestras vidas y nunca nos abandonan.

—Qué idea tan encantadora —dijo Alma, que volvió a darle una palmadita en la mano.

—¿Ha estado alguna vez en una sesión espiritista, señora Whittaker? Podría llevarla a una. Podría hablar con su marido a través de la frontera de la muerte.

Alma sopesó la oferta. Recordó esa noche en el cuarto de encuadernar, junto a Ambrose, cuando hablaron con las palmas de las manos: su única experiencia de lo místico e inefable. Aún no sabía qué había ocurrido, en realidad. Aún no estaba del todo segura de no haberlo imaginado todo, en un arrebato de amor y deseo. Por otra parte, a veces se preguntaba si realmente Ambrose fue un ser mágico, tal vez una mutación evolutiva nacida en condiciones adversas o en un mal momento de la historia. Tal vez nunca volviera a haber otro ser como él. Tal vez había sido un experimento fallido. En cualquier caso, fuere lo que fuere, no acabó bien.

—Debo decirle, señor Wallace —respondió—, que es usted muy amable al invitarme a una sesión, pero creo que no voy a ir. Tengo un poco de experiencia con la comunicación sin palabras y sé que, aun si somos capaces de oír a alguien al otro lado de la frontera, eso no significa que vayamos a comprendernos.

Wallace rio.

—Bueno, si alguna vez cambia de opinión, envíeme un mensaje.

—Con certeza, así lo haré. Pero es mucho más probable, señor Wallace, que sea usted quien me envíe un mensaje a mí, una vez que haya muerto, durante una de esas reuniones espiritistas. No tendrá que esperar mucho, pues me voy a marchar pronto.

—No se va a marchar nunca. El espíritu vive dentro del cuerpo, señora Whittaker. La muerte solo separa esa dualidad.

—Gracias, señor Wallace. Dice usted palabras muy amables. Pero no hace falta que me consuele. Soy demasiado vieja para temer los grandes cambios de la vida.

—¿Sabe, señora Whittaker...? Aquí estoy yo predicando todas mis teorías, pero no me he detenido a preguntarle a usted, una mujer sabia, cuáles son sus creencias.

—Lo que yo creo no es, tal vez, tan emocionante como lo que cree usted.

—No obstante, me gustaría oírlo.

Alma suspiró. Vaya preguntita. ¿En qué creía ella?

—Creo que todos somos efímeros —dijo. Tras pensar un momento, añadió—: Creo que todos somos medio ciegos y cometemos muchos errores. Creo que comprendemos muy poco, y que la mayor parte de lo que comprendemos está equivocado. Creo que es imposible sobrevivir a la vida (¡eso es evidente!), pero, con suerte, se puede sobrellevar la vida durante mucho tiempo. Con suerte y con tozudez, la vida, a veces, incluso puede ser disfrutada.

—¿Cree en el más allá? —preguntó Wallace.

Alma volvió a darle una palmadita en la mano.

—Oh, señor Wallace, siempre intento no decir cosas que molesten a la gente.

Wallace se rio de nuevo.

—No soy tan delicado como usted piensa, señora Whittaker. Puede decirme lo que cree.

—Bueno, si debe saberlo, creo que casi todo el mundo es muy frágil. Creo que debió de ser un tremendo golpe para la autoestima del hombre cuando Galileo anunció que no vivimos en el centro del universo..., al igual que cuando Darwin anunció que no nos había creado Dios en un instante milagroso. Creo que a casi todo el mundo le cuesta escuchar estas ideas. Creo que hacen que la gente se sienta insignificante. Dicho lo cual, me pregunto, señor Wallace, si su aspiración al mundo espiritual y el más allá no es más que un síntoma de la inacabada búsqueda del hombre para sentirse... ¿importante? Perdóneme, no deseo ofenderlo. El hombre a quien tanto amé compartía esa necesidad, esa misma búsqueda..., la de alcanzar la comunión con una divinidad misteriosa, trascender el cuerpo y este mundo y ser importante en un reino mejor. Me pareció una persona muy solitaria, señor Wallace. Bella, pero solitaria. No sé si usted está solo, pero me lo pregunto.

Wallace no respondió nada.

Al cabo de un momento, se limitó a preguntar:

—¿Y usted no siente esa necesidad, señora Whittaker? ¿La de sentirse importante?

—Le voy a decir algo, señor Wallace. Creo que soy la mujer más afortunada que jamás ha vivido. Mi corazón se ha roto, sin duda, y casi ningún deseo mío se ha cumplido. Mi conducta me ha decepcionado a mí misma y otros me han decepcionado. He sobrevivido a casi todas las personas a las que he amado. Solo me queda viva en este mundo una hermana, a quien no he visto desde hace más de treinta años... y con quien no intimé la mayor parte de mi vida. No he tenido una carrera ilustre. He tenido una sola idea original en mi vida (y resultó ser una idea importante, una idea que me habría brindado la oportunidad de ser bien conocida), pero dudé en publicarla y así perdí mi oportunidad. No tengo marido. No tengo herederos. Una vez tuve una fortuna, pero la regalé. Mis ojos me traicionan y mis pulmones me dan problemas. No creo que viva para ver otra primavera. Moriré al otro lado del océano de donde nací y voy a ser enterrada aquí, lejos de mis padres y mi hermana. Sin duda, ya se hace usted una pregunta: ¿por qué esta mujer tan triste y desdichada se considera a sí misma afortunada?

Wallace no dijo nada. Era demasiado amable para responder a semejante observación.

—No se preocupe, señor Wallace. No intento burlarme de usted. Creo de verdad que soy afortunada. Soy afortunada porque he podido dedicar mi vida al estudio del mundo. Como tal, nunca me he sentido insignificante. La vida es un misterio, sí, y es a menudo un padecimiento, pero, si se pueden descubrir algunos hechos, hay que hacerlo..., porque el conocimiento es el más preciado de todos los bienes.

Como Wallace siguió sin responder, Alma prosiguió:

—Como ve, nunca he sentido la necesidad de inventar un mundo más allá de este mundo, pues este mundo siempre me ha parecido suficientemente enorme y bello. Me he preguntado por qué no es lo bastante enorme y bello para otros..., por qué han de soñar nuevas y maravillosas esferas, por qué desean vivir en otro lugar, más allá de este planeta..., pero no es asunto mío. Todos somos diferentes, supongo. Yo lo que he querido siempre es conocer este mundo. Y puedo decir, ahora que me acerco a mi fin, que en este momento sé bastante más que cuando llegué. Por otra parte, esos pequeños conocimientos míos ahora forman parte del conocimiento acumulado a lo largo de la historia..., forman parte de la gran biblioteca, por así decirlo. Eso no es poca cosa, señor. Quien puede decir algo así ha vivido una vida afortunada.

Ahora fue él quien le dio unas palmaditas en la mano.

—Muy bien dicho, señora Whittaker —dijo.

—Claro, señor Wallace —dijo Alma.

***

Después de esto, pareció que la conversación había tocado a su fin. Ambos estaban pensativos y cansados. Alma devolvió el manuscrito a la maleta de Ambrose, guardó esta bajo el diván y cerró con llave la puerta del despacho. Nunca más volvería a enseñárselo a nadie. Wallace la ayudó a bajar las escaleras. Fuera estaba oscuro y nublado. Caminaron lentamente de vuelta a la residencia Van Devender, dos puertas más abajo. Alma le dejó pasar y ambos se desearon una buena noche en el vestíbulo. Wallace se iría a la mañana siguiente y no volverían a verse.

—Cómo me alegra que haya venido —dijo Alma.

—Cómo me alegra que me invitara —dijo Wallace.

Alma estiró el brazo y le tocó la cara. Wallace lo consintió. Alma exploró esos rasgos cálidos. Tenía una cara amable, Alma lo sintió en la punta de los dedos.

Después, Wallace subió a su habitación, pero Alma esperó en el vestíbulo. No deseaba ir a dormir. Cuando oyó que se cerraba la puerta de su habitación, tomó el bastón y el chal y volvió a salir. Reinaba la oscuridad, pero eso ya no molestaba a Alma; apenas veía a la luz del día y conocía muy bien su entorno al tacto. Encontró la puerta trasera del Hortus (esa puerta privada que los Van Devender habían usado durante tres siglos), y entró a los jardines.

Tenía la intención de volver a la Cueva de los Musgos a reflexionar, pero pronto se quedó sin aliento, así que descansó un instante, apoyada en el árbol más cercano. Cielo santo, ¡qué vieja era! ¡Con qué rapidez había ocurrido! Agradeció tener un árbol al lado. Agradeció los jardines y su belleza en penumbra. Agradeció ese momento tranquilo para descansar. Recordó lo que la pobre Retta Snow solía decir: «¡Gracias a los cielos que existe la tierra! Si no, ¿dónde nos sentaríamos?». Alma se sentía un poco mareada. ¡Qué noche acababa de vivir!

«Éramos tres», había dicho Wallace.

Sin duda, fueron tres y ahora solo había dos. Pronto, solo quedaría uno. Y entonces Wallace también se iría. Pero, de momento, por lo menos, Wallace sabía que ella existía. Alma era conocida. Apoyó la cabeza contra el árbol y se maravilló de todo: de la velocidad de las cosas, de esas asombrosas confluencias.

Una persona no puede permanecer maravillada y estupefacta para siempre y, al cabo de un tiempo, Alma se preguntó qué árbol sería ese. Conocía todos los árboles del Hortus, pero no sabía bien dónde estaba, así que no lo recordó. Tenía un olor familiar. Acarició la corteza y entonces lo supo: por supuesto, era un nogal americano, el único de su clase en toda Ámsterdam. *Juglandaceae.* La familia de los nogales. Este ejemplar en concreto había venido de Estados Unidos hacía más de cien años, probablemente del oeste de Pensilvania. Difícil de trasplantar, debido a su larga raíz principal. Debió de ser un arbolillo al llegar. Crece en tierras bajas, claro que sí. Aficionado al barro y al limo; amigo de codornices y zorros; resistente al hielo; propenso a pudrirse. Era viejo. Ella era vieja.

Una serie de indicios convergían sobre Alma (procedentes de todas las direcciones), que la llevaron a una conclusión final, formidable: pronto, prontísimo, le iba a llegar la hora. Sabía que era cierto. Tal vez no esa noche, pero una noche cercana. No tenía miedo a la muerte, en teoría. En todo caso, no sentía sino respeto y veneración por el Genio de la Muerte, que había dado forma a este mundo más que cualquier otra fuerza. Dicho lo cual, no deseaba morir en ese mismo momento. Aún quería ver qué iba a ocurrir a continuación, como siempre. Se trataba de resistir la inmersión en la medida de lo posible. Se agarró al gran árbol como si fuera un caballo. Apretó la mejilla contra esa ijada silenciosa y viva.

Dijo:

—Estamos muy lejos de casa tú y yo, ¿verdad?

En esos jardines a oscuras, en medio de la silenciosa noche de la ciudad, el árbol no respondió.

Pero la sostuvo contra sí un poco más de tiempo.

Agradecimientos

Por su ayuda e inspiración, la autora desea dar las gracias: al Real Jardín Botánico de Kew; al Jardín Botánico de Nueva York; al Hortus Botanicus de Ámsterdam; al Jardín de Bartram; a Woodlands; al Liberty Hall Museum; y a Esalen; asimismo, a Margaret Cordi, Anne Connell, Shea Hembrey, Rayya Elias, Mary Bly, Linda Shankara Barrera, Tony Freund, Barbara Paca, Joel Fry, Marie Long, Stephen Sinon, Mia D'Avanza, Courtney Allen, Adam Skolnick, Celeste Brash, Roy Withers, Linda Tumarae, Cree LeFavour, Jonny Miles, Ernie Sesskin, Brian Foster, Sheryl Moller, Deborah Luepnitz, Ann Patchett, Eileen Marolla, Karen Lessig, Michael y Sandra Flood, Tom y Deann Higgins, Jeannette Tynan, Jim Novak, Jim y Dave Cahill, Bill Burdin, Ernie Marshall, Sarah Chalfant, Charles Buchan, Paul Slovak, Lindsay Prevette, Miriam Feuerle, Alexandra Pringle, Katie Bond, Terry y Deborah Olson, Catherine Gilbert Murdock, John y Carole Gilbert, José Nunes, al difunto Stanley Gilbert y al difunto Sheldon Potter. Debo un reconocimiento especial al doctor Robin Wall-Kimmerer (el recolector de musgos original) y, cómo no, a todas las mujeres de ciencia a lo largo de la historia.

Tenga la seguridad, querida amiga, de que muchos notables avances en las ciencias y las artes se deben al entendimiento y la sutileza de las mujeres, tanto en especulación cognitiva, demostrada por escrito, como en las artes, expresadas en obras manuales. Le voy a ofrecer un sinfín de ejemplos.

CRISTINA DE PIZÁN,
La ciudad de las damas, 1405

ELIZABETH GILBERT

es la aclamada autora de cinco obras de
ficción y no ficción. Es mundialmente
conocida gracias a su bestseller de 2006
Come, reza, ama, que lleva vendidos
hasta la fecha más de diez millones de
ejemplares en todo el mundo y cuya
versión cinematográfica contó con Julia
Roberts en el papel principal. Su colección
de relatos *Pilgrims* fue nominada al
premio PEN/Hemingway Award, su
novela *Lobos de mar* (próximamente
publicada por Suma de Letras) fue
considerada Notable Book por
The New York Times y *El último hombre*
(próximamente publicada por Suma de
Letras) quedó finalista del National
Book Award. Su anterior novela,
Comprometida, alcanzó el primer puesto
en la lista de más vendidos de *The New
York Times.* Elizabeth Gilbert vive en
Nueva Jersey.

www.elizabethgilbert.com
@GilbertLiz